農家兼業編集者の周防大島フィールドノート

本とみかんと子育てと

柳原一徳

MIZUNOWA SHUPPAN

本とみかんと子育てと　農家兼業編集者の周防大島フィールドノート◉目次

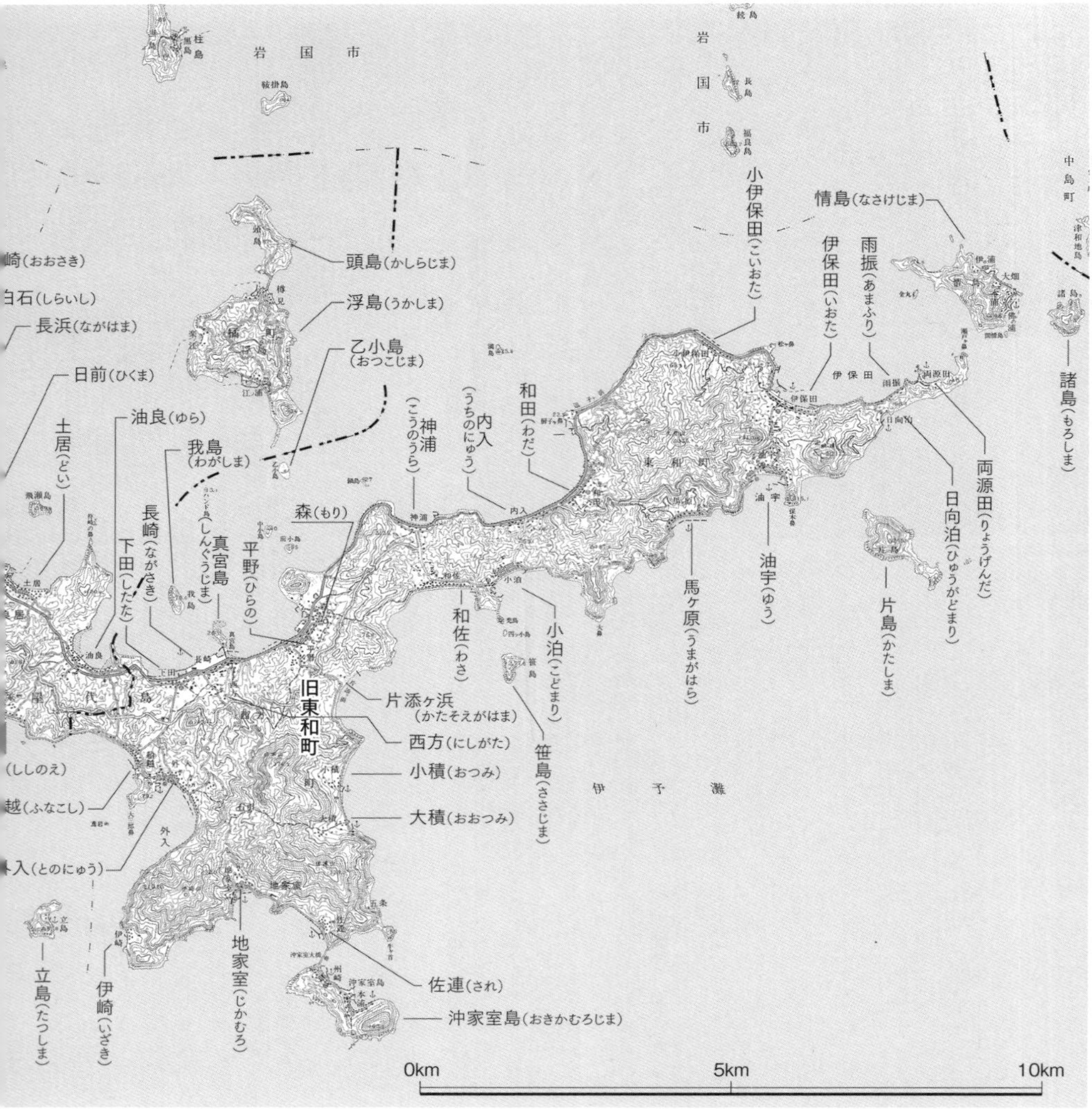

国土地理院発行5万分1地形図「柳井」(平成6年2月1日発行)、「久賀」(平成6年6月1日発行)を結合、38%縮小。地名を追記した。

柳井市
前島(まえじま)
椋野(むくの)
幣振島(へぶりしま)
JR大畠駅(おおばたけ)
三蒲
(みがま)
久賀
笠佐島(かささじま)
小松港
(こまつこう)
小松(こまつ)
小松開作
(こまつかいさく)
旧久賀町
志佐(しさ)
旧大島町
日見(ひみ)
屋代ダム
(やしろ)
旧橘町
横見(よこみ)
戸田(へた)
津海木(つのうぎ)
出井(いずい)
家房(かぼう)
秋(あき)
吉浦(よしうら)
安下庄(あげのしょう)
上荷内島(かみにないじま)
下荷内島(しもにないじま)

広島県
岡山
山口県
広島
高松
山口
香川県
徳島
徳島県
松山
高知県
周防大島
愛媛県
高知
大分県
N
0
50
100
Km

凡例

・各章扉、本文および資料編に記載した気象データは、筆者宅より数キロ東にある気象庁の地域気象観測所（アメダス）の観測値に依る。筆者宅周辺では西側に高い山があって日没時刻が早く、一日の日照時間に一時間程度の誤差が生じるが、他のデータについては大きな誤差はないと思われる。

・章扉は月ごとに設定。降水量、平均気温、最高・最低気温平均、日照時間を一ヶ月、上・中・下旬の区切りで記載するとともに、二〇一〇年平年値を括弧で括って記載した。平年値の統計期間は一九八一〜二〇一〇年の三〇年間である（日照時間のみ一九八六年から二〇一〇年までの二五年間）。

・本文中、日ごとの気象データを記載した。記号は次の通り。㊌＝降水量／(均)＝平均気温／(高)＝最高気温／(低)＝最低気温／㊐＝日照時間。

・筆者の気分や執筆時期等により、漢字、かな、年号（元号と西暦）、筆者の一人称、登場人物の呼称、ほか、表記法に揺らぎがある。あえて統一しなかった。

・表記を区分した場合もある。例えば、草刈りは刈払機（草刈機）を使っての作業、草引き、草取りは手作業である。

・本書では、集落を指す言葉として「部落」という表記を用いている。この言葉が被差別部落の略称として差別的に用いられてきたがために、いわゆる差別用語としてマスコミを中心に思考停止的言換えの対象にされてきた経緯があるが、本来は一般的に集落を指して広く使われてきた言葉である。筆者が祖父母ら島の旧い人たちから受け継いだ言葉遣いのリアリティを生かしたい。それゆえに安易な言換えを拒絶する。

・本文に頻出する身内、以下の通り（二〇二〇年八月現在）。

かーちゃりん……柳原（旧姓江中）悠子。一九七六年（昭和五十一）、周防大島・秋に生れる。安下庄小中高校、尾道短大を経て橘町（現周防大島町）役場に奉職。福祉課勤務。別名、尾道大王（「尾道大学の王」ではなく、「尾道の大王」）。麦酒をこよなく愛する。

悠太……柳原悠太。二〇一二年（平成二十四）、周防大島・庄に生れる。宮ノ下保育園を経て安下庄小学校二年生。かーちゃりんから一字貰ったように見えるが、実は桐生悠々（一八七三〜一九四一）から一字貰って命名。

はっちゃん……ハチ。短足犬。二〇一四年九月一日、周防大島・三蒲に生れる。一五年三月、みずのわ家に加わる。二〇一八年十一月八日歿。

みーちゃん……みー。キジトラ猫。推定二〇一八年六月生。元野良猫。同年六月カラスに襲われ右目失明、逃げ込んできたところを保護。以降、みずのわ家の箱入り娘。

前書——みかんの島で想う

みかんの島で想う

みかんの島を守る

阪神淡路大震災後の神戸でみずのわ出版という一人出版社を始めた。一九九七年暮れのことである。二〇一一年三月の東北大震災を機に山口県周防《すおう》大島安下庄《あげのしょう》の母方の実家に移り、四十一歳にして生粋地元民、旧姓江中悠子と所帯を持った。翌年、長男悠太が生まれた。かみさんの一字から命名したように見えるが、実は明治から昭和戦前期にかけての反軍ジャーナリスト桐生悠々《きりゅうゆうゆう》（一八七三〜一九四一）の一字を戴いた（かみさん承諾の上である。念のため）。そのまた翌年、二〇一三年の秋からみかん農家兼業になった。農協の正組合員、ガチ農家兼業のひとり出版社は、おそらく本邦随一の超レアケースであろう。

　高齢に長年の無理が祟って身体がきかなくなった家房《かぼう》の伯父の園地二反《たん》二畝《せ》（約二二アール）を初めに引き受けた。樹が弱り、畑一面へクソカズラが這いずり回っていた。事実上の放任園、初年度の収穫は惨憺たるものだった。収穫後、冬の間にカズラ全て手で取り除き、管理機（手押し耕耘機）を回して有機石灰と醗酵鶏糞と空気と枯草をすき込んだ。そして、春を迎え、まだ使えそうな樹二十数本を残して伐採、新苗を植え付けた。

　みかんの島を守るためにも、いずれ就農せねばならぬと思ってはいた。伯父の依頼もあってそれを前倒しにした。若いうちに始めておかねば、齢をとってからではきつい。それに長男悠太の先行きを考えると、家がみかん農家であることは、私たち夫婦が死んだ後も大島にとどまり続けるうえで不可欠のこととも思われた。

　二年目（二〇一四年）の初夏の頃、身体がきかぬのに無理して耕作してきた近所のオジイが倒れ、次の耕作者を探していると話が回ってきた。家房の園地再生にかかったばかりで収量が少ないのだから、当面収穫をあてにできる園地を確保した方がよい、二反作るのも四反作るのも変らない、あんたがやりんさいと、担当の農業委員に言われた。二反二畝追加で引き受けることになった。

しかし、新規就農者には良好な園地はそうそう回ってはこない。少なからぬ年寄たちが体力低下をかえりみず無理して耕作を続け、よっぽど身体がきかなくなるまで畑を手放さない。耕作の引受け手を探しだす頃には、もう畑は駄目になっている。そしてもう一つ、みかんは接木で苗木を作る、生命体として弱い。樹の寿命は三〇年から四〇年程度しかない。一代限りのもの。子供が引き継ぐことを前提に順次改植を進める必要があるのに、それがまるでなされていない。耕作を引受けたその年からフル稼働できるような良好な農地は無い。使える樹を生かしつつ、数年がかりで全改植を進める必要に迫られる。大島のみかん農家の平均年齢は七十五歳を超えた。かれらの多くに後継者はいない。いま踏みとどまっている年寄たちの命が尽きるのとほぼ同時に、否、それよりも早く、高樹齢化したみかんの樹が次々と命果てていく。深刻の度を増す気候変動、連年の異常気象はそれをさらに加速させる。

生命の循環を失った畑を再生する。必要最低限の農薬撒布はするが、土と水と根を傷める除草剤をやめて六年目になる。この八年で植えた樹は私の代のもの、この先二十年かけて植えていく樹は子供の代のもの。先を委ねるほかない。とはいえ、六年生の晩生《おくて》温州・大津四号の昨年（二〇一九年）の収量は一〇本で一六〇キロ。一五～二〇年生の成木ならば同じ本数で六〇〇～八〇〇キロはとれる。八年頑張ったところでこの程度の成果しか上がらない。市販のみかんは値が高いが、農協の精算価格は安い。産直に力を入れたいのだが、異常気象による品質劣化もあり、自信をもって高値をつけて売りに出せる良玉の数量が出ない。農薬、肥料、燃料、諸材料費ほか、生産コストは年々上昇する。これでは、年金のある年寄はやっていけても若い者は食っていけない。都会の友人が手伝いにきてくれるのは助かるが賃金も汽車賃も出せない。家庭菜園と目の前の海でとれたウマいもので御接待する。私の学生時代、既にみかん産業は斜陽ではあったが、それでも給料は貰えた。三十年を経て自身が兼業農家になり、もぎ子に給料は払えず、現物を謝礼にしている。いま、みかん畑は七反ある。

大島みかんの現状と憂鬱

周防大島、就中安下庄は山口県一のみかん産地である。金融業や輸出向けの自動車産業や情報産業を優先し、農林漁業の一次産業を無視する愚かな国策による農業の衰退、過疎化高齢化の波を受けて今でこそ左前ではあるが、かつては高品質みかんの誉れ高く、東京市場で史上最高値を記録、京浜、阪神の市場を席巻した優良産地であった。

昭和四十年代後半のピーク時二四〇〇町あった大島のみかん園地は今や五〇〇町を切り、八万七〇〇〇トンあった生産

周防大島町の直近１年間の人の動き

	人口	世帯数	人口増		人口減	
			出生	転入	死亡	転出
2019年９月１日	15,956	9,125	1	24	53	40
2019年10月１日	15,916	9,114	3	25	32	36
2019年11月１日	15,875	9,091	3	13	26	37
2019年12月１日	15,829	9,070	3	19	45	24
2020年１月１日	15,778	9,043	2	19	49	32
2020年２月１日	15,746	9,021	7	30	43	23
2020年３月１日	15,678	8,974	4	19	31	57
2020年４月１日	15,565	8,937	4	36	34	121
2020年５月１日	15,547	8,962	4	93	38	81
2020年６月１日	15,512	8,940	1	17	35	16
2020年７月１日	15,470	8,914	3	20	33	32
2020年８月１日	15,425	8,892	3	22	33	35
2020年９月１日	15,389	8,871	2	27	41	24
差引／人口増減計	－567	－254	40	364	493	558

註：人口増減内訳は日本人のみ
出典：「広報すおう大島」No.180-192（2019.9-2020.9）

周防大島町の過去５年の人の動き（各年12月31日現在）

	2015年	2016年	2017年	2018年	2019年
人口	17,649	17,237	16,756	16,320	15,775
男（日本人）	8,030	7,840	7,646	7,472	7,257
女（日本人）	9,526	9,304	9,022	8,758	8,413
外国人	93	93	88	90	105
世帯数	9,787	9,671	9,438	9,266	9,040

出典：「広報すおう大島」No.186（2020.2）

周防大島町内の国勢調査の結果

	人口	世帯数	高齢化率（%）
1970年	37,631	12,585	18.0
1975年	34,331	12,376	21.0
1980年	32,021	10,069	24.3
1985年	29,749	11,687	27.7
1990年	27,119	11,202	33.3
1995年	24,795	10,701	39.0
2000年	23,013	10,217	42.5
2005年	21,392	9,578	44.4
2010年	19,084	8,786	47.7
2015年	17,199	8,038	51.9

出典：「広報すおう大島」No.191（2020.8）

高も表年五〇〇〇トン、裏年四〇〇〇トン程度にまで激減した（全国的にも、最盛期三五〇万トンあった生産高が、今や八〇万トンを切っている）。

みかん一町（約一ヘクタール）一年の稼ぎでみかん御殿が建った、五反（約五〇アール＝約〇・五ヘクタール）一年の稼ぎで子供を四年間東京の大学にやれた、みかん全盛期の黄金伝説。いまや、見る影もない。みかんで家が建つどころか傾く。現実に、私自身の日当も出ない。一年間、あんなにキツい仕事してみかん作って売上げたったこれだけか？　と、かみさんに言われる始末。返す言葉もない。

昭和三十年代後半から四十年代にかけてのみかん景気と転作ブーム、四十年代の生産過剰と大暴落、そして五十年代以降今に続く長期低落、一九九一年のオレンジ輸入自由化と一九号台風禍による壊滅的被害――襲い来る荒波に翻弄されつつ、それでも一代でみかん主産地としての地位を確立し、財をなしたのが、その大半がこの世を去った第一世代。それを引継いだかれらの子供たち第二世代が、今や若くて六十代、多くが七十から八十代の老境にある。先述の通り、大島のみかん耕作者の平均年齢は七十五歳を超えた。かれらの多くに後継者はいない。ここで第三世代にあたる私たちが踏ん張らなければ、大島のみかんは近い将来この世から消滅する。使命感と危機感は強くある。だが、次代に繋げるため今を担うべき私たち第三世代の手は、腕は、この劣悪極まりない状況にあって重い責任を負い込むには、あまりにも細すぎる。

周防大島町全体で現在一〇〇〇〇戸ある柑橘生産者数が、十年後の二〇三〇年には三〇〇〇戸にまで減るとみられている（ちなみに、周防大島町の人口は二〇二〇年九月一日現在八八七一戸、一万五三八九人。高齢化率五〇パーセント超。二年で一〇〇〇人減のペースで人口減少が進む）。年々、空家と共に耕作放棄地が拡大していく。竹や雑木《ザツボク》で覆われる。海を渡って侵入したイノシシの棲処となり、農作物の被害が拡大、生活安全もまた脅かされる。農地の無秩序な転用も横行する。日当りのよい良好な園地が太陽光発電パネル用地にとって替る。島の人文景観の荒廃が進むにつれて人心の荒廃もまた進む。

山口県限定生産の高級柑橘「ゆめほっぺ」等が京浜市場に出荷されているが、主力の温州みかんが京浜、阪神の大消費地から姿を消して久しい。近年、大島産の温州みかんについては殆どが山口県内のみの販売にとどまっている。九州産のみかんが安く大量に県内市場に流れ込むという不利な条件もあって、高値で取引きしてもらえない。それに、良いものに対し正当な対価を支払うという価値観は都市部の大消費地に特有のものであり、地産地消といえば聞こえはいいが、それがまるで有難く思えない実情にある。

私が幼稚園小中高校の時分、神戸の旧市街地に大小幾つもあった公設市場（コープこうべの拡大、スーパーの進出やドーナツ化現象もあって左前になりつつあったのだが、それでも神戸の市場は安さと鮮度と人間味を武器に健闘していた。その多くが阪神淡路大震災で倒壊、焼失、そして消滅した。「震災前」「震災後」という区切りは震災後

南柑20号六年生の初収穫、１本でわずか５キロしか穫れず。2019.11.21　撮影＝河田真智子

の被災地に特有の時制なのだが、震災前は、神戸で日常の買物といえばスーパーよりも市場だった）の果物屋さんには、「安」《マルヤス》（安下庄農協）のマークの入った一五キロみかん箱が積み上げられていた。神戸や大阪で年配の方と話をすれば今でも、ああ大島のみかんね、最近見いへんねえ、と言われる。甘み酸味のバランスと深いコク、これが大島のみかんの特徴である。いま世間に多く出回っているただ生甘いだけのふやけたみかんとはモノが違う。残念だが、いま、都会の消費者の多くが、この味を知らない。ちゃんとしたみかん食うたらみかんの概念が変る、みかんってその程度のものではないんだよと、いつもそう思う。残念だが、その違いは活字や写真では伝わらない。

みかん作業の心映え

将来性まるで無し。それでも、今もなお大島はみかんの島だ。みかん一つで、関連の雇用を生み出し、島外からのいわゆる外貨を稼ぎ、島のブランドを作り、観光振興に寄与している。秋から冬にかけての収穫期、週末になると島外在住の親戚一同が帰省して総出で作業に出る家も多い。色づいたみかん山は美しい。これを全て取込むと、来年もまた頑張っていいみかんを作ろう、出来の悪い年には来年こそいいみかんを作ろうと、そういうこころもちになる。キツいばかりで儲けにならん、これでは食えん、そう言いながらも、収穫の心映えは違う。

私もまたみかんのあがりで学校に行かせてもらった身である。冬休みの収穫と選別、春休みの土づくり、小学三年生以降ずっと帰省時に近所の農家さんでアルバイトをしていた。そこの親爺は三人の子供が女の子ばかりだったこともあろうけど私をいつも気にかけてくれて、学校の休みが近くなるといつ帰って来るかと祖母に訊ねては、私が帰省すると、よし行こうと声かけに来て、みかん作業に精を出す。この親爺の精魂込めて育てるみかんは大島一、否、日本一であったと、その若すぎる死から三十年を経た今も確信をもって言える。

旅の始まり、外の広い世界への憧憬

県立御影高校という神戸でもそこそこの進学校を出て、普通に文系の四年制に行けばよかったのに、何を血迷ったのか、授業料に輪をかけて高額な実習費のかかる写真学校に進学してしまった。そんなおバカ親不孝者は、祖母のみかん収穫季節労働の稼ぎで学費を援助してもらい、自身のみかん労賃もまた実習費につぎ込んだ。

私は一九六九年（昭和四十四）十二月神戸に生れたが、七五年四月に幼稚園に入るまでの殆どの期間を、安下庄の母方の祖父母宅に預けられていた。祖父母が私を連れて神戸に行く。しばらく滞在する。大島に帰るとなると、私も一緒についていく。当時は、神戸を朝九時過ぎに出る博多行急行つくしで大畠まで一本、国鉄大島航路（鉄道連絡船）と国鉄バスを乗継いで、安下庄の家に帰り着くのは夕方五時頃、移動だけでほぼ一日仕事だった（対本土架橋、全長一〇二〇メートルの大島大橋が開通したのは、山陽新幹線岡山―博多間開業の翌年、一九七六年七月のことである）。

その後、二十二歳の誕生日の五日後に奈良新聞社に就職（ストレートで四年制大学に入った同級生の四年生在学中に、三ヶ月半のフライングで就職したことになる）するまでずっと神戸で暮したが、その間、大島との間を絶えず行ったり来たりしていた。春夏冬の学校の休みは殆ど大島に帰っていた。列車や船を乗り継いでの大島行き帰りの寄り道、回り道が、私にとっての旅の始まりだった。

近代とともに膨張した神戸という新興都市にあって、在日朝鮮人差別や部落差別と直面するなかで、社会的物ごころをつけていった。賀川豊彦（一八八八～一九六〇）が企図した葺合新川のセツルメントと労働争議と、その根底にある差別の重層性、そして賀川の運動論の限界、さらには神戸モダニズムと呼ばれる不思議な文芸潮流、移民の街、近代の開港場としての位相、それは一体何ものであるのか。今もなお、私の問題意識の根底にある。若き日にジャーナリストを志した原点は、愛着と憎悪の入り混じる移民の街神戸にこそある。

神戸は海に向って開かれた近代の都、旧六大都市の一つなれど、戦後はあくまで地方の一都市でしかない。海と山のあわいに細長く開けた小さな世界、その路地裏に佇む血気盛んな若造にとって、もっと大きな外の世界への憧れは日増しに強まっていく。高卒後、当時大阪の北加賀屋にあった日本写真専門学校に進み、コマーシャル写真を学んだ。もの言わぬ商品を撮るよりも外に出たい、旅がしたい、給料を貰って勉強がしたい、そう思って、新聞記者志望に転じた。卒業後職にあぶれ、一年九ヶ月、学生時代のアルバイトの延長、甲子園・西宮球場の鈴木商会さんでお世話になった。中途採用で偶々潜り込んだ奈良新聞社を二年で退社した後の一年と二ヶ月、東京に出た。が、通用しなかった。何もかもがうまくいかず、人間不信に陥り、極度の心労と過労により心身に不調をきたし、絶望をもって神戸に帰り、ひと月経たぬうちに阪神淡路大震災に遭遇する。

あとから思えば、下手に留まり続けることなく東京に見切りをつけて正解だった。在東京で神戸の震災を迎えていたとすれば、おそらく私は二度と立ち直ることはできなかった。一住民としてあの混乱の渦中に身を置いたことで、それまで視えなかったものが視えるようになった。また、取材執筆を生業とする者は、自身が第三者であることが大前提としてあり、このように自身が被災者、すなわち当事者となってしまった時に呆れるほどに脆いということも、身をもって理解した。その後奈良テレビで非正規（といっても社員と全く同じ仕事をこなす）の記者として一年で雇止めにされた折に全労連傘下の労組で労働争議を経験することになる。受け身に回った取材者の脆さ、当事者性の弱さを、そこで改めて突き付けられることになる。齢と経験を重ねた今の私であればまた違った展開も考えられたであろうが、若い頃の身の処し方は何かにつけ場当り的でしかなかった。――それはさておき、その時、帰る場所と確信した筈の神戸もまた旅先であったのだと、十数年を経て気づくことになる。

若い頃の旅で得た経験知は、齢を重ねて重さを増す。神戸にないものが大阪にある。そして、大阪にないものが東京にある。この人口減少の時代にあっても、都市一極集中、就中首都圏への一極集中はとどまるところを知らない。地方の衰微とはコインの裏表。地方を棄てて中央へ出ていくという風を批判するのはたやすいが、自身の歩いてきた道を振り返るにつけ、それもやむを得ない現実があったと思えてくる。小さな世界にとどまり続けたくない、都会へ出たい、広い社会を見てみたい、それくらいの気概がなければ、何をやっても面白くない。

わが子に対しても、一度は都会に出さなければいけないと強く思う。世間の広さを識ること、自身とは比較にならないほどにレベルの高い人間と出会うこと、無名社会の塵芥としてもまれること。都会と島の良さ、悪さ、違い、その背景としての文化というものを、痛みを伴う身体経験として血肉化する必要がある。大島を対照化する眼は都会に出ることによってしか得られない。一度は島を出るべき、そのうえで、必ず帰るべき、そして守るべき、そうとも思うようになった。

旅をやめる

阪神淡路大震災にかかわっての重要なくだり、本書巻末の補遺に収録した「世代を繋ぐ仕事」から、引用する。七年前、大阪芸大文芸学科の学生さんたちに向けて語った内容である。

*

東北大震災・福島第一原発爆発の半年後に神戸を引き払い、山口県周防大島の母方の実家に帰りました。祖母が亡くなって十年ほど家が無人になってました。月に一度くらい、家に風を通し、畑を耕すために神戸と大島との間を行ったり来たりはしていましたが、思うところあって都会を見限りました。

このまま都会に住み消費生活を続けてはいけない。地震による津波と原発事故、否、事件ですよね、それによってこの国は、戦争をしてもいないのに、一定の人口が養えるだけの土地と肥沃な農地、自国の国土を未来永劫、喪失したわけですよ。ところが中央で政治に携わる人らは、他所から食糧を買ってくればよい、輸入すればよいと、その程度にしか考えていない。でも、食糧というのは、自ら生産して、自ら食うべきものだ。それをすべておカネで買えるのか、ということ。実際に神戸の震災のときもそうだったわけ。

一九九五年の一月十七日。みなさんいま二十歳前後の大学生ですから当時は二、三歳ですかね。私、あのころ失業してまして、神戸の新開地の実家に上がり込んでいました。地震の起こったその日の夜、街を歩きました。静かでした。振り返ると、一昼夜燃え続けた長田区の大火で、西の空は真っ赤に燃えている。不謹慎を承知で云うなれば、これほど美しい夜空を私は後にも先にも見たことが無い。救援の車輌もまだあまり入っていない。その静寂というか、静謐が支配する街を歩きながら思ったのはね、ワシはいま職が無い、ポケットの中に一万円札が入っとっても、いまの神戸では焼き芋の一つも買えん。持てる者も持たざる者も等しくすべてを喪ったという、突き抜けたような解放感、そんな意識が働いた。しかし救援が入り復興が進んでいくなかで、持たざる者、弱者といわれる人たちは確実に取り残される、殺される、突き落とされるような恐怖を同時に感じたんですよ。そのことをずっと大事に思い続けてきた筈なんだけど、悲しいかな人間って忘れる生き物でね、私のなかでもだんだんと風化が進んでいった。そうしてきた中での3・11。1・17を体験した私はこの十六年、一体何をしてきたのか。こりゃあアカンと思った。食糧は自分で作らなアカン。

（本書補遺六二三頁／「エディターシップ Vol.3」日本編集者学会発行・トランスビュー発売、二〇一四年六月）

*

あの日の夜の直観を、決して忘れていたわけではないのだが、多忙を言い訳にしてはいけないのだが、実のところ忘れていた。理不尽な死を押し付けられた人たちを瓦礫の上から土足で踏みつけて生き残った筈の私自身が、決して忘却してはならない死者たちの存在を忘却している。二〇一一年三月十一日の東北大震災と福島原発事故で、そのことを突き付けられた。神戸を引払い、大島に帰った。旅あるきをやめたということでもある。

空家修繕、家庭菜園を復活させる

3・11震災後の半年は、神戸葺合の仕事場兼自宅を殆ど留守にし、実質大島に拠点を移していた。大島を拠点に、当時編集を進めていた「宮本常一と芳賀日出男があるいた九州—昭和37年」の仕事で福岡、熊本、鹿児島方面。新門司から船で神戸、タッチアンドゴーで豊橋、東京、千葉、長野、新潟、富山、神戸に帰宅数日滞在、また大島に帰る。その繰返し。九月末で神戸を引き払った。

この年の夏作から自宅敷地内の家庭菜園を復活させた。私の不在時は、近所に部屋を借りていた文化人類学者村上めぐみ嬢（当時、宮本常一記念館の非常勤学芸員）に朝晩の水やりを頼んだりして乗り切った。かみさんとは八月に籍を入れたが、十月までは大島大橋に近い小松開作のアパート在住の通い婚で、車で三十分かかる教育委員会（大島郡四町合併で二〇〇四年に発足した周防大島町は分庁舎方式を採っている。本庁舎は旧大島町、農林課は旧久賀町、教育委員会は旧東和町というふうに、役場の機能が島内に分散配置されている）に勤めていたこともあり、家庭菜園の水やりまでは頼めなかった。

家庭菜園に本腰入れ始めたのは、移住二年目、二〇一二年。うちから車で五分の距離にある秋という部落にかみさんの実家があり、ジジババ菜園の戴きもので野菜は間に合ったのだが、高齢の義父母にいつまでも頼るわけにはいかないと考えた。帰省時祖母の手伝いはずっとしていたが、都会育ちゆえ、年間通じて畑を維持した経験は無かった。その手の本を濫読するとともに、種子や苗の仕入れでお世話になる岩国の八木種苗さんに色々とご教示いただき、確実に腕は上がった。作物によってはベテランの義父母より上手に栽培できるようにもなった。娘の家に野菜を届ける楽しみが無くなってしまったのは申し訳ないのだが、必要な野菜は自分で作れるようにならなければ、この人たちが世を去ってから焦ったのでは遅いと考えた。大島に帰り所帯を持ち、足掛け十年を迎えた今、義父母は世を去り、秋の実家も無くなった。

冒頭に記したとおり移り住んだ先は母方の実家で、二〇〇〇年三月に祖母が亡くなり、母と妹がほぼ一年滞在して家を片付け、二〇〇一年の春以降空家になっていた。その後、私は月に一度は帰省して、主なき家に風を通し、草を刈った。それでも焼け石に水、火の無い家は傷む。空家となった十年で、床が抜けたり壁が落ちたり瓦が割れたり、家中がガタガタになった。私の仕事といえば不況の続く出版業界にあって業務維持がやっとの状態で、家の修繕についてかみさんに全面的に経済的負担をかけることになる。私の両親は、実はこの家を朽ち果てるまま放置するつもりでいた（島を出て神戸で所帯を持ち半世紀も暮していると、大島よりも神戸の方が都になる。今更島に帰るという選択肢もない。悪意で空家を放置したわけではなく、単に持て余していただけ。そんなケースも少なくないのだろう）。雑木《ザツボク》繁茂、日照阻害、イノシシの棲処、通行の危険、非行犯罪の温床、等々、地域の迷惑となる無責任放置空家は今や全国数え切れぬほどにあり、深刻な社会問題と化している。私が帰らなければ、この家も、他の多くの空家と同じ運命を辿っていたことになる。

貧乏一人版元の私に経済力が無いことを承知のうえで、かみさんはうちに嫁いできた。かみさんは麦酒党、せめて命の水たる麦酒だけは私が買う、死ぬるまで不自由させないと結婚時に約束した。それと、毎日《まいひ》にウマいメシを食べさせること。その所為でかみさんは激太りしたのではあるが、それはさておき、人間の身体は食べてきたもので出来ている。ならば、目の前の畑でとれた安全で美味しいものを食べさせたいと考えた。もはや産業の体をなしていないとはいえ、それでもみかん栽培は第一次産業である。それと並行しての日々の食生活に必要な野菜類の自給農業、すなわち産業たりえない生業なくして健全な農生活は成り立ちえない。心映え、安全、安心――これは、おカネという尺度で測ってはいけないものの一つである。二〇〇〇年に祖母が亡くなり、目の前の畑で穫れた野菜が食べられなくなった。漁師だった祖父が一九八一年に亡くなり、目の前の海で獲れたウマい魚が腹いっぱい食べられなくなった。失くしてから気づく。当り前にあったもののかけがえのなさに。

みかんを軸に島の生活誌を編む

家庭菜園復活後、二〇一二年に長男悠太が生まれ、二〇一三年秋からみかん農家兼業になった。二〇一七年の九月七日、原稿依頼のため、佐賀県唐津の農民文学者山下惣一さんに電話を入れた。山下さんが呼びかけた小農学会のこと、農業の実情、困りごと、彼是話し込んだ。その中で、日々の農作業のなかで考えたことは書いて残しておかんと忘れてしまうよ、と山下さんは言った。

記帳の大切さは、農業指導の核として昔から説かれてきたことの一つである。全国離島振興協議会の機関誌「しま」第二号（一九五四年三月）から、宮本常一《つねいち》（一九〇七～一九八一）の記述を引く。

＊

次にノートを備えつけておいて記帳することです。いつ種をまいた、何度であったというようなことを簡単に書いておきます。それが翌年の参考になります。そしてそこから改良がおこって来るのです。いつまでも同じことをくりかえして

収穫作業中の、自分の顔を見る機会などそうそうない。2019.11.21　撮影＝河田真智子

いてはいけません。一年一年新しく進歩してゆくべきだと思います。

（「農業のいろは」『宮本常一離島論集第一巻』みずのわ出版、二〇〇九年、九七頁）

＊

どの園地で肥しを何日に何キロふった、何日に防除をした、何日に何人で何キロ収穫した、天候、降水量、最高・最低・平均気温等、作業記録は欠かさずつけてきたが、そこに記した事柄の背景の一つひとつまでは記録してこなかった。名も無き庶民の暮しを記録した宮本の顰《ひそみ》に倣って、みかん作業の記帳にとどまらず、その背景にある島の生活文化、変ったこと、変らないことにまで踏み込んで記述してみようと思い立った。みかんを作ることで大島がわかる。いや、みかんとがっぷり四つに組まなければ、大島は理解できない。

本書に収録した日録は、二〇一七年九月七日から二〇二〇年五月三十一日までの二年と九ヶ月、一日も欠くことなく記述したもので、計九九八日分になる。当初、二〇一九年十二月三十一日までの収録を以て一冊にまとめるべく作業を進めてきたのだが、コロナ禍にあっての島の日常、コロナ禍が加速せしめる島社会の変化の過程を後の世に伝えるべく、公表せず手許に残すつもりで書き続けていた今年一月から五月までの日録の記述を追加した。島社会もまたグローバル化とは無縁ではいられないということ、コロナに翻弄される都会と本質的に変らない一面もあるということ、言い換えれば、都会が病む社会状況にあっては島もまた病むということ、そのことが多少でも実感として伝わればと念じてのことである。

一日いちにちの記述は、同じような出来事の繰り返し、退屈極まりない、つまらないことと映るかもしれない。ランプ生活でもなければ、ハシケ通いがあるわけでもない。半農半量、完全自給で、毎日《まいひ》に魚ばっかり食い続け、ハレの日にニワトリ締めて食っているわけでもない。電気も水道もガスもインターネットもクロネコもコンビニも、何から何まで何不自由なく揃っている。ある意味、都会の真ん中と変らない生活が、ここにある。平凡でつまらない日常の束、それこそ、今様の内海の島の生活誌ではないか。島の伝統的な暮しや文化の高さが伝わってこないといって哂うなかれ、いま目の前で起っている些細なことも、五十年百年と経てば、それはすべて古い話になる。この時代の、この島の生活の一端を伝える一級の史料になる。

日々のみかん作業の、その時々の判断とその根拠、気候変動、猛暑、旱魃、豪雨、暖冬、寒波、鳥獣害、農薬、燃料高騰、精算価格低迷、担い手不足、等々、一見退屈な日常のなかに、多様な切り口がある。みかん一つで世界が視える。そのための補助線として、みかんと島の生活文化を中心とした索引を作成、巻末に掲載した。ある日とりあげた一つの題材で一点突破すればいい論考が書けるのに何てつまらん薄っぺらい書き方をしとるんだ、と思われてしまうような箇所も少なくない。本書の記述は論考ではない。日録の日録たる所以、限界とわかっている。

日録（日記）といっても、庶民が書き残した日記とは意味合いが異なる。取材し観察し考察し文章を書くことを生業としてきた者が、趣味ではなく真剣勝負の農業実践を通して意識的に書き遺したという、そのこと自体に一貫した書き手の作為があり、バイアスがかかっている。それゆえに、この日録の記述はすぐれて論考なのである。その自負は強くある。

また、日録に記述した内容は、新規就農で大規模経営を目指すとか、成功者になるとか、そういった前向きな話ではない。要領の悪い、やり手になれない、何をやってもうまくいかない兼業農家の、連続する失敗の記録である。本業の出版にかかわる記述もあるが、これまたうまくいかない、やり手になれない零細版元の救いようのないボヤキである。いま流行りのＵＩＪターンとか起業とかの参考にもならない。読んだところで今すぐ何の役にも立たない。ただ、読み手が自身に引込み、立ち止まって深く考える糸口の提示、それが、今すぐ役に立たない、つまらない、不要不急として、時の権力者に足蹴にされた人文学の人文学たる所以だ。

気候変動の害、災害級の猛暑

昨年（二〇一九年）、全国的に観測史上最悪、災害級の猛暑を記録した。今年（二〇二〇年）の猛暑は、それをさらに上回っ

この装備で農薬撒布作業にあたる。夏の作業は地獄の苦しみと化す。2017.5.22　撮影＝河田真智子

た。

八月下旬はミカンバエの防除時期にあたる。農協の指定する重点防除期間は八月十五日から三十一日まで。このクソ暑い時期に上下雨合羽、ゴーグル、防毒マスク、ゴム手袋、ゴム長靴で作業するのだから只事ではない。以前はジメトエートという有機リン系のキツい殺虫剤が使われていたが製造中止、今はモスピランSL液剤というネオニコチノイド系の、これまたキツい殺虫剤を使っている。これを撒布しなければ荷受けしてもらえない。農協に出荷をしない自宅用や個人販売であっても、この殺虫剤だけは指定の防除期間中に撒布しなければならない決まりになっている。それほどまでに、ミカンバエの棲息域が拡大しているということでもある。大島に元々棲息していなかったミカンバエが定着し被害が拡大の一途にあるのもまた、農業をめぐる環境の激変、人間の活動によるものである。社会の様々の歪《ひず》み、そのしわ寄せは辺境にあってこそ発露する。これから先、今年をさらに上回る猛暑の夏が列島を襲うであろうことは想像に難くない。本書には、気候変動のなかでの農業実践の記録という一面もある。

本編に収録できなかった今年八月の記述から、長文になるが、以下転載する。

＊

8月20日（木）旧7月2日　晴

(水)0.0mm/(均)28.0℃/(高)34.0℃/(低)23.7℃/(日)10.4h

明日まで猛暑のピークと朝のテレビが言うている。一日延びとる。土日は全国的に雨とテレビが言うが、安下庄の予報は曇り。こりゃあ大島だけまるで降らんパターンだな。二十六～三十日が雨予報になっているが、クソのアテにもならん。

八時から正午まで寿太郎下段の摘果にかかる。昨日休んだ御蔭で体調が良い。明らかに、摘果量が少ない。裏年でもあるが、今年なり番の樹でも着果が少ない。二〇一八年異常寒波と猛暑旱魃、二〇一九年暖冬と殺人的猛暑旱魃、二〇二〇年記録的暖冬と終末的猛暑旱魃、そりゃあ樹勢も落ちるワ。猛暑旱魃で今年も落葉が酷い。これで来年の着花が減る（柑橘は旧葉の貯蔵養分で春芽・花芽を出す。落葉は命取りになる）。樹勢が落ちると幼果期の生理落果が増える。早生はヤケ多発、中生・晩生・雑柑でもヤケが発生している。凶作、確定。ついでに来年の凶作もほぼ確定。くそっ、ろくなことがない。

フィリピン近海で台風が発生しかかっている、来週末日本に到達と、昼のテレビが伝えている。四国手前で東へ進路を変えるのであれば、太平洋高気圧の勢力が弱まっている証拠、あと少しで涼しくなる。そのコースになる可能性はゼロだろう。太平洋高気圧がよっぽど強い場合は台湾から北西に流れて中国大陸へ抜ける。そうなると猛暑はまだまだ続く。真っ直ぐ北上すれば、フィリピン近海の暖気を伴うがために、通過後地獄の如き猛暑になる。最悪だが、こうなる可能性が高い。どうでもええけど雨が欲しい。

五時半から七時まで寿太郎の摘果。少しでも前に進める。

8月21日（金）旧7月3日　晴

（水）0.0mm/（均）27.4℃/（高）32.9℃/（低）23.3℃/（日）11.1h

朝、昨日より暑い。八時半から二時間で寿太郎の粗摘果を終える。今年はほんまに少ない。去年は摘果が遅れてお彼岸頃までかかってしまい、2S未満が多かった。裏年に加えて異常気象による不作は致し方なしとはいえ、少ないなりにマシなものが多く出来ればそれに越したことはない。

この猛暑で野菜類がアウトに近い。暑さに強いゴーヤが枯れかけている。梅干用に赤ヂソを植えたが灼けてしまった。ポットに培養土を入れ、赤ヂソの種子を伏せてみる。間に合えば幸い。

明日の雨予報が消えた。仕方がない。今日の夕方からミカンバエ産卵防除を始める。ダニゲッターと酢だけで三〇〇リットル作り、一〇〇リットル甘夏とデコポンに撒布する。西日がキツい。死ぬほど暑い。残り二〇〇リットルにモスピランSLを追加する。今回は黒点病防除のジマンダイセンを外すと決めた。七月豪雨で黒点のつくものはついている。あとは一か八か。これで大して黒点がつかないのであれば、黒点病防除は五月と六月の二回だけでよいという確証が得られる。

日が落ちてもクソほど蒸し暑い。平原上下段と横井手上段で撒布、タンクを空にするのに七時二〇分までかかる。ほぼ真っ暗。日脚が短くなった。

8月22日（土）旧7月4日　曇のち晴

(水)0.0mm/(均)27.9℃/(高)33.2℃/(低)24.3℃/(日)6.6h

小学校登校日、校庭の親子草刈りはかーちゃりんにお任せする。防除二日目六時半開始、地主下段三ブロック、井堀上段、十一時過ぎまでかけて三〇〇リットルを二杯撒布する。昼食うて一時から五時まで寝る。熱中症の入り口だろう、手の指がむくんでいる。平原の早生だけでも灌水作業をすればよいのだが、無理。ワシがもたん。六時前から一時間、横井手寿太郎下段で撒布。一五〇リットル残るが、暗くなるのも早いし、草臥れたしで、明日の朝に回すことにして撤収する。

家に帰ると、かーちゃんそれどころぢゃないと悠太が言う。オババこと、義母江中洋子死去、享年八十七。午後三時頃容体急変、六時二二分死去、柳井の義兄に電話が入ったのは六時半頃。病院事業会計の破綻等を理由とした病院再編により、町立橘病院は今年四月から病床数削減、診療所（町立橘医院）に格下げ、医師の当直廃止、看護師当直一人体制で時間外の対応不可、明日の朝九時までご遺体を迎えにも行けない。非常事態。すぐ使わない野菜を冷凍し、賞味期限越えの鶏肉を今晩のおかずに仕立てる。

8月23日（日）処暑　旧7月5日　晴

(水)0.0mm/(均)26.1℃/(高)30.4℃/(低)22.8℃/(日)6.4h

オババお迎えと葬儀の算段はかーちゃりんと義兄にお任せして、昨日の残り一五〇リットル、横井手の下段で六時半から一時間かけて撒布する。くそ蒸し暑い、ゴーグルが曇る。前が見えん。帰って三〇〇リットル作り、八時一五分から九時五五分まで岩崎で二二〇リットル撒布。残り八〇リットルを岡田家自家用に撒布したらキリがいいのだが、暑い、苦しい、頭が痛い。無理せず、今日はこれでやめにする。

一時から四時まで寝る。指がむくむ。後頭部が痛い。熱中症だな。こんなしんどい目ぇして作ったみかんが仲買に買い叩かれて農家の精算価格は二束三文ってか、あほんだら、ボケ、くそっ、やっとれん。

今日はお通夜。四時過ぎに家を出る。大島斎場。お勤めの後、出来合いのオードブル、不味くはないけど断じてウマくはない。久しぶりにいっせいさんでお好みと鳥皮食うて帰ろうやと、八時半に行くともう閉まっていた。遅くまでやってた筈なんだが、これもコロナによるものか。チキラー食うて寝る。

8月24日（月）旧7月6日　晴

(水)0.0mm/(均)27.0℃/(高)32.2℃/(低)23.2℃/(日)10.3h

昨日は草臥れた。九時半寝の六時起き。身体中痛い、しんどい。大雨が来た夢を見た。六時半から八時過ぎまで平原下段の早生若木六本に灌水する。十時から葬儀。朝メシ抜きで仕事して葬儀に参列して、おひるの御膳がくそ不味い。ここの仕出し屋、某回転寿司と同じ経営体の筈なのに魚も酢飯も不味い。それでも今日防除休んだ御蔭だ、麦酒呑めただけマシ。これをペトボのお茶で流し込むなんて苦行以外の何ものでもない。ワシはそれでも酢の物以外完食したが、悠太には食えるものがまるでない。

二十一日が猛暑のピークで、以降は暑さが和らぐとテレビの天気予報が言うとったが、そんなことなかった。朝晩は小マシになったが、昼間はこの夏最悪の暑さ、外で仕事が出来ん。今年八月中旬の最高気温平均は三三・二度。昨年同時期より二・四度、二〇一〇年平年値より二・一度、二〇〇〇年平年値より三・二度も高い。

8月25日（火）旧7月7日　晴

(水)0.0mm/(均)28.1℃/(高)33.6℃/(低)23.7℃/(日)8.3h

おそらく今月初めて夜露が下りず。明日明後日の雨予報が晴に変った。六月七月で年間降水量の三分の二、九九九ミリも降った。今月は十一日に僅か一・五ミリ降ったのみ。深刻な気候変動、異常気象の常態化、ここまでくれば災害だ。日本はもう駄目なのかもしれない。疲れがたまっている。防除を休む。

8月26日（水）旧7月8日　晴のち曇

(水)0.0mm/(均)28.0℃/(高)33.0℃/(低)23.7℃/(日)8.9h

今朝も夜露が下りず。六時五分作業開始。横井手寿太郎上段の半分、二十数本、一時間五〇分で二九〇リットル撒布、薬剤を一〇リットル余らせた。一本の樹の中途で薬剤が切れたとして、次のタンクの支度をする間に撒布済分が乾燥する。未撒布の枝に対して後から撒布すれば、隣接の枝には二度撒布したことになる。農薬撒布量のキャリーオーバーが発生する。こんなこといちいち気にする者などいないのだが、ワシは気になって仕方がない。それもあるのだが、残り一〇リットルを大きい目の一本に撒布するためホースの巻取りと軽トラの移動をするだけの気力体力が残っていなかったという、その問題のほうが大きい。

一二〜一三時にかけて八ミリ程度の降雨予報が出ていた。朝イチで雨雲サイトを見ると、国東半島にまとまった雨雲がある。これが流れてくると予報している。十時頃チェックすると、室津半島の南西海上に雨雲が迫ってきている。期待したのだが……十一時頃一時間予報をチェックすると、雨マークは消滅、晴れ予報に変っていた。正午頃、お湿りにもならん程度、ちょいとパラっと来た程度で終る。なめとんか！

8月27日（木）旧7月9日　晴時々曇

(水)0.0mm/(均)27.2℃/(高)31.7℃/(低)23.9℃/(日)8.6h

五時半起き。台所にアリ大発生。地震来るんちゃうか？
六時一五分から八時二〇分まで横井手寿太郎上段の残り、防除作業にかかる。昨日より暑い。三一〇リットル全量使ってこの園地の撒布を終える。残るは地主新池横の一反と岡田家自家用のみ。汗だく、疲労困憊、この暑さでタンク二杯目は無理。帰って風呂浴びる。

一〇時二〇分頃スバエる（大島の方言で通り雨を「スバエ」という）。雨量計には反映せず。撒布終了から二時間、この日照りならさくっと乾く。問題なしとみた。

　ひるから仕事場に籠る。仕事が進まん。昨夜のテレビのニュース、サンマが超不漁、一匹二〇〇〇円なんて信じられんこと言うとる。今日の昼前のテレビでは、アジ、サバ、イワシが不漁で高値と言うていた。ここんとこ、地魚を食うていない。カリフォルニアの山火事で、東京都の二・五倍の面積が焼失したと伝えている。最高気温五〇何度ってか！　温暖化、気候変動、食糧危機。ろくなことがない。

　安倍首相の連続在任日数が歴代最長になったのを受けて、今朝の中国新聞「識者評論」に中島岳志氏（近代思想史）の寄稿が載る。「私は、安倍内閣が未来の日本に与える影響は思いのほか大きいと思う。将来、言論統制が強まり、リベラルな価値観や言論空間が窒息する状況が生まれたとき、歴史家は、その重要な起点を安倍内閣期に求めるだろう」とした上で、権力が個人の内面に介入する法律が安倍内閣で整ったことを見逃してはならぬ、特定秘密保護法（二〇一三年成立）、いわゆる「共謀罪」法（二〇一七年成立）が将来の日本で暴走する可能性を視野に入れなければならぬと指摘する。権力の恣意にさらされるのは末端の民。軍機保護法による冤罪事件「宮沢レーン事件」の本質としてある、見えない権力の浸透による国民の自主規制、そして相互監視システムの起動、同調圧力の強化。「これが権力にとって、最も効率的で効果的に国民を服従させる方法である」「権力のまなざしの内面化こそが、自由な言論を圧迫する」。

　想えば、悪夢のような安倍政権の八年間で、この国の崩壊は絶望的なところにまで進んだ。寄ってたかって、世の中を悪くした。この先、首相の首が誰にすげ替ったとしても、この悪しき流れはますます加速することこそあれど、とどまることはないであろう。国民のあまりのレベルの低さに、権力が味をしめてしまった。社会の底が完全に抜けてしまった。

　マスクしませう、不要不急の外出をしてはいけません、呑み屋に行ってはいけません、狭い所に大勢が集まってはいけません、イベントを開いてはいけません、若者よ大学に行ってはいけません。でも、県外への旅行は補助金出すからどうぞ出掛けて行ってください。どういうこっちゃ？

　ここまで荒廃しきった日本の国土と社会を、子供らに引き継げってか？

8月28日（金）旧7月10日　晴

(水)0.0mm/(均)27.8℃/(高)32.8℃/(低)23.1℃/(日)9.2h

六時から七時四五分まで地主池の横一反の半分に三〇〇リットル撒布する。暑いが昨日よりマシ。もう一杯やれんこともないけど災害レベルの猛暑にあって無理はすまい。日にちを食うても、早朝一杯だけにとどめておいた方が身体にダメージが来ない。

　午後のテレビ、安倍首相辞任の意向とテロップが出る。持病を口実に逃げやがった。どこまでもつまんねえ野郎だ。

　夕方畑に出る。平原下段、今年限りの青島一本に、ワイヤーメッシュを設置する。岩崎早生二本に灌水する。ここの水は、清水の大恵さんの山から引いている。四日前と比べて目に見えて水量が減った。青島の足許に植えたユズの苗木が死にかけている。ダメ元で灌水する（二日後見に行ったら生き返っていた）。

8月29日（土）旧7月11日　晴（出先晴）
(水)0.0mm/(均)28.5℃/(高)34.3℃/(低)24.2℃/(日)11.0h
起きたら六時回っていた。日帰り旅行、悠太を萩博物館に連れていく約束、遅くとも八時半までに作業を終えねば。大急ぎで支度する。六時二五分から七時四五分まで地主残りに撒布、二五〇リットル。ラスト三本、青島の大木、噴圧をいつもの二・五から三・〇に上げる。暑くてやれん、燃料と薬液にロスが生じても早く終らせたい。年寄の撒布が雑になるのもわかる。
　帰ってすぐに明日の支度、タンク残五〇リットルに、五〇作り足して一〇〇リットルにする。これを明日の朝岡田家自家用に撒布して終了となる。

8月30日（日）旧7月12日　晴
(水)0.0mm/(均)28.1℃/(高)33.0℃/(低)24.3℃/(日)9.4h
疲れがきて昨夜寝付けず。六時起き。六時四〇分から三五分かけて岡田家自家用の撒布を終える。四本撒布したところで、薬液が余るとみて噴圧を三・〇に上げる。一〇〇リットルを使い切る。
　帰って風呂浴びて、小一時間ぼーっとする。機材片付け、またまた汗だくになる。十時終了。ひるは冷素麺。一時から四時まで寝る。

豪雨災害と除草剤の害――農業は環境を守るのか？

　今年、二〇二〇年の殺人的猛暑に至る前段階にも、災厄は容赦なく降りかかってきた（令和二年七月豪雨）。六月七月の安下庄の雨量は九九九ミリに達した。年間降雨量の三分の二が二ヶ月で一気に降り、大量の土砂とともに海に流れ出た。

　豪雨ピークの七月六日から八日までの三日間の雨量は三五〇ミリに達した（七日から八日にかけて安下庄における観測史上最大となる一時間雨量七二ミリを記録）。梅雨の大雨で災害の生ずることはあれど、五十年百年に一度の豪雨がこの列島の何処かで毎年発生、大災害頻発とは、一寸前まで考えもしなかった。雨の降り方がすっかり変ってしまった。

　みかん園地の被害も続出した。彼方此方で畑の土が流され、みかんの根が露出、山が崩落した。土と肥しが流れるから梅雨時は草を生やしておけ、ギシ（法面）の草は抜いてはいけないと、昔の人は言った。今の大島で、その戒めを守っている

安下庄アメダス　2020年６～８月平均値（かっこ内左2010年平年値／右2000年平年値）

	６月	７月	８月
降水量	358.5mm（275.2mm/304.3mm）	640.5mm（253.9mm/255.4mm）	1.5mm（113.9mm/132.9mm）
平均気温	22.1℃（21.3℃/21.0℃）	23.8℃（25.1℃/24.8℃）	27.4℃（26.5℃/26.2℃）
最高気温	26.6℃（25.5℃/24.6℃）	27.1℃（29.2℃/28.3℃）	32.4℃（30.9℃/29.9℃）
最低気温	18.4℃（17.8℃/17.9℃）	21.3℃（22.0℃/21.9℃）	23.8℃（23.1℃/23.1℃）
日照時間	168.0h（168.3h/168.6h）	104.9h（205.2h/211.3h）	260.6h（236.9h/236.2h）

	６月上旬	７月上旬	８月上旬
降水量	14.5mm（47.5mm/60.2mm）	457.0mm（115.1mm/117.7mm）	0.0mm（31.7mm/32.8mm）
平均気温	21.5℃（20.2℃/20.0℃）	22.5℃（23.9℃/23.5℃）	26.9℃（26.7℃/26.2℃）
最高気温	26.8℃（25.0℃/24.1℃）	25.4℃（27.8℃/26.8℃）	31.0℃（31.3℃/30.1℃）
最低気温	17.1℃（16.2℃/16.3℃）	19.9℃（20.8℃/20.6℃）	24.1℃（23.2℃/23.1℃）
日照時間	69.1h（68.8h/66.0h）	23.5h（54.4h/60.0h）	62.7h（82.6h/80.3h）

	６月中旬	７月中旬	８月中旬
降水量	256.0mm（85.0mm/83.6mm）	104.5mm（82.9mm/82.0mm）	1.5mm（40.0mm/46.8mm）
平均気温	22.3℃（21.3℃/21.0℃）	23.6℃（25.2℃/24.8℃）	27.7℃（26.7℃/26.3℃）
最高気温	25.9℃（25.5℃/24.7℃）	27.4℃（29.2℃/28.2℃）	33.2℃（31.1℃/30.0℃）
最低気温	19.5℃（17.7℃/17.8℃）	20.8℃（22.1℃/22.0℃）	23.7℃（23.4℃/23.3℃）
日照時間	41.6h（59.4h/61.2h）	42.2h（60.6h/62.3h）	97.8h（75.2h/75.0h）

	６月下旬	７月下旬	８月下旬
降水量	88.0mm（142.7mm/160.5mm）	79.0mm（56.0mm/55.7mm）	0.0mm（42.2mm/53.3mm）
平均気温	22.6℃（22.3℃/22.0℃）	25.3℃（26.3℃/26.0℃）	27.7℃（26.2℃/26.0℃）
最高気温	27.0℃（26.0℃/25.1℃）	28.4℃（30.6℃/29.7℃）	32.8℃（30.5℃/29.6℃）
最低気温	18.6℃（19.4℃/19.4℃）	23.1℃（23.0℃/22.9℃）	23.8℃（22.8℃/22.8℃）
日照時間	57.3h（42.7h/44.4h）	39.2h（89.7h/88.5h）	100.1h（78.9h/80.9h）

3日間で350ミリの降雨、除草剤常用園地では耕土が流され、根が露出した。2020.7.9

者は残念ながらそう多くはない。除草剤と化学肥料に頼るのは担い手の少なさと作業のキツさを考えると致し方ない面もあるのだが、これらの使い過ぎにより土壌の酸性化、単粒化が進み、保水力・保肥力が弱まる。水がゆっくりと土壌に染み込むことなく表層を滑る。今の大島のみかん園地の多くが、豪雨にも旱魃にも弱い。

農業は自然環境を守る役割があると言われてきたが、自身が農家になり、現状を識れば識るほど疑問符は大きくなる。

たとえば、みかんの収穫前農薬にトップジンという殺菌剤がある。貯蔵病害による腐敗果の発生を防ぐために撒布する。この農薬の主成分であるチオファネートメチルが土壌中の水分で分解してカルベンダゾールという発癌物質を生成、土壌に長期残留する（「農薬毒性の事典　第3版」三省堂）。その土で作った作物を摂取するのは人間だ。食物連鎖の上位。子供らの将来を想わずにはいられない。最低限実践可能な減農薬の取組みとして、私は、就農当初から腐敗防止剤の撒布を回避してきた。あわせて、二〇一四年の梅雨明けを最後に原則として除草剤の使用をとりやめた。

除草剤の不使用は、時間はかかるが窒素の還元と腐食促進による土づくりにつながる。草の根っこは微生物の宝庫だ。春夏秋の梅雨による土や肥しの流亡も防げる。秋から冬にかけて草を生やしておけば、土壌の余剰水分を草の吸上げと蒸散で飛ばすことにより、みかんの樹の水分吸上げを抑制し、糖度低下を防ぐ効果もある。地面に近い果実への雨水の跳ね返りによる土壌中の腐敗菌感染（褐色腐敗病）も防げる。

腐敗防止剤の不使用も然り。園内の腐敗果除去、収穫・運搬時の丁寧な扱い、倉庫の換気、貯蔵コンテナの積替えチェック徹底などにより、腐敗果の早期発見と発生の抑制は可能と、自身が取組むなかで理解した。長期にわたり人体にどんな悪影響を及ぼすかわからない化学薬品に過度に頼らないほうがよい。みかん栽培で、現状では無農薬への移行は不可能だが、考えることをやめてはいけない。少なくとも、樹体のコンディションや病害虫の発生状況、気象条件等を考慮することなく、不必要、過剰な農薬撒布という愚は強く戒めねばならない。

農民こそ文化人――住井すゑの言葉を反芻する

命を大切にするのが文化である。自らの命を守り、他者の命も守る、農民こそ真の文化人である。農民文学者住井すゑ（一九〇二〜一九九六）はそう喝破した。絞り出す言葉の重さ、鋭い眼光を、いまも時折思い起す。茨城県牛久沼畔のご自宅を生前最後に訪ねた時、頼みましたよと言われた。誰にでもそう声をかけるのであろうけど、それだけ先のある若い者に託す気持ちを強く持っておられたのだろう。

文化人であるからこそ、農を営む者は、土と水と空気を汚し生きものの身体と精神を蝕む農薬の害について無関心であってはならない。とはいえ、現実に、家庭菜園ならまだしも、無農薬で第一次産業としての農業を営むことは困難を伴う。冒頭に記したとおり、私は二〇一三年からみかん農家兼業となり、現在七反（約〇・七ヘクタール）、兼業農家でありながら、下手すれば専業農家より広い面積を耕作している。それでもみかんの稼ぎは知れている。農業では食えん。だが、農作業にかかる時間と労力は本業の比ではない。機械化も農薬の使用も労力軽減策の一つである。農家の過重な労働を身体で識るがゆえ、劣悪な現状に見向きもせず、自らの手を汚すことなく無農薬という理念ばかりを声高に叫ぶ人たちに対する反感を私は抱く（蛇足だが、困難な状況の中で、無農薬栽培に取組む実践者を私は尊敬する）。気候変動や病害虫の拡大に直面するにつけ、市場流通する商品としての農作物に対するシビアな選別や値付けを見聞きするにつけ、無農薬どころか減農薬ですら難しい、そのことを痛感する。だが、思考を停めたらそこでおしまいだ。次代へ譲り渡す責任として、真剣に考え、試行錯誤を繰り返す。

想えば、みかんは主食ではない。コメや野菜と違って、無くても困らないもの。しかしそれは、あらねばならぬものの反語と捉えたい。みかん一つ、それをして、食べる人の幸福を生み出す仕事でもある。ゆえに農民はすべからく文化人たりうるのである。ならば、文化に恥じない仕事をしたい。そう念じて、ほぼ毎日、欠くことなく畑に出て汗を流す。

みかん一つで、大島が、世界が視える

一見平和な大島にあっても、グローバル化と無縁ではいられない。日本は地下資源に乏しい国である。私たち農家の日々の作業に不可欠な農業機械ひとつ取っても、金属類からプラスチック原料から燃料から何から何まで輸入に頼っている。肥料も然り。みかんの品質向上には魚粉肥料が不可欠であり、以前広島の肥料メーカーに見学に行った際に魚粉の出所を質問すると、島根県の浜田漁港で水揚げされたものだという回答を戴いた。一見国産だが、その魚を獲りに行く漁船の船体やエンジンの材料から燃料からすべて輸入なくして成り立ちえない。カリ鉱石に至っては、日本では採掘できず、完全に輸入に頼り切っている。肥料の三大要素のうち、カリを有機物で賄うことが最も難しい。海に囲まれた日本列島にあって最も身近にある有機カリ肥料といえば、実は藻なのだが、この重量物を引き揚げ、切断、乾燥、運搬、そして畑に入れる作業は、家庭菜園ならまだしも、農業経営上不可能に等しい。それに、日本沿岸域の海水温上昇により藻場が消滅する、磯枯れという現象が各地で進行しており、海産物の先細りと相俟って日本の将来に暗い翳を落としている。

和食を支える出汁の文化、海を背景とした食文化がいまや滅亡の危機に直面している。和食がユネスコの無形文化遺産に登録された（二〇一三年十二月）、そのこと自体、危機的状況の反映である。ニッポン、スゴい！　などと能天気に喜んでいる場合ではない。

また、野菜の種子の大半が、いまや海外からの輸入頼みとなっている。いつもお世話になる岩国の八木種苗さんで伺った話など、本書に収録できなかった今年七月の日録から以下転載する。

＊

7月25日（土）旧6月5日　曇時々晴

(水)0.0mm/(均)24.8℃/(高)27.4℃/(低)23.0℃/(日)3.0h

八木種苗ついでに、悠太を初めて錦帯橋に連れていく。ワシ自身およそ二十年ぶり（眺めて通ることは再々あるのだが）。川の流れが速い。悠太のテンションが上がる。ＧｏＴｏキャンペーンの所為か河原の駐車場には他県ナンバーが多い。人はそんなに多くはない。出がけ、大島大橋の手前で渋滞が発生していた。これまたＧｏＴｏ……というより、大島は広島からでも日帰りで手っ取り早いから、息抜きで出歩いている人も多いのだろう。ワシらもその一人だが。

八木さんに、先の見通しを伺う。九条ネギは絶望。この雨で溶けてしもうた。乾燥ネギが入るかもしれんが、あてにならん。超極早生タマネギの種子はお盆前に入る。年内穫りを目指すなら八月二十日までに種を蒔く必要がある。極早生、早生以降のタマネギ苗は、今年はいけるだろうけど、来年以降が読めない。タマネギに限らずだが、国内で種子取りをし

平日の炊事は筆者当番。農協の品揃えもまた農漁業の危機を映し出す。2019.11.20　撮影＝河田真智子

ているところが少ない。海外で種子とりをしている。あいつらええ加減だからこちらから出掛けて行って監視しとかへんと、何やらかすかわからん。コロナで渡航ができない。先のことはまるで見えんのだが、ものによっては来年の植付けができなくなるかもしれない、とまで言われる。

　自国で種子取りができない。日本の農業の足許は危うい。奈良新聞で記者をしていた当時法蓮町のご自宅に通いつめて個人授業を受けた、万葉植物研究家の西川廉行先生が警告を発していた。文化財とか万葉植物の研究をしていると、戦後日本の危うさ加減がわかる、種子という種子を戦後、悉くアメリカに持っていかれた。種子を支配されるということは、自国の農業が立ち行かなくなることと同義なのだ。奈良にいた三年間で学んだことは、文化財と部落差別と労働運動、そして社会福祉、障碍者問題だった。三十年を経て自身が農家になって、西川先生の教えを想い起す。そして、あれほどの碩学の教えを受けたにもかかわらず、無智無能なこの教え子は何もできない。

　明日は雨予報。茄子とゴーヤを取込み、茄子とピーマンに肥しをふる。枝豆取込み。いい具合に仕上っている。少し味が薄いのは長雨、日照不足によるもの。致し方なし。

＊

　農業技術の進歩、品種改良と品種選定の徹底により今でこそマシになったが、ひと昔前までは、大島に限らず瀬戸内の島嶼部では高品質のコメがとれなかった。日本の農業はコメ本位制、耕地の狭小性から水の確保から何から何まで不利を挙げればキリのない島嶼部にあって、そこに暮す人々はおしなべて貧しかった。コメを作るうえでの不利は、みかんを作るうえでの有利に転化する。昭和三十年代から四十年代にかけての、コメからみかんへの転作ブームの頃には、コメと比べて除草や病害虫防除の回数や負担が少なくて済む、単価が高く収益が上がる、何より大島の気候風土、土質に合っているという話だった。まさか、こんなに頻繁に病害虫防除が要るようになろうとは、みかんで食っていけない状況に至ろうとは、当時、誰一人として、夢にも思わなかった。

もう一つ、大島に限らず瀬戸内の島嶼部でコメからみかんへの転作が進んだ背景として、昭和三十年代以降の「農業の近代化」と、農業土木とセットになった国庫補助事業の拡大がある。コメ栽培に必要な機械を自前で新品一式揃えると、今なら一〇〇〇万円コースになる。乗用耕耘機にせよ田植機にせよ刈取機にせよ、同時期に必要となるものだから、近隣で貸し借りするわけにはいかず、農家一軒一軒が購入、所有することになった。これがみかんだと、動噴（動力噴霧器）、ローリー（農薬等を積載するポリタンク）、ホースなど防除用具一式と刈払機を合せても三〇万円あればお釣りがくる（現代の価格で記述している）。農業の近代化を推進するに際し、コメと違ってみかんは多大な初期投資を必要としない、そのことも大きかった。

また、秋から冬にかけてのみかん収穫作業だけはどうしてもある程度の人数が必要となるのだが、収穫以外の冬から初秋にかけての通常の作業は、多くの農家が一人仕事となり、人手を必要としない。みかん転作による労働集約が、島から都市部への余剰人口の移動を担保した一面がある。

コメに目を転ずれば、昭和三十年代以降の機械化によって、役牛《えきぎゅう》と結《ゆい》（近隣の労働交換）が消滅し、みかんと同様に人手を要さなくなった。そして農業機械への多大な投資は機械化貧乏による兼業化、三ちゃん農業、都市部への出稼ぎ増加へとつながっていく。

我が家の年間必要とするコメは、熊本県の兼業農家さんからまとめて購入している。上記の件で訊ねてみた。

*

亡父の代で機械一式買い揃えたが、とっくの昔にコワれてしまった。全て買い替えてまで、やってはいけない。今は刈取りから籾摺りまで委託で、それなりの金額をとられる。一度機材を揃えたらそれで半永久的にとはいかない。メンテも要るし経年劣化もある。十年二十年と使った機械と新しい機械とでは性能面で比べ物にならない。今の刈取機は一日に何町という作業能力、優れものなのだが、何百万円もする。個人では買えない。

*

農業の近代化前夜に勃発した朝鮮戦争の特需以降、労働力の地方から中央への移動は国策として位置づけられた。農業で食えない状況をつくりあげた上での出稼ぎ、労働力の流出、

みかん作業の合間、限られた時間で本の編集作業に没頭する。2017.5.21　撮影＝河田真智子

農村の崩壊は、住井すゑが一九五四年に著した「夜あけ朝あけ」の底流として位置づけられる。父親はガダルカナルで戦死、母親は農作業中の怪我がもとで破傷風で亡くなり、遺された子供たちの暮しを描いた児童文学に込めたリアリズム。住井の晩年の語りを引く。

＊

農地解放の後、自分の土地をもらったのはいいけれども、供出制度で割り当てが来て、その割り当てを出したらもう、食うもんなくなるわけよ。農地解放したけれども、農民の生活はひとつもよくなっていない、あの農地解放は。そういう状況の中で、農業では食えないから、長男が都会へ出稼ぎに出るわけですね。これが出稼ぎの第一号なんです。作品の中ではそういう設定です。このままいったら日本の農村はあげて都会の出稼ぎになって、日本の農村ってのは潰れてしまうぞと、日本の農村が潰れるってことは、日本の滅亡なんだと、それを「夜あけ朝あけ」という小説で暗示したわけなんですね。非難する人たちは、出稼ぎに行くってのは敗北主義だとね。それでは、赤旗振ってコメが出来んのかってね。農業は、赤旗振って麦やコメが出来るようなもんじゃないんです。現実を全然知らないで、何の勉強もしていないし、実地体験もしていない。

（住井すゑ・福田雅子「『橋のない川』を読む」解放出版社、一九九九年、一四五頁）

＊

いつの世も、額に汗して働く農民が最も苦しめられる社会構造があり続ける。農民文学の同志である夫・犬田卯を全身で支えた住井の筆は、同時代のジャーナリストたちより遥かに精確に、農村の将来と、愚かな国策の本質を射抜いていた。当時喧伝された「農業の近代化」の六十数年を経た回答、それが今の農業をめぐる悲惨な状況である。現状だけでは済まない。その先に、今よりさらに悲惨な未来史が上書きされる。加速度的な気候変動、連年の異常気象が追い打ちをかける。そうとわかっていても、絶望している暇などない。季節の巡りは待ってはくれない。その時期ごとの作業を私たち農家は黙々とこなすのみである。人間、生きている限り、腹が減る。自分の食べるものは、可能なかぎり自分で作らなければならない。

紙の本であらねばならぬ理由

先述の通り、日録本編は今年五月三十一日の記述で終っている。一昨年五月に宮本千晴さんと立川でお会いした際、本書の構想を伝えたところ、終りのない生活誌を一冊にまとめることにより、そこで時間が止まってしまうとのご指摘を戴いた。記録を止めてはいけないという戒めと受け止めた。

　農業を中心とした島暮しの日録は、本来ならば文字数の上限を気にせず、日々の出来事を新たに書き連ねていくウェブ連載やブログ向けなのかもしれない。だが、読み手がいちいちつっかえ立ち止まり、記述の時間軸を往ったり来たりして考え込み、悩み、立ち往生するための触媒としての「紙の本」の形をとることに、私は執着した。

　そして私は、自身の中で時間を止めないために、今年六月以降も変ることなく日々の記録を続けている。これから書き継いでいく日録の続編を活字化するつもりはない。プリントして綴じて保存しておけば、将来息子が道に迷った時、何らかのヒントになるかもしれないし、ならないかもしれない。

　それから、本書に収録した日録の元原稿もプリントして大切に残してある。本書の編集にあたり、当然のことながら、書きためた日録原稿に大幅な加除修正を施した。そうして削除もしくは表記を改めたくだり、執筆時の感情の起伏、勘違い、思い込み、活字にできぬまずい話ほど、本質的には面白い。有名社会としての島社会にあって個人情報のタイムボックス、読み手は限られようとも残しておくことに価値がある。

　異常に長い「まえがき」になってしまった。本書を編んだ背景について、不十分なれど最低これだけは書き遺しておかねばならぬと考えた次第である。

二〇二〇年彼岸　著者

＊本稿は、「農民文学」三二四号（日本農民文学会、二〇二〇年四月）「新会員の窓」掲載「みかんの島で想う」に、大幅に加筆したものである。

日録本編（二〇一七年九月七日〜二〇二〇年五月三十一日）

１ヶ月

降水量	253.5mm（173.0mm）
平均気温	22.7℃（23.6℃）
最高気温	26.4℃（27.6℃）
最低気温	19.3℃（20.5℃）
日照時間	140.3h（179.7h）

上旬

降水量	41.5mm（43.1mm）
平均気温	24.0℃（25.3℃）
最高気温	27.8℃（29.5℃）
最低気温	20.8℃（22.0℃）
日照時間	56.8h（67.5h）

中旬

降水量	188.5mm（54.1mm）
平均気温	23.1℃（23.7℃）
最高気温	26.1℃（27.7℃）
最低気温	20.1℃（20.5℃）
日照時間	27.0h（58.9h）

下旬

降水量	23.5mm（75.8mm）
平均気温	21.1℃（21.9℃）
最高気温	25.3℃（25.6℃）
最低気温	16.9℃（18.9℃）
日照時間	56.5h（54.4h）

2017年９月

アジを開き、血合い（造血部）をきれいに取除き、海水の濃度の塩水に24時間漬けたあと風通しのよい日蔭で二日乾す。これが文字通りの「一夜干し」だと乾きと醗酵の具合がイマイチ、物足りない仕上りになる。

9月7日（木）白露　旧7月17日　雨

(水)19.0mm/(均)24.3℃/(高)26.5℃/(低)22.1℃/(日)0.0h

ミカンバエ防除（八月二十三～二十五日、二十七～三十日、三九七〇リットル）を済ませて緊張の糸が切れたのか夏の疲れが出たのか、ここ一週間ぴりっとしない。毎朝、起きるとまず身体中が痛い、というより軋む。朝から雨降り、ほぼ終日「本」業に勤しむ。

かーちゃりんのリクエストにより、おひるに三、四年ぶりに素麺汁をこさえる。いりこ出汁に麦味噌、松山揚を入れて煮込む。懐かしい味に仕上る。麦味噌は、お盆に松山で買ってきたもので、大島で製造販売している麦味噌と比べて、甘さ控えめなのがワシ好みである。大島の味噌といえば、家房《かぼう》の味噌が我が家の定番だったのだが、昨年ご主人が亡くなって廃業したため、以降、代替の味噌が手に入らず困っていた。これは使える。ずっと気になっている長崎チョーコー醤油の麦味噌も、いずれ買って試してみよう。

午後、佐賀県唐津の農民文学者山下惣一さんに電話を入れる。故・野坂昭如氏との往復書簡「農を棄てたこの国に明日はない」（「家の光」二〇一四年十一月号～二〇一六年三月号）をベースに、小農学会に関わっての話を書き起して本にまとめられんかという相談だったのだが、三月に野坂氏の単著としてもう出てるよと。「家の光」は定期購読しているのだが、単行本の案内が載っとらんのよね。僻地で編集者やってってしんどいのは、著者およびすぐれた原稿の確保の難しさ、外部からの刺激の少なさ、情報の遅さ、といったものがある。それはさておき、日々の農作業のなかで考えたことは書いて残しておかんと忘れてしまうよ、と山下さんは言った。現実問題として農業は儲けにならんけど、その尺度だけで価値づけてはいけないとも。作業記録は日々記帳しているが、その背景までは書いてこなかった。

島の古い話の聞書きではなく、あなたの生活と実践を通した島の現代史を書きなさいと、二年前碓井巧さん（元中国新聞論説主幹）に言われた。きだみのるの「気違い部落周游紀行」は、上から目線が気になるけど、宮本常一とはまた違った視座で僻地の人間の実像がよく描かれている。それをこえるものを書いて残してほしい。それが形になるころには、私はもうこの世にいませんけどね、と。

まとまった原稿を書き起そうにも、日々の作業超多忙でまったく手がつかなかったのだが、さしむき、みかん作業と本作りの日録を書き残すことから始めよう。掘り下げた原稿を書くことも、そのなかで考えよう。しばらく前から河田真智子さん（島旅作家・写真家）から島のこと、農業のことを書けと言われてきたが、超多忙を理由に棚上げにしてきた。でも、筋金入りの農民文学者である山下さんの言をうけて手を付けた。旅人と地の人との違いを思い起す。そうだ、私は、旅をやめて島に帰ったのだ。

農協さんが四月に開設した島の恵み本店（久賀）に、ニンニクを出荷することにした。みかんと違って単価が低く日持ちがしない野菜類は生産者直売に出しにくいのだが、ニンニクなら競合が少なく高値がつけやすく日持ちもよい。出すべきか出さざるべきか迷ったのだが、多少でも換金したい、自家消費しきれず倉庫で腐らせるよりはマシであろうと。

9月8日（金）旧7月18日　晴

(水)0.0mm/(均)23.7℃/(高)28.9℃/(低)19.8℃/(日)10.2h

明日から出張につき、関連資料のとりまとめと諸事連絡、出掛ける直前はいつも手間がかかる。「宮本常一コレクションガイド」増刷にかかわっての書類作成、学芸員のタイシン君に送信する。部数をどうするか。経費的にも苦しい。けど、宮本の本で、在庫を切らすわけにはいかん。

午後農協安下庄支所、柑橘生産者大会に出席する。規約変更と出荷に関する説明、生育状況と今後の管理について。直近五年の傾向、九月から十二月にかけての高温多雨と日照不足により、浮皮や腐敗などの果皮障害が多発している。九月から十月にかけてのマイルドカルシウム（浮皮軽減）とリンクエース（リンサン・マグネシウム葉面撒布剤）、去年は二回撒布したが、今年は三回に増やそう。去年も一昨年も浮皮多発を抑えきれなかったのだが、それでも、やらぬよりマシだろうて。今年柑橘試験場（山口県柑きつ振興センター）が薦めているのはジベレリン（ホルモン剤）の撒布で、浮皮は軽減されるが着色は遅れる。年明け出荷の青島に限定されるが、収穫作業の分散にはなる……のだが、年明け出荷分は年内出荷分と比較して単価が下がる。年明けまで収穫を続けていると、一月の寒がくるまでにやらんといけん機械油乳剤の撒布がやれんようになる。春先発芽前のアタックオイルで代用したのでは、越冬するカイガラムシに対して効き目がない。

安下庄の柑橘出荷者が、昨年ついに二〇〇を切ったという報告もあり。農協さんの集まりは、いつも勉強になる。が、疲れがきて眠たい。

生産者大会を挟んで午前午後、家庭菜園の夏物の伐採とトウガラシの収穫にかかる。あわせて、茂りすぎた豆茶も伐採する。勿体ないのだが、冬物の支度が大事、仕方がない。夕方、井堀中段で刈払機を回す。さしむき、ジャガイモの植付け場所を作らねばならぬ。夜はトリモモ塩焼き、カボスの仕上り具合チェックも兼ねて。のりちゃん、仕事帰りに梨を持って来る。久々に四人で晩ごはん。

9月9日（土）旧7月19日　晴（出先曇）

(水)0.0mm/(均)23.8℃/(高)28.7℃/(低)18.9℃/(日)8.0h

少し寝坊、六時起き。いつもなら悠太を起こしてはっちゃんの散歩に同行させるのだが、ひるから初めての父子二人旅に出るとあって、寝だめを優先する。それでも七時過ぎには起きてきた。いい習慣がついてきた。何だか、ここのところ張り切っている様子。八時半に保育園に送り、九時過ぎかーちゃりんと二人で西脇へ。一時間半でワイヤーメッシュ（防獣柵）追加設置完了。手が四本あると仕事が速い。暑い。上段

イノシシの食害。皮だけ残してきれいに食っていく。それも良玉ばかりを。ついでに枝をへし折っていく。ろくなもんぢゃねえ。2016.11

の荒廃園からザツボク、カズラが攻めてくる。家房のオジイ（伯父歳谷正徳）が晩年荒らしてしまった畑なので、ワシらが何とかするしかないのだが、そこまで手が回らない。次のシーズンオフ、一月二月で少しは手をつけんことには……年々、状況が酷くなる。

十一時にたちばなやで早昼。結構混んでいる。帰宅して、家のスダイダイ、カボス、ユズに初秋肥を打つ。ナス、ピーマンにも。刈払機ほか機材一式、井堀中段の倉庫に持って上がり、帰宅して風呂、そして出発前急ぎのメエル連絡……時間がない。保育園から帰宅した悠太が、もう支度して待っている。

伊保田一時四五分発のしらきさんで三津浜港、三津の渡しで港山駅へ。先月初めて連れて行ったとき、悠太がビビって渡し船に乗り移れなかったのだが、今日はさくっと乗れた。わずかひと月で、人類の進化！　伊予鉄髙島屋の観覧車、東急ハンズ、小椋のうなぎ、道後温泉、六時屋のアイス最中、松山から壬生川まで特急いしづち、タクシーで東予港、風呂、酒、寝る。悠太、若干緊張の面持ちながらも、終日ご機嫌さん。

9月10日（日）旧7月20日　晴（出先晴）

(水)0.0mm/(均)24.2℃/(高)29.5℃/(低)20.1℃/(日)10.1h

五時半起床、ひと風呂浴びて船メシ。子連れは移動に手間がかかる。地下鉄住之江公園、難波、日本橋と、乗換えの度に予定の便から少しずつ遅れていく。淡路から烏丸まで阪急電車。お約束、先頭車両からの展望にハマる四歳児。先頭座席にいた同じ四歳児のけいすけ君とおばあちゃんのご厚意で、悠太も加えて戴く。

徳正寺で「ｓｕｍｕｓ大全」の打合せ。トビラノ君、林哲夫画伯、善行堂さん。会うて話せば早い。潤ちゃんとせっつんはようようの日曜参観、悠太は本堂でアキと遊んでいる。同じ年頃の子供が居てるのはええもんやな。トビラノ君ちでお昼よばれて、京都駅から新幹線、自由席ほぼ満席、悠太は遊び疲れて爆睡、八千代中央駅に五時過ぎ着、「女性の日記から学ぶ会」の懇親会に加わる。行儀よく、愛想よく、これで偏食がなければもっといい子なんだが。

9月11日（月）旧7月21日　曇、深夜雨（出先晴）

(水)0.0mm/(均)25.0℃/(高)27.0℃/(低)20.3℃/(日)0.8h

午前、島利栄子さん宅で西村榮雄《よしお》さん交えて打合せ。「吉田得子日記戦後資料編」と「堀江芳介壬午軍乱日記」の件。いずれも原稿の完成度が高い。いい本が出来る確信を得る。来年春の同時刊行を目指すことになり。お昼をご一緒して、八千代台から京成特急で成田空港へ。四時四五分発、松山行ジェットスター。悠太、生れて初めての飛行機。西日本はあいにくの曇天でずっと雲の上だったが、着陸直前に忽那諸島から大島にかけての島影を低空から見せてやれただけでもよしとしよう。

三津浜八時半発のしらきさんで伊保田へ。はるか太平洋上の台風一八号のうねりで、忽那沖はかなりの揺れ、二人とも軽い船酔い。リバースまでは至らず。ワシが寝ている間に悠太が荷物を片付けて下船の支度をすませていた。人類の進化、大したもんだ。

9月12日（火）旧7月22日　雨のち曇時々晴

(水)37.5mm/(均)24.8℃/(高)28.4℃/(低)21.7℃/(日)1.8h

朝から小松のおげんきクリニック、続きで岩国の八木種苗さんへ買出しに出る。出島《でじま》（冬穫ジャガイモ）、ニンニク、九条ネギと、冬物の種子。玖珂のミコーに寄るも、サンマが一匹もいない。二盛だけ出ていた解凍サンマの刺身、初めて見た。よっぽどやな、今年の不漁は。

四時、田中原《たなかばーら》でワイヤーメッシュを受取り、割石《わりいし》へ運ぶ。イノシシの侵入はなけれど、入口周りで掘りあげた形跡あり。去年は実を盗られ枝をへし折られ壊滅的打撃を受けた園地とあっては矢も盾もたまらず、暗くなるまで、やれるところまで設置作業にかかる。晩の支度が遅くなる。

9月13日（水）旧7月23日　晴

(水)0.0mm/(均)24.0℃/(高)28.0℃/(低)21.1℃/(日)7.6h

雑用で午前が果てる。柑橘同志会の研修会、テゴ人午後一時役場前集合。ならず団地の分岐点で、案内矢印のペーパー持って立つ係。六日午前の下見・打合せで山回り研修園地を見せてもらっている分、テゴ人は見学端折って農協に戻り会場設営……の筈が、しっかり支度できている。みなさん仕事が速い。三次会までいく。タクシーに同乗して帰宅。風呂も浴びず、座敷で寝てしまう。

9月14日（木）旧7月24日　曇時々晴

(水)0.0mm/(均)23.6℃/(高)26.5℃/(低)21.3℃/(日)2.7h

宿酔。昼から仕事に出る。井堀下段で刈払機を回す。下段がきれいになったところで、中段の刈草を下段に落とす。夕方、悠太、はる君、岡田君が来て中段で芋掘り。まだコマいのだが、イノシシ被害多発の山の畑とあっては早掘りも致し方なし。帰宅が遅くなるので晩の支度はかーちゃりんに頼んだ。家庭菜園の秋茄子四本で麻婆茄子、爆裂にウマい。夏の

ワイヤーメッシュの設置作業。やりたくないけど仕方がない。2014.10

盛りに死に体だった茄子を思い切って強剪定し、肥しを打っておけば秋には復活する。茄子の安定供給は難しい。少し熱っぽいので薬飲んで早く寝る。悠太も微熱。明日までに熱だけでも下げんと、共倒れはまずい。

9月15日（金）旧7月25日　曇、時々ぱらつく、風強し

(水)0.0mm/(均)22.7℃/(高)24.0℃/(低)20.7℃/(日)0.0h

家のカボス収穫、二一キロ。苦土欠の症状あり、硫酸マグネシウム施用。お疲れさん、来年もよろしく。時折雨がぱらつく。井堀中段、冬物植付けのための土づくりと、前年の冬物のマルチ（農業用マルチシート）撤去作業。スダイダイの幼木に石灰施用。地主園地の外れに一本だけあるスダイダイに初秋肥。

午後、家房西脇。イノシシ侵入、青島が食害に遭う。被害は軽微なり。青いみかん食うてうまいのか？　よっぽど食うもんないのか、イノシシの侵入開始時期が年々早まっている。此度は二メートル超の石積の上にある西本さんちの家庭菜園から侵入した。逆落しよろしく、獣道が出来ている。隣接地のイノシシ対策などあてにせず、手間と経費は嵩もうとも個々で対策するほかない。急遽、ワイヤーメッシュ十枚割石から運び、設置作業にかかる。続いて、青島の樹冠草取り、石灰まき。成木五本だけだが、まあまあきれいになった。

園地隣接空家の主が先週帰省していたのだが、またまた、刈り取ったイバラやらザツボクやら、畑に放り込んでいる。

誰が始末すると思っとるんや？　前回の帰省時、お盆明けには、実のついたみかんの枝の上にイバラをぶちまけていた。傷もぐれになったら、正果でとってもらえない。売上に響く。都会の者には、ワシらの気持など、わからんのだろう。この空家は代が替って疎遠になったとはいえかーちゃりんの親戚であり、業腹ではあるが、角を立てたくはない。五時に仕事をあがり、悠太お迎え、川口医院で風邪ひき父子まとめて診てもらう。

9月16日（土）旧7月26日　曇時々雨、風強し

(水)10.5mm/(均)21.2℃/(高)23.4℃/(低)19.2℃/(日)0.0h

台風が来る前にカボス産直発送。収量が少ないので売上は微々たるものだが、幼木（四年生）が稼働するまでにリピーターを確保する必要がある。

　早生錦帯白菜の種をポット植えする。昨年より二〇日くらい遅い。たったこれだけのことが、みかんが忙しいと手がつかん。八木さんに尋ねたところ、いまから播いても半分巻きくらいにはなるよと。自家栽培の白菜を食うたら売ってるものは味がしなくて食えたもんではない。やるしかない。つるなしいんげんも、とりあえず空きスペースに播いてみる。播種後五〇日で収穫という。自家物の端境期に助かる。

　午後イチでかーちゃりん、悠太と、柳井まで買出しに出る。帰宅すぐ、三時から消防団、三人で陸閘《りっこう》を閉めて回る。晩は今秋初鍋。一年熟成の自家製橙ポン酢はウマい。夜は雨風収まる。嵐の前の静けさ。台風一八号の予想進路は最悪のもので、そうなれば九一年（平成三）の一九号台風禍の再来、塩害による落葉、枯死、緊急改植事業の悪夢がよぎる。といっても、タンクに水入れて待機するほかに、できることは何もない。潮をかぶって六時間以内に散水しなければ、枯死につながる。台風の度に、特に海に近い家房西脇の園地が気にかかる。

9月17日（日）旧7月27日　暴風雨

(水)140.0mm/(均)22.1℃/(高)23.1℃/(低)20.5℃/(日)0.0h

ひる前から風雨が強まる。終日雑用の傍ら、テレビやネットの情報に釘付けになる。南へ逸れてくれろー、無理ならせめて勢力落ちてくれろー。科学万能の時代に神頼みかよ！　昼にボンゴレをこさえる。アサリの身が痩せてきた。ぼちぼちシーズンも終わりだ。午後四時半頃、岡田君から電話があり、二人で陸閘を閉め直しに行く。些細な用事であっても台風通過時に単独行は危険だ。八幡川の水位が警戒ラインを超えているが、台風の進路が南に逸れつつあるし、多分大丈夫だろうと。ずぶ濡れで帰宅。風呂沸かす前にはっちゃん丸洗い、ご機嫌さん。台風は日向から宿毛、高知へ抜けた。六時頃風雨とも弱まり、七時頃には弱まった雨のなか虫の音が聞こえはじめた。柑橘産地壊滅という、最悪の事態は回避した。草臥れた。

9月18日（月）旧7月28日　晴

㊌0.5mm/㊏22.4℃/㊍27.7℃/㊎18.3℃/㊐9.2h

台風一過の秋晴れ……どころか、暑い。悠太連れて畑の見回り、被害なし。平原下段、二本だけ稼働している早生のカラス対策でテグスを張る。平原上下段と西脇の幼木三十数本が稼働するまでは、早生については出荷するほどの収量が確保できない。井堀中段に出島と大根を植える。悠太に手ほどき。今すぐ覚えなくてもよい、一緒にやっていれば自然と身につく。ここにもカラス対策でテグスを張る。

午後から割石のワイヤーメッシュ設置作業。前回の作業から六日も経っている。幸い、イノシシ侵入の形跡なし。耕作放棄地となっている下段の伐採樹と雑草を排除して、イヌマキの風垣に沿ってワイヤーメッシュを設置する。うちの下段の園地がワイヤーメッシュを設置しているのだが、年寄のやることはぬるい、隙間からイノシシ入り放題、これで昨年は壊滅的被害を受けた。地権者には悪いが、この園地の耕作はやめようと真剣に考えるほどに凹んだ。今年は何としても被害ゼロに抑えたい。暗くなるまで作業。かーちゃりんおさんどん当番の日は残業がしやすい。

9月19日（火）旧7月29日　晴時々曇

㊌0.0mm/㊏22.0℃/㊍26.5℃/㊎17.8℃/㊐4.3h

終日岩崎で、ワイヤーメッシュ設置に先立ち草刈りとカズラ除去作業にかかるも、全体の四分の一しか進まず。聞くところでは、早ければ四年後に園地山側の道路拡幅工事が始まる（後記。着工が早まり、二〇二〇年春になった）。二反（約二〇アール）ある岩崎園地の山側三列、園地面積の四分の一が削られるのは痛いが、借地なので文句は言えない。地権者全員が簡単には合意しないであろうから、実際のところ何年後になるかアテにはならん。畑を空けて待つわけにもいかず、来年の春もまた、青島の枯木をどけた跡に大津四号の苗を植える。東半分はセトミへの改植事業が待っている。

9月20日（水）八朔／彼岸　旧8月1日　曇

㊌0.0mm/㊏23.1℃/㊍26.4℃/㊎20.5℃/㊐0.6h

朝イチで、悠太を眼科に連れていく。メイボ（祖母はメボと言った。モノモライ、メバチコのこと）ではなかった。薬をもらって保育園に送る。十時より井堀上段の草刈り、岩崎の山側道路沿いワイヤーメッシュ設置。零時二〇分から小学校の運動会予行練習、悠太の写真を撮りに行く。日曜日の本番ではトラック内で撮れない。今のうちに撮れるものは撮っておく。二時から五時まで岩崎で草刈りとカズラ除去。今日の晩メシから新米、富山県産てんたかく、寒い土地のコメは色が白い。

9月21日（木）旧8月2日　晴時々曇

㊌0.0mm/㊏21.1℃/㊍24.7℃/㊎16.9℃/㊐4.1h

悠太、風邪具合がぴりっとせず朝から川口医院へ連れていく。出る前に、二人で家庭菜園に九条ネギの苗を伏せる。去年より二〇日程度遅い。午前と午後合せて六時間、岩崎で草刈りとカズラ除去。ここの園地はカズラがひどい。捗らない。悠太が熱を出し、保育園早退。かーちゃりんがお仕事早退して面倒をみる。

9月22日（金）旧8月3日　雨

(水)7.0mm/(均)20.4℃/(高)21.4℃/(低)19.7℃/(日)0.0h

毎朝起きぬけは身体中が痛い。終日雨、そして子守。たまには休めということか。悠太を川口医院へ連れていく。熱は高いが、そこそこ元気ではある。喉が痛いといって食が進まない。養分とれなんだら死んでまうど！　と脅かす。おひる、のびきった素麺汁一時間かけて食べきらせる。晩メシに、タイシン君からの戴きもの、初物の栗で栗ごはん四合炊き、チダイを蒸し、アジの叩きを作る。ミョウガも初物。うちの畑のものは、市販品とは味の濃さが違う。

9月23日（土・祝）秋分　旧8月4日　曇

(水)0.0mm/(均)21.4℃/(高)25.0℃/(低)19.0℃/(日)1.5h

午前一時間、岩崎のカズラ除去作業、三株。正午から監督宅でおっちゃんの十七回忌。竹村さんの読経。三原さん夫妻、岬崎さん、なっちゃん一家、少し遅れて仕事あがりの東さん参戦。中途で竹村さん送りついでに農協にアテの買出し、帰り便で悠太を連れ出し、子供らで遊ばせる。夕刻、かーちゃりん来る。七時頃まで呑み続ける。

9月24日（日）旧8月5日　曇時々晴

(水)0.0mm/(均)20.6℃/(高)25.3℃/(低)16.7℃/(日)4.8h

小学校の運動会。保育園児のかけっこ、悠太の必死の形相を見たかったのだが、予行練習と同じくおちゃらけ顔で、肩透かしを食う。麦酒ひと缶よばれ、東西対抗綱引に加勢。当方の惨敗。年寄と子供ばっかりでは、剛力揃いの東には勝てん。酒の呑める運動会は今日日珍しいと聞く。都会と島では背景が異なるのだが、ワシの子供時分、神戸の小学校の運動会は禁酒だった。人数多いのに活気のない運動会やのーと、オカンが毎回言うとった。

午後の五時間、岩崎のカズラ除去とワイヤーメッシュ設置作業にかかる。この園地はカズラとマルバルコウ（外来アサガオ）が異常に多い。木にもぐれつく。農薬のかかりが悪くなり、ヤノネカイガラムシや黒点がつきやすくなる。引受け一年目の去年は、この園地では一級正果が出せなかった。裏年に加えて記録的な不作だったとはいえ、晩生《おくて》青島二反で収量二トンに届かなかったというのはいくら何でも問題がありすぎる。密植の解消、カズラ除去、有機物施用、老木の伐採・若木更新、諸々、とにかく、少しずつまともな畑に戻していくしかない。去年の状態の酷さを思えば雲泥の差、生育具合も順調ナリ……とくれば、やられた時の情けなさ、心のへし折れ具合を思えば、他の作業を後回しにしてでもワイヤーメッシュの設置を急がねばならぬ。

9月25日（月）旧8月6日　晴

㊌0.0mm/㊏20.5℃/㊤27.1℃/㊦16.0℃/㊐10.2h

終日岩崎の作業続き。山側の道路沿いだけでも締め切った。ひるめし後、月末払い。「親なき家の片付け日記」長野県教科書販売所扱い分の後日返品分、売掛赤残金二一万七〇〇〇円の支払を片付ける。委託期間中に戻ってこなかった分が、清算後ごそっと戻ってきて、あとから返金が生ずる……といっても、三年前の委託品であり、戻ってくるのに年月がかかりすぎている。この場合、長期で取引しているところであれば、新刊および注文品の精算額から差し引かれることになる。実際に大して売れてもいない本を、金融商品として回すということ、巨艦主義的商売というやつやな、これが。ある程度資本のある版元でなければもたん。否、資本があっても、自転車操業にならざるを得ないとはこういうことだ。社会全体が右肩上りで、いまとはまるで違って本が売れていたイケイケの時代は、これでよかったんだろうけど。そこのところ、地方出版第一世代の人らとは、決して埋まることのないギャップを感ずる。それにしても、地方・小出版流通センター、JRC（旧称＝人文・社会科学書流通センター）が如何に堅実であるかがわかる。書き手の地元である長野県内で実売を伸ばしたいという意図もあり、ある同業者の紹介でこの本に限って委託したわけだが、結果的には、そこそこに高い授業料ではあった。取次とまともに付き合うたら、なんぼカネがあってももたん。自転車操業を維持するために新刊増産させられるか借金もぐれになるか、いずれにせよろくな話にはならん。こういう取引は二度とするまい。

9月26日（火）旧8月7日　晴

㊌0.0mm/㊏22.5℃/㊤27.1℃/㊦15.9℃/㊐9.5h

終日岩崎の作業続き。浜側出入口の作り直し。耕作スペースは減るが、隣接する井上さんちの車の転回がこれでスムーズになった。井上さんより、釣りたてのタチウオを戴く。子持ち、初物。かーちゃりんは魚卵を好まない、あたがりがい、い、い。悠太が挑戦するも、べーっと吐き出しよった。

9月27日（水）旧8月8日　雨

㊌8.0mm/㊏22.5℃/㊤24.3℃/㊦21.0℃/㊐0.0h

井堀中段の大根、九日経てど芽が出ず。三年前の種子は駄目か。降り出す前にと朝イチで播き直す。錦帯白菜も一一日経てど芽が出ず。こちらは新しい種子の買置きがない。年末から年明け収穫用の苗が出るのを待つしかない。午前大畠のバンブーで散髪、午後、小雨の中岩崎でワイヤーメッシュ設置作業の続き。隣接園地との境界、設置完了。隣がワイヤーメッシュ設置しているのだが、支柱の打込みが甘く、押すとぐらつく。敵に狙われたら一発アウトだ。

春に北上、秋に南下するアサギマダラは、大島では5月と10月頃観察できる。悠太撮影のカット。昆虫撮影はピントとシャッターチャンスが難しいのだが、デジタルカメラの進化で素人でも撮れるようになった。そりゃあ写真屋の仕事が無くなるわけだ。2020.10.18

9月28日（木）旧8月9日　未明雨、日中晴

(水)8.5mm/(均)22.0℃/(高)26.0℃/(低)15.3℃/(日)6.4h

悠太の風邪具合がぴりっとせず、朝から川口医院。朝晩冷える所為か具合の悪い人が多いようで、待合が混んでいる。午前中仕事にならず。午後、岩崎西側の作業。夕刻完了。ワイヤーメッシュ二枚足りず、西脇へ予備を取りに行く。実の被害は出ていないが、土を掘り返した跡がある。浜側の風垣の下から侵入しているのだろう。追加対策をせんといけん。収穫まであと三ヶ月、金欠の折に急な出費は痛いが、連年のやられ損だけは回避せねば。イノシシ被害の心のへし折れ具合は、やられた者にしかわからん。

9月29日（金）旧8月10日　晴

(水)0.0mm/(均)19.9℃/(高)25.7℃/(低)13.7℃/(日)10.3h

ワイヤーメッシュ追加設置作業、横井手、地主完了。西脇は侵入箇所だけ先に塞いだ。コメリで一万八〇〇〇円の出費は痛い。急な設置で補助金がつかないのは辛いのだが、四の五の言ってはおれん。マイルドカルシウム（浮皮軽減）・リンクエース（リンサン・マグネシウム葉面撒布剤）を撒布している人がいる。来週はほぼ連日雨予報。気温の高いうちに撒布しないと効かなくなる。うちも撒布したいのだが……イノシシ対策が最優先とあらば致し方なし。かーちゃりん残業で、悠太のお迎え。ここのところ毎日、夕方悠太を連れて井堀中段へ水やりに上る。ジャガイモの芽が出始めている。フィールドワークなどと称してわざわざ遠くへ出掛けて行かなくとも、島は島、都会は都会で、自身の足許こそ立派なフィールドだ。

9月30日（土）旧8月11日　晴

(水)0.0mm/(均)19.9℃/(高)26.2℃/(低)14.5℃/(日)9.7h

西脇風垣沿いのワイヤーメッシュ設置、かーちゃりん加勢、午前二時間で完了。昨夜もイノシシ侵入の形跡あり。これで止まってくれればよいのだが。夕方いつもの水やり。井堀中段、播き直し四日目、大根が一斉に発芽した。早いめに晩メシすませて七時よりお宮の風流の会。これまた高齢化、年々参席者が少なくなっていく。保育園児による歌と踊りの発表、り君が下松に引っ越して二年、悠太の相棒がそこに居ないのは寂しくもある。

*

追記。この時期、ワイヤーメッシュ（防獣柵）未設置園地の解消に向けて作業にかかっていた。日録本編の索引を取ってみると、イノシシの項目が最多だった。

大島には棲息していなかったイノシシが出没し始めたのは二〇世紀末、柑橘の被害額が初めて計上されたのが二〇〇二年（平成十四）。それでも、私が神戸から大島に帰った二〇一一年（平成二十三）頃にはまだワイヤーメッシュを設置していない園地が大多数だった。その後、未設置園地は確実に被害を受けるレベルにまで状況が悪化、大島中の畑から家屋から何から何まで鉄柵で囲われ、島の景観が一変した。

イノシシが大島大橋を歩いて渡ったわけではない。海を泳いで渡ってきた。大島で問題化するより前に、既に広島県の島嶼部で大問題となっていた。対策は後手に回った。今や近隣の平郡島《へいぐんとう》や祝島《いわいしま》でもイノシシ被害に苦しんでいる。

イノシシと言うけど、実はイノブタだといわれる。近代登山の発祥地神戸に住んで山に親しみ、六甲山に生息するイノシシを年中見かけていた私自身の経験からも、大島のイノシシは六甲のイノシシとは風体が異なると思う。イノブタ養殖をしていたオッサンが野に放ったのが諸悪の根源という説を各所で耳にした。中国新聞社取材班編「猪変」（本の雑誌社、二〇一五年）では、広島県の上黒島《かみぐろじま》、倉橋島《くらはしじま》、大崎上島《おおさきかみじま》でのイノシシ養殖と脱走の事例が取り上げられている。

外来生物の引き起こす問題は、イノシシに限ったことではない。日録本編では外来アサガオの拡大についても幾度か触れている。観賞用に広がったチョウセンアサガオなんかも、眺める分にはよいが、農業を営む者にとっては迷惑千万な存在であり、刈草に種子（アサガオの種子には下痢や神経症状などの毒性がある）が混入すれば牛馬の飼料に使用できなくなる。この辺境の島にあっても、グローバル化とは無縁ではない。前掲「猪変」は、「耕して天に至る」と形容されるほどに島が拓かれていた時代にイノシシが入り込む隙間はなかった、耕作放棄の拡大により棲息場が確保され、残ったみかん畑が餌場となる、島の環境が変わるにつれ野生生物の棲処が整っていったと記す。人の世の全ての災いは人による。

１ヶ月

降水量	541.0mm（106.7mm）
平均気温	18.4℃（18.5℃）
最高気温	21.2℃（22.6℃）
最低気温	15.7℃（14.9℃）
日照時間	115.3h（180.5h）

上旬

降水量	139.0mm（44.3mm）
平均気温	20.7℃（20.3℃）
最高気温	24.2℃（24.3℃）
最低気温	17.8℃（16.9℃）
日照時間	50.8h（56.5h）

中旬

降水量	177.5mm（34.8mm）
平均気温	18.3℃（18.8℃）
最高気温	20.2℃（23.0℃）
最低気温	16.7℃（15.1℃）
日照時間	10.5h（62.6h）

下旬

降水量	226.5mm（27.6mm）
平均気温	16.3℃（16.6℃）
最高気温	19.4℃（20.7℃）
最低気温	12.9℃（12.8℃）
日照時間	54.0h（61.4h）

2017年10月

根室本線厚岸の名物駅弁かきめしを真似る。生姜を効かすのがコツ。使ったのは広島産。大島でも養殖しているが、生産量が少ないのか、売り先が確定しているのか、地元民の口に入ることは滅多にない。マガキがびっしりひっつく石積みの波止が近場にあった。超小粒だが味が濃厚でウマかった。今は獲れなくなった。もっと食うておくべきだった。

10月1日（日）旧8月12日　曇

(水)0.0mm/(均)20.2℃/(高)23.4℃/(低)15.3℃/(日)2.1h

七時半から二時間、悠太連れて井堀中段、ニンニク、ホウレンソウを植える。去年より十二日早い。悠太の作業ぶりがサマになっているので、かーちゃりんに電話して来てもらい、ビデオを撮ってもらう。オジジ（義父江中正克）と買物に行く二人を見送り、大根、辛味大根の種子を播く。このさい一気にやってまえと、残りスペースにマリンカル（苦土入り有機石灰）、堆肥を入れ、管理機（手押し耕耘機）を回す。正午までかかったが、これで、井堀中段の冬物の土づくりが手を離れた。

ひるから御神幸祭《ごしんこうさい》、片付けのあと直会《なおらい》、二時間ちょい呑んでぺろぺろに酔っぱらって帰宅、はっちゃんの散歩だろう、誰もいない。まだ薄明るい。予め水タンクを持って上がっておいた井堀中段の水やりに行く。帰宅すると、悠太の機嫌が悪い。夕方二人で水やりに行く約束を破ったといって怒っている。こうなると聞かない。仕方がない。もう真っ暗だがバケツに水を汲んで軽トラ内緒の飲酒運転で井堀にあがり、水やりをさせる。呑んで帰った時、すぐにかーちゃりんのケータイ鳴らすんだった。

10月2日（月）旧8月13日　雨

(水)42.5mm/(均)20.8℃/(高)23.3℃/(低)18.4℃/(日)0.0h

終日雨、机に向う。やらなあかん雑務は多々あれど、一向に前に進まん。庄区民館の駐車場に借りている土地が売りに出された件について、大阪在住の地権者に何度電話してもつながらず、柳井の不動産屋に電話で確認を入れる。売買が成立すれば一ヶ月以内に当方の契約を解除せなアカンという。ここは丘庄の旧家の土地だったのだが、相続した都会人の息子にしてみれば大島の土地など必要のないものであり、以前電話で話したところ親父の負の遺産とまで言われてしまったわけで、この際、ちゃっちゃと解約しましょうと北と南の区長に話はしてある。土地に縛られることのない自由を得た人々の群れが都会にある、ということ。村の旧家の崩壊、そして村落共同体の崩壊は不可避の流れでもある。

10月3日（火）旧8月14日　未明雨　晴

(水)1.5mm/(均)23.2℃/(高)27.7℃/(低)20.1℃/(日)6.7h

農協青壮年部の研修会で朝から久賀へ、お題は刈払機、動噴等のメンテナンスについて。ガス欠でエンストするまで刈払機を回したらあかんと、就農五年目にして知る。オイル切れでエンジンふかしているに等しいのだと。ガス欠直前にエンジン音が変る。言われてみればその通りだ。プラスのドライバの大きさには一号から三号までありまっせとか、六角レンチは長いほうが回しやすいとか、ついでにイノシシはミミズを狙って土を掘っているのではなく草の根を求めて掘っているのだとか。研修の合間に、日当出すから明日の周防大島ファーム園地の極早生収穫に加勢してくれる者はおらんか、と話が回ってくる。みなさん自分とこの仕事で忙しい。他所の収穫作業に加勢するほどの余力はない。

周防大島ファームとは、やれなくなった農地の耕作放棄を回避し管理するのを目的として九月に設立された農協出資型の農地管理法人で、初年度の管理園地は二町（約二ヘクタール）で収量二万六三〇〇キロ、販売高四〇〇万円見込、二〇二六年には管理園地二〇町、販売高一億円を目指す、という（日本農業新聞、九月十六日付。反収、単価計算に疑問アリだが……）。必要な取組みではあろうけど、農家のいいところは自分が王様、自作農であるということではないか。出来がよかろうが悪かろうが全てを引受けなあかん自作農の苦しみと背中合せの愉しみは、雇われ農家では得られない。

三時、中途でお暇して柳井に出る。悠太のおたんぜう日ケーキの予約、カワムラさんに牛叩き用もも肉依頼、晩のおかずにミコーでサンマを買う。ひるに出た弁当が老人サイズか、量が少なく中途半端に腹が減る。来来亭で中華蕎麦を啜る。京都滋賀辺りの中華蕎麦の味、柳井という片田舎にあってこだけ関西の匂いがする。ヤナイ園芸でブルーベリー苗、サザンオニールとクーパー二株ずつ購入。酸度の高くない土にも対応できる（それでもかなりの酸性土壌を要求しょる）接木苗ゆえ結構なお値段、八千円近い出費になる。悠太がブルーベリー大好きで、初夏から夏の頃にかけて三蒲の農園直売所へかーちゃりんが買いに行っている。こうなったら自家栽培したほうが安く上がるし、心映えも違う。収穫期がみかん作業の繁忙期にあたる。私一人では世話を見きれず、なりっぱで腐らせる危険がある。先々悠太がある程度面倒をみてくれることを前提に、この秋植えることにした（二〇一九年の猛暑で枯死。残念）。南すおう農協にも立寄る。生産者直売、野菜苗直売、充実している。早生白菜苗、六十日と無双四株ずつ購入、四〇〇〇円也。

10月4日（水）中秋の名月　旧8月15日　晴

(水)0.0mm/(均)19.8℃/(高)22.5℃/(低)18.1℃/(日)8.7h

年齢の所為か、ここのところ深夜未明に小用で目が覚める。今シーズン初めてオリオン座を二階の窓から確認する。果たしてベテルギウスはいま現在六四二光年彼方に実在するか否かはさておき、オリオン座はお盆前は明け方、この時期は深夜に天空に上る。星空を見上げる心の余裕もなかったのか、この夏から秋にかけては。

朝イチ悠太同伴、井堀中段にブルーベリー二株、白菜八株植える。午前まるまる見積ほか雑務。午後家庭菜園の豆茶採入れと伐根、四時から地主の草刈り。夏の降雨量が少なかったはいえ、旱魃とまではいかない具合で適度に降り、気温が高ければ草がよく伸びる。在来温州の古木三株に枝枯れが目立つ。もう無理、今年の収穫を最後に伐採やな。またまた収量が落ちるが、いつまでも年寄に頼ってはいけない。連年改植、致し方なし。五時から六時まで悠太のヤマハ音楽教室、続きで井堀中段の水やりに行く。秋の宵は釣瓶落し、作業が進まぬうちに真っ暗になる。来週からは、ヤマハの前に水やりに上らないけん。晩メシ鍋。買ってきた白菜は味がしない。致し方なし。自家穫り白菜の確保できる十二月以降を楽しみに。

10月5日（木）旧8月16日　曇時々晴、夜雨

(水)16.5mm/(均)19.4℃/(高)22.5℃/(低)17.2℃/(日)4.0h

朝イチで芋掘り、出来が悪い。ブルーベリー残り二株を家庭菜園の隅に植える。大島の農地は全体的に酸性土壌なのだが、うちの菜園はそれに輪をかけて酸度が高い。石灰入れてもホウレンソウがまともに育たない……ということは、ブルーベリーには向いている。井堀中段、白菜の水やりに上ると、ウリ坊が入った形跡あり。ワイヤーメッシュ未設置の下段にクソ馬鹿垂れ侵入、盛大に掘りあげている。地主入口のワイヤーメッシュ止め金具が、またしても盗難に遭う。この夏から三回目。出費が痛い、針金で代用する。

区民館駐場として庄区が借りている土地を、今月一杯で解約してほしいと地権者から電話が入る。解約の意思は既に区長に伝えてある。正式に了解を戴く旨伝える。

地主でウリ坊の食害発生。腹立つやら情けないやら。目の大きい旧式のワイヤーメッシュでは防ぎようがない。さしむき防獣ネットを引っ掛けて通路を閉鎖する。続いて、井堀中段、当面の対策。入口のワイヤーメッシュを、ウリ坊侵入防止の目の小さいものに取換え、下段の未設置園地から敵が攻め上ってくるのを防ぐため防獣ネットを垂らす。ちちんぷいぷい程度の対策ではあるが、藁にもすがる気持ち、何もやらんよりマシ、否、やらずにはおれん。三時半に帰宅して家事、四時から五時半まで地主で刈払機を回す。片付けて悠太お迎え、井堀中段の水やり。夜半から明け方にかけて雨がくることはわかっているのだが、昼間の気温が異常に高いため、少しでも乾燥を回避したい。積み残した仕事、数知れず。今日もまた一日が果てる。

10月6日（金）旧8月17日　雨

(水)78.5mm/(均)18.7℃/(高)19.6℃/(低)17.4℃/(日)0.0h

井堀中段、ウリ坊侵入の形跡なし。久賀まで転がし、島の恵み本店にニンニク二個一二〇グラム三〇〇円を八つ納品して帰宅、明日売る本の支度と家房の仕事場へ移す本の仕分けで午前まるまる潰れる。かーちゃりん午後休みを取ってお掃除。二時に悠太お迎え。明日の全推連（全国離島振興推進員連絡委員会）意見交換会で記念品として配布するポストカード五〇セット封入作業、悠太にテゴをお願いするも……まだ無理やな。午後三時出発、山陽トーイでおたんぜう日プレゼント、食材買出し、帰宅してすぐはっちゃんお散歩、済んだら台所、牛叩き、秋刀魚刺身、茶碗蒸など仕上げて、悠太満五歳お祝いの会、まゆみちゃん、のりちゃん御参席。

保育園の運動会。少人数でも活気がある。2017.10.7

10月7日（土）旧8月18日　曇のち晴

(水)0.0mm/(均)20.4℃/(高)23.2℃/(低)19.0℃/(日)3.1h

起床即はっちゃんお散歩、注文品の荷造り、一人カップ麺の朝食、七時半から古紙回収のテゴに入る。八時、施設入所のオババ（義母江中洋子）を迎えに行く。……忘れとる。今日は悠太の運動会ぞと説明するも理解できず、連れ出すまでひと手間、一階に下りて上衣を忘れていると気付いて取りに戻る。何処にあるのかわからん。八時半の開始時刻が迫る。

運動会終了後、じじばばとお侍茶屋で昼食会。天麩羅定食を頼むも、おばばには量が多い。余ったら詰めてもらうし食べられるもんだけ食べたらええよとかーちゃりんが言うも、残ったら棄てたらええと何度も繰り返すおばば。ぷちっぷちっと頭の線が切れる。かーちゃりんのサウンド・オブ・サイレンスは恐怖だ。認知症入る前から元々こんなんや！　と、かーちゃりんは言う。そうなんだよな……かーちゃりんの実家の家庭菜園で作った野菜が余るといって、いつも畑に穴掘って棄てていた。話の端々で、棄てる棄てると繰返す。棄ててもええけど口に出して言わんでくれ、悠太が見てる前で食べるものを棄てるのだけはやめてくれとワシも過去に何度か言ったのだが、聞く耳持たなかった。日本中が貧しかった時代を知っている世代の筈なんだが、何がいけんかったのだろう、このオババは。

午後東和総合センター、全推連意見交換会で店を出す。豆茶六袋、離島論集二セット売れる。意見交換会での大島から

庭にワイヤーメッシュ（防獣柵）設置。ウリ坊侵入を防ぐため、下部の目が細くなっている。2018.9

の報告は移住、起業、観光、交流とかなんとか、外向け志向の話に終始する。起業志向にせよ無農薬志向にせよ何にせよ、いわゆる意識高い系都市住民の移住が念頭にあるのだろうけど、そうでない普通の人の方が、実は世間の多数を占めているってことを見落してはいまいか。うちの母方の祖父母も実は昭和戦前戦中期のIターンなのだが、人の移動は昔から変らずあり、昨今のようにやれUターンだIターンだJターンだと殊更にとりあげる方がどうかしている。島の対義としての都会を意識しすぎている。都会の価値観を島に持ち込んで空中戦よろしく地に足のつかない議論に終始することのアホらしさにええ加減気づくべきだ。それはそうと、観光向けにつくられたみかん鍋のPRはあっても、みかんの主産地維持の課題については一切言及がない。年々深刻の度を深めるイノシシ問題についても然り。これは、農業にとどまらず生活安全の問題でもある。島の基幹産業としてのみかん栽培が駄目になり、自給用菜園が作れなくなり、住民の生活安全までも脅かされる事態に至れば、間違いなく島は沈む。やれ観光だ起業だ移住だ交流だと宣うが、生活環境の悪化と基幹産業の衰退が進めばそれどころではなくなる。ザツボクが繁茂する耕作放棄地と荒廃放置家屋だらけの島がここにあるとして、廃墟探訪趣味にはいいかもしれないが、そんな荒れ果てた島に観光に訪れる物数寄はおるまい。ついでを言えば、観光による離島振興など成り立ちえないということは、戦後の離島振興運動の歴史が既に証明している（『宮本常一離島論集』参照）。

10月8日（日）寒露　旧8月19日　晴

(水)0.0mm/(均)21.5℃/(高)26.3℃/(低)17.6℃/(日)7.2h

井堀中段ジャガイモ芽かきと肥料、家庭菜園のピーマン伐根、管理機と動噴のオイル交換、これだけで午前終り。午後、マイルドカルシウム（浮皮軽減）六〇〇倍・リンクエース（リンサン・マグネシウム葉面撒布剤）二〇〇〇倍撒布六〇〇リットル。夏日だが、夏場を思えばはるかにマシだ。前日の意見交換会での為体について、かーちゃりんに報告する。農協の吉村組合長が出席しとるのに何で発言を求めないかね、うしろで本売っとるおっさんかて本業農家やでと言うたら、本業ぢゃない！　とええタイミングで悠太が口を挟む。夜、山田製版の石坂さんより原稿の相談で電話が入る。直しのやりとり、十一時過ぎまでかかる。

10月9日（月・祝）旧8月20日　晴

(水)0.0mm/(均)21.6℃/(高)27.0℃/(低)17.5℃/(日)9.9h

深夜のうちに石坂さんから原稿追加確認のメエルが入る。朝イチ急ぎ朱入れ、送信。葉面撒布の続き、午前三〇〇リットル。これまた島の農業の改善できぬ特性、園地の細分化、軽トラ停めて、動噴のエンジンかけて、ホース這わせて、撒布して、エンジン止めて、ホース畳んで、軽トラ移動して……の繰り返し、能率が上らない。家房西脇、ウリ坊の食害拡大。憂鬱。

昼食後、コメリにワイヤーメッシュ（防獣柵）を買いに行く。ついに我が家近辺でも、夜間、畑だけでなく家の庭にイノシシが入り始めた。幸いうちにはまだ侵入していないが、敵は近くまで攻めてきている。秋や家房あたりでは昼間でも我が物顔で庭先をうろついている。それを思えば庄はまだマシなほうではあるが、いつまでも平和が続くとは思えない。新聞屋さんが配達時によく見かけるという。まさか鉄柵に囲まれて暮すことになろうとは……。

家の庭と勝手口にワイヤーメッシュ仮設置後、石坂さんの原稿対応、四時前から撒布再開。暑い盛りを避けた分、作業がやりよい。地主で作業、この園地は朝晩蚊がもぐれつく。続いて、暗くなるまで横井手下段の撒布にかかる。この園地は三年前に引き受けた当初は滅茶苦茶な密植園だった。思い切って間伐したのだが、赤道部から下の枝が消滅、赤道部より上の枝は日照を求めて上に向って立つという密植の害により樹形の悪いものが多く、長年の放任によるダメージ蓄積もあって調子がよろしくない。収量を落とすわけにもいかず、いっぺんに改植できんのが辛い。ワイヤーメッシュ止め金具がまたも盗まれた。イノシシやカラスより頭の黒いネズミのほうがよっぽどタチが悪い。

10月10日（火）旧8月21日　晴

(水)0.0mm/(均)21.7℃/(高)26.4℃/(低)17.4℃/(日)9.1h

井堀中段、ホウレンソウがまだ発芽しない。駄目だこりゃ。一昨年買った種子が発芽しないというのも何だかなんだが、殺人的猛暑でアホになりよったんだろう。岩国の八木種苗さんに電話、白菜はいまある苗でラスト、早よ定植せんと巻かんよと。取置きを依頼する。地主で刈払機、午前午後五回まわす。秋草は手強い。草をとりきれていないのだが、見切り発車で四時前から葉面撒布。今日で一旦終らせたい、撒布が粗くなるが目をつぶろう。

10月11日（水）旧8月22日　晴

(水)0.0mm/(均)22.8℃/(高)27.0℃/(低)18.8℃/(日)8.3h

井堀中段、ニンニクの芽が出始めた。八時から二時間、早生温州のミカンバエ検査。三人で庄北区の全園地を視て回る。発生なし。福田のおっちゃんの山の畑、丹精という言葉を形にしたらこうなるのだと思えるほどの美しさ。山の畑は日当り水捌けともに良好で、いいみかんができるのだが、防除にせよ収穫にせよ施肥にせよ剪定にせよ作業が大変で、平地の何倍もの労力が要る。平原や割石どころの騒ぎではない、ワシには無理だと改めて思う。

終了後、八木種苗さんに買出しに出る。無双（早生白菜）六株、金将二号（晩生白菜）一二株、らんきょ、ホウレンソウの種子を買って帰る。今日も夏日、気候変動恐るべし、まともな年がない、それを前提にやっていかんと仕方がないと八木の大将は言う。帰ってすぐに井堀中段と家庭菜園で白菜植付け。四時半に悠太を迎えに行き、水やりをすませて、五時からヤマハ教室。合間に大矢内さんに電話を入れる。全推連二日目、浮島の視察は実り多いものであったと。イリコ加工場の見学では前・現組合長に若手漁師を交えて、漁の話にとどまらず、イノシシ被害の拡大が農業どころか島全体の生活安全の問題になっているという危機感と補助金制度の不十分さ加減など、議論百出であったと。初日とは大違い、さすが平野さんやな、人選が違う。中央と地方の関係は、親島と小島の関係とも相似する。辺境へ行くほど、問題は先鋭的に現れる。忘れてはいけない、この関係性のうえでは大島もまた中央なのだ。

10月12日（木）旧8月23日　曇

(水)0.0mm/(均)22.3℃/(高)25.2℃/(低)20.3℃/(日)1.5h

井堀中段、遅れて発芽した大根がしおれている。今朝は朝露が下りず。昨日の最高気温は二七度、気象がおかしい。終日家庭菜園で冬もの植付け。四年ぶりにらんきょを植えてみる。八木の大将曰く、時期的に遅いくらいなんだが温暖な大島ならまだ間に合うやろうと。密植にして二、三年育てて、小さくなった玉を採るのが従来の栽培法なんだが、二五センチ間隔の疎植にして肥しを効かせ、盛大に分蘖させ、一年（秋植え→翌年初夏採り）で大玉を収穫するというのが最近の栽培法らしい。どちらがよいのかわからんので両方試してみる。

10月13日（金）旧8月24日　雨

㊌3.0mm/㊊18.4℃/㊋20.4℃/㊍17.8℃/㊐0.0h

終日小雨、降ったりやんだり。悠太が喉が痛いと言うので、川口医院に連れていく。具合の悪い人が多いのだろう、待ち時間が長い。診察を終えて保育園に連れて行ったら一一時二〇分、もう給食の時間だった。昼支度の前に農協に立寄り、マイルドカルシウム、リンクエースの二回目撒布時期について営農指導員に相談する。向う一週間雨予報、子守で仕事のできない日、出張もあり、二十日までは撒布不可能。二十一日から始めるとして、時期的にはまだ間に合うという結論。その間、雨の合間に秋肥作業を割込ませようと。

午後は雑務……のはずが、居ても立ってもいられず、雨のなか地主園地道路沿いのワイヤーメッシュに防獣ネットを設置する。目が大きい旧型のワイヤーメッシュだと、ウリ坊が侵入する。生育が早いのでひと月くらいで侵入できなくなるといって気に留めない人もいるのだが、この園地は去年ウリ坊に盛大に荒らされた。ひと晩で五キロ程度の被害を受けた。それも良好な中玉ばっかり、ついでに枝もへし折っていく。地面に近い実は泥もぐれになる。腐敗果が増える。対策せんわけにはいかん。

はっちゃんのお散歩。2015.4

六時前、閉園時刻きわきわに悠太を迎えに行く。天神祭の神輿守に加勢してもらえんかと園長先生＝宮司殿が言う。輪番制で神輿守にあたる部落で若い衆が少ない場合、他所からの加勢が要ることがある。昨年は若い衆の少ない源明が神輿守にあたり、ワシも加勢した。神輿をかく時の掛け声がチョーハンヤというのだが、かーちゃりんの地元（秋）の子供の祭りではチョーサンバだったという。天神祭当日は衆院選の投票日でかーちゃりん休日出勤、ワシは終日子守で無理、申し訳ないがお断りする。嶋津でええ具合の秋刀魚と遭遇。五匹買うてきて、三匹焼いて二匹刺身に引く。九百円くらいかかったが、そこは家メシ、お店で中華蕎麦と焼飯餃子のセットを一人で食うより安くあがる。この秋いちばんコンディションのよい秋刀魚だった。

10月14日（土）旧8月25日　雨（出先雨）

㊌2.0mm/㊊19.0℃/㊋21.0℃/㊍17.9℃/㊐0.6h

朝六時発、下関市豊浦町黒井まで日帰り出張。市倉栄治さん渾身のレコードコレクションを見せて戴く。生前交流のあったレイモン・ルフェーヴルへのリスペクトにただならぬものを感じる。どの道でも、コレクターほどスゴいものはない。二〇世紀の文化遺産としてのレコードジャケット集成を数年かけて編みたいという。余談だが、聴かせてもらったCDのなかでも最も秀逸と思えたのはバタやん最晩年の涙そうそう。声がよれよれながらも艶がある。古いアルバムめくる歌の中の女性は齢を重ねた人なんだと、そう思えた。

10月15日（日）旧8月26日　雨

(水)43.5mm/(均)17.3℃/(高)18.8℃/(低)16.3℃/(日)0.0h

第六回町民健康福祉大会の裏方として、かーちゃりん休日出勤。旧橘町の保育園四園の園児によるちょび塩ダンス出演のため、橘総合センター九時二〇分に悠太を連れていく。一旦帰宅、一時間後に本番を見に行く。れあちゃんに手を引かれて悠太入場……世話女房みたい。しまじろうかトラッキーの出来損ないと、えんこ（猿猴＝河童）らしき着ぐるみが一緒に踊っている。そして定番ゆるキャラ、みかきん、みかとと……数名が泣いている。金魚のバケモノがみかん丸呑みして目ぇ剝いとる、デザインした新村則人さんには言えんけど、そりゃあコワいわ。

かーちゃりんは午後三時頃まで仕事とて、悠太と二人で先に帰る。この大雨では畑に出られんし、子守しもってでは本の仕事も手につかん。諦めが肝心、東京出張帰りの寝台券キャンセル分があるかもしれん、ダメ元で大畠駅に行くついでに柳井まで足を延ばす。来来亭が混んでいる。すきっ腹抱えて並びたくない。大福で肉を食う。お買物すませて、家房の仕事場に籠る。大井川鐵道のトーマス列車のネット動画で悠太をひきつけているうちに仕事をする。悠太の咳がだんだんひどくなる。仕事あがりのかーちゃりんに保険証持ってきてもらい、今日の休日当番医、横見の野村医院へ連れて行く。帰宅したら真っ暗。仕事にならんうちに一日が果てる。

10月16日（月）旧8月27日　雨

(水)42.0mm/(均)16.4℃/(高)16.9℃/(低)15.8℃/(日)0.0h

終日大雨。仕事にならん。トビラノ君の紹介で、京都から江橋洋平・綾子夫妻来る。新婚旅行にしてはえらい地味な所やのーと言うたら、かーちゃりん曰く、ここは日本のハワイやど。大したもてなしはできんが、いりこめし、自家製アジ干物、水茄子のおひる。午後から本の話、雨のなか畑も見に行く。井堀中段、ホウレンソウが発芽していた。ここは山から水が出て植付けのできないジルい（田んぼのような状態）箇所があるのだが、危惧していたほどには水は出ていない。続きで、岩崎の様子も見に行く。水が捌けない。田圃の名残で周囲より土地が低い。旱魃には強いが大雨には弱い。家房の仕事場で過去の刊行物や資料をみてもらい、四時半に広島に向けて発つ夫妻を見送り、雑用にかかる。五時の時報がふいて悠太を迎えに行こうと軽ワゴン車に乗ると、エンジンがかからない。バッテリーあがり。仕事あがりのかーちゃりんに助けを求める。

10月17日（火）旧8月28日　雨

(水)13.0mm/(均)16.9℃/(高)18.2℃/(低)15.3℃/(日)0.0h

今日は雨が止むという予報だったが、見事に外れる。むこう一週間、時々晴れ曇りを挟んでずーっと雨予報。ネットの週間予報がころころ変わる。葉面撒布二回目は無理かもしれん。軽トラに積みっぱにしていた動噴を撤収する。中本モータースさんに頼んで家房のワゴン車を救出。平原下段の成木三本、早生幼木六本、樹冠草取り秋肥施用、一時間半。午後、家房の仕事場へ灯油のストックをとりにいく。今夜から寝間のストーブ稼働。つい一週間前まで猛暑でクーラーつけとったのに、この落差は何なんだ？　割石の中生古田成木一五本、晩生大津四号幼木五本、樹冠草取りと秋肥、三時間かかる。悠太お迎え、二人で井堀中段のスダイダイ幼木の秋肥と草取り、一〇本中五本片付けたところで真っ暗になり、明日以降に持ち越し。日脚が短く仕事が進まない。

ペレット肥料。カラス対策の筈が……。2020.11

10月18日（水）旧8月29日　曇のち雨

(水)26.5mm/(均)16.9℃/(高)18.7℃/(低)15.1℃/(日)0.1h

雨があがった。朝から畑に出たいのだが、出張の支度で半日潰れる。家房の仕事場で、去年と同じ箇所から雨漏り発生、家主に連絡する。こーず君から丹波黒が届く。うれしいのだが、出張前に届くとは間が悪い。枝豆は鮮度が命、さくっと茹でてお昼につまみ、残りは今日と明日のかーちゃりんの酒のアテ、今夜の車中のアテにも持って出よう。お昼に昨日の残り物でうどん鍋をこさえる。

午後一時から岩崎西半分一反（約一〇アール）、秋肥ペレット施用。雨が来る前の作業は、カラスの食害を回避するためで

豆茶の莢剝きは子供の仕事。2017.10

もある。粉の肥料だとカラスの食害に遭うからペレットの方がよい、食われたとしても粒が大いから腹が膨れて苦しくなり次から手を付けなくなる、という話だったのだが、敵もさるもの、つついて小さく割って食う技を編み出しよった。二年前西脇と井堀の秋肥で異変に気づき、以降、肥料をまくだけはやめにして、土にしっかり混ぜ込むようにした。するとペレットである必要はないんよね。溶けるまで時間のかかるペレットより土とよく混ざる粉のほうがよい。昔はみんな土を混ぜ返しよったと年寄が言う。経営面積やら作業量やら考えると、やりたくてもやれん。でも、多少手間でも混ぜ返してやらんと、値段の高い肥しが無駄になる。人手はないのに手間だけ増える。長い目でみれば品質向上に繋がると信じたい。しかしそれが農協の精算価格には大して反映しないであろうことを思うと切ないのだけれども……。

さておき、岩崎は石が多く土が堅くまぜ返しがやりにくいので、ペレットを使うしかない。晩生青島の成木三〇本で一時間半、半分くらい進んだあたりで雨が降り出し、ずぶ濡れになる。去年は、この作業で風邪をひいた。井堀中段の白菜、先に定植した八株がしっかり根付いた、これから大雨予報とて少し手抜き、粉をやめにしてペレット肥料を施用する。作業済ませて帰宅、シャワー浴びて着替えて雑用の続き。五時から悠太のヤマハ音楽教室、お迎えに出ようとするや、またもや軽ワゴンのエンジンがかからない。軽トラで迎えに行く。六時で終わり連れて帰って、かーちゃりんの車借りて六時二〇分出発。新岩国からこだま、広島で途中下車して軽く呑み、岡山から寝台特急出雲。午後の作業で風邪をひいたか、新岩国に着いたあたりから節々が痛くなってきた。呑んで寝て治す。

10月19日（木）旧8月30日　雨（出先雨）

㊌36.0mm/㊊15.4℃/㊋16.0℃/㊍14.5℃/㊐0.0h

沼津の手前で目が覚める。イノシシだかシカだか先行の貨物列車が轢き殺したらしく、四十五分程度の遅延で熱海着、通勤電車の過密ダイヤの合間を走らされると、東京に着くまでにますます遅延が拡大する。このまま東京駅まで寝て行けば極楽なのだが、そうも言っとれん。振替輸送、熱海六時五三分発、静岡から来るこだまに乗換える。ほぼ満席の四人列車、乗車時間が短くてすむのだけが取柄、出雲の定刻より二九分遅い七時三七分東京着。六本木の田中千世子さん宅に伺い、パゾリーニ論刊行に向けての打合せをする。ひるを挟んで永田町の日本離島センター、大矢内、三木両大人と打合せる。神楽坂で山田製版の黒田ＰＤ（プリンティングディレクター）と待合せ軽く呑んで、袋町の日本出版会館、造本装幀コンクールの表彰式に出席する。去年の「書影の森　筑摩書房の装幀1940-2014」、今年の「花森安治装釘集成」と、二年続きの日本書籍出版協会理事長賞受賞。十年以上応募してきて一度も入賞できなかったのだが、こんなこともたまにはある。日帰り出張の黒田さんと飯田橋で解散し、新宿のタワーレコードでかーちゃりんへのおみやげ、アコメヤで比内地鶏スープの素を買って、上野稲荷町の宿に入る。花モク東京発の夜行列車は満席で乗れず。終日冷たい雨、またまた節々が痛くなってきた。早く寝る。

10月20日（金）土用　旧9月1日

㊌9.5mm/㊊17.9℃/㊋19.7℃/㊍15.6℃/㊐0.0h

東京駅六時二〇分発のぞみで帰る。岐阜あたりまで雨、滋賀から岡山にかけて曇り、広島、岩国はうす曇り、大島に帰ると、雨は降らずとも空が重たい。荷を解き雑務を片付け、悠太お迎えまでの一時間半、西脇の風垣添いのワイヤーメッシュに防獣ネットを張る。青島に、ウリ坊の食害が散見される。手が回らないうえに、雨続きで対策が遅れたということ。傷をつけられた実がいくつか樹になったまま腐っている。これを放っておくと、他の健常な実にまで腐りが伝染る。腐敗果をそこらへんに放置すると、腐敗菌が蔓延してなり腐りと貯蔵病害が多発する。見つけきった分だけでも取り除き、穴を掘って埋める。五時悠太お迎え。こんこん咳が出る、薬が切れた、明日は土曜日だから今日のうちに医者に行っといたほうがよいと言われ、川口医院へ連れて行く。お迎えの続きで岩崎の大津四号幼木に秋肥のつもりが、そうはいかなくなった。ついでにワシも診てもらう。悠太よりワシの風邪具合の方が重症だと。注射一発、薬をもらって帰る。

10月21日（土）旧9月2日　雨

㊌57.0mm/㊍17.5℃/㊔19.1℃/㊕15.5℃/㊐0.0h

終日大雨。午前中家房の仕事場で原稿書き。午後二時から東和総合センターで本売り。トークセッション「宮本常一とふるさと周防大島」。本はあまり売れなかったが、普段動かない本が動いたのでよしとしよう。

宮本は郷里周防大島をどうとらえていたのか、という今日のトークのテーマから派生した話。僕は熊本が郷里だと思ってるけど、大島で育つ息子にとっては大島が郷里になるんよね、とタイシン君が言う。さすれば、大島から都会に出た人らの子や孫らにとっては、都会が郷里になるのであろうと。そういう人らに、親の郷里が大変だから帰ってこいというのは無理があるのかもしれんね、とも。旧家が続かないということ、家屋敷や山や田畑といった不動産がいまや負動産でしかないといった実情、区民館の駐車場として借りていた土地の件も、旧制中学出るまで島で過した親はともかく、ここで育ったわけではない息子にとっては、とっとと手放したいという心情もまたわかるとタイシン君が言う。それはそうと、山根君より、片添のリゾートホテルが人手不足になっとるんだが、地元からの応募がない。労働のきつい業界ではあるけれども、若い労働力がこの島にはもう無いんよね、という話。いよいよ技能実習制度を再整備して外国人労働者に入ってもらうしかない、けど安倍自民にせよ橋下維新にせよ小池都知事にせよ、ヘイトスピーチの親玉みたいなもんで、排外主義をあおっているわけよね、抜け道よろしく日系南米人を人権無視で安く働かせたりしてきたくせしてね。それにしても醜悪だよな、日本語を母語にしていない外国人であっても、ジジババかそのもっと前が日本人移民であれば、ノーベル賞受賞したら日本人が受賞したって大騒ぎしよる。なんだろうね、この神経って。うん、トーク終了後のこの話題でトークイベントできたらオモロイんだけどな……（後記。外国人労働者受入れを拡大する改正入管難民法が二〇一九年四月に施行された）。

七時から國司君ちで農会BBQ、悠太を連れていく。子供同士ごきげんさんで遊んでいる。おっさんはみかんの話題を肴にぐびぐび呑む。雨は降り続く。

10月22日（日）旧9月3日　雨

㊌90.5mm/㊍17.7℃/㊔18.9℃/㊕16.8℃/㊐0.0h

終日大雨、風もあり。台風は四国の南海上を通過するので、大島では大した被害は出ないだろうが、枝折れと降雨過多日照不足による品質低下が心配だ。うちは直接関係ないのだが、天候不順で極早生温州の収穫が進まず、三十日に追加荷受けを行うと農協の無線が流れる。今年の極早生は美味くないのだが、この雨でますます味が薄くなりよるだろう。今月末から十一月初旬収穫の早生も品質的には絶望かもしれん。かーちゃりんは終日投票所業務、ワシは子守の傍ら山田製版さんに送る吉田得子日記、堀江芳介日記、パゾリーニ論の組見本指定原稿の作成にかかる。作業難航、くろねこ〆切きわきわまでかかる。季村敏夫さんから原稿が届く。居住いを正して読まねばならぬ。

晩めし時に思い出す、今日はバアさまのおたんぜう日だった。生きていれば満百歳。亡くなったときの年齢が八十二歳と五ヶ月、ふた昔前なら大往生だが、いまの基準では早死だ。バアさまが生きてくれていれば助かったんだけどなと、悠太が生まれてから思うこと度々あるのだが、百歳老人に家事のテゴは無理かもしれん。テゴどころか、弱って施設に入ってたかもしれん。でも、ものをよく知ってた人だったし、生きていてくれれば悠太の智慧袋と遊び相手にはなってくれたと思う。

10月23日（月）霜降　旧9月4日　曇時々晴

(水)0.0mm/(均)17.2℃/(高)19.3℃/(低)14.9℃/(日)4.7h

深夜から未明にかけて強烈な吹き返しがきた。枝折れが心配だが深夜に何もできん。午前雑務と近場の園地の見回り。午後一時から西脇の青島五本と宮内イヨカン一本、太田ポンカン四本、日向夏一本に秋肥を打つ。ポンカンの枝下がりがひどいので、手持ちの結束バンドで応急の枝吊りをする。摘果が甘く、なりこませすぎた。雑柑は厳しいめに摘果してなり数を減らし大玉をとるのがよいというが、ポンカンの大玉は表面ごつごつで見栄えが悪くて味がしない。小玉から中玉で表面つるっつるのが美味いのだが、多少なりこまさんことには、そういうものが出来ん。けど、いきすぎると隔年結果が出る、樹勢が弱って冬に枯込む。雑柑は難しい。ポンカンの傷果を試食してみる。香りはいいけど苦酸っぱい。この時期の雑柑の味。不思議と雑柑にはイノシシが手をつけんのだが、この味に懲りたのかもしれん。仕事合間、かーちゃりんが昨日の投票所業務で川間《かわない》の藤澤さんから貰ってきた早生みかんを水代りに食う。美味い。糖が乗っていて酸味もあり味が濃厚、それでいて口に残らずさくっと消える、早生独特のうまみ。今年の早生は品質低下が懸念されているが、さすがベテランは違う。

西脇で四時過ぎまでかかる。草臥れた。セトミと幼木の秋肥は後日回しにする。ウリ坊侵入の形跡なし。畑が荒らされていないというだけで心のざわつき具合が違う。

五時に悠太お迎え。残留農薬の都合でこの時期のポンカン食うたらあかんけど、保育園の子らに香りだけ差入れる。悠太連れて岩崎、幼木に秋肥を打つ。昨夜の風で落果がちょいちょいある。穴を掘って埋める。秋は釣瓶落し、全部はやりきれん。中学生が駅伝の練習をしている。悠太の相手をしてくれる。ここの子供らはがらっぱちだが心根がやさしい。少子化が加速する中にあって効率主義に拘泥した中学校の島内一校統合により、安下庄中学校はあと三年半で廃校になる。畑で仕事しているといつも元気に挨拶を返してくれる、かれらがいなくなる。またひとつ、島の文化が消える。

早生みかんの試しもぎ。2017.10

10月24日（火）旧9月5日　晴

(水)0.0mm/(均)15.3℃/(高)19.4℃/(低)9.9℃/(日)6.5h

かーちゃりん徳山まで日帰り出張。山田製版の井村さんよりパゾリーニ論、半角英数の組み方について確認メエル、あわせて吉田得子日記戦後資料編の日記本文日付表記（縦組み本文中の半角数字横並び）について、等幅半角字形を使ったほうがよいのではないかと提案あり。書籍の作り方をよく理解している人やな、と改めて思う。

JRC（旧称＝人文・社会科学書流通センター）より「花森安治装釘集成」一部注文ファクス、明二十五日〆の請求書とあわせてレタパ送付。格安を売りにしていることで有名な印刷所の営業さんから電話が来る。「宮本常一コレクションガイド」をみて、次回以降うちの印刷見積に入札させてもらえないかという。先週留守中に、安うに作れまっせという見積書が送られてきた。写真は画像データではなく全点フィルム入稿、ドラムスキャン、刷りの難しい本文用紙選定、色校正リテイク、印刷立合いまであり、本文の文字校正も三回では終らない。先方が提案するような超安値で出来るものではない。また、うちの仕事の進め方を理解してもらえる相手でなければ仕事ができないこと、そこらへんの事情をお話しする。

雑用だけでおひるになる。かーちゃりんが健康福祉大会で貰ってきたちょび塩カレーを試食してみる。塩分一グラム、一〇〇キロカロリー。味は悪くはないけど、なんだか物足りん。肉体労働には向かんなと思うとったら三時前にはガス欠に至り。年寄向けやな、これは。

　農協に予約していた堆肥三〇〇袋。一五キロ五〇袋掛ける六回、軽トラで園地に運び積み上げる。一時半作業開始、三時間かかる。毎年この時期の堆肥予約特価は安く設定されていて、今年は二七〇円。通常買うと四八〇円くらいする。園地に積上げておき、冬の間にマリンカルと一緒に混ぜ込む。苗木の植付けでも必要になる。畜牛をやっている屋代の山根さんとこで牛糞買ってくればコンテナ一杯一〇〇円なのだが、ワシ一人では積込む労力と時間が確保できず、大半を金肥で賄っている。経費と労力の問題。見回せば堆肥を施用していない園地も少なくない。ただちに効果はあがらないが、これをやらなければ先代の蓄えを食い潰すようなもので、ゆるゆるとジリ貧に向う。柑橘主産地を次世代に繋ぐためにも、最低限やるべきことを抜くわけにはいかん。

　五時に悠太お迎え、川口医院へ。週末から日本丸が台風回避のため伊崎沖に停泊していたので病院ついでに連れて行ったろうと思うとったのだが、ひる前には出航しとった。こんなことは思い立ったときすぐやらんといけんな。

10月25日（水）旧9月6日　晴

(水)0.0mm/(均)16.0℃/(高)20.2℃/(低)10.5℃/(日)9.6h

　午前まるまる雑用家事。午後二時間地主で刈払機を回す。実の重さで枝が垂れてきている。実をぶった切る危険があり、樹冠廻りの草は手で引くしかない。晩に久しぶりに肉じゃがを炊く。ジャガイモの芽がうじゃうじゃ生えてきて、表面が萎びてきた。限界近し。早いとこ食べきらんと。ニンニクの冷凍保存も早よせないけんのだがいまだ手つかず。

10月26日（木）旧9月7日　晴

(水)0.0mm/(均)16.0℃/(高)20.3℃/(低)11.8℃/(日)9.5h

　かーちゃりん人間ドック、朝早く出発。悠太連れて井堀中段。二十二、三日の大雨大風で揺すぶられ、ジャガイモの軸廻りの土が流れてぐらぐらになっていた。へし折れた軸もあり、収量に響く。ここの見回りを忘れていた。土寄せをやり直す。悠太を保育園に連れて行くのが遅くなるが、畑のテゴも大事だ。

　九時から十二時半まで地主で草刈り、在来温州の古木三本に枝枯れが目立つ。樹勢の低下で、毎年ひと枝かふた枝ずつ、実をつけたまま立ち枯れていく。老齢がいちばんの原因だが、私が引き受ける直近何年かの肥し切れや連年の異常気象によるダメージの蓄積もある。今年の収穫を終えたら伐採・改植致し方なし。またまた収量が落ちるが、いつまでも御老体に頼るわけにはいかん。枯れ始めのひと枝、樹勢低下で実を肥大させる力がないため大半が2S以下の超小玉、試食したら酸は少し強いが味はしっかり入っている。一二キロ収穫。半分ほど保育園に持っていく。残りは明日の島根行脚のお土産にする。

　残り物でおひる。午後一時間半地主で刈払機を回し、道べりの草を抜く。三年前に設置したワイヤーメッシュの支柱が腐食して、傾いたりへし折れたりしたものが目立つ。来年更新の必要あり。いま農協が提供している支柱は値が張る代りに頑丈なんだが、三年前のものは安かろう悪かろうで、無駄な出費をさせられた。元々イノシシの棲息していなかった大島にあって、イノシシ対策のノウハウは皆無だった。山間部などの先進地に学ぶ姿勢も、残念ながらあったとは思えない。これでサルが大島大橋を渡って侵入してきたらお終いだ。

　三時から田中原で早生の出荷説明会。早生は改植更新中で成木は平原に二本あるのみ、出荷するほどの量が穫れんのだが、勉強になるので出荷しなくても出席する。今年の早生は九月十月の降雨過多により大玉化傾向がみられ、一部で浮皮も発生している。夏の少雨により黒点は少ないが、台風による傷果が多い。日照不足により果皮体質が弱く、腐敗果が発生しやすい。十月五日の果実分析の結果は糖度が低く酸度が高く全体に味が薄い。荷受計画は同じ表年である一昨年の九割程度。耕作放棄地の拡大による生産減少を受けてのこと。ええとこなしやな。極早生の市況についても報告あり、出荷時期の早い日南姫《ひなのひめ》はキロ単価平均二七六円（前年三〇二円）と高値で売り抜けたが、その後は台風と長雨による品質低下で全国的に消費が動かず、価格も乗ってこず、毎年のことだが安い九州産の市場への大量流入もあって、現在の平均単価一級で一三〇円だと。これまた、ええとこなし。

　帰りがけ、川間の藤澤さんに先週末の早生みかんの御礼を伝える。子供のうちからテゴさせると大きくなっても忘れんよ、うちの子供はみんな小学六年までテゴさせた。けど、中学校に入るとクラブやら忙しくなって畑に出られんようになる、と藤澤さんが言う。

　嶋津まで軽トラ転がす。島さんの坂北の実家あて、アジ干物を送り出してもらう。一枚税抜三二〇円だったのが、暫く買わないうちに四五〇円に値上りしていた。ワシが大島に帰ったころは二五〇円だった。漁獲量低迷、魚価低迷、燃料高騰、後継者難等、漁業廻りの実情は農業よりはるかに厳しい。

　畑に戻り、四時四五分から一時間、道べり草取りの続き。土曜日の道づくりに出られない分の労務奉仕でもある。はっちゃんのお散歩はかーちゃりんに任せて、六時前に悠太お迎え。食器を全部洗い、ゴミを出し、出汁の残りで素麺つゆを作り、味つけ茹玉子を作り置き、ニンニクをスライスして冷凍……。出張前の台所仕事、日付の変る頃まで寝られず。


10月27日（金）旧9月8日　晴（出先晴のち曇）

(水)0.0mm/(均)18.1℃/(高)21.9℃/(低)14.7℃/(日)7.7h

五時起床。指がニンニクくせー。大畠六時三六分発、小郡からおきで益田へ。元コーベブックスの元正章《はじめ》牧師と数年ぶりに会う。この春、甲子園教会から益田教会に転任。神戸の本屋廻りの懐かしい話。益田からまつかぜ、一四時二三分松江着、山陰本線は昔の国鉄の空気感が今も色濃く残っている。夕方、ＢＯＯＫ在月の前夜祭で、南陀楼綾繁こと河上進さんと「花森安治装釘集成ができるまで」をテーマに喋る。「佐野繁次郎装幀集成」の刊行後、書影を収録していない佐野装幀本が何点か出てきたのだが、花森の場合はそれが全くないという。それだけ完成度が高いということだろう。昨年十一月二十七日付、花森集成購入お願いの同時メエルで世田谷美術館の対応に触れたくだりは反響を呼んだ、あの文面のプリントを持ってきたらよかったなと河上さんが言う。世田谷美術館の「忖度」はさておき、残念だが今の手帖社に花森のジャーナリズム精神は全く受け継がれていない。花森の個人商店的仕事の進め方は、ひとり出版社であればよいのだが、企業（それも、そこそこ規模のある）でそれをやっていたわけである。「花森イズム」なるものが継承されなかったのは自明であろう。花森は本づくりの職人そしてジャーナリストとしては偉大だが、後継者を育てるということにかけてはどうだったのか。農業において後継者を育てないということ、それは地域社会の死を意味する。出版もまた、農的な性質が大きいと考える。

メエル文面、以下、再録しておく。

*

「花森安治装釘集成」が出来上がりました。早々にご予約いただいた皆様、どうもありがとうございます。二十五日までに発送を完了しました。万一不着・汚損などありましたら、お手数ですが小社までご一報願います。

この本は一家に一冊、本の虫を自認する人であれば自宅の書棚に刺さっていなければ恥ずかしいといえるものだと思います。値段の高い本だといいますが、都会の居酒屋で二回呑むのと同じくらいの出費で、生涯にわたって、否、孫子の代にわたって楽しめる、さらには思索を深める触媒となりうる、というのは実におトクな買い物だと思うのですが、如何でしょうか。（中略）

以下、余談です。来年二～四月、都内の某美術館で「花森展」開催予定と聞き、「花森集成」の委託販売をお願いしたい旨連絡を入れました。返答は、「残念ながら高額な書籍のため販売は困難です。チラシをお送りいただければチラシ置き場に設置します」ということでした。

高額な美術書は他にも山ほどあります。断る理由が筋の通ったものであれば、それはそれで致し方ないと考えます。が、いくらなんでも、これはいけんでしょう！　昨今のマスコミに蔓延する忖度っちゅうやつがこの業界にも蔓延っとるのでせうか？

チラシは送りません。ワシはそこまでお人好しではありません。じくじくと根に持つ人種です。粘着質ゆえ、カネにもならんこの仕事を二十年以上続けているのです。

10月28日（土）重陽　旧9月9日　雨（出先雨）

㊌29.5mm/㊊18.1℃/㊋18.7℃/㊏17.0℃/㊐0.0h

大島も雨だよと、かーちゃりんからメエルあり。こりゃあ明日のソフトボールは中止やねと監督に電話を入れる。庄の浜に一軒ある空き倉庫を借りられへんかと監督から聞いてもらっていた件、持ち主に断られたという。コンディションの優劣を問わなければ畑はいくらでも借りられるが、倉庫の確保が難しい。午前、BOOK在月の島根本大賞、エントリー全点チェックした上で三江線の本に一票投ずる。写真集二点、同じカメラマンが撮ったもので、バチバチした色味というか最近の流行りというか、デヂタル臭い、作りものの色、目が痛い。これはいけん。ひと箱古本市を物色して歩く。古本のたたずまいはよろしなー。六三〇〇円散財。蕎麦食うて、酒買うて、松江発一時二〇分の快速に乗る。浜田で途中下車、町が寂れている。九時半頃帰宅。

10月29日（日）旧9月10日　雨のち曇

㊌49.5mm/㊍17.7℃/㊎21.1℃/㊝14.6℃/㊐1.4h

深夜大雨大風。昼過ぎまで続く。ソフトボールは中止になれど祝勝会は予定通り開催。昼酒はウマいが堪える。

10月30日（月）旧9月11日　晴時々曇（出先晴）

㊌0.0mm/㊍14.4℃/㊎17.7℃/㊝9.0℃/㊐5.3h

今日から二泊三日、悠太を連れてお旅行。朝イチで井堀中段、大雨大風にあおられたジャガイモの土寄せをする。八時半発、嶋津で刺身用にアジとサヨリ、焼き用に一本釣の太刀魚を仕入れ、トロ箱に詰めてもらう。太刀魚は網の方が桁外れに安いが、不味くて食えたものではない。新岩国一〇時三四分発、広島、名古屋、松本で乗換えて、坂北五時一分着、島さんの実家でお泊り宴会。出刃包丁持参で魚をさばく。郷土史家、歌人にしてベテラン農家の青木秋樺さんからキノコ色々とマツタケの差入れ。悠太はこれらを受付けず残念、ウマいのに。

お隣の山崎さんが六月に脳梗塞を患い、目下リハビリ中。今年のコメ栽培は塩尻に住む息子さんが休みを工面して通ってやり遂げたという。粒が大きい、いい出来だ、青木さんが太鼓判を押す。

10月31日（火）旧9月12日　晴（出先晴）

㊌0.0mm/㊍11.4℃/㊎17.3℃/㊝7.0℃/㊐9.3h

大島も寒いところだが、信州のそれは凛とした透明感のある寒さ、まったく質が違う。お着換えの際、寒いと言って悠太が泣く。ちゃっちゃと着換えたら目が醒めるわと詰める。島さん、西村さんと「吉田得子日記戦後資料編」「堀江芳介壬午軍乱日記」の打合せ、半日仕事。山田製版さんに入稿する写真資料も借用する。天気がよいので坂北駅まで二人でゆるゆる歩く。ひと便乗り遅れる。笹屋さんに挨拶に寄り、おやきを買う。長野駅でネクジが出て、またまた一便乗り遅れる。その分、立食い蕎麦啜る時間が出来た。あったまるねと悠太が言う。富山六時三四分着。悠太の大好きなちんちん電車に乗せてやり、ホルモンあてにおっさん呑みして早く寝る。

１ヶ月

降水量	28.0mm（83.2mm）
平均気温	12.4℃（13.3℃）
最高気温	16.4℃（17.4℃）
最低気温	7.9℃（ 9.3℃）
日照時間	153.7h（151.8h）

上旬

降水量	12.0mm（29.5mm）
平均気温	15.2℃（15.2℃）
最高気温	19.8℃（19.4℃）
最低気温	10.7℃（11.3℃）
日照時間	64.9h（56.3h）

中旬

降水量	7.5mm（25.2mm）
平均気温	11.3℃（13.2℃）
最高気温	15.5℃（17.3℃）
最低気温	6.5℃（ 9.3℃）
日照時間	55.9h（47.8h）

下旬

降水量	8.5mm（28.0mm）
平均気温	10.8℃（11.3℃）
最高気温	14.1℃（15.5℃）
最低気温	6.6℃（ 7.3℃）
日照時間	32.9h（47.8h）

2017年11月

太刀魚。塩焼きが定番だが、新鮮なものは刺身に引く。醤油もいいが、海塩をつけてカボスをちょんと垂らして食うたら爆裂にウマい。臭みがまるでない。建網で獲ったものは身がダレて臭みが出る。一本釣りに限る。一寸前までアホほど獲れたが、ここ二、三年の資源減少甚だしく、幻の魚になりつつある。

11月1日（水）十三夜　旧9月13日　晴（出先晴）

(水)0.0mm/(均)13.4℃/(高)19.8℃/(低)7.6℃/(日)9.0h

五時半起床、尹淑鉉《ユンスッキョン》さんの論文の再チェックを済ませてから悠太を起こす。駅前の青山総本舗で鱒寿司を買い、市役所展望台へ。弁当忘れても傘を忘れるなと富山の人は言うが今日はいい天気、高校一年の山岳部夏山合宿で登った立山・劔・大日を悠太に見せてやることができた。富山城の石垣べりにキューロク（旧国鉄9600型蒸気機関車）発見。前回来た時には見つけきれず、撤去されたのかと思っていた。高校時分にこの機関車とそこの石垣によじ登ったんよと、過去の悪事を明かす。山田製版さんの富山本社は今回パスして金沢支社へ伺い、石坂さん、井村さんと打合せる。福井で七年ぶりに尹さんと会い、論文の修正点など詰める。早いもんだ、あと二年で定年なんだと。悠太君、私が韓国に帰ったら訪ねておいでと。五歳にして行かんあかんところが増えるのー。夜十一時頃帰宅。

11月2日（木）旧9月14日　曇時々晴

(水)0.0mm/(均)15.8℃/(高)20.6℃/(低)10.3℃/(日)3.9h

一週間ぶりに現場復帰。八時半作業開始、地主で刈払機一回まわし、せとみ果実袋を受取りに農協生産購買店舗へ行く。久賀の島の恵み本店の店長が辞めて、横村さんが急遽久賀に異動になったという。資料的知識のみに依拠した営農指導ではない、実際にみかんを作っている人が生産購買の窓口に居るという安心感があった。今回の異動は痛い。

岩崎の東南ブロックで刈払機を回す。ここに来年の改植事業でセトミを植える。青島に水腐れの如き腐敗果が多い。水持ちのよすぎる水田転換園地の特徴だろうか。落果は多かったが、傷果被害は軽微。それにしても暑い。信州とはえらい違いだ。ひるは冷素麵。午後一時半から五時まで西脇で草刈り、せとみ成木に秋肥施用。大津四号二年生幼木二本に肥切れが出ている。時間がないので幼木は後日回しにしたのだが、このままでは可哀想なので、このブロックだけでも先に秋肥を施用する。風も潮もあたる家房にあって、西脇、割石とも傷果被害は覚悟していたほど酷くはなかったが、枝折れが多発している。仕上げ時期の台風襲来は痛い。

11月3日（金・祝）旧9月15日　晴

(水)0.0mm/(均)16.7℃/(高)21.4℃/(低)11.3℃/(日)7.7h

八時から三時間、中生・晩生温州とポンカンのミカンバエ検査、庄北区の全園地をまわる。ワシら四人に悠太もついてくる。八月末から九月初旬のミカンバエ産卵防除（モスピランSL液剤）が徹底できていれば、本土より隔絶したる島の特性、理屈の上では根絶できる筈なんだが、一つには無農薬至上主義というおかしげな宗教（そういえば、宗教は麻薬だとマルクスが書いてたよな）、もう一つには無責任という名の放任園地、クソ馬鹿垂れの所為で、きつい農薬一つ減らすことができない。

木を揺すぶって落ちた実を何箇所か輪切りにしてチェックする。被害果は果実の繊維が乱れている。ミカンバエが産卵した果実は早く落ちる。そこから幼虫が脱出し、土の中で蛹になって冬を越す。近くに発生源があればあるだけ慎重に撒布しないと、発生のリスクが増大する。発生すれば出荷停止、それほどに甚大な被害をもたらす。そりゃあ、みかん剝いて中からウジ虫出てきたらトラウマになるよ。

結果、幼虫は出なかったが繊維の乱れ具合が怪しいグレーゾーン二ヶ所、そして放任園地二ヶ所でミカンバエ幼虫が出た。あと放任園地一ヶ所、巨大化した雑草に阻まれて奥まで入れず。手が届く範囲の果実からは幼虫は出てこなかったが、陰になる奥の方の実は怪しい。それでも毎年、いつの間にか全て収穫されていると聞く。都会にいる親戚に送ってやろうと思えば、きちんと世話をみることができなくなっても、それでも伐るわけにはいかんと、角が立つので本人に面と向って訊ねることができんけど、そういうことなのかもしれない。

山廻りをするとよくわかるのだが、この安下庄に限らず、少なからぬ耕作放棄地が太陽光発電パネル用地にとって代っている。日当りのよい土地は少し前までは一に畑、二に宅地だったはずが、いまや太陽光発電の好適地ときたもんだ。岩国や徳山の業者が入り込んで、跡継ぎのいない農地が次々に取られていくと、そういう話も聞いた。カネにならん農業なんかやめて太陽光パネル設置したほうがよいという考えも強くある。そして島の景観が変ってきた。ザツボク生やして荒らし放題にするのと比べりゃよっぽどマシであろうし、エネルギー需給面からしても悪いことではないんだろうけど、それゆえに単純に批判してもいけんのだろうけど、それでもあえて言うなら、農を棄てた「人間の意志」を映し出した景観といえるのではないか。太陽光パネルは電気とおカネは生んでも、島への誇りや愛情は生まん。そして、雇用も定住も生まん。

ひるからかーちゃりん加勢して秋肥作業、草をとりながら混ぜ込みながら、なかなか前に進まない。悠太がテゴは無理でも作業の足手まといにならなくなってきた。

11月4日（土）旧9月16日　晴

(水)0.0mm/(均)15.6℃/(高)18.7℃/(低)11.3℃/(日)6.7h

今日は、はと君の三回忌。一昨年の一月信州行脚の帰りに西明石で会ったのが最後だった。悠太が生れて初めての夏にぷーさんと二人で我が家まで訪ねてきた。悠太は憶えていない。祖母が世を去り、ほぼ月イチで神戸と大島の往復を続けていた十年の間、はと君とぷーさんが家の草刈りのテゴに何度も通ってきてくれた。東北大震災直後の二〇一一年の五月連休、ワシはこの時既に神戸を留守にして実質大島に拠点を移し、原稿抱えて西へ東へと出歩いていた。はと君とぷーさんは車で来て、二晩泊って帰っていった。島に帰ったんやな、これでもう神戸には戻ってこーへんなとその時思ったと、後日はと君は言った。こんな時はと君がいてくれればと思うことは度々ある。
七時から一時間、悠太連れて井堀中段、にんにく草取り全部やれず、朝メシの支度に下りる。九時保育園送り出し、十時半まで井堀中段で玉葱植付け場所に管理機（手押し耕耘機）をかけなおし黒マルチ（農業用マルチシート。防草、保温、保温効果）を敷く。八木種苗さんでタマネギ苗四月中下旬穫り（極早生）と五月上旬穫り（早生）二〇〇ずつ。昨年まで植付け一ヶ月後に肥料を入れていたが半月後のほうがよい、みかん肥料だけではカリが少ないので追加が必要と、八木さんからアドバイスを戴く。カリ補給、今年は三年ぶりに藻を入れてみよう、かなりの手間ではあるのだが。三時帰宅、悠太お迎え、井堀中段で早速植付け、一〇〇本ちょいで日没時間切れ。

スダイダイ。鍋の季節に欠かせない。2017.11

11月5日（日）旧9月17日　晴

(水)0.0mm/(均)11.7℃/(高)16.3℃/(低)7.2℃/(日)9.2h

ここ数日、深夜に強風が吹き下す。安下庄は風の強い土地である。ここで生れ育ったオカンは、秋の終りから春にかけての、渦を巻き叩きつけるような深夜のこの強い風が嫌でたまらなかったという。八時半から正午までタマネギ植付けの続き。昨日植えた苗が二、三十本ばかり飛ばされていた。遠くへ飛ばされんかっただけマシ、取急ぎ植え直す。悠太が苗の束を踏みつける。昨日と同じ失敗の繰返し。畑には大事なものも危ないものも仰山あるんや、足許に気を付けなあかんのやときつく教える。

昨夜の残り鍋と雑炊でおひるをすませ、一時半からかーちゃりん加勢、平原の早生温州二本収穫、一時間で八〇キロ。二時半からおやつ挟んで一時間地主で幼木の秋肥。井堀中段に戻りタマネギの続き。十月の降雨過多と日照不足にやられたか、野菜類の生育が悪い。ニンニク廻りの草をとり肥料と乾燥藻を入れる。大根、ホウレンソウ、白菜にも。春どり大根の種子を一列蒔いたところで時間切れ。

11月6日（月）旧9月18日　晴

(水)0.0mm/(均)13.8℃/(高)20.1℃/(低)10.5℃/(日)9.2h

久しぶりに深夜の強風吹かず。朝冷え込む。島の恵み本店にニンニク、豆茶、トウガラシを、小松店に豆茶を出荷。久賀、小松廻りで家房へ。西脇に立寄る。ウリ坊の食害甚大。

時間がない。見なかったことにして仕事場へ行き、屋根修理の立合い。「宮本常一コレクションガイド」増刷にあたっての直し頁の再確認と指示連絡、そして持参のお弁当とカップうどん、ひるから井堀の倉庫で昨日収穫した早生みかんの選果にかかる。産直予約分、SからMの良好な玉を選って送り出す。全体に味が薄い。降雨過多で大玉が多く、ものによっては皮が浮いている。台風の所為で傷果が多い。昨年に続いて早生はええとこなし。農協出荷分一級コンテナ二杯作り、集荷場に持っていく。味が薄いなりに、良い玉はそれなりに良い。一級出荷すれば糖酸度をセンサーで計測してくれるし、出荷分全体と比較しての自分とこの仕上がり具合がわかる。作業すませたら、もう三時前だ。

三時半から西脇の緊急イノシシ対策。初期に設置したワイヤーメッシュ（防獣柵）の目が大きく、そこからウリ坊が入る。漁網のお古をメッシュのてっぺんから外に向けて角度つけて長くかぶせたら侵入しにくくなるのではあるが、隣接空家との境界でクレームがつくのは目に見えているだけに、その手が使えない。ここのおっちゃんおばちゃんが元気であればこんなことなかったんだけどなと、かーちゃりんが言うのだが、どうにもならぬ。当座しのぎでもやらぬよりマシ、ワイヤーメッシュに防獣ネットを張り、侵入口となる最下部を結束紐で括る。かなりの手間、わずか十数メートル分の作業が進まない。秋の夕べは釣瓶落とし、焦る、手許が見えない、もう無理、不十分ではあるが致し方なし、五時四五分で作業終了、悠太を迎えに行く。刈払機と肥料を荷台に積んでいたのだが出る幕無し。冬物作業も手つかず。

11月7日（火）立冬　旧9月19日　晴のち曇

(水)0.0mm/(均)16.4℃/(高)20.6℃/(低)11.4℃/(日)3.9h

かーちゃりん大竹へ出張、七時発。悠太ぐずる、ワシ怒る、仕事ができん。オカンとこーず君宛ての早生を荷造りしてから、「宮本コレクション」の件で山田製版の石坂さんと電話・メエルのやりとり、九時までかかる。割石のスダイダイ収穫、四時間半で一六〇キロ。縮伐したのだがそれでも樹がでかくて、かなり上のほうまで登らなあかん分だけ作業が進まない。これでぎっくり腰ならぬぎっくり背中やらかす。倉庫に帰って、地権者の入用分を箱詰めする。明日は中生・晩生温州の果実分析、悠太を早いめに迎えに行き、全園地のサンプルを採取して回る。五時半過ぎで真っ暗、かつかつ間に合う。このところ、かーちゃりんの帰宅が遅い。はっちゃんのお散歩は真っ暗になってから。

11月8日（水）旧9月20日　雨のち曇

(水)5.0mm/(均)16.9℃/(高)19.2℃/(低)14.9℃/(日)0.0h

午前資料整理、午後から昨日収穫してきたスダイダイの産直出荷作業。スダイダイって実は、大島の道の駅や農協の生産者直売では二束三文なのだが、ワシはそれをそこそこの高値で売りに出している。農協のポン酢原料出荷時期にあたるが、精算価格一キロあたり六〇円程度の超安値、これぢゃあやれん。家の庭やみかん畑の縁でスダイダイ作っている家が少なくない、どのみち余る。だから、投げ売りになる。年寄の小遣稼ぎのレベルだ。この先農業で食うていこうという若手にとってはたまったもんではない。大島の中ではまともな販路がないのだが、都会へもっていけば高値で売れる。実は、スダイダイは知る人ぞ知る高級香酸柑橘なのである。大島では商品にならないが本当は価値のあるものをまともな値段で売って収入増に繋げるということ。大して儲からないけど、それでも農業を維持するために不可欠な選択肢と考える。
　雨量は大したことなかった。気温が高いのが嫌な感じ。中生・晩生みかんで、浮皮が発生しかけている。今年も可能なかぎり収穫を前倒しする必要があるのかもしれない。

11月9日（木）旧9月21日　晴

(水)0.0mm/(均)14.9℃/(高)19.4℃/(低)10.6℃/(日)7.7h

早生大玉一級（3L）の荷受けを行う旨、朝イチで無線が流れる。但し、甲高《こうだか》は荷受けしない。長雨による肥大、品質低下、深刻なり。
　悠太のメシ食うのが遅すぎる。朝の教育テレビは良質で大人がみてもオモロイのだが、テレビに気を取られて食が進まんのはよろしくない。保育園で相談、テレビなし、時間を区切って朝ごはんを食べることにする。コッシーとがらぴこは保育園のテレビでみると悠太が言った。有言実行、まあまあの成果、やればできる。
　折からの不況に加え、値上げが響いたか、前年のスダイダイ購入者を優先してメエル通知を流したのだが、注文の入り具合が鈍い。これにて一般向け解禁、朝イチで同時メエルを送信、昼休みまでの注文分を午後荷造り、二時間半かかる。午前は地主で秋肥、午後は発送作業のあと家のスダイダイ収穫三十分で三〇キロ。夕刻農協向け原料コンテナ一杯のみ出荷、早生みかん、これにて出荷終了。

11月10日（金）旧9月22日　晴、深夜雨

(水)7.0mm/(均)16.5℃/(高)21.5℃/(低)11.7℃/(日)7.6h

スダイダイ完売。発送作業で半日潰れる。ひる休みに悠太を耳鼻科に連れて行き、午後から本の内職にかかる。三時から二時間、地主と井堀下段で秋肥を打つ。

11月11日（土）旧9月23日　晴

(水)0.0mm/(均)15.0℃/(高)19.3℃/(低)9.2℃/(日)8.9h

深夜雨風、四時半起き、気温が高い。やな感じ、またまた皮が浮く。どうしてくれる。保育園のバス遠足、宇部の常磐公園行。往復の車中殆ど寝て過ごす。座ると疲れが出る。谷の豆腐屋のおっちゃんが昨夜遅くに亡くなったと知らせが入る。帰宅後お悔みに行く。いつもいる者がいなくなるってのは寂しいもんやなと稔子さんが言う。入口の業務用冷蔵庫を動かすから手伝えと監督から連絡があった。弔問受けるのに狭いからだろうと思うとったら、斎場の冷蔵庫にご遺体を安置していて、それをお通夜の前に出すのに男手が要るという話が、伝言ゲームやっとるうちにおかしくなったと判明。さしむき、今夜のテゴは要らん。おっちゃんを偲んで監督、宮司殿、ワシの三人で、福田で呑む。

11月12日（日）旧9月24日　晴

(水)0.0mm/(均)11.7℃/(高)16.2℃/(低)7.4℃/(日)7.2h

朝食に、一昨日間引いてきた大根葉でパスタを作る。悠太、完食。野菜を残さず食べるのは感心だ。

　家庭菜園で高菜とカブの種を蒔き直す。二年前の種子が猛暑でアホになり一つも発芽せず。午前三時間午後二時間半地主の秋肥、捗らず。地温の高い今のうちに肥しを入れな効かん、遅くとも十一月初旬までにと判ってはいるのだが、本業もあり、割込みも多く、遅々として進まない。ようやくこの時期らしい寒さが戻ってきた。週末から在来温州みかんの収穫を始める予定、秋肥を早よ終らさんとまずい。裾なり果に齧り穴が出来ている。カメムシの食害ではない。何でかなと思いつつ作業していたら、外来種なのかもしれんが今年になってよく見かける黒っぽいカタツムリがみかんを齧っている現場に遭遇、ケータイで撮って偶々会ったおっちゃん二人に見せたが何だかわからず。

　五時半から橘斎場、谷のおっちゃんのお通夜に参列、悠太も連れていく。読経の最中、必死に眠気をこらえている。ここで寝ちゃあいけんと子供心に解っているのだろう。なんとかお焼香まで勤めあげた。ここんとこ悠太が、たけ君と川口医院のおじいちゃん先生のことをよく話す。二人とも、昨年の今頃亡くなった。そういえば神戸に居た頃、弔いは日常とは遠く離れたところでの出来事だった。島に居ると弔いもまた日常のひとこまである。

11月13日（月）旧9月25日　晴

(水)0.0mm/(均)14.6℃/(高)18.9℃/(低)9.5℃/(日)7.1h

九時寝四時起きで、堀江芳介日記の原稿整理にかかる。悠太六時起床、はっちゃんお散歩、朝ごはん、早起きの習慣が出来つつある、ええこっちゃ。七時半保育園に送り、原稿の続き。十時から谷のおっちゃんの葬儀。二〇一四年十月九日限りで豆腐屋を畳んだ。あれから三年、おっちゃんもついに彼の岸に渡ってしまった。二〇一二年紀元節に披露宴を挙行した折には、三〇丁分、四〇掛ける四八センチ掛ける八センチのウエディング豆腐を作ってくれた。ワシの知る限り、日本一の豆腐だった。帰ってひる食うて午後五時間地主の秋肥。一〇本やり残す。夜、かーちゃりん熱が出る。早く寝る。

11月14日（火）旧9月26日　曇時々雨のち晴

(水)4.0mm/(均)14.5℃/(高)18.5℃/(低)9.7℃/(日)3.3h

未明の降雨、気温が高い。やな感じ。悠太とはっちゃんのお散歩、中道を通りかかったところでみかん畑に向ってはっ

青島の収穫まであと少し。ヤル気を見せる悠太。2017.11

ちゃんが呻る。イノシシが飛び出し、車道を横切り耕作放棄地へ入っていった。完全に舐められとる、人間が。このまま放っとけば昼日中でも我が物顔で歩き回るようになる。秋や家房ではそこまで事態が深刻化している。

午前中小雨が降ったりやんだり。吉田得子日記、堀江芳介日記の指定原稿作成作業、ひるを挟んで三時までかかる。山田製版さんへ送り出す。五時半まで地主秋肥。果実分析の結果をもらってくる。糖度八・六から九・四、糖度が低く酸抜けが悪い。最低最悪といわれた去年より酷い。

11月15日（水）旧9月27日　晴

（水）0.0mm/（均）12.2℃/（高）16.1℃/（低）7.8℃/（日）7.2h

午前雑務、午後二時間、横井手下段で刈払機一回まわして通路と草積み場を確保したうえで樹冠の草をとる。それだけで日が暮れる。秋肥作業まで手が回らず。夜、柑橘試験場（昔からの呼称で記している。正式名称、山口県柑きつ振興センター）から電話が入る。黒っぽいカタツムリの件、在来種のウスカワマイマイだと。危険な外来種オナジマイマイでなかったのは幸いだが、秋の長雨で畑によっては大量にわいているので嬉しくない事態ではある。カタツムリ被害の多い和歌山県で研究が進んでいて、銅を嫌うので、樹に銅板を巻く対策もあるという。これらが越冬するので来年もわくであろう、すると防除は不可欠となる。梅雨時にICボルドー（銅水和剤）二五倍の樹幹撒布も有効だという。とにかくよく観察して、防除時期には相談を持ってきてほしいという連絡だった。あと、今年は水腐りが多いと思っていたのだが、そうではなく雨水のはね返りに起因する褐色腐敗病だと教えてもらう。水腐りは気温が下って以降に発生するものなんだと。専門職に教えてもらわなわからんことが多い。

11月16日（木）旧9月28日　晴

(水)0.0mm/(均)9.1℃/(高)14.4℃/(低)3.7℃/(日)6.4h

十時まで雑務。ひる休憩を挟んで四時間半、横井手下段の刈払機二回まわし秋肥施用、冬の間に伐根するザツボクの周りだけ刈り取らず放っておく。続いて一時間半、横井手上段の草刈りと秋肥。横井手上段下段とも今年特に出来が悪い。昨年秋の日照不足が祟り生理落果が多かったためであろう、なり番なのに着果量が少なく大玉が多い。十月十一月の雨がとどめをさした感がある。枝枯れ多発、一本枯死した。樹が古くなっているうえに、私の前の耕作者がなまくらだった所為もあろう、密植の害や肥切れなどダメージの蓄積も顕著であり、順次改植していかねばなるまい。

11月17日（金）旧9月29日　曇時々晴、夜小雨

(水)0.5mm/(均)9.9℃/(高)13.0℃/(低)2.9℃/(日)1.4h

今夜から明日午前にかけて雨予報。在来温州の収穫を前倒しで行う。地主で、仕上りの早い小玉を取り込む。二時間半で一〇五キロ。わりと糖が乗っているので、多少青みが残っていても取り込む。枝によっては浮皮が発生しかけている。使い物にならない浮皮甲高の大玉も少なくない。着色の悪い樹はパス、着色まあまあの樹でも糖が低く酸が高く味が薄い。果実分析の数値通りの仕上がり具合、これでは収穫できんが、幸い、いまのところ浮皮は発生していない。これ以上雨の来ないことを祈る。午後の三時間半平原下段で刈払機二回まわし、伐採木の運搬、秋肥施用。仕事が進まないうちに今日も一日が果てる。

11月18日（土）旧10月1日　雨のち曇

(水)3.0mm/(均)11.4℃/(高)15.0℃/(低)7.6℃/(日)3.4h

朝小雨が残り樹がびしゃこではあったが、たちばなっ子クラブのみかん狩りは予定通り開催となり、大急ぎで道具を積込み岩崎へ行く。ここが水田だったころ昭和三十年代の滝本写真館旧蔵写真（一九八―一九九頁参照）を見せつつ、みかん転作と宅地化、島の農業の課題、みかん経済と島の誇り等々について数分程度の授業をする。低学年には少し難しかったかもしれんけど、そのうち腑に落ちる瞬間が訪れるかもしれない。一時間ちょい、子供七人で四〇キロ、小さいめの青島一本まるまる取込む。それなりに達成感がある。

倉庫に戻って在来温州の産直分発送作業、ひるまでかかる。亥の子唄が聞える。今日は庄親子会の亥の子なのだが、ワシもかーちゃりんも仕事で悠太は終日保育園、今年わが家は不参加となった。庄に実家のある二軒が加入することで維持している。この二軒が小学校を卒業すれば、高校生まで親子会に残るとはいっても中心はあくまで小学生なので、うちに当《とう》家《や》が回ってくる。未加入の家がまだあるとはいえ、先細りは不可避だ。一度やめたら復活は無理だから無理してでも続けるべきという考えの人もいる。だが、うちに当家が回ってきた時には、どんなに憎まれてもやめよう、無理してまで続けてはいけないと、かーちゃりんと話している。

　安下庄で亥の子が残っているのは、庄、真宮、塩宇、安高だけである。大島全体でみても、過疎化と少子化でやまってしまった部落が多く、残っているところのほうが少ない。庄の亥の子は、既にやめ時に来てしまっている。本来は小学校の男の子の行事だ。子供が少なくなったので女の子が入った。年齢の上限も中学生、そして高校生まで上った。十越《とお》せー十越せーと唄うのは、子供とは彼岸と此岸の境界線上に存在するマージナルな存在であり、特に男の子は病気になりやすく十歳をこえるまでは生命体として此岸に定着しきれないことが多かったからであり、そこに伝統行事の根拠がある。繁盛せえ繁盛せえこの家繁盛せえ隅から隅まで繁盛せえと言祝ぐのは、マージナルな存在としての子供の神通力に恃《たの》むからであり、お花代を渡して言祝いで立ち去ってもらうのは、異界からやって来て福をもたらす来訪神であり、そこに居ついてもらっては困るマレビトでもある。ましてや、声変りした中高生がこの家繁盛せえと言祝いだところで、神通力などあろう筈がない。

　昔は旧暦十月の初亥の日に亥の子をついた。いまは学校と、勤め人が多数を占める親の都合が優先なので、それに近い週末に行う。旧暦閏で日にちがずれた今年は明後二十日が初亥にあたり、日にちとしては近似値ではある。しっかし新暦十一月初旬から中旬にかけての亥の子の時期、うちもあと二年三年すれば早生収穫とセトミ・デコポンの袋掛け作業で手が離せなくなっているであろうし、いま現在でも遅れ込む秋肥作業で手が離せない実情にある。昔は子供ら自ら取り仕切った。手取り足取り終日大人がついてまわる今のやりかたでは、土日休みの勤め人ならまだしも、うちのような家族経営の兼業農家では無理がありすぎる。農村社会から都市型社会への移行、子供組、若者組の崩壊等々、戦後の島嶼社会は激変した。また、社会の変化により生活実態が無くなったのに伝統行事の形骸だけ残し続けるというのは、本質とはかけ離れたものであると考える。わらべ歌とは、労働も遊びも含めた子供の暮しの中に息づく唄である、ステージで伴奏つけて合唱するわらべ歌はもはや本来のわらべ歌とは異なるものであると、以前戎谷和修先生から伺ったことがある。生活文化にも同様のことが言える。

　午後、西脇で幼木秋肥前の草刈り作業、二時五四分家房着のバスで田中千世子さんが取材にみえる。畑と仕事場を案内して帰宅、日が暮れて、かぎひこさんに送る。晩は農会、日前のせとうちつなぐキッチンにて。若手農家を中心とした集まりとなれば、悠太を連れてかないけん。古民家を使い勝手のよい具合に改装している。おひつごはん、実は春ではなく秋が旬にあたる鰆の刺身と塩麴焼がとくにウマかった。それと、実に旨いお酒を仕入れてはる。人数の多いお食事会で会場をお願いするのもええなと思うた。

11月19日（日）旧10月2日　晴

(水)0.0mm/(均)7.7℃/(高)11.4℃/(低)4.3℃/(日)7.6h

亥の子をついたら炬燵《こたつ》を出せと昔から言う。確かに、晩秋から初冬への季節の移り変わりを感じる。暦というものはほんまによう出来ている。

九時から正午まで井堀中段でソラマメ、スナップエンドウの種蒔きと支柱立て、スダイダイ幼木残り五本の秋肥。午後一時半から三時まで早生タマネギの施肥、続いて井堀上段の秋肥作業、大津四号の幼木六本で一時間かかる。秋肥、これで西脇の幼木を残すのみ。仕事と同時進行で田中さんの質問に答える。帰宅して身支度、早いめの晩メシをすませ悠太連れて六時半に出発、岡山で夜行寝台に乗継ぐ田中さんと分かれて新神戸まで。地下鉄で湊川公園下車、新開地のホテルに泊る。街並み様変わり、浦島太郎の気分、ホテルを一発で見つけられず。新開地という街独特のガラの悪さを感じる。神戸に住んでいた頃にはそこまで気にならなかったのだが、それだけ大島は平和ということか。

11月20日（月）旧10月3日　曇（出先曇時々雨）

(水)0.0mm/(均)7.0℃/(高)12.1℃/(低)2.7℃/(日)3.4h

六時起きで実家に行く。一年と四ヶ月ぶりにジジババオバに悠太を会わせる。垂水で季村敏夫さんと会う。来年の刊行を目指す矢向季子詩集のこと、「山上の蜘蛛」刊行後にわかったこと、蜘蛛出版社の君本昌久のこと、そして治安維持法下の神戸詩人事件、戦慄を覚える。モダニズムの究極は非人間性にこそある。

元町の１００３に挨拶に行こうとするも、ショバの見当がつかず、またまた浦島太郎と相成り。電話番号をメモしてくるんだった。スマホかタブレットがあれば一発なんだろうけどワシのはガラケーだ。悠太がトイレ行きたいと言い出しコンビニにお願いするも断られ、都会の治安の悪さを改めて突付けられ、阪神元町駅まで引返してトイレを借りる。今回の出歩きついでに本屋を廻っておきたかったのだが気が萎える。まあええか悠太が楽しければと頭を切替えて、老祥記で豚まんシバき、大使館でトリカラをアテに軽く飲む。三宮駅前のにしむらでお茶シバいたあと、ＪＲ大阪、鶴橋経由、近鉄奈良で下車して東大寺へ。南大門の建屋は大島から運んだ巨木で造られたもので、そこに立って感慨深く眺めたと宮本常一が書いている。悠太にもそれを見せておきたかった。大仏殿にも入る。小学校五年の遠足以来だ、ここに入って大仏様を拝むのは。仕事で奈良に三年住んだのだが、えてしてこんなもんだ。市内循環バス田中町で下車、平井さん宅にお邪魔す

今はなき庄の至宝、谷豆腐店。おっちゃん渾身の、30丁分の豆腐。2012.2.11　撮影＝竹本吉宏

る。この家のおとーさんは障碍者運動の実践家にして論客中の論客、おかーさんは小学校の障碍児学級の先生、ここに集う食客もまた濃ゆい面々、奈良にいた頃、週に五日は平井さんちで晩ごはんよばれて、酒呑んで、夜遅くまで議論していた。いつもバス停前の酒屋で二リットル瓶ビールを買うていた。酒屋が消えてコインパークになり、隣の町家を取壊した跡地にコンビニが出来ていた。十数年ぶりの奈良、ここでも浦島太郎だ。平井さんご夫妻は元気そうな様子。こんな話したの久しぶりやな、あの頃はよう呑んだな、一升瓶がひと晩で空きよったな、と。泊っていけたらよかったのだが翌朝が早いので今夜は大阪泊り、再訪を約して九時前に御暇する。

11月21日（火）旧10月4日　晴（出先曇）

(水)0.0mm/(均)6.9℃/(高)13.8℃/(低)0.9℃/(日)7.7h

朝イチで南森町ケイアートセンターの田渕宏有さんを訪ねる。午前から仕事に出るところを、早朝の二時間空けて下さった。ぷーさんも来る。田渕さんあってのみずのわ写真館、しかし今年の夏にモノクロ現像プリントの業務を畳んでしまわれた。八十一歳のご高齢もあったが、大阪市の文化財写真の現像プリントの仕事が減ってしまい、薬品印画紙そして維持費を考えるともう続けられんと判断したという。これからモノクロの現像プリントは東京送り、堀内カラーの下請がやることになるという。モノクロのデジタルプリントなら大阪でもやってくれるというのだが、ぺらっぺらで鑑賞に堪えるものではない。この程度の画質で満足しよるんやね、今日日の写真愛好者ってのは。まさしく写真表現の劣化であるのだが、世間の大多数は田渕さんの技術をもはや必要としていない。西日本で最後のモノクロラボが消えた。カラー現像・プリントの仲介業務は田渕さんのところでこれまで通りやって下さるという、それだけでも助かるのだが、田渕さんにせよぷーさんにせよワシにせよ、若いころに心身削って身につけた写真の技術が全否定されたようで悲しい。

　新大阪から新岩国へ。岩国旧市街を廻って八木さんに寄って、取置きお願いしていた晩生タマネギ苗（もみじ）一〇〇本買って帰る。


11月22日（水）小雪　旧10月5日　曇のち雨

(水)6.0mm/(均)10.2℃/(高)12.1℃/(低)6.1℃/(日)0.0h

　十時から中生・晩生みかん年内分の出荷説明会。十月で販売終了の極早生、販売数量前年比一二四パーセント六〇二トン、金額前年比八九パーセント九六〇〇万円と報告あり。いま販売している早生もええとこなし。今年はこのままずるずると敗け戦か。

　終日小雨で畑に出られず。昨日買ってきたタマネギの植付けもできず。山田製版金沢支店宛、陣中見舞みかん発送。今年は良玉が少ない。彼方此方送る余力がない。

　夕刻、谷のおっちゃんが亡くなった後の行政手続の相談で稔子さんが来る。ワシらの披露宴のウエディング豆腐を作るにあたって、どの程度水を減らすか、試行錯誤を繰り返していたという。三〇丁分のでっかい豆腐を切らずに出すわけで、通常の水量で作って切らずに置いとけば、時間が経つと真ん中が凹んで水がたまる。そうならないように工夫するのが実はなかなかに難儀であったと。こんな豆腐は食べたことがないというて、当時単身赴任で周防大島町教育委員会に勤めていた純也先生が山口に帰宅する際に頼まれて買いに行ったり、ミスイさんから送ってくれと頼まれたり、豆腐に旅をさせたことがちょいちょいあった。いまは、裸豆腐で売ってるお店が少なくなった。パック豆腐は水に浸りっぱなしやから、味が抜けてしまうんよと稔子さんが言う。あの濃厚な豆腐はもう二度と食べられない。おっちゃんを偲んで日付の変る頃まで呑む。

11月23日（木・祝）旧10月6日　晴

(水)0.5mm/(均)9.0℃/(高)12.8℃/(低)2.6℃/(日)7.9h

　軽い宿酔。仕事して酒を抜く。午前三時間半で西脇の幼木に秋肥を打つ。家庭菜園、秋茄子を抜いた所に春採り大根。午後の一時間半かけて井堀中段でタマネギ晩生一〇〇本伏せる。昨日の雨で濡れて収穫できんなと思っていたが、午前風が吹いたので、夕方にかけての一時間半、かーちゃりん加勢して地主で在来温州の収穫にかかる。九〇キロ。着色状態のよいもの、浮皮になりかけているものだけ取込むのだが、全体に着色が悪く、これ以上作業してもつまらんと判断して引上げる。今週末の収穫は見送ることにする。

11月24日（金）旧10月7日　雨のち曇

㊌0.5mm/(均)9.1℃/(高)12.2℃/(低)4.6℃/㊐3.1h

悠太を保育園に送るころから小雨がぽつぽつ降り出す。やまないので畑に出るのはやめにして吉田得子日記と堀江芳介日記のゲラを照合、午後発送する。雨がやんだので午後三時間西脇の草刈りと幼木秋肥作業。やっと秋肥が終った。ここ一週間くらいで、晩秋から初冬へと季節が変ってきたのがわかる。それを感じる前に、地温の高いうちにやらんと肥しが効かんのだが、ほんまに手が回らなかった。来年は秋肥だけでもペレットに変えようか。早生の収穫が少ないから回らんなりに回っているが、将来的にはキツい。

初冬の海、夕焼けを眺めながら、悠太を迎えに軽トラ転がす。腹へった、酒が呑みてー。「今日の仕事はつらかった　あとは焼酎をあおるだけ」と岡林信康は歌った。農業はつらいことも多いが、岡林の歌うニコヨンのそれとは全く異質だ。仕事あがりの達成感、幸福感がある。

11月25日（土）旧10月8日　曇

㊌0.0mm/(均)8.3℃/(高)11.8℃/(低)4.1℃/㊐2.8h

みかん時季なのに収穫作業のない週末。気が滅入る。みなさん全体に着色が悪いと言うが、やり手といわれる人らの園地はええ色している。井戸端会議に混ぜてもらい、彼是教えてもらう。一番の敗因はリンクエースを一回しか撒布できなかったことに尽きる。カルシウムと併せ最低二回撒布しないと効果が出ない。九月お彼岸頃に一回目、十月初めから十日頃に二回目を撒布する。農協は三回と言うけどそこまでやらなくてもいい。二回やれば効果が出るし、秋雨が邪魔して三回目は撒布できんことが多い。今年、ワシが一回目の撒布した十月初旬に、やり手といわれる人らは二回目の撒布をしていた。九月に撒布できなかったのはイノシシ対策に手を取られたがため。その時期出最優先せないけんことがある、イノシシはあとからでもええと言われた。上手に作る人が、いま何の作業をしているのかよく見ることだとも。今年の敗北を糧にするほかない。ミカンバエ防除時に併用するダニゲッターにカルシウムを混用してはいけないのだが、リンクエースだけでも混用してやれば計三回撒布したことになるとも教えてもらった。

午後悠太のインフル予防接種、光の梅田病院へ連れていく。車で片道一時間半。いま、大島の病院には産婦人科がない。最低、柳井まで行かんと出産が出来ない。可能な限り陣痛促進剤を使わず自然分娩を薦めている病院となると、一寸遠いけど一番のお勧めというかーちゃりん廻りの口コミにより、悠太がお腹にいる頃からずっと梅田病院にかかっている。定住促進のため子供を生み育てやすい環境を、ということで、在日米軍再編に伴う岩国基地への空母艦載機移駐による騒音増大の迷惑金を元手に、小中学生までの医療費無料施策を町

明け方、みかん畑と嵩山。2011.12

がとっている。だが、産婦人科および小児科専門の医療機関が無いという根本問題は放擲されている。橋が架かり道路が整備され、患者を本土へ運ぶルートは格段に向上したが、進歩のその一方でこのような退歩もある。架橋は不可欠であったし否定してはいけないのはわかるのだが、それにより離島化の進んだ一面もある。

11月26日（日）旧10月9日　曇時々小雨

(水)0.0mm/(均)12.0℃/(高)15.4℃/(低)8.1℃/(日)0.0h

気が緩んだかのような気温の高さ。時折小雨がぱらつく（雨量計では計測されず）。岩崎のカラス被害が拡大、収穫までの一ヶ月このまま放っておけばまともな果実が残らん危険がある。ほぼ終日かけてテグスを張る。一人仕事は捗らない。元々カラス被害の出やすい園地だったのに、他の作業にかかりきりで手を付けられずにきたのが祟った。厭になる。夕方、久賀への行掛けに安下から正分を廻る。全体に着色が悪い。カラスの被害も甚大なり。島の恵み本店にニンニクと豆茶搬入、キムチを買って帰る。

11月27日（月）十日夜　旧10月10日　晴

(水)0.0mm/(均)12.7℃/(高)15.6℃/(低)9.7℃/(日)8.6h

終日家房の仕事場で在庫整理。午後土居のクロネコ営業所で「宮本常一コレクションガイド」二刷荷受け、家房へ運ぶ。ヤマトボックスチャーターの大きいトラックが我が家の前の道に入れないので手間がつく。前日の作業でぎっくり背中やらかした。動くたび、息をするたびに痛い。

11月28日（火）旧10月11日　曇時々晴

(水)0.0mm/(均)12.7℃/(高)16.2℃/(低)9.9℃/(日)2.3h

監督、朝から西田さん宅で剪定の仕事。監督の園地も着色が進まず収穫が手つかずという。午後家房で蔵書整理。フランクル「夜と霧」、外岡秀俊「地震と社会」上下巻（いづれもみすず書房）が仕事場移転後未整理の本の山から出てくる。廣畑研二校訂「放浪記復元版」（論創社）とあわせて年末の読書にと持ち帰る。明日は荷受日、多少でも出さんことには落着きが悪いので、夕方倉庫に籠って在来温州一級コンテナ二杯作る。色づきの悪い玉もあるけど、見落したことにして放り込む。悠太が足の指にしもやけ作った。ワシも毎年作るのだが今年はまだ出来ていない。収穫手つかずの異常事態はこんなところにも顕れる。

11月29日（水）旧10月12日　小雨のち曇

(水)1.5mm/(均)14.5℃/(高)15.8℃/(低)12.5℃/(日)0.0h

未明より小雨。雨量は大したことないが昼すぎまで断続的に降り続く。日曜の雨からずっと気温が高い。ポカ（浮皮）が増える。しかし、着色が進まないので取り込めない。

ふた月半ぶりにおげんきクリニックで診察を受け、一月の大腸内視鏡検査、胃カメラ、ＭＲＩの予約をとる。若い頃の無理が祟って実年齢以上にガタがきとるんだからきちんと診てもらわなあかんのに、忙しくなるとつい放ってしまう。手遅れになってからでは遅い。せめて、悠太が一人前になるまではこの世から消滅するわけにはいかん。インフル予防接種もついでに済ます。今年はワクチンが品薄と聞く。駄目元で聞いたらすぐに打ってくれた。

島の恵み本店に選外小玉みかんネット詰め一キロ二〇〇円七袋とユズ四袋搬入する。選外品というても、不味い大玉と違って小玉は美味い。これを二束三文の原料として出してしまうのは勿体ない。天候不順と着色遅れによる収穫遅れが響いているようで、店頭の箱詰めみかんが払底していた。

11月30日（木）旧10月13日　曇

(水)0.0mm/(均)12.4℃/(高)15.1℃/(低)7.6℃/(日)0.5h

昨日の雨で濡れて収穫できず、家房以外の園地を見て回る。地主の在来がポカ（浮皮）になりかけ着色ムラもあるが、この週末には取込まんといけん。ここの青島は毎年着色が遅いのだが、今年は輪をかけて遅い。二十日前後、下手すりゃクリスマス頃にずれこみそうな着色具合だ。ワイヤーメッシュの止め金具がまたもや盗まれ。手の打ちようがない。岩崎の青島はこの週末から区分採取をかけよう。ワイヤーメッシュ越しに手が届く道路に面した樹で、毎日数個ずつ盗まれている。カラスやイノシシより、頭の黒いネズミのほうがよっぽどタチが悪い。

１ヶ月
降水量　23.5mm（51.5mm）
平均気温　6.0℃（ 8.3℃）
最高気温　10.5℃（12.5℃）
最低気温　1.1℃（ 4.0℃）
日照時間　148.5h（150.0h）

2017年12月

青島。晩生温州みかんの横綱。静岡県の青島さんが尾張温州の枝変り（突然変異）として発見した。みかんの品種名は、最初に発見した人の名前がつくことが多い。安下庄の気候風土に適合した優良品種だったが、気候変動、連年の異常気象による品質劣化は深刻で、石地、寿太郎等、青島に代わる優良品種への改植が急がれる。

上旬
降水量　11.5mm（19.9mm）
平均気温　7.1℃（ 9.5℃）
最高気温　11.5℃（13.9℃）
最低気温　2.8℃（ 5.2℃）
日照時間　55.3h（50.9h）

中旬
降水量　1.0mm（15.8mm）
平均気温　4.8℃（ 8.0℃）
最高気温　9.2℃（12.1℃）
最低気温　−0.3℃（ 3.9℃）
日照時間　40.3h（46.1h）

下旬
降水量　11.0mm（15.8mm）
平均気温　6.1℃（ 7.3℃）
最高気温　11.0℃（11.6℃）
最低気温　0.7℃（ 3.0℃）
日照時間　52.9h（53.1h）

12月1日（金）旧10月14日　晴

(水)0.0mm/(均)6.9℃/(高)11.2℃/(低)3.1℃/(日)7.6h

昨日までとは朝の冷込み具合が違う。岩崎の青島一本だけ収穫、一時間で三〇キロ。島の恵み本店出荷用のネット詰めみかんを作る。かなりの手間、昼までかかる。かーちゃりんにたちばなやで昼メシ奢ってもらい、島の恵みに配達に出る。一昨日納品した小玉みかん実売三袋、期待したほど売れていない。激安みかんが大量に出ている。年寄の悪い癖やな、これではまともな値段のモノは売れん。

午後から横井手上下段のカラス対策。いまのところ大した被害は出ていないが、収穫が遅れるだけに、多少は対策しておかないと心配でやれん。甲の山にカラスのねぐらがあって、そこから長天にかけての通り道でカラス被害が大きいという。昔の写真を見ると、甲の山もまた、上のほうまで人の手が入っている。カラス被害の拡大もまた、里山の荒廃とパラレルな関係にあるのかもしれない。

12月2日（土）旧10月15日　晴

(水)0.0mm/(均)6.5℃/(高)11.2℃/(低)2.9℃/(日)8.7h

朝から一人、地主の在来温州収穫作業、かーちゃりん午後半日休み取って加勢、三〇〇キロ取込む。日照不足の所為か着色の進んでいない玉が多く、区分採取にならざるを得ない。完着より先にポカ（浮皮）で駄目になるものも出てくる危険がある。どこで見切りをつけるべきか。

12月3日（日）旧10月16日　晴

(水)0.0mm/(均)9.2℃/(高)13.6℃/(低)4.3℃/(日)8.1h

西脇でまたまたイノシシ食害、被害甚大。上段の耕作放棄地から入ってくるようで、獣道が出来ている。今年はもはや手の打ちようがない。家房のオジイが晩年荒らしてしまった園地が諸悪の根源とあっては、文句を言う相手がいない。ここを引き受けて五年目になるが、余計な労力を食い精神を痛めつけるばかりで、いつまで経ってもまともな園地に戻らない。

一泊テゴ人、こーず君明美チャン夫妻と広島の児玉さん、ゆーみん、ひる過ぎ到着。かーちゃりんも加わって、西脇の青島四本、緊急避難的に収穫にかかる。着色が悪すぎて、八割がた原料ではあるが、放っとけばイノシシにやられ放題とあっては仕方がない。収穫作業を進めてもらう一方で、ワシは悠太連れてセトミの袋掛けとカラス対策、イノシシに株元を掘り返された幼木の復旧作業にあたる。五時までかかって三〇〇キロ取込む。

12月4日（月）旧10月17日　曇のち晴

(水)0.0mm/(均)10.0℃/(高)13.8℃/(低)7.9℃/(日)1.7h

かーちゃりん出勤、在宅ワークの明美チャンお留守番、四人で昼過ぎまで岩崎の青島六本、十六時間半（人数掛ける時間）で二七〇キロ収穫。大玉生産の雑柑と違い、温州みかんは玉が小さいから、なかなかコンテナが埋まらない。といっても、テゴ人が居ると居ないとでは、作業の進み具合がまるで違う。

12月5日（火）旧10月18日　晴

(水)0.0mm/(均)4.6℃/(高)8.7℃/(低)−0.7℃/(日)8.0h

悠太、メシを食うのが遅い。少しでも早く仕事に出たい朝の支度どき、一寸怒りすぎた。メシ風呂早く済ませて早く寝せて早く起して時間区切って朝ごはん食べさせて……これが難しい。一日畑に出て疲れて帰って晩メシ作って酒呑んだら、風呂に入れるのがシンドイ。親の余裕の無さのシワ寄せが子供にいく。こんなときバアさまが生きていてくれたらなと、熟年核家族の困りごと。

12月6日（水）旧10月19日　晴のち曇

(水)0.0mm/(均)3.8℃/(高)8.5℃/(低)−0.5℃/(日)4.5h

毎朝暗いうちからのはっちゃんお散歩、今年初めて霜が降りているのを確認。ひるどき来訪した野良犬画伯に、たちばなやで中華蕎麦と餃子を奢ってもらう。縄文土器のような勾玉のような陶芸作品のぶっつけ本番焼きをしたいというので、地主の園地で野焼をする。ワシの取出し方が雑で、訳のわからん造形物一つ、真っ二つに割れた。これはこれで作品として良い具合だそうな。低温焼成の縄文土器が脆いということもまた実感をもって理解した。さておき、一年以上放ったらかしになっていた伐採樹の半分くらいが片付いた。こんな用事でもなければそうそう手が付かんので助かった。ついでに今年初めてイモを焼く。金時より紅東のほうが旨い。大阪から犬画伯を車に積んできたラーメン屋の若社長が大のみかん好きで、園地と倉庫でひととおり試食、気に入ったものを買って帰ってもらう。これだけ喜んでもらうとせぇがええ（後記。犬画伯によると、この陶芸作品はワグナーの楽劇を抽象化した造形作品の部材であるのだと。ワシにかかると、造形作品よりイモの扱いの方が丁寧だったりする）。

晩、久しぶりに鯛めしを炊く。鯛アラの出汁、酒、薄口醤油、昆布、腹のすき身と頭で炊くのがわが家レシピ、関西風、お上品に仕上げる。元々わが家の食文化に無かったものだが、外のお店で鯛めしをよばれた折に、これやったらワシのほうが旨いモノ作れると確信持ったのが事の起り、うちの鯛めしは京都の高級料亭より上モノやと悠太に吹きこんでいる。

12月7日（木）大雪　旧10月20日　曇

(水)0.5mm/(均)7.2℃/(高)12.9℃/(低)0.8℃/(日)3.0h

晩メシ後、橙ポン酢を仕込む。青玉収穫からひと月、手つかずで放っていた。わが家レシピは、果汁四、醤油四、酒一、昆布適量の割合。一升半火通しして、歩留り一升三合五勺、ひと月以上寝かす。いま使っているのは一年熟成もの、この味を覚えたら、市販の味○んなんて不味くて食えたものではない。新式醸造醤油（いわゆるアミノ酸醤油）や合成酒（呑むと悪酔いする）ではない、まともな食材を使えば、かなりの原価になる。食品衛生法の縛りがあってわが家ポン酢は売り物にはできんのだが、仮に売り物にしたとしても、普通にお店に並べて買ってもらえるような価格設定ができない。家庭料理の特権ではあるが、全国流通の大量生産品がどれほどの安物で作られているのかがわかる。悠太が、作業中ずっと横に張り付いている。スダイダイの青玉と色付玉の香りの違いがわかると言う。食育などと大層に言うつもりはないけど、日々の食べものに関心を持つことは大事だと思う。

12月8日（金）旧10月21日　未明雨、曇のち晴

(水)1.0mm/(均)6.2℃/(高)9.4℃/(低)3.0℃/(日)5.3h

悠太、朝ごはん完食。やればできる。久賀の鶴田書店さんに支払に寄る。ブルーベリー栽培の教科書で農文協さんあたり何ぞ掘出しもん出てこんかと探してみたらええ本を発見、近くの棚にあった柏書房の暦事典とあわせて帳場へ持っていくと、返品できんかった古い本やからあげるよと大将より。タダでは悪いので、みかんと交換する。原始共産制社会か？

割石の古田温州の着色が悪すぎる。味はまあまあ入っているのだが、もわんとくすんだげな薄ら黄色、これでは正果で採ってもらえない。十四日の中生最終荷受に間に合わすのは無理とみた。わずかに浮皮が認められる玉はあるが、今すぐポカになるほどひどくはない、完着まで樹にならせておき、年末の産直に回すことにする。

夜はやまだの焼肉ハウスで消防団の忘年会。岡田君の団長職があと一年、一人（二年）挟んでその次はワシに回る。柑橘組合長や区長とかぶらないようにせんといけん。役が途切れない。

12月9日（土）旧10月22日　晴

(水)0.0mm/(均)6.5℃/(高)11.5℃/(低)1.7℃/(日)7.0h

朝からのりちゃん、パパ、ママ、ひるからかーちゃりん加勢、三〇・五時間（人数掛ける時間）で地主の在来温州五六五キロ取込む。着色が悪すぎ、ざっと見ぃで原料率七割なのだが、今年のコンディションでは完着まで放っておけば確実にポカになる。ポカの酷いのは積むと腐るから原料にも出せない、明日の夕方から雨予報、その前日に在来の取込みが完了したのは有難い。晩はつみれ鍋の慰労会、早生の白菜、まだ葉が巻ききっていないが待ちきれず収穫してきた。少し若いがうちの白菜の味、売ってるものとはまるで違う。

12月10日（日）旧10月23日　曇のち雨

(水)10.0mm/(均)10.4℃/(高)13.8℃/(低)5.9℃/(日)1.4h

かーちゃりんはオジジの買物アッシーで午前半日潰れ。横井手下段の青島二本収穫、四人で午前まるまるかかる。一八〇キロ。一本はポカ（浮皮）多発味が薄い、一本は味はまあまあだがヤケ果が多い。ひるの支度に帰ったところで雨が降り出し、慌てて撤収、倉庫へ運ぶ。夕方からの雨予報が半日早まった。踏んだり蹴ったり。

12月11日（月）旧10月24日　雨のち晴

(水)0.5mm/(均)6.9℃/(高)11.2℃/(低)2.9℃/(日)2.0h

四時半起き。六時半に悠太を起こし、はっちゃんのお散歩に出ようとしたところで雨が降り出す。テゴ人のある時に限って雨が降る。それも、朝イチでびしゃこにしてさくっと晴れるという、最低最悪の嫌がらせ。祝島の國弘さんご夫妻、由宇の吉原さんご夫妻、九時半到着、倉庫でくずみかんの再選別を手伝ってもらう。風が吹いたおかげで、ひるから収穫となり、かーちゃりん午後休みをとって加勢、寒風と時折り雪が舞うなか横井手下段で二時間作業したところで雨が降り出し作業終了、青島三〇〇キロ取込む。大急ぎで片付け、悠太お迎え、久賀の島の恵み本店へ。テレビ山口「ちぐスマ！」の生中継があるのでサクラとして店内うろうろ。カメラの前で喋る横村さんのあがり具合がおもろかった。悠太はぐにゃぐにゃでテレビ映えせず、残念なヤツである。國弘さんご夫妻お泊り、ひるの残りもので忘年会となり。追加のアテ、トリモモ酒蒸に、今年初収穫の間引き水菜を使ってみる。

12月12日（火）旧10月25日　晴

(水)0.0mm/(均)1.6℃/(高)5.1℃/(低)−2.4℃/(日)4.9h

冷込みきつく風が強い。横井手下段、午前一時間半、三人で一〇〇キロ収穫、着色の悪い一本を残して終了、岩崎へ移る。柳井土木建築事務所の担当さんと園地の地権者が彼是やっている。岩国への米軍艦載機移駐の迷惑金が県に入る、それが向う五年のうちに使い切らないとタイムアップになってしまうといって道路拡張用地買収にターボがかかるという事態に相成り。米軍といい原発といい、国策とくれば打出の小槌やな。首長にせよ議員センセイにせよ相手が国であればそれが如何に理不尽な話であろうと無力であり、それでも住民の生命と財産、幸福を守るべく国を相手に闘い続けているのは沖縄の知事くらいであり、独裁者安倍であろうともアメリカ様に対しては無力言いなりであるということ。戦争の敗け方を誤った、亡国としか言いようのない事態。「君たちの不平不満に限界があってはならぬ、君たちが言う中央ですら真の中央ではないのだ」、沖縄の青年たちに向けた柳田國男の言葉を思い起す。

それはさておき土地買収に伴って伐採せなあかんようになるみかんの木について、樹齢に応じて補償金が出るので、それまで伐ったらあかんという説明を受ける。向う二年のうちにこの一帯の土地買収完了見込とて、このまま耕作できるのは長くてあと二年、道路に取られる農地は三列分五畝（約五アール）で、園地面積（二反＝約二〇アール）の四分の一にもなる。東半分は改植事業申請済とて、申請面積を減らす必要に迫られる。補償金対象の樹を維持するために肥料農薬燃料労力諸々かかる。これらすべてワシの負担になる。伐採および伐採樹の処分にかかる労力経費も、地権者自ら作業できんので、ワシがやらんことには仕方がない。樹の補償金は地権者と耕作者とで何パーセントずつの分配になるのかは役所の関知することではないので（役所として確認したいのは、補償金を支払う都合で樹の持ち主が誰であるかということのみである）当事者間で話し合ってほしい、その樹から得られる収穫・収入の補償および伐採にかかる経費も含めての補償金という設定であると、そういった説明を受ける。

お宮の森の裏参道。県道バイパスが通れば、切り開かれてしまう。2012.1

夜、事の次第をかーちゃりんに報告する。樹の補償金を要求するな、伐採と伐採樹の処分作業をワシと監督で引受けて日当払ってもらえ、それだけでええと。収量が減る、改植ができなくなって受取る補助金が減る、伐採までの樹の維持費労力はワシ持ち、何パーセントかでも補償金分配してもらわな割に合わんという考えが、ワシにはあった。かーちゃんの別名は、人間ウソ発見器。私自身に巣喰うさもしい精神構造、度し難い乞食根性、それを突き付けられる。

おカネがからむと親兄弟でも鬼悪魔になる。瀬戸大橋架橋の漁業補償を受取った島で実際に起ったこと、怠業そしてパチンコ競艇であぶく銭すっからかん、その痴態を思い起す。これから数年、人の世でいちばん醜いものを、この大島で見せつけられることになるやもしれぬ。とくに男どもは、どんなに立派な講釈垂れていようがいまいが、目先のおカネ一つで右にでも左にでも何処にでも転ぶ。もう女性と子供しか信用できないという、松田道雄の言葉を引いた季村敏夫さんの一文を想起する（「瓦版なまず集成」）。詩人は言うことが違う。

詩人ではないが、近視眼的な了見の狭さとかケチ臭さといったものが、かーちゃりんにはまるでない。女の男前というやつだ。

12月13日（水）旧10月26日　晴

(水)0.0mm/(均)3.0℃/(高)8.0℃/(低)−1.8℃/(日)6.6h

庭の水溜りが今年初めて凍結した。朝起きて御着替えの悠太が、寒いと言って泣く。理由にならん、横着ぬかすな、肚に力入れてちゃちゃっと着替えて身体動かせばすぐに温もる、それがちゃんとできんヤツにろくな者はおらんワ！　と、怒鳴り上げる。実は、これは祖母の受売り。信州人である祖母は何かにつけて厳しかった。明日は中生の最終荷受け、選果作業で一日果てる。

12月14日（木）旧10月27日　晴

㊌0.0mm/㊍5.3℃/㊫9.3℃/㊦−1.3℃/㊐4.5h

寒さが少し緩む。はっちゃんのお散歩、いつもとコースを変えて浜の通りを廻る。神事場近くの空きみかん倉庫を覗いてみる。ここを借りたらどうかと言われたのだが、あかん、滅茶苦茶や。長年放置した倉庫が使い物にならんのは放置空家と変らない。結論、借用可能な倉庫は庄には一軒もない。

お散歩帰りの七時、福田のおっちゃんがもぎ子のおばちゃんを軽トラの荷台に積んで上っていく。幼い子供がいて家事があってジジババのいない我が家にあって作業開始は八時半、日脚の短い冬の作業でこの一時間半の立遅れは大きい。しかし、どうすることもできない。

営農指導員駐在日とあって、突如ターボのかかった道路拡幅の影響を受ける岩崎園地の改植事業の件で相談する。改植面積を減らした、その分補助金が減ったという結果になるので、特に書類提出は要らんという説明を受ける。ホウ・レン・ソウが大事なのは勤め人だけではない。朝見てきた倉庫のことも話す。新規就農者にとってキツい大島の実情。畑を借りようと思えば、声かければなんぼでも出てくるのだが、ろくな畑がない。就農したその年から一定の収穫があって快適に作業できる良好な畑は、当然ではあるがまず手放さない。良好な畑であっても、跡取りのいない年寄がやめるころには、手が回らず管理不行届きで滅茶苦茶になっている。私の実情がそれなのだが、年寄の不始末の尻拭いは年数と経費労力が馬鹿みたいにかかる。そして、就農の前提となるべき、住む家がない。空家は掃いて捨てるほどあるが、貸してくれるところはそうそうない。家と畑が遠ければ仕事にならぬ、つまり、住む家が決まらんことには畑を借りる算段はできん。加えて、みかん作業にとって必要不可欠となる倉庫がない。こんな実情を放置しとって、それで新規就農を増やしましょうなんて旗だけ振って、結局のところ何も考えてへんということやな。移住促進だの何だの言うとる連中の頭にあるのは、あくまで虚業としての起業家向けの移住定住促進であり、国土保全とか地域社会維持としての農業保全ではない。新規就農者向けに住む家を無償貸与して、ある程度の年数が経てば分割払で安く購入してもらうという施策を取っている自治体もありますよと指導員が教えてくれた。これは研究する必要がある。

夕方まで青島の選果にかかる。着色が悪すぎる、原料ばっか、選れども選れども正果が出ない。西脇で収穫してきたものは特に傷果が多い。台風とイノシシの被害甚大なり。農協向け一級六杯、原料一八杯出荷する。
オカンから秋イリコ二袋頼まれていたのを忘れていた。林さんに電話を入れる。今年は不漁で鰯網は早くに終り、イリコ、カエリ、チカ、チリメン諸々、売るものも全く残っていないので注文全て断っているという。海のものも山のものも、今年は揃って大凶作ときたもんだ。

12月15日（金）旧10月28日　晴

(水)0.0mm/(均)7.3℃/(高)11.0℃/(低)3.3℃/(日)8.3h

毎年のことだが、収穫選果の時期は足先と足裏にしもやけができて四六時中痛くてやれん。まっすぐ歩けんほど酷いんよ。歩き方がおじいちゃんみたいと悠太が言う。

実質半日の選果で、農協向け正果一級二級合せて三〇キロ、産直向け良玉二五キロしか選れなかった。原料一〇〇キロ、あとは着色が悪く寝かし直し。枝突き傷で出荷できない玉が二キロくらいたまったので、悠太のお迎え時に保育園に差入れる。原料出荷すら出来ないとはいえ、色よく形よく味も乗っている中小玉を棄てるのはもったいない。喜んでもらえるのでせぇがええ。昨日差入れた在来極小玉最終選果残り分がすっごい美味しかったとさやか先生より。今年のみかんは全体に味が薄い残念な仕上りではあるのだが、売り物にならない玉はそれでも安定してウマい。おカネ出して買うてくれはる消費者にはすまんのだが、こんなウマいものを毎日《まいひ》に食べられるのは生産者の特権ではある。

12月16日（土）旧10月29日　曇のち時々雨

(水)0.5mm/(均)7.3℃/(高)10.8℃/(低)1.3℃/(日)0.3h

朝とーちゃんと一緒に倉庫にあがると悠太が言うので、五時半に起す。星空を見せてやりたかったのだがあいにくの曇天。六時半に帰宅、はっちゃんお散歩、おなかすいたねーと悠太が言う。いい習慣が身についてきたかな。

のりちゃん加勢、岩崎の収穫作業午前三時間、午後雨で中止。テゴ人のいる日に限って雨が降る。かーちゃりんひるから加勢の予定を変更して光の梅田病院へ、悠太のインフル予防接種二回目を打ちに行く。午後の作業中止は痛いが、日程確保の難しかったインフルが片付いただけでもよしとしよう。源空寺保育園、沖浦小学校でインフルが流行して学校閉鎖になっとるという。用心にこしたことはない。オジジから正月用にと五橋とエビスを戴く。いま貰ったら正月までもたんよ。

12月17日（日）旧10月30日　曇

(水)0.0mm/(均)1.6℃/(高)5.8℃/(低)−2.1℃/(日)4.7h

今年は、去年以上に良玉が確保できない。この先も事態の好転はないと判断した。産直予約者向けに朝イチでメエルを送る。歳暮用は発送不可能、個人用はものが確保でき次第順次発送するが、今後の状況次第で発送不可能の事態も考えられると。気重だが仕方がない。大島一周駅伝中継所の仕事で、かーちゃりん朝から三時頃までテゴに出られず。午前選果、午後五時まで収穫作業。悠太の世話が前ほどかからなくなり、仕事がしやすくなった。四時を廻ると急に冷え込む。悠太が帰りたいと言い出す。仕事の邪魔すな！　と怒鳴ってしまった。朝から晩までとーちゃりんの仕事に付合わされて、それはないよな。すまん。

12月18日（月）旧11月1日　曇時々晴

㊌0.0mm/㊗4.0℃/㊋9.5℃/㊏−2.5℃/㊐3.5h

岩崎に積みっぱなしにしていたコンテナを一旦回収、悠太を保育園に送り、倉庫に上ろうとしたところお宮の裏手で軽トラの後輪がパンクする。國つ神のなさることは理不尽である。ほぼ終日地主で収穫作業。ええ玉がない。ポカ（浮皮）も少なくない。一人で屑ばっかし収穫しとると、それだけで仕事するのが厭になる。

12月19日（火）旧11月2日　曇時々晴

㊌0.0mm/㊗6.6℃/㊋11.6℃/㊏1.3℃/㊐4.4h

未明と明け方の雨で午前の収穫作業が吹っ飛ぶ。雨は大したことなく十時以降は収穫できそうな感じではあったが、無理せず、溜っていた雑用の処理、午後から久しぶりに原稿整理にかかる。晩はまみちゃりんとワシの日にち遅れのおたんぜう会、小松のいっせいにて。

12月20日（水）旧11月3日　曇時々晴

㊌0.0mm/㊗4.0℃/㊋9.3℃/㊏−1.6℃/㊐1.1h

終日かーちゃりん加勢、割石の中生古田収穫、着色が悪いがこれ以上樹にならせておいても改善は望めないと見限った。他の園地を優先したほうがよいのかもしれんが、収穫せず長いこと放っとくと来年に響く。状態の悪い屑園地にあって、収穫樹実質五本で収量三四〇キロ（昨年は二十数本で四二〇キロ）は、一寸くらいは褒めてほしい恢復具合ではある。着色が悪すぎるのは、ワシの腕が悪いというより異常気象の所為だと言うておこう。いや、ほんまにそうなんだから。しっかしなあ、同じように防除しても他の園地より黒点が多い。枯込みが多すぎるのが原因だ。枯れ枝の除去にまで手が回りきらなかった。イノシシ対策のやり直しにより、被害皆無で一年過ごしたことだけが救いだ。

12月21日（木）旧11月4日　晴

㊌0.0mm/㊗4.8℃/㊋10.9℃/㊏0.5℃/㊐7.8h

ニンニクの草取りだけでほぼ半日かかる。十月の長雨と日照不足の影響だろう、今年は生育が悪い。まともな収穫を得られるのか不安になる。明後日から扉野君一家六人二泊三日で収穫テゴとあって、布団を屋根干しする。明日が年内最終の原料荷受け、少しでも倉庫の在庫を減らすべく昼から青島の選別にかかる。ろくな玉がない。青島の産直分はまだ六〇キロしか出せていない。この時期で考えられん数字だ。そこ

扉野君一家がテゴに来た。2017.12

そこ高いおカネを支払って戴く以上は悪いものは出せんので、農協向けよりも厳しいめの選果をしている。出来の悪い年なりに良い玉を出してはいるのだが、美味いという反応もあれば、イマイチという反応もある。致し方ないのではあるが、イマイチという反応をもらうと、今年の産直は残り全て断ろうかとも思えてきたりする。兎にも角にも、明後日からの収穫作業でよい玉が確保できなければ、申し訳ないが個人向け予約分は断らないけん。そんなことをぐるぐる考えもって作業して、五時過ぎて悠太を迎えに行き、暗くなって帰宅して、屋根上の布団を仕舞い忘れていたことに気づく。

12月22日（金）冬至　旧11月5日　晴

(水)0.0mm/(均)6.5℃/(高)13.2℃/(低)0.6℃/(日)6.9h

産直向け出荷二五キロ、農協向け出荷一級正果三五キロ、原料五五〇キロ。なんぢゃこりゃ？

12月23日（土）旧11月6日　晴時々曇

(水)0.0mm/(均)7.3℃/(高)13.2℃/(低)2.6℃/(日)4.2h

のりちゃんファミリー加勢、終日岩崎で収穫作業にかかる。十一時前の船で京都から扉野君一家が来る。伊保田まで迎えに行く。フェリーとバスの接続が悪すぎるのは今に始まった話ではない。かーちゃりんと悠太はジジババクリスマスにほぼ終日付合い、午後のひと時しか加勢できず。農繁期に勘弁せえやってのが本音ではあるが、老い先短いとあれば致し方

タマネギ畑。ようわからんけど、せっつんのスイッチが入っている。2017.12

なし。

12月24日（日）旧11月7日　曇のち雨

㊌10.5mm/㊊10.3℃/㊋13.5℃/㊍6.4℃/㊐1.8h

扉野家大人四人とかーちゃりん加勢、岩崎の続き。初心者多数にこの園地特有の樹形の悪さもあって一人一時間平均一二キロペースと作業が進まない。着色が悪すぎる。七割がた原料、経費倒れだ。扉野家のせっつんとようよう、悠太が、ずーっと戦いごっこをしている。昔の仮面ライダーは徒手空拳であったが、今日日のライダーは剣やら斧やら各種武器持ちで、効果音もけたたましい。扉野君がちょいちょい子供に手を取られる。子供が居てると再々仕事が止まる。けど、足を引っ張っとるうちから連れてきておかなければ、子供が畑に興味を持つことはない。生産と食卓を切り離してはいけない。予報通り雨が降り出し、二時半で作業をやめる。晩に、年に一度のローストチキンを焼く。かーちゃりんがガスオーブンを買ってくれて以降、格段に進化した。

子供が戦いごっこをするのってどう思うと、扉野君と門戸君とワシ、おっさん三人の議論。男の子だからしゃーないなとは思うけど、そう思いつつも気分は穏やかではない。でも、そんなことするなと教条主義的に押付けることはできんし、ワシ個人がテレビの戦隊ものを見せんようにしようとも、周りの子供らの影響を受ける。ワシ自身も戦いごっこやっていたしゴレンジャー好きやったし、まあ、いずれわかるやろう、そこまで愚かではなかろうと子供を信じるしかないんちゃうかな、とか何とか。

12月25日（月）旧11月8日　晴時々曇

(水)0.0mm/(均)6.2℃/(高)11.5℃/(低)−0.7℃/(日)5.1h

扉野家加勢三日目、午後帰るとあって多少はマシな玉をとらないけんと思い、収穫園地を岩崎から地主に変える。大小マシではあるが、ここもまた着色が悪い。

ずっと畑に居ると子供が飽きてくる。この三日間、ようようが早く帰ろうと言い出すことが何度もあった。そこは都会の子やな、退屈するのもわかる気がする。年中ワシの仕事に付合っている悠太の方が我慢がきく。物心つく前からずっと畑に連れてきていれば、大人の仕事に付合うのが当り前になる。私自身は小学三年からみかん収穫の仕事に加勢した。こんな子（この子）は辛抱な、と廻りの年寄からよく言われた。小さいころは畑で遊んでいたが、子供でも加勢すればそれだけ収穫が進むということを誰に言われるともなく理解できる年齢が来る。農家の子供はこうして育つ。

12月26日（火）旧11月9日　晴時々曇

(水)0.0mm/(均)5.7℃/(高)9.2℃/(低)−0.6℃/(日)4.3h

八時半から年明け出荷の説明会。平成八年（一九九六）度産以来二十一年ぶりの高値と報告あり。計画数量の半分しか出荷できとらんとも。高値とあって正果が出せりゃええんだが屑ばっかで儲けにならん。正果が仰山出せりゃ値段は下がる。いずれにせよ、いまの日本の社会システムのうえでは農家は儲からんようにできている。國弘さん、吉原さん夫妻九時半到着、おひる持込みで終日加勢、地主で八二〇キロ取込む。さすが手慣れた人は違う。

12月27日（水）旧11月10日　晴

(水)0.0mm/(均)3.7℃/(高)7.9℃/(低)−1.3℃/(日)8.3h

今年度の温州みかん産直中止の連絡を回す。それだけで半日つぶれる。昨日まで四日間集中取込みの結果は屑ばっか、残念無念だが見限ることにした。下手なものを高い値段で売るわけにはいかない。とはいえ消費者は、大島のみかんが駄目でも他所のみかんを買えばそれですむ。ワシら農家はそうはいかない。当面の経費、来年の経費、どうしたものか、困り果てる。でも、どうすることもできない。

12月28日（木）旧11月11日　晴時々曇

(水)0.0mm/(均)3.1℃/(高)8.6℃/(低)−2.5℃/(日)4.6h

今年のみかん産直は中止したが、それでもどうしてもと頼まれた分だけ箱詰め作業にかかる。産直向けに良玉を選るのにあまりにも時間を食いすぎる、それでは仕事が進まないので、事実上の無選果となる。以下の文面を同梱した。

＊

今年のみかんは秋の仕上げ時期の異常気象（多雨・日照不足・

高温）により、深刻な品質低下を引き起こしました。全体的に糖度酸度ともに低い、すなわち味が薄い。深刻なレベルの着色不良果が多く、収穫量の七割超を二束三文の原料柑（缶詰・ジュース用）として出荷せざるをえず、正果として出荷するものについても外見食味とも良好なものが少ないという実情にあります。

今回の送付分は、比較的食味良好の個体の多い園地で収穫した果実ですが、それでも出来が悪いのは異常事態にあっては致し方ないことでもあり、ご了承願います。また、外見良好の玉を一定数量確保するのが困難な状況にあるため、事実上の無選果とせざるを得ず、青みの残った果実、色づきの悪い果実が多数入りますが、ご了承願います。

農作物は、その年の気象なりのものしか出来ません。温暖化の影響が叫ばれて久しいのですが、とくに三・一一福島原発爆発事故以降の異常気象の常態化は、農業の維持にかかわって深刻な影響を及ぼしています。日本に対し食糧を輸出している諸外国にしても、異常気象や災害、国際紛争等で自国の食糧需給が危機に陥ればどんなにおカネを積んでも、自国の民の食糧を削ってまで売ってはくれません。農業はもともと資本主義のレールにはのせられないものです。フランスにせよドイツにせよ欧州諸国は徹底的な保護農政を敷いてきました。アメリカも同様です。第一次産業の保護なくして国防などあり得ない、そのことを心底理解しているということです。日本の実情を思うと絶望的な気分に苛まれます。このままでは、国は亡びます。

＊

城山《じょうやま》でカツカレー年内食い納め、ひるを挟んで四時間宮本常一記念館（周防大島文化交流センター）で暗室機材の片付けにかかる。持帰り機材で軽ワゴンの荷台満杯となる。ケイアートさんがモノクロ処理をやめたこともあり、来年はみずのわ現像所を復活させたいのだが、おカネもかかるしどうしたものか。片付けついでに、旧東和町関係で欲しかった本やら資料やらまとめて貰い受ける。十五年前に自死された中野忠昭さんのすぐれた仕事の一端を見る。

12月29日（金）旧11月12日　曇

㊌0.0mm/(均)5.8℃/(高)9.7℃/(低)−0.5℃/㊐0.3h

今日から保育園正月休み。朝から地主で収穫作業、四時で一旦終了、着色の悪い六本を来年にまわし、岩崎へ移動する。かーちゃりんと二人で二八五キロ取込む。

12月30日（土）旧11月13日　晴

㊌0.0mm/(均)6.0℃/(高)10.8℃/(低)2.0℃/㊐7.3h

かーちゃりん加勢、終日岩崎で収穫作業、三二〇キロ取込む。全体的に着色が悪いが、年末まで樹にならせた分、少しはマシになってきた。

12月31日（日）旧11月14日　曇一時雨

㊌0.5mm/㊊7.3℃/㊋12.0℃/㊍1.5℃/㊐2.3h

朝イチでネットの天気予報を繋ぐと、祝島あたりまで雨雲が来ている。一時間も経たないうちに降り出す。大した降雨量ではないのだが収穫作業中止となる。施設入所のおババお正月外泊支度でかーちゃりんが朝から走り回っている。秋の実家に行く前に、悠太を連れて二時間ばかり倉庫に上り選果をする。正月四日荷受割当分、コンテナ二〇杯作らなあかん。着色不良の屑ばっかで、二〇杯も正果が出せるのか？

ご馳走支度をすませ、六時前に実家へ行く。おババの暴言と訳のわからん行動に、かーちゃりんの頭の線が何度も切れる。すっかりボケてしまった伴侶に精一杯尽くすおジジが不憫に思えてくる。極度の難聴ゆえ、繰返される暴言の聞こえていないことだけが救いだ。肉親二人ほどにはコミットしていない筈の、ワシの頭の線もキレそうになる。どんな厭な目に遭うても、お給料貰って仕事でするなら割切りつくんよ、身内は割切れんし逃げられんから地獄なんよ、と幾人かの知人から聞いてはいた。それが目の前で展開されている。おば大暴れおジジシバかれ、血の天長節から一年、不幸なるかな認知症の加速にただ呆然とするのみ。夜になれば危険は増す。奇怪な行動、大声、そして逆ギレ、悠太が怯える。一年前の悪夢も、こんな始まり具合だったのだろう。まずい。ワシと悠太は帰宅、かーちゃりんが泊りで様子をみることになった。永明寺の除夜の鐘も、長尾のお宮の初詣もやめになり。大晦日の無い年の暮れ。

＊

追記。オババの認知症に気付いたのは、本編で触れた血の天長節からさらに一年遡る二〇一六年の元日。お年始で実家にあがった折、味噌汁の味がわからんとオババが言った。味をきくと、出汁ではなくお湯に味噌を溶いていた。そのまた遡ること一年半前だったっけか、家房の伯母（オババの実姉）が、やはり、料理の味がわからんと言い出し、間もなくして認知症と診断され、暫くは一人暮らしを続けていたが施設入所へと至った。伯母の前例があったので、帰宅後、こりゃあまずいことになったとかーちゃりんと話をした覚えがある。その後、家のトイレを誰かが勝手に使っているとか、オジジが財布を盗んだと大騒ぎして警察沙汰になったり、認知症にありがちなトラブルを重ねていく。

認知症発症後五年が山と聞いたことがある。今年（二〇二〇年）八月二十二日にオババは世を去った。認知症が如何に恐ろしい病であるか、それを身をもって示してくれた。人間のすべてをコワしていく。調子を崩した身体を直す機能もまたぶっコワす。記憶を失い、運動能力を失い、身体の不調を直す命令を脳が出せなくなり、あらゆる疾病を誘発する。そうして機能不全に陥り、身体中に毒素と老廃物がたまり、最終的に生命活動を止めるに至る。焼きあがった遺骨は木端微塵に砕け散っていた。認知症というやつは、記憶どころか骨まで奪い去るのか。想えば想うほど不憫な最期であった。

1ヶ月

降水量	75.5mm（59.0mm）
平均気温	4.5℃（5.7℃）
最高気温	8.7℃（9.8℃）
最低気温	0.2℃（1.5℃）
日照時間	132.3h（139.1h）

上旬

降水量	44.0mm（18.1mm）
平均気温	5.5℃（ 6.3℃）
最高気温	9.5℃（10.4℃）
最低気温	1.8℃（ 2.2℃）
日照時間	37.2h（44.7h）

中旬

降水量	18.5mm（21.6mm）
平均気温	5.6℃（5.9℃）
最高気温	10.0℃（9.9℃）
最低気温	0.9℃（1.8℃）
日照時間	41.0h（45.0h）

下旬

降水量	13.0mm（20.0mm）
平均気温	2.5℃（5.1℃）
最高気温	6.8℃（9.3℃）
最低気温	−1.8℃（0.8℃）
日照時間	54.1h（49.4h）

2018年１月

お正月の汁物といえば瀬戸貝。貝殻、中身ともムール貝に似ているが、味には天地の開きがある。茹で汁に味付けして瀬戸貝ごはんを炊いてもウマい。筆者が子供の頃は近場でアホほど獲れた。庶民の食材も、資源枯渇の今や高級食材。外国船に付着して侵入したムール貝に棲息場を追われた。絵ヅラ的にあるモノに似ているのでどうかと思ったが、瀬戸内の食文化を考えるうえで重要な食材ゆえ、あえて掲載。

安下庄真宮［しんぐ］漁港。正月飾りの漁船も年々減っていく。2012.1.3

1月1日（月）旧11月15日　晴

(水)0.0mm/(均)4.0℃/(高)9.0℃/(低)−0.3℃/(日)6.1h

かーちゃりん不在の元旦、定時で起きられず。海上に雲がかかっていた分初日の出が遅れて、二階の窓越しではあるが悠太と二人で新年のご来光を拝む。お天道様、今年こそよいみかんを作らせてください。二人で声を合せる。

終日秋の実家。オババって生魚全く受付けんかった筈なんだが、認知症って食べ物の好き嫌いまで消去するのか、それとも記憶のみならず味覚までも奪い去るのか、ウマくもない百円寿司を恐い顔して黙々と食《は》む老婆、鬼気迫る光景。夕方オババを施設に送りとどけ、帰ってかーちゃりんと話す。今年はなんとか乗り切ったが来年は無理やな、去年のお盆にうちで外泊引受けた時はここまで酷くはなかったんだけどな、半年も経たんうちにここまで進んでしまうものなんやね、認知症ってのは。それにしても、ぼーっとしてる時のオババの目が怖かった。日本海沿岸の鬼とか酒呑童子とかいったものが破船《はせん》の露西亜人《ロシアじん》から造形されたと考えられること、それを思えば、フレモノ、憑き物、鬼婆、山姥などといったものは、もしかしたら認知症の老婆から造形されたものなのかもしれない。

1月2日（火）旧11月16日　晴

(水)0.0mm/(均)4.7℃/(高)12.3℃/(低)−1.9℃/(日)7.9h

かーちゃりん加勢、岩崎で終日収穫作業、二六〇キロ取込む。オジジが正月疲れで寝込んでいると電話あり、作業の合間にかーちゃりんが様子を見に行く。

1月3日（水）旧11月17日　晴

(水)0.0mm/(均)5.9℃/(高)10.0℃/(低)0.7℃/(日)6.1h

昼過ぎで岩崎園地の収穫終了。由宇の義兄夫妻が昼過ぎに弁当持ってオジジを訪ねるも、寝込具合悪く受取らなかったと電話あり。正月顔出すのも大事やけど、年寄を疲れさせないように少し遅れてアポ無しで顔出すという優しさはオジジにはわからんのよねとかーちゃりんが言う。

かーちゃりんと悠太は早い目にあがり、正月休みで帰省中のはる君、りき君とオレンジ公園へ遊びに行く。帰ってから聞いた話、二人とさよならする時、旅慣れた二人はあっさりしたものなんだけど悠太がわんわん泣くんだと。ここに居続ける限り、悠太はいつも置いて行かれる側にまわる。その寂しさは自分で抱え込むしかない。

　疲れたのだろう、悠太は晩メシ食うてすぐ寝てしまった。

1月4日（木）旧11月18日　晴

(水)0.0mm/(均)5.1℃/(高)8.6℃/(低)2.0℃/(日)5.5h

かーちゃりん仕事始め、ワシは一人で終日選果作業、青島一級割当て分二〇杯作れず一六杯で勘弁してもらう。夕方のりちゃん来る。悠太への年またぎのクリスマスプレゼントとて、ドクターイエローの靴と新幹線靴下セット、こまちのリュックサックを戴く。見る人は見てくれてる。

1月5日（金）小寒　旧11月19日　雨

(水)5.0mm/(均)5.1℃/(高)7.0℃/(低)2.4℃/(日)0.0h

出初式、ドタキャンあり。ここ二年ほど安下庄で火事がないので出動の機会がなく、防災訓練と年末年始の呑み会くらいしか消防団の用事が無いとはいっても、消防団が酒呑んでるだけってな具合が平和でよいのだから、こういう時にはいくら仕事が忙しくても参加せなアカン。ほんまのところを言うと、梅雨時や台風襲来時の見回りなどは言われんでも仕事の合間にやっとるし、正副団長の仕事ではあるがワシもまた高潮対策の陸閘《りっこう》開閉のテゴにも出ている。区長兼務のころからずっとそうしてきた。部落の生活安全を守る責任があり、そのために個人給付無しとはいっても団に対し公費が支給され、それが呑み代になっているのだから、最低限やるべきことをやらねば申し訳が立たん。

　それはそうと、新年会で出てきた刺身小皿盛のセンターに真っ赤なチリ産サーモンが鎮座していた。大島に限らず日本沿岸全ての海域で不漁が続いているということの証左でもあろう。島に住んでいるといえば、本土の人には毎日魚が食膳に上るというイメージが浮ぶらしいが、実際は島に居てもそうそう魚が食えるわけではない。自分で釣に出るか、貰うか、買うか、しかない。燃料油の高騰、魚価低迷、高齢化、担い手不足、漁業廻りは、農業以上にお先真っ暗だ。加えて漁業資源の枯渇は深刻で、かつては豊かだった大島の海も、年々貧相になっていく。

　それはさておき、海のものに関してはワシら子供のころの方が間違いなくええもん食うとったな。祖父春一が一本釣漁師だったので、魚には不自由しなかった。島に住みながら毎《まい》日《ひ》に魚が食べられん悠太が、ある意味不憫ではある。

　夜のテレビニュースで、米軍艦載機移駐による国から県への交付金と称する、いわゆるひとつの迷惑金が五年から一〇年に、金額も年額二〇億円から五〇億円に増えた、ついては地域活性化に云々と、岸陣営仕事始めのコメントが流れる。もはや、まともな政治とは呼べぬ。国策すなわちアメリカ帝国主義追随、ただそれだけ。山口県選出の代議士センセイ方ってのは、国策追随ただそのためだけに国会議員の要職に就いている。巨人大鵬自民党。岩崎園地がらみの道路拡張とそれに連なる県道移設の話も向う五年どころか十年は面倒なことになりそうで、今年は春から酒が不味い。

1月6日（土）旧11月20日　晴

(水)1.0mm/(均)6.6℃/(高)10.6℃/(低)2.6℃/(日)5.7h

前日の雨でぬれて午前半日収穫できず、選果にかかる。ひるから地主で収穫、かーちゃりんと二人で二六〇キロ取込む。着色が悪いが、それでもマシなほう。

1月7日（日）旧11月21日　曇時々晴

(水)0.5mm/(均)6.2℃/(高)9.0℃/(低)2.1℃/(日)1.4h

年明け第二期より二級の基準を完着（完全着色）から九分着色に変更、原料出荷を控え、着色不良果を大事に残してほしい旨、無線が流れる。農協からの連絡が遅いのは今に始まった話ではないが、せめて年内に言うてくれよ、そういう大事なことは。

1月8日（月・祝）旧11月22日　雨

(水)24.0mm/(均)7.8℃/(高)11.9℃/(低)5.9℃/(日)0.0h

終日雨で収穫できず。年末に宮本記念館から引揚げた暗室機材を家房の仕事場に運ぶ。午後二時から七時まで選果。正果コンテナが作れず、原料コンテナばかり山積みになる。着色不良、深刻なり。

1月9日（火）旧11月23日　雨のち曇

(水)1.5mm/(均)6.1℃/(高)11.0℃/(低)3.0℃/(日)3.9h

夜半から雨、こんな日は夜明けが遅い。終日倉庫に籠って選果作業、出るのは着色不良の屑ばっか。青島一級四杯しか作れず、七日に集荷場のパレット満杯で出せなかった四杯と合せても八杯にしかならず、今日の出荷をとりやめる。明後日までかけて作れるだけ作って荷口加点を稼いだほうがよい。今日の出荷、二級二杯、原料五四杯。ひるま風が強い、気分も落ち込む。四時半に悠太を迎えに行き、西脇へ。明日の果実分析に提出するセトミ、イヨカン、ポンカンを取込む。イヨカンは不作、着色も悪い。セトミは酸は高いがそこそこ美味い。ポンカンは酸抜けが悪い。イノシシの侵入が防ぎ切れず、土が掘られて根が乾き、幼木が何本か駄目になっている。上段がオジイが荒らした放棄園地、身内の不始末ときては誰にも文句が言えない。それどころか、病害虫や日照の問題で他人様の園地にまで迷惑かけている。始末つけんと大変なことになる。地権者は大島に居ない。アテにならない。帰宅してはっちゃんお散歩、もう真っ暗。毎年、正月が明けると少しは日が長くなったと感じるものなのだが、どうも今年はその実感がわかない。

1月10日（水）旧11月24日　雨のち雪

(水)12.0mm/(均)3.2℃/(高)5.2℃/(低)1.5℃/(日)0.6h

夜寒い。山から吹きおろし、叩きつける夜風。雑柑の果実

かーちゃりんに、虎刈りにされた。2018.1

分析提出。来週末の出張算段で、島さんから電話が入る。予定を立てなあかん。東下り行帰りの瀬戸の指定券買いに大畠へ。ひるから家房で原稿整理、「吉田得子日記」まえがきと解説の指定原稿を仕上げ、夕方五時の〆切きわきわで送り出す。久しぶりにひじきを炊く。祝島のひじきと安下庄のいりこ出汁。ごはんが進む。島の食卓。

1月11日（木）旧11月25日　晴時々曇

(水)0.0mm/(均)0.7℃/(高)4.0℃/(低)−2.0℃/(日)4.8h

農協向け出荷、一級一八杯、二級八杯、原料四杯。二級が九分着色までとなり、さしむき、原料出荷はあからさまな着色不良果のみとした。二級今回出荷分の採点具合をみて、選果基準を考え直そう。

1月12日（金）旧11月26日　晴

(水)0.0mm/(均)1.1℃/(高)4.6℃/(低)−1.6℃/(日)6.0h

西脇のポンカン収穫、四時間半で二〇〇キロ。四本のうち二本は摘果が甘すぎた。なり込ませ過ぎで樹が弱っている。隔年結果が出るかもしれない。雑柑は難しい。

大島大橋の送水管破断、今日から断水と相成り。うちは井戸水と水道の併用なので影響ないけど、水道に頼っている家では死活問題だ。

夕方、はっちゃんの鼻のおでき抜毛治療で柳井のさくら動物病院に向う。志佐《しさ》を過ぎたあたりから後続車が連なり始め

どんど焼き。2018.1

たので何でかいなと思っていたのだが、大島病院を過ぎたあたりで、こりゃあ柳井市役所大畠《おおばたけ》支所の給水所に向かう車の列だとわかる。大島大橋渡口で赤信号停止、橋の上下線とも渋滞しまくっとる。これに巻き込まれたら七時の受付終了に間に合わんどころか帰島難民になる。病院は諦め、大島一周、国道久賀廻りで帰る。三蒲《みがま》まで五キロ程度渋滞の列、大畠支所までだと八キロくらいか、こりゃあ悪夢だな。大泊からずっとワシの二台前を走ってた救急車が果たして、道をあけてもらって橋を渡りきれたのだろうか。重篤な患者は柳井か岩国に運ぶほかない。そこのところの医療事情は連絡船の時代より悪くなっている。橋が架かってますます離島化したということか。架橋じたいは否定しちゃいけんのだが、架橋以降の社会資本投資の方向が誤っていた。否、いまも誤り続けている。島が島であるという問題は、架橋しても解決はつかなかった。

　二十三年前の阪神淡路大震災下の神戸で経験したことだが、人が生活をするうえで水がないというのが一番の困りごとだ。水不足のみならずトラコーマの蔓延など衛生面の問題もあって、簡易水道の敷設は離島振興運動初期の重要課題であった。昭和四十四年（一九六九）に簡易水道が敷かれた沖家《おきか》室島《むろじま》もその典型例である。簡易水道の敷設は、長らく水不足に苦しんできた島びとにとって福音であった。大島郡各地で敷設された簡易水道は二一世紀に入って柳井地域広域水道企業団に組み込まれ、大島郡ほぼ全域に広島県大竹市の弥栄ダムを水源とする上水道が行き渡り現在に至る。水が不味いといえど、水道は有難い。だが災害には弱い。昔からある井戸は使える状態で残しておかなければならない。震災被災下の神戸で、当時住んでいた新開地、古湊、相生、湊町から西出・東出町にかけての一帯では井戸を使い続けていた商店が多くあって、そこの商店主らが井戸を開放してくれた御蔭で随分と助けてもらった。これもまた阪神淡路大震災の教訓だ。

　家室の柳原家玄関の井戸は塩分が混じり飲用には適さなかった。子供のころ家室へ行くと水がカルキ臭く不味くて厭だったのを憶えている。安下庄の簡易水道はかつて八幡川より東側に給水していた（川から西の、庄二区と三区は井戸水だった）。夏に旱魃になると頻繁に断水が生じ、知った人がよくうちに水を汲みに来ていた。

断水の間、火事が起らんことを祈るのみ。海べり、川べり、山の水をためているところはいいが、水道から補給している防火水槽にいま入っている水がカラになったらおしまいだ。

1月13日（土）旧11月27日　晴

㊌0.0mm/㊚2.0℃/㊢6.5℃/㊦−2.7℃/㊐5.5h

断水の影響で保育園はひるまでとなったが、園長先生宅の井戸水が使えるので給食はいつも通り出してもらえる。災害に備えるうえでも井戸は不可欠だ。

異常気象が常態化した昨今にあって野菜の価格高騰は季節を問わず日常茶飯事となってしまった。昨日帰りに覗いた久賀のスーパーで白菜四分の一で一九八円ナリ。うちは自家栽培なので買わなくてすむ。値段と手間と考えたらどちらがおトクなのかよくわからんのだが、味も違えば心映えも違う。こんなとき百姓は無敵だ。かーちゃりん加勢、地主で青島の収穫再開。一〇・五時間（人数掛ける作業時間）で四五〇キロ取込む。

1月14日（日）旧11月28日　曇時々晴

㊌0.0mm/㊚2.9℃/㊢7.1℃/㊦−1.8℃/㊐3.3h

かーちゃりんはオジジのお買物で午前まるまる手を取られ、一人で昨日の続き。午後から加勢、三時で今シーズンの青島の収穫終了、西脇へ移動して今年不作のイヨカンを取込む。一本で七〇キロ。今年の収穫作業は、たっちゃん不在、のりちゃん超多忙で深刻な人手不足に見舞われたが、それでもテゴ人に恵まれたのと、かーちゃりんが年休を使って頻繁に加勢してくれた御蔭でなんとか乗切った。去年（二〇一六年度）は天候不順ながらも年内でほぼ収穫を終えたのだが、今年（二〇一七年度）は不作とはいえ表年であり収量だけは多く、この時期までかかってしまった。

みかんのもぎ子という季節労働者は、毎年誰がどこの家に仕事に行くのかが決っており、うちのような新参者は、まず、もぎ子の確保に頭を痛める。収穫サポーターという制度もあるが、どうもイマイチという話を聞くので、一寸、その制度を使う気にはなれない。それ以前に、どうしようもない屑畑を再生してもう一度再生産可能な状態に戻す過程にあるうちのような場合など、日当払ってもぎ子を雇えるような経済状態になく、ボランティアという名のタダ働きをお願いせんことには乗り切れないという実情もある。

セトミ、ハッサク、日向夏が少し残っているが、今シーズンの収穫がこれでほぼ終った。大人の仕事に終日付合い、真似事程度ではあるが収穫や選別のテゴが出来るようになり、やることがなければひとり遊びも出来るようになった悠太が、今シーズン一番の殊勲だ。

1月15日（月）旧11月29日　曇

㊌0.0mm/㊚5.1℃/㊢8.9℃/㊦−1.2℃/㊐0.5h

吉田得子日記の追加原稿作業で徹夜、朝四時までかかる。

週末の出張までにゲラにしなければ、仕事が前に進まない。取急ぎ、山田製版金沢支店、井村さん宛、テキストデータをメエル添付で入稿、手書き指定原稿は翌日着見込。二時間仮眠をとり、朝の雑務、そして防除作業開始。機械油乳剤、尿素、リンクエースの三種混合撒布、カイガラムシ、ダニ類の越冬防除としては春先のアタックオイルよりもこの時期の機械油のほうが効くので、多少忙しくともこの時期にやっておく必要がある。本来ならば寒のくる一月半ばまでがリミットだが、去年閏五月が入った影響で今年は旧正月が遅いので、まだいけるとみた。農協の柑橘栽培カレンダーには旧暦が記されていない。旧暦との対照が不可欠な農作業にあって、片手落ちの感が否めない。今でも年寄は旧暦を意識するが、若い人らの間で旧暦を意識しているという話を聞くことはない。疲れているので無理をせず、三〇〇リットル二杯で今日の作業を終える。

1月16日（火）旧11月30日　晴

(水)2.5mm/(均)9.2℃/(高)14.1℃/(低)3.3℃/(日)3.2h

防除二日目。夕方から雨予報とあって最低三時間は乾かす時間がほしいので三〇〇リットル二杯、早く切上げる。

1月17日（水）土用　旧12月1日　雨

(水)16.0mm/(均)11.1℃/(高)14.7℃/(低)6.7℃/(日)0.6h

防除作業、雨で中休み。十四日に地主で取込んだスダイダイの予約者向け発送にかかる。阪神淡路大震災から二十三年。兵庫県被災者連絡会会長の河村宗治郎さんが八日に亡くなったとの報に触れたばかり。多くの無念を想う。あの年に生れた子供が、もう二十三歳か。あの凄惨な記憶が年々遠のいていく。地震発生の五時四六分は寝過ごしてしまった。

1月18日（木）旧12月2日　晴

(水)0.0mm/(均)8.4℃/(高)14.9℃/(低)2.8℃/(日)3.0h

防除四日目。雨合羽着て作業すると、温いどころか暑い。夕方、悠太お迎えの足で福田酒店に寄り、監督と話す。気温上昇で倉庫のみかんが汗をかきはじめて選果を中断した家もあるという。

1月19日（金）旧12月3日　晴

(水)0.0mm/(均)7.7℃/(高)12.8℃/(低)2.9℃/(日)6.6h

春の陽気。防除午前のみ、ひるに悠太を耳鼻科に連れて行き、大畠まで晃三君を迎えに行く。例年春節休みに帰国するのだが、爆買ツアーの影響で春節休み期間中の航空券が馬鹿高く、今年は帰国を早めたという。あわせ、国内の大学への就職活動も。御母堂の認知症もあり帰国して教職に就きたいというのだが、なかなかうまく運ばない。昨日は神戸学院大学で二年と三年の一コマずつ授業をしてきたと。実際に留学経験のある学生さんとない学生さんとでは、食いつきが違うという。

割石でハッサク収穫、二人一時間で一〇〇キロ。前年よりはるかにマシ、美しい仕上り。スダイダイのもぎのこしも取込む。樹がでかすぎて二人いないと作業しにくいので助かる。夕方農協の無線。週明けの寒波は前回より強いと予想されるので、火曜日までにセトミすべて取込めとの指示。実質明日一日しか作業日がない。もう一寸早く言ってくれよ、そういうことは。

1月20日（土）大寒　旧12月4日　晴

(水)0.0mm/(均)7.3℃/(高)12.5℃/(低)2.2℃/(日)7.5h

八時二三分の船で松山に渡る晃三君を伊保田港まで送る。旧満鉄関係者への取材でひるからアポをとっているという。「北京彷徨」以上のものを書くのも難しい。若い頃のように歩けない。頭だけではよいものは書けない。でも十年に一、二冊は書かないけんよと、そんな話を車中でする。

かーちゃりんと西脇でセトミの緊急収穫。果実袋を外すと、なかなかに美しい仕上り、思わずほころぶ。これくらいのものが出来るのであれば、せぇがええ。見た目よく、味よく、値段もよい、年数はかかるが改植を進めるだけの価値はある。

かーちゃりんに収穫物と道具一式持ち帰ってもらい、防除作業再開。せとみだけは二月の収穫後に春マシン（アタックオイル）の予定だったが、これで一気に機械油を撒布し終えた。春のアタックオイルよりこの時期の機械油の方がよく効くだけに怪我の功名。西脇、割石、地主と、夕方までにひととおり撒布を終え、片付け、風呂、出掛ける支度。セトミ二個悠太と二人で一気食い、まだ酸が強いが美味い。六時半出発、新岩国から広島、岡山へ出て、瀬戸の指定席で東へ下る。

1月21日（日）旧12月5日　晴（出先晴）

(水)0.0mm/(均)7.5℃/(高)11.6℃/(低)1.5℃/(日)8.2h

人身事故で列車遅延、熱海から新幹線振替輸送で東京駅八時着、九時過ぎに八千代中央着、危惧していたほどには遅くはならず。島さん、西村さん、高﨑さんとで終日吉田得子日記の校正作業にかかる。同時進行の堀江芳介日記の目途も立て直す。

1月22日（月）旧12月6日　雨（出先雪）

(水)11.5mm/(均)4.3℃/(高)7.9℃/(低)−0.1℃/(日)0.0h

午後から夜にかけて首都圏大雪の予報、交通大混乱の見込とか不要不急の外出はするなとか何とか朝からテレビが連呼する。そうと解っていても勤め人の大半が平日イキナリ仕事休めんだろうが。余計なお世話。マスコミのクソ馬鹿たれが、もっと他に報道すべきことがあるだろうが。

東京駅で途中下車、丸善で地形図と悠太のお土産絵本を購入。第五九回全国カタログ展の表彰式、大崎の会場へ。印刷界のレジェンド熊倉桂三さんと半年ぶりに遭遇、此度松永真賞を受賞した「花森安治装釘集成」について松永真《しん》先生が激賞していたよと伺う。その道の大御所に褒めて戴くのは嬉しい。玄人が褒める本ほど売れないというのは困りものなんだけど。それにしても広告印刷出版業界の大御所揃いの表彰式は田舎者のワシには場違いな感あり。

1月23日（火）旧12月7日　曇一時雨のち晴

㊌1.0mm/㊊5.1℃/㊍8.9℃/㊎-0.1℃/㊐3.2h

下り寝台特急瀬戸、雪のため一時間遅れで岡山着。広島で途中下車、久しぶりにあき書房さんと会い、駅前のサ店で一時間ほど話をする。戦前の写真集やらPR誌やら戴いて帰る。おげんきクリニックに寄って土曜日の内視鏡検査の説明他、ひるまえ帰宅。青島二級と原料二杯ずつ出荷。ポンカンまで手が回らず。

1月24日（水）旧12月8日　晴

㊌0.0mm/㊊-0.5℃/㊍3.1℃/㊎-3.2℃/㊐6.8h

ポンカン産直発送、五五キロ。ひるまも寒かったが、日が落ちる前くらいから急激に冷え込む。今夜はこの冬一番の冷え込みになるとの予報。かーちりゃりん特製の牛筋大根煮が旨い。ワシが留守にしている間に、悠太連れて竜崎温泉に行った折、偶々話しかけた人が神戸から来た人だったんだと。神戸で地震があってたくさんの人が死んだんだよ、いまでも土を掘ると遺骨が出てくるんだよと悠太が懸命に話をするんだと。ワシの話、よう聞いとるワ。

1月25日（木）旧12月9日　晴一時雪

㊌0.0mm/㊊-0.1℃/㊍4.3℃/㊎-3.8℃/㊐4.9h

「お宅の遊んでいる農地を活用して云々」といって勧誘の電話がかかってくる。「私が責任もって耕作しています。遊んでいる農地などありません」と返すと、さくっと電話切りよった。エコなんとかという会社名で検索かけると、太陽光パネル業者だった。彼方此方かけまくっとるんだろうな、こんな電話を。ポンカン産直発送ほぼ完了。あとは週明け農協向け出荷のみ。

1月26日（金）旧12月10日　晴

㊌0.0mm/㊊0.4℃/㊍4.3℃/㊎-3.1℃/㊐6.2h

二日連続勧誘の電話、新種の壁面・瓦塗料、二十年もつという触れ込み。年寄の箪笥預金をアテにしとるのか、こんな電話が彼方此方かかっているんだろう。昼と晩は検査食。腹が減る。

1月27日（土）旧12月11日　晴のち曇

㊌0.0mm/㊊0.6℃/㊍6.1℃/㊎-4.1℃/㊐6.5h

おげんきクリニックでMRIおよび大腸内視鏡検査。逆流性食道炎あり。おひる、柳井港でいりこ出汁の美味いラーメン屋に入るも、検査のダメージが思った以上で完食できず、かーちゃりんに手伝ってもらう。帰り道、昨日のうちに作っておいたポンカン一キロネット入り六つ、島の恵み本店に納

農協向け出荷。納得のいかない仕上り。なんしか、もそっとしている。2018.1

品、午後はストーブの番、仕事できず。風邪気味。薬飲んで早く寝る。

1月28日（日）旧12月12日　雨のち曇

(水)0.5mm/(均)4.6℃/(高)8.1℃/(低)1.3℃/(日)0.9h

オジジの買物ついでに、島の恵み本店にサツマイモを届けてもらう。三五〇グラム二〇〇円の値付けは高いんちゃうか、ベニアズマなんて品種名ラベルに表示されんしそんなの誰も知らん、安納みたいにメジャーやない、等々、かーちゃりんが言う。たかがイモやで、とも。でも、ワシにしてみれば、されどイモ。作るの大変やねんけどな。それに、イノシシの食害拡大で、今や大島のイモは超のつく貴重品なのよ。とりあへず様子見やな。次に行った時、売れてなければ値を下げよう。ひるから倉庫にあがり選果作業再開、五時前に帰宅。苗木の注文変更三十一日〆切と夕方無線が流れる。こちらの目途も立て直さなあかん。

1月29日（月）旧12月13日　晴

(水)0.0mm/(均)2.1℃/(高)6.2℃/(低)-1.9℃/(日)4.1h

終日選果作業。青島一級一〇杯、二級一四杯、原料一四杯、ポンカン一級一杯、合せて約七〇〇キロ出荷する。倉庫への出入はしやすくなったが、まだ見た目二トンは残っている。青島の荷受終了まであと二週間しかない。吉田得子日記、堀江芳介日記の作業もある。一月がいぬる。

1月30日（火）旧12月14日　晴

㊌0.0mm/㊐1.5℃/㊢6.2℃/㊍−2.1℃/㊐6.1h

朝、庭にうっすらと、この冬初めての積雪。かんぴょう炊きをオジジに配達し、家房の仕事場に在庫を取りに行き、地方・小出版流通センターの補充品を送り出す。昨年六月末を以てアマゾンがバックオーダー発注をやめた（取次に在庫のない書籍の取扱いをやめた、ということ。補遺「リアル書店と取次の役割——目先の利益や利便性より重いものは」参照）影響が出ているのだろう、ここ半年の地方小の補充は前年の半分程度にまで落ち込んだ。

植替え算段の再確認のため園地を回る。苗木の注文追加の手続き、今年は一〇〇本近く植えることになる。遅れていた春肥の予約注文書も提出する。来月十六日に決まった柑橘同志会研修会・柑橘振興センター試験成績発表会の出席とりまとめに回る。岩崎園地の道路沿い、あと二年で買収になるから道路に取られる場所に苗木植えちゃいけんよと訪ねて行った先で言われる。樹によっては補償金一本あたり百万円にもなるという話も。不労所得の黄金伝説もここまでくると嘘くさい。

一昨日旧正月の御神酒を頂戴したばかりのあき書房さんから悠太にと絵本が届く。本を贈ることのできる人って御洒落だ。

おたんぜう日とクリスマスにかーちゃりんの身内廻りからおもちゃプレゼントが仰山戴ける御蔭で、家中おもちゃが溢れている。それはそれで有難いのだが、ハレの日に欲しいおもちゃを仰山買ってもらえるということって、それって果たして本当に文化的と言えるのだろうか？　こないだかーちゃりんとの間で、みかん収穫に付き合って頑張ったのだから悠太に何かご褒美したげなあかんという話になった。何がいいかと訊くとおもちゃ買いに行きたいと言う。プラレールもライダーもレゴも仰山あるやんか、ほんまにこいつらが擦り切れるほど遊んであげたんか、買いに行くということが自己目的になってはいまいか、と子供に対してすまんのだが詰め寄った。今回のご褒美として、断じておもちゃは買わないと、悠太にはっきり伝えた。

おカネやモノで賄える幸せは足が速い。保育園以外でいつも遊べる同年代の子が居ない寂しさを物欲で紛らわす、そんなことにだけはなってほしくない。

1月31日（水）旧12月15日　晴

㊌0.0mm/㊐2.5℃/㊢8.1℃/㊍−4.1℃/㊐7.2h

午前雑用、午後選果。五時前に悠太お迎え、ヤマハ音楽教室六時まで。懐中電灯が要らん程度の薄暗さ、確実に日脚が伸びている。

1ヶ月

降水量	22.5mm（85.0mm）
平均気温	4.7℃（ 6.0℃）
最高気温	9.1℃（10.2℃）
最低気温	0.3℃（ 1.8℃）
日照時間	154.3h（145.5h）

上旬

降水量	9.0mm（19.0mm）
平均気温	2.3℃（5.4℃）
最高気温	6.2℃（9.7℃）
最低気温	−1.4℃（1.0℃）
日照時間	51.2h（51.3h）

中旬

降水量	1.0mm（32.7mm）
平均気温	5.0℃（ 6.3℃）
最高気温	9.3℃（10.6℃）
最低気温	0.3℃（ 2.0℃）
日照時間	56.4h（52.6h）

下旬

降水量	12.5mm（34.7mm）
平均気温	7.2℃（ 6.6℃）
最高気温	12.3℃（10.7℃）
最低気温	2.5℃（ 2.5℃）
日照時間	46.7h（42.7h）

2018年２月

海が荒れた翌朝、ちぎれて浜に寄る寒ヒジキを拾いに出る。鮮度勝負、速攻で湯掻く。海水くらいの濃度の熱湯に入れると、褐色から鮮やかな緑へと色が変わる。鮮度の落ちたものや枯れたものは色が変らない。水を替えて30分煮たあと、さらに水を替えて30分煮る。手間とガス代はかかるが、乾燥ヒジキとはまた違った風味を楽しめる。

2月1日（木）旧12月16日　雨のち曇

㊌3.5mm/(均)3.2℃/(高)6.4℃/(低)0.1℃/㊐2.2h

昨夜の皆既月食、曇って見られず残念。午後選果。この三日間で一トン半出荷した。ひと月半貯蔵してそこそこ色はついてきたのだが、それでも屑が多い。収穫時うすら黄色だった玉は色が抜けたげになっている。真っ青なままの玉もある。そこそこ着色しているものは貯蔵で救済できるが、初めからアカンものはアカンということ、よくわかった。九分着色を二級でとってもらえるだけ助かる。まだ見た目五〇〇キロ以上残っている。

2月2日（金）旧12月17日　曇時々晴

㊌0.0mm/(均)4.3℃/(高)8.8℃/(低)0.7℃/㊐3.4h

青木さんの船で半年ぶりに釣りに出る。朝七時からの三時間でアジを中心に四十匹ばかり。ほかにチダイ、メバルなど。寒かったがまずまずの釣果。終りがけにヒコタンが続けてかかる。不味いヒコタンが増えて、美味いギザミが減った。大島でヒコタンと呼ぶこやつの標準名はササノハベラといって藻場に産付けた卵まで根こそぎ食い尽してしまうブルーギル並みの困りもの、生きて返すと環境保全上まずいので、リリースせず船上に放置して殺す。釣っても貰っても嬉しくない、不味い魚の三横綱はチヌ（クロダイ）、クロ（グレ、メジナ）、シマダイ（イシダイ）。淡水のブラックバス然り、スポーツフィッシング愛好者が好む魚はたいがい不味い。

とにかく、アジはいい。刺身でもフライでも天麩羅でも、煮ても焼いても干しても、何にしても美味い。

2月3日（土）節分　旧12月18日　曇のち雨

㊌0.5mm/(均)4.8℃/(高)10.3℃/(低)1.1℃/㊐3.7h

青島最終約七〇〇キロ選果、夕方までまる一日がかりで完了。一・二級三五杯、原料四杯。ひと月半寝かした最後の山を片付けた。なんとか色がついた。帰宅してすぐ、選外品小玉五キロ箱先着順五箱限定、産直案内を同時メエルで送る。記録的不作の結果、この先肥料防除燃料代に事欠くであろう絶望的状況下にあって、多少なりとも現金ぎの必要もあり。

雨のなか節分会のお詣り。帰ってメシ食うて節分恒例の鬼襲撃敢行。一発目玄関ばんばん叩いて大声上げて悠太を脅かすも恐がって出てこず、下手こいてバレそうになり一旦退却、逃げ場のないかーちゃりんとの入浴中を狙って風呂場の窓から再度襲撃をかける。ごめんなさいごめんなさいと謝る、泣く。とーちゃんかーちゃんの言うこと聞くかー、いい子にするかー！　します！　よっしゃええ返事や。あと何年通じるかな、ワシの鬼の演技は。

2月4日（日）立春　旧12月19日　晴時々雪（出先曇時々雪）

㊌0.0mm/(均)0.7℃/(高)3.6℃/(低)−2.3℃/㊐7.2h

かーちゃりん知事選投票所勤務、六時出勤。悠太とワシは小倉まで鈍行日帰り旅行。悠太が絵本でしか見たことのない寝台特急に乗りたいと言うので、門司港の鉄道記念館に連れていく。青い客車スハネフ14の上段寝台に上る梯子で悠太がびびる。寝台でかくれんぼができるとか、走ってる寝台特急に乗りたかったとか、色々言うてくれる。寝台車いうたらワシら若い時分は高嶺の花で、長距離の旅行はいつも18きっぷか周遊券で夜行の鈍行か急行列車の自由席だった。たまに奮発して寝台とると、あまりの快適さに感動したものである。昼間移動の時間的ロスと現地での泊り賃を考えると寝台車は安いのだが、国鉄分割民営化後の夜行列車削減と高速バス普及、それに伴う日本人の旅行形態の変化により、今やそういう旅行ができなくなってしまった。ワシは高速バスには乗らん。楽しくない、アホほど草臥れる。唯一残った瀬戸・出雲がいつまで続くかわからんけど、瀬戸・出雲の全車個室寝台よりも昔ながらの開放寝台のほうが秘密基地っぽくて楽しかった。

2月5日（月）旧12月20日　晴

(水)0.0mm/(均)0.0℃/(高)3.4℃/(低)-2.2℃/(日)7.5h

朝からデスク廻りを片付けるも全く進まない。新刊三点同時進行なんだが、なかなか仕事できる態勢が整わない。

ひるから屑みかん四杯の選別直し、二級五キロ程度捻出する。正果で出したものが原料落ちすることはあっても、原料で出したものが正果に上ることはない。こんなことしたところで大して売上が増えるわけではないのだが、多少でも増やせる可能性ありとくればやらずにはおれん。身にしみついた貧民根性。本日を以て二〇一七年度の温州みかん出荷終了。

2月6日（火）旧12月21日　晴

(水)0.0mm/(均)-0.3℃/(高)3.2℃/(低)-3.3℃/(日)8.0h

倉庫のベニアズマ（サツマイモ）が風邪をひきかけている。貯蔵性の高い金時はまだいける。昔の家は床下にイモ蔵があったが、七〇年代に建ったわが家にはそれがない。イモの貯蔵一つとっても、この地の古い農家と余所者との違いが浮き出る。傷む前に乾《ほ》さねばならぬ。急遽カンコロ作りを始める。毎年、みかん出荷が終ってからでないと手がつかない。イモを薄く切って筵に広げてカラカラに干す。乾ききるまで一週間から十日かかる。それを粉屋に持っていって挽いてもらう。この大島にあっても、昨今はカンコロぢゃぁ（カンコロ団子の入った茶粥）を知らない者も少なくない。タマネギの草とりと施肥に半日かかる。早生は一月二十日頃で肥しを止めるのだが、今年は遅れた。肥し止めが遅れるとトウが立つ。昨年の旧閏の影響か、季節が遅れているのを考えればまあ大丈夫だろうと、そう思うしかない。

2月7日（水）旧12月22日　晴

(水)0.0mm/(均)-0.1℃/(高)3.9℃/(低)-4.2℃/(日)5.9h

今シーズンのみかん収穫量と作業時間の集計、新年度園地台帳の作成、農薬、肥料、土壌改良資材の年間必要量の算出

カンコロを干す。2017.3

などの雑務、終日籠れど片付かず。本の原稿もやらなあかんのだが、予算がらみで農作業の目途を立てるほうが優先とあれば致し方なし。冷込みと乾燥の御蔭で、カンコロの乾きが早い。

2月8日（木）旧12月23日　晴

(水)0.0mm/(均)0.0℃/(高)6.9℃/(低)−5.5℃/(日)6.7h

デスクワーク二日目、今日もほぼ終日籠って片付ける。畑に出てやらねばならぬ作業は多々あるのだが、今季一番の冷込みとあっては外に出るより家仕事のほうがマシと言い聞かす。三時半から中晩柑の目慣らし・出荷説明会に出る。イヨカン、デコポンの着色不良も顕著で、二級は完着ではなく九分着色でよいという。今年のイヨカンは着色悪く、味が薄い、残念な仕上りに終った。

2月9日（金）旧12月24日　晴

(水)0.0mm/(均)4.7℃/(高)8.8℃/(低)−0.9℃/(日)6.6h

朝からおげんきクリニック、先月末の検査結果を聞きに行く。胃と大腸は問題なし、慢性胃炎と逆流性胃炎あり、前立腺癌の疑いありとて血液検査、結果は二十一日となり。午後、土壌分析サンプル七園地分提出する。どうも仕事が進まない。

夜は新年会。あんたもええ歳やで婚活する気ぃ無いんかと四十代前半の新規就農者に訊く。今のところその気がない、彼是煩わしいんですよという彼の回答に、煩わしいこともあるけどそれ以上に得られるものがあるんよ、妻子が居ればみかん頑張って作ろうという気力も違うんよとか何とか畳みかける。農業の経営不安定もあり、かみさんの稼ぎに助けてもらうことも多々ある。跡継ぎがあるのとないのとではモチベーションが違う。汗だくで防除作業して暗くなった頃に帰ってきて、風呂とメシが待ってるというのは有難いことだ。うちの場合、かみさんの勤めがあるから普段はワシ一人の作業にならざるを得ないが、収穫時期やイノシシ対策等に加勢してもらえるだけでも助かっている。近いうちに悠太も、微小ながらも戦力になる。現状では農業を生計の中心に据えることは出来ないが、家族があるということで、うちの農業経営は支えられている。家族という最小単位あればこその集落営農であり地域維持である。単身では農業は成り立ち得ないということ、新規就農者に理解してほしいのだが。

2月10日（土）旧12月25日　雨

(水)5.0mm/(均)5.9℃/(高)7.1℃/(低)2.9℃/(日)0.0h

朝から雨、寒が少し緩む。終日片付け、進まず、焦る。原稿作業、今日も手つかず。かーちゃりんはオジジの買物で久賀へ。帰りにまきちゃんでおひる食べるというので、ご相伴にあずかる。広島の中学生いじめ自殺事件をテレビが報じている。死ぬる気になったのであれば、最低、敵の一人二人は殺してからにしようぜと、つい口走ってしまう。かーちゃりん不機嫌になる。真っ当だ。けれども、ガラの悪い神戸の小学校で三年間酷いいじめに遭ったワシにすれば、肚の底にはいつも、死ぬる気になればその前に一人二人は殺すというのがあった。良いことではない、それは判っている。けど、それくらいの肚がなければ生きてはいけなかった。暴力団は神戸の地場産業であり、生活歴や粗暴性の伝播なり、生きることに希望の持てない大人達の様々の問題を反映して、神戸旧市街地の学校は荒れに荒れていた。あの毛羽だった空気感は、穏やかに育った人には到底理解できないだろう。

　かーちゃりんが餃子作るという。夕方雨のなか井堀へ白菜抜きに行く。秋の長雨日照不足と冬の寒波により野菜全般の価格が高騰している。白菜丸一個買えば千円近くする。ワシの労賃無しとはいえ、これでタダというのは嬉しい。それにもまして、うちの野菜は味の濃さが違う。おまけに無農薬。これを食うたら、買ってきた野菜など食えたもんではない。売りに出せばええのにと言うのは素人のナントヤラ、虫喰いだらけの白菜など、いくら品薄価格高騰の時世であろうともおカネ払うてまで求める物数寄はいない。無農薬を唱える人に限って虫が出たら文句つけたりするのだからどうかしている。無農薬農業とサボり農業を混同している馬鹿者も少なくない実情にあって、うちの野菜を売りに出そうなどという助平心は出さないほうが無難ではある。

2月11日（日・祝）旧12月26日　晴

(水)0.0mm/(均)3.3℃/(高)6.1℃/(低)−0.8℃/(日)6.5h

ロードレース開催、かーちゃりん早出の日曜出勤。二五〇〇人が走るんだと。安下庄の人口が一度に東和に集結するげなもんだ。これくらいみかんのテゴ人が居てくれたら多少は違うであろうに。言うても詮無い。

　終日子守。井堀中段、スナップとソラマメに肥しをふり、空コンテナを倉庫上段に収納、ひととおり悠太に手伝ってもらう。結構役に立つ。中旬以降フル稼働となるチェーンソーと刈払機を出す。案の定、エンジンがかからない。ありあわせでおひる、午後から西脇。日向夏を食うてみるがまだ少し酸っぱいので収穫見送り、月末までならせておくことにする。イノシシに掘りあげられた土をならし、セトミ幼木の土寄せをする。これだけで小一時間、汗ばむ。春の兆しを感ずる陽気だが、風が冷たい。割石の仕事場へ行き、以前から残っていた軒下のスズメバチの巣三つ叩き落とす。去年の秋、そのうちの一つにスズメバチが棲みついた。ツバメじゃあるまいし、敵が空家に棲みつくこともあるとは知らなんだ。

仕事場で原稿整理の続きをする。レーザープリンタの寿命がきている。紙送りが出来なくなってきた。十年近く使ってきた。古いので修理してもらえず、もう買替えるしかない。困ったのー何とかならんかのーとか言いもって仕事しとったら、買えばいーじゃんと悠太が言う。何処で覚えた、そんな言い草！　なんでもおカネで片が付くと思ったら大間違いぢゃと怒りあげる。

生垣の向うにネコがいる。2017.3

2月12日（月・振休）旧12月27日　晴

(水)0.5mm/(均)2.2℃/(高)5.7℃/(低)−0.8℃/(日)7.4h

ひと晩で数センチの積雪。はっちゃんと悠太は大はしゃぎ。野菜の雪かきをせなまずい、悠太連れて急ぎで井堀中段に上る。外出は控えて、堀江芳介日記の作業にかかる。本文八〇頁で確定、大雪の影響でクロネコが遅れているというが、そんなこと構わずに山田製版さんに送り出す。林画伯に用紙を仮決めしてもらい、石坂さんに再見積をお願いする。五時から区民館で球友会の新年会。ゆるゆると春に向っている。

2月13日（火）旧12月28日　晴

(水)0.0mm/(均)2.4℃/(高)7.2℃/(低)−2.5℃/(日)5.7h

終日吉田得子日記戦後編の校正作業。統一感を出すため戦前編と同じ用紙でまとめることにする。林画伯にジャケットで使う写真を選んでもらい、井村さんにスキャニングとレイアウト用のデータ送信をお願いする。

2月14日（水）旧12月29日　晴

(水)0.0mm/(均)4.7℃/(高)12.0℃/(低)-3.8℃/(日)8.2h

寒が緩む。吉田得子日記について、写真指定原稿作成の前段階で修正ゲラを出してもらうことにした。朱入れを反映したきれいなゲラのほうが指定がしやすい。ひと手間かかるが急がば回れというやつだ。山田製版あてクロネコを朝イチで送り出し、久賀へ走る。農協青壮年部、確定申告の研修会。懇親会を中途二時半でお暇し、土壌改良資材引取り三往復。石灰は重い、動くと暑い。運搬の合間に井堀中段、辛味大根を抜いて大矢内さんに送る。旧正月頃の恒例慰問箱、旧大晦日の年越蕎麦に間に合わせる。

寒に備えて白菜の口を縛り、そのまま春を迎える。2017.3

2月15日（木）旧12月30日　曇のち雨

(水)0.5mm/(均)7.9℃/(高)13.0℃/(低)4.0℃/(日)0.0h

家庭菜園の大根が、今年は特に出来が悪い。見切り品として抜いておいたモノを切り分けて、かんぴょうを乾す。ひるから雨が降り出し、家の中に仕舞う。吉田得子日記関係のブツ撮り、35ミリ判フジクローム二本、夕方クロネコでケイアートさんに向けて送り出す。

2月16日（金）旧1月1日　曇

(水)0.0mm/(均)6.4℃/(高)8.5℃/(低)3.8℃/(日)0.7h

久賀の防災センターで終日柑橘同志会研修会・柑きつ振興センター試験成績検討会。東京青果・泉常務の講演を聴講する。市場の担当さんと話す機会がないだけに色々と参考になる。十月は競合する果物が多く、それも糖度が悉く一三から一五あり、たかだか糖度一〇そこそこの極早生みかんでは、今シーズンのような品質低下甚だしい年は勝負にならない。十一月以降はリンゴくらいしか競合しないので、みかんが有利になる。愛媛のいよかん生産が減っていること、温州みかんを好む人が多いことから、年明けみかんはまだまだ売れる余地がある。一月から三月にかけての温州の出荷量が少ないので、年明けみかんを増産してほしいと言う。判っちゃいるんだが、なるべく年内で終らせたいわけよ。でないと越冬害虫を叩く機械油撒布がやれんし、剪定や土づくりも遅れ込む。悩ましい。法改正により、輸入加工果実の原産国表示が再来年の四月から義務化される。生果輸入も増えているが、特に増えているのが原料（果汁等）の輸入だ。モモ・リンゴ果汁は中国産、オレンジ果汁はブラジル産、みなさん何も知らずに輸入果汁を飲んでいる。そこを安全な国産品で巻き返したい。市場からの強い要望は、高品質、隔年結果の是正、生産量の維持拡大、という。さて、では、何を指して高品質というのか。泉常務曰く、ここ十年くらいの傾向では、消費者が酸に対し弱くなっている。不作に終った平成二十三年（二〇一一）度産の販売時のこと、糖度はそこそこあるが酸度の低い、すなわち味の薄い2L玉がよく売れたのだと。また、デコポンで甘くないというクレームは殆ど来ないが、酸っぱいというクレームはある。糖度は必要だがきちんと酸味がなければ美味いみかんとは言えんというワシら生産者の味覚は、多数の消費者の味覚とはかけ離れてしまっている。昔から言う、都会の人ほどウマいものを知らんということなんだろうけど、どうしたものか。消費者教育という問題も、先々考えていかねばなるまい。

もう一点、果物を買うのはおしなべて経済的に余裕のあるシルバー層であり、そこをターゲットに展開すればまだ伸びる余地があるという話も出た。裏返せば、貧乏人の多い若年層は果物を買う余力がないということにもなる。今はそれでいいのかもしれんが、これでは十年二十年後は先細りしかない。敬老精神は大切だが、シルバー民主主義は亡国だ。社会の歪《いびつ》さ加減が垣間見える。

2月17日（土）旧1月2日　晴

(水)0.0mm/(均)6.6℃/(高)12.0℃/(低)0.4℃/(日)9.6h

保育園のお遊戯会。恒例の劇は、こぶとりじいさん。台詞無しの和風ミュージカル、なかなかのもんだ。れあちゃん演ずる雷様みたいな赤鬼が、主役のこぶじいさん年長さん二人を完全に喰っちまった。雷様、すげー。ひるから柳井でお買物、一日仕事できず。

2月18日（日）旧1月3日　晴

(水)0.0mm/(均)3.4℃/(高)8.8℃/(低)−1.2℃/(日)8.6h

午後四時間、平原の石灰と堆肥作業、暑い。ずっと悠太に付合わせる。石灰の混ぜ方、堆肥の施用の仕方を教える。様になってきた。ワシよりいい百姓になるかもしれない。

2月19日（月）雨水　旧1月4日　曇

㊌0.0mm/㊉6.2℃/㊋8.1℃/㊎1.6℃/㊐0.0h

十一時過ぎに下関の病院から電話が入る。再生不良性貧血の悪化で数日前から入院しているやっちゃん（義兄）の今後の治療について話をしたい、親族の方に大至急来てほしいという。かーちゃりんお仕事早退、保育園に連絡して悠太の給食を早めてもらいお迎え、山陽道を西へ転がす。三時前に到着。糖尿病の持病もあり、白血球、血小板とも極端に少なく、腎不全による尿毒症も併発している。気管挿入すれば食道の血腫が破れて出血が止らなくなり、心臓マッサージをしても肋骨折って治る見込がなく苦しませるだけ、延命治療は求めないと承諾書を出す。どのタイミングで判断するかはまだ確定できないが、苦しみを軽減するためにモルヒネ打てば意識が無くなる可能性が高い。そうなる前に家族に会わせておいてほしいとも。主治医の先生は言葉を慎重に選びながら、大事なことをはっきりと話された。処置が済んだとて病室に入る。身の置き場のない痛み、息をするのも苦しそうだ。よく来たなと言って、やっちゃんがかーちゃりんの頭を撫でた。やっちゃんの職場の人が来る。良好な人間関係がわかる。

薬が効いたのだろう、静かに眠っている。ワシらが言いもしないのに、悠太がやっちゃんの傍についてじっと見守っている。よう見ておけや、悠太と肌の色がまるで違うやろ、病気でもうすぐ命が尽きる人の肌の色やで。こうして死んでいくんや。三十七年前に祖父春一が亡くなった時、神戸から駆付けたワシは小学校五年生だった。そのとき、看護婦さんがワシに話してくれたこと、それと同じことを悠太に話した。柳井の義兄が泊りで付添うことになり、九時に病院を出る。日付の替る頃に帰宅する。

2月20日（火）旧1月5日　晴

㊌0.0mm/㊉6.9℃/㊋11.7℃/㊎1.8℃/㊐9.7h

朝晩寒いが、昼間は春の陽気。午前原稿作業、午後三時からの二時間半だけでも畑に出る。横井手で石灰・堆肥施用。下段の石灰をやりきったところで時間切れ、堆肥まで手が届かず。

2月21日（水）旧1月6日　曇時々晴

㊌0.0mm/㊉8.0℃/㊋11.8℃/㊎4.4℃/㊐2.6h

午前二時すぎに柳井の義兄から電話。やっちゃんが亡くなった。秋の実家、ひる過ぎ無言の帰宅。苦しんだであろうけど、眠っているような、安らかな死顔だった。一昨日病室を訪ねた時もう頑張らんでええでと思ったけど、こうして、楽にならはったんやな。義兄とワシが実家に泊る。

2月22日（木）人日　旧1月7日　晴

㊌0.0mm/㊉5.1℃/㊋10.1℃/㊎1.0℃/㊐6.2h

午前納棺夫さん来る。所作の一つひとつに見入ってしまう。清拭を終えたやっちゃんは、きれいなお顔をしている。微笑んでいるようにも見える。かーちゃりんが実家に泊る。

2月23日（金）旧1月8日　晴

(水)0.0mm/(均)4.7℃/(高)11.8℃/(低)−2.1℃/(日)8.2h

小学校の教頭先生から電話あり。今年の新入生は四人、売上にならず心苦しいんだけど入学式の記念撮影をお願いしたいと。たとえ新入生一人だけになろうとも撮影は辞めんので宜しくと答える。ケイアートさんから一週間がかりで現像上りが届く。ポジ現像が東京送りになり、納期が遅くなった。年々フィルムの仕事がやりにくくなっていく。

秋の永明寺さんはお通夜はしないのだが、今夜が事実上のお通夜みたいなもんで、弔問客を受付ける。ひととおり引けたところで、親戚一同で晩ごはんになる。実家はお仏壇のない家である。ジジババより先に息子が世を去った。さしむき床の間に葬儀屋持参の仮設仏壇をしつらえ、燭台や花立などの小道具類はわが家のお仏壇の備品を貸した。いつまでもこのままにしておくのはよろしくない。近い将来ジジババが死んだ時のこと、そして実家が無人になる、場合によっては処分せねばならぬ事態も考えて、やっちゃんのお仏壇を買うにあたっては、将来的に誰が仏様を引取るのかも含めて考えんといけんよと、かーちゃりんがそこにいた親戚一同に話を向けた。長男、次男とも島外在住とあっては、ここできちんと話をしておく必要はあるだろう。仮に距離的に一番近いうちが仏様を引受けるとしても、浄土宗の仏様をうちの真宗のお仏壇に入れることはできない。箪笥の上に載るくらいの小さなお仏壇もある。それならうちで引受けることも可能ではある。大島にいつづける方が仏様にはよいことであろうし、お盆や法事もやりよい。お仏壇そのものが安くないお買物であるだけに、これを機に先を見越した話し合いは不可欠であろう。それに、単にお仏壇という「モノ」を引受けるという問題ではない。お寺との関わりと仏事の継続、家の仏様を大切にするということ、これらすべてを包含する問題――なのだが、かーちゃりんのこの問題提起が引鉄となって、一寸した修羅場となる。泣かされたかーちゃりんにはすまんのだが、ワシは他人なので一切口は挟まなかった。

弔いの場で、人を泣かせてはいけない。大事なことなので、以下、記しておく。

祖父春一が亡くなった翌朝のこと。おやつの取り合いで兄弟げんかになった。祖母ゆき子は長男であるワシに対し、怒るのではなく、泣いた。おじいちゃんを送らなければならないこの大切な時にお前は何という馬鹿なことをしているのか、跡取りがこんなことではいけないと。落とした涙が石油ストーブの天板で音を立て白く灼けて消えた。「形見に残るロザリオの　鎖に白きわが涙」という「長崎の鐘」の一節が、そのとき脳裏に浮かんだ。

2月24日（土）旧1月9日　晴

(水)0.0mm/(均)6.2℃/(高)12.8℃/(低)−0.6℃/(日)9.6h

水曜日以来コンビニ弁当や出来合いの惣菜が続いた所為だろう、腹具合が悪い。うんこの臭さが尋常ではない。普段まともなモノ食うとる証拠やな。

二時から大島斎場で葬儀。火葬に入ったところで、お店を休むわけにいかず日帰り参列となったこーず君を大畠駅まで送り届ける。都会では野菜高騰で鍋が食えんというので、うちの白菜と大根をお土産に持たせる。

施設入所のオババも葬儀に参列した。オババは葬儀というものがまるで理解できず、息子の顔もわからなかった。これはこれでよかったのかもしれない。

2月25日（日）旧1月10日　晴のち雨

(水)1.0mm/(均)7.9℃/(高)9.7℃/(低)6.9℃/(日)1.6h

爆睡。疲れが抜けとらん。でも、家で寝ると疲れのとれ具合が違う。午前久賀で買出し、実家へ。出来合いのあげものをおかずに、おひるをよばれる。胃がもたれる。オジジの好物を買ってきたのだが、食わんと言ってきかない。

二時半から井堀中段で石灰をふる。樹冠下の草が多い。草取りと石灰の混ぜ込みで手間がかかる。悠太にテゴさせながらというのもあって一時間半で五本しかやれず。雨が降り出したのでやめにする。大して進まなかったが、それでも畑仕事が一番の気分転換だ。掘らずにおいてあるじゃがいもの具合もチェックする。適度な降水があって気温・地温が上ると芽が出るので、雨がやんだら二人で掘ろうと、悠太と約束する。

晩メシにメバルを炊いて実家へ持っていく。ワシの味付けは醤油が強く果たしてオジジの口に合うかと危惧したが、ご機嫌で食べてくれた。まあ、薄味がよいと言いもって刺身の醤油はどばどば呑むほどに使っているのだから、それに比べりゃワシの味付けは多少濃くても年寄の舌には薄味に感ずる筈だ。帰宅したら十一時をまわっていた。

2月26日（月）旧1月11日　晴

(水)0.0mm/(均)8.4℃/(高)13.0℃/(低)3.9℃/(日)8.5h

六時半起き、はっちゃんの散歩、イリコ出汁をとってうどんを作る。家のごはんはいい。身体の具合の悪い人が少なくないのだろう、おげんきクリニックで一時間以上待つ。検査結果、前立腺癌なし、とりあえず助かった。病院が済んだら割石で作業しようと荷台に石灰積んでいたのだが、中途半端な時間帯になったので帰ることにする。西村さんに連絡、阿《あ》月《つき》の堀江芳介墓所他撮影のため、一日二日と遠く多摩からご足労戴くことになり。ひるに、ほぼ一週間ぶりに家でメシを炊き、神仏に供える。

永明寺さんは初七日から四十九日までの七日なのかと御逮夜の御勤めをすべて行い、御勤めのあとでみんな揃ってごはんをよばれる習わしになっている。特段大御馳走する必要はないのだけれども、仏様を大切にするという意味合いもあり、きちんとしたものを出さねばならぬ。これが面倒でかなわんという人も少なからずあるそうだが、仏様の御縁で関係ある人が集まって御勤めをして食卓囲むわけだから、これもまた大切なことだ。義兄一家二軒とも島外在住ゆえ、ここはワシらがきっちり勤め上げるしかないよなと、かーちゃりんと合意した。御逮夜の食事は、いりこ出汁ベースのつみれ鍋にする。実家の台所は、男やもめにウジがわくってなもんで使えたものではない。材料の支度はすべて家でやり、道具類や水も持ち込む。午後三時から五時過ぎまで畑に出て、帰って一時間で支度をする。わが家でお食事出すのなら楽なんだが、慣れんことをやるもんでかなり手間取る。そして、使い勝手の悪すぎる実家の台所で仕上げをするのも、かなりのストレスとなる。一寸したことで心がささくれ立つ。大切な仏事を不機嫌につとめてはいけない。そのような家は栄えないと祖母がいつも言っていた。落ち着け。心中でお念仏を唱える。

2月27日（火）旧1月12日　晴

(水)0.0mm/(均)7.5℃/(高)13.4℃/(低)2.5℃/(日)9.2h

七時から初七日の朝勤め。六時半に実家へ行く。自家製アジの干物と大根おろし、大根葉のおひたし。大根葉とカシワで味噌汁代りのうどんを作るはずが、くそっ、薄口醤油を忘れた。幸い傷んでいない味噌が冷蔵庫に入ってたので味噌汁に切替える。くそっ、今度は味噌濾がない。

終日畑仕事。夕方、悠太を井堀中段に連れていき、ジャガイモ全て掘り起す。近いうちに肉じゃが作ろう。灰汁取りお玉とやかんを実家に置き忘れた。晩の支度をしていて気が付いた。いちいち仕事にならん台所だ。オジジ寂しいと言う。かーちゃりん実家に泊る。

2月28日（水）旧1月13日　曇のち雨

(水)11.5mm/(均)9.7℃/(高)15.5℃/(低)3.6℃/(日)0.8h

午前中、吉田得子日記の資料・写真整理。午後イヨカン・ハッサク産直予約分発送、井堀上段で石灰堆肥。今夜は春の嵐と天気予報が言うている。昼すぎて風が強まる。畑や倉庫廻りの飛ばされそうなものを慌てて片付ける。

１ヶ月

降水量	204.5mm（143.6mm）
平均気温	10.1℃（ 8.9℃）
最高気温	15.0℃（13.2℃）
最低気温	5.2℃（ 4.7℃）
日照時間	215.4h（168.5h）

上旬

降水量	84.5mm（34.3mm）
平均気温	8.8℃（ 7.5℃）
最高気温	12.8℃（11.9℃）
最低気温	5.0℃（ 2.9℃）
日照時間	60.8h（53.5h）

中旬

降水量	92.5mm（49.7mm）
平均気温	10.3℃（ 9.0℃）
最高気温	15.4℃（13.4℃）
最低気温	5.2℃（ 4.7℃）
日照時間	55.9h（57.5h）

下旬

降水量	27.5mm（59.1mm）
平均気温	11.0℃（10.1℃）
最高気温	16.7℃（14.3℃）
最低気温	5.3℃（ 6.1℃）
日照時間	98.7h（58.6h）

2018年３月

高菜漬け。粗塩をすりこんだ葉をボールの中に重ね、重石をして一日かけて水を抜く。よく絞った葉を海水くらいの濃度の塩水で洗ってよく絞る。唐辛子を挟んで葉を重ね、一週間程度重石をする。漬け汁と共に冷蔵庫保存。一年以上もつ。使用時、十数分から30分程度流水で塩を抜く。市販の漬物の大半がケミカル漬けだが、自前だと塩と唐辛子と漬け材料だけでよい。

春の海。2014.2

3月1日（木）旧1月14日　晴

(水)0.5mm/(均)11.0℃/(高)15.4℃/(低)7.4℃/(日)7.0h

春の嵐は走り去ったが、ほぼ終日返しが吹く。朝イチで寄り物拾いに悠太と出掛けるもワカメヒジキ等の収穫なし。肥料にするホンダワラとアラメを拾って乾す。悠太の長靴とズボンが波をかぶってびしゃこになる。

新岩国駅で西村さんを拾い、阿月《あつき》（柳井市）へ行く。堀江芳介の墓にお参りし、写真を撮る。堀江家跡は竹林と化していた。ここに下男下女の部屋があった、池があった、これが白壁の跡、西村さんの記憶は鮮明だ。県道の切通しに登り阿月の遠景を撮る。春霞。晩にメバルを炊き、アブラメとメバルの刺身をひく。春告魚だ。

3月2日（金）旧1月15日　晴

(水)0.0mm/(均)6.4℃/(高)11.4℃/(低)1.5℃/(日)9.9h

家房の仕事場で、堀江芳介日記の撮影。新岩国まで西村さんを送り、八木種苗でメークイン種芋一五個買って帰る。昨日と一昨日はオジジに我慢してもらったが、今夜はまたまたかーちゃりんが泊りに行く。家の用事が片付かん。

3月3日（土）旧1月16日　晴のち曇、夕方小雨

(水)0.0mm/(均)7.7℃/(高)13.0℃/(低)0.7℃/(日)3.0h

八時半から正午まで西脇で石灰を振る。自家用日向夏コンテナ一杯収穫。一寸酸が強いが、仕事合間のジュース代りにええ感じ。午後は地主で石灰を振る。

3月4日（日）旧1月17日　晴

(水)0.0mm/(均)12.9℃/(高)17.3℃/(低)8.4℃/(日)7.7h

朝イチで尹《ユン》さんの論考校正真ん中辺まで。午前、かーちゃりんと悠太はオジジの買物で久賀へ。帰りにまきちゃんでおひるしようとケータイが鳴る。悠太が頼んだ醤油ラーメンが一番に届く。オジジが黙って横取りする。悠太慌てる。オジジ我関せず。年寄に説教しても始まらん。ワシが頼んでたラーメンを悠太に譲り、オジジが頼んでたお好みをワシとかーちゃりんとで半々にした。歳とともに子供に還ると昔から言うが、子供のほうがよっぽど聞分けがある。年の寄りようが悪いと祖母がいつも言っていた。終日石灰振り、割石と地主の三分の一を片付ける。

3月5日（月）旧1月18日　雨

(水)62.5mm/(均)12.2℃/(高)18.4℃/(低)7.6℃/(日)0.0h

終日雨。朝イチで尹さんの論考校正残り、デジカメで撮ってメエルで送る。校正のやりとりが便利になった。滅茶苦茶ぬくい、っつーか蒸し暑い。井堀中段の白菜、大根のトウが立ち始めている。気温上昇で一気に来た。

和稔《かずとし》君の父上に宛てて、セトミとハッサクを送る。和稔君は一昨年の夏休みに福岡大辰己ゼミの合宿で我が家に来た。昨春卒業、千葉県の農業企業に就職した。産直やカット、加工、リサイクル事業や海外事業など、農業を中核とした多角経営を行う企業で、彼の父上の旧友が経営している。職人的イチゴ農家である父上とは対照的な位置にあるこの企業で修業したうえで、将来家の農業を引継ぎたいという。元々は農業を継ぐ気はなかったのだが、フィールドで学ぶなかで父上の職人的仕事の偉大さに気づいた、そして四年生の一年間を通して、休みの度に久留米の実家に帰省してイチゴ作りを手伝った、それで感じたのは「孤独」ということだったと卒業時に彼が寄越してきた手紙に認《したた》められていた。家族経営農業生活の実態は、朝早く起きて朝食、作業、昼食、作業、夕食に至るまで家族としか関わりが無く、次の日もまた次の日も家族しかいない、そういった生活は少し辛かった。今、これを仕事にできないと感じた。だからこそ農業のスタイルを変えたいと考えているが考えがまとまらない、でも自分は農業という分野で働きたい、と。……あれから一年が経つ。

午後遅で御逮夜の食事の支度にかかる。コイワシの刺身を引き、つみれを仕込み、水炊の材料を整える。霊供膳《れいぐぜん》に、蒟蒻と厚揚の煮物、ワカメの酢の物を作る。初七日は出来合いのお惣菜で済ませたが、この際、霊供膳の精進料理も全て自分で作ることにした。

初七日はご近所さんから霊供膳を借りた。いつまでも借りているわけにいかんので、三日の晩に柳井へ行って買ってきた。手作りの精進料理を載せるとやはり、見栄えと心映えが違う。……と、ここで気分を壊す事態が。ごはんがジャーの残り物だよ。こういう場合は炊きたてのごはんをお供えするもんだということをオジジは知らない。お仏壇の無いシンタク（新宅）だからな、一から十まで教えなあかん。草臥れる。またまた困った事態。初七日に借りた霊供膳セットをお返しするにも箸が無い。必死に探すも見つからず。

3月6日（火）啓蟄　旧1月19日　晴

(水)0.0mm/(均)8.3℃/(高)11.3℃/(低)6.2℃/(日)10.0h

前の晩のうちにヒジキの煮物を作りおくつもりが、悠太を寝かせつけたままワシも落ちてしまった。五時半に飛び起き、大急ぎで作る。六時二〇分に家を出る。悠太が眠いといってぐずる。夜遅く朝早い、いちばんとばっちり食らってるのは悠太だ。

二七日《ふたなのか》の朝ごはんは、ヒジキの煮物と大根葉・白菜・ワカメ・カシワの味噌汁の一汁一菜。日本人の食卓。帰って洗濯物を干す。今日も朝から風が強い。イヨカン原料、農協に出荷。これで十六日出荷のハッサクが残るのみ。ひる頃風がやまる。畑に出たいのだが、吉田得子日記と堀江芳介日記のスキャニング原稿の指定作業が優先だ。四時から六時まで地主で石灰を振る。日が傾いて急に冷え込む。夜は寒い。久しぶりに美しい星空を見た。

3月7日（水）旧1月20日　晴

(水)0.0mm/(均)7.5℃/(高)10.3℃/(低)5.0℃/(日)6.9h

朝から寒い。昨日送り出したスキャニング原稿の追加指示書を作成、山田製版さんに連絡を入れる。島さんに電話して編集日程の再調整ほか、午前まるまる潰れる。午後地主で石灰振り、悠太お迎え五時からヤマハ音楽教室、終り次第、井堀中段のニンニクに春肥を打つ。明朝六時頃から降り始めるという予報、これを逃す手はない。

3月8日（木）旧1月21日　雨

(水)21.5mm/(均)9.6℃/(高)10.8℃/(低)8.4℃/(日)0.0h

雨が降り始める十時頃まで地主で石灰の続き。二〇本くらいやり残す。去年九月に道路標識にぶつけてコワした防除ホース巻取器を新品と交換、一万三〇〇〇円ナリ。

3月9日（金）旧1月22日　曇のち晴

(水)0.0mm/(均)6.9℃/(高)9.6℃/(低)4.1℃/(日)6.2h

朝、風が強い。土居口バス停で瑛未ちゃんを拾って宮本記念館へ連れていく。火星の庭の久美子さんの若い友人で、今春東北大を卒業、一橋大法科大学院へ進み弁護士を目指すという。ひるから地主の石灰続き。二人だと早い。前日残およそ二〇本を一時間かからずやり終える。井堀中段に移りスダイダイ若木の石灰残りと堆肥、そして管理機（手押し耕耘機）をかける。春肥前の石灰作業が終った。ジャガイモ植付け場所の管理機もかけ終えた。瑛未ちゃん、力がある。晩にメバルを煮付ける。瀬戸内では春の風物詩だが、東国では馴染みのない魚の一つ。瑛未ちゃんに、悠太を風呂に入れてもらう。

3月10日（土）旧1月23日　晴

(水)0.0mm/(均)5.2℃/(高)10.7℃/(低)0.9℃/(日)10.1h

かーちゃりん車の定期検査で平生《ひらお》行。大畠まで瑛未ちゃんを送り届けてもらう。ICボルドー（銅水和剤）二五倍、尿素五〇〇倍、井堀下段と西脇で午後二時間撒布。この園地はかいよう病が出やすい。用心するにこしたことはない。平生の帰りにかーちゃりんが霊供膳のお箸を買ってくる。結局見付らず。パーツのばら売りがあって助かった。

夕方、さやか先生から獲りたてのナマコを戴く。ワシしか食う者がいないのであたがりがいい。店屋で売ってる袋詰め切なまことは風味が違う。そして、ナマコの味付けはスダイダイに限る。小鉢てんこ盛り、なまこは飲み物だ。

3月11日（日）旧1月24日　晴

(水)0.0mm/(均)7.9℃/(高)14.5℃/(低)1.3℃/(日)8.7h

林さんより堀江芳介日記の扉ラフが届く。写真、別丁八頁の指定原稿を作成する。

悠太を連れて午後半日、岩崎から西脇へ堆肥の移動と新苗植付けの準備にかかる。岩崎の青島に枯込みが目立つ。みかん転作ブームの昭和四十二年（一九六七）に水田から転作した園地、樹が古いのと長年の管理不徹底等により樹勢が弱っているのもあり、異常寒波の影響を受けやすくなっている。二反（約二〇アール）のうち山側五畝（約五アール）は道路拡張に土地を取られるため来年でお終いなので、気合入れて管理するほどのせぇがない。残る一反半のうち、東半分は新年度の改植事業で更新する。西半分は、いまある樹を生かして収量を確保しつつ順次更新を進めていくことになる。ネット環境整備で地球の裏側でも瞬時に連絡のつく時代にあって、なんとも悠長な話だ。

自家用栽培の日向夏をおやつに持ち歩く。作業合間に食べると香りよく酸味が効いててウマいのだが、今日日のクソ甘い柑橘に慣れた味覚にはこれがウマいとは感じないらしく、何人かにあげたところ酸っぱい不味いと不評の雨あられ、売り物にはならんな。六時から奉賛会の集まりに出る。御例祭の算段、しこたま呑む。

3月12日（月）旧1月25日　晴

(水)0.0mm/(均)7.9℃/(高)14.3℃/(低)1.4℃/(日)8.7h

確定申告書を仕上げ、柳井税務署に提出に行く。虚偽答弁に終始した国税庁長官が辞任したが、それでも確定申告は期限内にやらんといけんらしい。辞任した長官にならって領収書は破棄してよい筈だったのだが、やはり、それをしてはいけんらしい。

ひるから平原と横井手の植付け準備にかかる。穴を掘り、

堆肥と石灰を混ぜる。いい構えをしている。2018.3

植付け用土に堆肥一五キロ、ようりん五〇〇グラム、石灰一キロを混ぜる。けっこうな手間である。四時半帰宅、御逮夜の支度にかかる。霊供膳の酢の物と汁物の具にもずくを使い、蒟蒻、厚揚げ、昆布の精進煮を仕込む。晩ごはんに、肉じゃが、コイワシ刺身、アサリ酒蒸、もずく酢の物を支度する。トリモモ焼きにしようかと思ったのだが、オジジがトリを食わんのでやめにした。汁物だったらオジジの分だけトリを入れんようにすればよいのだが（トリの出汁はしっかり出てるけどそれは食える。偏食なんてそんなもんだよな）、メインのおかずでそうはいかん。トリが一番安くて楽なのだが……。この年齢で今更直せとは言えんのだが、オジジは食べ物の好き嫌いが子供より多く、台所番としてはやりにくい。悠太にイワシのシゴを手伝わせる。忙しい時に邪魔なこと頼んでしもうたと後悔するげな手捌きだったが、すぐに慣れたてさくさく捌けるようになった。身に付くのが早い。年寄に無い未来とか可能性といったものが、子供にはある。

3月13日（火）旧1月26日　晴

(水)0.0mm/(均)11.8℃/(高)18.8℃/(低)3.4℃/(日)10.1h

三七日《みなのか》。御勤め後の朝ごはんは、シャケ塩焼き、霊供膳用に仕込んだ精進煮、カシワ水菜豆腐汁、もずく酢の物、日本人の食卓。大根おろしがあれば嬉しいと思って、オジジの畑をみると、全て抜いて畑に穴掘って埋めていた。葉っぱを生長点ごと切落とせば土にさしたままでひと月はもつのに、年寄は勿体ないことを平気でする。店屋で買えば大根も安くはない。特に今年は不作で、うちも自家用大根をよそに回すほどの余裕はない。年寄相手に今更言うても仕方がないし、言うつもりもないのだが、それにしても、ありゃあ何とかならんかねえ。異常気象の常態化もあり、食糧生産が逼迫する時代はそう遠くないと思うのだが。

八時二五分帰宅。かーちゃりん出勤時間余裕なし、家の前で落してもらい、支度をすませて悠太を保育園に送る。持ち帰った道具一式洗って片付ける。もう十時だ。これから畑に出ても中途半端なので、午前中家に籠ることにして、今季最終の橙ポン酢を仕込む。倉庫に残してあったサツマイモが傷んでいたので全て処分する。やっちゃんが亡くなって三週間、天気がよかったわけだし、この間に乾しさえすれば捨てずに済んだのだが、それどころではなかった。出来の悪い大根を使ってかんぴょうを作り足したかったのだが、それも手つかず。トウが立ちかけて取込んだ白菜を漬物にしようと思ったのだが、これもまた手つかず。作りすぎた野菜を食べられるのに棄てるオジジと、処理に手が回らず腐らせて棄てることになるワシと、棄てるという結果に変りはない。

悠太を保育園に送り届けた折、園長先生が注連縄作りの支度をしていた。必要となる藁について、安下庄近辺に水田が少ないので家房が頼りなんだが、今年の藁はモノが良くない、これでは見栄えがしないので去年の藁とまぜて作らなしゃーないという。秋の長雨・日照不足の影響が、いろんなところに及んでいる。午後の三時間、地主で堆肥施用、植穴掘りにかかる。

柑橘苗木一年生。2018.3

3月14日（水）旧1月27日　晴

(水)0.0mm/(均)13.7℃/(高)21.6℃/(低)8.5℃/(日)10.3h

割石のスダイダイとハッサクに堆肥を入れる。西脇で大津とポンカンの植穴六つ掘り、幼木に堆肥を入れる。午後苗木一〇四本受取り。取急ぎ西脇で、大津一本、ポンカン五本植える。暑い。今年初めてアシナガバチに遭遇する。

3月15日（木）旧1月28日　晴のち曇、夕方から雨

(水)2.0mm/(均)14.9℃/(高)19.5℃/(低)9.8℃/(日)5.8h

ひるを挟んで二時前まで、平原上段、横井手下段、地主で宮川早生、スダイダイ、デコポン、石地計八本植える。外入《とのにゅう》の二宮さんにカンコロ粉挽を頼みに行き、コメリでバケツを買い、井堀中段でメークイン三〇株植付ける。雨が降り出す前にタマネギの草とりを終えたかったのだが間に合わず、五時四〇分で作業を中断する。

九条ネギを引く。2018.3

3月16日（金）旧1月29日　雨

㊌27.0mm/(均)9.8℃/(高)14.5℃/(低)4.4℃/㊐0.0h

夜半のうちに雨がやまるという予報が大外れ、午後三時前まで降り続く。昼休み、悠太を連れて耳鼻科へ。ワシの花粉症の薬も出してもらう。今年はまだ花粉の飛散が少ないのか、例年より調子がよく、吸入パスして帰る。雨あがり、三時から六時まで地主で石地五本植える。

3月17日（土）旧2月1日　晴

㊌0.0mm/(均)6.6℃/(高)10.7℃/(低)3.3℃/㊐10.4h

朝から冷え込む。かーちゃりんは悠太連れて皮膚科へ行く。光まで片道一時間半、病院にかかるのも大ごとだ。

八時半から一時間かけて岩崎でスダイダイ一本植える。この園地は石が多くて植穴が掘りにくく、ヘクソカズラが這い廻り作業が捗らない。引受けて三年目、少しはマシになってはきたが、長年の管理不徹底のダメージは深刻、屑園地であることに変りはない。耕作放棄地となっている割石の下段を再生して大津新苗五本植えたかったのだが、手が回らず今年も見送ることにした。代りに、割石上段に去年植えた大津の生育が悪いので見限り、今年の新苗と差替える。そのための穴掘り土づくり作業だけで午前がつぶれる。正午から庄柑橘組合の総会に出る。四月からの次期二年間、北区の組合長を引受けることになる。部落の監事（前区長が慣例で就任）が三月で任期切れになるも、こうしていつまでも役が途切れない。

3月18日（日）彼岸　旧2月2日　曇

㊌0.0mm/(均)10.3℃/(高)13.4℃/(低)4.8℃/㊐1.9h

堀江芳介日記の別丁八頁プルーフと写真返却便、西村さんに宛てて送り出す。午前の一時間半で割石上段に大津四本植える。去年植えた苗木五本のうち二本は落葉多くとも根の張りが悪くないので復活の可能性を信じて残すことにした。割石で一本余った大津は横井手下段に植える。ここもまた樹勢の弱った樹が多く、順繰りに改植の必要がある。みっちり正午までかかる。ひるから悠太のヤマハ発表会で柳井行。

3月19日（月）旧2月3日　雨

(水)38.5mm/(均)11.6℃/(高)13.0℃/(低)9.9℃/(日)0.0h

昨夜瀬戸貝を貰ってきた。おひるに瀬戸貝ごはんを炊く。爆裂に美味いのだが、身を剥いて出汁をとるのもかなりの手間である。

ひるから吉田得子日記、昭和三十年代、岡山県邑久《おく》郡の婦人会機関誌からの引用文照合作業。飛ばし読みではあるが、堆肥厩肥の自給とか、記帳の徹底とか、新生活運動で提唱されたことの多くが、いまの農村にあって実践されていないということがよくわかる。宮本常一が新生活協会に関わっていた時期があり、そういった記述を著作のなかによく見かける。いまもなお「家の光」や「現代農業」に記載されている内容ではあるが、理想から程遠い、否、遠ざかってしまった現状に至る前段階の、今は失われてしまった熱気といったものが読み取れる。

四七日《よなのか》の御逮夜、六時過ぎにオジジ宅。瀬戸貝ごはん、精進煮、釜揚げ、かーちゃりん特製大根すじ煮。今日も無事に御勤めを終える。それはそうと、ばあさまの祥月命日（三月十七日）を忘れとったと、行掛けの車中で気づく。

3月20日（火）旧2月4日　雨

(水)25.0mm/(均)8.7℃/(高)13.3℃/(低)5.6℃/(日)0.0h

ここ数日、夜半から明け方にかけて叩きつけるような強風が吹く。枝が折れていないか、飛ばされたものはないか、いちいち見て回る。今日も寒い。四七日の御勤めが明日の月命日にスライドしたので、余裕をもって朝の支度が出来た。終日片付けと校正作業。夕方島さんから吉田得子日記の校正が届く。昨夜大量に貰って帰った瀬戸貝のシゴの続きにかかる。市販の剥き身とは鮮度が違う。嬉しいがアホほど手間がかかる。岩牡蛎四個蒸して橙ポン酢かけて食う。爆裂にウマい。

3月21日（水）春分　旧2月5日　雨

(水)27.5mm/(均)7.1℃/(高)8.3℃/(低)5.3℃/(日)0.0h

朝、四七日と月命日の御勤め。昨夜炊いた瀬戸貝ごはんと貝出汁きしめん、もずく、自家製シャケ粕漬け、精進煮の朝ごはん。ひるから部落の役員選挙に出る。運営委員、区長、監事と役が六年続いたが、これで一旦外れることになった。柑橘組合長があるとはいえ少しは気楽である。

3月22日（木）旧2月6日　曇

(水)0.0mm/(均)8.0℃/(高)13.0℃/(低)0.8℃/(日)4.4h

午前吉田得子日記の校正、午後二時間半、西脇でセトミ七本植える。三日間で一〇〇ミリ近く降った所為で、ただでさえ重たい水田転換地の土がさらに重く作業が捗らない。

3月23日（金）旧2月7日　晴

(水)0.0mm/(均)6.6℃/(高)12.7℃/(低)−0.6℃/(日)10.5h

昼過ぎまで吉田得子日記の校正、堀江芳介日記の巻頭カラー八頁プルーフのリテイクと束見本について石坂さんより電話あり。午後の三時間で西脇にセトミ六本植える。

3月24日（土）旧2月8日　晴

(水)0.0mm/(均)10.4℃/(高)16.4℃/(低)2.8℃/(日)10.2h

九時から保育園の卒園式・進級式。悠太は四月から年長さんになる。生後五ヶ月半で保育園に入った。先は長いと思っていたが、あと一年になってしまった。年イチの写真館業務、園庭で集合写真を撮る。今年卒園のなっちゃんは城山《じょうやま》小、るな君は沖浦《おきうら》小に進む。四月の安小《あんしょう》（安下庄小学校）入学式に、宮ノ下の卒園生は一人もいない。午後一時間半悠太連れて井堀中段でタマネギとニンニクの草取り。寒が長引いた分だけ今年は草の伸びが遅いが、それでも放っておくわけにはいかないレベルにまで草が伸びてきた。ニンニク一列半やり残したが、庭先ＢＢＱの支度もあり、早く仕事をあがる。

　今年初のＢＢＱをやっていると岡田君が通りかかり、宴席に加わる。不妊治療に通って二人目を作ったこと、出生前検査と障碍児についてどう考えるか、堕胎するのか覚悟して産むのか、もし障碍をもって生れるとわかれば堕胎したほうがよいのではという岡田君に対し、みぎわかーちゃんはそれでも産むという。ウチよりか旦那が一学年、嫁が三学年若いが、それでも晩婚・高齢出産であることに違いはない。ウチの場合、ワシは二人目が欲しいが、かーちゃりんはもう作らないと言う。加齢と共に障碍児が生まれる可能性が高まる。もしそうなれば、それでも自分の子供だから堕さずに産むけど、将来ワシらが死んだあとも悠太の負担になると思うと考えてしまう、それ以前に子供が成人する頃にあんた歳幾つや、と。晩婚化ってこういう問題も孕んでいるんだな。こうして我が身に降りかかるまで、何一つ考えもせんと生きてきてしまった。

3月25日（日）旧2月9日　晴

(水)0.0mm/(均)11.9℃/(高)17.0℃/(低)7.1℃/(日)10.2h

朝雑務、その後終日西脇。午前と午後の四時間でセトミ九本植える。残り二時間半で全ブロックに堆肥を入れる。

3月26日（月）旧2月10日　晴

(水)0.0mm/(均)11.4℃/(高)18.9℃/(低)5.2℃/(日)10.6h

午前、剪定講習会。例年よりかなり遅い時期の開催となった。今年は寒で樹勢の弱った樹が多いので最小限の剪定にとどめる、なり番の樹については花芽のつき具合をみて夏秋梢を残しつつ剪定する、但し秋の長雨で徒長枝が多いので切除に心がける等々。今年はあまり早い時期に剪定したらあかんと二月の試験成績検討会で言うていた。新苗植付けに手をとられている。今年も剪定しきらんうちに防除作業が始まって

はっちゃんは悠太の弟分だ。2018.3

しまうような気がする。

堀江芳介日記の二校を山田製版さんに戻す。可能な限り、作業を前に倒す。こちらも同じく前倒し、昼間の気温が急に上がり、桜が一気に咲きはじめた。

やっちゃんの御逮夜。回向法要が始まり、今夜はお寺さんのお食事を出す必要が無い。手を抜いてラーメン鍋にする。霊供膳も手抜き、精進煮をやめにして揚豆腐で済ます。

3月27日（火）旧2月11日　晴

(水)0.0mm/(均)12.1℃/(高)19.4℃/(低)5.1℃/(日)10.7h

七時から五七日《ごなのか》の御勤め。カシワ、厚揚、こんにゃく、昆布の煮物を作って持っていく。やはり、カシワが入ると味の厚みが違う。揚げと大根葉の味噌汁、もずく、揚豆腐、今日もそこそこ形になった。

終日地主。枯木の伐根作業を監督に恃んでいるのだが年度末の仕事がクソ忙しくて手が回らず、なかなか事にならんので見切り発車、地主の伐根は見送り、枯木の縁に苗木を植えることにした。二本植えて伐採木の処分、堆肥をふり、枝がかぶっている箇所だけでも剪定、日没、やり残し。

3月28日（水）旧2月12日　晴

(水)0.0mm/(均)12.7℃/(高)19.7℃/(低)6.4℃/(日)10.7h

荒神様の桜、いきなり満開。毎年恒例お花見ＢＢＱを開催するにはこの週末しかないのだが、ワシの心と身体に余裕がない、残念だが今年は見送り、関係者に連絡を回す。

朝から川口医院で特定検診、十時帰宅、昼過ぎまで吉田得子日記の校正、堀江芳介日記の表紙廻り確認、そして堀江日記の印刷立会の日程調整を石坂さんにお願いする。校了を思い切り前に倒し、来週五日六日に山田製版富山本社へ行く算段となる。夕方までの二時間地主で昨日の続き、悠太お迎え、五時からヤマハ音楽教室、帰るとくたくたで仕事する気が起らない。かーちゃりん帰宅。異動の内示があり、同じ職場(福祉課)ではあるのだが、児童手当から保育に担当替えになったと。保育料認定にかる三月から五月と九月が特に忙しく深夜まで残業は当り前、土日も休めないという。この立て込んでいる最中に勘弁せえや。永明寺の回向法要でやっちゃんの塔婆を立てたので一度は御参りせないけん、今晩御参りしようやと言うていたのだが、気が滅入ったのでやめにした。

3月29日(木) 旧2月13日 晴

㊌0.0mm/(均)14.4℃/(高)21.5℃/(低)6.8℃/㊐10.2h
おげんきクリニックで血液・尿検査、行く前の一時間地主で昨日の続き。朝メシ抜きで畑仕事はつらい。

美恵子おばさんから電話が入る。話があるから来てくれという。包括支援センターの担当さんが来たり民生委員に連絡つけたりで、二時間くらい潰れる。脚の悪い年寄一人自宅で暮すには、もはや限界をこえている。この家もみかん農家だったのだが、ワシが神戸を引払って大島に帰ったころ(二〇一一年頃)にはすでに離農していた。その二年後におっちゃんが亡くなり、おばさん一人暮しになった。息子が五月連休に帰省するので入院するかどうかその折に話をするというのだが、それまでもたん。来週は空きがあるから特養に一時入所せんかと担当さんが言うのだが聞き入れない。いくら電話しても息子さんが捕まらんそうな。おばさん、頭はしっかりしているように見えるのだが、話が通らないところもある。多少認知症が入ってきたのかもしれない。でも、あんたもいずれこうなるんよとか、祖母のこととか、途切れ途切れにまともなことを言う。ワシが中高生のころ、おばさんはこの家で舅さんの在宅介護をしていた。三十年を経て、おばさんが介護の要る身体になった。だが、介護してくれる家族がここにいない。

軽トラの車検と「宮本常一コレクションガイド」増刷分の最終支払のおカネが足りず、かーちゃりんに借金する。二一世紀に入ったころの半分どころか三分の一以下にまで本の売上が落ちた。出版が商売として成り立たなくなった。

晩の親子会はかーちゃりんにお任せして欠席、岡田君誘うて夜桜アテに呑む。花見ができん分の埋合せ。

3月30日(金) 旧2月14日 晴

㊌0.0mm/(均)14.4℃/(高)18.0℃/(低)10.4℃/㊐10.7h
雑用で立寄ったついでに、「宮本常一コレクションガイド」まだやったら買わんかと、あるエラい人に話を振ってみた。

横見の浜。今は県道拡幅により浜が削られている。2012.4.4

宮本はもうええ、本はもう要らん、あんたら本読んでるだけの頭でっかちは駄目だ、ワシみたいに行動しない者は駄目だ、とかなんとか。無農薬有機農業が全面的に正しく、農薬や化学肥料を必要とするワシらがやっている慣行農業が全面的に間違っていると声高に宣うような頭でっかちにそう言われるのもなんしか心外ではあるが、それにしても宮本先生も安く見られたもんだ。「まあ、大島はエラい人が多いから、私の話など聞かなくてよいということでしょうが……」という、離島論集別巻付録CDの冒頭を思い出す。

業腹な話のついでに。みかんなんか作っても儲からんだろうがとか、高い肥しゃ農薬売りつけて農協が儲けとるだけだろうがとか、その手の話をする者が少なからず居てるわけである。現金稼ぐ人の目には、農業なんてその程度のものとしか映っていない。農業で食えなくなったのは、農協の所為でも農家の怠慢でもなく、農を棄てた国策の馬鹿さ加減によるものだ。戦後日本最低最悪の失政を考えずして農業と農業に携わる者を馬鹿にする。みかんを作るなんてクソつまらんことであり、あんたのやってることは仕事とは呼べんと面と向って言っているに等しい。また腹立つことに、そういう話になるとそうだそうだと相槌打つ者も少なくない。懸命に努力する者を小馬鹿にするげな風潮はバブルの時代に特に顕著だったような気がするし、高度成長期もまたそうだったのかもしれないが、戦後日本の人心の荒廃は中央よりも却って僻地にあって際立つ。いちいち反駁するのも面倒だし角を立てたくないので、はあそうですかいのう、と適当にスルーしているのだが、農業を馬鹿にするような輩と話をするのは精神衛生上よろしくないし、士気にかかわる。

昼休みに悠太を耳鼻科に連れていく。午後から岩崎、改植事業の申請をせずこれから順次更新していく西側半分にヒリュウ台木青島七本植える。枯木の根起しをすればよいのだが、監督の庭師本業が年度末繁忙期とあってうちの伐根作業に回ってもらえるのが遅れる見通しとて、四の五の言ってはおれん事態と相成った。仮植えしてある苗木を取りに行くと、セトミ苗木の葉がふるって（落葉して）いる。迂闊だった。慌てて水をやる。同じ所に仮植えしている大津四号は何ともない。やはり中晩柑は弱い。根が枯れて葉がふるうと、植えたあと枯れることもあるし、仮に根付いたとしても生育が一年遅れる。去年はそれで失敗した。一日も早く植えてやらんとまずい。

土がカラカラで、一本植えるのに六〇リットルは要る。水補給に帰宅、待ち時間にパソコンの電源を入れ、メエルをチェックする。農協からのメエル、植木君の訃報。癌闘病のなか発足したばかりの農協青壮年部会長を引受けてこまめに動いていたのだが、体調思わしくなく昨シーズンは耕作を人に頼み、裏方に専念していた。話す機会はそう多くはなかったのだが、声高ではない、控えめな語り口が印象に残る。夕刻、悠太を連れて弔問に行く。芽吹きかけたみかんの枝が手向けられていた。四歳と二歳の幼な子二人が遺された。下の子は、父親が世を去ったことがにわかに理解できない様子だった。島の屋台骨を支えてきたみかんが左前になったのをみて小馬鹿にする者が少なくない中にあって、これからもみかんの島であり続けられるよう何とかして維持しようと苦闘する者、そして志半ばにして倒れた者、島の現実は残酷の一語に尽きる。

3月31日（土）旧2月15日　晴

(水)0.0mm/(均)12.5℃/(高)18.5℃/(低)9.0℃/(日)10.5h

植木君の葬儀は明日午後だが、柑橘組合役員会と重なり参列できない。零時半、かーちゃりん、悠太とともに出棺を見送る。午後かーちゃりん出勤、ワシは悠太連れて宮本記念館へ行く。悠太お目当ての図書館は月末蔵書整理でお休み、タイシン君と打合せをする。山根君が今日限りで退職、先のことは決まっていない。一年更新の嘱託学芸員で五年になる。これ以上更新を続けると事実上の無期限雇用となるので、それを避けるための雇い止めという。若い者に安定した職を用意できない、クソのつく悪法。出生率を上げろだの一億総活躍だのなんだの世迷言でしかない。

五時半帰宅、七時前までの一時間で平原の成木の草とり、春肥を打つ。春分を過ぎて目に見えて日脚が長くなった。

１ヶ月

降水量	142.0mm（162.5mm）
平均気温	14.9℃（13.6℃）
最高気温	20.2℃（18.3℃）
最低気温	9.7℃（ 9.0℃）
日照時間	211.6h（195.1h）

上旬

降水量	19.5mm（55.6mm）
平均気温	13.7℃（12.0℃）
最高気温	19.0℃（16.7℃）
最低気温	8.7℃（ 7.4℃）
日照時間	75.8h（64.2h）

中旬

降水量	42.0mm（58.7mm）
平均気温	14.5℃（13.8℃）
最高気温	19.5℃（18.5℃）
最低気温	9.5℃（ 9.1℃）
日照時間	66.2h（65.3h）

下旬

降水量	80.5mm（48.2mm）
平均気温	16.4℃（15.1℃）
最高気温	22.2℃（19.9℃）
最低気温	10.7℃（10.5℃）
日照時間	69.6h（66.4h）

2018年４月

あさり丼、あさり味噌汁、ヤズのアラ炊き。アサリ丼は、酒浸し蒸しで出汁をとって剝き身を作り、薄口醬油、新タマネギ、溶き卵、三つ葉で仕上げる。アサリもまた、近隣の浜でなんぼでも掘れたのだが今は全く獲れなくなった。昭和末から平成末にかけての30年間での大きな変化。海岸の埋立て、貧栄養化、海水温上昇など複合要因。瀬戸内のアサリは今や絶滅危惧種。海べりに暮しながら、アサリは掘るものではなく買うものになってしまった。

岩崎園地の東半分、全改植。2018.4

4月1日（日）旧2月16日　晴

(水)0.0mm/(均)15.3℃/(高)21.6℃/(低)9.2℃/(日)9.5h

午前二時間、岩崎東南で刈払機を回す。春肥に先立っての作業だが捗らず。午後かーちゃりん出勤、悠太連れて柑橘組合の役員会、引継ぎ彼是。二時半から三時間、岩崎で草刈りの続き。悠太は荷台で見学。昨日オジジから瀬戸貝を貰ったのだが、シゴする暇がない。夕方監督から電話が入る。晩メシ支度の合間に三十分だけ花見に寄せてもらう。

4月2日（月）旧2月17日　晴

(水)0.0mm/(均)16.4℃/(高)23.3℃/(低)11.3℃/(日)10.6h

五時起き、はっちゃんお散歩、苗木の水やり一時間。八時半からひるまで断続的に山田製版の井村さんと堀江芳介日記最終校正のメエルやり取り、昼前校了。仏事雑事に手をとられて校正が甘くなったところを、井村さんの的確な仕事に助けられた。

フラッシュメーター不調。接触が悪いのだろう、電源が入らない、もしくはうまく電源が入っても切ることができない。来週は小学校の入学記念写真撮影、大型フラッシュの二灯ライティング撮影は勘だけではやれん。セコニックに電話すると修理に十日以上かかるという返答。以前は東京や大阪の窓口に持っていけば簡単な修理や調整であれば即座にやってくれたし、預りになった場合は代機も貸してくれたのだが、今はそうはいかないという。週末の東京出張の折に中古を探す

新苗植付けは重労働。2018.4

かヨドバシで新品を買って帰るか。メーターの中古は来歴がわからんだけに怖い。二台に増えても新品を買うしか選択肢がない。

二時から六時まで岩崎でセトミ六本植える。五時前お迎え、悠太に手伝ってもらう。苗木が倒れないよう支えてもらう、風でめくれないよう黒マルチ（農業用マルチシート。防草、保温、保湿効果）の端をおさえてもらう、それだけで捗り具合がまるで違う。夕方の貴重な作業時間を家事にとられるのは痛い。今夜は御逮夜御勤めの時刻を三十分遅らせてもらった。それだけで苗木一本分違う。ワシらの来るのが遅い、気が無いならしてくれんでもええといってオジジが怒る。今日は遅くなるとかーちゃりんが連絡していたのだが、聞いたふりして聞いていない。難儀。御逮夜のお食事は、イカのゲソ・エンペラ・ワタのニンニクパスタ。揺るぎない仕上り具合。

4月3日（火）旧2月18日　晴

(水)0.0mm/(均)16.1℃/(高)22.3℃/(低)10.7℃/(日)10.8h

七時から六七日《むなのか》の御勤め、カシワうどんの朝ごはん。午前午後の七時間半、岩崎でセトミ一二本植える。四時半から年明け温州精算書の配布、班ごとに仕分けて配って歩く。いつもおばあちゃんについて歩いとったのがねえ、と大恵のおばちゃんが言う。五時過ぎ悠太お迎え、六時半まで岩崎で大津二本植える。

4月4日（水）旧2月19日　晴

(水)0.0mm/(均)16.9℃/(高)22.9℃/(低)11.7℃/(日)8.7h

岩崎で大津植付けの続き、六時から一時間で二本、八時半から四十分かけて一本。十時から吉田得子日記の指定原稿作成の続き。合間に河田さんから電話が入る。一昨日電話で話したフラッシュメーターの件で、新宿のヨドバシに来ていると。新製品は出荷待ちですぐには手に入らない、一台だけ現行品最終在庫値下げ分があるのでどうするかと。経費立替で確保をお願いする。

昼めし食うて、得子日記作業の続きと並行して、初物のタケノコを茹でる。かーちゃりん職場の戴きもの。明日から留守にするが、とりあえず茹でてさえおけば冷蔵庫で十日はもつ。

家房の仕事場に注文品をとりにいく。行掛けに、週末オジジから貰った瀬戸貝を海に返す。このクソ忙しいさなかにあって、手間のかかる貝のシゴができん。明日から八日まで留守にする、無理はしないことにした。

四時帰宅。記念写真の焼増しがケイアートさんから届いていた。これを仕分けて保育園に持っていく。悠太お迎え、五時からヤマハ音楽教室、六時終り、苗木の水やり、春大根収穫、冷凍釜揚げと人文字《ひともじ》（ワケギ）、おろしポン酢で晩ごはん、かーちゃりん九時帰宅。

4月5日（木）清明　旧2月20日　曇のち雨（出先晴）

(水)1.5mm/(均)13.7℃/(高)16.4℃/(低)12.1℃/(日)4.3h

出張前の作業、吉田得子日記の図版指定作成、思った以上に難航、完全徹夜となる。五時半に悠太を起こし、六時出発。眠気が襲ってきて途中で二回仮眠をとる。新岩国までの道程が遠い。ひと便乗り遅れる。富山着一時五一分、石坂さんが迎えに来てくれる。山田製版さんで堀江芳介日記の刷り立会い。刷上ったから現場に来てよと内線が入り、さてと立上ると、悠太がしっこと言う。間の悪い男よ。全体にボリュームを出すため、インキを盛ってもらう。修正一つで、仕上りがまるで違う。黒田ＰＤ（プリンティングディレクター）がワシの色味使いやトーンの好みを熟知しているので助かる。立会の合間に、富山県美術館の「デザインあ」展を見に行く。よう出来とる。仕事合間の一時間半では足りんかった。

4月6日（金）旧2月21日　雨（出先曇）

(水)15.5mm/(均)14.3℃/(高)18.1℃/(低)11.2℃/(日)0.0h

朝から立会の続き。別丁の裏版。写真集の刷り立会、熊倉ＰＤのお仕事で、石内都さんが来ていた。写真談議に花が咲く。同行のスタッフの方が、去年の暮れに大島のみかんを買いたくて彼方此方問合せたけど品薄で買えなかった、大島のみかんは他とは味が違う、これを食べたら他の産地のみかんは食べられんと言う。よくわかってはる人って居てはるんやなあ。富山でこういう人に会おうとは。ワシらがみかんと写真で盛り上っている間に、石坂さんが悠太を工場見学に連れ歩いてくださる。勉強になったかな。

　富山発一時一九分のはくたかで東京に出る。丸の内で田中さんと待合せる。皇居廻りをぷらぷらしたあと、原稿の遅れているパゾリーニ論の打合せ。大事な話の最中に、悠太がうんこと言う。つくづく間の悪い男よ。サ店のトイレを借りる。尻につくうんこ。間の悪さのホームラン王だ。悠太は嫌がるが時間が惜しいのでシャワートイレを使う。座り位置が悪く背中がびしゃこになる。

　六時前に離島センター、三木さんにシマダスの修正ゲラを手渡す。近場で呑む。島の人間につきまとう見下しと卑屈の問題について議論、それを起点に、これから編むべき宮本の本について彼是お智慧を戴く。富山県の赤坂宿泊所に初めて泊る。赤坂見附交差点から徒歩十分程度、都心の喧騒を忘れさせる静かな一角、チェックインの門限があって慌てるが、三木さんの地理勘に助けられた。大島より暮れるのが遅いねえと、煌々と灯る街灯を見上げて悠太が言う。

東京駅にて。2018.4.7　撮影＝河田真智子

4月7日（土）旧2月22日　雨（出先晴）

(水)2.5mm/(均)8.2℃/(高)12.1℃/(低)4.7℃/(日)4.1h

七時五〇分出発。余分な荷物をコンビニから送り出そうかと思ったがやめにして、東京駅のコインロッカーに預ける。出先で荷物を出す時にはコンビニで余った段ボール箱を分けてもらい荷造りするのだが、最近は、防犯意識の高まりからか、分けてもらえないことが多くなった。特に首都圏でその傾向が強まっているように感ずる。

　西船の南風堂で森本さんと会う。これから最低十年、できれば三十年かけて編み続けていく宮本常一の叢書について、編者を依頼、ご快諾戴く。今回の腰椎骨折は癌由来ではなく骨粗鬆症であり、おそらく抗癌剤治療を再開することになる、肺癌ステージ４で一年後生存率一〇～一五パーセントですからね、という。癌宣告から間もなく二年になる。

　西船から一寸遠いが、大宮の鉄道博物館へ行く。鉄道に乗る機会が少ないのに、否、少ないからか、悠太が鉄ちゃんになりよった。高度成長期から平成の初めにかけて日本中を駆け抜けた国鉄の車輛には、いいことも悪いことも、人と土地の絡んだ様々な記憶が刻み込まれている。

夕方東京駅まで戻り、河田さんと待合せる。ヨドバシで確保しておいてもらったフラッシュメーターを受取り、たいめい軒で御馳走になる。悠太がよく食べる。一〇時発の出雲で東京を発つ。

4月8日（日）旧2月23日　晴

(水)0.0mm/(均)9.2℃/(高)13.8℃/(低)3.8℃/(日)9.6h

岡山に定時六時二七分着、肌寒い。山田製版さんでお土産に戴いた鰆寿司を朝ごはんに、新岩国までこだまでゆるゆる帰る。家房の仕事場に寄り、明日使う機材を持ち出す。ひる前帰宅。いつもならワシらが留守にしている間に家の中がすっきり片付いているのだが、出たときよりも散らかっている。カップ麺の容器が積み上っている。単身赴任のおっさんみたい。かーちゃりんのテンパり具合が伝わる。

留守の間に大雨大風が来た。岩崎の苗木のマルチが風で悉くめくれ上がり、それを直すだけで午後の一時間半が潰れる。三時から二時間半かけてヒリュウ台木大津一年生四本植える。悠太が寒いと言う。早い目に仕事をあがる。

4月9日（月）旧2月24日　晴

(水)0.0mm/(均)12.0℃/(高)19.3℃/(低)4.8℃/(日)7.4h

小学校入学式の記念撮影、八時一五分に体育館に入り、機材の設営にかかる。春の異動で着任された教頭先生にご挨拶する。河合先生と電話で聞いていたのだが、五年前の大晦日にワシが家族写真撮りに行った時の河合先生（養護の先生で、当時安小に勤務していた）の旦那さんだと、昨日かーちゃりんに聞くまでわからんかった。旦那さんの父上が小学校の元校長先生で、余命宣告されたので暮れに家族揃ったところを撮影してほしいと頼まれた。撮影の二ヶ月後に父上はお亡くなりになった。あの写真は大事に飾ってありますと教頭先生が言われる。さて、今年の新入生は四人、ワシが記念写真の仕事を始めた二〇一二年以降でいちばん少ない。全校生徒は五四人。「♪一千五百安小の〜」という歌が唄われた時代もあったのだが。

帰りに今年初めてツバメを見る。尾が短い。去年生まれたやつだな。ひるにうどんを作る。明日はやっちゃんの四十九《しじゅうく》日《にち》なんだが、オジジに頼まれた仏様の花が農協で品切になっとった、困ったとかーちゃりんが言う。どうせ通り道やねんから買うてきてもらえやと言うたが、わからん者に説明するのが大変なんや、彼是あると思うとメシも食えんと言って、手が震えだす。ワシも限界に近いが、かーちゃりんの方が深刻だ。わかったワシが中村の花屋で買うてくると言ってその場を収める。家房割石の畑に行けば仏様の花なんて売るほどあるのだが、採りに行くヒマがない。中村に行ったら、ここも品切れ。農家さんがなかなか持ってきてくれんのよとおっちゃんが言う。春先は忙しいからな。追って悼む気持ちがあればそれでよい、形骸にとらわれてはならぬ、無いものは無いでよしとしようとメエルを入れる。うちは真宗の門徒なんだから親鸞聖人の御言葉に沿えばよい。二時から五時半まで、岩崎でヒリュウ台木大津六本植える。七時半から最後の御逮夜、ひと月半が長かった。

4月10日（火）旧2月25日　晴

㊌0.0mm/㊍14.5℃/㊋20.0℃/㊎7.9℃/㊐10.8h

午前やっちゃんの四十九日。かーちゃりんは午後出勤、ワシは法事の昼酒を断り地主で刈払機を回す。酒呑み皆無の江中家、ワシとかーちゃりん以外に呑む者がいない。ニンニク芽（トウ立ち）今季初収穫、牡蛎と帆立の御礼に市田宅に持っていく。

4月11日（水）旧2月26日　曇午前雨

㊌2.0mm/㊍17.2℃/㊋19.7℃/㊎15.0℃/㊐0.9h

五時起き、昨日届いた得子日記二校を突合せる。気が付けば七時半、悠太を起す。仏事続き、かーちゃりんの異動と連日の深夜帰宅、生活が乱れている。得子日記の写真追加指定作業、三時までかかる。編者に回覧せず、山田製版さんに戻して修正かけてもらう。編者校正が遅くなるが急がば回れ。三時半から夕方まで井堀中段と家で春肥を打つ。

4月12日（木）旧2月27日　晴

㊌0.0mm/㊍16.1℃/㊋21.3℃/㊎9.1℃/㊐9.1h

朝イチで管理機（手押し耕耘機）のエンジンオイルを交換する。九時半から二時まで西脇で春肥を打つ。仕事場に寄り、JRC（旧称＝人文・社会科学書流通センター）向け補充品とシマダス追記用の資料を持帰る。四時から五時半まで保育園の保護者会に出る。かーちゃりんが仕事抜けられず致し方なし。園庭を駆けまわる子供らの声が聞こえてくるのはいいもんだ。最近都市部では子供の声が騒音だといって保育園設置反対運動が起ったりする。ぶっコワれている。悠太連れて西脇に戻り、三十分だけでも春肥の続きをする。

4月13日（金）旧2月28日　晴

㊌0.0mm/㊍15.7℃/㊋20.2℃/㊎9.9℃/㊐10.0h

先月末小柳造船さんにお願いしていたドラム缶の穴あけ、なかなか行く間がなかったのだが、やっとこさ引取りに行く。手間賃二五〇〇円ナリ。九時から五時半まで春肥と管理機作業、西脇の残りと割石上段。ひる休憩どきに福田に麦酒買いに行く。いま植えた苗が大きくなるころにはもっと忙しくなるよ、六十代はみかんの仕事時やでとゆりちゃんが言う。福田のおっちゃんは今年は苗木を植えなかったという。もう七十八歳やからね、いま植えても樹が育つころには引退しとるよと。悠太お迎え、井堀中段で三月採りタマネギ収穫。玉太りが悪い。

七時から農協橘支所で柑橘組合長会議、悠太同伴で出席する。熊本の市会議員は子連れ出勤で叩かれたが、農協さんはそんなケチなことは言わん。会議一時間ちょい、悠太は後半寝ていた。これから帰ってメシ作るのもしんどい。間に合わんときは無理せんとコンビニごはんでもええんよというさやか先生の言葉を思い出し、土居のコンビニへ行ってトリカラ買うて八時半帰宅。九時からテレビで「火垂るの墓」を最後までみる。

　浮浪児で溢れかえる省線三ノ宮駅コンコースの、太い柱の足元で清太が事切れる。妹節子の遺骨の入ったサクマドロップスの缶が転がる。駅員が草むらに放り投げる。飛び交う螢火垂るホタル。――昭和四十九年（一九七四）、五歳の頃まで国鉄三ノ宮駅徒歩五分の布引町に住んでいた。あの頃すでに神戸の中心地たる三宮界隈には螢どころか田圃も畑も草むらも無かったのだが（昭和四十三年に結婚して東京から神戸に移り住んできた頃にはまだ田圃が残っていたとオカンから聞いた）、「火垂るの墓」に描かれた風景はワシが生れる二十四年前に実在していた、そして清太が野垂れ死んだ国鉄三ノ宮駅のあの空気感は、ワシが子供の時分にもまだ色濃く残っていた。今も戦慄する記憶のひとこまである。戦後の都市計画と阪神淡路大震災により様変りしてしまったが、それでも所どころに戦時の残り香が漂っている。ふとした拍子に風景が立ち上がる。神戸は不思議な街である。

　戦争はいやだと悠太が言う。映画が終ると泣き出した。

4月14日（土）旧2月29日　曇のち雨

(水)34.5mm/(均)13.6℃/(高)19.4℃/(低)10.6℃/(日)0.9h

朝からタケノコとカシワの煮物をこさえる。爆裂にウマい。九時から二時間、岩崎西で草刈り作業。十一時頃雨が降り出す。慌てて洗濯物を取込みに帰る。その後一時間、雨のなか岩崎西で春肥を打つ。でかい石が多くて管理機が使えないこの園地はカラスが特に多いので雨が来る時に肥しを振ることにしている。

　小学校の入学記念写真が昨日届いたのだが、引伸しのピントが来ていない。撮影時の感触からしてそんな筈はない。ピントが来てるのか来てへんのかわからんげなデヂタル写真ばっかし相手にしてる所為だろうか、堀内カラーも腕が落ちた。これではいけん、焼直しを依頼する。かーちゃりん休日出勤。午後からお祭りの準備、悠太を連れていく。

4月15日（日）旧2月30日　曇時々晴

(水)0.0mm/(均)14.6℃/(高)19.3℃/(低)8.8℃/(日)2.8h

かーちゃりん午前オジジの買物午後出勤とて、お祭りと並行で終日悠太の子守と相成り。午後の演芸会の司会進行、松居さんが亡くなりワシが引継いで四年目になる。縁の下の御蔭でええ具合にやりきった。子守と飲酒と司会の同時進行は草臥れ方が違う。幕間に途切れることなく出鱈目喋り続けるだけに多少のガソリンが入らんことにはスイッチが入らないのだが、一寸ペースを上げ過ぎた。直会《なおらい》で爆睡、監督に送ってもらって七時過ぎ帰宅、二人で焼酎一杯ずつ呑み直して解散、さくっと寝る。

4月16日（月）旧3月1日　晴

(水)0.0mm/(均)13.2℃/(高)18.3℃/(低)8.0℃/(日)9.0h

早寝の効果、六時起き復活。お祭で貰ってきた餅で朝メシにする。悠太は白餅を砂糖醤油で、ワシはあんびん（あんこの入った餅）をよばれる。悠太があんびんを受付けない。ワシもこまい頃、あまり好きではなかった。今は既製品のあんこを使う家が多いが、昔はどの家でも自家製だった。それを好まんとは、今思えば勿体ないことをした。

農協の書類配布で丘庄を回る。小一時間かかる。雑務を終えて井堀中段でジャガイモの芽かき土寄せ施肥。週末の雨で一気に太った。先週半ばに済ませとけば時期的にベストだったのだが、手が回らんものは仕方がない。とはいえ時期的にはまだ遅くない。ひるから井堀の作業続き、ブルーベリー苗木の春肥。四月穫りタマネギの倒伏が始まっている。トウ立ち防止のため、倒伏していないものも全て倒す。二時から三時半まで岩崎の苗木春肥、三年生幼木に堆肥を追加、東ブロック三列の伐根に備えてカラス対策のテグスを撤収する。四時から五時まで家庭菜園で管理機をかける。葱も全部抜いて乾しにかかる。

4月17日（火）土用　旧3月2日　曇のち雨

(水)5.0mm/(均)12.7℃/(高)15.5℃/(低)10.7℃/(日)0.1h

向う二年で道路拡幅用地として接収される岩崎園地の中学校側から、昨日大津三年生幼木を抜いてきた。朝イチで横井手下段に植える。去年実をならせた青島の枯込み具合深刻なり。前耕作者のなまくらな管理と積年のダメージ、そこにこの冬の異常寒波が響いた。品質向上のため樹別交互結実を徹底したのも仇となった。樹が着果負担に耐え切れなかった。平成三年台風一九号禍による緊急改植園地、そろそろ樹の寿命でもある。複合要因だ。向う数年でこの園地の青島は全て枯死するだろう。順次改植を進める以外にない。

午前と午後四十分ずつ井堀下段の草を刈る。昨年秋草刈りをとばした園地、草丈が長く、一度刈り取らんことには管理機が入らない。草の下によい土が出来ている。作業の合間にはっちゃんの狂犬病予防接種、農業廃棄物および不要農機具回収、小学校入学写真のプリントリテイク分が昼前に届く。今度はきちんとピントがきている。最初のプリントは一体何だったんだ、堀内さん、コダック系プロラボのプライドと腕は何処へいった？　午後、吉田得子日記のゲラが届く。山田製版さん、迅速且つ正確なお仕事。

予報より二時間早く、三時前に降り出す。ニンニク芽、スナップ、春大根を急ぎ収穫、先日の御礼に河田さん宛に送り出す。親の仕事てんぱり具合で、悠太にしわ寄せがいく。ねい、くじをくる。九時に寝かしつける。今日もかーちゃりんの帰

草刈りの、曇りメガネを、かけてみる。2018.4

宅が遅い。一体何なんだ、働き方改革って。

4月18日（水）上巳　旧3月3日　晴

(水)0.5mm/(均)13.4℃/(高)19.3℃/(低)7.9℃/(日)11.1h

五時起き、得子日記のゲラ照合、見積をチェックする。家庭菜園でねぎを伏せる。在来種と九条ネギの二種類。平原と井堀下段の春肥、これだけでほぼ終日潰れる。百姓がエラいくらいが国はうまく回るんぢゃという、よしぃおぢさんの言葉を反芻する。宮本の「梶田富五郎翁」の最後の言葉、やはり一ばんえらいのが人間のようでごいす。「偉い」、そして人間賛歌ととらえる読み方がある。どうも、違うような気がする。富五郎さんが言うところの「エラい」とは、「しんどい」「せんない」を意味する西日本の方言ではなかろうか。生きているかぎり楽にはなれんよという、そういうことではなかろうか。畑仕事をしていると、本は読めんが考えることが多い。晩に鯨カツ、コイワシフライ、チキンカツをこさえる。悠太、よくテゴしてよく食べる。

4月19日（木）旧3月4日　晴

(水)0.0mm/(均)14.3℃/(高)21.6℃/(低)7.6℃/(日)11.1h

昨夜のチキンカツ残りでひるにかつ丼作るつもりが、朝、悠太とかーちゃりんに全部食われてしまう。かーちゃりん今日は昼休み帰ってこないというので、ほな昼はみかちゃんに行きたい言うたらお小遣い千円くれた。

川西さん急逝、十時からの葬儀に参列する。救急車を呼ぶ間もなく家で倒れていたという。心の病と癌、苦しんだ末の死顔を拝して胸が痛む。昼休みに悠太を耳鼻科に連れていく。アレルギー性鼻炎、ひどいという診断。だからといって薬漬けってのも何だかな……。三時から五時半まで地主で春肥、管理機をかける。来週月曜火曜が雨予報、それまでに春肥を終えたいのだが、遅々として作業が進まない。悠太お迎え、井堀中段でスナップを収穫して帰る。晩は久しぶりに鯛めしを炊く。今日もかーちゃりんの帰宅が遅い。

4月20日（金）穀雨　旧3月5日　晴

(水)0.0mm/(均)14.0℃/(高)20.1℃/(低)7.5℃/(日)11.2h

かーちゃりん山口出張とて六時半に家を出る。終日地主で春肥と管理機、刈払機。隣接放棄地から攻めてくるザツボクの枝を伐り、伐採樹を始末する。これだけで一日潰れる。あき書房さんより宮本常一著作集、所蔵していない一四冊のうち一〇冊が届く。久しぶりにかーちゃりん早い帰宅、午後六時。鯛めしの残りと豚バラ生姜焼、鯛出汁うどんで晩ごはんにする。

4月21日（土）旧3月6日　晴

(水)0.0mm/(均)17.7℃/(高)24.8℃/(低)8.2℃/(日)11.2h

五時起き、井堀上段わずか二畝（二アール）の狭小園地だが、草刈りだけで二時間近くかかる。五年生の大津四号六本、今年から実をならせることにした。高接《たかつぎ》ではなく苗木による更新をかけているが、すぐには成果が上がらない。遅々とした歩みではあるが、間違いなく前を向いて歩いている。

帰宅、朝めし、こいのぼりを設営する。毎年お祭の前に設営しているのだが、今年は余裕がなかった。午前午後の三時間横井手下段草刈り作業、もう夏草が伸びている。四時半から七時まで地主で草刈りと枯込み除去作業。高接更新樹は寿命が短い。連年の異常気象によるダメージもあり、年々枯込みが酷くなる。苗木更新と違って結果がすぐに出るだけに更新した当時はそれでよかったんだろうけど、長い目でみればどうだったのか、今となっては疑問ではある。農協さんは近年、高接よりも苗木での更新を推奨している。農業を成長産業に！　などという安倍首相の世迷言は無視するとして、ワシら農業者は農業の持続・再生産ということを考え実践していかなアカンということだろう。

4月22日（日）旧3月7日　晴

(水)0.0mm/(均)18.2℃/(高)24.6℃/(低)11.4℃/(日)10.2h

地方・小出版流通センター向け補充品の荷造りほか雑務、午前まるまる潰れる。かーちゃりん午後出勤、子守がてら畑に出る。割石のスダイダイとハッサクに春肥施用。ハッサクの花芽が異常に少ない。秋の長雨日照不足により花芽分化が進まず不作樹が発生すると危惧されていたが、現実になりよった。放っといてもそこそこ連年結果するハッサクで隔年結果が出ようとは。地主と井堀上段で春肥施用、管理機をかける。六時帰宅。今日は夏日並みの暑さ、少し動いただけで汗だくになる。久しぶりにかーちゃりんが晩めしをつくる。麻婆豆腐、会心の出来。

4月23日（月）旧3月8日　曇

㊌0.0mm/㊍17.9℃/㊋21.8℃/㊏12.1℃/㊐2.3h

悠太を連れて井堀中段、明日が雨予報なので今朝のうちに四月穫タマネギを取込む。悠太を保育園に送ったあと、九時からおひる挟んで三時半まで横井手で草刈り、管理機による中耕を兼ねて春肥を打つ。三時半から四時まで岩崎東側あと二年で道路拡幅に取られるブロックに春肥を施用する。四時から地主、管理機作業省略、春肥は粉をやめてペレットにする。五時前に雨が降り出し、やり残す。

4月24日（火）旧3月9日　雨

㊌78.5mm/㊍17.4℃/㊋19.4℃/㊏15.4℃/㊐0.0h

四時起き、吉田得子日記の地図指定変更と写真最終追加指定を作成、レターパック送り出し。おげんきクリニックに検査結果を聞きに行く。年齢相応のへたり具合、糖質を減らして蛋白質を摂取せよ、コメばっかし食うたらあかん、肉を食えと注意を受ける。岩国まで転がし、八木種苗さんで夏物野菜、トウモロコシ、オクラ、枝豆の種子、茄子四、プチトマト二、キュウリ四、トウガラシ一〇、ピーマン四、サトイモ種芋五、ひと通り買い揃える。三時から当面の管理講習会、大雨の所為か参加者が少ない。三月の高温により発芽が平年より数日早く開花も早まる見込という説明なんだが、全体的に発芽の遅いうちの園地にはあてはまらないような気がする。早生は特に黒点病が出やすいので、ジマンダイセン初回は通常の六〇〇倍ではなく四〇〇倍にするようにと説明を受ける。初回撒布の濃度を上げるよりも早期・適期撒布の方が効果大ではないかと思うのだが、それはさておき、病害虫の発生源となる荒廃園地の増加と共に農薬の使用量が年々増えていくのは間違いない。

4月25日（水）旧3月10日　晴

㊌2.0mm/㊍14.8℃/㊋18.7℃/㊏10.7℃/㊐0.5h

少し冷え込む。作業がしやすい。これくらいが本来の気候だ。午前中吉田得子日記の校正、おひるを挟んで二時間家庭菜園に夏物を植える。午後二時間、平原上段と地主で刈払機を回す。石原さんよりレタス、スナップ、イチゴを戴く。いちごは悠太の好物、一気食い、ワシの口に入らず。

4月26日（木）旧3月11日　晴

㊌0.0mm/㊍13.3℃/㊋18.8℃/㊏9.2℃/㊐9.0h

午前午後五時間、地主で春肥、管理機をかける。昼休みに悠太を耳鼻科に連れて行く。アレルギー性鼻炎、手強い。耳鼻科は毎週木曜金曜しか診察がないのだが、来週は連休でお休みになるので二週連続の通院となる。吸入をしてもらうと多少は調子が良くなる。夕方悠太を連れて井堀中段で五月穫タマネギの草とり、スナップ収穫。スナップの太りがよくなってきた。家庭菜園にオクラの種子をまく。

4月27日（金）旧3月12日　曇のち晴

(水)0.0mm/(均)15.4℃/(高)22.6℃/(低)9.9℃/(日)5.4h

五時半起き、吉田得子日記あとがき、原稿用紙およそ四枚分入力、突合せ、修正、メエル入稿で四十分かかる。かーちゃりんの職場のフロッピーディスクドライブで読み込めず。送り直しを依頼するよりワシが入力したほうが早い。

　地主、二十三日に春肥ペレットをまいたところに管理機をかける。雨でよく溶けているが、草とりも兼ねて管理機で混ぜたほうが効きがよい。管理機の入れない樹冠内部は、潜り込んで手で草を引く。昔はみんなこの作業をやっていたという。今は、高齢化と担い手不足で、やりたくてもできないという人が多い。結果、草取りは除草剤、肥料は土と混ぜず撒くだけとなる。致し方なし。だからこそ、除草剤の使用を悪く言ってはいけない。農業をまるでわかっとらん者ほど、草の一本も抜こうともしない者ほど、頭でっかちよろしく観念だけでモノを言う。

　この園地の北半分、たった五畝（五アール）の管理機作業だけで、午前午後の五時間半が潰れる。ワシもまた、歳を食うたらこんなこと、やりたくてもやれんようになるんだろう。

その間、午前一時間半抜けて家に帰り、家事とあとがき校正のやりとり、午後一時間抜けて下田八幡宮へ行き、結婚式集合写真の撮影場所のロケハンを済ませてきた。撮影当日と同じ時間帯の光線を確認しておく必要がある。六時前に悠太お迎え。かーちゃりんは職場の飲み会、悠太とワシははっちゃん連れて柳井のさくら病院でフィラリア予防接種と薬合せて一万二四〇〇円の出費。お犬様には医療保険がない。

4月28日（土）旧3月13日　晴（出先晴）

(水)0.0mm/(均)13.8℃/(高)21.7℃/(低)7.2℃/(日)11.2h

四時半起きで原稿作業、五時半に悠太を起こし、秋まで竹を伐りに行き、キュウリの支柱を立てる。トマトの支柱が手つかずだがまだ急がんでよい。ハチ君お散歩コースの早生が開花している。ここらへんで一番早い。今年は花の開くタイミングがばらつきそうだ。防除の時期が難しい。

　八時半出発、久賀に立寄り菊さんに宮本資料研究協議会の書類提出、三蒲のどうぶつ村にハチを預ける。いきなりご挨拶、ハチ君、入《はい》り口《くち》に小便ぶっぱなす。縄張り鋭意拡大中。正午頃下関インターを降りる。由宇の義兄夫妻とワシらで、やっちゃん宅の最終片付け。軽トラ一車分の廃棄物を便利屋さんに持って行ってもらう。小一時間で終了、家主さんに挨拶して辞去する。ええ感じのオジイ。やっちゃん、ここでも人間関係に恵まれとったんやな。

　悠太のリクエストで門司港の鉄道記念館に行く。二月に行ったばかりだが、気に入ったようで再訪となり。大宮の鉄道博物館にもまた行きたいと言う。今日は小倉泊り。

4月29日（日・祝）旧3月14日　晴（出先晴）

㊌0.0mm/(均)17.4℃/(高)24.6℃/(低)9.1℃/㊐11.2h

出先でも五時半起き。習慣というやつだな。午前中小倉市街でお買い物と田舎庵の鰻。ひるから小野田サンパーク、休日で宇部の実家に帰省しているのりちゃん呼んでお茶にする。八時過ぎ帰宅。

4月30日（月・振休）旧3月15日　曇、朝一時雨のち晴

㊌0.0mm/(均)18.3℃/(高)24.6℃/(低)14.0℃/㊐8.6h

高木家、泰惺君の一歳祝い、悠太とワシとでお邪魔する。一時半から白島の浜で潮干狩、岡田のはる君を連れていく。一時間半で四キロほど。天然アサリの掘れる場所が無くなり、ここで年に一度漁協がアサリを撒いて有料（一人一三〇〇円）で潮干狩を開催している。初めて行ったのだが、なんと、薄っぺらくて不味い韓国産や黒っぽい有明海産ではなく、瀬戸内産のアサリだった。瀬戸内固有種のアサリは、殻が丸っこくて厚みがあり三毛猫ぶち猫の如く色とりどりという見た目の特徴があり、ひと目で区別がつく。ワシが中高生の頃まではそこらへん何処でも獲れたのだが、環境の激変で、大島では（否、大島に限らず瀬戸内全域で）殆ど獲れなくなってしまった。いま瀬戸内固有種の天然アサリが大量に獲れるのは、田布施沖の馬島、竹原の賀茂川河口ハチの干潟くらいしかない。潮干狩場として有名だった尾道の山波《さんば》の洲は、数年前からアサリが全く獲れなくなった。全国的にもアサリの資源は枯渇に向っている。三河湾の六条干潟が駄目になれば日本の天然アサリはほぼ絶滅すると、印南さんに聞いたことがある。それは、日本の魚食・貝食文化が亡ぶことと同義である、和食がユネスコの世界無形文化遺産に登録された（二〇一三年十二月）のは実は伝統的食文化が滅亡に向かっているからであるのだと、そのような話だった。里海三部作を作ったころの印南さんとの議論は、本作りにせよ農業にせよ、今の仕事の肥しになった。海辺で暮す人の実感をもって民俗誌生活誌を語ることのできる稀有な学者でもある。

さておき、今日の収穫物はおそらく馬島のアサリだろう。ご近所に配ると、最近掘りに行くことないし珍しいねと喜ばれた。夕方六時前の四十分間、平原下段から上段にかけて草刈り作業。お休み日であっても、一日一度は畑に出ないと落着かない。

１ヶ月

降水量	292.0mm（191.8mm）
平均気温	18.3℃（17.8℃）
最高気温	22.7℃（22.5℃）
最低気温	14.4℃（13.5℃）
日照時間	183.2h（206.0h）

上旬

降水量	206.5mm（60.5mm）
平均気温	16.5℃（16.9℃）
最高気温	20.3℃（21.7℃）
最低気温	13.0℃（12.5℃）
日照時間	58.4h（65.2h）

中旬

降水量	56.5mm（80.0mm）
平均気温	19.0℃（17.6℃）
最高気温	23.6℃（22.2℃）
最低気温	14.9℃（13.4℃）
日照時間	69.4h（63.8h）

下旬

降水量	29.0mm（53.7mm）
平均気温	19.3℃（18.7℃）
最高気温	23.9℃（23.6℃）
最低気温	15.4℃（14.4℃）
日照時間	55.4h（76.4h）

2018年５月

ソラマメ、ニンニク、パセリ、水菜（春植え）、全て家庭菜園で穫れたもの。儲けにならんとはいえ、食いっぱぐれのないのが農家のいいところ。ソラマメは塩茹でが定番だが、皮を剝いてフライにすると豆臭さが抜けて子供にも喜ばれる。

5月1日（火）旧3月16日　晴

(水)0.0mm/(均)19.2℃/(高)24.8℃/(低)14.2℃/(日)10.1h

朝イチ、悠太を連れて庄の船着き場に潮汲みに行く。獲ってきたアサリに朝晩潮をのませる。ワシのこまい頃は家からまっすぐ下った庄の浜で潮を汲んでいた。それが子供の仕事だった。アサリを生かしておくのに冷蔵庫は必要なかった。そして、浜は子供の遊び場であった。埋立で浜が無くなった。岸壁は危ない。小さな子供一人で潮汲みにやるわけにはいかなくなった。

大島大橋が架かる前にあった島特有のどん詰まり感が薄まった、均質化というか本土並みというか、島が島らしくなくなってきたというのは、このような生活文化を担保する環境の大きな変化もあってのことなのだろう。

岡田君のユンボを借り、監督の運転で午前四時間岩崎の伐根作業にかかる。二トン車三杯の廃棄物が出る。樹はでかいが根が少ない。ユンボのアームでシバくとあっさりへし折れる。悉く天牛（ゴマダラカミキリ）にやられている。

午後の暑い盛り、無理に作業に出るのはやめにして家の片付けにかかる。仏事はひと通り片付けど、かーちゃりんのテンパり具合は変らず、家の中が蛸の蔵になっている。これでは気分も乗らん。連休中のＢＢＱはやめにした。

四時から岩崎で改植準備、穴掘りを始める。土が堅く、カズラが地面を這い廻り、掘ると石ばっかり出てくる。屑園地、作業が捗らない。見知らぬおっちゃんがお茶を持ってきて話しかけてくる。園地浜側の空家の主、三ツ松の生れ育ちで父親は漁師、連休とお盆だけ大阪から帰省してくるという。百姓と漁師は休めんから大変や、ワシはそれが厭で大阪に出た。朝から見とったけど自分よう頑張るなあと、懐かしい関西弁で声をかけてくださる。

三年ぶりに浅蜊丼を作る。残りはすべて酒蒸にする。悠太の食いつきが悪いが、それでも一時間かけて完食した。

5月2日（水）八十八夜　旧3月17日　雨

(水)82.5mm/(均)18.3℃/(高)20.0℃/(低)17.1℃/(日)0.0h

四時半起きで机に向うも新刊ビラの原稿まで手が届かず、入稿遅れ連休明けになる旨、井村さんにメエルを入れる。小学校に入学式記念写真四枚届ける。学校の保存用一枚、新入生四人のうち一人は購入せず。買わない者が出るのはこの仕事七年やってきて二度目。フィルム代、現像代、文字入れ代、送料、値上げ続き、大赤字だ。バンブーで半年ぶりに散髪、岩国まで転がし、八木種苗さんで種生姜一キロ、トウガラシ苗追加二本、ゴーヤ接木苗二本買って帰る。

5月3日（木・祝）旧3月18日　晴

(水)0.0mm/(均)17.1℃/(高)20.5℃/(低)14.4℃/(日)7.5h

昨夜からの強風が終日やまず。井堀中段のジャガイモ、倒伏の被害甚大なり。昨日は台風並みの大雨大風、ここのところ降り方が尋常ではない。午前四時間午後四時間半で、岩崎に大津四号二年生苗木一五本植える。風の強い日は植付け作業がやりにくいのだが、一気に片付いた。終日テゴしてくれた悠太の殊勲だ。今春購入の苗木一〇四本と移植二本、これで全て植付けた。

5月4日（金・祝）旧3月19日　未明雨、晴

(水)0.0mm/(均)16.2℃/(高)20.7℃/(低)11.3℃/(日)10.2h

悠太はかーちゃりんと買物に出る。一昨日買ってきたトウガラシ追加分とゴーヤ、生姜を植える。家のブルーベリー二本に二回目の春肥。八時から平原の早生と幼木の春肥二回目と摘蕾、ひるを挟んで二時半まで。続いて横井手上下段、地主の幼木春肥二回目と摘蕾、六時半まで。

5月5日（土・祝）立夏　旧3月20日　晴

(水)0.0mm/(均)16.6℃/(高)21.4℃/(低)11.4℃/(日)8.9h

結婚式撮影費用見積と明日からの出張用資料作成、午前まるまる潰れる。ひるから子守。一時から久賀学習の村で生活文化研究会の総会。終了後、これから作る宮本の本の件で、森本さん、三時合流のタイシン君と話を詰める。森本さんは今夜広島泊り、明日岡山のみきお君のところに行くという。じいちゃんも忙しい。連休明けから抗癌剤治療を再開する予定、最低あと五年は頑張りたいと言われる。四時半から家房の仕事場で彼是雑務、割石の幼木摘蕾と春肥、悠太のテゴでさくっと片付く。

5月6日（日）旧3月21日　曇のち雨（出先雨）

(水)60.0mm/(均)16.1℃/(高)20.3℃/(低)11.3℃/(日)0.8h

悠太を連れて西脇で八時半から二時間、今年から実を生らせる宮川早生五年生若木八本の春肥二回目、雨が来る前に済ませる。今日はお大師様の御接待、仕事を切上げ石風呂と霊光庵にお詣りする。何でもやりたがる悠太が線香に蠟燭の火をつけようとして火傷をする。火の扱いに気を付けるよう諭し、もう一度やらせる。子供には危ないから火を扱わせないというわけにはいかない。

ひるから大雨。悠太を連れて伊保田一時四十五分のしらきさんで三津浜に渡る。松山中央郵便局で山田製版あて指定原稿送り出し、道後温泉に寄る。東予港から大阪南港行、久しぶりにオレンジフェリーで呑んで寝る。

5月7日（月）旧3月22日　雨（出先雨）

(水)45.0mm/(均)16.2℃/(高)18.6℃/(低)14.9℃/(日)0.0h

南森町でケイアートの田渕さんと会い、ＪＲで三宮に出る。数年ぶりにギャラリー島田に立寄り、蝙蝠社長と話をする。南京町、お目当ての老祥記は定休日で悠太のテンションが下がるが、別のお店で豚まん食うて持ち直す。阪神電車で西宮へ、登尾さんと会って「湊川高校の九十年」刊行に向けての打合せをする。阪神で梅田へ、レーザープリンタ買替えの件、梅田ヨドバシで現物を見て店員さんのレクチャーを受ける。ヨドバシドットコムで買うにしても、一度は現物を見て説明

春肥を土に混ぜ込む。2018.5

を受けておかないことには何を買えばよいのかわからない。デジタル時代でも、やってることはアナログだ。まる一日悠太がよく付合ってくれる。阪急電車で梅田から三宮。朝の地下鉄と晩の阪急の車内で、悠太に席を譲ってくれる。日本の社会って、ほんまにええ人が多い。三宮、生田新道を入ったところ、明美ちゃんの伯父さんの店でこーず君、神戸のじーちゃんと待ち合わすも、浦島太郎状態のワシが迷子になる。

5月8日（火）旧3月23日　雨（出先雨）

(水)18.0mm/(均)15.6℃/(高)17.8℃/(低)13.7℃/(日)0.0h

悠太を新開地の実家に預け、垂水で季村さんと会い、矢向季子詩集刊行に向けての課題を話し合う。新開地駅までこーず君とじーちゃんに悠太を送り届けてもらい、鵯越の河村さん宅に弔問に伺う。作務衣と髭の大将、借上げ復興住宅の退去問題で、亡くなる直前まで怒り心頭であったという。神戸市が入居者を裁判に訴えるに至った、そうすると法律論での戦いになってしまう。裁判に訴えるのではなく、一軒一軒の生活実態を聞き、真摯に話合いを続けてほしかった。復興住宅の入居が始まった頃から河村がずっと問題提起してきたんだけどね、と紀子さんが言う。宗治郎さん、偶さか今日が月命日だった。阪神淡路大震災から二十三年と四ヶ月を迎える。

5月9日（水）旧3月24日　晴

(水)1.0mm/(均)15.7℃/(高)20.4℃/(低)12.5℃/(日)9.5h

昨夜神戸より帰宅、九時半ごろ寝付く。十時頃から風が強まる。朝、晴れるも、風が強い。ジャガイモが気になる。悠太を送り出し、井堀中段に上る。倒伏していなかったが、何本か折れていた。減収不可避、朝から滅入る。

午前まるまる新刊ビラの原稿作成ほか雑務。一時から井堀中段の草刈り、地主幼木の春肥二回目と摘蕾作業。午後は風が弱まる。やり手といわれる人らが、訪花昆虫の防除作業にかかっている。三分咲きで訪花昆虫、満開から落弁期に灰色カビ病の防除をする。別個にするのが望ましいのだがうちの実情では無理、花の散り具合を見つつ来週あたりからセットでやるしかない。四時四〇分悠太お迎え、三十分だけでも井堀中段の樹冠草取りとスナップ収穫、五時半からヤマハ音楽教室。今週から開始が三十分遅くなった。晩の支度が遅くなるとはいえ、仕事の逼迫具合もあり少しは助かる。

5月10日（木）旧3月25日　晴

(水)0.0mm/(均)13.5℃/(高)18.8℃/(低)9.0℃/(日)11.4h

深夜強風が吹き荒れる。朝は肌寒い。造本装幀コンクールの出品〆切日、出品料はかかるしどうしようかと悩んだが、「宮本常一コレクションガイド」を出品すると決めて連絡を入れる。うちの本を店頭に並べてくれる書店が減り、アマゾンからは排除され、人目につく機会が少なくなっているだけに、多少の出費をしてでも出しておく必要を痛感した。吉田得子日記戦前編の正誤表校正を井村さんに送り、十時から家房仕事場の草刈り。注文品を地方・小出版流通センター宛に送り出す。午後三時間、西脇で草刈り、二反二畝（約二二アール）の園地の、ほぼ半分をやり残す。

幼木の蕾は全て落とす。みかんの元がもう出来上がっている（右端）。2018.5

5月11日（金）旧3月26日　晴

(水)0.0mm/(均)16.2℃/(高)22.9℃/(低)8.4℃/(日)10.7h

西本のおばさんが亡くなったと、朝イチで放送が流れる。農協の配布物を持って歩いた折に郵便物が溜っていたので入院したんだなと思ってはいたのだが。庄の青年団で一大勢力だった昭和六年（一九三一）組がまた一人世を去った。

西脇で草刈りの続き、午前午後の四時間で完了。三時に一旦帰宅、井村さんから届いた新刊ビラの校正連絡ほか。四時から五時まで岩崎で幼木の春肥二回目、大津ヒリュウ台木一〇本とセトミ一八本で時間切れ。帰ってハチくんお散歩、畑の水やり、洗濯物とコイノボリ撤収、着替えて五時三八分のバスで農協に行く。新旧柑橘組合長・生産組合役員の懇親会。昔はこの手の集まりでは飲酒運転日常茶飯事だったのだが、時代替り、そうはいかなくなった。絶対に運転するなと案内状に明記してある。同業の集まりは、防除のこと、イノシシのこと、諸々勉強になる。勤め人の週末百姓ではええものは出来ん、夫婦で力合わさんと仕事にならんと隣席の大将が言う。解っちゃいるけど、そこがなかなかうまくいかんのよ。五十歳目途で退職し農家専業になりたい、だからそれまでに農業経営を軌道に乗せよとかーちゃりんは言うのだが、異常気象の常態化、樹の老齢化、イノシシ被害等による連年不作、農産物価格低迷、諸経費高騰、放棄園増加による栽培環境の悪化、そして産地縮小による競争力の低下等々、先行き明るい見通しが描けない。そんななかで、安定した勤め人の身分を捨てるのが得策と言えるのかどうか。でも、先々ワシ一人ではやれん。悠太に跡を継がせたければ、農業でそこそこ食っていける目途を立てておく必要がある。

5月12日（土）旧3月27日　晴

(水)0.0mm/(均)18.6℃/(高)24.1℃/(低)12.1℃/(日)11.0h

午前二時間半、昨日の続きで西脇の幼木春肥二回目。ひる前帰宅、新刊ビラ校了の連絡を入れ、即席麺でひるをすませて保育園に悠太を迎えに行く。連休明けに亡くなった美恵子おばさんのこと。あれ（三月二十九日訪問）から話をして入院させたんよ、身体えらかったんぢゃろうなあ。連休に子供や孫らが帰ってきて十日間くらい一緒に過ごしたんよ、あれでほっとしたんだろうな……と、園長先生（宮司殿、民生委員）が言う。

かーちゃりん終日不在につき、午後は子守と仕事雑務兼務となる。井堀中段で五十分程度五月穫タマネギの収穫、帰って着替えて、二時から西本のおばさんの葬儀に参列する。三時半から一時間、岩崎の幼木春肥二回目、これでやっとこさ春肥を終える。倉庫に戻ると重爆の飛行音がする。コスズメバチが入り込んでいる。畑の暴力団、今年初めて遭遇。ハチジェットでぶっ殺す。死体処理。死んでも毒針がぴくぴく動く、油断できない、悠太にしっかり教え込む。

畑仕事が残っているのだが、それより早いめに済ませておきたいので農協のたよりを配って歩く。みかんを出荷している家の分は各班長に渡せば済むのだが、出荷をやめたが准組合員の籍が残っている家には組合長が配って歩くほかない。家の数が減ったとはいえ、そこそこの手間ではある。どこの家に配るのか悠太に教え込む。こまい頃ばあさまについて歩いて新聞の配り先を覚えた。同じことをしている。

この時期、日脚が長いのは助かる。配布を終えて井堀中段に戻り、ジャガイモの追肥、ニンニクの花芽最終確認と草とり、乾していたタマネギの撤収、ここまできて薄暗くなる。帰ってコイノボリ収納してはっちゃんお散歩。雨が降る前は忙《せわ》しない。高血圧でふらふらするというて昨日からオジジが橘病院に入院しているんだが、悠太連れて見舞に行っとる暇がなかった。

5月13日（日）旧3月28日　雨

(水)15.5mm/(均)17.7℃/(高)20.0℃/(低)15.9℃/(日)0.0h

八時、亮平君来宅とほぼ同時に雨が降り始める。やっちゃんのアパートから引上げてきたクーラーと洗濯機の置き場と電気回路について彼是みてもらう。十時に下田八幡宮、結婚式予行。光のまわり具合、撮影ポジションなど確認する。過去に撮影したことのない場所だけに慎重を要する。

　ひるから家房の仕事場に籠り、レーザープリンタを設置する。十年以上使ってきた三代目のA3対応機がついに寿命がきてしまい、ヨドバシドットコムで四代目を買うことになった。今回、仕事内容の変化と緊縮財政からA4対応へとダウンサイジングした。これで原稿出力がやりやすくなった。暗くなる前に帰る。家房の坂を下り切る手前でイノシシ二頭みかん畑に入っていくのを見る。

　初盆すませたら施設に入所したいとオジジが言い出したとかーちゃりんから聞く。家、畑、仏様、どうする。この問題に直面する日がいつか来るとわかっていても、実際に突付けられるとくらくらする。ついでに、連休初めころからずっとかーちゃりんの頭痛、眩暈が治らない。高血圧かストレスか、

気の毒だが、心を鬼にする。2018.5.14

兎に角川口先生に診てもらえと話をする。

5月14日（月）旧3月29日　曇時々晴

(水)0.0mm/(均)17.0℃/(高)22.9℃/(低)12.9℃/(日)8.8h

　こないだの御礼に、こーず君ちに空豆、スナップ、タマネギを送ってやろうと、悠太を送り出したあとオジジ留守宅で空豆収穫して、井堀中段へ向う。倉庫のタマネギを選り、さてスナップを取込もうかと畑側の扉を開けた瞬間（倉庫を通り抜けたところに畑がある）、目の前に茶色い塊が寝転がっている。モグラか、こりゃあぶっ殺さないけんなあと思うて草刈鍬を手に気配殺して近づくと、背中に瓜の如き縞模様。はー、こりゃあウリ坊だわ。だったら尚のこと、ぶっ殺すしかない。最短距離で鋭く鍬を打込む。脚がぶっちぎれ、鮮血が飛び散る。可哀想ではあるが、畑を荒らされるワシらのほうがもっと可哀想だ。情など無用だ。

　害獣駆除ということで、イノシシ殺せば一頭なんぼで補助金がつく。どうしたらいいのか役場に聞きに行く。狩猟免許持ってへん人が持ち込んでも補助はつかん、畑に埋めて処分するだけやという返事。本気で駆除する気がない、それがよく解る。

　カネの生る木をみすみす山に棄てるのは勿体ない。狩猟免許持ってるイノシシ博士に代りに提出を頼む。水揚折半ということで御快諾を戴く。ウリ坊六頭連れたでっかいのがこの辺うろついてたから恐らくそのうちの一頭やろう、親からは

ぐれて弱っとったんとちゃうか、大きいのやったら逃げられるか襲われるかや、ようやった、兎に角ラッキーやったと、イノシシ博士のコメント。

　買物ついでに農協生産購買に立寄る。金曜から月曜まで天気が崩れるとの週間予報、明日は本の仕事を優先、明後日から防除を始め雨を挟んで来週半ばまで続けるか。石坂さんに電話して、来週末に予定していた印刷立会の日時を週の前半に倒してもらう。これをもとに、宮本選書にかかわっての、宮本、田村、森本三氏との打合せ日時を設定することにする。

5月15日（火）旧4月1日　晴

(水)0.0mm/(均)18.7℃/(高)24.0℃/(低)13.1℃/(日)10.9h

　東和農機具センターにチェーンソーを修理に出す。防除の件で営農指導員に確認をとる。訪花昆虫をモスピランからコテツに換え、灰色カビ病（フロンサイド）、尿素、リンクエースの四種に、この際、黒点病（ジマンダイセン）とアビオンE（展着剤）も足してもよいものか。さすがに、これは盛り過ぎ、ええとこ四種までとアドバイスを戴く。フロンサイドは効き目が弱いといえども黒点病にも登録があるし、ダニにも効く。まだ気温が高くはないので黒点はそんなに出ない。しっかりくっつけるためのジマンダイセン初回への展着剤追加なので、別個で撒布したほうがよいと。六月五日までにジマンダイセン一回目をやる必要があるのだが、天気が悪いとそれがなかなか手がつかず焦る。今年は全体に開花が早くばらついてるだけに難しい。否、開花時期は毎年早かったり遅かったりするし、梅雨時にかかるのもあって、その年ごとに判断が難しいのだ（後述するが、灰色カビと黒点病の防除を分けたのは失敗だった。営農指導員の机上の論よりも経験則を優先すべきだった。この反省を翌年五月の防除の際に生かした）。

　ひるやすみにかーちゃりんがハチクを持帰る。タケノコは鮮度が命、急ぎで茹でる。午後家房の仕事場で吉田得子日記の念校をチェックする。原稿の合間に割石で刈払機を回す。ひと月前に管理機（手押し耕耘機）をかけた折、雉が卵産んでた所に手を付けずにおいたら、そこだけ草丈が異常に伸びていた。防除時の通り道だけでも確保、四十分程度の作業で汗だくになる。

5月16日（水）旧4月2日　曇時々晴

(水)0.0mm/(均)22.1℃/(高)26.7℃/(低)18.3℃/(日)4.2h

得子日記、念校直しを朝イチ送信、昼休みに校了。防除作業初日、朝から曇り、気温も高くない、これはいい……と思ったのだが、晴れると暑い。休憩時、風は冷やく気持ちいいのだが。午前午後でタンク二杯六〇〇リットル撒いて四時半であがり、明日の支度を途中までやり、ひと風呂浴びて悠太お迎え、五時半からヤマハ音楽教室。晩の支度が遅くなるといけんので、かーちゃりんに米とぎと出汁とりを頼んでおいた。帰宅して急ぎでタケノコごはんと煮物をこさえる。和食はワシのほうが得意ときたもんで、悠太にとってのお袋の味は、実はおっさんの味となる。防除作業日の台所番はきつい。九時に寝る。

5月17日（木）旧4月3日　曇のち晴

(水)0.0mm/(均)23.2℃/(高)27.7℃/(低)20.4℃/(日)6.2h

昨夜は脚が燃えてなかなか寝付けず。防除二日目午前曇、風がない、梅雨時のように蒸し暑い。午後晴れる。暑い。昨日の風はひんやりしていたが、今日のは少しぬるい。悠太の朝ごはんと保育園送り出しまで付合ったこと、狭小農地を優先したこともあって作業が進まず、タンク二杯六〇〇リットル撒き終えて四時半。明日は午後二時から雨予報とて、午前一タンクが限度か、薬剤だけでも準備しておく。六時悠太お迎え、晩の支度ひととおり、かーちゃりん九時帰宅。

5月18日（金）旧4月4日　曇のち夕方から雨

(水)41.0mm/(均)22.6℃/(高)26.7℃/(低)19.9℃/(日)2.2h

四時起き、雑務の傍らネットの天気予報につなぐ。繰り下がって七時以降雨の予報。とはいっても降り始めが予報より二、三時間早まることはよくある。撒布後三時間は乾かす必要がある。今日はひるまでやな。六時半撒布開始、十二時半までタンク二杯六〇〇リットル撒布する。どの程度乾いたか三時半頃見に行く。生乾きも散見される。風がない分、乾きが悪い。六時過ぎから土砂降り、雷。ひるから晴れ間ものぞいたのでこりゃあもう一杯やれたんちゃうかとも思うたけど、ひるでやめて正解だった。タケノコ煮物と今シーズン最終のニンニク芽炒め、今日も父と子だけで晩ごはん。かーちゃりん八時帰宅。

5月19日（土）旧4月5日　晴

(水)0.0mm/(均)17.8℃/(高)21.2℃/(低)14.5℃/(日)5.7h

雨あがり、昨日の蒸し暑さとは打って変ってひんやりしている。空気が澄んでいる。いい写真が撮れそうだ。十一時からお宮でツーショット撮影、一旦帰宅、残りものかきこんで下田八幡宮で神前式と親族集合写真、クレスト立岩で参席者全員集合写真を撮る。四時過ぎ帰宅、急いで支度して四時半から地主の防除作業、二時間でタンク一杯三〇〇リットル撒布。汗だく疲労困憊の昨日までとは違い、涼しくて作業がやりよい。いつもこうなら助かるのだが。

5月20日（日）旧4月6日　晴

(水)0.0mm/(均)16.5℃/(高)20.1℃/(低)13.0℃/(日)9.7h

深夜強い風が吹く。四時起きで机に向う。気象庁サイトによると、昨日の平均気温一七・八（一七・六）度、最高気温二一・二（二二・二）度、最低気温一四・五（一三・四）度（かっこ内は五月中旬の平年値）。涼しくて仕事がしやすく、夜なんか寒いくらいだったが、これくらいが本来の気温だ。

春のソフトボール大会、参加者少なくスタメン組むのがぎりぎり。一回戦で対戦する西浦チームが九人揃わず不戦勝と

印刷立会いは出来るだけ省略したくない過程の一つ。リモートでは成り立たない。2018.5.22

なる、子供まじりで練習試合だけでもやることになり四回表裏七対七の引分け。二回戦正分に三対八で敗戦。ひる酒呑み会途中抜け、大畠までかーちゃりんに送ってもらう。悠太連れて広島から新幹線、九時前品川着、渋谷で地下鉄乗換え青山一丁目下車、コンビニで赤坂見附方面への道順を尋ねるも店員さん皆目見当がつかず、東京ではよくあること。

5月21日（月）小満　旧4月7日　晴（出先晴）

(水)0.0mm/(均)18.8℃/(高)24.9℃/(低)14.1℃/(日)11.3h

ひるから立川で宮本千晴さん、田村善次郎先生と会い、宮本叢書のコンテンツや編集方針等についてご意見を伺う。それに先立ち阿佐谷で大矢内さんと会って彼是詰める。岡谷、松本、長野を経て十一時前に富山着。

5月22日（火）卯月八日　旧4月8日　晴（出先晴）

(水)0.0mm/(均)19.1℃/(高)24.6℃/(低)14.8℃/(日)7.3h

山田製版さんで吉田得子日記戦後編の印刷立会、九時から四時まで。しっかりと、いい感じに刷り上がる。柔らかなトーンを大事にしたい、けど、締めるところは締めたいというカバー写真が一寸難しく、四回目でOKを出す。この違い、悠太には判らんかった。富山四時五八分発、新岩国九時四五分着。

5月23日（水）旧4月9日　雨

(水)28.0mm/(均)16.9℃/(高)18.0℃/(低)15.7℃/(日)0.0h

雨、終日内職、出張疲れで仕事が手につかず。悠太のほうがタフやな。晩に昨日富山で買ってきたシロエビを刺身にひく。コイワシより手間がかかる。悠太の手つきがいい。今年の誕生日には子供用の包丁を買ってほしいという。

5月24日（木）旧4月10日　晴

㊌0.0mm/㊍17.7℃/㊏23.8℃/㊊11.5℃/㊐11.4h

地主と岩崎の防除、タンク二杯五〇〇リットル、やっとこさ灰色カビ病防除を終える。来週は黒点病防除、日曜月曜が雨予報、これが抜けてからやな。それまでに伸びすぎた枝を落としておく必要がある。

5月25日（金）旧4月11日　晴

㊌0.0mm/㊍19.4℃/㊏27.9℃/㊊14.0℃/㊐7.9h

井堀中段で、スナップエンドウ今季最終の収穫。家庭菜園に青ヂソ苗を植え、スダイダイ、カボス、ユズに夏肥を打つ。青ヂソはこぼれた種子から勝手に生えてくるんだが、梅雨入の頃には間に合わんので、毎年シーズン初めは買ってきた苗を育てて自家用を賄うことにしている。

出張疲れと防除疲れが重なった所為だろう、昨日から左下奥歯が痛くて仕事に集中できない。左下の親知らず一本だけが歯茎の中で横に向って生えてしまい、奥歯を圧迫したり歯茎の炎症を起したりして時々具合が悪くなる。数年前に歯科医に診てもらったら親知らずと接している健全な奥歯を抜けと言われたので、こりゃあかなわんと放ったらかして今に至る。セカンドオピニオンと言うくらいやから、歯科医梯子の必要もあるのかもしれない。

ひる休み、保育園から電話が入る。悠太三八度の熱で早退、午後子守、夕方川口医院。仕事にならん。

5月26日（土）旧4月12日　晴

㊌0.0mm/㊍18.9℃/㊏23.9℃/㊊14.7℃/㊐5.1h

かーちゃりん終日子守、終日地主で作業。秋の長雨日照不足で花芽分化が進んでいない危険があるので今年は花芽がついたのを確認してから剪定すべしとの指導もあり、春先改植で忙しかったこともあり、剪定が全くの手つかずだった。天辺の徒長枝まで手が回らんけど、防除の邪魔になり枝ずれと日照不足で屑みかんしか出来ない重なり枝を思い切って切除する。ワイヤーメッシュ（防獣柵）廻りのカズラとイバラの根起し、隣接放棄地から攻めてくるザツボクの枝伐り、伐採樹処分など。

ひるまえにオジジから電話が入る。川合さんが釣ってきた魚をおっさん四人で分けたけど食べきれんからとりに来いと。座布団サイズ、上物のヒラメ。晩メシに刺身にひき、アラと豆腐を炊く。

5月27日（日）旧4月13日　晴

㊌0.0mm/㊍19.4℃/㊏25.5℃/㊊13.4℃/㊐7.9h

地主の作業続き、ほぼ終日かかる。午後から悠太を連れて出る。夕方一時間だけ岩崎でセイタカアワダチソウを抜く。まともな雑草が少ない。他の園地とは雑草の生え方が違う。三年目でこの実情。まともな畑に戻すには最低五年かかるというのがよくわかる。

昨日もらった魚の続き。この時期の天然ヤズは脂が落ちて美味くない。刺身には向かないので竜田揚げにする。漬込み迄はやれたのだが、奥歯が痛くてやれん。かーちゃりんに台所番を替ってもらう。

5月28日（月）旧4月14日　曇、朝一時雨

(水)0.0mm/(均)21.2℃/(高)24.1℃/(低)18.5℃/(日)0.0h

朝イチで橘病院の歯科に電話したら、予約の合間に診てくれるという。助かる。左上の親知らずが伸びて下の歯茎を痛めている、左下の歯茎の中で横向いて生えた親知らずが悪さをしている、その影響で隣接奥歯の歯と骨の間にあるクッションが炎症起こしている、激しい労働による喰いしばりで奥歯にダメージがきた、どれが主たる原因だか特定できない、虫歯が無いだけに尚難しいとドクターが言う。抗生剤四日分出してもらう。よっぽど痛みが引かない場合は、左上の親知らずを抜く、左下親知らずを抜く、左下奥歯の神経を抜く、など、対策を講ずる必要があるのだと。さしむき左の奥歯で嚙まないこと、常日頃、喰いしばりには気を付けることなど、注意を戴く。

5月29日（火）旧4月15日　曇

(水)1.0mm/(均)20.6℃/(高)23.0℃/(低)18.5℃/(日)0.2h

午後から雨予報のはずが朝方と午後ぱらっと来ただけで、まとまった雨が来なかった。農協の農薬予約〆切にて提出、五万三千円程度、とにかく農薬代金が太い。午後三時間、井堀上中下段の草刈り作業。この先十一月頃まで草刈りエンドレスだ。

5月30日（水）旧4月16日　曇

(水)0.0mm/(均)20.9℃/(高)24.7℃/(低)18.1℃/(日)4.3h

地主の風垣が道路に向って暴れている。刈払機で落とせるところだけでも落とす。地区生産組合役員の選出の件で、零時半から柑橘役員会。森川君に引受けて戴くことに相成り。引受け手がある程度一巡したという事情に由るが、将来を担う若手に経験を積まさなあかんという意図もあり。二時から久賀で青壮年部総会。懇親会を失礼して、買物してさくっと帰宅、御逮夜の支度にかかる。

5月31日（木）旧4月17日　曇

(水)0.0mm/(均)19.8℃/(高)23.0℃/(低)15.6℃/(日)0.0h

やっちゃんの百箇日《ひゃっかにち》、朝から御勤め、御食事、墓参り、寺参り、十時過ぎ帰宅。はっちゃん丸洗い、午後から黒点病一回目の防除作業、タンク二杯六〇〇リットル。涼しくてやりよい。かーちゃりんひるから出勤、今日も帰宅が遅い。六時前に作業をあがって悠太お迎え。日脚の長いこの時期、本来ならばあと一時間半は作業できるのだが……。

１ヶ月

降水量	238.5mm（275.2mm）
平均気温	21.3℃（21.3℃）
最高気温	25.0℃（25.5℃）
最低気温	18.1℃（17.8℃）
日照時間	152.8h（168.3h）

上旬

降水量	83.5mm（47.5mm）
平均気温	20.2℃（20.2℃）
最高気温	24.3℃（25.0℃）
最低気温	16.5℃（16.2℃）
日照時間	55.8h（68.8h）

中旬

降水量	96.0mm（85.0mm）
平均気温	21.0℃（21.3℃）
最高気温	24.5℃（25.5℃）
最低気温	18.1℃（17.7℃）
日照時間	52.5h（59.4h）

下旬

降水量	59.0mm（142.7mm）
平均気温	22.6℃（22.3℃）
最高気温	26.2℃（26.0℃）
最低気温	19.6℃（19.4℃）
日照時間	44.5h（42.7h）

2018年６月

いりこごはん。あまり知られていない大島の郷土食。醤油と酒、イリコ（煮干し）で炊き込む。シンプル・イズ・ベスト、具は入れない。祖母は濃口醤油を使ったが、筆者は関西育ちゆえ薄口醤油を使い、出汁昆布を併用する。伝統食も、時代ごとに、家ごとに、少しずつレシピが変化していく。

6月1日（金）旧4月18日　晴

(水)0.0mm/(均)19.2℃/(高)24.7℃/(低)14.2℃/(日)11.6h

終日防除作業。三杯九〇〇リットル。上下雨合羽にマスクとゴーグル、暑くてやれん。去年亡くなった中原のおっちゃんは、半袖シャツ一枚、マスクゴーグル無しで薬剤ぶっ放していた。オジイは無敵だ。かーちゃりんは職場の呑み会で今日も帰宅が遅い。六時前に悠太お迎え。朝から晩まで防除作業で晩メシまで作るのは堪える。

6月2日（土）旧4月19日　晴

(水)0.0mm/(均)19.0℃/(高)25.7℃/(低)13.0℃/(日)11.6h

九時寝五時半起き。終日防除作業。暑いのもあるけど、細分化された島の農地では作業がいちいち捗らず四杯目中途で時間切れ、一七〇リットルやり残す。オジジが川合さんから仰山もらったといって、かーちゃりんがヤズ（ハマチの若魚）をもらってくる。丸太一本と大きいめの柵二つ。この時期の天然ヤズは脂が落ちて不味い。かーちゃりんが魚のシゴが得意でないので、疲労困憊であろうともワシが台所仕事をするしかない。竜田揚げ風炒めで茶を濁す。

6月3日（日）旧4月20日　晴

(水)0.0mm/(均)19.7℃/(高)24.3℃/(低)14.8℃/(日)8.6h

九時寝五時起き。朝イチで前日の残一七〇リットル撒布。八時から十時まで道づくりに出る。汗だく。ひるまで雑用のはずが手につかず。かーちゃりんは朝イチ休日出勤、十時からオジジの買物で久賀へ行く。ひるから防除作業再開、岩崎で二杯五五〇リットル、汗だく、疲労困憊、晩メシつくる気力体力など残っていない。ヤズのシゴなど無理、晩は残りごはんとレトルトカレーで済ます。

6月4日（月）旧4月21日　晴

(水)0.0mm/(均)20.7℃/(高)27.9℃/(低)14.7℃/(日)9.8h

六時から昨日の残り五〇リットル撒布、最終一五〇リットル薬液を作り八時半撒布終了。明日雨予報、その前に撒布を終えてひと安心。二十八日に梅雨入りするも六月に入って夏のような晴天が続き、防除作業のうえでは好都合だった。暑いといっても夏の盛りに比べたら大したことないこの時期、本来ならば三日間フル稼働すれば片付くところが五日もかかってしまった。仏事と道づくりが割り込んだのもあるが、春の異動でかーちゃりんの帰宅が遅くなり、六時以降の作業が全くやれなかったのが痛かった。この態勢で夏場を乗り切るのはキツい。

午後、くろねこ営業所で吉田得子日記戦後編荷受け、家房で雑務、柑橘組合の配布文書をプリントする。悠太五時お迎え、オカジョウを二人で配布して歩く。大恵のおばさんが倉庫で空豆の種子とりをしているのがよっぽど興味深いのか、悠太が彼是教えてもらっている。

今日もまたかーちゃりんの帰宅が遅い。丸太のままクーラーバッグで冷やして二日になるヤズのシゴをする。パン粉はたいてフライにする。時季外れの不味い魚をそこそこ美味く食べる方法の一つ、深海魚やカラスガレイを使ったフィッシュアンドチップスを凌駕する仕上りだった。

6月5日（火）旧4月22日　雨

㊌45.5mm/㊕18.8℃/㊒22.0℃/㊦16.2℃/㊐0.0h

終日雨。疲れがきて雑務が進まない。悠太お迎えの折、けいこ先生から浮島のコイワシを戴く。手間はかかるが悠太お気に入りのフライにする。爆裂にウマい。時季外れのヤズとは比べ物にならん。

6月6日（水）芒種　旧4月23日　曇時々雨

㊌5.0mm/㊕18.9℃/㊒20.1℃/㊦16.7℃/㊐0.0h

昨夜、吉田得子日記の案内同時メエルを送信しておいた。朝起きてパソコンつないで、入っていた注文は二件だけ。本がまったく売れん。怪我した力士にとっての一番の薬は白星だと昔から言う。売れるばかりが能ではないが、思えば二十一年もこの商売続けてきて「本が爆裂に売れた」という白星を得たことが一度もない。このまま一つとして白星を得ることなく一生を終えるのかもしれない。終日原稿書き。防除作業の疲れが抜けない。

今日もまたかーちゃりんの帰宅が遅い。オバハンがオッサン化している。役場でも人減らしが進んでいると聞くが、福祉課で保育担当している職員が、自分の子供と向き合う時間が削られるほどにクソ忙しいってどういうことだ？　子供が少なくなったといっても、一三〇平方キロの広いエリアに一万八千人が散っている大島の特性、保育園の数が減るわけではなく、関連雑務が減るわけでもない。都市部と比べてはるかに効率が悪いと言えばそれまでだが、島嶼部の自治体とはそういうものであり、子供の発達や人間の生死に関わる問題を、効率とか費用対効果とかいった資本主義の物差しで測ってはいけない。

それにしても、この国の首相はじめ政治に関わる人らの糞馬鹿さ加減って何なんだ。子育て支援だの一億総活躍だの世迷言でしかない。愚痴ってもしゃーないので、ワシが早いめに仕事を切上げ、五時過ぎに悠太お迎え、五時半から一時間ヤマハ音楽教室に連れて行き、帰宅してはっちゃんお散歩、おさんどんにかかる。晩のおかず、昨夜の残りのコイワシ、塩焼きとにんにくパスタを作る。二日目のコイワシは刺身にはできんが火を通せば爆裂にウマい。

6月7日（木）旧4月24日　曇のち晴

㊌0.0mm/㊕20.4℃/㊒24.7℃/㊦18.0℃/㊐4.1h

西川教育長の御母堂が亡くなったと昨夜かーちゃりんから聞いた。十時からの葬儀に参列する。大正九年（一九二〇）生、享年九十九。八歳までハワイにいて片言の英語を喋っていたという。おそらくワシと同年代だろう、小児喘息を直すために大島に滞在したことがあるという孫が学会出席のため葬儀に参列できず、出張先のハワイから弔電を送ってきたという紹介があった。実感のこもったいい文章だった。ハワイ移民の時代が遠のいていく。白骨の御文章を拝聴しつつ、つらつら思う。

午後四時間、西脇の幼木および今年から実をつける若木の夏肥と樹冠草取りにかかるも、草の勢いが強くて捗らず、園地二反二畝（約二二アール）のうち三分の一が手つかず、時間切れとなり。

井堀園地中段（右手）の早生みかんはスダイダイに改植、下段は野菜からカボスに。2013.11

6月8日（金）旧4月25日　雨

(水)10.5mm/(均)20.9℃/(高)22.7℃/(低)19.5℃/(日)0.0h

雨のなか、岩崎の幼木廻りのセイタカアワダチソウ、ひっつき虫、ヘクソカズラを根こそぎ引抜く。夏肥を入れる前でもあり、梅雨時でもあり、刈払機で刈り取っても根が残るからすぐに生えてくる。手間食うてもこの方法が一番確実だ。午前二時間半で三列二一本分しかできず。ぎっくり背中やらかして午後は家で資料の片付けをする。昨日吉原さんから届いた祝島のビワを晩によばれる。裏年にあたる今年のびわは貴重品だ。國弘さんちのびわは今年収穫なしと聞いた。

6月9日（土）旧4月26日　晴

(水)0.0mm/(均)23.7℃/(高)27.9℃/(低)19.9℃/(日)9.8h

ぎっくり背中が悪化、午前中寝て過ごすが、このクソ忙しい時期にそうも言うてはおれんのでひるから四時間岩崎で昨日の続きをする。座り込んでの作業、バアさまの草取りみたいだ。合間に十八日午後開催の地区懇談会・生産者大会案内と総代会資料を配って歩く。柑橘組合長は区長並みに雑用が多い。具合が悪いというて寝てはおれん。夕方八木さんに電話、十八日に入る予定のベニアズマ苗最終分の取置きをお願いする。まだ土の支度も出来ていないのだが、イモはソウルフード、作らないわけにはいかない。

6月10日（日）旧4月27日　晴のち曇のち雨

(水)22.5mm/(均)20.3℃/(高)23.4℃/(低)18.2℃/(日)0.3h

終日雨予報のはずが朝から晴天なり。ぎっくり背中が痛むが昨日よりはマシ、午前三時間岩崎の作業続き。合間に東京の大坊さんから電話が入る。平野清子さんが二月にお亡くなりになったという。
かーちゃりんひるから出勤、悠太連れて井堀中段で晩生六月穫タマネギを取込む。生育悪し。ニンニク五〇株程度掘ったところで雨が降り出し作業中止。ニンニクの玉太りもよろしくない。踏んだり蹴ったり。帰って一時間昼寝、仕事が飛ぶと眠気が来る。

6月11日（月）入梅　旧4月28日　曇のち雨のち晴
(水)7.5mm/(均)20.9℃/(高)23.8℃/(低)19.3℃/(日)1.2h
午前二時間半、岩崎の作業続き。草取りが終らず夏肥の作業に入れない。雨脚が強くなり十一時でやめにする。同時代社の栗原哲也さんから本の注文を兼ねた御葉書を戴く。「準備を整えて閉店準備をし、それを撤回されましたか。体力勝負のところもあります。意気を支えるのは肉体だ、倒れないことを祈ります」とある。出版社を畳むと一度決めたのは子供のため、それを撤回したのもまた子供のため。無文字社会の大島にあって、一冊でも多くまともな本を遺さなければ、子供に何も遺してやれんと思い至った。

6月12日（火）旧4月29日　未明雨、曇時々晴れ
(水)4.5mm/(均)20.4℃/(高)25.3℃/(低)17.2℃/(日)5.1h
未明の雨には気づかなかった。窓開けっぱなし軽トラの座席がびしゃこになる。雨上がりの朝、風は冷やいが夏の日差し。午前の三時間かけて岩崎、幼木の夏肥一回目を施用する。連日の草取り、ここに来るまでが長かった。それにしてもこの園地、樹が古い所為もあり、冬の異常寒波にやられて枯込みが酷い。新党立枯れ日本なんてのがありよったな。午後、地主の幼木に夏肥一回目、樹冠草とり兼ねて作業するため三時間で八本しかできず。パゾリーニの原稿整理が遅れているが、梅雨の中休みの作業時間は貴重であり、仕方がない。

6月13日（水）旧4月30日　晴
(水)0.0mm/(均)20.7℃/(高)26.3℃/(低)14.4℃/(日)11.7h
井堀上段と下段の樹冠草とり、夏肥を打ち、管理機（手押し耕耘機）をかける。一三本で午前まるまる三時間食う。井堀上段の大津四号五年生がワシの背丈を越えた。今年から実をならせることにした。園地面積わずか二畝（約二アール）、五メートル間隔で植えて三本掛ける二列の六本しか植えられない。農業で儲けよという人に言わせると、そんな効率の悪い畑なんか捨てて良い畑だけ作れということになる。正論なんだが首肯しかねる。農業の大切な側面は地域維持にこそある。易々と田畑を荒らしてはいけないということ、それをどう考えるかという問題もある。午後から井堀中段で草刈り、管理機、夏肥。今日も暑い。ここは三畝（約三アール）でスダイダイ一〇本と野菜類。これまた効率の悪い園地だが、住宅地と隣接しているので荒らすわけにはいかない。ニンニクの残りを取込む。収穫遅れの所為であろう、割れが多く、腐りも出てい

上　166頁写真から４年７ヶ月後の井堀園地下段。2014年春にカボスとスダイダイを植えた。2018.6.19
下　同じ園地の３ヶ月後。ワイヤーメッシュ（防獣柵）で囲った分、畑が狭くなった。2018.9.28

る。手が回らなかったとはいえ、今年もまた敗け続きだ。悠太お迎えに行き、二人でジャガイモ四列のうち二列分収穫する。不幸中の幸い、ジャガイモだけはそこそこ出来が良い。

6月14日（木）旧5月1日　曇時々晴

(水)0.0mm/(均)20.0℃/(高)21.4℃/(低)18.2℃/(日)3.2h

朝、保育園に送る前の三十分でジャガイモ収穫の続き。午前午後の五時間半、平原と横井手で刈払機を回す。この園地は前回の草刈りからふた月近く経っている。草丈が大きく、作業が捗らない。今年初めて天牛（ゴマダラカミキリ）と遭遇、確実に仕留める。五時に悠太お迎え、じゃがいも収穫の続き、平原下段の青島に夏肥を打つ。悠太、まぜ返しが上手になった。

6月15日（金）旧5月2日　晴

(水)0.0mm/(均)22.6℃/(高)27.9℃/(低)19.1℃/(日)10.5h

かーちゃん腹痛で一時頃叩き起される。眩暈は半月以上、腹痛、背中痛（背脂痛？）は数日続いている。

午前午後の六時間、昨日に続き平原と横井手で刈払機を回す。刈払機止めて休憩の間に樹冠の草を手で取る。休憩しているようで休んではいない。天牛三匹殺す。組事務所の候補地を物色しているのか、スズメバチがぶんぶん飛び回って怖い。平原上段のさらに上段は耕作放棄で滅茶苦茶になっており、ここからザツボク、カズラ、イバラが攻めてくる。夏にはハチが巣をかけたりするのでワイヤーメッシュ（防獣柵）越しに刈りこむこともできない。ザツボクが巨大化して午後の日照を妨げる。隣接園地が荒廃しているとロクなことがない。何とかしてほしいのだが、どうにもならない。地権者さんによると、何とかせえと件の親戚に対して言うたことがあるんだけど、勝手に入って勝手に伐れ、ワシは人もカネも出さんと言われたんだと。ワシがやれりゃあええんだが、時間も労力もない。島を棄てた者にとってはそんなこと知るかってなもんでどうでもええことなんだろうけど、ここに住んで仕事を続けるワシらにとっては大困り。これが、どうしても、わかってもらえん。

作業合間に、島さんに電話を入れる。吉田得子日記戦後編の出版祝を兼ねて七月七日に「女性の日記から学ぶ会」のつどいが八千代で開かれる。当日出席するつもりでいたのだが、とりやめることにした。みかん作業が遅れに遅れていることもあるが、いちばんの理由は悠太のことだ。保育園の七夕集会と日にちが重なった。今年で最後。じーちゃんばーちゃんを連れて行くのは無理。かーちゃんとワシしか、見に行ってやれる大人が身内にいない。大人の仕事よりも子供第一だ。子供に向き合ってやれないで何のための親なんだ。九日夜に発生した新幹線での殺傷事件で、容疑者の父親や祖母のあたかも他人事であるかのような物言い、本人がいけんのは当然だけど、それ以上にきちんと目を見て向かい合って育ててこなかった（であろう）親がいちばん悪い。そんなことも考え始めた。
七夕集会の日は仕事に出なあかんのよと言うてきたけど、仕事外してもらった。七夕集会とーちゃりんも行くよと悠太に話す。やったーと言う。聞分けのいい子なんだが、やはり、ワシの仕事をみて遠慮しとったのか。

6月16日（土）旧5月3日　晴

(水)0.0mm/(均)20.9℃/(高)25.1℃/(低)17.0℃/(日)10.0h

昨夜悠太とワシは九時寝、かーちゃりんは十一時過ぎ帰宅。労組会議終了後の呑み会、禁酒の御蔭か腹痛は発生せず。朝イチでこいのぼりポールをやっとこさ撤収。午前午後の七時間、地主で刈払機を回す。この園地も前回の草刈りからふた月経過、草丈が伸び、幼木が埋れている。きれいに刈り取ると心映えが違う。

6月17日（日）旧5月4日　晴

(水)0.0mm/(均)21.9℃/(高)25.4℃/(低)17.5℃/(日)10.4h

かーちゃりん深夜の腹痛再発、週明けおげんき先生に診てもらおうと話す。午前一時間地主で草刈り、かーちゃりんと悠太はオジジの買物で久賀へ。かーちゃりん午後出勤、悠太を連れて井堀中段と自宅畑でイモ植付けの準備、肥料藻の入れ方、畝立《うねた》てのやり方を教える。家庭菜園で人文字《ひともじ》（わけぎ）、らんきょ取込み。去年の秋に試しで植えたらんきょ、密植をやめて疎植にして肥しを効かせたほうが分蘖も太りも良いと判明した。じゃがいも五キロこーず君に送る。明日の島の恵み本店出荷用に、タマネギ、ニンニク、ジャガイモを選別する。

島さんと電話で話す。得子日記、注文の入り具合がよろしくないという。日記の会員関係者で、本を出した時には確実に買ってくれていた人が買わなくなってきた。読む気力体力の喪失、自身や身内の病気とか介護とか終活とか、高齢化が翳を落としている。もう一つ、ある図書館で空襲資料収集のボランティアをやっている人から戦前編について島さんに問合せがあり、希望者には古本値引価格五〇〇〇円で直販している旨伝えたら、ボランティアだからワシらにはそんな経費はない、タダで寄贈せよというてきたので断ったという。そうだ、こんな馬鹿者にくれてやる本などない。

夕方川瀬さんから、金子マーティンさんの講演会での本の販売について電話が入る。十冊買取ると言うので、今日日《きょうび》高い本は売れんから委託にしなはれ、部数も減らしなはれと話す。川瀬さんがこないだ東方出版から出した本を知合いの人権教育の先生に勧めたところ、三五〇円以内なら買うと言われたという。知の営為というものを根底から馬鹿にした物言い、学校の先生がそれを平気でホザくか！

6月18日（月）端午　旧5月5日　曇時々雨

(水)0.5mm/(均)21.6℃/(高)24.8℃/(低)19.4℃/(日)0.4h

八時前に大阪で地震と速報が入る。こーず君にメエル、神

各年代の８、10、12月の平均気温と80年代との差

	8月		10月		12月	
	平均気温（℃）	対80年代	平均気温（℃）	対80年代	平均気温（℃）	対80年代
1980年代	26.1		17.7		7.8	
1990年代	26.4	+0.3	18.7	+1.0	8.8	+1.0
2000年代	27.0	+0.9	19.1	+1.4	8.2	+0.4
2010年代	26.9	+0.8	19.1	+1.4	7.5	−0.3

９月から12月までの降水量の推移（安下庄アメダスポイント）

	9 月		10月		11月		12月	
	降水量（mm）	平年比（%）	降水量（mm）	平年比（%）	降水量（mm）	平年比（%）	降水量（mm）	平年比（%）
2012年	73.0	42.2	99.0	92.8	89.5	107.6	131.5	255.3
2013年	259.5	150.0	328.0	307.4	115.0	138.2	82.0	159.2
2014年	13.0	7.5	204.0	191.2	113.0	135.8	70.0	135.9
2015年	187.0	108.1	105.5	98.9	169.0	203.1	150.5	292.2
2016年	290.5	167.9	122.5	114.8	108.5	130.4	123.5	240.0
2017年	253.5	146.5	541.0	507.0	28.0	33.9	23.5	45.6

出典：「近年の気象に対応したかんきつ栽培」2018.6.18　山口県柑きつ振興センター

戸は無事という返信が来る。電話が混合うだろうから、今日は大阪方面への電話は控えよう。

島の恵み本店にタマネギ、ニンニク、ジャガイモを卸し、八木さんで紅東苗五〇本買って帰る。一時半から五時まで地区懇談会・生産組合総会に出席、「近年の気象に対応した柑橘栽培」の授業を受ける。今年の平均気温、寒波襲来の二月は平年比マイナス一・三度だったが、三月プラス一・二度、四月プラス一・三度、五月プラス〇・五度といずれも高め、昨年秋の長雨日照不足と寒波で樹勢が低下し、五月中旬以降の気温が高いことで生理落果が多いという、当面の生育状況が報告される。何にしてもいい話がない。一九八〇年代と比べて平均気温が上り、特に夏秋期の気温上昇が顕著である。これで樹勢の低下が加速し、日焼果が増加する。九月から十二月の降水量が多くなり、低糖低酸、浮皮、ヤケ果、こはん症、クラッキングが増加する。八月の平均気温は八〇年代の二六・一度が二〇一〇年代には二六・九度（プラス〇・七度）に、十月の平均気温は八〇年代の一七・七度が二〇一〇年代には一九・一度（プラス一・四度）に、それぞれ上昇している。地球温暖化問題の議論で、平均気温一度上がれば大ごとだと言ってるけど、みかん主産地安下庄にあって、果実の仕上げ充実に重要な時期となる十月の気温が、すでに一度半も上っている。驚愕の事実。早生・極早生の着色が遅くなる。晩生青島は着色が早まり浮皮が増え、収穫期が早まり、貯蔵のきかない体質となる。年明けみかん産地の静岡県でも同じ問題を抱

えているという。昨年度、静岡県産青島が記録的不作に終り、その影響もあって京浜市場から大島みかんの出荷要請が入り、高値で取引された。しかし、安下庄で多く作られている青島は静岡県発祥の品種であり、いま静岡で起っている異変はここ安下庄にも直結する。対岸の火事ではない。

総会の合間に、試験場の担当さんと話をする。昨年度出荷分で、オカジョウ清水の園地からミカンバエが出た。隣接する耕作放棄地がミカンバエ発生源となっている。樹が弱って枯れたらいいのだが、谷筋にあたるため絶えず水の供給があり、両サイドの山から肥料分を含んだ土が流れ込むので、いつまでも枯れないのだという。いま産卵防除にモスピランSL液剤（ネオニコチノイド剤）が使われているが、製造中止になった皆殺し有機リン剤・ジメトエートと比べて効きが弱く、隣接園地で大発生すれば、指導通り防除しても食い止めることはできない。国の研究機関がミカンバエ被害果を必要としている（柑橘の輸出拡大にあたり、ミカンバエが検疫上のネックになるので、燻蒸《くんじょう》の試験を進めるという話）、放棄園地の果実を九月に全て取り込み、産み付けられた幼虫を回収したいので地権者の許可を取ってほしいという。これは当面の対策であり、そのあと伐採しなければ、みかんの樹がある限りいたちごっこになる。

とばっちり被害に遭ったお宅に寄って話を聞く。件の園地は昨年度限りで耕作をやめた。伐採せないけんなと話してはいるが、まだ手がつかないという。清水では他にも何軒かが耕作していたが、みんな畑を棄てた。最後まで残った園地が、きちんと防除していたにもかかわらずとばっちりよろしく被害を受け、これをもって耕作断念へと至った。その家のおばさんと話していて、亡くなった人らの名前が次々と出てきた。島の基幹産業であった筈のみかん生産の衰退、そして存続の危機が、ここに凝縮されている。

問題の隣接荒廃園地をどうしたものか。元の耕作者は二軒。故・哲ちゃんの息子は親より先に亡くなり跡継ぎ不在、おばさんは施設に入っている。美恵子おばさんは先日亡くなり、都会に出た長男はこちらの事情に疎い。連絡つけて回らないけん。難儀な仕事がまた一つ増えた。

＊

追記。ミカンバエは日本固有のミバエで、九州地方には昔から棲息していた。愛媛県佐田岬半島から大分にもぎ子の季節労働に出ていた人たちが持ち帰ったみかんに幼虫（蛆虫）が入っていた、被害果を畑に廃棄したのが原因で愛媛に定着、それが海を渡って広がったという説がある。山口県では一九九五年頃祝島で初めて被害発生、全量廃棄、その三年くらい後に大島に上陸したと聞いた。

農業を成長産業に！　などと世迷言ホザく安倍首相のもと、国は国産農産物の輸出攻勢を強めようとしている。柑橘に関しては、ミバエの幼虫による食害果発生が検疫上最大のネックになる。国の研究機関が行う燻蒸実験に供する、というのが、事の背景である。

輸入柑橘によるミバエの侵入に対して多くの国が神経を尖らせているのだが、日本の本土にはミバエは棲息していないというのが日本政府の表向きの見解である。実際のところ四国本土にも山口県本土にも棲息しているし、九州本土では昔からミカンバエ被害が重大な課題となってきた。この日、記したミカンバエ発生園地の伐採問題がこの先だらだらと長引くのであるが、私自身の問題として言えば、意識的であろうがなかろうが、結果的に、自身が反対の意思を強く持っている農産物輸出拡大という国策に協力することへとつながっていく。

6月19日（火）旧5月6日　雨

㊌22.0mm/㊞20.8℃/㊒22.9℃/㊦19.7℃/㊐0.0h

コンディションの悪いニンニクを傷む前に冷凍、らんきょの皮むきと塩漬け、午前半日潰れる。かーちゃりんは午前中おげんき先生、昨日の検査結果を大急ぎで出してもらい、注射して、痛み止めもらって帰ってきた。腸からイボ痔が出たげになっていて、それで痛みがくるんだと。ストレスだろうね、眩暈の原因は内臓ではない、耳鼻科に行けという診断。午後、イノシシ柵の補助金申請書を提出。雨が小さくなったので、四時から一時間半、平原上段と横井手下段で幼木に夏肥を打つ。悠太のお迎えまであと少し時間がある。横井手上段の成木三本にも夏肥を入れる。管理機は使わず、樹冠の草を手で引き、鍬で混ぜ込む。

6月20日（水）旧5月7日　雨

㊌61.5mm/㊞20.6℃/㊒22.3℃/㊦19.1℃/㊐0.0h

八時半、田中原で夏肥予約分を受取る。積みっぱだとカラスに狙われる。倉庫に積む。三時から二時間、横井手下段の成木に夏肥、五時過ぎに雨がやまる。びしゃこで帰宅、シャワー浴びて着替えて悠太お迎え、五時半からヤマハ音楽教室に連れていく。

6月21日（木）夏至　旧5月8日　晴

㊌0.0mm/㊞20.9℃/㊒25.0℃/㊦17.3℃/㊐6.0h

朝から晩まで実働五時間、地主の夏肥と管理機。汗だく、いきなり夏が来た。二時過ぎ、セミの初鳴きを聞く。

6月22日（金）旧5月9日　晴

㊌0.0mm/㊞21.9℃/㊒29.1℃/㊦16.6℃/㊐9.5h

今日も暑い。八時半から十一時まで西脇で刈払機を回す。アゲハの終齢幼虫が肩にしがみついていた。保育園に持っていく。アゲハの羽化を観察できたら楽しかろう。害虫ではあるが、こいつらがいなくなれば植物は子孫を残すことができなくなる。農業を生業とするうえで害虫駆除は不可欠ではあるが、それだけで捉えてはいけないもう一つの面があるということ、時間がかかるだろうけど子供らにはわかってほしい。自らの手を汚すことなく、農業の実情を考えもせず、やれ農薬がいけんだの何だの原理主義的に宣う頭でっかちをこれ以

みーちゃんが家族になった。2018.6

上作ってしまわないためにも。

午後三時間半西脇の作業続き、草がよく伸びている。セトミ幼木一本伐ってしまう。夏肥と管理機も。草刈りがまだ六反（約六〇アール）残っている。帰りに仕事場に回り、裏庭のスダイダイとハッサクに夏肥、割石の幼木夏肥一回目。草ぼうぼうで通り道が塞がっている。前回の草刈りは先月十五日。梅雨時の雑草は手強い。六時ちょい過ぎに悠太お迎え。セミの声を聴いたと悠太が言う。ワシより一日遅い。

6月23日（土）旧5月10日　雨

(水)3.5mm/(均)19.7℃/(高)21.2℃/(低)18.4℃/(日)0.0h

かーちゃりん休日出勤。やっちゃんの遺産、ダスキンのお掃除券で換気扇とエアコンの掃除をしてもらう。終日立会い。五時から七時まで岩崎で刈払機を回す。

6月24日（日）旧5月11日　晴（出先晴）

(水)0.0mm/(均)20.9℃/(高)25.6℃/(低)16.7℃/(日)10.6h

一家で日帰り小倉行、二月に亡くなった平野清子さんの御仏前にお線香を手向ける。「平野遼水彩素描集」の刊行から五年半になる。清子さんの編になる画文集を遺しておきたいと私からお願いした企画で、刊行まで十年かかった。清子さんがお元気なうちに刊行できてよかった。妹さん姪御さんら近隣の親族の方が、遼さん清子さんご夫妻の遺志を大切に引継いでおられる。日帰り旅行は草臥れたが、それを改めて窺い知ることができただけでも、ご挨拶に伺ってよかった。
小倉井筒屋の地下で、大分産ハウスみかんLサイズ一個三七八円。どんなもんかと買ってみる。味が薄い。不味い。みかんのない時期に売るからこその高値であろうが、そこまでして不味いみかんを食う必要もないし、無理してハウス建てて作る必要もないなと思った。はじめっからハウスみかん作る気ないのに無駄なカネ使うなと、かーちゃりんに怒られた。

6月25日（月）旧5月12日　晴
㊌0.0mm/㊐22.1℃/㊋27.9℃/㊍17.0℃/㊐10.4h
小倉土産の明太子をオジジに届けに行く。枝豆と大根をもらう。枝豆は早採りしすぎ、太りがイマイチ。早く次のものを植えようという意識が強すぎて、作物のコンディションを観ていない。午前二時間半と夕方一時間、割石で草刈りと夏肥、管理機ひと通り片付ける。明後日まで晴予報とあつて、黒点病二回目の撒布をしている人をちょいちょい見かける。こんなの見るとざわざわと気が急《せ》くのだが、夏肥が遅れ、草刈りも出来ていない、防除作業の前に通り道の確保が要る、仕方がないといってあきらめる。
昼の猛暑を避けて内職、林さんの装幀代の工面も含め今月末払いの計算を立てる。返品もあって今月は本の売上が皆無に等しく、いつも以上に金策に神経を擦り減らす。

6月26日（火）旧5月13日　曇のち雨
㊌9.5mm/㊐23.0℃/㊋24.9℃/㊍19.3℃/㊐0.0h
ネットの天気予報、晴れ予報が一転して雨となる。八時半から三時間岩崎で草刈り、十時頃小雨がぱらつき、洗濯物を取込みに帰る。畑に戻りがてらアゲハの終齢幼虫を保育園に届けに寄ったところにスズメバチが侵入、洗面所の袋小路に入り込んだところでハチジェットぶっ放す。今年はスズメバチが多い。
二時半に予約農薬の受取りを挟み、雨のなか一時半から四時まで岩崎で夏肥を打つ。続いて地主で草刈り一時間。放任園地が増えた所為でもあろう、今年もまた天牛が多い。今日一日で十何匹も殺した。

6月27日（水）旧5月14日　曇時々晴
㊌0.0mm/㊐24.8℃/㊋27.3℃/㊍22.7℃/㊐2.0h
朝はっちゃんのお散歩から帰戻ると、左目潰れた子猫が勝手口でみーみー泣いている。朝からカラスが喧しかったのはこれか。末期の水と思って牛乳あげたら飲んだ。何とかなるやもしれぬと、悠太に付合ってもらい柳井のさくら病院に連れていく。左目はアウト、猫風邪が命取りになるかもしれん、線虫もノミもついている、という診立て、注射とスポット他でビール大瓶一ケース分の出費となる。お財布スカスカ、ノミにも喰われる。金曜土曜と通院するように言われる。これはいけんと直感したのか、子猫を見つけたとき、いつも猫に

対して吠えまくるはっちゃんが吠えなかった。御縁といってうちで飼うしかない。みーみーと泣いてたからみーちゃんと言うてたのが、そのまんまこの子の名前になった。
午後二時から四時まで地主で草刈り、蒸し暑い。

6月28日（木）旧5月15日　曇のち晴

㊌0.0mm/㊏25.1℃/㊋29.1℃/㊍23.1℃/㊐3.8h

今日も蒸し暑い。九時からと三時半からのそれぞれ二時間半ずつ、地主で夏肥、管理機をかける。六時に悠太お迎え、四分の一ほどやり残す。暗くなるまでのあと二時間の作業ができないのは痛い。梅雨時の天気予報はあてにならない。明日の予報が晴から雨に変った。

6月29日（金）旧5月16日　曇一時雨

㊌1.5mm/㊏24.3℃/㊋27.2℃/㊍22.8℃/㊐2.2h

予報は雨だが朝イチ晴れている。今日の午前は畑よりみーちゃんの病院が優先だ。悠太も一緒に柳井まで。拾ったときは痩せ細って背中がとんぎっていたが、家猫暮しわずか二日で少し丸くなった。よう食うとる、ええこっちゃとドクターが言う。診察を待つ間に大雨になる。十時半に保育園に送り、こないだの検査結果を聞きにおげんきクリニックに行く。待合のテレビが、関東甲信越地方の梅雨明けを伝えている。今朝の農協の無線が今週中に黒点病二回目の防除を終えよと言うている。無理や。こちらは台風が来よる。来週、防除をどうしたものか。
二時二〇分から一時間半、地主の夏肥残り、粉をやめてペレットを施用する。雨の来る前に、多少でも手を抜くことにした。四時から五時半まで岩崎の若木夏肥二回目、改植ブロックをやり残す。悠太お迎えの前に、三ツ松排水機場のチェックを済ませる。夜になり、網戸の目の間から羽アリが大量に侵入する。梅雨明け直前に必ず襲来する、年に一度の迷惑である。

6月30日（土）旧5月17日　雨

㊌44.5mm/㊏23.1℃/㊋24.3℃/㊍22.0℃/㊐0.0h

朝から大雨、はっちゃんお散歩に連れて行けず勝手口でうんこさせる。みーちゃんは深夜にうんこ爆弾二発、下半身くそもぐれ。猫風邪が治っとらんから洗わんほうがよいとドクターに言われていたのだが、あんまりキタナイので下半身だけ風呂で洗ってやる。きれいになった……というより、上半身と下半身で色が違う。ほぼ終日、パゾリーニの原稿チェックと雑用にあてる。

1ヶ月
降水量　421.0mm（253.9mm）
平均気温　26.3℃（25.1℃）
最高気温　30.7℃（29.2℃）
最低気温　23.1℃（22.0℃）
日照時間　237.3h（205.2h）

上旬
降水量　391.0mm（115.1mm）
平均気温　24.5℃（23.9℃）
最高気温　28.0℃（27.8℃）
最低気温　22.2℃（20.8℃）
日照時間　41.2h（54.4h）

中旬
降水量　0.0mm（82.9mm）
平均気温　26.5℃（25.2℃）
最高気温　31.7℃（29.2℃）
最低気温　22.5℃（22.1℃）
日照時間　107.9h（60.6h）

下旬
降水量　30.0mm（56.0mm）
平均気温　27.7℃（26.3℃）
最高気温　32.1℃（30.6℃）
最低気温　24.4℃（23.0℃）
日照時間　88.2h（89.7h）

2018年 7 月

アジは年中釣れるが夏から晩秋が旬にあたる。梅雨明け前の青ヂソは柔らかい。これで寿司を握ってみる。今や江戸前の早寿司が世界中を席巻してしまったが、筆者の子供の頃は握り寿司なんて見たことも食うたこともなかった。大島で寿司と言えば、葬儀の際にテゴ人のおかーちゃん方がこさえる、赤緑黄色のでんぶが載っただけのばら寿司が定番だった。

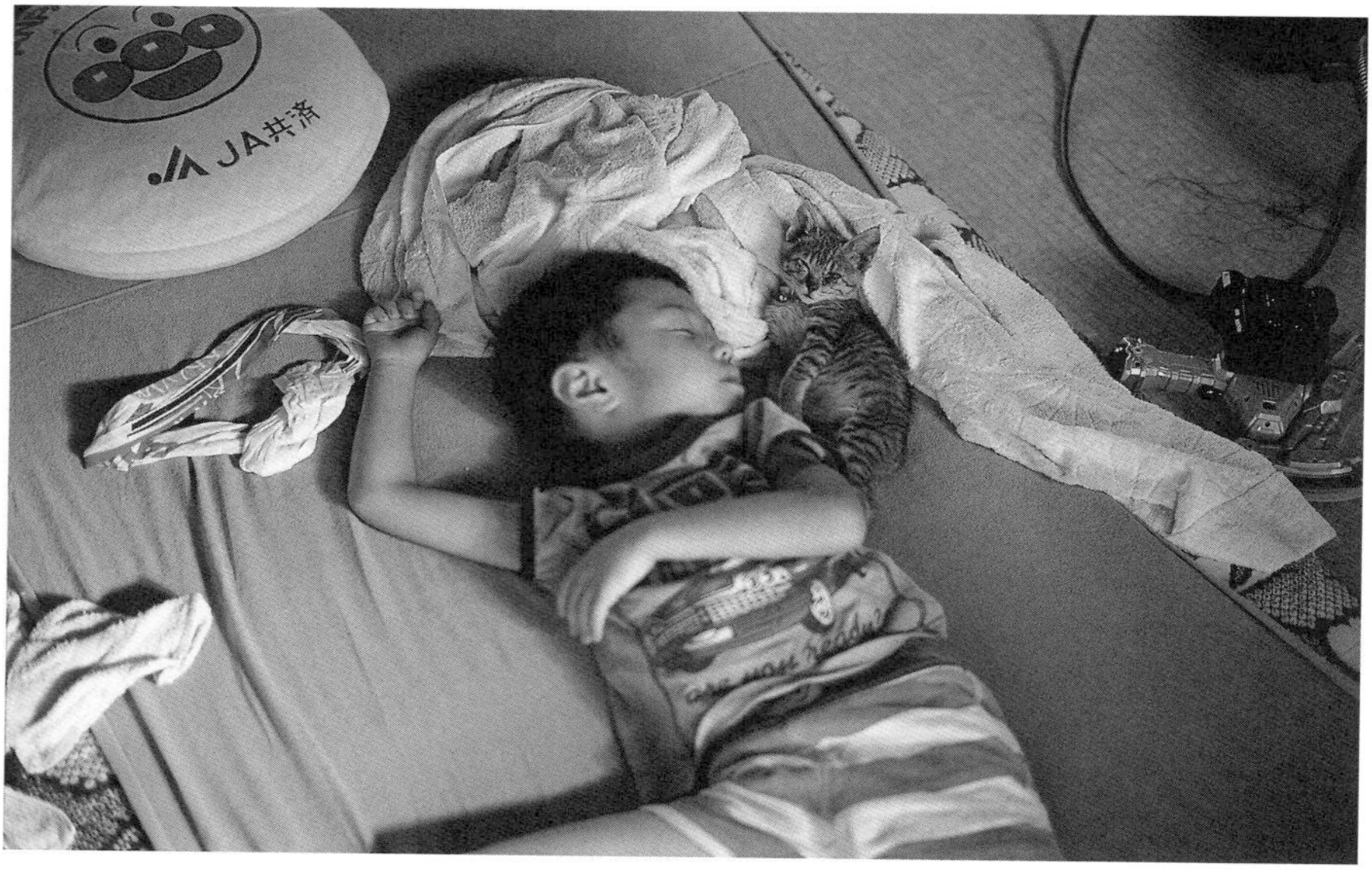

みーちゃんは室内猫になった。2018.7

7月1日（日）旧5月18日　晴

(水)0.0mm/(均)25.8℃/(高)31.2℃/(低)22.5℃/(日)6.3h

地主幼木の夏肥二回目、くそ暑い。今日は特に堪えた。七時から御田頭前の庄区役員分館委員合同集会、新池の草刈りは八日の朝晩六時と相成り。

7月2日（月）半夏生　旧5月19日　晴一時雨

(水)0.0mm/(均)26.5℃/(高)31.1℃/(低)23.0℃/(日)8.1h

雨予報が一転して夏の日差し。午前の三時間で割石、横井手下段、平原で幼木の夏肥二回目、横井手下段で今年から結実するデコポン五年生の粗摘果。割石の作業ついでに仕事場に寄り草刈り日時お知らせ文書を作成、昼どきまでに配布して歩く。

一時から三時まで家庭菜園の草取り。強い雨が降り出し、十分程でやまる（雨量計に反映せず）。台風通過につき明日は休園、今日も早いめのお迎えをと保育園からメエルが入る。聞くと郡内の小中学校も全て休校を決めたと。明日は終日子守だな。四時半悠太お迎え、家に帰ってスイカを食い、みーちゃんのうんこを始末して、悠太連れて西脇へ。三十分作業したところで時間切れ、明日は一〇〇ミリ超の大雨予報とて今日のうちに幼木の夏肥を済ませたかったのだが、西脇の半分をやり残してしまった。六時消防団機庫、団員四名プラス悠太で陸閘《りっこう》を閉めて回る。

はち君縄張り、鋭意拡大中。2018.7

7月3日（火）旧5月20日　雨

(水)12.5mm/(均)24.3℃/(高)27.4℃/(低)22.7℃/(日)0.5h

かーちゃりんいつも通り出勤、台風通過で保育園休園、終日子守。雨が強くならんうちに悠太を連れて西脇へ行き、八時半から九時まで昨日の夏肥やり残し分を片付ける。

島の恵み本店で売残りを回収する。タマネギ（三個又は四個で五〇〇グラム、一八〇円）売ゼロ、残一〇、ジャガイモ（五個七〇〇グラム、一八〇円）売二、残八。見た目悪いのは自家用に回して良いものを選って売りに出してみたのだが、殆ど売れず。産直コーナーは時に安売り大会になる。悲惨なのは売残りのジャガイモで、わずか二週間煌々とした売場に並べただけでソラニンが発生して真っ青になってしまい、残品良玉五・六キロ全量廃棄せざるを得なかった。日もちのしない野菜類は二度と売りには出すまい。

帰りに鶴田書店さんに寄って悠太のいい子御褒美に「幼稚園」八月号を買う。十月に出る「入学準備小学一年生」も予約する。帰宅して付録のシンカリオンペーパークラフトを組立てる。年長さんでもこれは難しいぞ。午後雨脚が強まるが、心配したほどではない。珍しく昼酒呑んで、悠太とみーちゃん相手にうつらうつらと午後を過ごす。

7月4日（水）旧5月21日　曇時々雨

(水)2.5mm/(均)25.2℃/(高)28.1℃/(低)23.1℃/(日)4.3h

朝のお散歩、はっちゃんが吠える。往来の真ん中で野良猫がまぐわっている。三月猫どころか年がら年中発情している。ついこないだ野良子猫三匹海に流してきたという話を聞いたばかり。目が開く前なら魂が入っていない、そこで捨てないけんと昔からいう。野良猫への無責任な餌やりもあって、行き場のない子猫が次々と生れては早世する。それを想うとみーちゃんは幸せ者だ。

　二人で朝から陸閘を開けて回る。午前原稿整理、午後三時から柑橘同志会総会。飲み会もあるので仕事は休むつもりだったが、貧乏性の発露、同志会に出る前の三十分だけ、平原で早生の粗摘果をする。早生一本にかいよう病が出ている。とりあへずの対策、罹病した枝と葉を切除する。

7月5日（木）旧5月22日　雨

(水)65.5mm/(均)23.3℃/(高)25.1℃/(低)22.5℃/(日)0.0h

　朝から強い雨、悠太の送り出しを九時頃にずらす。出がけに哲ちゃんの耕作放棄地の件で電話が入る。一昨日施設に行っておばさんに話したところ、迷惑かけるので伐採すると言うてくれた、今年度の伐採補助事業申請に間に合せてもらうように農協さんに話をしてきた、昨日書類持って行ったら絶対に伐らんと言いだした。認知症の認知症たる所以。近いうちにワシからも話をしてみるということになり。困った。若造が何言うても聞く耳持たんで。

7月6日（金）旧5月23日　雨

(水)162.5mm/(均)22.8℃/(高)23.9℃/(低)21.7℃/(日)0.0h

　今日の雨風のほうが三日の台風より酷い。八幡川の水位が上がり、四時過ぎに消防団員待機と連絡が回る。保育園からも早仕舞の電話が入り悠太を迎えに行く。今日アゲハが羽化した、みんなで見たんだと。えーなー。ワシも見たかった。今日は雨で飛んでいけんので明日お別れ会をして送り出すという。

　八幡川が警戒水位を超えたと夜八時過ぎに電話が入り、副団長と二人で川沿いと永代橋の陸閘を閉めて回る。いまの時間帯が干潮のピークでこれから深夜にかけて満ち上がるが、小潮なのでおそらく溢れることはなかろう。園長先生に尋ねると、以前水が溢れた時ほど水位は上がっていないという。でも、これから雨量が上がって土嚢を積めという話になれば深夜でも叩き起さねばなるまいとも。ケータイの着信音をオンにして寝る。

7月7日（土）小暑　旧5月24日　雨

(水)98.0mm/(均)22.5℃/(高)25.1℃/(低)21.6℃/(日)0.1h

　七時に陸閘を開けて回る。川の水位は昨夜と変わらず。園長先生に聞くと、満潮時水があふれるきわきわでひと晩眠れなかったと。保育園の七夕集会は予定通り開催となる。八時五〇分登園するや否や、大泊で水が溢れた、消防ポンプで排水せよと、消防団の出動要請が来る。汲めども汲めども水は山から湧いて下りてくる。海に向う排水管の詰りが原因とて、みっちゃんが防潮堤下の排水口から潜り込みゴミを掻き出す。出口が軽くなったところに放水一発で貫通、海洋汚染テロの如き夥しい量のゴミがヘドロと共に海に流れ出る。水道管工事の経験生かしたみっちゃんの大手柄だが、一つ間違えば殉職やで。午前まるまる潰れる。消防団なんて役に立たんとか酒呑んでるだけやとか何とか悪口言い倒す者もいる。でもね、消防団が忙しいってのは世の中平穏でないってことだからね、酒呑んでるだけで済んでりゃそれで平和でええんだよ。

　家のトウモロコシ折れ・倒伏被害甚大。トウガラシも倒伏している。直すのに三十分。二時半から四時まで平原で早生の粗摘果、四本やり残す。ワシが仕事している間に悠太はトモトモさんで散髪してもらう。保育園児が、新一年生みたいになった。

7月8日（日）旧5月25日　雨

(水)50.0mm/(均)22.9℃/(高)25.0℃/(低)21.9℃/(日)0.0h

　ほぼ終日原稿書き、かーちゃりん午後出勤。小やみになったので三時半から悠太を連れて摘果残りの筈が、横井手上段のワイヤーメッシュ（防獣柵）にカズラが繁茂しているのを放っておけず、三十分程度で再び雨脚強まり退却、今日も摘果進まず。六時から新池の草刈り、時折ぱらつくが、暑くないのでやりよい。春の道づくりで作業していない分オオグサになっている。六人、一時間で、堤防の半分まで刈り進める。今年初めてヒグラシの声を聞く。

7月9日（月）旧5月26日　晴

(水)0.0mm/(均)25.3℃/(高)31.1℃/(低)21.7℃/(日)10.6h

　朝からイキナリ夏だ。おそらくこれで梅雨明けやな。終日家房の仕事場の風通しをする。防除作業に先立ち、西脇で草刈り一時間。一時から三時まで新池草刈りの続き。暑くてやれん。四時に悠太お迎え、みーちゃん病院に連れていく。体重七〇〇グラム、保護時より三〇〇グラム増、順調なり。当面目薬（抗生剤）で対応、具合芳しくない場合は適宜通院、不妊手術は十一月か十二月頃にと指示を戴く。

7月10日（火）旧5月27日　晴

(水)0.0mm/(均)26.2℃/(高)31.5℃/(低)21.7℃/(日)11.3h

　黒点病二回目、カイガラムシ、ハダニ防除、初日。ノズルを二つ穴から三つ穴に変更した。速い。午後はさらに暑い。四時過ぎまで休憩する。午後、タイシン君がアイス持って来る。十二年前に不祥事起してクビになった元学芸員の新著に関する話を聞く。どのツラさげて、厚顔無恥、職業倫理の欠落……著者も編集者もクズ。東京の出版マスコミは根腐れている。

　夕方の部、四時二〇分から七時四〇分まで撒布。帰って風呂浴びたらもう真っ暗。腹が減ったが晩メシまだ。支度が狂っ

台所でも有能な助手である。2018.7

たとかーちゃりんが言う。死ぬるかもしれんとオジジから電話があり、仕事早くあがって駆付けたら元気だった。血尿が出たのでご近所さんに言うて病院に連れてってもらった、ドクターは部屋を閉め切るな、扇風機かけて涼しくせえと言うた、でも、じじいは医者の言うことなど聞かん。年中死ぬ死ぬ言うとる者に限ってて死んだためしがないのだが、この暑さで、家の中で即身仏になっとったらゴショウが悪い。

ここんとこはっちゃんの食欲が落ちている。無駄に元気だから心配はしていないが、夏バテかもしれん。みーちゃんの姿を見ると悲痛な声を出して大暴れする。単なるやきもちなんだろうけど。

7月11日（水）旧5月28日　晴

㊌0.0mm/㊒24.9℃/㊫29.8℃/㊦21.5℃/㊐8.1h

防除二日目。昼休み爆睡、食器洗い、米とぎ、冷茶仕込み、ほか。三時半から作業再開。この時期、午前は勢いでやれても午後はやれん。上下雨合羽に防毒マスク、ゴーグル、ゴム手袋でっせ。明日は終日曇予報、当れば助かる。

7月12日（木）旧5月29日　晴

㊌0.0mm/㊒25.5℃/㊫30.3℃/㊦21.8℃/㊐9.7h

みーちゃんのうんこ、昨日くらいから回数が減り、しっかりした形になってきた。腹下しが治ってきたようだが、寄生虫はまだ下しきっていない。脚が速くなり、悪さもするようになった。防除三日目。予報外れて終日炎天。

7月13日（金）旧6月1日　晴

(水)0.0mm/(均)26.2℃/(高)31.4℃/(低)22.3℃/(日)11.2h

防除四日目。数本やり残した園地や狭小園地ばかりが最終日に残った。タンク一杯半、五〇〇リットル撒布するのに朝から昼まで五時間近くかかる。一二時一〇分作業終了。今日はかーちゃりん昼休みに帰ってこないので、おひるの支度をしなくてよい。風呂浴びて、カップ麺で塩分を補給する。ひるから片付け、疲れがきて捗らない。

夕方、農協の広報が届く。浮島の土砂災害が酷い、どこから手を付けてよいのかわからん状態と営業さんから聞く。家を無くした人に対し、本島の町営住宅斡旋もしくは福祉施設優先入所しか、役場としてはとりうる手立てがないと、かーちゃりんが言うていた。結果、復旧をあきらめての離島が進むであろうと。

この近辺では大きな被害がなかったから、みかん作業も出来ている。三日の降り始めから六日間で三九一ミリ降っている。六月末も雨続きで防除・摘果諸々遅れているなかにあって、被災すれば防除どころではなくなる。そうなると正果率が下り、今年度のみかん収入があてにできなくなり、翌年以降の園地維持もまた難しくなる。異常気象の常態化した昨今にあっては明日は我が身。

7月14日（土）旧6月2日　晴

(水)0.0mm/(均)25.7℃/(高)29.8℃/(低)21.8℃/(日)11.5h

午前農協のたより配布、一時から奉賛会で御田頭祭《ごでんどうまつり》の準備。暑くて仕事にならんので資料の整理にかかるも、集中力が続かない。五時から区の役員で祭の幟立てがあるのだが、寝過ごしてしまった。七年ぶりに区の役員外れてるんやし、よしとしてもらおう。

7月15日（日）旧6月3日　晴

(水)0.0mm/(均)26.6℃/(高)32.3℃/(低)21.8℃/(日)11.5h

御田頭、六時半過ぎ本殿集合。神輿守一時間半、直会で恒例の胡瓜なますをよばれる。七年前だったっけか、庄の神輿巡幸について歩いた折、宮本記念館に非常勤学芸員として在籍していたミス伯方島《はかたじま》・村上めぐみが宮司殿に訊ねた。何故に胡瓜なますなのかと。そりゃあキュウリがえっと（たくさん）穫れるからやろうというど真ん中直球の返答に、文化人類学者の卵は顎が外れそうになった。調査が入って、彼是質問されるなかで、民俗的にもっともらしい答えが導き出されたりして、それが定説となってしまったりすることがある。取材とか調査が入ってこないだけ、ここの祭は健全だと思う。

それはそうと、昨日十時頃うちの近くに救急車がとまった。ワシが幟立てに出てこんかったので、こりゃあ一徳君熱中症で運ばれたんちゃうかと噂になっとったんだと。昨日救急搬送されたのは鍵本のオッサンだと、夜の直会で聞いた。

六年生宮川早生の摘果作業。生産樹としてはまだ小ぶりだが、悠太の背丈を越えている。2018.7

7月16日（月・祝）旧6月4日　晴

(水)0.0mm/(均)27.0℃/(高)32.8℃/(低)22.8℃/(日)11.6h

祭疲れ、仕事にならず。午後、市販ルー不使用インド人も吃驚とーちゃりんカレーを作る。タマネギ炒め一時間、悠太が辛抱にテゴしてくれる。お蔭でほかの仕込みにかかりやすい。「命に関わる危険な暑さ、不要不急の外出を控えるように」とテレビが言っている。こんなコメント、初めて聞いた。

7月17日（火・祝）旧6月5日　晴

(水)0.0mm/(均)27.1℃/(高)32.0℃/(低)22.5℃/(日)11.6h

六時半起き。まだ身体がエラい。民放テレビの朝の情報番組が、西日本豪雨による宇和島市吉田町のみかん産地壊滅の様子を流している。中生温州南柑二〇号の主産地。山の畑がまるまる削れている。復旧不可能だろう。かろうじて無事で残った園地が、五十八歳の農園主の後方に映る。その園地の美しさ、隅々まで手が入っているのがわかる。この園地では、モノラックのレールが流されたため収穫運搬ができないという。植替えても実がなるまでには数年かかる。よい玉が多く実るようになるまで十年以上かかる。ここ数年愛媛が災害続きで出荷量が減っている。高値の一因であり、連年の不作はさておき、幸いにして大災害に遭遇してこなかった大島産みかんを助けてきた一面がある。だが、この被災状況、明日は我が身と思うと気が重い。一九九一年（平成三）の一九号台風レベルの大災害に見舞われたとして、もう一度一から立て直す力は今の大島にはもう残っていない。

保育園送り前とお迎え後の三十分ずつで平原の早生残りを摘果、悠太はまだ手で摘み取ることができない。採果鋏《さいかばさみ》を使って作業のテゴをさせる。午前二時間半、西脇でセトミ、ポンカン、早生の粗摘果、一二本で時間切れ。午後は暑くてやれん。パゾリーニの原稿チェックを再開する。

7月18日（水）旧6月6日　晴

(水)0.0mm/(均)26.9℃/(高)32.3℃/(低)23.0℃/(日)11.5h

五時半起き。六時二〇分から一時間、地主で草刈りと中生の粗摘果。九時から一一時四〇分まで西脇で草刈りと早生、ポンカンの摘果。早生二本とポンカン一本、青島一本にかいよう病がついている。近隣の荒廃園地から飛んでくる。六月末からの雨風が祟ったのだろう。罹病した枝と葉を切除する。

ひるに冷し中華を作る。橙ポン酢にごま油と青ヂソ入れたタレで食す。今年のヒット作。全国各地で命に関わる危険な暑さとテレビが伝えている。何年か前までは、夏の気温は那覇より大阪のほうが高いんよ、大阪は亜熱帯や〜で〜なんて言うとったんだが、今や九州から東北までの殆ど全ての都市で那覇より高いときたもんだ。

清水の園地で京大の先生方とミカンバエのトラップを仕掛けていると三時前に試験場の担当さんから電話が入り、現場へ行く。撒布していて身体にこたえるスプラサイド乳剤（有機リン剤）を回避するためにオリオン水和剤で代用している件について、もっとよい手はないかと訊ねる。オリオンはカイガラムシに対する効きが弱いので、スプラサイドを外すのであればトランスフォームフロアブルに替えるのがよいというアドバイスを戴く。百姓の来年といって、毎年何らかの失敗があり、来年はあーしようこーしよう、それが毎年続く、二十歳から八十歳までやっても六十回しかやれん、とにかく毎年研究ですよと言う。一旦帰宅、あんまり暑いのでスイカ半玉切って現場にとって返す。志村食いする。

7月19日（木）旧6月7日　晴

(水)0.0mm/(均)27.5℃/(高)32.5℃/(低)23.0℃/(日)11.6h

六時二〇分から一時間、地主で草刈りと中生若木の粗摘果。九時から二時間、西脇でイヨカン、スダイダイの粗摘果と草刈り、汗だく。あと一回刈払機を回せば西脇の草刈りを完了できるのだが、身体がもたんので帰る。悠太お迎えの前に井堀下段で三十分、樹の廻りだけ草を刈り、カボスとスダイダイの摘果をする。カボスにかいよう病が出ている。夏場はICボルドー（銅水和剤）が使えない。コサイド・クレフノンを撒布すればよいのだが余力がない。さしむき、罹病した枝葉実だけでも切除する。この園地では毎年春に欠かさずICボルドーを撒布しているのだが、それでも毎年かいよう病が発生する。草刈りで無理して左の腰を痛めた。ここ数年椎間板ヘルニアの症状が出なくなった代りに、腰と背中のぎっくりが癖になってしまった。

ネットの天気予報、ずーっと晴。二十八日が晴のち雨、降水確率八〇パーセントと出ている。今月中に一度はまとまった雨が降ってくれんとまずい。摘果草刈りともに遅れ込むなかで月末には外してはいけない防除作業もあり、灌水までやっとる余力はない。

それと、忘れんうちに書留めておく。昼休みのメエルチェック。千葉県立中央図書館からメエルが届いた。「新聞をみて「時代を駆けるII　吉田得子日記戦後編」が出版されたことを知りました。戦前編を所蔵しており、ぜひ戦後編も所蔵したいので、ご寄贈いただけないかと思い、連絡させていただきました」。ワシの返信は以下の通り。

＊

メエル拝受いたしました。すみませんが、寄贈は致しかねます。遺さねばならぬという使命感により、編者・版元とも赤字覚悟で作った本です。一冊でも販売を伸ばして、経費を回収しなければなりません。こういった少部数の書籍が、ある程度おカネにかわり、日記の会にせよ小社にせよ、活動を維持できるようにしていかなければ、学問も文化も何も、この世から無くなってしまいます。販売部数の見込めない少部数の出版ゆえ定価を高めに設定せざるをえないわけですが、それでも、税込三二四〇円です。都市部で飲み会一回行くのを想えば安いものです。図書館の購入経費が減っているのは知っていますが、買うことのできない金額ではないと思います。自分で言うのもあれですが、小社は、儲かりもしない本の出版を、足掛け二十二年維持し続けています。毎月月末は、いつも、貯金残高ゼロです。それでも、私がやらなければ誰もやらない仕事を放り出すわけにはいかない、その使命感だけで、続けているのです。文化に携わる人間の志というものをみせていただきたいと切に願います。

7月20日（金）土用　旧6月8日　晴（出先晴）

(水)0.0mm/(均)27.8℃/(高)33.9℃/(低)24.0℃/(日)9.6h

山口県柑橘同志会の総代会は去年の下関市豊浦町に続いて遠隔地開催、田中原旧選果場を六時出発、往路四時間半かけて日本海側の阿武《あぶ》町まで行く。かいよう病防除、農薬撒布時五〇〇リットルに対して一リットルの酢をまぜたらよいと車中で國司君から智慧を戴く。安いものだし食品だから毒にはならんし、農薬との混用で薬害が出ることもない。次からやってみよう。山口も萩も連日三五度突破、午後の園地廻り研修会は脳味噌回らず、質問する気力もなし。六時半帰宅。

7月21日（土）旧6月9日　晴

(水)0.0mm/(均)27.9℃/(高)33.9℃/(低)23.5℃/(日)10.1h

六時起きが辛い。昨日の疲れで仕事できず。午前みーちゃんの病院、午後昼寝。仕事が進まず気は焦るのだが、腰の具合がマシになっただけよしとしよう。みーちゃんの体重九〇〇グラム、生育良好、虫下しを処方してもらう。腹に乳首を確認する。猫の生育は早い。

晩、久しぶりに庭でＢＢＱをする。ワシら子供の頃から学生時分にかけてＢＢＱなどやったことなかった。年寄世帯だったこともあるけど、周りをみても、ＢＢＱやってる家は無かった。盆や連休で親戚一族が集まる時は刺身が定番だった。それがＢＢＱに取って代った。紙皿紙コップを使えば洗い物の手間も少ないし、昔と比べて肉類の値が安くなったのもあるのだろう。それに魚の値の高いこと（漁師の浜値は馬鹿安だが売値は馬鹿高い）、不漁続きでよい魚が確保しにくくなったことも一因であろう。八〇年代まで魚中心だった日本人の食生活が肉中心に変ったのは二一世紀に入ってからのこと。今の日本人は魚を食う民族ではなく、肉を食う民族である。和食が世界無形文化遺産に登録されるということは、今や和食は滅びつつあるということだと、印南さんからご教示戴いたことがある。島に住んでいるからといってウマい魚が存分に食べられるわけではない。日本社会の変化は島嶼部にも翳を落とす。

7月22日（日）旧6月10日　晴

(水)0.0mm/(均)28.3℃/(高)33.2℃/(低)23.5℃/(日)10.8h

六時半起き。はっちゃんのお散歩すませ七時から八時まで井堀中段で草刈り。帰って朝メシ、九時半から十時過ぎまで草刈りの続き、スダイダイ幼木摘果をすませて一〇時四〇分、暑くてやれん、仕事切上げて帰る。ひるから悠太のテゴでインド人も吃驚カレーを仕込む。ネットの天気予報、二十八日の雨予報が昨日は二十九日にスライドし、今日チェックしたら晴に変っていた。

かーちゃりんによると、ここんとこ柳井の義兄が週三回オジジ宅に通い詰めているという。頼まれた買物を届けに行くと、小学校跡地から家の畑に堆肥を兼ねた敷草を車で運ぶのにコキ使われとったと。ワシが引き受けなんだらご近所さんに頼みよる、迷惑かかる、と義兄が言うとったんだと。買ってきた肥しで作るのは畑ぢゃないとか何とか、いっちょ前なこと言いんさるんと。そりゃあ自分で全部やれるんやったら何してもええけど、自力ではもうやれんのに理念だけ振りかざして人に迷惑かけちゃいけんよと、そんな話を二人でする。

7月23日（月）大暑　旧6月11日　曇のち晴

(水)0.0mm/(均)28.2℃/(高)32.3℃/(低)25.7℃/(日)8.4h

六時半起き。疲れが抜けん、朝が辛い。八時半から二時間、井堀上段と下段残りの草刈り。曇ってるだけ楽かと思いきや暑うてやれん。帰宅して机に向うも疲労困憊で集中できず。

夕方、真宮の野川運送さんに六月分の送り賃を支払に行く。野川さんは今はトラックだが元々は海運屋さんだった。おっちゃんから、折々に昔話を聞く。店の前の岸壁から船でみかん出荷しよった頃は、正果を詰めた木箱は丁寧に扱ったが、缶詰ジュース原料のバラ摘み船では船倉の下に菰を敷き原料柑を投げ込んでいた。船からおろす時は手箕でかき出した。船倉の底の方では船の振動と荷重で固まり変形しているのでスコップでかき出したという。小松から本土へフェリー

みかんを詰めた木箱を縄で縦一字に結わえ、横にして岸壁に積み上げ、人力で貨物船に積み込む。船倉には枠がしつらえてあり、木箱を縦に積むときっちり納まるつくりになっていた。木箱の材料は四国の山中から仕入れ（パーツごとに束になっていた）、島内各地の選果場に運ばれ、釘を打って組立てていた。荷下ろし先で待ち構えていた業者さんが自分とこの箱に詰め替え、空いた木箱を船に積んで帰ってまた使う。みかん出荷が段ボール箱に替る前、海運の時代にはこんな具合に循環が出来ていた。写真は昭和30年代の安下庄、真宮［しんぐ］、みかん木箱の積み込み風景。当時は一杯船主も多く、三ツ松だけでも十何杯あった、みかんだけでなく色々のものを船で運んでいたと野川のおっちゃんから伺った。
所蔵＝周防大島町教育委員会（滝本写真館旧蔵）

に載せるようになると、安下庄のトラックで六〇トン、小松からの傭車で三〇トン、計九〇トンを毎日《まいひ》に運んでいた。今や安下庄の出荷量は表年でも一五〇〇トンに届かない、隔世の感がある。野川さんが言う、それにしても昔の農家はものすごい仕事してたなと。草は全て手で刈るし、肥しは土を打って混ぜるし、山から枯葉を運んできて堆肥にしていた。山もきれいにしていた。そうだな、ワシにはそこまでできん、というか、今のワシらとは身体にかかる負担が違う。毎日毎日辛抱に、無理に無理を重ねて、歳がいくと背骨が曲った。四年前に八十九歳で亡くなった家房のオジイも、晩年は足腰立たなかった。

五時四〇分から一時間、岩崎の改植ブロックの草を刈る。大津ヒリュウ台木二列（一〇本）、セトミ二列（一二本）刈ったところで切上げる。今日も堪えた。今季最終の枝豆をアテに呑む。

7月24日（火）旧6月12日　晴

(水)0.0mm/(均)28.6℃/(高)33.5℃/(低)24.7℃/(日)11.3h

待望の雨がきた。大した雨ではなかったが、土を掘ると実によく吸水していた。生き返った。灌水してもなかなか水が入らへんのに天水って大したもんやな……とか何とか話したところで目が覚めた。今日も暑くなる、それ以外に選択肢がない。ここ数日、夜露もおりなくなった。

横井手下段、朝メシの前と後で一回ずつ刈払機を回す。今季最短九時半でギブアップする。夕方悠太お迎えの前に地主で一時間だけ粗摘果、天牛（ゴマダラカミキリ）の産卵防止のため樹冠の草を取りながらの作業、捗らない。汗だく。

埼玉県熊谷市で四一・一度、観測史上最高気温を更新したと中国新聞が一面肩で伝えている。一九三三年（昭和八）に山形市で記録した四〇・八度が長らく最高記録とされてきたのだが、二一世紀に入って以降、とくに福島原発爆発事故の二〇一一年（平成二十三）以降、毎年のように記録更新もしくはそれに迫る記録が刻まれる。山形の最高気温は、実は湿度が低くて体感温度は大して高くなくしのぎやすいものであったと、ものの本で読んだことがある。昨今の猛暑とは話が違う。毎年が異常気象というより、もはや、日本の気候がまるで別のものに変わってしまったと認識しなければならないのかもしれない。

温暖化、原発爆発による広域汚染、高度成長下の中国がたれ流す汚染物質等々、これらが原因であろうことは間違いなかろうけど、それぞれに対し文句の一つ二つは書き残しておきたいと思ってしまうのだが、複合要因でもあろうし、ものを書く人間が推測であーだこーだ書いてはいけない。ただ一つ解っていることは、原発を作った世代は、後の世代に面倒を全て押し付けて、のうのうと生き、のうのうと死ぬる、つまり逃げ切ってしまうということであろう。戦争は年寄が決めて、若者が兵隊にとられて死ぬるもしくは不具者になり、女子供弱い者が犠牲になる。命令した側で死んだ奴はいない。

原発も戦争も、その構図は変らない。いまどきの若い者はなんてエラそげに宣っとるげな年寄を、断じて敬ってはいけない。かれらが、この国を亡ぼしたのだ。

朝のテレビ、嵐の二宮が西日本豪雨の被災地広島を訪問している。二、三日前には松潤が愛媛を訪問していた。気象庁が特別警報を出し異例の記者会見までして注意喚起している最中に宴会やっとるげな何処ぞの首相とはエラい違いだ。否、比べること自体が失礼というもの。挙句の果てに、被災地よりカジノ法の強行採決が優先だってか。

ギャンブル依存、怖いぞ。中学校の同級生の貞男君は、パチンコ依存による借金がもとで蒸発した。馬鹿で助平だけど気のいい男だった。今でいう学習障害だろう。中卒で就職した。料理人を目指すと言っていたのが一度ドロップアウトした。わりゃーどういうつもりじゃあいうて、備後府中の彼のアパートに押しかけて行って説得した。神戸に戻り、一からやり直すことになった。彼が神戸で頑張っている間、ワシは奈良で二年、茅ヶ崎で半年、江戸で半年暮し、仕事やめて神戸に戻って震災に遭った。貞男君とは時々会って呑んでいた。パチンコ＝ギャンブル依存の背景として、義務教育修了レベルの学力が獲得できていなくとも十五の春には卒業させてしまう、いわゆる形式中卒であるということもまた重要な要素であったと、今となってはそう思う。勤め先を出たところで暴漢に襲われて貰ったばかりの給料全部盗られたと言うてきた。その頃ワシはフリーの文筆業で貧乏していたが、偶さかその日は遅れていた原稿料一〇万円が振込まれていた。当座の生活費として貞男君に七万円貸した。それが、彼との今生の別れとなった。彼の異変にその場で気付いてやれなかったことを、いまも悔いている。阪神淡路大震災の年、異常に暑かった夏がようやく過ぎようかという、初秋の日の出来事だった。

7月25日（水）旧6月13日　晴

(水)0.0mm/(均)27.8℃/(高)32.8℃/(低)24.4℃/(日)11.1h

疲れが抜けず朝が辛い。日に日に遅くなる起床時刻、ついに七時にまで遅れ込んだ。今日は畑仕事休業、無理してぶっ倒れたのでは元も子もない。夕方にわか雨がくるかもとテレビの天気予報が伝えている。南海上に台風一二号が発生、八月二日前後に本土上陸とも。昨日まで十六日連続無降雨、ぼちぼち灌水を始めなあかんのだが、摘果と防除の日取り、ひる日中作業ができんことなど考えると今月中の灌水は不可能だ。一昨年の四十一日連続無降雨の悪夢がよぎる（正確には連続無降雨二十九日。三十日目にあたる八月十六日の朝わずか〇・五ミリの雨が来たが焼け石に水、クソの足しにもならんかった）。

7月26日（木）旧6月14日　晴

(水)0.0mm/(均)28.6℃/(高)32.7℃/(低)25.1℃/(日)10.4h

六時起き。前日休んだ分マシではあるが、それでも疲れが取れない。はっちゃんお散歩のあと家庭菜園の水やり、いつもより丁寧にやる。茄子胡瓜が暑さ草臥れで実がつかず、イモの蔓は伸びず、青ヂソピーマンオクラはシワく、暑さに強いはずのトウガラシが枯れ始めた。一寸水をやったくらいでは表層を滑るばかりで土が全く吸水しない。旱魃の度に、天水に優るものはないと痛感する。

六時四〇分から一一時一〇分まで、朝メシと悠太保育園送りを差し引いて実質三時間半、地主で在来温州の粗摘果と樹冠草とりにかかる。登園前の一時間、悠太にテゴをさせる。

医者の言うこと聞かず扇風機もつけんと閉め切ったクソ暑い部屋で一人我慢大会していたオジジが熱中症予防のため今日から強制入院となり、柳井の義兄の手を煩わせる。入院しとる間にクーラーつける話になった。年寄の家ってのは、何でか知らんけど暗くて暑い。ここでやっちゃん初盆の会食をやろうと言うんだから狂気の沙汰だ。ワシはクーラー要らんとオジジは突っぱねたらしいが、お前のためぢゃねー！　てな具合で突っ切ったんだと。やっちゃんのアパートから持ち帰ったクーラーをつけることにしたが、大和電器も大島電機もクソ忙しくて工事の日取りが確保できんという。最後の手段、クソ忙しいなか実にすまんのだが、亮平君に無理をお願いすることにした。早く仕事があがったといって四時過ぎに電話がかかり、オジジ宅の下見に来てもらう。四月以降、週末禰宜の仕事はお祀り続き、平日は実家の電気屋仕事で一日も休んでいないという。そんなところに時間外仕事割込み、すまんのー。

7月27日（金）旧6月15日　晴

㊌0.0mm/㊕28.3℃/㊣32.3℃/㊦25.5℃/㊐10.4h

台風接近により日曜日が雨予報に変った。初旬の豪雨で被災した人にしてみればここで雨が来てほしくはなかろうけど、百姓としてはここでまとまったひと雨が来なければ生死にかかわる。猛暑と寒波、旱魃と豪雨、もはやワシらが知っている日本の気候ではない。今回の台風一二号は東から西へと攻めてくる。何もかもが狂っている。

亮平君の作業がいつになってもいいように、オジジ宅にクーラーを運ぶ。ついでに、昨日来た時見て見なかったことにしたジャーのメシを川に棄てる。この際ジャーごし棄てたろかと思ったが悪いことはしてはいけない。冷蔵庫の中には腐った魚やお惣菜、ゴミ出しに間に合わないので、ここは沖縄方式、ビニール袋に詰めて冷凍庫に仕舞う。冷凍庫には、これはもう食えんだろうなってな感じの食材がぎっしりてんこ盛り、腐りものを割り込ますのに難渋する。流しのへりにええ感じの桃がある。貰って帰ろうと手に取ると、ぐぢゅぐぢゅに腐っていた。現代の日本では、若者より年寄のほうが食べるものを粗末にする。戦争中は食いたくても食えんかったんぢゃ！　贅沢ぬかすな！　食べるものを粗末にするな！　と、祖母がいつも言っていた。アジアで二千万人を殺し、自国の国民を三百万人殺し、遺された多くの人々をそれ以上に不幸にした無謀な戦争の終結から、まもなく七十三年。

十時から割石で中生古田温州の粗摘果。ここの園地は、ワシの前の耕作者が本土からの通い営農で十分な管理ができず、極端な隔年結果が出てしまっている。引き受けて三シーズン目になる。当初四五本あった樹の数を一五本にまで減らし、大津四号の苗木を六本植えた。密植の害、良玉のつく赤道部より下の枝が消滅し、残りの枝全てが日照を求めて上に向って伸びている。立枝にはよい実がつかない。作業性もよろしくない。今年は一一本に実がついた。隔年結果を是正できたのは一本だけだ。積年の管理のまずさに加えて、連年の猛暑・寒波と秋の長雨による日照不足で、なり番の年にあたる樹でも実のつきが悪い。なり枝の枝枯れもちょいちょい出ている。全体に控えめの摘果となり、一時間半で作業を終える。

ひるから久賀の清掃センターに粗大ごみを運ぶ。帰りに島の恵み本店に寄り、ニンニク売残り四袋を回収する。腐るものではないのでこのまま置いとけばよさそうなもんだが、ほぼ同量の激安品が出ていて、これでは勝負にならんので見限ることにした。今回引上げたのは、玉割れしたものをバラしたお買い得品。代りに美品を六袋卸す。二個一二〇グラム三〇〇円、激安大島相場に対して強気の値段設定だが、それでもスーパーで売っている青森産の半額である。

亮平君の仕事が早くあがり、帰りの足でオジジ宅の作業をしてくれることになった。その前に少しでも進めておこうと地主で在来の摘果、一本だけやり残す。五時半から一時間ほどオジジ宅で設置工事にかかるも、やっちゃん宅から持帰った配管の長さが足りず、次回持越しとなる。

7月28日（土）旧6月16日　晴

㊌0.0mm/㊕28.4℃/㊣33.3℃/㊦24.2℃/㊐8.5h

玄関先にクソ汚い三毛猫が座っている。軽トラのへりには、それに輪をかけて汚い黒猫が鎮座している。追っ払ったが、はっちゃんの散歩から戻るとまた元の場所に座っている。マダニやノミを撒き散らされてはいけん。可哀想だが心を鬼にして追っ払う。みーちゃんと同じくらいの月齢、実はきょうだいかもしれん。二匹とも衰弱している。逃げ足が鈍い。物陰に隠れるのをつつき出し、草取鍬でぶん投げる。フーフーギャーギャー泣き喚く。何でワシがこんな目に遭わなアカンのぢゃー！　何であいつがよくてワシがアカンのぢゃー！と叫んでいる。野良猫集めて餌付けする無責任な馬鹿者が居る。こいつら皮膚病と猫風邪でかなり衰弱しているけど、そういう人って餌はやっても絶対に動物病院には連れてってくれんわけよ。おそらく数日もたんだろうな。奈良新聞に勤めていた二十五年前、天理の山中で犬の多頭飼育・放置が社会問題になった折、犬猫殺処分の問題で以前から取材させて戴いてきた江端獣医が言っていたことを思い出す。どうしても面倒みきれないならそれでよい、ならば自らの手でかれらを殺してみろ、そこまで思いを致したことがあるのか、と。

悠太を保育園に送る前に、地主の残り一本摘果作業をする。この一本だけまあまあのなり具合なのだが、それでも玉が多くはなく、三十分かからず作業を終える。五シーズン目にして初めて七月中に粗摘果を終えた。ワシの手捌きがよくなったことより不作のほうが大きいのだろう。悠太の握力ではまだ手で落とせないので、採果鋏を使わせる。大したテゴにはならんのだが、遊びレベルのうちからみかん栽培に慣れ親しんでおくのは大事だと思う。

午後、かーちゃりんが今年初めて悠太を海に連れていく。ワシはお留守番、終りがけに写真だけでも撮りに行く。

台風に備え農具類を井堀の倉庫に仕舞う。上りがけ、地主でウリ坊二匹遭遇、ワイヤーメッシュ廻りをほじくり返した跡がある。五時から岡田君と陸閘を閉めて歩き、雨風によるかいよう病拡散防止のため岩崎の罹病枝葉を切除、晩の支度が遅くなる。

7月29日（日）旧6月17日　曇のち雨

(水)28.0mm/(均)25.1℃/(高)28.5℃/(低)23.2℃/(日)0.0h

朝から亮平君がオジジ宅のクーラー工事の仕上げに来てくれた。折角の休日なのにすまん。十時頃待望の雨が降り始める。台風の中心部は三時頃山口市を通過したらしい。強風は吹かず、大雨にもならず、高潮も来ず、肩透しを食らったげなだったが、農家にとっては恵みの雨、これでみかんが、すべての作物が生き返った。五時半から四人で陸閘を開けて回る。

7月30日（月）旧6月18日　曇時々晴、夕方雨

(水)2.0mm/(均)26.2℃/(高)29.7℃/(低)24.3℃/(日)2.4h

久しぶりに宮本記念館へ行き、これから編むべき宮本常一の本についてタイシン君と打合せる。森本さんの癌の具合も気にかかる。初期五巻のコンテンツだけでも決めてしまい、とりあえずは手を動かしてみる必要がある。遺す本を作るうえで拙速は厳禁だが勢いは必要だ。

二時半から横井手下段と平原上段で草刈り、前回の草刈りからひと月半、草丈が腰まできている。照りつけず風があって涼しい分作業がしやすい。雨がきたので四時でやめにする。

新宿信濃町の博文堂さんより電話あり。客注で入れた「神戸・ユダヤ人難民1940-1941」のジャケットが傷んでいるので交換してほしいと。ジャケットだけ養生して黒猫で送ると送料が高くつく。本に巻けば安く送れるが丁度よい束見本が手許に無い。美品一冊レターパックプラスで送り、傷んだ本を同梱のレターバックライトで送り返してもらうことにする。定価税込四五三六円の本で、この場合は地方・小出版流通センター扱いで流れているので、正味六六パーセント、うちのとり分は二九九三円となり、今回のジャケット交換送料版元負担額八七〇円を差し引けば、手取り実質四七パーセントにしかならない（地方小納品時の送料や、売れずに返品となった場合の手数料・送料等は考慮していない）。書店さんにしても電話代手間暇考えるとええ商売ではない。それでもたった一冊の本を読者に届けるためにいい大人が採算度外視で懸命に仕事する。

経済至上主義に染まった人らの目には愚かな営為としか映らないであろうが、これぞ出版文化を底辺で支える人間の心映えの一つ、である。

7月31日（火）旧6月19日　曇時々晴

㊌0.0mm/㊋27.5℃/㊖31.4℃/㊤24.8℃/㊐4.8h

四時起きで机に向うつもりが三度寝の六時起き、疲れが抜けん。今日から天牛の産卵防除、モスピラン二〇〇倍株元撒布にかかる。井堀上中下段（八畝＝約八アール）と地主の最小ブロック（三畝＝約三アール）を片付ける。七月以降、園地で遭遇する天牛の数が一気に減った。猛暑が過ぎると蚊が死ぬると聞いた。同じことが天牛にもいえるのかもしれない。それでも、防除はやっておいたほうがよい。幼木で一匹でも幼虫が入れば内部を食い破られてアウトだ。孵化して樹体内に入り込んだ幼虫の駆除は限りなく不可能に近い。

天牛もいけんが、もうひとつ始末の悪いのがカイガラムシだ。こいつを叩ける農薬が少ないうえに、防除時期も十二月半ばから一月上旬、および六月下旬から七月上旬に限定される。大発生するや排泄物に雑菌がとりついてすす病が発生し、樹が真っ黒になってしまう。こないだオジジ宅でクーラー設置した折に、オジジ自家用みかんの樹のコンディションを見てきた。カズラとセイタカアワダチソウの繁茂で農薬撒布すれども薬液がまともにかかるような状態ではなく、さらには、すす病の蔓延で枝から葉から実から全てが真っ黒になっていた。カイガラムシ防除で最も効果の高いのは冬マシン（機械油乳剤四〇倍）で、一月の寒が来る前にやらんといけん。暮れから年明けにかけての収穫・出荷が長引き防除がすっ飛ぶことも多々ある。もう一つ、若齢幼虫が発生する梅雨時の防除が不可欠なのだが、どちらもきちんとやっとらんと、このような悲惨な結果になる。この畑でも以前はいいみかんが出来ていたのだが、オババがボケて面倒見られなくなって一気に駄目になった。連年結果する筈の在来温州で毎年コンスタントに不作ときたもんだ。オジジは野菜マイスターではあるが、みかんの管理についてはずぶの素人だ。一昨年と去年は、八月末のミカンバエ産卵防除だけワシがやっていたのだが、これでは手間とカネかけてミカンバエ防除かけるほどのせぇがない。今年のオジジ宅のミカンバエ産卵防除は頼まれてもやらんと決めた。潔く伐採するように、かーちゃりんと義兄から説得してもらうしかない。

2018年８月

夏野菜は出来不出来の落差が大きい。年ごとの気象に左右される。梅雨の遅い年はキュウリの出来が良い代りにゴーヤ、オクラの出来が悪い。雨が多い年はトマトの出来が悪い。日照りの年は唐辛子の出来が良いが、度を越した猛暑では枯れる。毎年、どれかが当り、どれかが外れる。

１ヶ月

降水量	16.0mm（113.9mm）
平均気温	27.7℃（26.5℃）
最高気温	32.3℃（30.9℃）
最低気温	24.3℃（23.1℃）
日照時間	274.0h（236.9h）

上旬

降水量	0.0mm（31.7mm）
平均気温	28.3℃（26.7℃）
最高気温	33.1℃（31.3℃）
最低気温	24.6℃（23.2℃）
日照時間	104.6h（82.6h）

中旬

降水量	15.0mm（40.0mm）
平均気温	26.7℃（26.7℃）
最高気温	31.3℃（31.1℃）
最低気温	22.9℃（23.4℃）
日照時間	80.9h（75.2h）

下旬

降水量	1.0mm（42.2mm）
平均気温	28.2℃（26.2℃）
最高気温	32.5℃（30.5℃）
最低気温	25.3℃（22.8℃）
日照時間	88.5h（78.9h）

8月1日（水）旧6月20日　晴

(水)0.0mm/(均)28.1℃/(高)33.1℃/(低)24.3℃/(日)9.6h

疲労困憊、四時起き出来ず、二度寝の六時起き。六時半から七時過ぎまで横井手上段と平原上段で刈払機を回し、防除作業の通路を確保する。岩崎西南の草刈りを九時半から一時間、続いてカズラ除去作業一時間、午後二時から四時半まで天牛産卵防除、株元にモスピラン二〇〇倍を撒布する。立枯樹の枝を切落とし、防除作業時のハケを確保する。樹齢の高さと積年のダメージもあってこの園地は特に立枯れが目立つ。来春の苗木更新がまた大仕事になりそうだ。

8月2日（木）旧6月21日　晴

(水)0.0mm/(均)28.0℃/(高)33.7℃/(低)23.2℃/(日)11.4h

久しぶりに夜露がおりる。六時半から平原上段で草刈り三十分、八時五〇分から二時間、平原上下段と横井手上下段で天牛防除とあわせアゲハ幼虫を潰して回る。特に終齢幼虫はアホほど食う。せっかくの新芽が食い尽くされて丸坊主になる。その分生育が遅れる。見つけるそばから指で潰す。いたちごっこ、殺虫剤が撒布したその時しか効いとらんのがよくわかる。昼間は暑くて作業できず。五時から六時半まで岩崎、平原、西脇のかいよう病罹病樹に一〇〇〇倍に薄めた酢を撒布する。こないだ國司君に聞いた希釈倍率は五〇〇倍だったと、撒布を終えたあとで気付くが、まあ何もせんよりマシだろうて。

それより難儀な事態、西脇でワイヤーメッシュ（防獣柵）が突き破られていた。幸い果実の被害は無かったが、彼方此方掘り起こされていた。マダニを撒き散らされたかもしれない。イノシシにやられたときの心のざわつき具合は農業やっとらん者にはわかるまい。応急修理をしておいたが、なるべく早くきちんと対策しておかなければ今年もまた悲惨な事態を迎えることになる。亡伯父から引受けて六年目、病害虫、イノシシ、塩害、枯死、相次ぐ改植、隣接放任園地から受ける病虫害、その他諸々、この園地でまともな農業が営めた年は一度たりとてない。本音を言えばもう投げ出してしまいたいのだが、煮ても焼いても食えんげな屑園地を六年かけてここまで整備した手間暇と経費を考えると、また身内の園地であることも考えると、今ここで投げ出すわけにもいかない。

8月3日（金）旧6月22日　晴

(水)0.0mm/(均)28.3℃/(高)32.7℃/(低)24.9℃/(日)11.4h

みかん栽培は、草刈りより摘果、摘果より防除が優先される。天牛防除（モスピラン二〇〇倍）が中途ではあるが、時期的にミカンバエ成虫防除（キラップJ三〇〇〇倍）、ダニ類防除（ハチハチフロアブル二〇〇〇倍）のほうが優先だ。今年はカメムシが多いのでここで叩いておきたい。スイカル五〇〇倍（カルシウム剤）もあわせて撒布しておきたい。今日から上記三種とあわせ黒点病三・四回目統合（ジマンダイセン六〇〇倍）の防除作業にかかる。前回防除以降の累積雨量は三〇ミリしかないのだが、万一台風が来よったら一気に何百ミリと降って薬が流れて一気に黒点がつきよるだろうし、猛暑の年とあっては紫外線による分解も早かろうし、ここでやらんわけにはいかんと判断した。

　六時半から正午過ぎまでタンク二杯六〇〇リットル撒布、汗だく、長靴の中が汗で水浸しになる。この時期、熱の籠る午後は作業ができない。休憩時に出金伝票の整理、家の固定資産税二回目と水道代の支払を忘れていることに気づき、慌てて郵便局に走る。五時半から三〇〇リットル、日が沈むと涼しくなる。朝イチと夕方の一杯ずつ計二杯で切抜けたいのが本音だが、それでは日にちがかかりすぎる。一日三杯ペースでも最低四日かかる。今日から晩ごはんはかーちゃりんの当番、自家採りトマトが美味い。防除作業中は禁酒。この時期に一口も麦酒が呑めんのは辛いのだが、吸い込んだ農薬を体外に出そうと肝臓膵臓腎臓脾臓が頑張ってるところに酒を注いで邪魔するわけにはいかず、それ以前に疲労困憊の身体は酒を受付けず、ひたすらお茶と無糖炭酸水をがぶ呑みする。

　オジジ無事退院するも、クーラーが効かんと電話あり。義兄がリモコン買ってきたのだが、それでもあかんと。下関のやっちゃん宅を引上げた時にリモコンを失くしたのか捨てたのか今となってはわからんのだが、それがために亮平君が設置工事した折に動作チェックが十分にできなかった。取外し時に冷媒が漏れてへんか心配やなと言うてはいたのだが、オジジの負のオーラか？　こんな時に限って不安は的中する。

8月4日（土）旧6月23日　晴

(水)0.0mm/(均)28.1℃/(高)33.0℃/(低)24.2℃/(日)11.4h

防除作業二日目。六時五〇分から割石で撒布、ここは山の陰で日の出が遅い。日が昇って暑くなる前に撒布を終える。九時二〇分から一一時、夕方六時前から七時過ぎまでの二回に分けて岩崎で撒布する。ここは住宅地と隣接するので早朝の撒布ができない。前日のうちに畑と隣接する四軒のお宅に連絡を入れておく必要もある。家のすぐ隣でみかんの防除作業をやられたらワシは嫌やな、農作業に理解があるってのは有難いことやでと、かーちゃりんが言う。

　昔の写真をみると、岩崎園地のある田中原という地域は一面の田圃だった。それがみかん景気を受けて昭和四十年代初めに一気に転作が進んだ。安下庄だけでなく大島全体で水田からみかんへの転作が進んだ。田中原は、大泊の山を削った土砂で田圃を埋めて畑を造成した。その時考え無しに岩石もろともサデ込んでしまったがために、でかい石ごろごろ、管理機（手押し耕耘機）を使っての中耕ができない困ったちゃんな園地になってしまった。石の多い園地は刈払機を回す際にも危険が伴う。いま耕作しているワシは大困りだが、当時はそんなことどうでもよかったらしい。また、昔のみかん園は今では考えもつかんくらいの密植だった。それではろくなもんが出来んだろうと思うてしまうのだが、当時は見てくれの良し悪しだの糖度の高い低いだの喧しいことは言わず、みかんの形さえしていれば高く売れたと聞く。反収（一反＝約一〇

昭和30年代の安下庄。中央が田中原、右下が庄の水田地帯。庄の新池後方に長尾八幡宮の社叢と参道の松並木が確認できる。昭和40年代にかけて水田からみかんへの転作が進み、後に宅地化も進行した。現在は耕作放棄が進み、空家も増加の一途にある。太陽光発電パネル用地と化した耕作放棄地も少なくない。提供＝周防大島町教育委員会（滝本写真館旧蔵）

アールあたりの収量）六トンなんて言うとった時代でもある。今のワシの園地では、高品質生産のための独立樹形成（密植解消）と樹別交互結実品種（青島、大津など）がメインになったこと等により、成木の多い園地で実質反収二トン程度である（改植を進めているため、面積の割に反収の上らない園地が多い）。

五反（約五〇アール）耕作すれば一年の稼ぎで子供を都会の大学に四年間やれたとか、一町（約一ヘクタール）一年の稼ぎで家が新築できたとか、今の悲惨な状況からは想像もつかんような黄金伝説は悲しいかなそう長くは続かなかった。生産過剰による値崩れ、オレンジ輸入自由化や消費者の嗜好の多様化などによりジリ貧に転じた。戦前の養蚕・製糸業を背景とした一面の桑畑が戦時食糧増産のため芋畑になり、戦後田圃からみかんへ転作、みかんが左前になって以降宅地化も進んだ。近年は人口減少で宅地転用も下火となり、太陽光発電パネルが幅をきかせつつある。

話は変るが、密植の酷い園地で、園地中央部の樹を伐採して作業道を作った所があり、実はそれまで、園地に隣接するお宅が車の転回場としてみかんの樹一本の伐採賃（性格としては生産樹補償金にあたる）と転回スペースの土地借り賃、かなりの額を地権者に支払っていた。作業道が転回場として使えるようになったことで土地借り賃を払わなくてよくなった。みかんが左前になった今の時代にあってもたった一本伐るだけでけっこうな金額を取られるあたり、百姓がケチであるところの所以なんだろうけど、よき時代を忘れられない人たちにとっては黄金伝説はまだ終ってなどいないのであろうと、そういうヤチもないことを考えたりもした。

8月5日（日）旧6月24日　晴

(水)0.0mm/(均)28.1℃/(高)32.9℃/(低)23.4℃/(日)11.4h

防除作業三日目。朝イチ西脇で作業の途中、風垣が伸びて赤線（部落道）に張り出し通行の邪魔になっていると注意を受ける。中山間地域等直接支払制度を使うという話になり、中原さんらが風垣の刈込作業をしてくださる。暑いし手が回らんのもようわかるけど気ぃつけてなと言われる。すまん。廃棄物の搬出を手伝い、防除の残りを終えて帰宅したら十時半。昨日まで午前二杯午後一杯ペースで進めてきたが、疲れがきたのでこれで午前の作業はやめにする。

午後お宮の川へ悠太を泳ぎに連れていく約束が、疲労困憊で起きられず、代りにかーちゃりんが休日出勤をとりやめて連れて行ってくれる。昨日の海水浴にも連れて行ってやれず。お盆過ぎるとクラゲがわく。海で泳げる期間はそう長くはない。今年は泳げるようになって自信をつけているだけに、保育園休みの日には目の前の海に連れて行ってやりたかったのだが。

今日の川泳ぎ。川の水は冷たいと思いきや水温が高くてびっくりした、まだ海のほうが冷たいくらいだとかーちゃりんが言う。腑に落ちた。山の水は冷たいというイメージがあるが、さらにあらず。高校時分に山岳部の歩荷《ぼっか》キャンプで歩いた神戸の表六甲の湧水も夏場はぬるい。山が浅いということだ。品種改良が進んだ現在と単純比較できないとはいえ、秋口に入っても水温が高く仕上げ時期に窒素が抜けない栽培条件の不利もあり、大島のコメは高品質を売りにする他産地とは勝負にならなかった。みかんはコメほど大量の水を必要としない。日照時間の長さ、降雨量の少なさはみかん栽培には適している。水持ちの悪さは水捌けの良さに転化する。そして米作の機械化効率化を阻む狭小農地でも、元々手作業の多いみかんならまだ勝負になる。また、機械化について莫大な資本投下が要るコメと違い、みかんは小資本で営農可能である。元々貧しい島である。否、島であるがゆえに貧しかった。コメを作るうえでの不利な条件は、みかんを作るうえではアドバンテージとなる。コメからみかんにこぞって転作した背景がそこにある。高卒で都会に出た母など、全部みかんに転作せんと田圃残しておけば今頃もう一寸マシだっただろうにアホやなーと、いつもそう言っていた。ワシも若い頃はそう思ってきたのだが、何も解っとらんとはこういうことなのだと、この齢になってやっと解ってきた。

8月6日（月）旧6月25日　晴

(水)0.0mm/(均)29.1℃/(高)33.7℃/(低)24.7℃/(日)11.1h

防除四日目、今日も朝晩一杯ずつ、昼間三時間爆睡。疲労蓄積、仕事が進まない。

8月7日（火）立秋　旧6月26日　晴

(水)0.0mm/(均)29.3℃/(高)34.3℃/(低)25.9℃/(日)11.2h

防除五日目。無理して早起きせず、六時半起きで薬液を作り、朝メシ食うて八時半から十時まで撒布して作業終了。風呂浴びて炭酸水呑んで寝て、片付けは昼からゆるゆると。四時半から一時間、地主で天牛防除作業、成木をパスして、たとえ一匹でも幼虫が入れば命取りになる幼木若木を優先する。

8月8日（水）旧6月27日　晴

(水)0.0mm/(均)27.6℃/(高)31.8℃/(低)25.0℃/(日)8.6h

六時起き。エラい。仕事する気にならん。悠太が三週連続でヤマハ教室の宿題をやっとらん。この一週間、一度も自宅練習をしていない。ヤル気の無い者のために貴重な作業時間潰して付き添えるか！　といって怒りあげた。今日の授業はお休みにする。予習復習、よっぽどヤル気ないのであればやめさすことも視野に入れつつ。馬鹿者が大泣きしよるが自分のまいた種だ。

八時から二時間かけて家庭菜園の灌水作業をする。カラカラに乾いた土は簡単には水を吸わない。そうなる前に灌水すりゃあよかったんだが余裕が無かった。

永明寺さんに盆旗を届け、オジジ宅に立寄る。クーラーはぬるくはない風が出てはいるけど冷媒抜けで部屋が冷えない。まだかまだかとワシに詰め寄られても困る。亮平君に無理を頼んではいるが、酷暑電気屋超多忙の折にそれ以上の無理は言えん。松下製品でないからやれん、忙しくてやれん、などの理由で電気屋二軒断られた。オジジ、大和電器さんにはクーラーを見に来てくれたその場で文句を言い、大島電機さんにはわざわざ抗議の電話を入れたという。面倒くせーことするなよ。それと、退院前日看護師が嫌なこと言いよったと憤慨する。八十九歳の誕生日が来たら四苦八苦やねーと茶々入れられ、ワシは破竹の進撃ぢゃー！　と怒りあげたと。ハチ・クの返しで親爺ギャグで済ませておけば可愛げもあるんだが、こりゃあいけん、暴走老人、本気で怒っとる。もう先は長《な》ごうないんやから好きなようにさせときと、上がってお茶してたご近所さんが言う。煩悩の塊に即身仏は無理や、泉重千代翁の長寿記録まで生きたらあと三十年もあるど、そうなりゃワシが先にくたばっとるで。オジジの聞こえんのをええことに悪口雑言罵詈誹謗並べ立てるのもよろしくないので早々にお暇する。

　昼間は外で仕事できず。四時前から一時間地主で天牛防除。亮平君から電話が入る。今からオジジ宅へクーラーの冷媒入れに行くと。すまねー、助かった。

8月9日（木）旧6月28日　晴時々曇

(水)0.0mm/(均)27.8℃/(高)31.7℃/(低)24.3℃/(日)8.0h

　朝イチ、はっちゃんお散歩のあと中国新聞を手に取る。沖縄県の翁長知事が亡くなったと一面で報じている。国家と闘い、討死された。元々は自民党の重鎮で、辺野古移設にも賛成の立場だった。九五年に発生した米兵による小学生強姦事件が契機とされるが、それから二十年かけて転向した。イデオロギーよりアイデンティティと喝破した。自ら意識して「転向せざるを得なかった」人にこそ真実があると考える。そこに住み続ける人たちの幸福を守るという立場に立ちきれば、国家権力は敵であるということ。日米安保体制という国策は打出の小槌とばかりに力のある者に媚び諂う山口県（日本と言い換えてもよい）から翁長知事のような筋金入りの保守が出てこないのも道理ではある。ワシらが地方であると思っているものもまた中央なのだ。大田昌秀著「醜い日本人」を読み返す必要がある。

　終日西脇と割石で天牛防除、疲労困憊。西脇は先月九日から十九日にかけて草刈りを済ませたのだが、もう膝の辺りまで伸びている。ここの特徴、土に水気があるだけ草の伸びが他の園地より早い。幼木廻りが特によく伸びている。夏肥二回目直後の集中豪雨で肥料の流亡を危惧していたのだが、そこそこ残ったようだ。

8月10日（金）旧6月29日　晴

(水)0.0mm/(均)28.2℃/(高)33.8℃/(低)26.0℃/(日)10.5h

　朝イチ地主で草刈り三十分、朝メシ食うたあと一時間半、前回やり残した成木の天牛防除にかかるも草を取りながらの作業は捗らず一〇本程度しかやれず。十時に集荷場でモスピランSL液剤（ミカンバエ産卵防除）の引取り、九本（使用液四五

○○リットル分）で三万二九四九円ナリ。今年は高温でミカンバエ発生が早いので、例年八月二十日から九月五日までの重点防除期間を十五日から三十一日に前倒しするとの説明書を戴く。ひと雨来てからでないと、この暑さでは人間が倒れまっせ。

お昼前にみーちゃんをさくら病院に連れていく。体重一・四キロと順調な生育具合、線虫は殲滅、猫風邪が残るので薬は継続となり。

疲れがきて仕事ができん。ひるから夕方まで寝る。晩はかーちゃりん女子会で柳井までお出かけ、ワシら留守番。夏ばて薬にゴーヤチャンプルー作りたかったのだが、台所に立つ体力気力なし、悠太は作り置き冷凍カレー、ワシはレトルトカレーで晩メシを済ます。九時過ぎに寝る。

8月11日（土・祝）旧7月1日　晴

㊌0.0mm/㊍27.9℃/㊋33.3℃/㊎23.6℃/㊐9.1h

六時半から一時間地主で草刈り、汗だくで帰宅、もう仕事する気力なし。地主の成木の天牛防除がまだ半分も進んでいないのだが、身体がもたんのでこれでやめにする。もしも天牛にやられたら、それが寿命よと諦めてちゃっちゃと植替えたらええがなと気持を切替える。連年の猛暑、寒波、秋の長雨日照不足により、古い樹が次々と枯れ込んでいる。ここまでくれば、天牛にやられる前に樹のほうが先に参りよる。しっかし、それ以上に人間が参ってしまいよる。仕事する気力体力なし、ひるま寝て暮らす。原稿も手につかない。

清水のミカンバエ発生荒廃園地の件、今春亡くなった美恵子おばさんの長男が初盆で帰省していると聞き、話をしに行く。ミカンバエの拡散を防ぐために、まずはいま生っている実を全て回収すること、そして来年度の補助事業を利用して伐採すること、の二点について。迷惑かけられないから従いたいのだが、一つ問題がありまして、という。件の園地は美恵子おばさんの実家の所有地であり、相続したのはおばさんの弟で何年か前に亡くなっているのだが、広島にいるであろうその子供らに連絡のつけようがない。墓も土地の権利書も広島に持って行ったんだと。相続手続を取らず放ったらかしってことも十分あり得る。黙って伐っても誰も見に来ないだろうけど、どうしたものか。でも地権者の判子ついてもらわなければ補助事業が使えず、タダ働きになってしまう。本来、伐採は地権者の自己責任であり、それを柑橘組合員のタダ働きで伐るとなれば反発は必至だ。補助事業が使えない場合に柑橘組合の会計から労賃払うとなればさらなる反発も予想される。面倒な話はさておき、当面、実だけは地権者に断りなく全量回収の方向で試験場と詰めますよと、そういうことでとりあへずの話を納める。

8月12日（日）旧7月2日　晴時々曇

㊌0.0mm/㊍28.6℃/㊋33.3℃/㊎24.8℃/㊐7.2h

よく寝た分、多少は体力が戻ってきた。六時過ぎから七時

悠太の海水浴はかーちゃりん任せ。みかん作業で疲労困憊、泳ぐのはつらい。2018.8

まで地主で草刈り。昼間は体力温存、机に向う。午後、防災無線が流れる。家房で二歳の子供が行方不明という。

三十三年前の今日発生した日航機墜落事故にかかわって、忘れられない、否、忘れてはならないことを、忘れないうちに記す。

奇跡的に生還した小学六年生の女の子を、島根の祖母が引取った。事故機に同乗していた両親と妹は彼女の傍で息絶えた。マスコミに追われたり嫌がらせが入ったりと大変な時期があったけど、祖母と兄、周囲の人らが懸命に彼女を守って、やっと落ち着いていきて、いまは看護師目指して勉強をしていると、高校二年か三年（八六年だったか八七年だったか？　記憶があやふやで、もしかしたら写専学生の頃かもしれない。だとしたら八八年か八九年）の夏休みの朝尾道駅に降り立ったとき、偶さか声かけてきて林芙美子ゆかりのサ店で珈琲ご馳走してくれたお兄さんが、そう話していた。そのお兄さんは、島根の、彼女が引取られた家のご近所さんだった。その後、九五年の震災被災下、彼女が同じ神戸の空の下で、看護師として闘っていると、風の便りに聞いた。いまだ昨日の如く想う。

8月13日（月）旧7月3日　晴

(水)0.0mm/(均)28.5℃/(高)33.6℃/(低)24.4℃/(日)11.2h

六時から七時まで地主で草刈り。かーちゃりん送り出したあと悠太連れて墓参り。先のとんぎった墓石は戦争で死んだ兵隊さんだよ。ひいじいちゃんは足を失くして帰ってきたけど、それがなければ戦死していたかもしれない。そうなったとすれば、神戸のばーちゃんもワシも悠太も生まれていないのよ。花が供えられていなかったりザツボクが生えたり、参り手の誰もいない墓もある。他人事ではない、一つ間違えばうちの墓もそうなっていたんだよ。――とか何とか、子供には難しい話。今日は盆の入り。

家房で行方不明になった子供がまだ見つからない。西脇、割石の園地と仕事場を捜索する。まさか二歳の子供がワイヤーメッシュ乗り越えて、もしくは外して畑に入るとは思えないのだが、想定外はいつでも起りうる。大島支部（旧大島町）の全ての分団が出動しているのだろう、消防団もかなりの人数を動員している。殺人的暑さ、疲労の色が濃い。橘支部に出動要請は来るのかと岡田君に尋ねるも、エリアが違うので要請は来ないであろうとの返事だった。

8月14日（火）旧7月4日　晴（出先晴）

㊌0.0mm/(均)28.8℃/(高)33.7℃/(低)24.7℃/㊐11.2h

今日から三日間保育園盆休み。悠太を連れて広島県立美術館へジブリ展を見に行くも、炎天下一時間以上待ちとあって諦める。代りに広島駅前福屋のトーマス展に行くが、子供騙し、これで入場料五〇〇円はぼったくり。東急ハンズで佐田尾さんと待合せ、ますゐでお昼をよばれる。

ひろしま美術館でやなせたかし展がありまっせと佐田尾さんが教えてくれた。この際、行ってみる。大人がみる分には非常に興味深い内容なんだが、子供向けではなかった。ワシは楽しめたのだが、悠太がつまらなそうにしている。ミュージアムショップで、「チリンのすず」を悠太用に買う。小学校三年の時、アニメ映画「チリンの鈴」を神戸三宮の朝日会館で観た。悲しくも救いのない話で、よくわからないなりに強く記憶に残っている。わからなくとも観ておく、読んでおくというのは大事なことなんだろう。実は、今日の今日まで、「チリンの鈴」がやなせたかし原作だったとは知らなかった。何が正しいのか何が悪なのかわからない、深く悲しく、救いのない、そんな話を子供向け絵本で描く、このおっさんすげー、そうそう誰にも出来ることではない。

駅前福屋に戻り、悠太のランドセルを予約する。駅ビルの銀座ライオンで二杯飲む。そうそう、行掛けに原爆ドームに立寄った。原爆資料館はパスした。まだ見てもわからんかもしれんと思った。もう一度原爆ドームを見たいと悠太が言うので、帰りは西広島まで市電に乗ることにして、ドーム前で下車した。瀬戸内特有の夕凪の空気感、精霊様が浮いている。

行方不明の子供は今日も見つからず。家房の盆踊りは中止になった。

8月15日（水）旧7月5日　曇時々雨

㊌7.5mm/(均)26.8℃/(高)29.5℃/(低)25.0℃/㊐1.0h

さすがお盆やな、深夜枕元に祖母ゆき子が出てきた。あんたが居なくなって空家になって、でも今は三人と二匹になっ

庄の共同墓地。頭の尖った墓石は戦没者。年月とともに参り手がいなくなり、荒廃したところも少なくない。コンパクトデジカメの描写設定ダイヤルが気付かぬうちにずれて、なんしか特殊技法のような写りになった。2020.8.13

たんよ、今の我が家でワシしかあんたのこと知らんのよ、途絶えかけた家がこうして続いたってのも不思議なものよね、と。

六時四〇分から地主で草刈り、三十分ほどで雨が強まり作業をやめにする。行方不明の子供の無事保護を伝える防災無線が八時前に流れる。

やっちゃん初盆の算段にかかる。庄の区民館を借りてお食事会をする。誰一人酒を口にしない江中一族にあって、酒呑みはワシとかーちゃりんのみ、こういう呑み会はペースを乱しやすい。疲労困憊、早く寝る。

8月16日（木）旧7月6日　晴のち曇一時雨

(水)7.5mm/(均)26.7℃/(高)31.7℃/(低)24.6℃/(日)5.3h

朝から腰が痛い。かーちゃりん出勤、保育園盆休み、ワシ子守。八時半過ぎ、すっかり日が高くなってしまったが盆の終りのお墓参りをする。

お盆が明ける十六日は精霊様が浮くので海で泳ぐな釣りをするなと言われてきた。社会の均質化、最近はジゲの子供が少なくなったのと観光流行りでそういう感は薄まった。庄南の海水浴場でも、いつも通り大勢が泳いでいる。とーちゃんは泳ぐなと言うのにみんな何で泳いどるのかと悠太が訊ねる。ワシの言うことと現実の光景とのギャップが、悠太には不思議に映るようでもあった。

原稿チェックを再開するも捗らず。七周年結婚記念日、恒例の四千発花火が上がる。

8月17日（金）七夕　旧7月7日　晴

(水)0.0mm/(均)26.2℃/(高)29.7℃/(低)23.6℃/(日)11.2h

盆疲れ。無理せず畑仕事を休む。高温によりミカンバエ発生が早まっている、防除を早くやれと農協の無線がせっつく。防除をいつから始めるべきか思案に暮れる。来週二十二日に台風が通り過ぎた後の方が確実や、撒布してすぐ降られたら農薬が実に浸透する前に流れてしまうとベテランが言う。防除開始まで体力回復に努めよう。

お盆明け業務超多忙、今日からまたかーちゃりんの帰宅が遅くなる。夕方かーちゃりんのケータイが鳴った。家に食うものがないとオジジより。これから連日残業土日出勤、明日はひるから保育園の行事がある、買い物連れていくのにどうしようかのーとか何とか思案してたら、嫌ならいい、他に頼む！　と電話を切りよった。柳井の義兄かご近所さんに電話が行くのであろうけれど、かーちゃりんによると、筋金自己チューのオジジは、勤め人は五時以降と土日はヒマだと本気で思い込んでいるのだと。そんなわけあるかいな、長く勤め人やってきた人がわからんもんかね。

8月18日（土）旧7月8日　晴時々曇

(水)0.0mm/(均)23.8℃/(高)28.5℃/(低)19.5℃/(日)11.0h

久しぶりにクーラーの要らない夜。四時半起きで机に向う。パゾリーニ第三章「ポエジーア」のチェック済原稿を七時前に田中さんあて送信、はっちゃんのお散歩に出る。風があり、昼間暑いなりに過しやすい。おそらく最高気温三〇度切っている。台風一九号接近による二十二日の雨予報は変わらず。昨日の晩台風二〇号が発生した。こちらの動きが読めんが、続けざまに襲来する公算大にて、とにかく台風前の防除は回避と決める。朝から晩までまるまる机に向うのは久しぶり、パゾリーニ第四章「ローマ」のチェック、一二〇枚のうち二〇枚ほどやり残す。

8月19日（日）旧7月9日　晴

(水)0.0mm/(均)25.0℃/(高)30.6℃/(低)19.0℃/(日)11.0h

六時半から一時間地主で草刈り、その後三十分ちょいカズラとアサガオの除去作業にかかる。万城川沿いの園地にマルバルコウ（外来アサガオ）が大発生しており、これをどけるのに難儀する。木に仰山巻き付くと、農薬の撒布むらが出る。撒布ムラなく確実に実にかける必要のあるミカンバエ防除では命取りになることもある。牛の輸入飼料にマルバルコウの種子が混入していたのが事の起り。牛糞堆肥を製造する際十分醱酵させてさえいれば醱酵熱で種子が死滅するのだが、市販の安い牛糞堆肥の多くが醱酵不十分で、醱酵時の温度が上がりきらず種子が死滅せず、これを畑に施用するとマルバルコウが繁茂する。よく使われている移行型除草剤（ラウンドアップなど）が効かない（接触型除草剤は効く）、抜いた蔓を園内に放置すると蔓は枯れても未成熟の種子が追熟して発芽する。不死身のサイヤ人ばり、始末に負えない。

パゾリーニ第四章「ローマ」原稿チェックを仕上げ、三時前田中さんに送信する。作家渾身の鋭利なテクストは、編集者ごときでは太刀打ちできぬと改めて思う。

悠太とかーちゃりんはひるから、おそらく今シーズン最終となる海水浴に出かける。次の週末は台風の雨が来るかもしれん。クラゲのわき始める時期でもある。

五時から平原下段の車道と作業道に挟まれた狭いスペースに一本だけある青島にワイヤーメッシュを仮設置する。前回一昨年のなり番、この木は十月初旬イノシシに盛大にやられた。それで慌ててワイヤーメッシュを設置したのだが、これを常設にすると人間の入るスペースが狭すぎて作業がやれんので、実がなる時期以外は外している。

去年は九月初旬からイノシシの食害が顕著になっている。去年も一昨年もこの時期は旱魃のため実の太りがイマイチで、時期的に当然ながらまったく着色もしていないのだが、それでもイノシシの食害に遭う。植生の貧相な大島の山にあって、タケノコとドングリの端境期にあたる今の時期は、イノシシにとって食糧危機にあたると教わった。憎しみの対象、殲滅すべき敵ではあるが、こんな貧相な島に泳ぎついてまで生き延びねばならぬのかと思えば一寸かれらが気の毒ではある。それにしても、こんな酸っぱいの平気で食うとは、実はかなりの味音痴なのかもしれない。

8月20日（月）旧7月10日　曇時々晴

(水)0.0mm/(均)25.1℃/(高)29.1℃/(低)19.5℃/(日)2.7h

六時過ぎから一時間、地主で草刈り、風垣から道路側にはみ出した枝や天辺に繁茂したカズラを伐るのに無理しすぎて刈払機のエンジンカバーで右腕を火傷する。九時から一時間、草刈りの続き。そのあと横井手上段のワイヤーメッシュ補修の際、支柱の角で左二の腕の肉を抉り取られる。朝からろくなことがない。

午後の二時間、横井手下段と井堀下段で草刈り。お盆のビール・ジュースの支払に福田へ行く。福田のおっちゃんの山の畑でイノシシ被害甚大、電気柵突き破って入りよる。監督の田ノ浦の園地でサンホーゼ（ナシマルカイガラムシ）の被害甚大とも。岡田君より電話、予定より一週間早く二人目出産、母子ともに元気、目出度い。

8月21日（火）旧7月11日　曇のち晴

(水)0.0mm/(均)28.0℃/(高)33.5℃/(低)24.3℃/(日)7.8h

昨日聞いた田ノ浦園地でのサンホーゼ大発生について、昨年末に登録されたトランスフォームフロアブルがよいという情報を得ていたこともあり、超多忙の監督に代って農協生産購買に在庫があるかないか見に行くが……無い。ネット通販で取寄せるしかない。九時過ぎ、生産購買を出たところで雨が降り始める。庭でトウガラシを乾している。大慌てで帰宅するが、雨量計には反映しない程度のお湿りに終る。

家房西脇園地の草刈完了。ワイヤーメッシュ（防獣柵）の向うが耕作放棄地。手がつけられず。2018.8

かーちゃりん残業につき、早い目四時に悠太お迎え、家房西脇、山側のワイヤーメッシュ補強作業に連れていく。作業をしよると、感じの悪いオッサンが園地に入ってくる。園地入口の空家のおっさんだ。たまに帰省する。去年の秋には刈取ったイバラを青島のなり枝の上にぶちまけられ、その枝になった実の全てがキズモノ、二束三文の屑みかんにされてしまった。ワシ、こいつ嫌いやねん。今日は今日で、やれワイヤーメッシュが邪魔だとか、やれ風垣が邪魔だとか、やれザツボクがはみ出しているとか何とか。いずれやりまっさかいに、とにかく手が回らんのんよ……とか何とか低姿勢でやり過ごそうとするのだが、ちゃんと管理せんかいとか、ちゃんとせんかったらおっさん（地権者、かーちゃりんの親戚）に言うぞとか、まあ、エラそげな物言いが気に食わん。かーちゃりん曰く、ここのオジイもオバアもええ人だったんだが、息子がこんなヤツとはね、島の人間を見下しとるんやろう、と。都会に出て成功した人によくある、島の人間に対する見下しというやつ、見下されている側にはわかる。心穏やかに仕事のできない園地はやめたほうがよい。帰宅して、かーちゃりんに言った。家房のオジイ（亡伯父）には悪いけど、ここまで投資したのに勿体ないけど、この園地、今年いっぱいで辞める。

8月22日（水）旧7月12日　晴

(水)0.0mm/(均)29.3℃/(高)34.7℃/(低)24.0℃/(日)7.7h

九時半から一一時まで割石で草刈り。ひる時を挟んでパゾ

農作業で最も身体にこたえるのは農薬撒布である。機材と薬液の準備が手間で、なお気が重い。2018.9

リーニ第五章「ノン・コンフォルミズモ」（非順応主義）の原稿チェックを終え、田中さんに送る。覚悟していた以上に難航したが、これで一旦手を離れた。

去年から八〇坪二〇〇万円で売りに出ていた土地（元・庄区民館駐車場）の件で、神戸のオカンから電話が入る。敏子おばさんの弟が買って家を建てる意向だという。おばさんが八十五歳になる。ワシと面識のない弟も結構な齢であろう。広島に家があるのに今更わざわざ家を建ててどないすんねんなと言えば、年に二、三回釣りや海水浴に来たときに使う程度だという。ヒマな年寄はおカネの小マシな使い方がわかっとらんのー。上下水道引込むにもここは後発地だけに高くつくど（周防大島町では、下水の引込費は受益面積＝敷地面積に比例して高くなる制度になっている）、長期間留守にしてりゃ家も傷むど、本人も子供らも大島で育っていない、知った者の誰もいない、老い先短いのに家なんか建てて、ジジイ死んだら子や孫らにとっては負の遺産にしかなれへんど。結果、放置家屋がまた一つ増える。それに、みなさんが考えるほど大島はええとこやないで。ほんまにええとこやったら、こうしてみんな出ていきはせん。やめたほうがええけぇよう言うときやとオカンには伝えたが、聞く耳持たんだろう。難儀やな、後の厄介事がまた一つ増える。

黒ラベル買いに福田へ行く。家房で行方不明になった子供が無事保護されて嬉しくて二日は寝られんかったとゆりちゃんが言う。ゆりちゃんは家房の生れ育ちだ。家房の山中、川

農薬撒布している現場を写真に撮られることなんて、まずない。2017.5　撮影＝河田真智子

沿いの発見場所を伝えるテレビ映像の、背後に石積が映り込んでいた。元々は田圃でみかんに転作、それが耕作放棄で山に還った、その経緯が読み取れる。かつては耕して天に至ると形容された。大島全体がそうだが、特に家房は山の上のほうまで拓いて田畑を作っていた。耕作放棄が進んだ今でも、それでもかなり上のほうまで田畑を作っている（余談。愛媛県の由利島《ゆりじま》に幾度か上陸した。一九六五年に無人島化した後も九一年の一九号台風で被災するまで通い耕作が続いていた。かつての山の畑はザッボクに覆われているが、今も石積みがしっかりと残っている）。

六時から消防団、九月二日の夏季訓練に向けて応急操法の練習をする。二年ぶりの練習（前回は台風接近により夏季訓練中止。今回開催されれば四年ぶりとなる）とあって手順を忘れている。練習終了後、機庫で軽く呑む。家房の子供捜索の件でワシが岡田君に電話した後のこと、地域が違うけど（家房は周防大島町消防団大島支部の管轄。ワシらは橘支部。旧四町単位になっている）ワシら第二分団も出動しようかと問合せたが断られたという。人数多けりゃええってもんでもないのかもしれんが、七十二時間の壁が刻一刻と迫るなかにあって応援を断るってのはどうなんかね。それにしても、子供を見つけ出した大分のオジイは偉いし、賞賛されて然るべきなんだけど、テレビや新聞やネットがオジイ称賛一色になるってのもどうなんかね。警察なり消防団なり地元なり大勢の人間がクソ暑いなか心身擦り減らして三日間も捜索にあたったわけよ。そういう人らの働きについて一寸は思いを致してもええんぢゃないかい。

8月23日（木）処暑　旧7月13日　晴時々曇一時雨

㊌1.0mm/㊍29.2℃/㊋33.5℃/㊦25.4℃/㊐5.2h

六時半から四時半まで昼時を外して実働四時間、地主と岩崎で草刈りとカズラ除去作業。三時過ぎに待望の雨が降り始めるもすぐにやまる。防除やりたてなら薬剤が流れるくらいの雨量ではあった。

8月24日（金）旧7月14日　晴

㊌0.0mm/㊍28.1℃/㊋31.1℃/㊦25.9℃/㊐8.0h

夜半風が強まる。台風通過、恵みの雨を期待するも朝起きて吃驚、一滴も降っとらん。そしてまた今夜雨予報、それに終日強い返しが吹く。これでは農薬撒布はやれん。

九時半から四時半まで、終日西脇で草刈り作業。暑いが、風が強いだけ助かる。ひる帰宅してまったりすると午後から仕事に出られなくなる。小松のポプラに弁当買いに行く。唐揚弁当大盛り、土方向けがっつり具合、元気が出る。この作業で、水、茶、炭酸水、缶コーヒー、合せて三リットル呑む。江中家の親戚のおっさんが亡くなったと電話が入る。

8月25日（土）旧7月15日　曇のち晴

㊌0.0mm/㊍28.1℃/㊋31.2℃/㊦26.1℃/㊐7.9h

五時半起き。一滴も降っとらん。最近の天気予報はオオカミ少年だ。午前雨予報、嵩山に分厚い雲がかかっているが、見切発車、七時半にミカンバエ防除作業を開始する。モスピランSL液剤（ミカンバエ防除）、ダニゲッターフロアブル（ハダニ・サビダニ防除）二〇〇〇倍、ジマンダイセン水和剤（黒点病防除）六〇〇倍、それに去年の着色不良の反省からリンクエース（リンサン・マグネシウム剤葉面撒布）二〇〇〇倍を加えて四種混合とする。モスピランがダニの天敵を叩いてしまうのでここでダニ剤を外すわけにはいかない。それに猛暑と無降雨の所為もあり園地によってはダニが湧いている。三〇〇リットル二杯撒布し終えて十時半、ついに雨は降らず、晴れてきた。昨日の晩届いたトランスフォームフロアブルを受取りに監督が来る。三杯目を撒布し終えて一時前。休日出勤、昼休みのかーちゃりんに積んでもらい城山食堂へカツカレー食いに行く。三時半から五時まで四杯目撒布、風があるだけマシだがクソ暑い、汗だくになる。六時から件の親戚のお通夜に出る。これがなければもう一杯やれたのだが致し方なし。

8月26日（日）旧7月16日　晴

㊌0.0mm/㊍28.2℃/㊋32.7℃/㊦25.1℃/㊐11.1h

防除二日目。七時一〇分開始、一〇時四〇分二杯目の撒布終了。オカジョウで長年懸案となっているミカンバエ発生放任園地について、拡散防止のため実が落ちる前に取込ませてもらうこと、その後伐採することについて、南と北の柑橘組合長揃って明日の昼休み地権者に話をしに行こうと濱田さんと詰める。午後葬儀に出る。暑くてやれん。焼場はかーちゃりんと悠太に任せて、血のつながりのないワシは葬儀だけで失礼させていただく。二時間寝て、夕方五時半から一杯だけ撒布する。

8月27日（月）旧7月17日　晴

㊌0.0mm/㊊28.1℃/㊋32.3℃/㊏25.9℃/㊐8.6h

防除三日目。六時起き、日の出の遅い家房割石を朝イチで片付けるべく車を転がす。到着して気づく、雨合羽上衣を忘れた。取りに戻って三十分のロス、園地が遠いと難儀する。割石で一時間ちょいかけて二五〇リットル撒布、残り五〇リットルを一昨日やり残した西脇のイヨカンと若木に撒布する。家房から秋、吉浦にかけて朝曇り、大泊越えると安下庄は晴れ。くそ暑い。二杯目を終えて一一時五〇分。失敗の許されないミカンバエ防除にあたって、超のつくほど慎重に撒布する分だけ農薬の消費が多い。モスピランSLは余分に買ってあるが、ダニゲッターの在庫が心許ない。一瓶買い足せば八九一〇円もする。節約しよう。二杯目以降大きくない樹に対してのみ噴圧を下げる。

ミカンバエ発生園地の件、一時に濱田さんと二人で地権者宅へ出向くも外出中で、帰ったら連絡入れてもらうように留守番のオバアに頼んで帰る。日中の撒布は無理、三時間寝る。五時前から七時前まで一杯だけ撒布。濱田さんから電話が入る。善は急げで八時過ぎに地権者と会って話をする。長年の懸案だけに話合いに難儀するやろうなと覚悟していたのだが、迷惑かけてはいけんので年内に伐採する、実の取込みについてもよろしくと、あっさり承諾を戴く。案ずるよりどぜう汁。話を伺ったところ、地権者自身苦慮されていたそうな。本人の居らんところでどうのこうの言うとらんと、もっと早くに声をかけて、話を進めてみるべきだった。

8月28日（火）旧7月18日　晴

㊌0.0mm/㊊28.0℃/㊋32.7℃/㊏25.2℃/㊐10.5h

西脇園地の耕作を年内で辞める件で、帰省中の地権者と会って話をする。ワシが辞めると代りに耕作してくれる人がすぐには見つからん、部落に迷惑かけるので畑を荒らすわけにはいかん、事情のよく分った身内にやってもらったほうが有難い、など、辞めずに続けてほしいという話になる。でかくなった風垣の剪定は管理費として負担するので外注してほしい、はみ出したザツボクは畑からではなく家の敷地から出ているので文句言うてきたら話をふってほしい、ワイヤーメッシュ境界の雑草については除草剤で茶を濁そうと。

防除四日目。八時半から二時間岩崎の南半分で三〇〇リットル撒布する。疲れがきている。二杯目は無理。ひるま寝る。五時過ぎから七時まで二杯目撒布。初日四杯、二日目三日目三杯、四日目二杯、疲労蓄積、日に日にペースが落ちる。

8月29日（水）旧7月19日　晴

㊌0.0mm/㊊28.0℃/㊋32.3℃/㊏25.1℃/㊐10.9h

防除五日目。七時開始、二五〇リットルで足りず、一〇〇リットル作り足す。九時終了。おひるを作る気力なく、コンビニ弁当買いに行き、かーちゃりんの職場に届ける。午後机に向うも、疲れがきて集中できず。六時から消防団、応急操法の練習、大分上手くなった。所要丁度二分。当日の目標、失敗こいて恥かかんこと、二分を切ること。

8月30日（木）旧7月20日　朝曇午前晴午後曇

(水)0.0mm/(均)27.5℃/(高)30.8℃/(低)26.2℃/(日)2.8h

旱魃被害深刻なり。家庭菜園がカラカラで野菜の出来が悪い。一五歩（約〇・五アール）程度の畑で灌水作業一時間半、およそ一キロリットル、雨量換算二〇ミリ相当なんだが、一寸掘ると中はカラカラ、水が表層を滑っているのがわかる。天水ってのは大したもんだ。

十時半から一時間、井堀中段で草刈り、午後二時間西脇、イヨカンとポンカンの仕上摘果、初秋肥を打つ。四時前庄に帰る。ぽつぽつ雨が降り出すもお湿りにもならん程度でさくっとやまる。二十八日から雨予報の筈が毎日少しずつ後ろへずれていく。現時点で一日が雨予報。どこまで信用してよいか、天気予報が当らない。

横井手下段で四時から四十分草刈り、続けて三十分かけてデコポンの初秋肥、さらに四十分井堀中段のスダイダイ一〇本の初秋肥、雨が降らんもんだから土がカチカチで混ぜ込みがきかない。

岩崎東半分（道路拡張で収用予定の北側は除く）の改植補助金・未収益期間補助金の通知が届く。実質確定面積五二二平方メートル（およそ五畝＝〇・五反）、大津四号三〇本、せとみ一八本で、二三万四九〇〇円。助かるのだが、みかんも出版も火の車の実情にあっては焼け石に水でもある。

8月31日（金）旧7月21日　晴

(水)0.0mm/(均)27.6℃/(高)32.7℃/(低)24.7℃/(日)8.0h

八時から九時まで家庭菜園の灌水作業。仕事場と井堀上段で刈払機一回ずつ回し、雑柑の初秋肥を終らせる。八月中に初秋肥を終えたのは六年やってきて初めての快挙ナリ。

１ヶ月

降水量	347.0mm（173.0mm）
平均気温	23.2℃（23.6℃）
最高気温	26.6℃（27.6℃）
最低気温	20.5℃（20.5℃）
日照時間	116.0h（179.7h）

上旬

降水量	157.0mm（43.1mm）
平均気温	24.0℃（25.3℃）
最高気温	27.8℃（29.5℃）
最低気温	20.7℃（22.0℃）
日照時間	42.5h（67.5h）

中旬

降水量	72.0mm（54.1mm）
平均気温	23.9℃（23.7℃）
最高気温	27.3℃（27.7℃）
最低気温	21.4℃（20.5℃）
日照時間	35.8h（58.9h）

下旬

降水量	118.0mm（75.8mm）
平均気温	21.8℃（21.9℃）
最高気温	24.8℃（25.6℃）
最低気温	19.3℃（18.9℃）
日照時間	37.7h（54.4h）

2018年９月

毎年９月初めにカボスを収穫する。スダイダイ収穫（11月初旬）までの２ヶ月を埋めてくれるので助かる。神戸・新開地に、深夜零時を過ぎると福原の風俗店のおねいさんたちが仕事上がりに呑みに来て賑やかになる、静という焼鳥屋があった。大分出身の常連さんがいつもこの時期にカボスを差し入れてくれて、焼鳥に添えるレモンがカボスに替ると季節を感じたものだった。

9月1日（土）二百十日　旧7月22日　雨のち曇

(水)15.5mm/(均)23.4℃/(高)25.7℃/(低)21.2℃/(日)0.0h

待望の雨。久賀の島の恵み本店にニンニク一二〇グラム九袋納品、かーちゃりんのコンタクトレンズ、みーちゃんのお薬を受取りに柳井、その続きで岩国の八木種苗さんへ冬物の買出しに出る。九条ネギ苗一〇〇本、出島（ジャガイモ）種芋五〇個、人文字（ワケギ）、らんきょ、種《たね》ニンニクを仕入れる。種ニンニクで一番安い中国産嘉定《かてい》一〇〇グラム一一〇円のところ、国産嘉定（親ニンニクは中国産）は二三〇円と倍にハネ上がる。青森産は四〇〇円を超える。確かに国産嘉定は見た目も美しい……が、中国産の種ニンニクを日本で育てるとこれくらいきれいなものが出来る、ここまでくると国産種ニンニクにこだわるのはどうかしとるというのが八木の大将の意見。とりあえず今あるもの、中国産嘉定一八〇片程度（一キロちょい）買って帰る。今年はニンニクの植付けを増やしたいのだが、まだ場所と本数の目途が立たず。足りん分は彼岸明け頃に八木さんに在庫のあるものを仕入れることにする。

9月2日（日）旧7月23日　晴

(水)0.0mm/(均)25.0℃/(高)29.6℃/(低)22.2℃/(日)8.4h

消防団橘支部の夏季訓練、応急操法、ワシは三番手エンジン担当、ミスなし、所要一分三一秒、二位との差はコンマ何秒、一位と七秒差、一五分団中三位の好成績ナリ。ひるから区民館で祝勝会、二次会亮平君宅上り込み、三次会風鈴、寝てしまう。六時頃かーちゃりんと悠太が迎えに来る。

テレビ山口「この世界の片隅に」を観てから寝る。回を追う毎に話が重くなる。前回はアジア大会中継のため放送時刻が遅くなって見られず。不発弾の爆発で晴美ちゃんが亡くなり、すずさんは右腕を吹っ飛ばされ、原爆投下まで話が進む。

「仕事を楽にして細く長く生きても仕方がない。辛いことをみたりきいたりすることが多くなるばかり。兄弟など近親者の不幸にあい、戦争責任のことをいわれる」と、晩年の昭和天皇が苦悩を漏らしたと共同通信が伝えた（中国新聞八月二十三日付）。人間らしい。が、良くも悪くもこの程度なんだろう。実質お飾りとはいえ国家権力の頂点に君臨した人間が、断じて口にしてはならない言葉である。国の行為としての戦争により、細く長く生きること、それすら叶わなかった者がどれほど居たのか、それが一顧だにされていない。結局のところ、年寄ってやつは、目先のこと、自分のことしか考えとらんのんよ。うちの自分ファーストオジジなら、くそジジイしゃーないなーの一言で済むんだが……。まあ、この程度の責任意識しか持っとらん者（と、それを担いだ軍部の権力者たち）にハルマゲドンよろしく自分らの運命を委ねてしまった国民の過ちなんだろう。国家あげての無責任体制ってやつは戦前・戦中・戦後で断絶することなく、今もなお継続している。ハンナ・アーレントの提起した「凡庸の悪」を思い起す。

9月3日（月）旧7月24日　晴

(水)0.0mm/(均)25.8℃/(高)31.3℃/(低)21.2℃/(日)10.7h

疲れがくる。無理せず終日机に向う。ミカンバエ発生園地の件で、これまでとってきたメモを元に、柑橘組合の活動記録ノートにまとめ直す。

七時から農協で柑橘組合長会議。かーちゃりん残業につき、悠太を連れていく。十月（早生）、十一月（中生、晩生、ポンカン）の園地立入りミカンバエ調査についての説明など。ちゃんとやっとらへん園地は前からあるけど一向に改善は見られない、周辺の放棄地や放任園から発生するミカンバエの被害で出荷停止になったらどないすんねん、真面目に作っとる者が馬鹿をみるやないか、今使っているモスピランが製造中止になったジメトエート（有機リン剤）ほど効かないとくれば常に不安がある、ワシら生活かかっとんねんでと、農協の強い姿勢を求める意見が出る。農協としてはきちんと防除して下さいとお願いする立場であり、やってくれん人らにそれ以上強く言えないのが苦しいところなのだという回答……現実、まあそれ以上は言えんよな、税務署や警察署ぢゃないんだから。やれ無農薬だのミカンバエ調査で園地に入ってくるなだの、移住就農した人のなかには強硬な姿勢の人もいて困ってるんだよな、という話も。八方塞がり。

＊

追記。ならば、ミカンバエ産卵防除の徹底について、農協が強い姿勢をもって強権的に指導力を発揮することができればそれで良いのか、と問われれば、私は否と答える。農協出荷の有無を問わず主産地を守ることを目的に重点防除の実施を求める強い意思は不可欠ではあるが、それは決して上から強制されるものではなく、最終的には営農者一人ひとりの自主自立の精神に委ねられるべきものである。これは、主語が農協であろうが国家権力であろうが変りは無い。問題解決への歩みのあまりの遅さ、まどろっこさに苛立つがゆえに、指導者に強い権限を付与することを求める気風が生ずるのもわからないでもないが、断じてこれを正当化してはならない。今回のコロナ禍という非常事態に際しても同様、権力の座にある者も、そうでない者も、それぞれの立ち位置のなかで囚われがちな強権発動への憧憬に対し、強く自戒を持たねばならぬと考える。

9月4日（火）旧7月25日　雨のち曇時々晴、夜雨稲光

(水)14.5mm/(均)25.8℃/(高)30.4℃/(低)22.7℃/(日)1.9h

午前一時間、十日の柑橘生産者大会の案内と資料を配布して歩く。台風は関西に上陸、こちらは大した影響もなく、昼過ぎに風がやまる。神戸、大阪で二メートル近い高潮、風速五〇メートル超と、夕方のテレビニュースが伝える。沿岸域の海水温上昇により、台風が日本列島に接近しても勢力が衰えない。これまで経験したことのない巨大台風にやられるという危険も覚悟していかなければならないのだろう。今年は台風の直撃を受けていないだけ助かってはいるのだが、そん

悠太に苛まれるみーちゃんの、無の表情。はっちゃんは夜だけ家に入る。2018.9.29

な幸運、いつまでも続く筈がない。地震台風豪雨と毎年のように大災害が襲いかかり産地壊滅となったらどうしようかと、日々悩んでも仕方ないのだが。心穏やかに農業のできる時代ではなくなってしまった。

四時半に悠太お迎え、はっちゃんお散歩とメシ、みーちゃんメシ、ワシらもメシ、七時から悠太連れて柑橘同志会役員会に出る。昨日会議に出る前に晩メシ済まさなかった分寝るのが遅くなった反省から、今日は算段前倒しにした。八時前に帰宅、かーちゃりん今日も九時前まで残業、ワシらは風呂浴びて九時に寝る。

9月5日（水）旧7月26日　晴

㊌0.0mm/㊊25.2℃/㊢30.7℃/㊝20.2℃/㊐10.8h

朝イチで早生の出荷申込書と販売委託契約書を農協に出しに行く。生産購買の店先で聞いた話。このまま降らなけりゃ平成六年（一九九四）度産と同じような気象やからええのが出来る。秋雨がどばっと降ると嵩山の真下は水を抱え込むから品質が下がる。取込むまで何とも言えん。えかったという年はないよの。平成六年くらいよ。

ミカンバエ発生園地の件で、一時から柑橘組合の役員会。無断で伐るのはやっぱりまずい、地権者が無理なら一番近い身内から一筆とっておいたほうがよい、これから先耕作をやめる園地が次々と出てくるとした場合に、清水の園地は柑橘組合持出しで伐採したのにワシとこは自己負担かよと文句が出る危険もあるので慎重にという意見も戴く。

　役員会、三十分あればと思っていたが、彼是と紛糾して一時間も食うた。疲労困憊。気分の腐った時は畑に出るに限る。カボス収穫にかかる。家庭菜園三五分で二〇キロ、悠太を連れて井堀下段の五年生四本、今年初収穫、一時間で二五キロ。防除回数が多い分、井堀のほうがきれいなものが仕上っている。豚テキにカボスで晩のおかずにする。

9月6日（木）旧7月27日　曇時々晴

（水）0.0mm/（均）24.3℃/（高）29.1℃/（低）19.4℃/（日）2.6h

　朝イチのテレビ、北海道で未明に発生した震度七の大地震を伝えている。為政者に徳が無いと災害が続く。昔の中国や朝鮮なら宦官が女官に裏で命じて食事に毒を盛って王様を暗殺するってな展開でっせ。自民党のセンセイ方よ、タマ取ったれやってなヤツが石破しかおらんっちゅうのはどういうこっちゃ。

　昨日カボス収穫したこっちゃし、いよいよ秋刀魚の季節の筈が、塩蔵秋刀魚は店頭に並べど生の秋刀魚はなかなか大島に入ってこない。待ちきれず仕事さぼって気分転換、秋刀魚を買いに柳井まで転がす。北海道産五匹買うて帰り、三匹塩焼、二匹刺身にひく。秋刀魚の刺身なんて一寸前まで仙台では安い居酒屋で食べられても、東京では高い店に行かんと食べられず、殊に西日本では考えもつかんかった。北海道全域で停電が発生しているという。流通も止まる。この先暫く手に入らないかもしれない。目黒の秋刀魚ぢゃないけど、冷蔵技術と流通の進化で、江戸の将軍様も食べたことのないようなええ秋刀魚が庶民の口に入るようになった。気ぃ悪いことが続く。せめてまともなもん食わなやっとれん。


9月7日（金）旧7月28日　晴のち曇、夕方雨

（水）41.0mm/（均）25.2℃/（高）29.0℃/（低）20.0℃/（日）1.5h

　カボスの産直注文、今朝までで三件にとどまる。数量限定ゆえメエル案内先を絞り込んだとはいえ、個人向けではなかなか売れん。ひと家族で食いきるには五キロは多い。冷蔵庫でふた月はもつ、搾って冷凍もしくはポン酢にすれば長期保存がきくのだが、そこまでする人は多くはない。秋刀魚の季節に喜ばれる、御遣い物にすればあっという間に無くなってしまうのだが、今日日そういうことをしないという人も少なくない。みかんにしてもひと箱五キロでも多いとよく言われる。他にも美味いものが多くなり、昔ほどみかんを食べなくなった、ひと家族の人数が少なくなった、など、社会の変化をまともに受けている。送料が年々上がる。少量では送り賃が高くつく。

　九時半から久賀で柑橘同志会の研修会、園地見学の現場近くで別件で来ていた試験場の担当さんと会う。連絡のつけようのない地権者の許諾を取らず放任園地の樹を伐るのはまずいという話になりまして難儀なことですワ、それにつけてやれ役場がやれ農協がといった話になれば前に進まんのんよと

放任園で発生したミカンバエ幼虫。2016.11

話を振る。出荷物からミカンバエが出たと農協から試験場に連絡入って見に行って大量発生しとるのが判った、それまで知らさせていないわけよ、現場のことを一番知ってるのは地元の人なんだから柑橘組合がきちんとせないけんのよ、と言う。清水にしても、これほどまでの発生密度になっているということは、去年初めて発生したということではなかろう、隣接園地のとばっちりは今回初めてだったとしても、周辺ではかなり以前から発生していたということ。柑橘組合で毎年行っているミカンバエ確認の園地立入り調査の手抜きの結果でもある。ワシは一昨年からミカンバエ調査の人員に加わったのだが、農薬撒布をしているとは思えない個人園地のチェックまでは、特定の要注意園地を除いてやってこなかった。隣接放棄地との境界で風垣との接触や密植で陰になっている場所をピンポイントで探れば、去年の十一月の調査段階で見つけ出すことはできたのかもしれない。ええんかいのと思いツツ若造が口出ししないようにしてきたのだが、それが最悪の結果をもたらした。ワシにも責任の一端はある。旧ソ連を崩壊に導いた悪しき官僚主義と無責任体質は、実はワシらの日常の中にこそある。人間が人間である限り社会主義など成り立ち得ないということ、その本質もまた解る。

二時帰宅。井堀中段で管理機(手押し耕耘機)と畝立て、四時悠太お迎え、去年より十一日早くジャガイモを伏せる。毎年三〇玉のところを今年は四九玉に増やした。大根の種子を播き始めたところで雨が降り出し、四時半で撤収となる。

樹を揺すぶると実が落ちる。この放任園は産卵密度が高く、ほぼ百発百中で幼虫が検出された。2016.11

9月8日（土）白露　旧7月29日　雨

(水)27.0mm/(均)20.8℃/(高)22.7℃/(低)19.3℃/(日)0.0h

頼まれていた夏イリコの件で神戸のオカンに電話を入れる。オカンはワシ以上に安倍首相を嫌っている。あんなのを選挙で通す山口県の有権者が馬鹿だとか滑ったとかいつもその手の話を振ってくる。あのな、高校野球で宇部商や下関商が出たらここらの者はみな応援するげな、その程度のもんなんよ。あれはほんまは東京者やけど、地盤看板鞄持ってりゃあ余所者扱いされへんのんよ。何でみんな自民党好きかっちゅうたらな、巨人ファンが世の中の多数を占めとるのと大して変らへんのんよ。南海ホークスやったら未来永劫優勝でけへんけど、巨人やったら最低三年に一遍くらいは優勝しよるやないか。うまくいきゃあ九連覇やで。政策がどんなにおかしかろうが、森友や加計がどんなにけしからん事であろうが、そんなんどうでもええんよ。それから無党派層なんていうけどな、それって世の中の大勢が実は何も考えてへんってことなんよ。

小泉が郵便局ぶっ潰せとぶちあげたらそうだそうだと自民党をボロ勝ちさせたり、そうかと思えばイキナリ旧民主党をボロ勝ちさせたり次の選挙でさくっと見限ったりするわけよ。そもそも小選挙区制がいけんのだが、それはさておき完全に普通選挙を施行すれば下手すりゃ衆愚政治になってしまうという危惧があってな、戦後民主化の過程で、当時の貴族院で議論されてもいるわけよ、悲しいかな人間なんて失敗から学習しない、大して賢くもない生き物で、その危惧が的中してしまったんよ。

——オカンは正義感は強いが頭は悪い。ワシの話がまるで理解できない。

終日机に向う。雨の途切れたのを見計らって井堀中段で昨日の続き、大根の種子を播く。去年より十日早い。

9月9日（日）旧7月30日　雨

(水)57.5mm/(均)20.7℃/(高)21.3℃/(低)20.0℃/(日)0.0h

島の恵みにカボス小玉納品、オジジの買物ついでにかーちゃりんに持って行ってもらう。一袋三玉一〇五～一一〇グラムで八〇円ナリ。実は産直より割高なんだがそれでも見た目の金嵩一〇〇円切ったら買いやすいのではないかという思惑もあり。パゾリーニ一・二章と日録組見本の指定原稿出来、山田製版さんに送り出す。

9月10日（月）八朔　旧8月1日　晴時々曇

(水)1.5mm/(均)23.4℃/(高)28.1℃/(低)20.6℃/(日)6.6h

島の恵み、カボス七袋売れたと昨夜メエル連絡あり。ワンコインでお釣りがくる、買いやすいということやな。

八時半から一時間、横井手下段で刈払機を回す。昼休みを挟んでカレーを仕込む。インド人も吃驚の仕上り。一時半からJA山口大島最後の生産者大会に出る（県内一二農協合併、二〇一九年四月一日JA山口県発足）。五日に行った極早生の果実分析、糖度が昨年比一度以上高いという報告があった。ここ数年九月から十二月の降水量の多さと高温から低糖低酸浮皮発生といった深刻な品質低下を引き起している。取込むまで安心できない。イノシシ被害も拡大している。連年のダメージによる樹勢低下も目につく。

帰宅後、井堀下段と家のカボスにお礼肥、尿素五〇〇倍とリンクエース二〇〇〇倍葉面撒布、かいよう病が出ているので酢五〇〇倍を混用する。明日以降の撒布の支度を済ませ、はっちゃんお散歩ついでに悠太お迎えに行く。庄で二枚だけ残った水田を有機農法で耕作している石田さんが草取りに精出している。大変だろうが黙って仕事するのは立派だ。石田さんが言う。大島のみかんは産業の態をなしていない、就労者の平均年齢七十代半ばなんてありえない、五年すれば八十代、これでは成り立たん、選果場も産地も維持できなくなる、担い手が少ないなんてもんじゃない、いないんだよ。

——石田さんの言う通り、このままぢゃ先がない。でも、どうにもならんのよ。農を棄てた国策と社会構造の変化に対して、個人の頑張りなんて所詮無力なんだよ。

9月11日（火）旧8月2日　晴時々曇

(水)0.0mm/(均)23.6℃/(高)27.2℃/(低)21.4℃/(日)8.0h

朝冷え込む。風邪のひき始めの具合悪さがあり、昨夜は薬飲んで早く寝た。とりあへず恢復。マイルドカルシウム（浮皮対策）六〇〇倍、リンクエース（リンサン・マグネシウム葉面撒布）二〇〇〇倍、三〇〇リットル三杯撒布する。どの園地もハチ割れ果が多い。旱魃でカラカラになっていたところにイキナリどばっと降った、これがよくない。

　地主でウリ坊侵入の形跡あり。幸いまだ食害には遭っていないが時間の問題だ。初期に設置したワイヤーメッシュ（防獣柵）は鉄筋建築の骨組を流用したもので、寸法一×二メートル、鉄筋径六ミリで丈夫なのだが、網目の大きさが一辺一五センチあり、ウリ坊が下部から侵入するという欠点がある。元々イノシシの棲息しない島でもあり、どう対策してよいか全くわかっていなかったという問題もある。ウリ坊が入るくらい大した被害でもなかろうという認識もまたあった。これが実は甚大な食害をもたらし、下垂した枝をへし折り、残った果実を泥もぐれにし、挙句マダニまで撒き散らすもんだから、後から思えば認識が甘すぎた。いま農協が販売しているワイヤーメッシュは下部だけ網目の天地七・五センチと狭くなっていて、ウリ坊の侵入を防ぐ形になっている。支柱にしても、今はスチールメッキの丈夫なものを販売しているが、はじめの頃は薄い鉄管に塩ビ巻いただけの安物で、設置後三年程度で朽ちてしまい順次取換えという、銭をドブに捨てるげな、実に馬鹿げたことをやらかしている次第でもある。去年はイノシシ対策を優先したため、リンクエース撒布が一度しかできず、結果、十月の降雨過多・日照不足と十一月下旬以降の異常低温による着色不良に泣かされることになった。イノシシ対策が余計だ。労力、経費、ストレス、すべてにおいて。イノシシさえ入ってこなければ、侵入初期の九〇年代末にきちんと対策を取っていてくれさえすれば……と、恨み言の一つも言いたくなる。

　五時で仕事あがり、悠太を迎えに行く。二日目のカレーを晩メシに。今日もかーちゃりん残業で帰宅が遅い。

9月12日（水）旧8月3日　雨時々曇

㊌4.5mm/(均)22.9℃/(高)24.6℃/(低)21.7℃/(日)0.0h

向う一週間ほぼ連日晴予報の筈が、朝起きてネットの天気予報を繋ぐとオセロよろしくずらっと雨に変っている。八時前に降り出す。撒布作業とりやめ致し方なし。マイルドカルシウム、リンクエースとも成分の五〇パーセントを吸収するのに四日かかる（前者は果実、後者は葉が吸収する）。雨で流れると勿体ない、撒布後最低三日くらい晴天が続くのが望ましい。十日から二週間の間隔でできれば三回、最低二回撒布しないと、一回きりでは効果が薄い。十月半ば過ぎて気温が下がると効きが悪くなる。部落や学校、農協の行事もあり、秋雨で撒布できない日も少なくないので九月十日頃から始めるとして、それでも三回目がやれん場合が多い。去年はイノシシ対策を優先してしまったがために一回しかやれず着色不良で失敗こいた。それにしても、天気予報がひと晩で引っ繰り返るってのは痛い。

　昨年のＢＯＯＫ在月トークイベントの起し原稿がメエル添付で届く。十一月発行の「ＢＯＯＫ在月ｂｏｏｋ６」に掲載するという。さくっと直しを入れて森田さんと南蛇楼綾繁こと河上さん宛に送信する。

　四時半悠太お迎え、家で宿題と練習ひと通りすませて五時半からヤマハの授業に出る。八月下旬の防除作業中かーちゃりんに無理お願いして付添いやってもろうとったので、ほぼひと月ぶりの付添いとなる。ここのところ少しはヤル気がついてきたようで、きちんと練習して行くと明らかに呑込みが違う。音感もそれなりに身についてきた。D（レ・ファ＝シャープ・ラ）とDマイナー（レ・ファ・ラ）を「同じレ・ファ・ラだけど、聞いた感じが違うよね。明るい感じとか寂しいとかね」と先生が和音弾きもって訊ねる。マイナーコードはまだ習わないのだが、なるほど、耳と自分の声と感性で摑めってことか。ヤマハ幼児科の授業、大人にもええ勉強になる。

　こないだ取込んだ秋茄子がしなびかけている。晩に焼茄子と茄子天てんこ盛り、爆裂にウマい。夏の茄子を食べたら秋茄子の味がした、今年は暦がずれている、秋は凶作になる、早急に対策を講じよ、という二宮尊徳の逸話を想い起す。

9月13日（木）旧8月4日　曇のち時々雨

(水)5.0mm/(均)23.3℃/(高)25.7℃/(低)22.4℃/(日)0.1h
　朝から薄日が差しているのだが、天気予報はネットもテレビもひるから雨、撒布せーへんほうが無難か。去年も今年もさわやかな秋晴れとはいかへん日が多い。梅雨時より九月十月のほうが難しい。
　午前二時間、井堀中段で冬もの支度の続き、堆肥、石灰、管理機をかける。七日八日に播いた大根、もう双葉が開いている。一時半、雨が降り始める。雨が断続的に降り続くうちに白菜を植えておきたい。早く植えればそれだけ食糧が助かる。苗を求めて柳井の南すおう農協に行くが売切れ、ヤナイ園芸で無双（早生白菜）五本、ちよぶき85（中生白菜）七本買って帰り、四時半悠太お迎え、井堀中段でテゴというより野外学習みたいな具合で一時間かけて植えて、防虫ネットを張る。

9月14日（金）旧8月5日　曇

(水)0.0mm/(均)24.3℃/(高)26.5℃/(低)22.7℃/(日)0.1h
　朝薄日が差すもひるから雨予報、撒布を見送るも結局一滴も降らず。午前二時間かけて井堀中段でニンニク一八〇斤、らんきょ一九斤伏せる。午後農協のたより配布。晩に麻婆茄子こさえる。うちの畑で穫れたものは爆裂にウマい。

9月15日（土）旧8月6日　曇のち時々雨

(水)0.0mm/(均)25.3℃/(高)29.1℃/(低)23.4℃/(日)1.9h
　葉面撒布を四日ぶりに再開する。十時撒布開始、日照り、くっそ暑い……が、急に雲が広がり、十一時頃小雨がぱらつく。やんでくれと祈りツツ、無視して作業を続ける。一時間四〇分かけて二五〇リットル撒布を終えるも、終了間際から急に雨脚が強まり、その後夕方にかけて降ったりやんだり、大した雨量ではないのだが、液肥は確実にほぼ全量流れた。降らんと言うとっ汗だくで作業した分まるまる無駄になった。

た筈の天気予報がイキナリひっくり返ったのだが、みーちゃんは日がな一日ヒマさえあれば顔を洗っている。猫予報は当たる。

岐阜県で豚《とん》コレラに感染した野生のイノシシが死んだとテレビのニュースが伝えている。大島では養豚やっとらんから迷惑かからへんだろうし、豚コレラを持込んでイノシシ絶滅させるってことは出来ないものか。十年くらい前に伝染病が流行してタヌキが一気に減り、卵を盗る敵が減ったお蔭でキジが増えた。みかんにとってもタヌキは害獣であり、棚ぼたではあるけれども結果オーライ、タヌキが減って助かった。二匹目のどぜうよろしくイノシシに疫病よ来れ（後記。豚やイノシシの間で感染が広がる中でウイルスが突然変異を起し、人間に対し感染力を持つといった恐ろしい事態も危惧される。ゆえにこれが広がるとまずいのだと）。

9月16日（日）旧8月7日　晴

(水)0.0mm/(均)25.7℃/(高)30.9℃/(低)21.4℃/(日)7.9h

夜中に降ったようで、路面が濡れ動噴のシートに水がたまっているが、アメダスは降雨無し。朝は葉がびしゃこだが農薬撒布ではないので気にせず、八時から岩崎西の南半分で一時間一五〇リットル撒布する。農薬タンクの攪拌機のワイヤが切れる。今回の撒布は農薬ではないのでさしたる影響はないが（撒布作業中も攪拌を続けなければ、成分が沈澱して撒布濃度が一定にならない種類の農薬がある）、放っておくわけにはいかない。またまた修理におカネがかかる。

保育園児の出番に合せて小学校の運動会に行き、帰って冷素麺作って食うて、ひるから二杯六〇〇リットル撒布、汗だくになる。五時過ぎ仕事あがり、はっちゃんお散歩のあと、タイシン君の実家から戴いた栗を剝く。年に一度の栗ご飯を炊く。悠太の食いが悪い。

9月17日（月・祝）旧8月8日　晴のち曇

(水)0.0mm/(均)24.6℃/(高)28.1℃/(低)20.8℃/(日)2.3h

六時四五分から一時間半、平原上下段と地主で二三〇リットル、これで一回目の葉面撒布終了。天候不順により撒布開始から七日を要した。帰って薬液を作り足し、割石と西脇、井堀上段の二回目撒布三〇〇リットル、ひるまで目一杯かかる。前回撒布の翌日に雨が降っているので通常十日程度の撒布間隔を一週間に詰めた。うまくいけば今月末に三回目の撒布を狙ってみよう。西脇の五年生宮川早生一本、主枝・亜主枝三本が主幹まで達して裂けてしまった。再起不能、来春またまたまた新苗を植え直す必要が生じた。果実の重量で枝が折れたり裂けたりすることはあるが、こんなの初めて。よっぽどやな、家房の風の強さは。

昨日の残りの栗ご飯を昼にチンして食う。かーちゃりんはひるから休日出勤、ワシは三時までの二時間寝て過ごす。机に向って本の仕事をしたいのだが、体力がもたない。

夕方家庭菜園の豆茶を取込む。ぼちぼち片付けていかない

イノシシにやられんうちにイモを掘る。2018.9

と、冬ものへの切替えが遅れてしまう。オジジがチダイを大量に貰ったというので、御裾分けを戴く。出汁をとり、晩に鯛めしを炊く。ホンダイ（真鯛）と比べて出汁が弱い。それをカバーするため松山揚を入れて炊く。

9月18日（火）旧8月9日　曇のち晴

(水)0.0mm/(均)24.1℃/(高)28.4℃/(低)20.6℃/(日)9.0h

疲れが溜っている。朝が辛い。今日も五時起きができず、六時起き。朝イチで農協から電話が入る。来週の青壮年部研修会の出欠連絡を忘れていた。岩国卸売市場と平生の産直市見学でバスの手配が要る、早いめに出欠を取る必要があるという。冬もの支度、本の編集との同時並行もあり予定が立たん。すまんが欠席と伝える。

　八時半から十時と、日中を避けて四時から五時半の二回、地主と横井手上下段、岡田家自家用、六〇〇リットル撒布する。夕方再び農協から電話。荷受場主任の会議を来週末に予定している、今年誰に頼むか決めてほしいと。もうそんな時期か。

9月19日（水）旧8月10日　晴のち曇

(水)0.0mm/(均)23.8℃/(高)28.7℃/(低)19.9℃/(日)6.5h

十六、十七日に一回目の撒布をした園地は来週撒布となる。機材積みっぱでもいいのだが、他の仕事がやりにくいので一旦撤収する。撒布疲れがきた。畑に出るのをやめて倉庫の整理と家事、原稿整理で一日が果てる。

9月20日（木）彼岸　旧8月11日　雨

(水)62.5mm/(均)20.9℃/(高)23.9℃/(低)19.9℃/(日)0.0h

先週届いた地方・小出版流通センターからの返品二箱を開封する。ここのところ月一回、正味五、六万円程度しか補充のないところに、返品額正味一一万円ナリ。全く売れていない、ヤル気が萎える。

今年の本の売れ具合は絶望的な数字が出ている。今月十五日までの集計、地方小八八万円、JRC（旧称＝人文・社会科学書流通センター）一四万円、直売一三万円、たったこれだけ。

吉田得子日記戦後編の販売状況を島さんに報告する。JRCゼロ部（新刊委託なし、客注のみ取扱）、地方小新刊委託五〇部（十二月精算、いまのところ返品ゼロ）、地方小注文品一三部（十月精算七、十一月精算三、十二月精算三）、直売一〇部、惨憺たる実情。島さん扱いの日記会員関係者向け直売も振るわず。

吉田得子日記戦後編に関わって、一月に島さんらと八千代市立中央図書館（図書館流通センター＝TRC＝が指定管理者になっている）へ行き、館長と話をしてきた。「女性の日記から学ぶ会」が所蔵日記資料を寄託している関係もあって、島さんは館長からTRCへの押し、特にTRCが指定管理で入っている全国の図書館への押しを期待していたようであったが、すまんがワシは初めっから全く期待などしていなかった（苦労して作った本が一冊でも多く世に出てほしいという願いは著者も版元も同じだが、何処へ行っても塩辛い対応ばかり受けてきた零細版元は、文化に関わる業務といえど営利を目的とする企業に対し、過度の期待を抱かないようにしている）。TRCもまた個人付合いや地元押しなど全く通じない営利企業であり、館長とはいっても末端の企業人でしかなく、独裁しゃちょーのワシと違って全面的な決裁権など持ってはいない。二〇〇〇円超える本は指定管理者で決済できず選書委員会に諮る必要があるだの、TRCのストックブックに入るにはフライヤーを取次から回してほしい、だからといって買うとは限らない、等々、ワシが業務上認識している程度の話に終始したのは想定内ではあった。

少なからぬ図書館職員が、本に対する愛情や執着を持ちもせず、見ているのは一般向け（貸出件数が稼げる）か否かと値段だけ、本の中身などまったく見てもいない。決めつけるのは如何なものかと反発を受けそうな書きようになってしまうが、そうとしか思えないフシがあるのだから仕方がない。そもそも、図書館を指定管理に出すこと自体間違っている。成果主義に支配されるのは害毒でしかない。貸出件数とイベントという目に見える実績が自己目的化してしまえば、貸出件数の多寡にかかわらず基礎資料を収集・蔵書するという図書館の最も大切な役割は放擲されてしまう。

図書館にせよ書店さんにせよ時代替りと言ってしまえばそれまでなんだが、思えば、五年前（二〇一三年）の九月に閉店した神戸元町の海文堂さんには地元の版元の本を売りたいという熱意があったし、ワシもまた海文堂さんで売ってほしいと考えた。神戸発祥とはいえ震災後全国展開して巨艦店になってしまったジュンク堂とはまるで異なる空気感が海文堂さんにはあった。創業初期から二〇〇〇年代前半にかけての「阪神大震災・被災地の風貌」（拙著）、「湊川を、歩く」「それは、湊川から始まった」（以上二点、登尾明彦著）、「神戸・ユダヤ人難民1940-1941」（金子マーティン著）、「宮本常一のまなざし」（佐野眞一著）など、かなりの部数が、海文堂さんの御蔭で読み手に繋がっていった。しかし、震災後の神戸という都市そのものの地盤沈下、就中元町という繁華街の地盤沈下もあって販売力低下甚だしく、それなりに売っては戴いたものの、二〇〇〇年代半ば以降、実売は年々下降線を辿っていった（ワシの作る本がクソつまらんから売れる筈がない、という問題もあるのかもしれないが、ここでは触れない）。最後の頃は、客より店員のほうが多かった。気はあれど実売に繋がらないという切ない状況、それはお店の怠慢の所為ではない。わざわざ街に出かけていって本を買う客がいなくなった。活字離れだけではない。買物の仕方が変ってしまった。都市というものが、成り立ち得なくなってしまった。その結果、多くの書店さんが死に体となってしまった。

団塊世代が高齢化し、団塊の上の世代も含め、目が見えなくなり本が読めなくなった、いわゆる「終活」に入った、入院した、認知症になった、彼の岸に渡った、等々、もはや本どころではないという人も少なくない。ワシより一寸上の世代から下には、残念ながら読書人は少ない。日本社会の主たるものを構成する年代層ががらっと変ったということもあるのだろう。版元稼業、ここで踏ん張らければ、ワシが死ぬるころには日本の文化の底が抜けて大変なことになってしまう。責任上やらねばならぬ仕事がまだ残っているので今やめるわけにはいかんのだが、そうは言いつつも、一度取下げた店じまいをもう一度真剣に考える必要があるのかもしれない。

今年の秋もまた雨が多い。みかんの品質低下が心配だ。秋の降雨過多と日照不足で樹勢が弱り、冬枯れも多くなる。出版、写真、農業の、どれをとっても左前、ええとこまるでなし。亡くなったロードス書房の大将はワシの実情を指して三重苦と言われた。終末的になってもいけない。ほぼ終日パゾリーニの原稿整理を進める。本の原稿に向う。至福の時。

9月21日（金）旧8月12日　曇のち雨

(水)13.0mm/(均)23.7℃/(高)26.8℃/(低)21.3℃/(日)0.0h

岩国の八木種苗さんに買出しに出る。種ニンニク（国産嘉定）二キロ、晩輝（晩生白菜）八本、冬もの種子いろいろ。玖珂のアルクでいい秋刀魚を見つける。晩は塩焼きと刺身を引こうと買って帰るが、今夜はかーちゃりん呑み会で不在というのを忘れていた。

9月22日（土）旧8月13日　晴

(水)0.0mm/(均)24.4℃/(高)29.1℃/(低)19.8℃/(日)8.2h

かーちゃりんぺろぺろ午前様、宿酔で午前中使いモノにな

御神幸祭の子供神輿。2018.9.23

らず。悠太は朝メシに一時間。朝からポンコツ母子。

パゾリーニ第三章以降の指定原稿出来、山田製版さんに送り出す。保育園昼まで。午後まるまる畑仕事、悠太にテゴさせる。井堀中段のベニアズマ（サツマイモ）を収穫する（去年は十四日収穫）。イマイチ太り具合がよろしくない。あとひと月くらい秋雨呑ませて太らせればええ具合になると分ってはいるのだが、穫り頃を迎えたそのタイミングでイノシシに荒らされる。イモに対する敵の執念は只事ではない。電気柵もワイヤーメッシュも、そこにイモがあるとなれば何の効果もない。園地上段の岡田アパート駐車場の縁にイノシシが掘った跡が出来ていた。間違いなく、敵は目星をつけている。ターゲットを消去するしかない。イモを盗られるのも痛いが、悪行ついでに植えたばかりの冬ものを滅茶苦茶にされるほうがもっと痛い。夕方、豆茶の取込みの続き、終らず。晩めし早く済ませて月見の祭、保育園児の合唱、悠太の出演も今年で最後ナリ。

9月23日（日・祝）秋分　旧8月14日　曇

㊌0.0mm/㊊22.1℃/㊝25.1℃/㊦18.6℃/㊐0.3h

午前まるまる豆茶取込みの続き。二時から御神幸祭、子供神輿の写真を撮る。三時から片付け、直会。昭人さんの園地を娘婿さんが継ぐことになったと報告あり。今年三月まで神戸の中之島市場に勤めていて、みかんを売る方のプロだったという。作る方は素人なのでこれから勉強すると。柑橘同志会入会もお願いし、御快諾を戴く。次の担い手のいない、先細る一方のみかん産地ではあるが、存外しぶといものでもある。

じゃがいも芽かき、施肥、土寄せ。2018.9

9月24日（月・振休）中秋の名月　旧8月15日　雨
(水)3.0mm/(均)20.7℃/(高)22.3℃/(低)17.9℃/(日)0.0h
去年収穫した豆茶が、鞘のまま仕舞ってあった。取込むだけ取込んで、忙しいと鞘剥きが後回しになる。雨の日の内職、一家三人で午後三時間かけて鞘を剥く。どの程度の手間か、午前一人留守番の間に計測してみると、三〇分で一八五グラムだった。山口県徳地産の豆茶が、二二〇グラム八六四円でネット通販に出ていた（数日前は一〇八〇円。値下りしていた）。時給と焙煎時のガス代など考えると、最低これくらいの値段になるのだろうが、あまり高いと売れんだけに値付けは難しい。

9月25日（火）旧8月16日　晴
(水)0.0mm/(均)21.9℃/(高)25.4℃/(低)18.8℃/(日)6.3h
井堀下段のイノシシ対策、ワイヤーメッシュを引取りに行く。七月末に営農口座から引落していたのだが、設置するヒマが無く農協の倉庫に積みっぱになっていた。
セトミ・デコポン用果実袋と秋肥予約の〆切日、予約注文書を農協生産購買に提出する。果実袋は、寒害、鳥害、雹害、果実汚染、褪色等防止のため十一月中にかける必要がある。一束一〇〇枚で六二〇円（去年は六〇〇円だった）、二束予約する。樹がコマいのでまだ大した収量にはならない。豊穣堆肥が通常価格一袋（一五キロ）四六四円のところ秋肥予約時のみ二九八円と格段に安くなる。（去年は二七〇円だった。全てが値上りしている）来春の必要量をまとめて確保しておきたいのだが、先立つものがない。来春の苗木植付けにあたって最低限費用と思われる五〇袋だけ予約する。成木に施用する分が全く確保できず。痛い。井堀中段に晩輝（晩生白菜）苗八本植え、ジャガイモ芽かき、肥料、土寄せまで済ませる。
夕方のりちゃん来宅。来週から休職して長期療養に入るため今年はみかん収穫に加勢できないという。のりちゃん加わって今シーズン初鍋、養分つけて早い復帰を祈りツツ。

9月26日（水）旧8月17日　曇時々晴
(水)0.0mm/(均)22.0℃/(高)24.4℃/(低)20.8℃/(日)2.6h
十六、十七日にマイルドカルシウム・リンクエース一回目を撒布した園地で二回目、三〇〇リットル三杯撒布する。狭小園地の分散もあって手間がかかり、まる一日潰れる。土曜から月曜まで雨予報、その後江戸出張予定、十月初旬に三回目がやれるかどうか微妙だ。十月に入ると気温が一気に下がり、撒布効果が落ちる。ここ数年秋の降水量が多く、撒布できない日が多い。今年もそうだった。仮にここ数年の異常気象がなかったとしても、秋雨と台風と祭りやら地区の行事やらで撒布可能な日は限られており、三回目はやれんことが多い、だから最低二回は石に齧りついてでもやらんといけん、十月に撒布せえと農協が指導しとるけどもっと早く手をつけな、最低九月二十日頃までに一回目を済まさな、農協の言うとる撒布時期では遅すぎる。ベテランが言ってることの根拠がよくわかる。

平原下段でも五年生宮川早生の枝一本折れている。幸い、致命的被害ではなかった。岩崎の今年休ませた青島の秋枝に、大量に花がついている。養分の浪費、勘弁せーや。

9月27日（木）旧8月18日　晴

(水)0.0mm/(均)22.3℃/(高)26.2℃/(低)20.1℃/(日)10.0h

寝付けず深夜一時まで机に向う。ネットの天気予報をチェックする。台風二四号の進路が変っている。沖縄から中国へと向う筈が、偏西風に乗ってこれから北上し列島を縦断すると。週末直撃ぢゃないか。朝起きてテレビで確認、去年九月半ばの一八号と同じような進路を辿ると言っている。去年の台風は南に逸れて高知沖を東進したため大島は難を逃れた。防府から萩方面に抜けて暴風雨円の右下がかかると大惨事となる。

一九九一年（平成三）の一九号台風で、大島のみかんは壊滅的打撃を受けた。台風のひと月後に帰省したと記憶しているのだが、塩害で葉が全て落ち、色づいたみかんが夕陽を浴びて全山真っ赤だった。後にも先にも見たことのない色、それほどまでに美しくもあった。見てはならぬものを見てしまったという、そんな思いもよぎった。子供の頃からワシを畑に連れ出し、色々のことを教えてくれたよしぃのおっちゃんが急死したのはその前年の春だった。よっちゃんはこれを見ずに死んでよかったと、祖母と、四年前に世を去ったいとさんが立ち話をしていた。昨日の如く鮮明に憶えている。

神頼みしか出来へんけど、困ったな。一九号台風が再来したら、あの頃はまだ担い手も居ったし、みんなそこそこ若かったから緊急改植とかやって立ち直ったけど、今やられたら、もう立ち直る力ないよ。昼休み、テレビの天気予報を気にしつつ、話をした。「何十年に一度、天変地異で全滅する。それが農業だ」と、かーちゃりんは言った。

9月28日（金）旧8月19日　晴

(水)6.0mm/(均)21.7℃/(高)25.2℃/(低)18.8℃/(日)10.3h

深夜強風が吹く。みかんの枝がまたまた折れないかと心配になる。昨日ワイヤーメッシュ設置を済ませた園地について、隣接家屋敷地との境界箇所の設置法で話の行違いが生じ、作

宮川早生五年生若木が強風で裂けた（９月17日付参照）。家房西脇園地は風当りが酷い。2018.10.1

業をやり直す。二度手間かけとるヒマなどないのだが致し方なし。素人とプロの農家とではイノシシ被害に対する危機意識にかなりの温度差がある。重大な生活安全の問題なのだが、他人事というか、農家の問題としかとらえていない人も少なくない。

ワイヤーメッシュ補助金申請書を橘支所と農協生産購買に提出する。材料費五万八三七〇円の五〇パーセント（二万九〇〇〇円）が町、一五パーセント（八七〇〇円）が農協からの補助金として穴埋めされる。材料費一〇万円超えても町の補助金は五万円が上限となる。今回のわずか三畝（約三アール）の狭小園地で六万円近い材料費がかかる。一寸した面積の園地では一〇万円どころでは片付かない。

9月29日（土）旧8月20日　雨

(水)23.0mm/(均)19.0℃/(高)19.9℃/(低)18.5℃/(日)0.0h

昨夜十時過ぎに降り出した。保育園の運動会は屋内開催となる。悠太が跳箱四段クリアした。去年と違って、悠太もれあちゃんも、いかにも年長さんという感じがした。

はっちゃん元気がない。お盆前あたりから食欲が落ち体重が減ってきた。数日前に測ったら四・三キロあった体重が三・五キロにまで減っていた。今年は異常に暑かったからな、夏バテやろうと思うとったのがよくなかった。涼しくなっても食欲が戻らないうえにここのところウンコの具合がよろしくないので夕方柳井のさくら病院に連れて行ったら、これが人間やったら即入院やと言われた。炎症性腸炎なら投薬でコントロールして余命四、五年、消化管型の悪性リンパ腫なら抗癌剤投与しても余命四、五ヶ月。組織検査すればどちらか判るが、弱っているので検査できない。症状が似ているので確定はできないが、ドクターの経験則からみてリンパ腫であろうと。抗癌剤で延命しても知れている、副作用に苦しむことになる、どうするかとドクターが訊ねる。延命を断り、炎症性腸炎の治療を進めてもらうことにする。抗癌剤を使わなければ、腸炎だろうがリンパ腫だろうが治療法に変りはないという。注射三本打ってもらい、明日から八日分の薬を受取って帰る。いきなり余命宣告。はっちゃん、まだ四歳やで。もっと早くに病院に連れて行ったところで死神に憑かれてしまった分にはどうしようもないのだろうけど、でも、もっと早くに異変に気付いて連れて行ってやるべきだった。明日から薬飲ませるために、帰りがけに魚肉ソーセージを買った。塩分と油脂の多いものを与えたら腎臓肝臓いわせて早死する、ダックスの血を引いた胴長短足犬だから太りすぎると腰をいわすといって、人間と同じ食事は与えてこなかった。時々トイレ癖の悪い馬鹿犬で、厳しく躾けたのだが身につかなかった。甘えたでワシの顔見るとワシと遊べーと吠える。忙しいので、つい後でといってあんまり遊んでやらなかった。もう一寸我侭にさせてやればよかった。

9月30日（日）旧8月21日　暴風雨

(水)73.0mm/(均)20.5℃/(高)23.8℃/(低)18.6℃/(日)0.0h

昨夜十時頃から風が強まる。みかんの枝がまた折れる。「風、やだな」とワシが言う。悠太が返す。「大丈夫。風はみかんについているバイ菌を飛ばしてくれるのです。特にみかんの虫にいい」。ネタ元は「パンダコパンダ　雨ふりサーカス」（一九七三年）の台詞。パンちゃん「雨、やだな」。パパンダ「大丈夫。雨は全ての生き物に力を与える大切なものです。特に筍にいい」。宮崎・高畑コンビ、すげー。

五時起きで机に向う。七時半はっちゃんお薬。昨夜の注射三本が効いたか、幾分か元気になった。井堀中段を見に行く。危惧していた通りジャガイモが風にあおられ軸廻りの土が流れてぐらぐらになっている。幸い、折れた軸はない。土寄せをやり直す。白菜苗一本吹っ飛ばされている。これから終日大雨大風、被害の出ないことを祈る。

ひるすぎのテレビ、台風は豊後水道南に達するも中心気圧九五〇ヘクトパスカルと勢力が全く衰えない。海水温上昇により列島に近づいても台風の勢力が衰えず、都市部から農山漁村から甚大な被害を受けるといったケースが今後ますます多発するのだろう。ろくなことがない。

台風は午後にかけて太平洋側、宮崎から高知沖を通過した。六時前に雨風が収まり、外が急に明るくなった。山に沈む太陽の光を受けて黄色がかった世界が広がる。海に虹がかかる。悠太を連れて軽トラで海を見に行く。いつもと同様に待避の船が七、八隻ほど安下庄湾に浮かんでいる。その足で平原と横井手の園地を見に行く。降りてはみなかったが、大きな被害は出ていない模様。続いて井堀中段の野菜園、ジャガイモの土寄せをやり直す。一本だけ軸が折れていた。白菜苗が二本吹き飛ばされていた。これから深夜にかけて吹返しがくるであろうし、明日全園地を見て回らな結論は出せんが、ざっと見た感じこの程度の被害で済んで助かった。農道で岡田君と鉢合せる。いまから陸閘《りっこう》を開けに行くというので加勢する。

宮本常一叢書の件、五月に宮本、田村両大人と会って詰めてきて以来、気になりつつもみかん作業に追われて棚上げにしてきた。四の五の言っても始まらん、兎に角手を動かしてみようと、ひるから半日かけて「梶田富五郎翁」の前半を入力した。ワープロ入力を外注する経費すらないのも事実だが、それよりも、自ら入力したほうが編集のイメージを摑みやすい。読者として読むのではなく、編集の目で読むと、また違ったものが視えてくる。常さんの文章はいい。こんな文章の書ける人ってそうそういない。海をひらいた先人たちへの尊敬が滲み出ている。

用語解説や図版、読ませ方の工夫で、小学校高学年や中高生くらいから読める宮本常一の本を作りたいというのが今回の企画の意図である。晩メシのあと、豆茶の鞘剝きやりもってかーちゃりんに尋ねてみる。どうかね、と。かーちゃりん曰く——子供らが好きなのは織田信長だとか家康だとか歴史上に名を残した偉人ですよ。名もない庶民の話なんて、ましてや民俗学なんて誰も関心持たんよ。町内の学校で宮本を教材に使うというけど、教委が作ったガイド本で十分だからそれ以上のものには手をつけん。——いやいや、あのな、昨今の大学生見てってこりゃあアカンなと思うのはな、おしなべて、高校時代のワシより学力低いんだよ。まともな本読んでないんだよ。ワシは読む習慣あったから一寸難しくても辞書と並行してでも、また、ある程度飛ばしてでも読んだんだが、ワシみたいな特殊な例を相手にするんじゃなく、そこの間口を広げたいわけなんだよ。——子供向けときたら大学生は読まん。大人向けとなったら大学生はますます読まん。結局読む人は少数の大人しかいない。そういう人は頼まれなくても読む。とーちゃりんの仕事には流行り廃りってのがないって、そういうことやろう。——どうせ、誰も読みもせんのはわかっとるんだよ。ワシはな、中学生でよく解らんなりに「東和町誌」読んで、高校生で深代淳郎の「天声人語」読んで、こんな文章書けるようになりたいと強く思ったわけよ。百人読ませて百人の目を開くなんてできっこないのよ。たった一人でも目を開いてくれりゃあそれでええのよ。究極、ワシの作った本を悠太に読ませたいのよ。それしか遺せるものがないのよ。

突発だが、三日の夜行で江戸に出ることになった。四日の朝、西船で森本さんと会って話をする。宮本叢書の件、それまでに材料を揃えておこう。

１ヶ月

降水量	24.5mm（106.7mm）
平均気温	18.5℃（18.5℃）
最高気温	22.4℃（22.6℃）
最低気温	14.6℃（14.9℃）
日照時間	190.5h（180.5h）

上旬

降水量	3.5mm（44.3mm）
平均気温	21.6℃（20.3℃）
最高気温	25.2℃（24.3℃）
最低気温	18.2℃（16.9℃）
日照時間	53.1h（56.5h）

中旬

降水量	4.5mm（34.8mm）
平均気温	17.7℃（18.8℃）
最高気温	22.0℃（23.0℃）
最低気温	13.7℃（15.1℃）
日照時間	69.2h（62.6h）

下旬

降水量	16.5mm（27.6mm）
平均気温	16.4℃（16.6℃）
最高気温	20.3℃（20.7℃）
最低気温	12.1℃（12.8℃）
日照時間	68.2h（61.4h）

2018年10月

茄子は肥し食いだ。三つ収穫したら肥しを入れよという。兎に角、肥しを切らしてはいけない。花の色が薄くなる、雌蘂が雄蘂より短くなる、これが肥し切れの症状。切れてから施肥したのでは回復に時間がかかる。梅雨の間に実をならせ、夏の間強剪定して休ませ、新芽を出させ、秋茄子を穫る。11月辺りまで頑張ってくれるのでありがたい。

岩崎園地。後方の草刈りが出来ていない。さらに後方は安下庄中学校。2018.10.2

10月1日（月）旧8月22日　晴時々曇

(水)0.0mm/(均)20.9℃/(高)24.2℃/(低)17.7℃/(日)8.3h

深夜、強い吹き返しが来た。またまたまた枝が折れる。朝からざっと園地を見てまわる。明後日の果実分析に提出する早生温州を取込み、試食してみる。酸が強いのはこの時期ゆえ仕方がない。平原は一寸味が薄い、西脇のほうが味が濃ゆい。仕上がり具合に園地の違いが出る。平原と西脇で早生若木の枝折れ数本、西脇でポンカン五年生一本が倒れた。枝折れ回収果実を棄てるのは勿体ない、保育園に差入れる。夕方一時間岩崎の改植エリアで草を刈る。風があるだけ涼しくて仕事がしやすい。

大阪富田林警察署の信じられないヘマで脱走した樋田淳也容疑者が一昨日周南市で逮捕された。逃走およそ五十日、こりゃあ府警本部長の首が飛びよるでとか、道の駅で万引きやらかして捕まるなんてえらいショボい締めやのうとか、アホな感想はさておき、つい先ごろこの馬鹿者が東和の道の駅に十日も滞在しとったんだと、月ちゃんのお兄さんが記念写真まで撮っていたんだと。おまけに、竜崎温泉がタダになる二十六日には特徴的なウサギの刺青晒して温泉入りに行っとったんだと（サポーターで隠していたとあとで聞いた）。チャリで全国一周なんていうてツラ晒しまくってほっつき歩いていたんだと。木を隠すなら森、とはよく言ったものだ。

10月2日（火）旧8月23日　晴のち曇

(水)0.0mm/(均)18.4℃/(高)24.3℃/(低)13.7℃/(日)3.9h

昨夜レイザルが亡くなったと有田さんから電話が入る。癌の具合がよろしくない、医者が匙を投げた、自宅療養している、意識混濁もある、会えるうちに会うたほうがよい、と数日前に有田さんから電話を貰っていた。五月に大阪に出た折に病院までお見舞いにに行くつもりが、連休明けで終日検査となり疲れがくるであろうからと直前に電話があってパスした。恢復してのち病院ではなく自宅で会おうという話になっていた。十三年前の九月、神戸の舞子から松山までレイザル運転のクルマに同乗し、翌日旦那の藤井さんあわせて三人で大島に一緒に渡って、台風通過直後の家廻りの片付けを手伝ってもらった。当時、藤井夫妻は松山に住んでいた。藤井さん曰く、無神論者を祈らせる恐怖の運転、本人曰く、安全運転に命を懸けるレイザル自動車教習所。車内音楽の定番が嘉門達夫、「アホがみるブタのケツ」をハモるアホ二人。確かワシより四つ上だったか。若い者が早く逝ってどうする。

午前午後の三時間で岩崎改植エリアの草刈り、少しやり残す。初夏から夏場にかけてより、大雨と適度な高温の九月のほうが、草の勢いが強く手強い。昨日廻り忘れた園地、地主のワイヤーメッシュ（防獣柵）が台風の風でぶっ倒れていた。四年前にワイヤーメッシュを設置した園地、当時農協で共同購入した支柱は鉄管に塩ビを巻いたもので、わずか三、四年で錆びてへし折れてしまう、その程度の脆弱な代物であった。元々イノシシの棲息していなかった島だけに、山間部と違ってイノシシ対策のノウハウが全く蓄積されていない、その弱さがまともに出た。竹の棒で応急修理をする。週末の台風二五号が通り過ぎてから支柱を立て直すことにする。

晩にクリームシチューを作る。市販ルーを使わず、バター四〇グラム、薄力粉四〇グラム、牛乳四〇〇ミリリットル、生クリーム、塩、オールスパイスで、ホワイトソースを作る。四月穫タマネギの生育不良の超小玉がまだ残っている。切らずに丸太で入れる。ええ感じに仕上る。

10月3日（水）旧8月24日　晴

（水）0.0mm/（均）20.1℃/（高）24.9℃/（低）16.1℃/（日）10.0h

週末、台風二五号襲来の予報。沖縄を過ぎれば勢力が弱まると言ってるが、それでも現時点で九一五ヘクトパスカル。二四号とほぼ同じ進路予測だが、太平洋高気圧の張出し具合により進路が北に寄るという。まずい。

出張前の雑務でほぼ終日机に向う。晴れた日にまったく畑に出ないというのもよろしくないので、ひる前の一時間だけ岩崎で草を刈り、秋芽についた花を落して回る。

五時半から一時間悠太のヤマハ音楽教室。終ったその足で新岩国まで転がす。八時八分のこだまに間に合う。広島乗換え、九時三四分新神戸着。安下庄から三時間で神戸だよ。ワシがこまい頃は、小松港までバス、国鉄連絡船で本土に渡り、大畠から山陽本線の急行列車で神戸まで一本だった。これだと今頃広島近辺だ。時代替りを痛感する。

こーず君のお店に顔を出す。富田林の脱走犯が自転車で日本一周と称して東和の道の駅に居候している間、はぁこげぇなのに変わったんが多いのーというて見て通っていたという話、岡田君も御目出度い一人だったと伝える。懸賞金五〇〇万円みすみす逃しよったと言うと、ワシ実は市橋容疑者見たんやとこーず君が言う。朝方店の前ですれ違った、普通の人とは目の奥が違う、あっこいつ市橋やと思って振り返るとももう居なかったと。何で追いかけへんねん、自分の腕力やったら落とせたやろうが。まあ、どうせ捕まるやろうと思ったんだと。みかん収穫時期のテゴを頼み、悠太を連れているので早いめにお暇する。三宮〇時一三分発の瀬戸に乗る。

デザイン「あ」展。コンパス一つで家紋を作成。2018.10.4　撮影＝河田真智子

10月4日（木）旧8月25日　曇一時雨（出先曇一時雨）

(水)0.5mm/(均)20.9°C/(高)22.5°C/(低)19.4°C/(日)0.0h

七時八分東京着。かーちゃりんのおみやげに中央通路の駅弁屋で富山の鱒寿司を買う。新幹線型容器の子供向け弁当も色々並んでいる。普段ならこんなの絶対に買いはしないのだが、お旅行なので悠太のリクエストに応える。E7かがやきを選んだ。市川までの総武線快速車内で開ける。期待に胸膨らませておべんと広げた筈の悠太のテンションが下がる。不味いんだよな、こういうのって。コンビニ弁当なら三八〇円程度のところを容器代で一三〇〇円も取っているわけで、鱒寿司の一四〇〇円がごっつい値打ちのあるものだと、そんな話を悠太にする。

西船橋の南風堂で森本さんと会い宮本叢書の件で話を詰める。癌との闘いがきつい様子だが、無理を承知で仕事をお願いする。京葉線、りんかい線廻りで日本科学未来館、デザイン「あ」展を見に行く。四月に富山で見た折は時間が足りず残念だったので、もう一度悠太を連れて行ってやろうと思った次第。河田さんと現地で待合せる。

夕方六本木、田中さん宅にお伺いする。パゾリーニの詰めひと通り、晩ごはんをよばれる。六本木から地下鉄で東京駅へ。帰宅ラッシュではあるがいつ乗っても首都圏の電車は混んでいる。邪魔にならんように奥へ詰めーやーと言うとると、学生さんと思しき若い人が席を空けて悠太を座らせてくれる。何て言うんや？　ありがとう。それだけで車内が和む。東京発十時の出雲に乗る。花モクは満席、シャワー室に行きたかったのだが待っている人が数人いる。早寝を優先する。

10月5日（金）旧8月26日　曇一時雨のち一時晴

(水)2.5mm/(均)22.9°C/(高)26.2°C/(低)20.1°C/(日)2.3h

帰り道、広島駅であき書房さんと会う。宮本叢書の編集で必要となる本の確保をお願いする。ヤナイ園芸で冬月90（晩生白菜）一二株仕入れる。八木さんに聞くと晩生の苗はもう終ったと。ヤナイ園芸に残っていて助かったのだが、時期が時期だけにコンディションがよろしくない。今年の秋は、野菜苗の販売時期が全体に去年より早い。ひるから悠太の就学前検診、かーちゃりんが半休とって連れて行く。

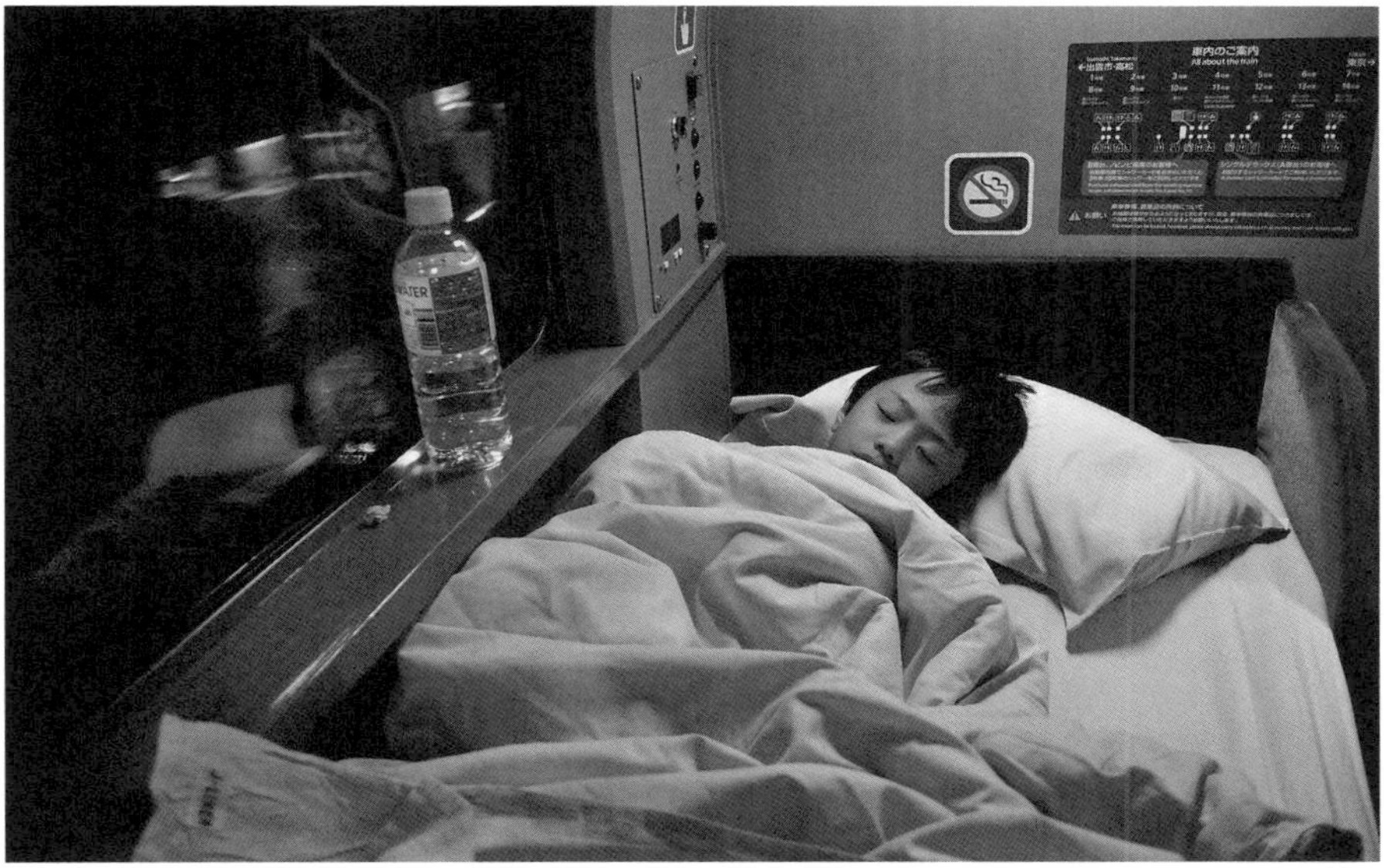

B個室ソロで親子二人は狭い。2018.10.4

10月6日（土）旧8月27日　曇のち晴、風強し

(水)0.0mm/(均)26.3℃/(高)28.0℃/(低)23.4℃/(日)6.6h

深夜強風は吹かず、朝から風が強まる。また枝が折れる。オジジのガラケーの寿命が尽きたので、機種変のため柳井へ出る。ついでにはっちゃん病院に連れていく。薬が効いたのだろう、食欲が多少は戻って元気も出てきた。でも今日の体重は前回と変らず三・四キロ。当面薬と通院で様子をみて体調が戻ってきたら再検査しましょう、兎に角薬が効いたようでよかったとドクターが言う。ほんまに、動物が好きで、この仕事やってはるんやなあ。

ドコモのお店まではっちゃん連れ歩く。なんしかワシのガラケーもスマホに替えた方が安くつくという話、天気ドットJPを出先でもチェックできるし、この際スマホに機種変する。ケータイの手続きはアホほど時間食う。待ち時間の買物含め三時過ぎまで、ほぼ一日仕事となる。

台風は日本海側を通過、雨は一滴も降らず、夕方風が弱まる。悠太六歳のおたんぜう日祝い、まゆみちゃん、はるくん、岡田夫妻参席。パーティーメニュー、久しぶりに牛叩きを仕込む。

10月7日（日）旧8月28日　曇のち晴

(水)0.0mm/(均)22.7℃/(高)26.4℃/(低)18.3℃/(日)4.3h

朝イチ岡田君と陸閘《りっこう》を開けに行く。雨が降らず潮が舞い上がったが、塩害はそう酷くはない様子で、散水の必要はなか

潮干狩り。かつての島ではありふれた光景だった。2018.10.8

ろう。枝折れ多発が気になるがどうしようもない。十時からおひる挟んで五時まで、地主で草刈りとワイヤーメッシュ再設置にかかる。半分ほどやり残したが、枝が垂れ下がっているところに無理して設置し直して傷玉増やすのもよろしくないので、今年の収穫期はこれで乗り切ることにする。井堀中段に冬月90（晩生白菜）五株植える。うち三株は台風で飛ばされた苗の差替えとなる。

10月8日（月・祝）寒露　旧8月29日　晴

(水)0.0mm/(均)21.8℃/(高)26.5℃/(低)17.3℃/(日)9.4h

午前、水菜、高菜、カブ、辛味大根、春どり大根、九条ネギ、冬月90（晩生白菜）前日の残り七株を家庭菜園に植付ける。

ひるから土居の旧渡船場横の干潟に潮干狩りに出る。去年と今年の二回漁協で馬島《うましま》から取寄せたアサリの稚貝を撒いたブロック、全体に型がコマくて数が少ないなりにまあまあの獲れ具合。子供らが楽しんでいる。アサリの世話をみてきた安高さんが嬉しそうだ。

夕方、井堀中段で大根の遅播きをする。九月に植えた大根は間引いて一本立ちにし、肥しをふる。九月に植えた早生・中生の白菜にも肥しをふる。夏の休耕地が日に日に畑らしくなっていく。

10月9日（火）旧9月1日　晴

(水)0.0mm/(均)21.2℃/(高)24.7℃/(低)18.3℃/(日)8.0h

朝イチで家庭菜園のサツマイモを掘る。全く太っていない。去年より出来が悪い。人文字《ひともじ》（ワケギ）を植える。午前午後の三時間ずつ見積書作成ほか雑務に充てる。昨日のアサリでボンゴレと酒蒸しを作る。瀬戸内固有種のアサリは味の濃さが違う。

10月10日（水）旧9月2日　曇時々雨

(水)0.5mm/(均)20.9℃/(高)24.2℃/(低)17.3℃/(日)0.3h

極早生・早生のミカンバエ調査、庄北柑橘組合の役員三人で全園地を廻る。発生なし。農協の登録園地は柑橘組合の責任で立入り調査ができるのだが、無防除の個人園や荒廃した放任園が問題となる。立入り調査ができればよいのだが、現状ではそれができないわけではないが、難しい。仮に調査に入ってミカンバエが出たとして、勝手に入ってどういうつもりや！　とキレられたらどうにもならん。不法侵入で訴えられたら目もあてられん。農協なり役場なりの強い指導が入らんことには、末端の柑橘組合では強制力がない。末端の柑橘組合から意見を上げていく必要もある。次の会議でそれを強く求めようという話をする。――とはいっても、農協も役場も「お願いする」という立場で、これ以上踏込むのは不可能であり、捜査権を持つ税務署や警察署のようにはいかない。ワシはミカンバエ育てとるんや邪魔するな！　とキレられたとしても、そげな馬鹿な話が通るか！　という反論も指導も命令もできはしない。公より私権が優るのは致し方ないところであり、それが引っ繰り返れば戦前の軍国主義カルト国家に戻ってしまう。判ってはいるのだが、ほな、言うこと聞かない一部のクソ馬鹿垂れのために産地維持が困難になり生産者の生活権が侵害されるのを黙って見過してえんか？　という話も出てくる。結論が出ない。法は国家権力を縛るためのものであって人民を縛るためのものではない。自立した個々の良識に委ねるというのは民主国家の基本ではあるが、それでは片付かない事態というものもある。性善でも性悪でも説明がつかない。だからこそ難儀である。

ひるから雑務、夕方一時間だけ井堀中段に上り、ニンニク残りおよそ二〇〇斤を植付ける。

10月11日（木）旧9月3日　雨のち曇

(水)4.5mm/(均)16.3℃/(高)19.5℃/(低)12.0℃/(日)0.1h

ＪＲＣ（旧称＝人文・社会科学書流通センター）が毎年作成している紀伊國屋外商の公共・大学図書館向けカタログ原稿を仕上げる。大した売上げではないが、この御蔭で細々と売れ続けている本もある。

午後、久賀の八幡生涯学習の村で寄合いに出る。森本さんが昨日から菊さん宅泊りで仕事に出てきている。寄合い終了後、漁業資料展示の調べもので橘民俗資料館へ、タイシン君と合流する。資料館はいまは閉めているが、ワシが小学生の

上　平原上段、ワイヤーメッシュ（防獣柵）設置したての頃。上段（写真右上）は耕作放棄地。2015.10
下　同所４年半後。ザツボクが覆いかぶさる。神戸から来たふじげが作業している。2020.3

ころは週末限定で開館していた。ここのお掃除の仕事に時々祖母が出ていた。祖母が仕事している間、ワシは館近くのハト（防波堤）でずっとギザミを釣っていた。何十年ぶりに中に入った。この館を作った当時真面目に民具を集めたその熱気が伝わってくる、小規模ながらもなかなかに面白い展示だった。

夕方冷え込む。昨日あたりから悠太が熱っぽい。川口医院に連れていく。

10月12日（金）旧9月4日　晴

(水)0.0mm/(均)16.5℃/(高)20.6℃/(低)12.0℃/(日)8.1h

ひる前一時間井堀上段、夕方一時間半岩崎で刈払機を回す。あとは内職。夕方竹本君から電話、高橋延明さんの訃報。心臓の持病で五月から入院、昨夜亡くなったという。

10月13日（土）旧9月5日　晴

(水)0.0mm/(均)17.2℃/(高)21.7℃/(低)13.4℃/(日)9.9h

悠太のお熱三八度、保育園お休み。草刈り作業、午前岩崎で二時間、午後平原上段で一時間。一昨年春に西脇から平原上段へ一本だけ移植した早生を今年結実させたところ、実は極早生だったと判明した。この一本だけ着色具合が違う。食うてみるとまずまずの仕上り。収量僅か八キロ、出荷するほどの量がない。この園地の上段の耕作放棄地からザツボクが攻めてくる所為で黒点が多い。農協に出荷したとしても一級で取ってもらえるような上物がない。ザツボクそのものは黒点の発生源にはならないのだが、風通しが悪く降雨後の乾きが遅かったり日照が阻害されたりで、耕作放棄地に隣接する園地ではいくら防除しても黒点が出る。問題の耕作放棄地は地権者の親戚の土地なんだが、以前どうにかしてくれと言うたことがあるんだが、伐りたきゃ入って勝手に伐れ、手間もカネも出さん、わしゃあ知らん、という返事だったんだと。ワシらにとっては死活問題でも、先祖が守ってきた家屋敷と山林田畑を棄てて島を出て行った者にとってはどうでもええことなんだろう。

夕方はっちゃんを柳井の病院に連れていく。体重三・六キロ、少し戻った。食欲が戻り、ええうんこさんをしている。超音波でみてもらう。脾臓の腫れは収まっていない、腸の具合も悪い、油断してはいけんですよとドクターが言う。

仕事の逼迫具合もあり悠太の熱もあり逡巡したのだが、十五日の高橋さんの葬儀に参列することにした。柳井に出たついでに東京往復の夜行寝台を確保する。宮本写真資料をビネガーシンドローム（加水分解）による滅失の危機から救った大恩人でもあり、公私共にお世話になった人だ。行くべきなんだけど遠いから無理して行かなくてもよい、でもそういうわけにはいかん、どうしたもんか迷うとるんよと言うと、悔いを残したらいけん、行けるのなら行け、でも無理はするなとかーちゃりんが言った。背中を押された。

10月14日（日）旧9月6日　晴

(水)0.0mm/(均)17.6℃/(高)23.1℃/(低)12.7℃/(日)8.3h

かーちゃりん休日出勤、終日子守。晩メシすませて八時発、新岩国から新幹線、姫路で瀬戸に乗る。車内で「梶田富五郎翁」の校正を進める。

10月15日（月）旧9月7日　晴（出先曇）

(水)0.0mm/(均)18.7℃/(高)23.7℃/(低)13.4℃/(日)8.5h

七時八分東京着。サ店に籠って校正作業、十時前に日本写真協会に立寄り神谷さんに御挨拶する。ＪＣＩＩフォトサロンで高円宮妃の写真展「旅する根付」を鑑賞、写真展図録より中央公論新社が出した「レンズを通して」のほうが写真の刷りが良い。後者を買う。丸善丸の内本店で本を買い込む。写真展にせよ書店にせよ、地方とはモチベーションがまるで違う。東京に出る、それだけで勉強になる。

午後高橋さんの葬儀、四谷の教会にて。宮本写真資料の保全についての高橋さんの講演録が手許にある。共著者数名による写真論・実践論として刊行しようと相談したのだが、「宮本常一の風景をあるく」三部作を優先したこととその後の出版事情の悪化もあって棚上げになっていた。やはり、世に出さないけん。出版は弔い事と見付けたり。写真協会関係者十名ほどで中華屋で一献、そのあと竹本君、相田のやっちゃんと八重洲地下の崎陽軒で呑む。一度大島に行きやと高橋さんから何度も言われたとやっちゃんが言う。今年のみかん収穫のテゴに連れ合いと二人で加勢したいという話になる。東京十時発の瀬戸に乗る。

10月16日（火）旧9月8日　曇時々晴

(水)0.0mm/(均)18.7℃/(高)22.0℃/(低)15.9℃/(日)3.6h

岡山から新岩国まで新幹線、玖珂で買物してひる前帰宅。ひるから雑務、夕方一時間平原上段で草刈り。悠太は平熱に戻ったが鼻水が収まらない。早いめにお迎え、川口医院に連れていく。

10月17日（水）重陽　旧9月9日　晴

(水)0.0mm/(均)18.3℃/(高)23.0℃/(低)14.2℃/(日)8.9h

旅疲れがきた。昨夜は風呂にも入らず早く寝た。午前の一時間、平原上段の草刈り、昨日の続き。上段の耕作放棄地からザツボクからカズラから攻めてくる。隣がわやだとやりにくい。昼休みに「世間師（一）」入力出来。山原のおっちゃん四時半に出棺、悠太と見送る。かーちゃりん今日も残業、六時からの通夜はご無礼して悠太をヤマハ音楽教室に連れていく。

10月18日（木）旧9月10日　晴（出先晴）

(水)0.0mm/(均)18.0℃/(高)22.5℃/(低)13.7℃/(日)8.3h

六時半に悠太を起こし、井堀中段の野菜の水やりにあがる。毎日《まいひ》に夜露はおりているが、雨が降らんので土が乾いている。

根がしっかり張るまでは水を切らしてはいけんので、連日水やりにあがっている。今日からまたまた留守にするため多いめに灌水する。日前のコンビニで極早生・早生ミカンバエ調査票のコピーをとり、農協生産購買に提出、あわせて選果作業用にノギス三つ取寄せを依頼する。四八六〇円ナリ。けっこうなお値段だが、選果機なしの手作業ゆえテゴ人用も要る。悠太もマイ・ノギスを欲しがっているので、この際まとめて注文する。

　出掛ける前の雑務もそこそこに、十時から山原のおっちゃんの葬儀に参列する。九十四歳、大往生。帰宅して雑務の続き、おひる悠太お迎え一時出発、伊保田から船で三津浜へ。本の雑務、草刈り、秋肥、カラス対策、冬もの野菜追加植付けほか、まったく手つかず。東予からオレンジフェリーで大阪へ。

蒸気機関車にハマる。男の子のお約束みたいなもんだ。2018.10.19

10月19日（金）旧9月11日　晴時々曇（出先晴）

(水)0.0mm/(均)17.7℃/(高)22.1℃/(低)13.8℃/(日)3.9h

大阪南港から地下鉄乗継ぎ京橋まで。藤井さん宅を訪ね、レイザルにお線香を手向ける。形見分けにハイジの絵本を戴く。ひるから京都鉄道博物館、悠太はテンション上がりっぱなし。よく出来た展示、大人が楽しめる。

　京都からJRで大阪へ移動する。悠太と馬鹿話をしていると、向いに座ったスマホに夢中のおっさんから、うるさいと怒られる。イキナリ刺されたら厭なので黙って従う。スマホがマナーモードになっとらん所為で、実はこのおっさんの方がピコピコ喧しい。暫くすると斜向いのおっちゃんが、あんたのスマホ喧しい、静かにしてくれへんか、とたしなめる。おっさん逆ギレする。車内に不穏な空気が流れる。幸い殺傷事件には至らず大阪着。カンサイ人のお約束、客が下車しきらんうちに我先に乗り込んでくる。あげなクソ馬鹿垂れの真似したらあかんよと、下車したあとで悠太に教える。

　天下茶屋でぷーさんと待合せる。いつものお店が一杯で入れず、チンチン電車で玉出に向う。車内でおっちゃんらが席詰めて悠太を座らせてくれる。兄ちゃんも坐れやいうてワシとぷーさんも坐らせてくれる。西成のおっちゃんらはほんまに人がええんよ。久しぶりやな、この感覚は。南港十時発のオレンジフェリーで帰途につく。

伊予鉄港山駅。車掌さんが悠太に手を振ってくれていた。撮った時気づかなかった。2018.10.20

10月20日（土）土用　旧9月12日　晴時々曇（出先晴）

(水)0.0mm/(均)18.3℃/(高)21.8℃/(低)16.0℃/(日)9.6h

六時東予港着、鈍行で壬生川から松山まで。ＪＲ四国の特急は振り子式速度出し過ぎでおかしな揺れ方をするからなるべく乗りたくない。学生時分の貧乏旅行で乗った四国の列車、直角椅子の油臭いディーゼル急行や、足は遅いがコトコトと心地良い揺れ方をする客車鈍行のほうがはるかに快適だった。新しいものが良いとは限らない。松山市駅でかーちゃりんと待合せ、小椋にウナギ食べに行く。三津浜港三時五分発のしらきさんで大島に帰る。

10月21日（日）十三夜　旧9月13日　晴（出先晴）

(水)0.0mm/(均)16.5℃/(高)21.1℃/(低)11.7℃/(日)9.7h

はっちゃんを三蒲の実家（ふれ愛どうぶつ村）に一泊預け、宇部まで日帰り、のりちゃんのお見舞いに行く。お出掛け続きの一週間、草臥れた。朝晩の冷込みがきつくなってきた。草刈り、秋肥を急がねば。

10月22日（月）旧9月14日　晴

(水)0.0mm/(均)17.1℃/(高)21.3℃/(低)13.6℃/(日)7.4h

大島大橋の送水管破損、復旧の目途立たず、断水の恐れありと、朝六時二〇分に緊急放送が流れる。八時より断水になる旨、七時過ぎに放送が流れる。保育園対応のためかーちゃりんが早出する。保育園はお寺や神社がやってる所が多いの

三津の渡し。前年夏に初めて乗せた折、びびって岸壁から船に自分の足で乗り移れなかった。2018.10.20

でたいがい井戸水があるのだが、それでも断水前に水道水を確保する旨連絡を取る必要があるという。そのために給料貰ってるとはいえ、災害時の役場職員は大変だ。

小松廻りで三蒲へ、はっちゃんお迎え。九時過ぎに大島大橋の前を通る。給水と買出しの車で渋滞している。橋を渡って対岸の大畠観光センターにええ魚があれば買うて帰ろうかと思ったのだがやめにしてどうぶつ村に直行、久賀廻りで帰る。午後一時間、平原上段残りと下段の草刈り。井堀中段で野菜に水をやっていると、県職員の知人から電話が入る。深夜一時頃、外国の貨物船が当て逃げした、送水管・光ケーブル破断どころか橋そのものがぶっコワれて片側交互通行、非常事態が長引くのは間違いないという。断水のお知らせは朝から何度も放送されているが、橋の損壊と交通規制についてはこれまで一言も触れられていない。朝九時に橋のへりを通った時点では、まだ給水所についてのお知らせは流れていなかった。とすると、朝の渋滞は本土の給水所に向う渋滞ではなく交通規制によるものか。交通規制について通知しないのはまずいぞ。

晩の支度をしていると、テレビのニュースで見たけど大丈夫かと、祝島の國弘さんからメエルが入る。うちは井戸水やから大丈夫でっせと返信すると、晩の十時から大島大橋が通行止めになると知らせてくれた。町の防災無線はまだ何も言うてこない。一時間くらい後にやっと流れた。かーちゃりんによると、柳井土木建築事務所が町に知らせもせんうちに報道に流したそうで、問合せ殺到で大困りだったそうな。少なくとも明日一杯は通行止めとなる。橋が架かっているお蔭でいつもは島であるってことを忘れとるけど、本当のところはそれでも島は島なんやなとかーちゃりんが言う。

大島大橋が片側交互通行で再開したとしても大渋滞は免れない。一月の断水時の渋滞を思い起す。大島側国道一八八号との合流点T字路の青信号の時間が国道優先で短く設定されているので、一回の青信号で十台程度しか通過できずボトルネックになる。橋が一キロ、渡り切って国道一八八号まで五〇〇メートル、一台四・五メートル、車間〇・五メートルとして三〇〇台が列をなす。一度の青信号で十台が国道に合流するとして、渡り切るまでに三〇回信号が替わる。一回三分としても一時間半かかる。渋滞が大島まで延びるともっとかかる。一月の断水時、ワシが見たときには大島側の国道は橋の取付きから三蒲《みがま》まで五キロ近く渋滞していた。こうなると悪夢だ。

水道が止まろうが島から出られなくなろうが当面ワシらは困りはしないが、明後日に予定していたはっちゃんの病院通いが問題だ。伊保田からフェリー徒歩乗船で柳井に出るか、渋滞覚悟で橋を渡るか。はっちゃん、投薬の御蔭で体調を維持している。生命にかかわる事態だ。

10月23日（火）旧9月15日　曇のち雨

(水)10.0mm/(均)17.6℃/(高)20.3℃/(低)14.5℃/(日)0.2h

大島大橋終日通行止め。伊保田柳井間のフェリーはだだ混みとテレビが伝えている。椋野漁港から柳井港に渡る臨時船（車輌航送不可）は一日四往復、定員六十人ちょいで、積残しの危惧が拭えない。暫く島から出られないかもしれない。午前一時間、横井手上段草刈り。三時頃雨が降り始める。雨の中一時間半、岩崎の成木のみ秋肥を打つ。カラス被害甚大とあってこの園地だけは雨の日に施肥をすることにしている。草刈りは終らず秋肥は手つかず、先は長いが、多少でも片付けば気が休まる。

明後日予定していた保育園の遠足の中止が決まる。先生がその旨告げると悠太がぽろりと涙流したと、連絡ノートに書いてあった。

10月24日（水）旧9月16日　晴

(水)0.0mm/(均)17.2℃/(高)22.7℃/(低)13.0℃/(日)9.3h

朝七時大島大橋の通行止め解除。歩行者自転車通行禁止、車のみ総重量二トンまで、風速三メートル超えたら通行止めという。風速時速一〇・八キロなんてママチャリ並み、これで通行止めとは橋のツブれ具合深刻ということやな。渋滞も難儀だが、島から出たまま帰れなくなる危険もある。とはいえ、はっちゃんを放っておくわけにはいかない。思い切って十時出発、小松港をすぎたあたりから渋滞、橋を渡り切って国道一八八号に合流するまで二十分かかる。これなどまだマシなほうで、岡田君に聞くと酷い時には橋を渡るだけで二時間かかったという。はっちゃんの具合が安定しているということで、軽いめの薬に変更して様子をみることになり、十六日分受取って帰る。ついでに柳井の街なかで軽ワゴン車にガソリン満タン給油、二〇リットル携行缶にも詰めて帰る。帰りの橋はスムーズに渡れた。島から出る車が多く、国道四三七号の三蒲手前まで三キロ程度渋滞している。みかん箱のパレットを積んだ軽トラ何台かとすれ違った。一〇トントラック一台分のみかんを軽トラで分けて久賀の選果場から柳井まで運んだと、夕方のテレビのニュースが伝えていた。これが続くとやれんで。

横井手下段草刈り一時間で切上げ、悠太を連れて、大恵重夫さんの出棺を見送る。今夜は水道難民マミーが風呂とお洗濯と晩ごはんに来るのでお通夜はご無礼されていただき、井堀中段で今年初もの、早生白菜ひと株取込み、豚しゃぶを仕込む。

10月25日（木）旧9月17日　晴

(水)0.0mm/(均)15.8℃/(高)21.2℃/(低)11.4℃/(日)9.6h

今日は遠足の筈だったのにと思い出して悠太が泣く。午前まるまる大恵さんの葬儀のテゴに出る。九十四歳の大往生。祖父母を送ってくれた人が次々と世を去っていく。

十時過ぎ強風で橋が通行止めになったと、葬儀屋さんが教えてくれる。えっ？　今日はええ凪やで。通行止めラインを風速五メートルに緩めたというけどそれでも時速一八キロ、じーさんの運転より遅い。この程度で再々通行止めになるんやったら、冬場は全く通行できん。

日曜に予定していたソフトボール大会をやるかやらんか昨日の会議で結論が出ず、土曜日に持ち越したと聞く。各種イベントが次々と中止を決めている。水に困らない家も少なくないが、職務上断水対策に走らなあかん者もおり、橋の通行規制で物流が滞り先行きの不安でざわついている中にあって、野球どころぢゃないと思うのだが……。さくっと中止と決めりゃあええのに、おっさんってのはこんな時クソの役にも立たん。大会開催の有無に関係なく、終了後の呑み会は中止に決めたと、実質世話役のさやか先生が言う。さすが、おかーちゃんは賢明だ。

ひるからパゾリーニ校正の続き。夕方三十分だけ横井手下段の草刈り、前日のやり残しを片付ける。水道難民となっている悦ちゃん一家、れあちゃん、るい君連れて晩ごはんと風呂に来ると、夕方かーちゃりんから電話が入る。ラインを見落していた。ワシの買物が間に合わんので、山田さんでの肉類買出しをお願いする。つみれ鍋に不可欠な生姜、ひと株だけ試し掘り、まずまずの仕上がりに安堵する。明日の入荷が途切れたらさすがの山田さんでも店が開けられなくなると言うとったと、帰宅したかーちゃりんが言う。そうなったら青木さんに船を頼んでアジ釣りに出るか。

子供三人居ると賑やかだ。大人は先行きの不安でざわついているが、子供らが居るだけで家の中に花があるようで、それだけでも心穏やかになる。災害は大人にはオオゴトだが、子供にはイベントなんだよな。二十三年前の震災被災下の日々を思い出した。

10月26日（金）旧9月18日　曇夕方から雨

㊌6.0mm/㊊18.1℃/㊋20.8℃/㊍14.8℃/㊐0.8h

家のスダイダイ、カボス、ユズに秋肥を打つ。高菜と水菜にも肥しを入れる。十時から早生出荷説明会に出る。十月三日早生果実分析の平均値は、糖度九・二、酸度一・二五。酸度は去年と同程度だが過去の平均と比べると高い。糖度は去年より高いが、九月の多雨により前回分析値より低下している（九月五日分析値、糖度九・五、酸度二・四八）。去年が酷すぎたので、これはこれでよしとするしかないだろう（昨年十月五日分析値、糖度八・五、酸度一・二六）。夏場の少雨による小玉傾向顕著で、今年は一級だけでなく二級も2S（下限直径五センチ）まで正果でとるという。大島大橋の損傷・交通規制による影響の懸念される選果場からの出荷について、伊保田柳井間のフェリー深夜便で一日二〇トン運ぶことになったという報告もあった。生産量の多くない極早生・早生までならそれでもよかろうけど、中生・晩生はこうくらんよ。

午後パゾリーニの校正続き。頁数を確定して山田製版さんに束見本をお願いし、写真の追加について田中さんにメエルを入れる。夕方オジジ宅に水を届ける。ここは風呂だけ井戸水なのだが、湯沸器の故障で風呂に入れないという。明日、柳井の義兄に迎えに来てもらい、お買物と風呂入りに柳井に出るという。

応急復旧工事のため、大島大橋は夜間通行止めとなる。事故やらかした船会社が明日、県と町に来るという。石投げたれってなもんだ。

かーちゃりん不調につき四時早退、川口医院で注射打って帰る。あす午後四時から八時まで給水所勤務が入ったという。本土に渡って光の病院まで、悠太の予防接種と皮膚科にかーちゃりんが連れて行く算段でいたのだが、渋滞や通行止めで帰れなくなったらまずい。ワシが代りに連れて行く余裕もない。明日の保育、五時までお願いする。

それにしても、こんなとき妊婦さんは難儀する。いま産気づいても大島では産めない。出産を控えたお母さんが、本土の親戚宅に行ったと保育園で聞いた。実は、今の大島には産婦人科の病院がない。災害とは関係なく大島では出産ができないという状態が十数年続いている。妊婦にせよ急患にせよ車で本土の病院に運べるうちはそれでよかったわけだし、そのために島内道路の整備も進んだということであろう。島内の大病院に外科のドクターが常駐していないため本土へ運ばなければ緊急手術ができない、耳鼻科、皮膚科、その他諸々、平日毎日受診できるわけではないという状況、挙げればきりがないが、架橋後の大島の医療環境の退歩は、それでも島は島でしかないという実情の見えにくい、中途半端に大きいこの島にあって、普段目隠しされてきたことの一つである。架橋前の連絡船に頼っていた時代よりも状況が悪化しているという事実は、非常時にこそ露呈する。

10月27日（土）旧9月19日　晴

㋬0.0mm/㋾17.1℃/㋙20.1℃/㋕12.7℃/㋑7.2h

深夜強い風が吹く。井堀中段のじゃがいもに被害が発生していた。土寄せをやり直す。この強風のため応急復旧工事が進まず、今日もまた夜間通行止めと十時半ごろ放送が流れる。今日の新聞、事故起した貨物船が大島瀬戸から呉まで逃亡したのではなく、移動したのだと強弁していると伝えている。素人目にも通過できる筈の無い所を無理くり通過して橋ぶちコワしておいて開き直るか？　ほんまに石投げたれ！

オジジとオババが午前のうちに風呂入りに来ると連絡が入る。オババが施設で風呂に入れないという。入所して一気に足の弱ったオババを、うちの玄関から風呂まで連れていくのはオオゴトだ。障害物を除去すべく朝から家の片付けにかかるも、うちをパスして柳井に連れて行ったと連絡が入る。草臥れ儲け。かーちゃりんの不調が続き、午後からの給水所勤務を外してもらう。

午後地主で草刈り二時間ちょい、合間に中生・晩生の仕上り具合をチェックする。地主の園地南側にザツボクの繁茂した耕作放棄地があり、そこに近い樹では、どんなに防除しても黒点病の発生が抑えきれない。後継者不在により耕作をやめる園地は年々増える。隣接園地が放棄されて荒れると、どんなに頑張っても良いものが出来なくなる。耕作放棄した隣接園地を借りるか買うかしてでも、そこまでしてでも守っていかねばならなくなる。そんな時代がもうそこまで来ている。

あと数年もすれば悠太がそこそこ戦力になる。あんまり無理にテゴさせなや、大きなって畑は嫌やと言い出しよるで〜と言う人もいる。子供の頃にみかんのテゴを無理にやらされて厭になったという人もいる。悠太には、みかん作業のテゴを拒絶するという選択肢は用意されてなどいない。子供が家の仕事のテゴをするのは当り前だと亡祖母は言った。人それぞれだ。

夜、久しぶりにお庭BBQをする。寒いけどこれもまたええもんだ。

10月28日（日）旧9月20日　晴

㋬0.0mm/㋾14.6℃/㋙18.6℃/㋕10.1℃/㋑6.3h

本日開催予定のソフトボール大会は中止。各種イベントが悉く中止となる非常事態にあって、二十四日の会議で中止を決めきれず、前日の夕方まで決定を持ち越した。オッサンは駄目だ。非常時にまるで脳ミソ回っとらん。

岩崎の幼木五一本に秋肥、一時半から四時半まで、悠太にテゴさせる。オジジ宅に水を届け、井堀中段のスダイダイに秋肥、釣瓶落し、五本やったところで真っ暗になる。

10月29日（月）旧9月21日　未明雨のち晴

㊌0.5mm/㊍17.5℃/㊆21.1℃/㊅10.8℃/㊐8.9h

朝の母子の会話。かーちゃりん「嵐、来ないねー」。悠太「中国へ行ったよ」。それは台風二六号ぢゃ（なんで「嵐」なのかは七月二十四日付参照）。

八時出発、悠太に付添ってもらい、みーちゃんを柳井の病院に連れていく。体重二・六キロ、良好、但し子猫のうちから猫風邪持っているので冬場はくしゃみ鼻水に注意せよ、薬は継続と。ワクチン接種五〇〇〇円也。大島大橋は行き帰りともスムーズに渡れた。今夜から、深夜（二三〜五時）に限り総重量八トンまでの車輌が橋を渡れるようになり、通学バスと緊急車両の通行制限も解除される。だからといって難儀な状況に変りはない。給水車は通行不可、一日四往復の柳井〜伊保田のフェリーで運ぶしかない。大型バスも通行できず、観光でメシ食うてる人らには死活問題だ。大畠漁港でEOS3のテスト撮影をする。当て逃げで送水管が切断され海に垂れ下がった大島大橋の現状、とりあへずフィルムに収めておく。

上　本土の大畠漁港から大島大橋を望む。切断された水道管が垂れている。2018.10.29
下　通行規制中の大島大橋を渡る。本土側から撮影。2018.10.29

十時過ぎから一時間半、井堀中段残り五本と下段七本に秋肥を打つ。午後二時から一時間家房西脇で草刈り、その後三十分樹冠の草取り。四時から平原下段の秋肥、一時間で七本。樹冠の草をとり肥料を土に混ぜ込むので手間がかかる。ペレットなら撒くだけでよいのだが、カラスに狙われるうえに雨の少ない今年の秋の気象条件では溶けて効きはじめるのに時間がかかりすぎる。地温が一二度以下に下がると根が動かなくなる（細根の活動が低下、窒素の吸収が悪くなる）。樹が十分に窒素を吸うのにひと月くらいかかるとくれば、十一月上旬までに秋肥を終らせる必要がある。

晩めし時の会話。災害発生から一週間経ち、先が見えない中で苛立ちが募り、ぎすぎすしてきた感があると、かーちゃりんが言う。役場あてに抗議の電話がひっきりなしにかかってくるという。何ぞ気に入らん事が起れば、やれ役場がやれ農協がと、これはよくある話ではある。役場に対して怒りぶちまけたところで何の解決もつかんのだが、わざわざ電話寄越してくる人らはよっぽどヒマなんだろう。大島に限らずだが、穏やかな風光とはうらはらに島という所は心を病んでいる人が少なくない。日本の社会が病んでいるなかにあって、島もまた病んでいる。島社会も実は都会と大して変らないのだが、一つ違いを挙げるとすれば、都会の無名社会と島の有名社会の違いであり、島社会にあっては個というものが実名引っ提げて鮮明に浮び上がる、ということか。

水量の少なさと費用面から予備の海底送水管敷設は現実的ではない、屋代ダム（農業用水ダム）に取水施設を造る、町内事業者と協定を結び非常時に井戸水を提供してもらうなど、本土側に頼らない第二水源の確保が必要だという椎木巧町長のコメントが、今日の中国新聞社会面に載った。

大島大橋に送水管を設置して広域水道が開通したのが二十年ほど前になる。水道に繋ぐ際に井戸を棄てた家も少なくない。農家は農薬稀釈や灌水の水が要ったり、どばっとおカネを使うのを好まない人も少なくないので（水と空気と安全はタダやという日本人の伝統的意識も強くある）、井戸を棄てるという考えは持たんのだが、大島の如きある意味大都会にあっては、実は第一次産業の従事者が多数を占めるわけではない。島の住民は漁家と農家ばかりではない、その点でも実は都市部と何ら変らない社会がここにある。「島」に変な幻想を抱く人らはそれを全く理解していない。

――島酔い批判はさておき。それでも、過疎化の進んだ今よりはるかに人口の多かった時代にあって、元々は島内水源だけで水を賄ってきた歴史がある……といっても、たかだか二十年前までの話である。安下庄でいえば、八幡川から東には簡易水道が通っていたが、川の西側のわが家近辺には水道は来ておらず、すべて井戸水で賄っていた。旱魃の年には簡易水道の時限断水があったりして一升瓶チャリンコに積んでうちに水を汲みに来る人もいた。

沖家室島《おきかむろじま》の父方の実家では、ワシがこまい頃から簡易水道が来ていた。今は当然ながら広域水道に繋ぎ替えており、今回の断水の影響を受けている。父方の実家の玄関には立派な井戸があるのだが、塩分が入るため生活・農業用水としては使えない。沖家室島で真水の出る井戸は少ない。昔から水に困ってきた島で、共同井戸の衛生面の悪さからトラコーマの罹病率が高かった。大島郡旧四町のうち東和町がいち早く離島振興法の適用を受け、昭和三十年代、簡易水道の敷設が町内全域で進んだ。沖家室島は昭和四十四年（一九六九）に簡易水道が通った。子供のころのことで記憶にあるのは、安下庄の母方（いま住んでる家）と違って、水の不味かったこと、醤油の不味かったこと、コメのメシの不味かったこと、魚のあたがりが悪かったこと、いつも腹をへらしていたこと、密集地ゆえ風通しが悪くて暑くてやれんかったこと、蚊がでかくてもぐれついて閉口したこと、である。ろくなことないよな。柳原は役人と先生の家系で、身内に漁師がいない。当然魚は買うしかない。ここに限った話ぢゃないが、島だからといって魚が好き放題に食べられるわけではない。母方は祖父が漁師だったので、魚だけは贅沢させてもらった。あと、朝鮮半島の鉄原《チョルオン》から帰ってきた親戚をテツゲンと呼んでいて、そこのおばはんが恐かった。

——昔話はさておき。島内水源で賄ってきた水を、本土に依存するようになった。橋に設置した一本しかない四五〇ミリの送水管がぶち切られた、それだけで、水道一本に頼っていた人たち全ての生活が立ち行かなくなった。橋がツブれたことにより物流が滞る。生命線を断たれたに等しい。「宮本常一離島論集」で触れている通り、日々必要と考えられる物資の全てを島外（＝本土）に依存せざるを得ない状況は今も昔も変らない。島内のスーパーに並んでいる商品の殆どが島外からの移入品だ。果樹野菜魚介類だけはジゲでとれたものではあるが、漁船軽トラ動噴を動かすガソリンから肥しから何から何まで、これまた全て島外からの移入品なくして成立たない。これは架橋していようがいまいが島嶼部すべてに言えることであって、何も大島に限った話ではない。ここでいう物資を食糧や資源と置換え、本土と繋がる一本の橋を貿易と置換える。まさしく島は日本の縮図だ。

10月30日（火）旧9月22日　晴

(水)0.0mm/(均)16.2℃/(高)19.7℃/(低)11.6℃/(日)7.8h

今日は保育園の芋掘りなのだが悠太が長靴忘れて届けに行く。こげなもとらん者《もん》がほんまに来年小学校行けるんか？

懐寂しくかーちゃりんのカンパを仰ぎ十時出発、柳井で買出し、はちメシ、みーメシ、猫砂ストックをミスターマックスで、カワムラさんの三〇〇円引き券が今日で切れる、二日の鍋会用にトリブツ、トリモモを買い込む。玖珂、岩国へ向う。通ったことのない道を通る。旧伊陸《いかち》村の中心部、落着いた町並みと、美しい田園のなかを通り抜ける。実によく開けている。農村として古くから続いてきたことがわかる。山の中でも、やはりここは本土だ。島の、どん詰まり感というものがない。

岩国の八木種苗さんで三月穫タマネギ苗一〇〇本購入、大島大橋は行き帰りともスムーズに渡れた。四時に帰宅、三十分家事、悠太お迎え四時半から一時間、井堀下段でタマネギを植付ける。悠太の手つきが去年よりサマになっている。はっちゃんの散歩から帰るともう真っ暗。今夜のおかずは玖珂で買ってきた秋刀魚、三匹焼いて二匹刺身に引く。この非常時に結構な贅沢と映るが、お店のラーメン一杯より安い。水道難民解消の先行きが全く見えず、苛立ちが出てきた感があるとかーちゃりんが言う。やれ役場がやれ農協がとかいった風当たりが、こんな時ますます強くなる。理不尽な苦情を聞かねばならぬかーちゃりんのストレスもあるだろう。せめてまともなモノ食うて酒でも呑んでなけりゃ、アホらしいて仕事ができん。家メシの質の維持は大事だ。一日働いて疲れて帰ってくるんだから酒くらい好きなだけ呑ませてやれ、それで機嫌よく働いてくれりゃあ安いもんだと亡祖母が言っていたのを思い出す。水道難民マミーが風呂に入りに来る。晩メシ済ませてから来ると午前のうちに連絡があった。別に遠慮はいらんのだが。

原料出荷用コンテナにバーコードを貼る。埃もぐれ、塵もぐれ、鼻水真っ黒。2018.10.31

10月31日（水）旧9月23日　曇

(水)0.0mm/(均)13.2℃/(高)16.7℃/(低)8.9℃/(日)1.0h

五時起きで机に向う。六時半に悠太を起し、昨日植えたタマネギの具合を見にあがる。昨夜は風が吹かず飛ばされた苗もない。とりあへず順調ナリ。

今年から正果だけでなく原料もバーコード付コンテナで出荷することになった。去年まで原料出荷に使ってきた旧沖浦農協のコンテナは廃棄し、旧東和農協のコンテナにバーコードを貼付する。今日がその作業日、八時に田中原の旧安下庄選果場に出勤する。一柑橘組合あたり一人から二人出してほしいと連絡があったのだが、みなさん忙しい時期なので、また来月のミカンバエ検査もお願いせんといけんので一寸頼みづらい。組合長の責任を取って庄北区柑橘組合からはワシ一人参加で勘弁してもらった。時期的にテゴを頼みにくいのは誰しも同じ、それでも安下庄に一七ある柑橘組合から四十人近く集まった。腐っても農協やな、底力がある。

それにしても、コンテナがクソ汚い。埃が舞い上がり、鼻水から痰から真っ黒になる。旧東和選果場に積上げてあったものだろう。いくら原料とはいえほんまにこれに入れて出荷してええんか？　出荷用コンテナが大量に余る、それほどまでに生産量が減ったということでもある。

黙って仕事しとると気が滅入る。國司君と情報交換しもって作業を進める。二十四日に久賀から柳井まで極早生一〇トン運んだ話、ライン連絡のできる青壮年部のメンバーに来てもらい、軽トラで四〇往復したんだと。また、大島大橋の橋桁やら大島本陣の真下あたりに大量に棲みついているカラスが大島中に散り、鳥害を拡大しているともいう。交通渋滞やら水道管仮設工事やらで人の出入りが多くなり、カラスが棲めなくなったのだと。ここのところ鳥害が酷いと思うていたら、とんだ二次災害やな。災害発生後一台あたり給油量一〇リットル制限になってはいるが、スタンドによってはガソリンの在庫が切れかけているところもあるという。島から外に出た時には満タンついで帰るしかないよな、とも。それにしても、これだけ大量のコンテナでもみんなで作業すると少しは気が楽になるよね、こんな気分、農協無視して個人出荷だけやっとる人らには味わえんよと、國司君が言う。予定より二時間早く、二時に作業が終る。

西脇で草刈り一時間一五分、支柱が折れて倒れたワイヤーメッシュの応急修理三〇分。四時半悠太お迎え、井堀下段のタマネギに水をやって帰宅、二〇分のインターバルで悠太はピアノ練習、ワシは家事諸々、五時一〇分にはっちゃんお散歩、二〇分出発。五時半から二週間ぶりのヤマハ音楽教室。

合間の話、りのんちゃんの家に井戸がないのは意外だった。お寺だから井戸があるとばかり思っていた。ヤマハの先生の家は井戸枯れで使えないという。今の大島に、井戸のない家は少なくない。

帰宅して酒呑んだ後で気づく、オジジ宅に水を届けるのを忘れた。給水船が需要に追い付かず、明日は給水が早く終わるとかーちゃりんが言う。

明後日水道難民の悦ちゃん一家が来るのだが献立はどうするのかとかーちゃりんが訊ねてくる。ええ白菜が出来とるんやしトリ鍋に決まっとるやろと返す。来る度にこの家は鍋ばっかしか？　とならへんかと、かーちゃりんが心配する。でもね、トリのほうが気兼ねが要らんのよ。豚、牛、魚の順で高くなるからね。別に材料費ケチってるわけではないけど。

水道復旧の目途が立たない。井戸のない家は、風呂と洗濯ついでに御食事の頼める家を何軒かローテーションで回るしかない。こんな生活がいつまで続くのかわからない。かーちゃりんは、他人の家で泊ったり風呂に入ったりするのが苦手な人である。お世話する方が気が楽やなと、いつもそう言っている。

1ヶ月

降水量	22.5mm（83.2mm）
平均気温	13.5℃（13.3℃）
最高気温	18.0℃（17.4℃）
最低気温	9.5℃（ 9.3℃）
日照時間	172.9h（151.8h）

上旬

降水量	7.0mm（29.5mm）
平均気温	15.7℃（15.2℃）
最高気温	20.4℃（19.4℃）
最低気温	11.6℃（11.3℃）
日照時間	76.9h（56.3h）

中旬

降水量	8.5mm（25.2mm）
平均気温	13.5℃（13.2℃）
最高気温	17.5℃（17.3℃）
最低気温	10.1℃（ 9.3℃）
日照時間	50.6h（47.8h）

下旬

降水量	7.0mm（28.0mm）
平均気温	11.4℃（11.3℃）
最高気温	16.1℃（15.5℃）
最低気温	6.8℃（ 7.3℃）
日照時間	45.4h（47.8h）

2018年11月

アジは、何をやってもウマい。一に刺身、二に塩焼きというが、フライも捨て難い。都会の消費者の多くが、刺身にできない、鮮度の落ちた魚を煮たり焼いたりするものと認識しているが、刺身で不味い魚が加熱でウマくなるわけがない。

11月1日（木）旧9月24日　晴

(水)0.0mm/(均)12.9℃/(高)18.3℃/(低)8.2℃/(日)7.8h

悠太の痒いかゆい（乾燥肌）が酷い。橘病院の皮膚科は木曜のみ、それよりも光の虹ヶ浜皮膚科に連れていきたい、梅田病院でインフル予防接種も受けておきたい。平日連れて行けたらいいのだが、六日から九日まで連日の雨予報、糖度が下がるといけん、雨の降る前に早生収穫を済ませたい、草刈りと秋肥も早く済ませたい、時間がない。土曜日にかーちゃりんが連れていくことになる。日曜日の収穫作業加勢をかーちゃりんに頼むが、オジジの買物がある、休日出勤もある、といって朝から険悪になる。連日の激務、かーちゃりんの苛々具合も積み重なっている。

一昨日、広島の渡辺郁夫先生から水が届いた。うちは間に合っているが、かーちゃりんの職場やオジジ宅で役に立つ。御礼の電話を入れる。渡辺先生の奥さんの実家が呉で、七月の西日本豪雨で一ヶ月断水した、渋滞が酷くて水が運べず、ひと月風呂に入れなかったという。大島では広域水道が通った時に井戸を埋めた家が少なくないと話すと、かみさんの実家も井戸を埋めた、近隣も同様で災害時水に困ったという。

悠太とかーちゃりんを送り出したあと一時間机に向う。家房西脇の早生収穫、ひるを挟んだ二時間半で一一〇キロ、着色の悪い二本を残す。草刈り、秋肥一時間ずつ、五時までかかる。

昼休み、給水船が港を離れるので今日は給水時間が短縮されると放送あり。岡田君から、再来週に予定していた消防団の旅行中止の連絡が入る。断水で消火栓が使えず火事が出たとしても海べりか川べりでなければ放水できん、伊保田から松山行なら緊急車両や買出し客で混み合う柳井行とは反対方向なのだし、おっさん十二人ひと晩いなくなるだけで水の減りが違う、どうせ居ってもクソの役にも立たんわけやし気晴らしや思うて行ってきたらええやん、役場水道課勤務の岡田君は仕事上無理でも他の面子は旅行に行けばええんやとかーちゃりんは言う。昭和天皇最晩年の自粛騒ぎみたいになってもいけんとは思うが、断水と通行規制による物資不足の先の見えない長期化でとげとげした空気が支配してきている中にあって、不謹慎の誹りは免れない。旅行に出ても構わないと思うが、出ないほうが無難ではある。ここで中止と決めんでも、年が明けて一寸落ち着いたところで設定し直してもええんとちゃうかと、そこらへん伝えてきたつもりなのだが。

一昨日届いた平成三十年富山県産てんたかくを試食してみる。今年の米は猛暑の影響で品質低下甚だしく水分が少ないので通常通りの水量で炊くべしと、こないだテレビで言っていた。それを試してみる。こりゃあいけん、新米のつやつや感がない。安くてウマい品種なのだが残念な仕上り。水を増やす必要がある（後日再度炊飯テスト、水量五パーセント増で美味しく炊けた）。

11月2日（金）旧9月25日　晴

(水)0.0mm/(均)13.6℃/(高)18.4℃/(低)8.9℃/(日)7.6h

東京から小倉まで新幹線で移動する田中さんと広島駅で待合せ、追加写真を受取ることにした。新岩国一一時三一分発に乗りたい。大島大橋の通行規制による渋滞も考えて九時半に出発したかったのだが、家事他諸々追われて一〇時出発となる。出ようとした矢先、九時四五分より強風通行止めとの緊急放送が流れる。車の時計で九時五八分。放送が終ったところで一〇時の時報が吹いた。役場の流す緊急メエルがスマホに届くように設定している。緊急メエルの着信は九時四九分だった。町のサイト掲載→緊急メエル→緊急放送の順で情報伝達が遅れていく。ネットやスマホに縁のない年寄ほど情報から遠い。

安下庄は大した風ではない。小松に向って走っている間に解除されるかもしれない。出発する。十時半頃、橋の手前五〇〇メートルくらいの所で渋滞に巻き込まれる。新岩国発ひと便遅らせて一二時三五分に間に合えばと思いもしたが諦めて小松港駅前のポプラまで引返す。田中さんに断りの電話を入れる。戦闘機が上空を通過、ケータイの呼出音がまったく聞こえず一旦電話を切る。同時進行で役場の放送が流れもするが爆音で聞き取れず。厚木から岩国への米軍空母艦載機移駐により、飛行回数も低空飛行も約束破りの夜間・深夜飛行も爆音も、全てが桁違いに増えた。竹槍で突殺してやりたくもなる。

一一時三二分通行止め解除、緊急メエル一一時三九分着信、緊急放送一一時四五分。大した風ではない。どちらかといえばええ凪だ。それでも平均風速五メートル超えで通行止めになる。島の空気がささくれ立ち、役場への抗議電話が日に日に増えている。ポプラで会った知人によると、一時期、断水は町長の所為だというデマまでまことしやかに流れたという。町長の自宅が源明で水に困らないから水道を平気で止めているのだと。お約束の陰謀論は無視するとして、そりゃあ毎日こんなこと続いていつ解決つくのか見通しが立たんとくれば気分もささくれ立ってくるし、役場なんて格好のスケープゴートだ。しかし、無理して通行させて人命に関わる事故でも起れば、それこそ取返しがつかない。三三メートル引く四〇メートルの計算ができないクソ馬鹿垂れの所為で十数ヶ所にわたって梁が破壊され、強風と荷重で橋が崩落する危険が発生した。じーさんのとろとろ運転以下の風速で通行止めになるほどまでに危険な状況に置かれているということだ。

橋の応急修理が完了しないことには、送水の荷重に耐えられる強度が確保されないことには、水道仮復旧（歩道部分に三〇〇ミリ送水管を仮設）の目途が立たない。水道を完全に復旧（四五〇ミリ送水管）させるには、橋の修繕が不可欠となる。添木で何年ももたせることはできない。当面、電気が来ているだけマシではあるが、架橋前の一九四八年に小松の瀬戸に設置された架空送電線が唯一の電力供給ラインであり、万一これがぶち切られでもしたらいよいよ島は沈む。一九七三年に戦艦陸奥引揚げのクレーン船が架空線をぶった切り一週間にわたって全島停電になった。当時を知る人に聞くと、後日補償が行われたが個人および個人事業主の損害に対しては一切の補償もなかったという。こんな時に限って悪いことが重なる。杞憂で終ることを祈るしかない（実は、大島大橋に設置された送電線も切断されていた。架空送電線は使われていなかったのだが、撤去が先送りになっていた。これが残っていて助かった。後日、役場関係者から聞いた話）。

戦後の離島振興事業で架橋された島にあって、これから先、橋の老朽化と修繕、ついには架替えの問題が生ずることになる。一九九六年（架橋二〇周年）の無料化前に修繕を行った際あと一〇〇年は大丈夫といわれたのだが、それでも、無料化から二〇年以上経った現時点では保証期間残り八〇年である。塩分と振動に晒され続ける巨大構造物にあって、架橋二〇年の時点で既にボルトの脱落が大量発生していたことも考えあわせると、理系の専門馬鹿による机上の計算などクソのあてにもならん。

日沈む国にあって架替えの経費が果して出してもらえるのか否かはさておき、架替えによる通行止めや断水など、生活に直結する問題はどうなるのか。近い将来、全国の架橋島が直面するであろう深刻な問題が、いち早く大島で惹起してしまったともいえる。

民主党政権時代の事業仕分けで、離島振興予算が槍玉に挙がったことがある。仕分人に入った外資系証券会社のオッサンがぶっ放した一言。「島は海に浮かぶ老人ホームだ」。ゆえに社会資本を投下する必要などないということ。このようなものの見方考え方が巷間に流布すれば島は沈められる。実際にその風潮は強まってきている。城山三郎の「離島からの離島のすすめ」（「文藝春秋」一九六八年四月号）など読むと、日本の知識人の度し難い本土史観は半世紀前の高度成長期も今も大して変わらないということがわかる。

腹が減ると気分がささくれ立つ。ポプラで弁当を買って食う。冷凍唐揚だがそれなりにウマい。広島の帰りに岩国の八木種苗さんに寄って四月穫タマネギの苗を買ってくるつもりだったのだが、どうしよう。今日はパスして次回六日の最終入荷分を回してもらえるかどうか電話してみる。六日分は予約で一杯、今日の苗（昨日入荷分）は滅茶苦茶にモノが良いのでオススメという。まだ渋滞が残っているが無理して橋を渡り、岩国まで行って帰る。四時半帰宅。悦ちゃん通院で遅くなるというので、悠太のお迎えついでに、れあ、るい姉弟も連れて帰り、風呂と晩ごはんにする。

今朝の朝日新聞（大阪本社版を除く）生活面に吉田得子日記戦後編の記事が出た。立寄ったコンビニが何処も売切で掲載紙は手に入らず。留守電に携帯番号の案内を吹き込んでいるので、出歩いている間に問合せ電話が二件入った。いずれも戦前編の在庫はあるかというもの。残念、完全に在庫払底なんだよ。定価で八〇部売れるあてがあれば二〇〇部増刷できるのだが、一〇部にも満たないであろう需要に対して増刷する

タマネギの植付け。様になっている。2018.11

という文化事業はできない。在庫を持っていればゆるゆると捌けるのではあるけれども、それを抱えるだけの経営体力など、もう残ってはいない。

11月3日（土・祝）旧9月26日　晴

(水)0.0mm/(均)14.5℃/(高)19.2℃/(低)10.1℃/(日)8.8h

六時半起き、七時から一時間、井堀下段でタマネギを植付ける。黒マルチ（農業用マルチシート。防草、保温、保湿効果）三張と八〇本植えたところで時間切れ帰宅、昨夜西田さんから戴いたばら寿司ときんぴらで朝ごはんにする。悠太の食いが悪い、朝からぐにゃぐにゃ、怒る。かーちゃりん加勢、九時一〇分過ぎに平原の早生みかん収穫作業を開始する。子供が居ると仕事の立上りが遅い。苛々してはいけないのだが、苛立ちが顔と態度に出てしまう。かーちゃりんの途中抜けもあり五・五時間（人数掛ける作業時間）で一六五キロ。山の畑は運び出しの手間を食う。かかる時間の割に収穫が進まない。

今日かーちゃりんが悠太を本土の病院に連れていくつもりが、祝日と気づいたのが前日の晩だったりする。少しは吹いているが大した風ではない。それでも今日もまた強風により九時二五分から一〇時四六分まで大島大橋が通行止めとなる。かーちゃりんのフェイスブック情報によると、国道は橋の付け根から三蒲まで五キロ渋滞しとるという。買出しやら支援やらで、ただでさえ車の出入りの多い週末に通行止めは痛い。

早生みかんの収穫。悠太はすぐサボって食べる人になる。2018.11

11月4日（日）旧9月27日　晴

(水)0.0mm/(均)15.1℃/(高)19.7℃/(低)10.4℃/(日)9.0h

午前午後の四時間かけて早生の選果、本年度第一回目の農協出荷分を作る。産直分を送り出すのにクロネコに電話する。大島大橋の通行規制の影響で翌日配達の指定ができないという。二日三日かかっても構わないので送り出す。国鉄の小荷物で送っていた頃は関西宛で三日から四日はかかっていた。隔世の感がある。みかん送りといえば、昔は荷物に縄をかけて荷札結わえ付けて国鉄バスの安下庄駅まで持って行っていた。車の免許を持たない祖父はチャリンコ、祖母は乳母車で駅まで運んだ。神戸に届くと戸別配達もあるのだがおカネが高くなるので駅留めにしてもらい、台車押して受取りに行った。荷物に縄をかけるのは、荷物列車の積下しの際にぶん投げるからで、届いたときにはみかん箱の角が丸くなっていた。旧国鉄は荷物の扱いが荒かった。クロネコが入ったのはワシが中学生の頃で、縄をかけず送り状を貼付けるだけでよいというのが新鮮に映った。クロネコの荷物扱いの丁寧さもまた、国鉄とは雲泥の差であった。のちに写専の学生の頃だったか、クール宅急便のサービスが始まった。もっと早くにクール便が始まっていたらオジイの釣った魚を毎日《まいひ》にでも送ってもらえたのにと、オカンがいつも残念がっていた。昔話はさておき、今の便利さに慣れきってしまうということ、それでもさらなる便利さを求めてしまうということ、災害時に改めて思うことがある。

かーちゃりんと悠太はオジジの買物、久賀の中央フードへ行く。今日は空いていたが、昨日はカートが足りんほどの大混雑だったという。大島大橋の通行止め大渋滞で踵を返した人らで混み合ったのだろう。買物難民も発生しかねない事態、久賀は島の大都会だ。橋から遠く離れ、メインルートからも外れた安下庄では実感できないことではある。

昼めし済ませ、悠太連れて倉庫にあがる。風呂難民オジジが昼風呂浴びて帰る。ええ湯ぢゃ〜とご機嫌さんであったと。オジジは達者だからうちで受入れできるが、オババはよう考えたら無理やなと、かーちゃりんが言う。外を歩かないということは人間の身体能力を劇的に劣化させることであり、施設に入ると誰もが足腰が弱って歩けなくなる。ほな毎日《まいひ》に施設訪ねて散歩に連れて行ったれと言われてしまいそうだが、それができるくらいなら施設に入れたりはしない。足腰立たんオババを玄関から風呂まで連れていくのがオオゴトなのだが、連れて行ったとしても風呂桶に入れてやることができんし、間違って入れてしまえば今度は出してやることができん。昔は認知症なんてそう多くはなかったよな、何で今は認知症が多いんだろうなと、そんなことがよく話題に上る。ほんまのところ、みなさんボケる前に命が尽きていた、ただそれだけなのだが……。医療の進歩で寿命が延びた。でも当人と家族にとってそれってほんまに幸せと言えるのか、つい考えてしまう。

夕方三十分平原上段で秋肥、段畑三段あるうちの一段しかやれず、一三本やり残す。倉庫で積下しをしていると終日給水所勤務の岡田君が帰宅、自家用みかん畑の早生が今年は収穫ゼロというので少しばかり進呈する。水道課に対する抗議電話が日に日に増えているのだと。岡田が謝って水が出るのなら安いもんだがね。使ってへん井戸に水道管を繋ぎ替えたいと言ってきた人に対し、水質検査は保健所に訊いてくれ、繋ぎ替えは水道課の仕事ではないと返答したら怒り出したりするんだと。うちは井戸水を煮炊きと風呂、農薬稀釈に使い、水道は洗濯機、水洗トイレ、シャワー、瞬間湯沸器に限定しているのだが（山口・広島県境の弥栄ダムを水源とする広域水道の水は爆裂に不味いので煮炊きに使いたくない）、このような井戸の残し方をしている家は実はそう多くはないという。井戸は残しているが畑の散水程度もしくは使うことが無い、家庭用の水はすべて広域水道に繋ぎ替えた、そういう家も多いのだと。

もう一つ、陰謀説がまことしやかに流れているとも聞いた。安倍首相と椎木町長が結託して、橋の損壊は大したことないのに通行規制敷いて水道を止めているのだと。

いつも週末は長蛇の列ができるたちばなやで今日は一人も並んでいなかったと、かーちゃりんから聞く。チャリのツーリングが大流行で、観光振興にと県も力を入れている。大島がそのオススメコースに入っていて、ここ二、三年、イノシシを見ない日はあってもチャリンコの外来者を見ない日は無いくらいであったが、災害発生後ぱたっとやまった。チャリが大挙して押しかけ、狭い島の道路をすいすい走るその横を車で抜かしていくのは当りそうで怖い。見通しの悪さ幅員の狭さなどで追越しのできない場所も多く、苛々しながら運転している。大島大橋の通行規制（歩道部分に仮設送水管を設置するため歩行者自転車の通行ができない）でチャリが来なくなり、車が運転しにくいという日々のストレスが消滅した。たちばなやの週末の行列でもチャリの外来者は多かった。客が七割減ったというたちばなやの親爺のコメントがネットの記事に出ていた。適当な数字言って記者が真に受けてるだけなんだろうけど、客が劇的に減ったのは間違いない。

観光業が打撃受けとるというけど、災害で大変な目に遭うとる所に観光になんか行けんよね。こないだ北海道で大きい地震があったけど、被災地を応援するために観光に行こうと言われても、行って迷惑かけるわけにいかんよねと、酒買いに行ってそんな話をする。日常生活が成り立っているということ、その大前提あってこその観光振興だ。観光だの交流だの何だの外向け大合唱が目につく今の大島ではあるが、観光による離島振興など成り立ったためしがないという事実をいま一度考える必要がある。

11月5日（月）旧9月28日　晴

(水)0.0mm/(均)15.0℃/(高)20.4℃/(低)10.8℃/(日)9.2h

五時半起きで机に向う。七時前に悠太を起し、はっちゃんのお散歩に出るが元気がない、歩こうとしない。昨夜はめし半分残した。その前の晩も半分残した。お薬始めてから連日完食していたのだが。

この秋初めて、息が白いのに気づく。家庭菜園の白菜に追肥、ピーマンを伐採する。みかんの七分コンテナ半分くらいピーマン収穫、暫くはピーマンに不自由しない。

早生みかん産直分三箱、クロネコ営業所に持っていく。離島に戻っちゃいましたね、到着まで日にちがかかるけどみずのわさんのみかんは新鮮だから大丈夫でしょう、それにしても庄の浜って昔は白い砂と海がきれいで誇りだったんですけどね、全部埋立ててしまった、とクロネコの担当さんが言う。

おひる前の三十分で平原上段の大津四号と南柑二〇号計七本、午後三時間ちょいで西脇の幼木の半分程度に秋肥を打つ。延々と秋肥作業、まだ終りが見えない。

晩めし時のかーちゃりん情報。今日、月ちゃんが日良居の給水所業務の現場で罵られたという。役場の職員もまた被災しとるんだよ。ボランティアではなく給料貰っての仕事だけど、誰かがやらんといけん仕事なんだよ。やってもらって当り前、罵りあげて当り前、何様のつもりだ？

11月6日（火）旧9月29日　晴

(水)0.0mm/(均)16.8℃/(高)22.4℃/(低)12.6℃/(日)9.2h

午前三時間、中生・晩生温州とポンカンのミカンバエ検査で全園地を廻る。検出なし。一ヶ所、荒れ具合が酷すぎて入れず。下手に入るとハメ（マムシ）に噛まれる、マダニに喰われることになる。

二時から四時まで西脇で草刈り、秋肥残りを済ませる。明後日の果実分析用のサンプルも取込む。割石でもサンプル取込み。ここの中生古田、去年と違って着色が良い。

はっちゃん昨夜は一口もめし食えず。昨日今日は大好きなおやつもやおい（柔らかい）もの一口二口しか受付けんようになってしまった。かーちゃりん早退して柳井のさくら病院に連れていく。腹水、胸水がたまって呼吸が苦しい、いつ死んでもおかしくない状態と宣告される。胸水を抜いてもらい少しは楽になった様子、さしむき薬を強くするしかない。一一時四五分から一三時一〇分まで大島大橋が強風通行止めとなる。いつ通行止めになるかわからん異常事態下にあって、病院に連れて行ってやれただけでも幸運だった。帰り、対向車線で大島から本土へ出る車が大渋滞を引起していたという。

晩めしの支度をしていると、早生みかんが届いたと神戸のオカンから電話が入る。さすがオカンや、全島断水のことなどまるで気にしていない、真宮《しんぐ》（安下庄の中心部）でもみんな井戸やんか、水には困らへんやろとぶっ放しよる。何十年前の話しよるねん、八幡川から東はあんたが島を出た後に簡易水道が通って、いまそれが広域水道に繋ぎ替っとるんや、簡易水道が通ったことで多くの家が井戸を棄てたんや、あの辺はほんまに水が無いんやと話す。高卒で島を出て六十年、島の生まれ育ちといっても長年住んでいないとはこういうことだ。

11月7日（水）立冬　旧9月30日　晴

（水）0.0mm/（均）17.8℃/（高）20.9℃/（低）15.6℃/（日）8.9h

深夜風が吹く。この時期にしてはそんなに強い風ではないのだが、こりゃあ今夜は橋が止まるなと思いつつ寝落ちる。四時起きで机に向う。大島大橋強風通行止めを知らせるケータイメエルで目が覚めた。未明三時五五分から深夜二二時二〇分まで、大島大橋がまる一日通行止めとなる。渋滞も只事ではない模様で、一二時一〇分には給水車が渋滞で動けず給水が遅れる旨放送が流れる。昼間安下庄でもまあまあ吹きよったが、これくらいなら知れている。小松の瀬戸はもっと風が強いとはいっても大した風ではなかろう。この先、秋の終りから初夏の入りにかけての風の強い時期にあっては、大島大橋の通行止めが頻発するのは間違いない。えらいことになりよった。

ひるに野川さんに荷物出しに行く。通行止めで荷物が動かないと言う。いずれ動くであろうからと預けて帰る。地方・小出版流通センター向けの補充品発送、少しでも早く届くであろうクロネコさんにお願いする。荷物の遅れ具合をドライバーさんに訊ねる。深夜のみ通行が許可されている総重量八トン以下のトラックで荷物が本土から大島に入ってくる。深夜のうちに折返す便にのせて荷物を本土へ出す、くろねこ営業所に出した翌日の便にのるため、到着までの日数が一日余計にかかるのだと。本土から大島に入るトラックが水ばっかり積んでくる。これがパレット積みだからフォークリフトが

11月８日の朝、病院に連れて行く前に撮影。これがはち君生前最後の写真になった。

使えるけど、小型車の手積みでは人間がやれんよとも言う。

午前午後の一時間ずつ平原上下段と西脇で早生の残りすべて取込む。週末かーちゃりんに加勢を頼もうにも土曜日は悠太の病院で本土渡り、日曜日は午前オジジ買物午後給水所勤務で人手が確保できない。はっちゃんの具合悪く、いつ天に召されるかわからない。一人仕事と割切って今日で早生の収穫を終らせることにした。午後の西脇での作業に、はっちゃんを連れていく。ワシが留守にしている間に死んでしまうような気がした。生後半年でうちに来た頃、この園地の苗木植付けに連れて行って以来だ（マダニやヤマビルにやられてもいけんので畑に連れて行くのをやめた）。その時植えた木が今年から実をつけ始めた。はっちゃんはワシの作業を眺めながら軽トラのへりに寝そべっている。朝のお散歩に連れて行こうとしたが一歩も歩けなかった。昨夜もメシ食えず。おやつもやおい（柔らかい）ものしか受付けない。二、三切れしか食べられない。朝、魚肉ソーセージをひと切れ戻した。息が荒い。腹水と胸水がたまってつらいのだろう、横になって寝られない。それでも西脇に居る間は少しましな様子だった。

三時に一旦帰宅、はっちゃんを定位置に繋ぎ、一人でミカンバエ検査洩れ園地を調べて回る。荒れ放題で昨日入れなかった一ヶ所で、高枝切ハサミを借りてきて実を取込む。幸いミカンバエは出てこなかった。日当りの悪い樹冠内部や陰の実を取込めなかった。もしかしたらミカンバエが入っているかもしれない。耕作をやめて山に返すというが、みかんの木は伐らずに残っている。滅茶苦茶な荒れ具合で伐採しようにも園地に入ることすらできない。ここの上にも下にも横にもいま現在耕作している園地があるのだから伐ってほしいとみなさん言うのだが、本人はもはやそれどころではないのだろう。同じ耕作者の、あと二ヶ所の園地も再検査する。いずれも荒れ果てている。防除がまともにできているとは到底思えない。残念ながら（?）ミカンバエ発生なし。実は発生してくれたほうがよかったりする。件の耕作者は農協の正組合員なので、ミカンバエさえ発生すれば木を伐れと強く言うことができる。人を見てものを言うてるようなもんだが、無農薬頭でっかちや農協を殊更に敵視する人が相手だとこうはいかない。最近流行りの移住者にありがちな話だ。農協正組合員のオジイオバアが亡くなり畑が放置されたケースで、島を棄てて都会に移住した子供や都会で生れ育った孫らが相手となる場合も厄介である。

晩めし時のかーちゃりん情報。ある町議センセイが給水所のボランティアに加勢した。この人が居るというだけで、いつも罵りあげる困ったちゃんが一言の文句も言わずお利口さんで帰って行ったと。

11月8日（木）旧10月1日　晴のち曇

(水)0.0mm/(均)18.4℃/(高)21.7℃/(低)16.3℃/(日)3.2h

はっちゃん、昨夜もまた、ひと口もごはん食べられず。つらいのだろう、横にもなれない。坐ったまま一睡もできなかったようだ。夜が明けて、大好きなおやつも全く受付けなくなった。はっちゃんの心配をしていたら寝るのが遅くなった。寝る前に、はっちゃん、もうもたんよと悠太に告げる。大泣きする。ワシはひと晩はっちゃんの横についとるわと言うと、悠太もそうすると言い出す。寝んと身体に障るよと諭す。するとはっちゃん、後ろを向いた。寝ろと背中が言っている。自分がせんない（つらい）のにワシらの気にかけてくれてるで、健康であっても人のこと気にかけること全くできん者も少なくないのに、はっちゃんは大したもんやのう。見習わなあかんよと悠太に話す。

悠太に付合ってもらい、はっちゃんをさくら病院に連れていく。八時半出発、八時五八分大島大橋の渋滞に巻込まれる。橋を渡って大畠の国道一八八号に合流したのが九時二二分。応急復旧工事のため昨日より片側車線交互通行区間が橋中央部の四〇〇メートルから七〇〇メートルに伸びた所為でもある。さくら病院は休診日だった。昨夜寝る前にさくら木曜お休みなんだよなとかーちゃりんに話すと午前だけやっとったんちゃうかと言われた。そうやなと迂闊にも納得してしまった。さくら病院の休診日はケータイに入れてあるのに、それをチェックしてへんかった。ありえないミスなんだが、テンパるとはそういうことなんだろう。橋の通行の可否に気を取られていた。はっちゃん死にかけてるのにどうしてくれると、当て逃げして橋をぶっコワしたクソ馬鹿垂れに対する怒りが沸き上がる。運転が荒れる。事故起こすよと助手席の悠太に言われる。いけん。大畠のコンビニでコーヒーとおやつ買って気を鎮める。

大島大橋の大畠側、一〇時渋滞の末尾につく。一〇時一一分にお知らせメエルが入る。一〇時〇五分から強風通行止め。困った……が、橋上に残った車にどいてもらう必要があるからなのか、渡らせてくれた。大島を出る車は既に通行止めになっていた。きわきわで足止め食うた人らには悪いが助かった。通行止め解除は一一時三〇分。あと数分コンビニ遊びが長かったら渡れてはいなかった。悠太の保育園のお給食にも間に合ってはいなかった。

小松のポプラに停めてかーちゃりんに電話を入れる。先生が居るかもしれん、電話だけでもしてみいと。休診でも電話くらいしてみようよ、そこに頭が回らない、テンパっている。

電話したら先生が出た。苦しみを和らげてやる手はないのですか、それがないのですよ、薬を増やして効き目が出れば少しは楽になるけど一時的なものでしかない、いますぐ死んでもおかしくない状態なんですよ、胸水抜けば少しは楽になるけどすぐにたまる、腹水は抜けない、午後三時から五時までなら確実に病院に詰めているから診察できますと言われるも、橋がこんな状態では連れていける確信は持てない。

保育園の給食後、アレルギー性鼻炎の酷い悠太を耳鼻科に連れていく。橘病院の耳鼻科は木曜と金曜の午後しか診察がない。吸入を嫌がる。ヒマ持て余して病院に付合うとるわけやないんや！　ワシの時間を盗るな！　と怒りあげる。

怒りすぎた。薬の待合で落着いて話す。――ワシが忙しいのは、みかんと出版と写真と家事とぜんぶやらなあかんからと、それだけやないんや。部落のこと、農協のこと、柑橘組合のこと、おカネにならなくともみんなのための仕事をやらなあかんからや。自分の仕事がなんぼ忙しくても、自分の仕事を後回しにしてでも、みんなのための仕事を優先せなあかんのや。この島では、そうすることで助け合って生きてきたんや。その役目を引受けたがらない、断固として引受けない人も少なからず居てる。でも、そういう人は、ちゃんとしてへん人やといって見下されてきたんや。ひいじいちゃんも、ひいばあちゃんも、みんなのために働いてきたんや。この二人に、自分のことばっかり考えてちゃいけんよとこまい頃から教えられてきたんや。真面目にやるだけアホらしい、損することも多いけど、悠太もそれが黙ってできる人にならんといけんのんや。

病院に着いたところでケータイが鳴る。テレビ朝日の羽鳥慎一モーニングショーの担当ディレクターからだった。病院を済ませ、悠太を保育園に送り届けたあとで電話を折返す。此度の人災のことで問合せかと思いきや、石原良純コーナーで使用する東京の古い地図の版権確認のため、ウチが以前復刻した「神戸市戦災焼失区域図」の旧発行元の今の連絡先を知りたいという話だった。それはそれでええんやけど、ワシは自分から取材を売込む人種ではないので口にチャックしていたのだが、ディレクター氏の側から、いま大島が直面している困難にかかわっての取材めいた話はひと言も出てこなかった。当方にとっては連日直面する問題なのだが、東京（……に限らず関西でも何処でも同様ではあるが）では全く報道されていない。外国船当て逃げ事件と断水、交通途絶の初期情報は流されはしたものの、その後の続報がない、つまり日常がまったく報道されていないわけだから、事情を知らぬ多くの人からはすでに収束したと思われても何ら不思議ではない。忘れられた島という昭和三十年代の宮本常一の問題提起は、今もなお強烈なリアリティを持っている。

一時から三時まで倉庫に籠る。早生温州の今季最終選果を終える。一旦帰宅、はっちゃん定位置に座って待っている。舌が紫色をしている。目に力が無い。もう長くはない。このまま晩までずっと横に座っていてやりたい。でも今夜雨が来

はち君永眠。2018.11.8

る前に、やれるところまで秋肥をすませておきたい。五時過ぎまで二時間、平原上段の残り、横井手上段、地主の狭小ブロック、混ぜ込む時間がないので、粉をやめてペレット肥料を使う。

悠太お迎えに行かなあかんのだが、真っ暗になる前にはっちゃんを家に入れに帰る。お利口さんに座って待っている。はっちゃん抱きかかえ家に連れて入る。呼吸が苦しいのか口と目を大きく開け、そしてすっと力が脱けた。はっちゃん、しっかりせえ！　と大声出す。抜けかけた魂が戻ったのか、じっとワシの顔を見た。よう頑張った、もう頑張らんでええ。そう声をかけると腕の中で静かに息を引き取った。気配を察したのかガラス戸の向う側でみーちゃんがみーみー泣いていた。満四歳と二ヶ月七日、午後五時二〇分頃永眠。わずか一分二分の間の出来事だった。

11月9日（金）旧10月2日　未明雨、曇のち晴

㊌7.0mm/㊊18.6℃/㊄21.9℃/㊍13.0℃/㊐4.2h

四時起きで机に向う。はっちゃんのお散歩のない、初めての朝。はっちゃんの石頭を受け止めた右手にまだ、最後のぬくもりが残っているような気がする。

午前机に向う。午後農協向け早生みかん出荷、悠太お迎え、三時過ぎかーちゃりん早退、海を見下ろす平原の園地、はっちゃんが煙になってあがっていった。

11月10日（土）旧10月3日　晴

㊌0.0mm/㊊14.4℃/㊒20.7℃/㊐9.9℃/㊐9.0h

悠太の皮膚科と予防接種のため、かーちゃりん朝から島を出る。ええ凪や、今日は通行止めはあるまい。タイシン君に電話、いま和田の給水所の仕事に出ているという。明日三木さんが来るけぇ昼メシ食おうやと連絡を入れる。

昨日の火葬、八時過ぎまでかかった。晩めし作れんので、かーちゃりんに頼んで持帰りのみで営業している土居のまきちゃんでお好み焼きを買ってきてもらった。商売にならん、首括れってか、大将がそう言うとったそうな。

昨日の新聞によると大島大橋ぶっコワしたクソ馬鹿垂れ、略式起訴と罰金五〇万円、こんなもんかよ！　てなもんだが、刑事はこれでチョン、これから始まる民事が難儀だ。小学校の算数もできんような馬鹿に船を任せた海運会社ぶっ潰してでも賠償金ふんだくれってなもんだ。当逃げ発生時刻が大潮の干潮だったのが不幸中の幸い、満潮だったら橋を完全に破壊していた。

ミカンバエ調査票を農協に提出、出荷伝票のプリントもお願いする。先月三十日に岩国で満タンついだ軽トラのガソリンが半分まで減った。中本石油で二〇〇〇円分給油、今のところ一〇リットル制限はないという。柳井～伊保田のフェリー深夜便のみ危険物搭載の許可が下りたので、それでタンクローリーを運んでいるのだと。石油と電気なくして現代人の生活は成り立たない。だからといって、電気は必要不可欠イコール原発は必要不可欠というのは詭弁だ。都会の電力浪費とカネの亡者どもの目先の利益のために原発を僻地に押付ける腐った根性が気に食わん。地方にあって至極ノーマルな自民党支持者である知人が伊方原発再稼働に対して怒っている。田舎に押付けるな、作りたきゃ東京の真ん中に作れ！　と。自民党は巨人軍より嫌いだ。保守本流の矜持として、ワシは安保法にも憲法改悪にも原発にも反対する。

はっちゃんが居ない。気が抜けて午前中ぐだぐだ、ひるから気を取直して畑に出る。横井手下段と井堀上段の秋肥作業四時間。井堀上段で大津四号の主枝が裂けていた。六日のミカンバエ検査の時は何ともなかったのだが、その後吹いた強風にやられた。爆裂にウマい小玉Sサイズばかり四〇玉の損害、凹む。

11月11日（日）旧10月4日　晴

㊌0.0mm/㊊14.2℃/㊒19.3℃/㊐10.9℃/㊐8.8h

日曜日のルーティン、久賀までオジジ買物に連れて行った筈のかーちゃりんが怒って帰ってくる。秋の実家でオジジ拾って吉浦まで走ったところでイキナリ帰ると言い出した。引返す車内で、水汲みと買物に連れて行ってほしいとご近所さんに電話しよった。だったら今日は連れていかんでええと初めから言えや、このクソジジイが！

三木さんお迎え、事件発生後初めて椋野漁港に行く。柳井港一〇時二〇分発、椋野漁港一一時着の臨時連絡船、所要時間四〇分とあるが実質二〇分で来たという。柱島の金比羅丸がチャーターされている。余裕をもったダイヤ設定で、積み残しが出た場合はピストン輸送に切替えるそうな。こちらは出発遅れ、港で一寸待ってもらう。九時五〇分から大島大橋が強風で通行止めになる（一三時二〇分解除）。車で橋を渡れず椋野まで回ってきて、えーっ午後まで船が無いの！　と言って帰る人もいたと三木さんが言う。

三木さんに加勢してもらい、ひるから割石でスダイダイを取込み、秋肥を打つ。一・五時間掛ける二人で九〇キロ、高いところをやり残す。収穫作業は一気にやらんと進まない。草刈りや施肥のように原稿仕事の合間にちょいちょい作業するという進め方ができない。はっちゃんの病状悪化もあって一週間程度収穫が遅れた。少し着色が進み、玉は全体に小さい。不作だ。去年秋の降雨過多・日照不足で花芽の分化が悪く、初夏の高温で生理落花が多く、夏の旱魃で玉太りが悪く……マイナス要素ばっかし。今年の梅雨時の雨量は平年以上ではあったが、しとしとではなくどばどば降るものだから泥水となって一気に海に流れてしまう。梅雨が明けたら、今度は全く雨が降らない。

嶋津で買ってきたタチウオを塩焼きに、メバルを煮つけに、アジを刺身に、今夜は大御馳走だ。全て網（建網）ではなく釣（一本釣）、モノが違う。島内の民宿やホテルでタチウオの鏡盛なんてのが最近観光客向けに売り出されている。去年、某リゾートホテルで全推進の懇親会に参席した折に鏡盛なるものを初めてよばれたが、身のダレ具合、血の廻り具合、臭み加減が明らかに建網のそれで、こう言っちゃ悪いが食えたものではなかった。離島の重鎮方にこげなマズい魚を平気で出すとはなかなかのチャレンジャーやなと、そんなことを思ったりもした。

11月12日（月）旧10月5日　雨

(水)5.5mm/(均)14.0℃/(高)15.4℃/(低)10.9℃/(日)0.0h

八時二〇分発の臨時連絡船で柳井に渡る三木さんを椋野漁港まで送る。島の先行き不安とみかんの話に終始し本の話が進まなかったが焦ることはない。九時帰宅、終日籠ってパゾリーニの写真指定原稿の作成にかかるも終らず明日に持越し。午後一時間だけ抜けて、ミカンバエ発生園地対策の件で打合せをする。今秋の検査により、庄、吉浦、秋にかけてミカンバエの密度が高まっているのが判ったという。ここで叩いておかなければ、先々大変なことになる。

11月13日（火）旧10月6日　曇時々晴

(水)0.0mm/(均)15.6℃/(高)18.9℃/(低)12.9℃/(日)3.1h

パゾリーニ指定原稿作成作業の続き、二時までかかる。続けて仕様確定による見積直し、装幀の正式依頼ほか雑務で一時間半、手間ばっかりかかる。今はパソコンがあるんやから本作りなんてちょろいとか、机の前に座ってりゃええんやから楽な商売だとか、そんなこと本気で言うてくる馬鹿者が居

雑草の根が土の流亡を防ぐ。そして、根の廻りの微生物が土を作る。2019.3

る。パソコンに文字数列打込むのは人間、脳味噌使うのも人間、パソコンが独りで考えて仕事してくれるわけではない。

　倉庫にあがり、スダイダイ三木さんテゴ御礼分と産直分を詰める。井堀中段の大根間引き残りを片付け、すべて一本立ちにする。間引きのタイミングが遅れ、一寸育ちすぎた。新鮮なうちに食べきれんほどの量になる。御裾分けに回す。晩メシ二日連チャンの麻婆茄子、ウマい。どかっと穫れた秋茄子がこれでだいぶ片付いた。

11月14日（水）旧10月7日　晴

(水)0.0mm/(均)14.0℃/(高)17.3℃/(低)11.8℃/(日)9.1h

スダイダイ産直の案内メエルを昨年の購入者限定で送信する。大幅値上げと段ボール箱代加算、致し方なし。井堀中段で午前三時間ニンニク、午後一時間半大根、ジャガイモ、らんきょの草引きにかかる。ホトケノザ、カラスノエンドウといった春草がもう生えている。イネ科やタンポポ系の雑草は根が深い。株元近くの草引きは作物の根を痛める危険があって注意が要る。雑草という名の草はない。全ての草に名前がある。ワシが知らんだけだ。昔の百姓はすべての草の名を知っていた。

　雑草の根の廻りには微生物が棲みつき、ええ土を作ってくれる。だが肥やしの前には一度抜いてやらんと、雑草が太るばかりで作物が太らない。また、草を取り裸地化すれば地温が上り肥料の吸収が良くなる。雑草を生やせば、春雨、梅雨、秋雨の時期に土や肥料の流亡を防いでくれる。みかんの場合は、雑草の水分吸上げと蒸散により、糖度低下の原因となる土壌の余剰水分を飛ばす効果がある。草を生やすばかりが芸でもないが、刈るばかりが芸でもない。抜いても抜いても生えてくる。八木種苗の大将から教わった話、雑草の種子ってのは落ちてすぐに生えてくるもの、一年後に生えてくるもの、二年後に生えてくるもの、もっと長い間眠ってから生えてくるもの、同じ品種でも種子ごとに、生き残りを懸けた様々なプログラムが遺伝子に仕込まれている。だからしつこいのだと。遺伝子組換えにより、ラウンドアップで枯れない作物をモンサントが開発している。園地にどばっと除草剤まいて雑草は枯れて作物は枯れない。大陸の広大な園地で空中撒布とくれば理想的なアグリ・インダストリアル（農・産業）だ。アグリ・カルチャー（農・文化）とは対極にある。こんなモノ人間に食べさせてどう考えてもヤバいだろうと言うたところで、効率とおカネ儲けしか眼中にない者には通じない。ただちに害はないといえばハイソレマデヨ。ろくなもんぢゃねーよな。

11月15日（木）旧10月8日　晴

㊌0.0mm/㊊11.7℃/㊋17.2℃/㊏7.4℃/㊐8.7h

昨日から今日にかけて井堀中段のニンニク、らんきょ、大根に肥料を入れ、土寄せをやり直す。明日はみーちゃんの避妊手術、明後日は雨予報、畑に出る時間が取れない。今日中に秋肥を終らせたい。手間減らしのため粉をやめてペレットで済ませた園地もあるのだが、雨量が少なく十分に溶けていない。明後日の雨予報も大した雨量ではない。ペレットやめて粉にしよう。草刈りの片付いていない園地ゆえ、丈の長い草の下に振るい落しておけばカラスにやられることはなかろう。午前午後の七時間地主二反二畝（約二二アール）のうち一反七畝（約一七アール）を片付ける。通りがかりのオッサンが言う。秋肥やるのはよくないと皆言うとるでー。独自で組立てるには百年早いけぇ農協の言う通りにやっとるんよ。時期的にもう遅いでー。あー言やこう言う。ええんよ少しでも吸うてくれりゃあ、気分や、気分！

11月16日（金）旧10月9日　曇夕方一時雨

㊌0.5mm/㊊13.3℃/㊋16.1℃/㊏10.2℃/㊐2.3h

朝起きて喉が痛い。昨日の肥料にやられた。ペレットなら粉塵を吸い込む危険は薄いのだが、粉を土に混ぜずに撒き散らせば喉を傷める。油断していた。以前國弘さんに戴いた祝島名物おだまり飴の残りを喉飴代りに。懐かしい味。いま作っているおばぁが亡くなれば途絶えてしまう、秘伝のレシピを教わっておきたいと優子おかみが言うとったけど、あれからどうなったろうか。

八時発、みーちゃんをさくら病院に連れていく。大島大橋はスムーズに渡れた。体重三・一五キロ。よっしゃええ具合やと先生が言う。日帰り避妊手術、暫しの別れ。

玖珂のアルクでトイレを借りる。災害発生後初めて温水便座でお尻を洗ってもらう。ええもんだ。水道が通って大島でも水洗トイレが当り前になった。我が家は七年前の秋に水洗トイレにやり替えた。かつては、ぼっとん便所の穴の深さ暗さにビビる客人もいた。爆弾落とす角度が悪いとお釣りが返ってきたりもした。悠太はぼっとん便所を知らずに育った。当り前の如く使ってきた、便利で衛生的な温水便座が機能しなくなってひと月になろうとしている。バケツ半分の水でうんこさん一回分流せるのは阪神淡路大震災被災下の生活で学んだ。それを実践してきたのだが面倒も多いし水をこぼすのもよろしくないということで、屋外に農薬タンクを置いて水を張り、電動ポンプでトイレタンクの水を補給することにした。かーちゃりんの知恵ひとつ、人類の進化がここにある。やってみて判ったこと、昼間不在がちの我が家にあっても、三日で二五〇リットルもの水をトイレに流している。

　岩国の八木種苗さんで五月穫タマネギ苗三〇〇本購入、冬ものの栽培技術について彼是ご教示戴く。ひる時までにひと通りの用事が片付く。ここで一旦家に帰りたいのだが、いつ発生するかわからん橋の強風通行止めでみーちゃんお迎えに行けなくなったらシャレにならんので、本土で時間をつぶす。柳井のゆめタウンを徘徊する。大島みかんLサイズ五個、税込四三〇円ナリ！　表皮はぴっかぴかだが甲高《こうだか》でなり口が太い、不味いみかんの見本、これでこの高値は驚愕だ。

　ミスドで二時間校正作業、スマホの天気予報をチェックする。明日の予報が雨から曇に変った。日曜の夜遅くから月曜にかけて雨という。なかなか雨が来ない。昨日の肥料がカラスにやられていないか気にかかるが、本土に出ていては確認のしようがない。

　五時みーちゃんお迎え、五時半頃大島大橋を渡る。島に入る車線はスムーズに流れたが、対向車線は島から出る車で長い渋滞が発生している。本土から大島に通勤している人も少なくない。役場でも実は本土在住者が少なからず居る。給与支払に伴って発生する税金を町に納めてほしいという意図もあり、町内に住むことを採用の条件としているのだが、何年かすると町外、すなわち本土に移住してしまう職員も少なくない。幹部クラスでも平気でそれをやってるのだから、下っ端に対してやるなとは言えまい。居住の自由に触れる問題でもあり強くは求められないのであろうが、どうもしっくりこない話ではある。

　対向車線の渋滞を眺めもって気が付いた。週末に頻発していたオレンジロード（広域農道）での暴走行為が消えた。自分とこでやりゃあええのに、わざわざ島に渡ってきて暴走する馬鹿者が居る。警察も見て見ぬふり、イノシシとの衝突事故でも起せば少しは懲りるかと思うのだが、なかなかそういう事故も起らない。警察に対し取締り強化を強く求めてほしい旨、ワシが区長やってる時に役場に要望を出したのだが、なしのつぶてに終った。この迷惑至極な暴走行為が、橋の通行規制で姿を消した。このまま通行規制続けたほうが島は平和なんちゃうかと、そんなヤチもないことを考えてしまう。

11月17日（土）十日夜　旧10月10日　晴

(水)0.0mm/(均)14.0℃/(高)19.2℃/(低)9.7℃/(日)7.9h

一日外出の疲れが来たのか風邪具合がひどくなった。薬飲んでマスクして寝たのだが効果なし。給水所勤務で貰ってきたのか、かーちゃりんの風邪具合はワシより酷い。満足に風呂に入れず、うがい手洗い不十分、衛生状態の悪化に加えて出来合いのお惣菜ばっかり食うて栄養が偏れば、風邪なんて一発で蔓延する。風呂も煮炊きも井戸水で賄っている我が家はマシな部類だが、人の集まる所で仕事をするかーちゃりんのところで無理が来る。午後の休日出勤に備えてかーちゃりんが寝直す。手つかずの家事をワシが片付ける。川口医院に行っておきたかったのだが、時間が無くなった。

ひる前の臨時連絡船、神戸から唄い手おーまきちまき姐さんが来る。宮本記念館見学後、一時間ほど割石の秋肥作業を手伝ってもらう。仕事が速い。これで秋肥が全て片付いた。

アジ刺身と太刀魚塩焼をあてに呑む。かーちゃりん具合悪く、早く床に就く。ワシの風邪具合もぴりっとしない。熱も出てきた。積る話はあれど不具合には勝てず九時に寝る。

11月18日（日）旧10月11日　曇一時雨

(水)0.0mm/(均)14.4℃/(高)18.1℃/(低)11.7℃/(日)3.6h

かーちゃりんいよいよ重症、朝メシ食えず。それでも日曜日のルーティン、十時から久賀へオジジを買物に連れて行く。ひるから給水所勤務だよ、断りゃええのに、それにしても思いやりの無いジジイだよな。子供の前で言うちゃいけんのだが、悪口の一つ二つ、平気で口から突いて出る。

ちまき姐さんと二人で井堀中段、ワシが晩生白菜とジャガイモの草取りと肥しをやっている間に五月穫タマネギ植付けスペースに管理機（手押し耕耘機）をかけてもらう。十一時半帰宅、大急ぎでうどん鍋をこさえる。かーちゃりん十二時半から給水所勤務、慌ててお昼、ワシまで忙しい。

午後の三十分ちょい、悠太も加わってタマネギの植付け、やれるところまでやる。一時半出発、椋野漁港までちまき姐さんを送っていく。三時帰宅、さてタマネギの続きをしようかと言うた刹那に雨が降り出す。畑仕事はあきらめて晩まで二人でお勉強に切替える。今日もまたかーちゃりんの帰宅が遅い。

11月19日（月）旧10月12日　深夜雨、曇時々晴

(水)2.5mm/(均)13.1℃/(高)16.6℃/(低)9.9℃/(日)1.5h

川口医院で注射打ってもらう。待合の読書、「ちびまる子ちゃん」で馬鹿笑いする。午後三十分、昨日のやり残し分、井堀中段でタマネギを植える。井堀中下段のスダイダイ収穫四七・五キロ、四・五年生若木一三本の初収穫。産直分の荷詰め発送、買い物、四時半に悠太お迎え、井堀中段の続き、タマネギ残り二〇〇本分の畝立てまで進める。かーちゃりん何時に帰ってくるのかと悠太が訊く。毎日《まいひ》に、そう訊ねてくる。今日も遅い、しゃーないやんけ、と答えるしかない。かーちゃりん超多忙の翳が悠太に出ている。最近先生に甘えることが多いと保育園で聞いた。こないだかーちゃりんが仕事辞めたいなーと漏らすと、やったー！　と悠太が言った。

11月20日（火）旧10月13日　晴のち曇り

(水)0.0mm/(均)10.8℃/(高)16.5℃/(低)5.1℃/(日)5.6h

保育園大幅遅刻の連絡を済ませたうえで、朝から二時間半悠太にテゴをさせる。井堀中段のタマネギ植付け、これにて完了。悠太、しっかり役に立ってくれた。

午後西脇。園地入り口の空家が十一月下旬に帰省する予定と聞いていた。八月にクレームのついた箇所、ワイヤーメッシュ（防獣柵）のやり替えと防風樹の伐採を十一月までに済ませておく必要があったのだが、災害発生でそれどころではなくなってしまった。一筆認《したた》めて玄関扉に挟んでおく。ここのオッサンとは、なるべく顔を合せたくない。割石でスダイダイの残りを取込んで帰る。

11月21日（水）旧10月14日　曇時々晴

(水)0.0mm/(均)12.2℃/(高)15.9℃/(低)8.0℃/(日)1.6h

かーちゃりん、洗濯物を干し忘れて仕事に出る。ポンコツ具合が日に日に酷くなる。おひるに帰ってきても食うてテレビみて早いめに職場に戻る。食器を洗ってくれなくなった。元々忙しい職場で、補正予算の時期とくれば輪をかけて忙しく、そこに給水所勤務が割込む。毎晩帰宅が遅い。今シーズンのみかん収穫は今月三日に二時間半加勢してくれただけ、これでは回らん。一番頼りになるのりちゃんは長期入院で今年はテゴを頼めない。収穫シーズン序盤からピンチだ。

家庭菜園と井堀中段で残りの肥料と土寄せ、草とり、白菜の防虫ネット撤去など。余剰スペースに春慶（春大根）の種子を播く。四時半悠太お迎え、五時すぎまで井堀下段の三月・四月穫タマネギに肥しを入れる。今晩から未明にかけて雨予報、降り出す前に冬もの野菜作業ひと通り終了。今日一日、本の仕事も、みかんの仕事も、全くの手つかず。おカネを生まない自家用野菜の作業で一日潰れるのも何だかなんだが、食糧の自給なくしてまともな農家とは呼べない。効率とか時給とか原価計算とかいった尺度で測ってはいけないことの一つ。安全でウマいものを毎日の食膳に上すこと、その喜びと心身の健康は、どんなにおカネを積んでも買えるものではない。……と言いつつも、一日中こんなことしとったらアカンなあ、こうしている間にも、やり手といわれる人らはみかん作業をしっかり進めとる、すぐれた編集者は本づくりの手綱を緩めたりしない、それと比べたらワシはアカンのう……と思えてくる。レベルの低い奴がとか何とか罵られへし折られ続けた東京での苦行の日々が、時折脳裏をよぎる。

11月22日（木）小雪　旧10月15日　未明雨、曇時々晴

(水)6.5mm/(均)10.5℃/(高)15.0℃/(低)4.9℃/(日)3.5h

八時半橘病院の歯科に行く。喰いしばりにより左奥歯が割れた。七月末頃から自覚があったのだが、猛暑疲れで病院どころではなかった。水が出ないので歯を削ったり抜いたりの治療ができない、早く抜いたほうが良いので水の出ている別の病院に紹介状書こうかとドクターが言う。これも御縁なので十二月になって水道が復旧したら先生頼んますと。農作業のキツさやな、喰いしばりで奥歯が割れるとは。これから先、他の健全な奥歯も割れる危険があるので農作業用のマウスピース作ったほうが良いとドクターが言う。抜歯、来月十二日の朝で予約を取って帰る。ついでに、悠太の下の前歯がぐらつき出した乳歯の下から生えてきているので診てもらう。問題なしとの診断、安心する。

　帰宅して名簿整理、みかん産直のＤＭをメエル同時送信する。うちの本の著者読者関係常連さんに絞って案内を出している。ネットで売るという言い方があるが、ワシは不特定多数に向けて売ることはしない。顔の見えない商売は危険だ。不払いもあろうしネット上でのクレームの拡散もあろう、そんなことに神経遣いたくない。一度ざっと選果したコンテナから特段良い玉を選り直して丁寧に箱詰めする、その作業だけでもかなりの労力と時間を食う。一時間で一〇キロ箱五つか六つくらいしか作れない。今年から段ボール箱代金を上乗せし、みかん代金も大幅に値上げした。注文がガタ減りするかもしれないが仕方がない、安売りはできない。多少値上げしても経費高騰のほうが大きい。農業では食っていけない、悲しいかなこの国はそんな社会構造になっている。

四時前に豊穣堆肥予約分五〇袋引取り。堆肥のメーカーさんの工場は広島の宇品港近くにある。橋の通行規制他諸々で入荷がひと月遅れた。明日の亥の子で使う竹を伐りに行き、悠太お迎え、畑の隅にチューリップを植える。腹の足しにならんものを植えるのはワシにしては珍しい。

　間引大根葉で即席麺ひと玉煮込み軽く腹に入れる。七時から悠太連れで柑橘組合長会議に出る。深夜フェリーでのみかん積出しについて。みかん運搬のトラックは二〇トン車といいつつも実質は二五トン車で、空車で一二トン程度の自重があり、伊保田港の架道橋に上限二〇トンの制約があって実質八トン（一〇キロ箱×八〇〇）しか積めんという。それが一日二便、一日当り実質一六トンしか積み出せていない、ということになる。今回の事故で余計にかかった運送代や人件費については農協負担とし、これから課題となる損害賠償請求にかけるという。十一月末以降大島大橋経由の通常通りの出荷に戻るという目途が立ちつつある。数量の多い中生晩生の出荷に影響が出なかっただけよかった。早生みかん出荷にあたり水洗してワックスをかけるのに一日一五〇〇から二〇〇〇リットルの水が要る。久賀のみかん缶詰工場の地下水をタダで分けて貰い急場をしのいだという。今年は小玉傾向なので二級も2Sまで正果で取るという（昨年はSまで）。八時半帰宅。かーちゃりんはまだ帰ってこない。

重度のポカ（浮皮）。表皮と中身が完全に乖離、プクプクに膨れ上がる。味が落ち、腐敗が早い。連年の異常気象により、近年では着色不良多発の2017年度産を除きポカが頻発している。特に2015年度産は品質劣化甚だしく深刻な状況を呈した。2015.12

11月23日（金・祝）旧10月16日　晴

(水)0.0mm/(均)6.9℃/(高)12.7℃/(低)1.6℃/(日)6.7h

昨日の会議で受け取った書類を朝から配布して回る。秋地の園地、福田のおっちゃんが在来温州の収穫を始めている。仕事が速い。少しポカ（浮皮）が出かかっている。ワシも急がねば。風邪具合がぴりっとせず。明日で薬が切れる、川口医院に電話するも本日休診。祝日を忘れていた。

悠太とかーちゃりんは朝から亥の子に参加する。ワシは終日みかん作業。午前のうちに家のスダイダイと井堀上段の晩生大津四号を取込む。五年生の大津六本、今年が初収穫となる。一時間半で八五キロ。中小玉はご機嫌さんな出来具合だが大玉に軽度のポカが出ている。あと数日早く収穫するんだった。午後から年内温州の出荷説明会に出る。

11月24日（土）旧10月17日　晴

(水)0.0mm/(均)8.1℃/(高)13.8℃/(低)4.2℃/(日)8.8h

川口医院で注射打ってもらう。今年の風邪はやねこい。地主の中生南柑二〇号五年生七本の初収穫、一時間で四五キロ。樹別交互結実の晩生と違い、連年結実で摘果を必要とする中生は一本あたりの収量が多くない。大玉は軽度のポカだが、中小玉は爆裂にウマい。昭和初期から長らく愛媛県が力を入れてきた優良品種だけのことはある。ひるから早生の御礼肥として、尿素、リンクエース、酢（かいよう病防除）の葉面撒布にかかる。

11月25日（日）旧10月18日　晴

(水)0.0mm/(均)12.5℃/(高)19.1℃/(低)6.1℃/(日)6.9h

かーちゃりん今日もひるから給水所勤務、五時半交代後残業、九時帰宅。風邪ぶり返し、重症ナリ。ひるから悠太連れて横井手下段、デコポンの袋掛けに一時間半かかる。西脇のセトミはナシマルカイガラムシ多発で袋掛けをとりやめる。

11月26日（月）旧10月19日　曇

(水)0.0mm/(均)12.4℃/(高)16.0℃/(低)9.6℃/(日)1.4h

彼方此方の園地で中生晩生温州の収穫が始まっている。

かーちゃりんは今月一杯みかん作業に加勢できず。ワシも本業が片付かず。気ばかり焦る。今年はスダイダイ産直の売行きがよろしくない。今日が農協のスダイダイ最終荷受日とて、売残りの美品をまとめて出荷する。多摩の泰子さんより電話あり。外国船衝突、全島断水、大島大橋通行規制について、今日の東京新聞に大きく載っていたと。東京では全く報じられていないと言うていた。

町の子供子育て会議、今夜もかーちゃりんの帰宅が遅い。

11月27日（火）旧10月20日　明け方雨、曇

(水)0.5mm/(均)13.4℃/(高)17.2℃/(低)10.1℃/(日)0.0h

十時の放送。午後三時をもって大島大橋の通行規制解除、二十六日に仮設水道管の敷設完了、本日正午より水道管洗浄作業に入るので元栓を閉めよと。

終日パゾリーニの校正作業。まゆみちゃんのお誕生日祝、七時よりお侍茶屋にて。かーちゃりん山口日帰り出張、三十分遅れで合流する。

11月28日（水）旧10月21日　曇

(水)0.0mm/(均)14.3℃/(高)16.1℃/(低)10.1℃/(日)0.0h

朝から悠太の調子が悪い。甘えんぼさんが出る。ヤマハ音楽教室の宿題をやっていない。練習も今週は日曜日しかやっていない。続ける気はあるのだが、練習する習慣が身につかない。親が忙しすぎてつきあい切れていないのもある。かーちゃりん出勤するも、急ぎの仕事だけ片付けて一時間休みをとって帰宅、ヤマハの宿題と練習をみる。補正予算が入って滅茶苦茶忙しい、給水所勤務も割込む。だからといって「子育て支援」の部署に在籍する者が自分の子供としっかり向き合えないなんて、そんな働かせ方、どういうこっちゃ？

ここんとこ気温が高い。早く取込まないけんのだが手が回らん。九時出発で柳井行、みーちゃん病院、二時間で帰宅。午後雨予報の筈が降らず。今日もかーちゃりんの帰宅が遅い。メシ風呂済ませて先に寝る。

11月29日（木）旧10月22日　晴

(水)0.0mm/(均)12.4℃/(高)17.7℃/(低)6.9℃/(日)8.5h

かーちゃりん昨夜十時過ぎ帰宅。風邪具合悪く、深夜ずっといやな咳をしている。

ひるま滅茶苦茶に暑い。平均気温だけ見れば平年並みだが、最高気温が高すぎる。地主の在来温州にポカ（浮皮）が出ている。取込みを急がねばならぬ。かーちゃりんのテゴは無けれど今日から収穫開始、悠太のお迎えを早めて四時前から二人で作業、二四〇キロ取込む。大量になり込ませる青島と違い、在来は収穫がしやすい。それで隔年結果が少なく毎年コンスタントに実がなる。甘すぎず適度な酸味、上品なお味。本来ならば栽培管理がしやすく収益性の高い品種の筈だった。樹体の老齢化は連年の異常気象への耐性低下をも惹起し、樹勢低下は隔年結果をもたらし裏年樹の品質低下、立枯れ続出、生産性低下、等々、在来は毎年何らかの難があり、生産樹として維持していくことに無理が生じてきてしまっている。この安下庄に多い水田転換園地の殆どが転換時に盤（耕盤）を抜かず土を入れただけで、水もちがよすぎて降水量過多の年にはポカ（浮皮）が発生しやすいといった致命的欠陥を有する。本来ポカになりにくい晩生青島ですら近年の温暖化でポカが頻発しているなかにあって、気候変動についていけない在来のポカ多発はもはや常態化している。いつまでも御老体に頼り続けるわけにはいかない。早いとこ見切りつけんことには先が無い。収量を一度に落としたくないのであがりかけた樹から順繰りに伐採改植を進めているのだが、この一、二年の常軌を逸した寒波と猛暑により枯死するペースの方が速く、植替えが追い付いていない。

久賀中周辺でイノシシ大暴れと、午後放送が流れる。オカジョウではカラス大発生、お宮の裏手ではカラスが投げ散らかしたみかんの残骸が散乱している。

11月30日（金）旧10月23日　晴

(水)0.0mm/(均)11.5℃/(高)17.2℃/(低)6.4℃/(日)8.0h

水道、昨日沖浦まで復旧。保育園でも水が出た。西安下庄の開通放送はまだかからず。かーちゃりん、今日も朝から給水所勤務。朝イチでパゾリーニ第三章まで山田製版さんに校正送り、午前収穫作業、午後校正残り半分、悠太早い目にお迎え、夕方一時間二人で収穫の続き。一二五キロ取込む。

１ヶ月

降水量	109.5mm（51.5mm）
平均気温	9.0℃（ 8.3℃）
最高気温	12.5℃（12.5℃）
最低気温	5.3℃（ 4.0℃）
日照時間	108.6h（150.0h）

上旬

降水量	48.5mm（19.9mm）
平均気温	11.3℃（ 9.5℃）
最高気温	14.4℃（13.9℃）
最低気温	8.0℃（ 5.2℃）
日照時間	24.4h（50.9h）

中旬

降水量	58.5mm（15.8mm）
平均気温	7.9℃（ 8.0℃）
最高気温	12.0℃（12.1℃）
最低気温	3.8℃（ 3.9℃）
日照時間	36.7h（46.1h）

下旬

降水量	2.5mm（15.8mm）
平均気温	7.8℃（ 7.3℃）
最高気温	11.1℃（11.6℃）
最低気温	4.3℃（ 3.0℃）
日照時間	47.5h（53.1h）

2018年12月

おかずに詰まるとうどんをこさえる。うどん、茶粥、サツマイモは、大島の食卓の定番だった。イリコ（煮干し）出汁、醤油、酒で味をつける。祖母の直伝だが、薄口醤油を使うのが筆者の代からの変化である。廃鶏（卵を産まなくなったニワトリ）の肉を親鳥と称して売っている。煮込むといい出汁が出る。昔ながらのカシワの味、オバア料理の定番である。

12月1日（土）旧10月24日　曇時々晴

(水)0.0mm/(均)13.8℃/(高)19.0℃/(低)9.4℃/(日)4.1h

本日より送水再開の由、七時四〇分頃放送がかかる。泊りのみかんテゴ人に備えて午前まるまる家の片付けと水道廻りの復旧作業、午後四時間かーちゃりん加勢して地主の在来温州緊急取込みの続き、五時前に完了。今年は三日間で在来の取込みを終えた。苗木更新による伐採と寒波・猛暑による枯死で前年の一七本が一二本に減り、樹体老齢化による隔年結果の深刻化もあって収穫量は前年の半分に減った。連年ポカ（浮皮）が多発し、枝一本まるまる実をつけたまま立枯れも続出している。急激な気候変動に樹体がついていけなくなっている。いつまでも在来に頼ってはいけない。来年もまた苗木更新をかけていく必要がある。本日午後五時をもって水道全面復旧と、夕方六時前に放送が流れる。

12月2日（日）旧10月25日　晴のち曇、夕方から雨

(水)7.5mm/(均)13.4℃/(高)16.0℃/(低)11.3℃/(日)2.9h

周防大島断水解消、四十日ぶり町全域送水と中国新聞が一面トップで伝えている。宮ノ下保育園で撮影された写真に悠太も写っている。親馬鹿発動、オジジの買物ついでに三部買ってくるようかーちゃりんにお願いする。

のりちゃんのパパとママ宇部から日帰りでテゴに来る。平原下段の青島一本と横井手上段の青島若木二本、計一三〇キロ、午前まるまるかけて取込む。ひる過ぎにこーず君明美チャン夫妻、広島流川の児玉船長来る。かーちゃりんと悠太加勢、午後八人で地主の青島ポカになりかけ緊急取込み四〇〇キロ、もぎ子が多いと捗るが運び手は忙しい。五時の時報が吹く十分前に雨が降り出す。三人お泊り。メバルを炊き、アジを刺身に引く。晩の宴会は久しぶり。

＊

追記。児玉船長、前年の同時期こーず君の誘いで来てみて判明、レジャーとしての「みかん狩り」やのうて、ガチの「みかんもぎ」やないかい！　極悪人こーず君にハメられたようなもんだが、それに懲りず二年続きで加勢、悠太のクリスマスプレゼントまで戴いた。昨年（二〇一九年）は雨天で見送り。コロナ禍の今年（二〇二〇年）は無理、致し方なし。

12月3日（月）旧10月26日　雨

(水)26.5mm/(均)15.0℃/(高)16.5℃/(低)13.2℃/(日)0.0h

よう降る。アホほど気温が高い。ポカ（浮皮）が増える。人手のある時に限って仕事にならん。こーず君らは三時前に広島に向けて出発する。倉庫に上り昨日までの収穫分の選果を始める。

むかしお世話になった人に宛てて先月末に送ったスダイダイの返礼が届いた。晩に御礼の電話を入れる。もう送ってこなくていいとストレートに言われる。以前スダイダイを送ったら気に入ってもらえたので毎年送ってきたのだが。御遣い物にも便利やし、かなり日持ちしまっせと言うてみたのだが、

ポン酢作っとるヒマもない、もう送ってこないでと。滅多に訪ねて来ることのない遠くの人と関わり合いになり続けるのも、何ぞ送ってもらっていちいち返礼するのも、何もかもが煩わしくなってくるのかもしれない。ワシ自身が大島に帰ることでやめた筈の旅人暮しの一面がまだ残っていたということをも突き付けられる。よきマレビトであろうなんて、風の人の一方的な思い入れでしかない。旅人暮しへのぐだぐだした未練のようなものを断ち切れという啓示なのかもしれない。

想えば、ワシの十代後半から三十代にかけての二十数年は旅暮しだった。訪ねて行った先々で温かく迎えてもらった。何らかのお返しをするように、また、音信も絶やさないように気を付けてきた。とはいえ、その土地に住み続ける責任を持たない風の人が、地の人の暮しに深入りしすぎることは迷惑であり、そこまで関わり切れない以上は時の経過とともにある程度疎遠になるのも致し方ない。

そういえば、西暦二〇〇〇年を跨いだ頃だったか、うちのオカンが、長年親しくしてきたおばさんからもう来ないでくれと言われてショックを受けていた。ワシもまた子供の頃からお世話になってきた人なのだが、それを最後におばさんとは行き来が絶えた。十年ほど後におばさんは世を去った。葬儀にはワシが参列した。

12月4日（火）旧10月27日　曇時々晴時々雨

(水)7.0mm/(均)18.5℃/(高)21.5℃/(低)16.1℃/(日)0.9h

大した雨量にはならんのだが短時間でどばっと降ったりイキナリ晴れたり、アホほど気温が高い。下関は夏日だと夕方集荷に来たクロネコさんが言っていた。暖冬でポカ（浮皮）が多発する。気温がさらに上って雨も降る。週末以降冬らしくなると言うとるけど、この異常高温と雨を過してどれくらいコンディションが劣化するか、心配だがどうしようもない。そうなる前に着色の早い樹だけでも収穫を前倒ししておきたかったのだが、無理な相談ではあった。それでも一昨日まで、やれるとこまでやったのだから、これで致し方なしと言うほかない。

手が足りん。遠方からのテゴ人は、年末繁忙期でもあり個々の都合もあり、手があればありがたいけど初めっからアテになどしてはいけない。大島では新たなもぎ子は確保できない。季節労働としてのもぎ子の就労先は毎年同じ家と決まっており、賃金払ってまで収穫できないという我が家の実情はおくとして、うちのような新規就農者が今更割込む余地はない。収穫サポーター制度はあるが、芳しくない話を聞くこともあり、現時点では登録する考えはない。高齢化でベテランのもぎ子が年々減っている。キツくて儲からん仕事と判っている、農業は継がないという農家の子息も少なくない。学生さん連れてきてくれんかのーと大島商船高専の先生に言うてみたこともあるのだが、島外から通学している子は休みの日に島までわざわざ出ては来ない、地元の子はみかん作業しんどいの判っているからますます来ない、という話だった。

今のもぎ子の日当は一日六〇〇〇円を超える。人を雇えば足が出るという我が家の実情にあってみかんもぎ日当の現金設定は不可能で、テゴ人にはみかん現物一人一日あたり超一級品一〇キロでお願いしている。小学校から写専学生時分にかけてのもぎ子の賃金は、男賃金六〇〇〇円、おなご賃金四〇〇〇円だったと記憶している。賃金払ってまでみかん農家の経営が維持していけたのだから、昭和四十年代の生産過剰と大暴落を経て既に左前になっていたとはいえ、昭和五十年代から六十年代にかけてのワシの子供時分学生時分は、まだよき時代であった。

入管法の改定がまともな審議なきままに強行採決されそうな情勢にある。外国人労働者を奴隷のごとくコキ使うのを合法化しようという話。移民難民の受入れはお断りだが外国人奴隷労働者だけは欲しいという手前勝手、南米移民の二世三世やら抜け道よろしく安くコキ使って景気悪くなったら首を馘って事実上強制送還してきた過去には頬被りを決め込む。広島湾のカキ打ち現場は、外国人技能実習生なくして成り立たんと聞く。きっつい冬のカキ仕事につく日本の若い衆がいないんだと。大島では、今のところ研修生の話は聞かない。みかんは戦後の農業経営の合理化、離農政策とパラレルで拡大してきた歴史がある。どうしても人手が要るのは収穫期だけであり、よっぽどの大農家でもない限りふだんの作業はおっさん一人あればしんどいけどやっていける。みかんは、奴隷労働市場を通年「安定」して供給できない。ゆえに外国人労働力導入の対象となりえない。

そういえば、大手取次の倉庫業務のスタッフに外国人労働者が多くなり、荷詰めが粗雑になったという話を十年以上も前から聞いていた。本を特別なものとして大切に扱うという文化を持たない人々を雇うにあたって、職務上の注意事項についてきちんと指導できる日本人のスタッフを十分に配置しないのがいけんのだと、当時地方・小出版流通センターでウチの担当だった鬼塚さんが言っていた。たまに東京に仕事に出て深夜のコンビニや牛丼チェーンを覗くと店員は外国人ばっかしだったりする。実情としては、外国人労働者抜きにして日本の都市社会は成り立ちえない。若くて体力もあるのにろくすっぽ働きもせん日本人が少なくないという問題はさておき、人口減少と高齢化による担い手不足は、すでに取返しのつかないところにまで来てしまった。あんたらが子供のころから、いずれこうなるってことは判っていたんだと、うちのオカンは言う。目先のカネ儲けと人気取りしか考えてこなかった馬鹿どもの失政のツケってやつだな。日本社会が縮小に向う一方で都市部就中《なかんずく》首都圏一極集中のさらなる加速と、それでも縮小を拒み拡大・成長という幻想にとらわれつづける政界財界の馬鹿さ加減に鑑みて、奴隷労働としての外国人労働者導入という現政権の政策はある意味正しいと言えるのかもしれない。この国の人心をしてさらに荒廃せしめ、

収穫作業の進捗により倉庫内に手選別のスペースが無くなると、屋外での作業になる。2018.12.4

将来に禍根を残す、といった問題に目を塞ぐとすれば、である。

12月5日（水）旧10月28日　晴

(水)0.0mm/(均)14.9℃/(高)18.4℃/(低)9.8℃/(日)6.1h

今日も異常に温い。水道の復旧を受けて左下奥歯の抜歯が一週間前倒しとなる。八時半に橘病院。喰いしばりが原因で真っ二つに割れていた。永久歯に生え替って以降虫歯の発生無きまま初めての抜歯、痛みが引けず午前中うだうだ、ひるから選果の続き。かーちゃりんは保育関係者の懇親会とて帰宅が遅い。賞味期限一週間オーバーの生ラーメンで晩メシ早く済ませて悠太は九時過ぎに寝る。収穫からほぼひと月、今シーズン初めて橙ポン酢一升仕込む。

12月6日（木）旧10月29日　雨

(水)7.5mm/(均)12.7℃/(高)14.9℃/(低)10.9℃/(日)0.0h

今日も温い。ポカ（浮皮）が増えるが何もできない。橙ポン酢仕込み第二ラウンド一升、果汁重量の一〇パーセントの塩と酢を足して果汁ストック六合、パゾリーニの最終校正と並行で午前がつぶれる。ひるから選果再開、農協向け在来コンテナ八杯出荷する。今日の集荷場は在来の出荷が多い。こんなん正果で出してええんかと思えるほどにポカが多い（自分のこと棚に上げてこげなこと書いとる）。

12月7日（金）大雪　旧11月1日　曇

(水)0.0mm/(均)9.0℃/(高)12.7℃/(低)4.7℃/(日)0.0h

時間の経過とともに気温が下がっていく。ひるからかーちゃりん加勢、上方行脚の田中さんがつかまらず最終ゲラ持参で西脇の青島収穫にかかる。雨が降るとこの園地ではろくなことが起らない。今回ばかりは何処から入ったのかわからんのだが、イノシシが侵入してみかんを食い荒らし、枝をへし折り、幼木一〇本以上ひっくり返していた。この園地でご機嫌さんに仕事のできた試しがない。連年の大赤字、やるだけせぇがねえってなもんだ。青島成木一本で五〇キロ、若木四本で三〇キロ、今年の温州の収穫たったこれだけ。雨の来る前に見回った時点と比べてポカが増え、大玉化が進んだ。先週のうちに取込めたらイノシシの食害に遭わずに済んだのだが、そこまで手が回らなかった。今年から結実させた若木一本、主枝・亜主枝ともへし折られ、再生困難とみて伐採する。来春また植直し。イノシシ被害に加えて、ここは面倒な隣人という人災もある。やめてもらっては困ると言われて続けているのだが、やめられるものならやめてしまいたい。地権者が親戚でなければもう放り出している。

西脇を済ませて割石に移動。ここはイノシシ被害皆無、それだけで気分がいい。ポカの出たものも僅かにあるが、着色、味とも良好ナリ。田中さんと連絡がつき、作業の合間にパゾリーニ校了の連絡をとる。

12月8日（土）旧11月2日　晴

(水)0.0mm/(均)4.0℃/(高)7.5℃/(低)1.0℃/(日)5.0h

はっちゃんの月命日。登園前に悠太を連れて平原の園地にお参りに行く。庄の部落を見下ろす山の畑、ワシが何処で仕事してても視界に入る。他に何の楽しみがあるわけでもなくただ一緒にいるだけで幸せだったはっちゃんにとって、これが本望なのかもしれない。

来春の苗木注文書の〆切とて、適当な数を書いて提出する。収穫選果出荷が忙しくて苗木どころではない。一月末までなら数量変更可能なので出すだけ出しておかな仕方がない。

かーちゃりん終日加勢、割石の収穫の続き、二五〇キロ取込む。ここを引受けて三年目になる。かいよう病が酷かったのでまずは防除徹底、そして密植解消、成木四五本あったのを一五本にまで減らし苗木六本植えた。積年の管理不十分により中生なのに青島並みの極端な隔年結果が出てしまい、これがいまだ是正できずにいる。着果量の多い青島や大津なら隔年結実法を導入して二年に一度どばっと取込むのが望ましいのだが、中生で極端な隔年結果が出ると表年はなりこみすぎてかなり強い目の摘果が必要となり、裏年は結実が少なすぎて品質劣化、平均収量も低下して収益性に劣るという最悪の結果をもたらす。密植の害、日照を求めて樹が上へ上へと伸びてしまい、横に枝を張らず、下枝が枯込む。そこに連年の異常気象によるダメージ蓄積、枝の枯込みがさらに進む。枯枝除去に手が回らず、今年は黒点病が多発している。これでは一級正果の数量が出ない。

忘れんうちに書いておく。今年は落弁期の灰色カビ病防除の際に黒点病防除を混用しなかったのもまずかった。灰色カビ病防除のフロンサイドにアブラムシ・アゲハ幼虫防除のモスピラン、それに尿素、リンクエースと四種混用した。そこに黒点病防除のエムダイファーを加えて五種はいくら何でも混用が過ぎると判断したのが結果としては間違いだった。そして、枯枝除去の徹底もまた不可欠だった。百姓の来年というやつだ。

一年放置すれば畑は駄目になる。駄目になった畑を元に戻すのに最低五年、厳密には十年かかるとベテランが言う。やれどもやれども、前耕作者の不始末の尻拭いが終らない。

12月9日（日）旧11月3日　曇時々晴

(水)0.0mm/(均)4.0℃/(高)7.4℃/(低)−0.7℃/(日)2.3h

午前選果の続き。農協向け一級八コンテナ、二級一コンテナ出荷する。午後割石収穫の続き、かーちゃりん、マミー加勢、一本だけやり残す。寒い寒いで悠太がまったく戦力にならず。みかん収穫期が寒いのは当り前、ここのところの暖冬がおかしかったんだが、それはさておき性根が足りん。

晩メシ後、念のためパゾリーニのゲラを通読する。些細ではあるが三ヶ所ミスを見つける。校了したばかりではあるがまだ間に合う。気付いた分には直さねばならぬ。井村さん、石坂さん宛に深夜メエルを入れておく。

今年は本業が進まず。やっとこさ年末きわきわに今年三点目の新刊出来予定。パゾリーニの知性と詩魂、この大島で関心もつ者は誰一人としておらんかもしれん。よくも悪くも幸せすぎるのだろう。島びとから本質的に文学者や思想家が出ない理由も、ここに日々暮らしてみるとよくわかる。宮本常一は島の人ではあるが、若くして島から外に出たということが重要である。確かに、その独自の精神形成の基層を島で育んだのは間違いない。だが、その先の思想形成、賀川豊彦の如き卓越した社会運動家としての一面も、優れた文学者としての一面も、学者としての一面も、すべて都会暮しと旅暮しで育んだのだろう。坩堝としての都市でなければ化学変化は生じない。それが都市の都市たる所以である。宮本のそれは故郷喪失者の文学だと菅田正昭さん（宗教民俗史家）が評していたが、なるほど納得がいく。

＊

追記。本書の編集を進めるなかで、二〇一五年十一月二十二日付で菅田さんから戴いたメエル文面が出てきた。以下転載。

「宮本先生の写真を見ながらふと想ったことは、ああ、この写真は故郷喪失者の悲哀から発したアングルだ、ということでした。もちろん、宮本先生がそう感じていたかどうか、わかりません。周防大島では二度見させていただいているわけですが、その時はそう思いませんでした。アイランダー2015でほとんど立ち止まる人がいない中で一点一点を視て、帰宅後、しばらくして、ふと感じた新しい認識です。アイランダーを観に来た人たちというのは、不幸なことに、もともと捨てるべき故郷がない人たちだから、こんな写真には興味がない、そんなの関係ない！

もちろん、宮本先生は経世済民の志を持ったアナーキーな愛国者です。ですから故郷を失っても故郷から追われても、否、故郷を捨てたと思われても、本人は棄てられません。しかも宮本先生の場合は故郷のほうが増殖してしまうのです。島々、村々、磯の先々、浦々、山間のムラムラが故郷と化してしまうのです。そして、恐ろしいことに、そうしたシマジマ・ムラムラの霊魂が亡霊の如く宮本先生を追いかけるのです。時には生霊もいます。いわゆるモノガミたちです。その「故郷」(複数形)のモノガミたちがそれぞれ〈世〉を作ります。それが世間です。宮本先生の世間師《ショケンシ》は世間の中でショケン(所見)を持っています。彼らは世に隠れた野の諸賢です。否、いわゆるセケンから疎外された人々です。ショケンシは世間から疎外された、にもかかわらず、やむにやまれぬ魂を持ち悲哀の中で経世済民を志そうとします。ああ、悲しきかな！

昔、シマ派及びムラ派は都市派に対して何か事ある事に〈物申す〉気概を持っていました。しかし、今やシマ派・ムラ派・都会派の間に垣根はなくなり、ただ呟くだけ。〈物申す〉というコトバの中には、物の怪が、すなわち、世の亡霊どもが騒いでいるエネルギーが感じられ、〈物申す〉発言は霊魂たちの代弁という在り様がほの見えましたが、呟きにはそれがないようです。コピペという形での、故郷ではなく自己を喪失した人が他者の意見を引用するだけ。もちろん、呟くのは人間ですから八百万のカミガミという側面があるのかもしれませんが、ジンカン(人間)の世としてのヨカン(世間)がありません。ヨカンのモノガミたちを語らしめてショケンシを復活さししめよ！

故郷喪失者の悲しい写真は実によい。物凄い。もちろん、この「物凄い」の物もモノガミたち、すなわち、亡霊の「物」である。モノをして語らしめよ。

宮本先生の写真を見て、いろいろのことを感じた。これをいつの日か『萬葉集の離島生活』に生かしたいとは思うが……。馬骨亭の世捨て人にはもっと頑張ってもらわなければならない。

とほかみゑみため　拍手　菅田正昭　拝」

12月10日（月）旧11月4日　曇時々晴

(水)0.0mm/(均)8.0℃/(高)10.3℃/(低)4.1℃/(日)3.1h

午前中、校正対応と雑務。かーちゃりん年休を取ってひるから加勢、割石の残り一本をさくっと終らせる。中生古田温州の収穫が全て片付いた。十三日が中生の最終荷受、選別を急がねば。二時半から祝島の國弘さん夫妻加勢、横井手下段の二本、四人で三時間、一八〇キロ取込む。晩は冷える。酒のアテに優子おかみ差入れ、ヤズのワタを炊いたのが爆裂にウマい。

祝島の國弘夫妻とかーちゃりん加勢、青島の収穫。2018.12.10

12月11日（火）旧11月5日　曇のち雨

㊌19.5mm/(均)8.3℃/(高)9.4℃/(低)7.5℃/㊐0.0h

朝の農協無線、今年はポンカンの着色が早く雨ヤケが一部園地で発生、着色の早い園地から早い目の収穫を、と言うている。わかっちゃいるけど手が回らん。

國弘夫妻とワシの三人で朝から横井手の続き。予報より一時間以上早く、十時前に雨が降り始める。テゴ人のいる日に限って雨が降る。午後、インフル予防接種二回目、悠太を光の梅田病院に連れていく。

12月12日（水）旧11月6日　晴時々曇

㊌0.5mm/(均)8.5℃/(高)13.9℃/(低)3.9℃/㊐5.8h

八時半に橘病院。抜糸してもらう。年明け出荷希望調査票の配布と新嘗祭のつなぎに歩く。「途上国の人々との話し方」三刷用の校正を国際印刷さんに送る。雑務で午前が潰れる。午後まるまる中生古田温州の選別にかかる。黒点病多発、一級正果のコンテナが増えない。気が重い。着色不良で全量原料出荷に終った去年と比べりゃ雲泥の差ではあるが。明日が中生の荷受最終日、何とか間に合った。

12月13日（木）旧11月7日　晴

㊌0.0mm/(均)7.2℃/(高)12.2℃/(低)2.2℃/㊐7.6h

朝から地方・小出版流通センターあて補充品の荷詰め、ふるさと特産品「宮本常一の風景をあるく　周防大島久賀・

練習帆船の停泊する安下庄湾を、オレンジロード（広域農道）から見下ろす。2018.12

橘・大島」一冊の荷詰めもあわせて。ふるさと納税の返礼特産品にうちの宮本関係書を出品している。本なんか出しても食べ物に勝てるわけないのは自明とはいえ、それでも月に一冊二冊程度は注文が入る。大した売上にはならんとはいえ倉庫の肥しにするよりはるかにマシだ。地場産品以外の返礼品は基準違反だと総務省からクレームがつき、今月末限りでハワイ産品セットを返礼品から外すことになったと、今朝の中国新聞が伝えている。大島で厳密に地場産品なんて言い出したら、みかんか魚介類くらいしか出すものが無くなってしまうのだが。

午後まるまる青島の選果、正果原料合せて二四コンテナ出荷する。沖合に練習帆船日本丸が停泊している。独立行政法人海技教育機構のサイトには十一日横浜出航、二十一日神戸着とある。毎年初夏の頃とみかん収穫期に帆船が沖泊めする。今年は例年より遅い。写真撮りに源明から川間、安下と回ってみるも、不作と暖冬で収穫終りが早く、みかんとからめての写真は一枚も撮れず。四時悠太お迎え、五月穫タマネギに肥しを入れる。真っ暗になるまでかかる。大泊の浜まで、悠太を連れて日本丸を見に行く。かーちゃりん山口日帰り出張、夕方帰庁、そのまま残業。昨日とっておいた鶏スープをベースに干椎茸を加え、ありあわせ材料で中華風鍋を作ってみる。冬は白菜大根葱水菜に不自由しない。農家の特権。ネタが尽きると鍋になる。好評で何より。

12月14日（金）旧11月8日　晴

(水)0.0mm/(均)7.1℃/(高)11.0℃/(低)3.7℃/(日)4.6h

ワシと悠太の二人仏間でみーちゃんと寝始めて三日目、今日もお寝坊七時起き。極楽なんだが朝の仕事ができん。朝から機械油撒布している人がいる。もう収穫を終えたという。まだ半分以上穫り残しているうちとはエライ違いだ。ひる前まで雑務。ここんとこ毎日、午前まるまるデスクワークと部落や農協の雑用で潰れている。専業農家のようにはいかない。致し方なし。それでも勤め人の兼業を想えば恵まれている。

林画伯から個展「父の仕事場」の案内を戴く。神戸ハンター坂のギャラリー島田で。林画伯のブログを覗く。造形的にも、人の生きた痕跡としても、興味深い。日曜日が雨予報なので日帰りで神戸まで出掛けたいという思い付きが生ずる。片付けなあかん仕事がアホほどあるのだが、この際思い切って出掛けようか。昨日が三年前に亡くなったはと君のおたんぜう日なので、枚方のご実家に伺ってみようか、とも考える。電話してみる。父上が出た。お寺の納骨堂に入ったという。彼が亡くなって以来母上の体調がすぐれず、訪問とりやめとなる。

午後選別作業。テゴ人のない日にワシ一人であろうとも収穫を急ぎたいのではあるが、倉庫が狭いうえにコンテナの数にも限りがあり、選果出荷と並行しなければならず、いずれも外せぬ作業とあれば致し方なし。それにしても良玉が少ない。高温と雨にやられた。今年は裏年で収量は少ないけど品質は良いと、ついひと月前まではそう言うとったのだが、完全にブチコワシとなった。未収穫の園地をひと通り見て回る。ポカ（浮皮）とヤケとクラッキングが多発している。品質低下、深刻な事態に至りをり。ひと雨毎に品質低下が加速する。取込む園地の優先順位を決める。倉庫に取込むまで安心できないと昔から言う。異常高温と降雨過多によるポカ多発、三年前の悪夢が脳裏をよぎる。

　夜の農協無線が十四日売の市況を伝えている。大津特選島育ちキログラム平均単価三九九円、２Ｓ含む一級二九九円、二級二五二円、青島特選島育ち四〇二円、２Ｓ含む一級二九二円。去年ほどではないにせよ、かなりの高値をつけている。担い手の先細りと連年の異常気象により、全国的に柑橘生産高は減る一方である。従来は不作の年は高騰し豊作の年は値崩れを起してきたが、これから先は出物が少ないのだから豊作不作に関係なく高値安定する、だから今はこらえてくれ、頑張れば将来は報われると、農協や柑橘同志会廻りでそのような話を聞いてきた。確かに、ここんとこ毎年値が高い。しかし、異常気象と樹体のダメージにより反収（一反＝約一〇アールあたりの収量）が下がり、その少ない中からまともな玉が数多く出せない、加えて肥料農薬燃料経費の高騰にイノシシ被害拡大とくれば、維持が困難になるのは火を見るより明らかだ。

　小売現場では卸売価格の二倍半から三倍の値が付く。選果場や運送、缶詰、ジュース等の加工業、販売業、その他諸々、左前とはいえみかん一つで、二次・三次産業の雇用を生み出している。島の観光資源もまた、みかんあってこそ、である。その、みかんを生産する第一次産業がいちばん儲からんように、農業では食うていけんように出来ている。なんたる歪《いびつ》！　百姓がエラいくらいが（つらい目をみるくらいが）世の中うまく回るんぢゃと、よしぃのおっさんが言っていた。その真意が長らく理解できなかったが、やっとこの齢になって、自身が農家になって、その尻尾だけでも摑めたような気がする。字面だけでは読めない話。むかしの百姓にはほんまもんのインテリが少なくなかったということもまた身をもって理解した。

12月15日（土）旧11月9日　晴

(水)0.0mm/(均)5.7℃/(高)11.1℃/(低)1.7℃/(日)6.0h

かーちゃりん終日加勢、横井手下段と岩崎で人数掛ける時間、十二時間半で三三〇キロ取込む。岩崎の園地は、昨年はワイヤーメッシュ（防獣柵）の外から手を伸ばしてみかんを盗まれるという被害が発生した。今年は道路添いの柵際に実をつけた樹がないのもあって、今のところ被害に遭っていない。昼間は人の目があるから柵を外してまで他人様の畑に入ることはできん。夜はイノシシが出るから危ないといって戒厳令よろしく人が出歩かなくなった。夜盗が無くなったことについてはイノシシに感謝せないけんのちゃうかとかーちゃりんが言う。昨日の双子座流星群を山に見にあがれなかったのもまた、イノシシの所為ではあるのだが。

それはそうと、昨日の見回りで、地主の狭小ブロックで三個だけ皮を残して食われていた。一見イノシシの食い方なのだが、一寸オカシイ。ワイヤーメッシュを突き破った形跡が全く無い。ウリ坊なら下からくぐって入るが、そんな時期ではない。草の根を求めて土を掘った形跡もない。それに、イノシシの食欲で三個だけはアリエナイ。タヌキの食害とは明らかに違う。ここの園地では、ワイヤーメッシュの留め金具が何度も盗まれた。イノシシに罪をぬすくりつける人間の仕業ではないかとかーちゃりんが言う。

12月16日（日）旧11月10日　曇のち雨

(水)33.5mm/(均)7.4℃/(高)9.8℃/(低)1.4℃/(日)0.0h

朝イチで倉庫にあがる。午後一時以降雨予報。濡れるといけんので朝のうちに農協向け青島を出荷する。沖泊めしていた日本丸がいなくなっている。なっかなか写真を撮る間がない。悠太連れて日帰りで神戸まで、林画伯の個展アポ無しで襲撃し、ルミナリエ見て大阪から船で帰ろうと画策していたのだが、昨日の収穫状況、コンディションの悪化に直面するにつけ、いま一日たりとて畑から離れてはいけないと思い直す。雨の来る前に一キロでも多く収穫すること、降れば降ったで選別出荷を進めなあかん。明後十八日からクリスマス明けまで連日テゴ人が入る、そのための支度も要る。農家に休日は無い。

大島一周駅伝のスタッフとして役場は全員休日出勤、かーちゃりんに加勢を頼めず、悠太のテゴで岩崎で収穫にかかる。十時半頃からぽつぽつ落ちてくる。十一時前に本降りになる。予報より二時間も早い。一本の樹から一〇〇キロ取込む。昼メシ挟んで三時頃まで選果作業にかかる。かーちゃりん帰宅、柳井まで按摩に行くというので、気分転換についていく。二人ミスドで待つ間、明後日以降の算段やら何やら作戦を練る。駅弁フェアで富山の鱒寿司が並んでいる。明日の酒のアテに残りもの特価で買って帰る。久々外食、悠太の亥の子分前銭で御馳走してもらう。

12月17日（月）旧11月11日　曇一時雨のち時々晴

(水)1.0mm/(均)8.4℃/(高)12.3℃/(低)5.4℃/(日)5.0h

神戸のルミナリエは昨日が最終日だった。悠太連れてってやればよかったのにと、かーちゃりんが言う。来年は何とかするとしか答えようがない。

九時過ぎ晴れ間がのぞくも同時進行でどばどば雨が降り出す。午後半日だけでも収穫できるかなと思っていたのだが、これで不可能と相成り。諦めて午前まるまる机に向う。午後選果、年明け出荷希望数調査票〆切きわきわ農協に提出、五〇コンテナと書いておいたが全く先が読めん。

12月18日（火）旧11月12日　曇

(水)0.0mm/(均)7.5℃/(高)11.6℃/(低)3.5℃/(日)2.0h

祝島の國弘夫妻と由宇の吉原夫妻加勢、十時前から岩崎の収穫を再開する。時間掛ける人数二五時間で六三〇キロ取込む。樹別仕分けの指示をかけて収穫は四人にお任せしてワシは倉庫での選果と「途上国の人々との話し方」三刷修正箇所の校正、「パゾリーニ」の手配、雑務諸々に集中する。悠太早いめのお迎え、夕方三十分だけ収穫に加勢する。今日でこの園地を終らせたかったのだが、手許が見えなくなり少しだけもぎ残す。悠太も乗せてもらってテゴ人五人クルマ一台で倉庫まで移動の筈が、待てど暮せど上がってこない。去年の作業帰りに通った道とカンチガイして八幡川添いの道に入り源明の辺まで上がってしまったという。カワウソに化かされたのだろう。あの川沿いには、まだモノノケが棲んでいる。

12月19日（水）旧11月13日　晴時々曇

㊌0.0mm/㊓7.9℃/㊢14.3℃/㊦1.4℃/㊐5.7h

お泊りの國弘夫妻が正午までテゴ、地主で三人掛ける三・五時間、二三〇キロ取込む。コンディションもそんなに悪くない。そこそこ良玉が選れそうだ。ひるから一人作業、三十分で岩崎の昨日の残りを取込み、地主に戻る。三時半に悠太お迎え、五時までテゴしてもらう。明日から雨予報、その前に可能な限り取込んでおきたい。昨日の予報では降り始め午後四時とあったのだが、今日の予報では午前十一時になっていた。こりゃあ明日は朝から降りよるで。

悠太連れて五時半からヤマハ音楽教室、七時からやまださんで農協青壮年部の忘年会。悠太の席とお皿まで用意されていた。今からいっちょ前やな。

12月20日（木）旧11月14日　雨

㊌4.0mm/㊓11.0℃/㊢14.1℃/㊦7.7℃/㊐0.0h

朝から雨。門戸君が超多忙仕事の都合つけて京都から遠路一泊でテゴに来てくれるというのにうまくいかない。収穫できない代りに午後まるまる選果のテゴをしてもらう。

12月21日（金）旧11月15日　曇時々晴一時雨

㊌1.0mm/㊓11.8℃/㊢12.8℃/㊦11.2℃/㊐0.5h

今日も収穫できず、朝から選果の続き。帰りのバスの時刻きわきわ三時半まで門戸君にテゴしてもらう。みかん選別しもって二人で彼是議論する。門戸君が以前渋谷区のまちづくりの会合に出た時に抱いた違和感、そこに参加する人らにとっての渋谷区とは、トレンディドラマに出てくるそれであり、街の至る所に存在するホームレスはまるで眼中にないのだと。アメリカのドラマや映画なんかでは其処此処にホームレスが映りこんでいる、それが都会の実態だからだ。ドラマどころか、テレビや新聞の報道でも、たとえば東北大震災の被災地の映像で一人の遺体も映り込んでいない。日本のメディアは現実を見えなくしているよな。また、年代論としての年寄の変化について。ワシのジジババってね、中国や朝鮮を見下すものの見方考え方は終生変らなかったけど、また選挙とくれば自民党しか選択肢を持っとらん人たちだったけれども、少なくとも、戦争だけはもう二度としてはいけない、子供たち孫たちが平和で幸せに暮していける世の中を切に望んでいた、それだけは間違いないんだよな。いまの年寄世代って、昭和以降の人たちがメインだろ。なんしか違うんよね。ここまで原発作りまくって土から空気から水から汚しまくって、社会資源を食い潰して、子供や孫らがこれから先どんだけ難儀するか、まったく関心がないというか危機感ってやつが感じられないんだよな。自分のことしか考えとらん。何なんだ、これって？　話が変るようで変らないんだけど、南京陥落を奉祝する提灯行列の写真を見たことがありましてな、外入《とのにゅう》のメインストリートなのよ。当時バアさまは外入に居て製糸工場で働いていた。ジイさまは兵役にとられて北支戦線にいた。おそらくあの提灯行列の中には、ワシのバアさまも居てるわけよ。それが八年後に引っ繰り返るわけだ、大日本帝国の敗戦によって。そうしてもたらされた戦後民主主義を、この人たちは、無条件に受入れたわけよ、良くも悪くも。でも、多大な犠牲を強いられた先人がそうしてきたからこそ、ワシらは平和な世の中に生きることができたわけ。そこには、昭和二十年八月十五日を以て断絶があったわけでもないし、一本の線として、あの提灯行列は今に続いていて、かれらの奉祝の足取りの先に、その同じ地平にワシらが立っているということ、そのことにワシは戦慄するわけよ。——久しぶりに、こんな議論をした。

＊

追記。この日録の二年前の同時期（二〇一六年十二月）のメエルのやりとりを書き起こす。

門戸君が収穫期のテゴに来る算段をするも、仕事が詰まって断念した。その連絡へのワシの返信が以下。

「メイル拝受。行かれへん件、りょーかいです。島外からの援農というのは、あれば滅茶苦茶にありがたいけど、心底あてにしてはいけない。戦後一貫した国策により人から富から何から何まで都市部に吸い上げられた結果、質量ともに人材の限られた島の中で、どれだけ手当をしていくか、今後の重要課題です。新規就農は、そこのところが苦しい。ましてや、うちは小農です。国や自治体の新規就農支援策は、大農家主義です。都市近郊農業しか考えていません。島嶼部の農業など、はじめっから眼中になどありません。島嶼国家観の欠如という意味でも、また島差別という意味でも、戦後の国策は一貫しています。島差別はおくとして、島嶼国家観については明治政府のほうが明確な認識を持っていたと私は考えます。差し入れ、ありがたく。洋モノに弱いので、シュトーレンがなにものなのか、よくわかっとらんのですが。また、来られる都合つけばいうてくんさい。ではでは。」

それに対する門戸君の返信。

「テゴに行けないと判断したことの返信に、差別ということばが返ってきてしばらく考えておりました。このようなことばを送ってくる人を、ぼくは信用します。感謝します。ぼくは、二〇一〇年から二〇一二年までの間、東京で性的マイノリティのための社会運動に携わっていました。内ゲバの中でまったく孤立し、インターネット上は虚偽をばらまかれ、身上を失い、精神を病み、家族を失い、町にいられなくなって、京都に引っ越した二〇一二年。ブッダのカフェだったら、ぼくの居場所もあるかもしれないと思って扉野さんのブッダカフェに、突然押しかけたのが、扉野さんと知り合うようになったきっかけです。今年の夏、柳原さん宅に泊まったときに、ここはいいなと思いました。自分の救いと他者の承認を交換していくような存在様式から自由なところがあるのかな、と思いました。国家が遠いからでしょうか。テゴということばを船にして、来年帰国したらまたきっと伺いたいと思います。」

　これを受けてのトビラノ君からの同時メエル、以下。

「先日から書き始めた長い詩があり、さっきもそれを書き継いでいて、今朝は、町の銭湯から身長計が消えたことをモチーフに書いていました。

五

銭湯には身長計がない
銭湯に来る子供がいなくなったからだ
ちぢみゆく老人には、身長計は不要と言うのだろう
父は、二歳と五歳の成長を目測する

ちぢみゆく老星は
冬の痛みに顔を顰《しか》め
湯に揺らぐ
腋の下の瘤を眺める

足の裏に吸いつく
排水孔から
光の泡沫《あわ》が
掌に向けて
うとましく浮かびあがる

暗くなり
明るくなり
明滅に砕かれた
老星を
脱衣場に見たのは
下駄箱にゴム靴を並べた
二人の子供

私は、老人の成長を目測する

門戸さんのメールに「テゴということばを船にして」という一節を見つめて（メールを開いたのは先刻です）、この詩が辿る航路を見つけたように思いました。「テゴ」は「他力」に通じますね。自力ではどうにもならないとき、手が後ろから支え

てくれる（「手前」ではない）。

　届いたみかんが、おそろしい勢いで数を減らしています。とてもおいしいです。いま長男が目を覚まして、将棋をやろうと騒ぎだしました。では、このへんで。できるだけ近い日にお会いするときを待ちながら。」

「追伸　詩の「ちぢみゆく老星」は、オリオン座の一等星ベテルギウスを指し、次のような私註を入れました。

　ベテルギウスはオリオン座の恒星で、全天に二十一ある一等星の一つ。約六四二光年の彼方にある（近年、定説だった約四二七光年という推定距離が大幅に改められた）。直径は太陽系の木星軌道を飲み込むほどあり、太陽の九百倍の大きさという。ベテルギウスは加速的な天体の収縮が、近年の観測から報告されている。それは、超新星爆発の兆候とされ、それが明日起こってもおかしくない状態にある。しかし、それはすでに爆発していて、ただその光がまだ地球に達してないだけとも考えられるし、あるいはまた何万年後先のことかもしれない。もしベテルギウスがバーストすれば、その光は日中でも観測できるほどの輝きを見せると言われる。いずれにしても、人間には感知し得ない天象が、つねに兆候として観測され続けている。人類の尺度を宇宙の尺度の中に据えると、生きていること自体が相対的にならざるを得ない。」

12月22日（土）冬至　旧11月16日　曇時々雨のち晴
(水)1.0mm/(均)13.0℃/(高)15.7℃/(低)11.4℃/(日)1.9h
今日もまた終日収穫作業できず。濱田さん（庄南柑橘組合長）来宅、年明け一期（十二月二十九日〜一月十日）の出荷割当表を作成する。庄荷受場扱いの青島・大津一級八七〇コンテナ（約一六トン）を六日間、九人に割当てる。年明け二期以降の出荷割当は行わないという。それだけ今年は少ないということだ。以前は年内の一級も割当を行っていた。ベテランに訊くと、ひと昔前は正果だけで荷受場が一杯になりよったので原料は野積みしていたという。年々生産が減っていく。
　十一時前に新刊着便。田中千世子著「ジョヴェントゥ　ピエル・パオロ・パゾリーニの青春」。取急ぎ装幀・装画の林画伯、竹尾大阪支店、特種東海製紙、全点押売りの島田さん宛てに送り出す。一時からお宮の行燈設置テゴ、一時半から五時まで選別作業、五時から消防団忘年会。来年度より副分団長、その二年後には分団長を引受ける事に相成り。

12月23日（日・祝）旧11月17日　未明雨、曇のち雨
(水)0.0mm/(均)12.2℃/(高)15.1℃/(低)7.4℃/(日)0.7h
終日曇予報、乾き具合をみて午後収穫再開の筈が、十一時頃からぽつぽつ降り始める。雨量計には出ないが、こういう嫌がらせのような降り方が一番たちが悪い。のりちゃんのパパとママが昨日の朝から二泊三日でテゴに来る予定だったが、昨日の雨で今日から一泊に変更となった。十一時に到着するも、今日もまた収穫できず。パパとママには午後島内観光に出かけて戴き、ワシは二時から五時半まで倉庫に籠って選別にかかる。ポカ（浮皮）が多い。着色不良も少なくない。ひと月くらい寝かせりゃ多少は色がつくとはいえ、本当は収穫して一日二日以内に蒸込まなければきちんと色はつかない（加温予措）。テゴ人の少なさで一気に収穫できない、長期貯蔵せず早期出荷により狭い倉庫を遣り繰りせざるを得ない、というウチの実情で、出来もしないことをあーだこーだ思案しても仕方がない。

みかんの収穫作業は二度切りが基本なのだが、ポカになっ

青島温州、左がポカ（浮皮）の酷い玉、右が少しマシな玉。右側についてはもう少しマシな玉で比較したかったのだが、暖冬と降雨過多による品質劣化甚だしくこれで精一杯。2018.12.23

た玉の軸（果梗枝＝なり口）をきれいに切るのは難しい。採果ハサミの先っぽをうまく使って傷をつけないように攻め込むようにもぎ子にお願いするのだが、なかなかそれが徹底できない。みかんの皮をハサミでほいでしまうことも多々ある。この四日間の雨が来る前の収穫分で、特に、そういった二度切り不徹底による切り損じが多発している。軸が長く残ると、それと接する果実に生傷をつけてしまう。傷果は早く腐る。産直にも農協にも出せない。農協の選果場では全点レーザー当てて検査するので、少しの生傷も見逃してはくれない。すべて腐敗果として処分されてしまう。それどころか、たとえ

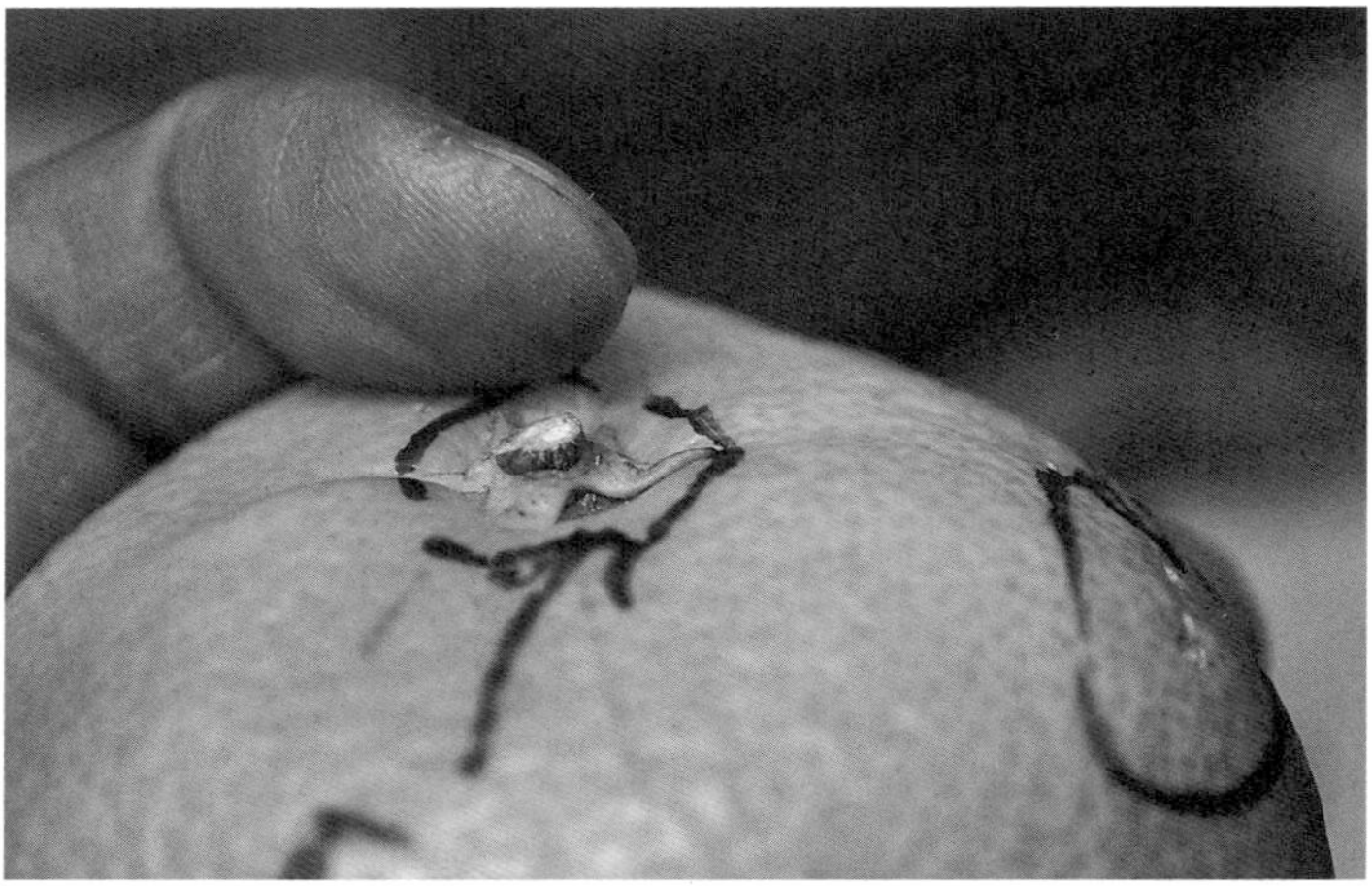

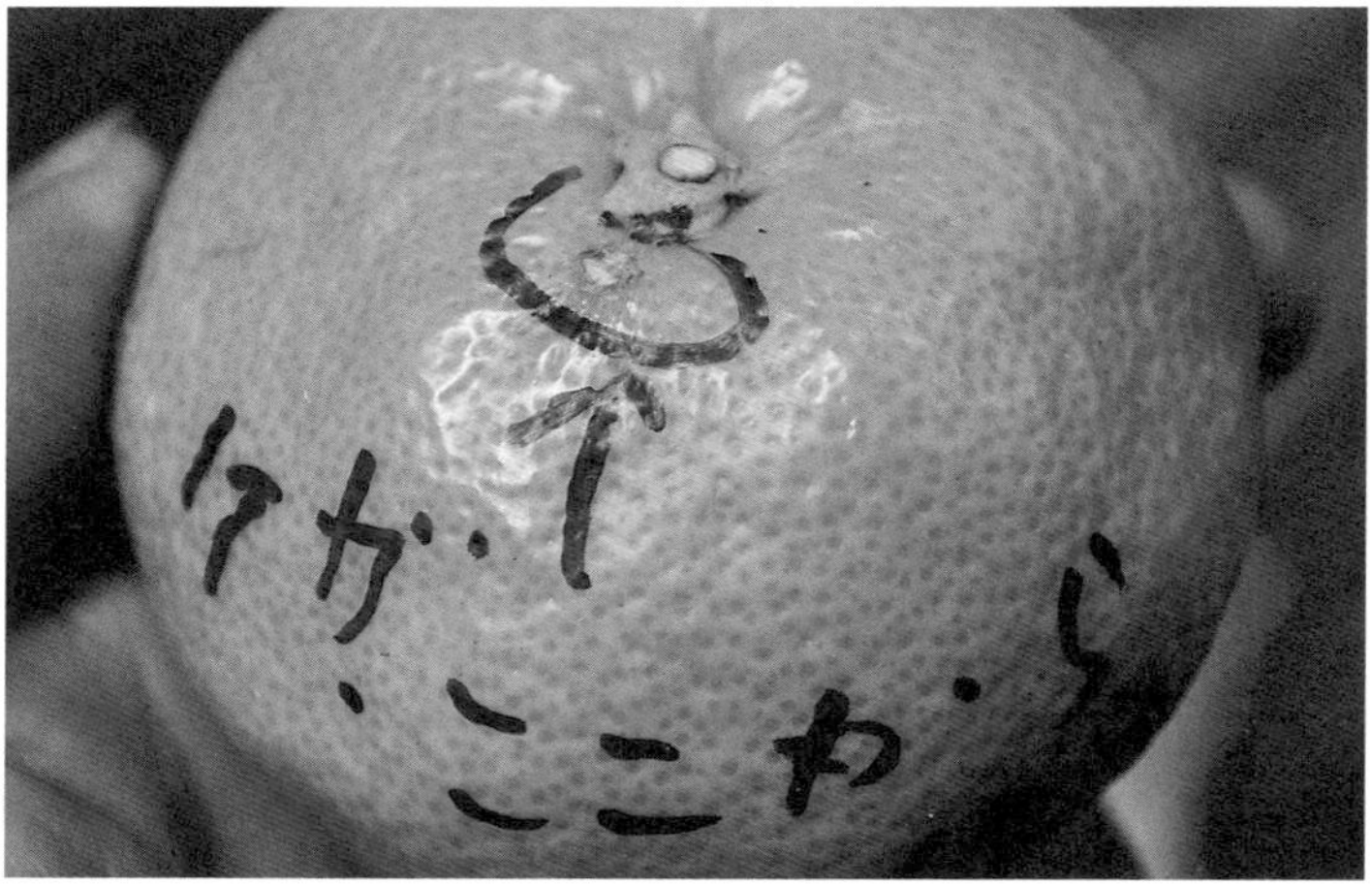

選別作業の中で、二度切り不徹底の見本果実を作る。果梗枝（軸）が長いと（写真上）、他のみかんにケガをさせる（写真下）。ここから腐る。2018.12.23

ば、四キロの腐敗果混入（腐敗果・生傷果）があれば、出荷重量より六キロの減重量としてカウントされてしまう。門戸君と二人で一日半、六〇〇キロ程度選果した折、生傷による廃棄は二〇キロに達した。簡単に見えるみかんもぎも、実は奥が深い。うちのもぎ子さんはみなさん丁寧にやってくれてなんだが、それでも切り損じが生ずる。ポカの多い今年は特に難しい。二度切り不徹底とそれによる傷果の見本玉を用意する。明日から再開できるであろう収穫作業で、みなさんにより一層気を付けてもらうほかない。

12月24日（月・振休）旧11月18日　晴のち曇

㊌0.0mm/㊮8.3℃/㊬12.7℃/㊦5.0℃/㊐2.7h

九時から地主で収穫作業、パパとママ終日、國弘夫妻三時から合流、かーちゃりんと悠太は午前の一時間ちょいだけ加勢したあと、江中家大忘年会のため柳井の焼肉屋へ向う。こんな時期に昼ひなか忘年会なんてジジイ何考えとるんぢゃ？てなもんだが、テゴ人が減る分ワシは痛いのだが、みかんやっとらん者にはこの時期の農家のキツさはわからんのだろう。といっても、勤め人の義兄らも休日だからといってヒマな筈がない。今年は喪中で正月をしないが仏事から何からお世話になった分の御礼をしておきたいというオジジの律儀さと、家長としての権威発揚と、それらが相俟ってのマサカツフェスティバルでもあろう。家父長制の根強さもまた垣間見える。それやこれやでここ数日ワシの機嫌が一寸悪かった。昨日の晩、じーちゃんの忘年会行かない、明日は一日みかんのテゴすると悠太が言い出した。大したもんだな、ワシに対する〝忖度〟まで入りよったで。現実には、ワシはボイコットできても悠太とかーちゃりんは行かんわけにはいかん。

今日もまた、みかん時季とは思えない陽気だ。シャツ一枚で仕事している。子供のころのみかん収穫作業は兎にも角にも寒かった。朝畑に出るとまず火を焚いて手足を温めた。十時のおやつにもう一度火を焚く。冷えがきつくて足の指の感覚が無くなっていた。そういう感じが無くなった。

晩に、優子おかみ差入れのクリスマスケーキをよばれる。今年の祝島のみかんは不作で、収穫作業の謝礼で持帰ったみかんを國弘ストアで小分けにして販売したら好評だったという。祝島のみかんが市場に出回らなくなって久しい。柳井港での積替えとそこから先の運送賃がかかるため、南すおう農協に出荷すると経費倒れになる。だから今は産直しか販路がないという。その担い手もまた、年々細る。高齢化が進み、体力的にきついみかん作業が出来なくなりつつある。大島のみかんも、ゆくゆくは祝島と同じ道をたどるのか。橋が架かっている分有利とはいえど、この先経営面積と生産量が減ることはあっても増えることはない。生産高が極端に落込むと主産地としての競争力を失う。大島のみかんが幻のみかんとなる日も、そう遠くはないのかもしれない。

野焼きしとるへりでイモを食う、はる君と悠太。2018.12.31

12月25日（火）旧11月19日　晴

(水)0.0mm/(均)7.3℃/(高)12.2℃/(低)3.4℃/(日)8.5h

終日吉原夫妻が加勢、お泊りの國弘夫妻は正午まで、かーちゃりん午後休みをとって加勢。二時にかーちゃりんの職場の先輩一家が来る。子供ら二人ともみかん収穫は初めてという。大島に住んでいるといっても、みかん作業の経験のない子のほうが多い。体験型修学旅行とかいって、都市部の児童生徒に一泊の民泊で島の生活を体験させて云々なんて言うとるけど、島の子供らの生活体験を豊かにすることこそ真剣に取組む必要があるんとちゃうか。昔は日常生活のなかで黙っていても積上げられたものではあったけれども、今はそれが難しくなっている。都会暮しと何ら変りのない現実がここにある。ワシは選果出荷と合間の運搬作業で現場に張付けないので、指導はかーちゃりんにお願いする。

毎年クリスマスには牛叩きと鳥丸焼きを作るのだが、今年ははっちゃんがいなくなって、そんな気分になれなかった。うだうだと放っておいたら、今年は丸ドリ要るんか？　と山田さんから電話がかかってきた。毎年のことなんで覚えていてくれた。有難い。だったら今年も気合入れて作ろうと、気が変った。

12月26日（水）旧11月20日　雨のち曇

(水)0.5mm/(均)9.6℃/(高)11.8℃/(低)6.9℃/(日)0.2h

東京から伊藤相田夫妻が八時に到着するも雨で収穫できず。十時半から終日選果を手伝ってもらう。全体に膨れている。甲高もポカも目立つ。農協向け年明け出荷用一級一四杯、特上品五〇キロ確保する。晩はつみれ鍋をこさえる。

12月27日（木）旧11月21日　晴

(水)0.0mm/(均)8.1℃/(高)13.0℃/(低)2.2℃/(日)8.2h

十時半から年明け分出荷説明会。軽度の浮皮は一級ではなく二級に入れよ、浮皮混入率による減点は厳しく取る、などの説明がある。困ったな、これでは一級の数が出ーへんよ。伊藤相田夫妻とかーちゃりんで午前のうちに地主下段の収穫を終らせる。青島、あとは地主上段を残すのみ。五時まで作業する。ここのところ毎日昼間の気温がこの時期とは思えないほどに温い、シャツ一枚で作業している。今日は一寸違う、日が沈んで急に寒くなってきた。明日から冷え込むと天気予報が言っている。寒に弱いイヨカンの取込みが手つかずで気になるのだが、酒代支払ついでに福田のゆりちゃんに訊ねたところ、氷点下にはならんけぇ大丈夫だと家房の実家の兄上が言うていたと。今宵はメバルを炊いたのとブリカマ塩焼き。

大晦日、終日野焼き。ふじげが来てくれて助かった。2018.12.31

12月28日（金）旧11月22日　晴

(水)0.0mm/(均)2.7℃/(高)5.1℃/(低)0.2℃/(日)7.7h

風が強い。今年初めてみかん時季らしい寒さが来た。かーちゃりん仕事納めで休めず。伊藤相田夫妻、終日地主、黙々と作業する。収穫作業は二人に任せて、年末払いで銀行郵便局農協を廻る。この過疎地で何処から人が沸いてくるのか、何処も混んでいる。関西の五十日《ごとうび》を思い出した。年末ついでに嶋津の魚屋も混んでいる。身のだれた網の太刀魚ではなく、締まって臭みの無い釣りの太刀魚を、東京からの泊りテゴ人に御馳走しようと思った。今夜は太刀魚を塩焼きと刺身に、アジを刺身に。

12月29日（土）旧11月23日　晴

(水)0.0mm/(均)3.1℃/(高)7.4℃/(低)0.0℃/(日)6.0h

青島のなりこみ量が半端ではない。青島だけでも今日で終えるべく、のりちゃんのパパとママが日帰りでテゴに来てくれた。かーちゃりんの同僚兼田君も遅れて参加、七人態勢で三時までかかって青島の今季収穫を終える。そのまま家房西脇へ移動、五時までに太田ポンカンもすべて取込む。イヨカンは年明けに回すことにした。明日急いで取込んでも倉庫に余裕が無い。ポンカンの超良玉を今日の謝礼としてみなさんに持ち帰ってもらう。酸抜けの悪い玉はひと月ほど寝かす必要があるが、ヤケの発生は覚悟していたほど多くはなく、悪いなりにまあまあ許せる内容ではあった。晩はパパのリクエストでつみれ鍋、自家製ダイダイポン酢大活躍ナリ。

12月30日（日）旧11月24日　晴

(水)0.0mm/(均)3.8℃/(高)7.6℃/(低)−0.9℃/(日)5.9h

朝、二日前にアジのアラから取って寝かしておいた出汁で煮麺をこさえる。具は松山揚げと家庭菜園の人文字《ひともじ》（わけぎ）のみ。答えを言うなと悠太に言って、伊藤相田夫妻に出汁当てクイズに挑戦してもらう。客人相手に時々やるのだが、これを一発で当てられる人はまずいない。アジのアラから造血部その他血の気全てを歯ブラシでそぎ落とし塩を加えた熱湯で出汁をとる。アクを丁寧に取り、薄口醤油と酒で味をつける。ひと晩置くと身から出汁がすべて出る。それを濾して冷蔵庫で寝かす。手間がたまらんけど爆裂にウマい。バアさまのやっていたことを元に、ワシなりにアレンジを加えたレシピだ。大島では昔から甘口の醤油が主流だが、ワシがそれを好まないこと、関西人であることから薄口醤油を使っている。美味しい魚を無駄にすることなく戴く島の伝統食ではあるが、我が家なりの変化が加わっている。伊藤相田夫妻には年末にまとめて休みをとってもらい四泊五日で加勢して戴いた。その御礼に、この島のホテル民宿に泊ったのでは出遭う事のない、知られざる郷土食を出した次第。

伊藤相田夫妻は九時過ぎに出発。午後、神戸からふじげ組長が来る。彼もまた超多忙でなかなか都合が合わず、去年の八月以来の来宅。仕事が片付かず大島まで迎えに行けず、すまんがバスに乗って来てもらう。

12月31日（月）旧11月25日　晴のち曇

(水)0.0mm/(均)5.5℃/(高)9.0℃/(低)0.7℃/(日)5.2h

久しぶりに朝寝坊、七時半起き。終日地主で枯木を焼く。ふじげが来てくれて助かった。ワシ一人だとなかなか野焼きにまでは手が回らない。畑はふじげに任せて、昼から選果、倉庫整理、家の用事に追われる。九月に収穫したサツマイモの試食がまだだったので野焼きついでに焼いてもらう。ワシが戻った時には悠太とはるくんが全部食っていた。ウマかったという。園地による出来の違いをチェックしたかったのだが、まあええか。

深夜十二時、岡田家、ふじげ、ワシで初詣に出掛ける。悠太は揺すぶっても起きない。かーちゃりん、みーちゃんとお留守番。静まり返ったお宮までの道程、久しぶりに見上げる満天の星。今年もまた難儀続きだった。子猫一匹だけでも命を救えた。見殺しにしてしまうことは多々あれど救えることはそうそうない。それだけでもよしとしようか。

１ヶ月

降水量	20.0mm（59.0mm）
平均気温	6.9℃（5.7℃）
最高気温	11.3℃（9.8℃）
最低気温	2.0℃（1.5℃）
日照時間	156.8h（139.1h）

上旬

降水量	0.0mm（18.1mm）
平均気温	6.6℃（ 6.3℃）
最高気温	10.9℃（10.4℃）
最低気温	1.8℃（ 2.2℃）
日照時間	40.8h（44.7h）

中旬

降水量	4.5mm（21.6mm）
平均気温	7.6℃（5.9℃）
最高気温	12.1℃（9.9℃）
最低気温	2.8℃（1.8℃）
日照時間	56.8h（45.0h）

下旬

降水量	15.5mm（20.0mm）
平均気温	6.6℃（5.1℃）
最高気温	11.0℃（9.3℃）
最低気温	1.6℃（0.8℃）
日照時間	59.2h（49.4h）

2019年１月

2013年1月、悠太のお食い初め。近所のひろし大将が沖で釣ってきた本鯛（真鯛）を塩焼きにした。奥のがめ煮は、イリコ（煮干し）出汁と薄口醤油と酒で煮詰めた。わが家の料理の特徴、基本的に砂糖と味醂を使わない、料理酒ではなく自分が呑む酒（岩国の五橋の佳撰か上撰）を使う、薄口醤油主体。

正月ＢＢＱ、寒い。2019.1.1

1月1日（火・祝）旧11月26日　晴のち曇時々小雨

(水)0.0mm/(均)6.0℃/(高)10.9℃/(低)0.3℃/(日)2.8h

伊保田発八時二三分のしらきさんで松山に渡るふじげを車で送る。ええ凪だ。喪中でオジジ宅への御年始をしない代りに唯一正月らしいことしようと一家三人で焼肉大会を開催するも、日が陰って寒いわ小雨がぱらつくわで、冬のお庭ＢＢＱは昼間でもキツいと判明する。元日だけは仕事したらアカン。ひる食うて寝正月。

1月2日（水）旧11月27日　晴時々曇

(水)0.0mm/(均)4.5℃/(高)8.6℃/(低)0.0℃/(日)4.8h

十何日ぶりに泊り客のいない朝、午前中家のお掃除にかかる。悠太の散らかし癖は父親似だ。かつて来た道、あんまり怒ってはいけんのだが悠太のそれはワシより酷い。大恵のおばさんがひる前に訪ねてくる。一家で正月を過ごした由。数え九十三になる。元気そうで何より。足の故障が悪化して一人暮しが困難になり施設に入所して数年になる。たしか七年前の春先だったか、車で病院に連れて行く約束をしていて玄関開けて入ると、台所で段差につまづき引っ繰り返って動けなくなっていたおばさんを発見し、救急車と民生委員を呼んだ。入院、転院、今の施設に落着いた。

　年末の駆込み仕事で机廻りがわやでこれでは正月明けの仕事ができんといって、かーちゃりんひるから出勤する。ワシと悠太は家庭菜園のニラの草引きと生姜の収穫にかかる。ほんまは十一月くらいに取込まなあかんのだが、今シーズンは余力が無かった。種生姜（ひね生姜）の大半が十二月の高温と降雨過多で溶けてしまい、収量は前年の半分もない。

　夕方一時間だけ倉庫にあがり選別の支度にかかる。年末は選果を止めて青島の残り全ての収穫を最優先したため、倉庫が満杯で作業スペースが無い。積付けの工夫で作業スペースを作る。名古屋の安藤さんからスダイダイの注文が入っていた、これだけでも送り出す。安藤さんといえばシーズン初期から予約を入れて貰っていた青島の小玉がなかなか確保できず、送り出しが大晦日になってしまった。「ご丁寧な選別感謝申し上げます。早速家族でいただきました。やはり、柳原さんの収穫物は格別に「美味い！」です。今年の天候もどんな波乱があるのか、年明けから気掛かりです……」と、戴いたメエルに記されていた。

1月3日（木）旧11月28日　晴

㊌0.0mm/㊕4.7℃/㊍10.4℃/㊝–0.6℃/㊐8.1h

未明から節々が痛い、だるい。朝起きて測ると三六・七度。休日当番、横見の野村医院に行く。これから熱が出るかもしれん、インフルエンザかもしれん、潜伏期間考えるといま検査しても陽性と出ないかもしれんとドクターが言う。畑仕事ばっかでそないに人と接触してないんですけど。いやいや、初詣に行ったのであれば十分可能性はありまっせ。ひる食うて測ると三七・三度。やられた。薬飲んで寝る。午前選果午後イヨカン収穫の予定がすっ飛ぶ。

正月早々どっきり二連発。その一、九時半に防災放送がかかる。また橋にぶつかったんかい！　と思いきや、安本医院に入院していたオジイが行方不明で捜索していると。夕方二度目の放送がかかるも音が割れて聞き取れず。末尾の「ありがとうございました」だけ辛うじて聞き取れた。無事発見されたのだろうか。その二、六時一三分頃僅かに家が揺れた。寝ていないとわからん程度の揺れだったが、熊本県で震度六弱の大地震であったと。亥年は災厄が多い。

1月4日（金）旧11月29日　晴

㊌0.0mm/㊕7.2℃/㊍11.2℃/㊝3.0℃/㊐5.0h

昨夜から下痢が続く。朝の体温三六・七度。二日続けて野村医院に行く。インフル検査陰性。一時から奉賛会、お宮の正月行燈の片付け。今日は農協の青島出荷割当日、出さないわけにはいかない。年末二十六日に伊藤・相田夫妻のテゴで作っておいた一級コンテナ（約一八キロ）が一四杯あったので、残り六杯作ればよいのであるが、年明け分から一級にポカ（浮皮）を入れるなとか、入れたら大幅に減点するとか農協が言い出しよったから、それを気にしすぎるとなっかなか選果が進まない。選果→倉庫から運び出し→軽トラ積込み→集荷場で荷下し、と、それだけで二時間かかる。疲れた。帰宅して三十分寝る。再び倉庫にあがり次回出荷用の選果作業を再開するも、七分コンテナ（約一二キロ）一杯で息切れする。今日仕事始めのかーちゃりん情報、昨日の行方不明老人、竹藪で亡くなっていた、顔の判別つかんくらいの傷み具合でいまだ家族の確認がとれず。正月からろくなことがない。これだから亥年は嫌いだ。今年はネコ年だ。

1月5日（土）旧11月30日　曇

㊌0.0mm/㊕8.2℃/㊍11.9℃/㊝3.8℃/㊐0.7h

消防出初式。八時一五分機庫集合、機材積込み、パレードに出る正副団長を見送り、暫く世間話に興ずる。十時より式典、ひるから新年会、七時過ぎへろへろで帰宅。風呂に入らず早く寝る。悠太を風呂に入れんかい！　と、かーちゃりんに怒られる。ワシが呑み会に出掛けるのは滅多にないこと、勘弁してくれろ。

1月6日（日）小寒　旧12月1日　晴のち曇

(水)0.0mm/(均)7.3℃/(高)9.6℃/(低)3.9℃/(日)2.3h

十時半から選果。ポカ（浮皮）、大玉多し。ひるまでに一級コンテナ二杯しか作れず。昼休みに農協向け二級四杯、原料二杯出荷する。午後、明日必着依頼分の再選果と箱詰めに一時間食う。二時半からかーちゃりんと悠太加勢、西脇で一本だけ残してあるイヨカン老大木の取込みにかかる。三時間（二・五時間×大人二名）一六〇キロ。数量的には豊作で見た目もまあまあなんだが、超のつく良玉がそう多くない。調子のよい温州みかんは八割方良玉なのだが、どうも雑柑（中晩柑）

299頁に引続き、青島温州のポカ（浮皮）と良玉の比較。収穫が遅れれば遅れるほど、ポカの程度が酷くなる。2019.1.7-8

は良玉率が低い。

小学校終りから高校にかけての一九八〇年代、イヨカンがものすごい高値で飛ぶように売れた時期があった。生産過剰と価格大暴落により当時既に左前になりつつあった（とはいえ、いまでは考えられんくらいによき時代だった）在来温州からイヨカンへの高接更新が一気呵成に進んだ。悲しいかなイヨカンのよき時代は十年と続かなかった。オレンジ輸入自由化や消費者の嗜好変化といった荒波をまともに食らい、価格は一気に暴落した。農協のイヨカン精算価格はキロあたりおよそ一二〇円で、温州みかん二級の三分の二程度でしかない。葉果比（果実一個を生らせるために必要とされる葉の数）二五から三〇で多産性に優れた温州みかんと、葉果比一〇〇で多産性に劣るイヨカンとの比較で考えれば、一本あたりの生産量は少なくても果実が高値で販売できる、すなわちキロあたりの単価がべらぼうに高いという前提なくして成り立ちえない。イヨカンに限らず全ての中晩柑が同様である。イヨカンは爆裂にウマいのだが、表皮が堅くて素手では剝きにくいうえに、袋から取り出す際に溢れた果汁で手から廻りからびしゃこになるという面倒が消費者に忌避された。袋のまま食べられるデコポン、ポンカン、セトミが人気なのも頷ける。と言っても、次々と魅力的な新品種が出てくるわけで、気侭な消費者の嗜好の変化により、いま人気のある品種とていつ何時見捨てられるかわかったもんではない。左前といえど安定して好まれ続ける温州みかんと違い、消費者の嗜好変化に振り回される中晩柑に頼りすぎるのは危険でもある。

家房西脇で栽培しているイヨカンは、この老大木一本きりである。亡オジイが現役ばりばりの頃は、ここの園地二反二畝（約二二アール）ほぼまるまるイヨカンだったと聞いた。耕作放棄同然のこの園地をワシが引受けた二〇一三年秋の時点では多くが青島、極早生、太田ポンカンに改植されていたが、およそ六畝（約六アール）にずらっとイヨカンが残っていた。樹勢の弱いイヨカンは肥しを切らすと一気に弱る。全ての樹が駄目になっていた。一本だけ伐採せずに残した大木には、一か八かの強剪定で翌春新芽を出させた。貯蔵養分が多い分、御老体とはいえ大木であるがゆえに飢餓に耐えたのだろう。それで生き返って現在に至っている。

1月7日（月）旧12月2日　晴

㊌0.0mm/㊏7.4℃/㊋12.7℃/㊍3.5℃/㊐5.4h

五時起きでお勉強、おでんの残りで朝メシを済ます。終日選果作業、農協向け二級八杯、原料六杯出荷する。九日出荷予定一級割当分、昨日今日で八杯しか作れず。

1月8日（火）旧12月3日　晴

㊌0.0mm/㊏8.1℃/㊋13.4℃/㊍3.1℃/㊐6.6h

「途上国の人々との話し方」三刷送り先仕分けの件で、国際印刷の松本さんから電話が入る。今年一月の出荷分より用紙二五パーセント値上げ、東京は物量が多いからまだええけど地方はキツいという。解放出版社の仕事も最近は全く落札できず、安さを売りにする東京のM社の一人勝ちとも。

終日選果作業、一級六杯追加して計一四杯、明日夕方までにあと六杯作らなあかん。産直・謝礼用に最低二〇〇キロ欲しいのだが、まだ五〇キロしか確保できていない。クリスマス以降の地主での青島収穫分で、完着しないうちにポカ（浮皮）になったものが少なくない。元々着色の遅い園地であるだけに、ポカになっていないものも少なくないのだが、良玉が限られてくる。いまやっている選果作業のキツさはシネでなければ、スチール写真では伝わらない。

苗木の追加注文・数量変更十八日〆切と夕方農協無線が流れる。十日以上の前倒し。間に合わん！

1月9日（水）旧12月4日　晴一時霰

(水)0.0mm/(均)5.5℃/(高)8.8℃/(低)-0.5℃/(日)4.9h

朝の防災無線、十五日予定だった筈のしらきさんのドック入りが早まり今日から二十四日まで運休という（翌日の新聞によると電気系統のトラブルで航行不能となり座礁。旧正月迄あとひと月、去年の厄がまだ残っている）。

今日もまた選果作業、農協向け一級割当分二〇杯なんとか確保する。年末取込み分約一六〇〇キロの内訳は、一級五〇〇キロ、二級七〇〇キロ、原料三〇〇キロ、そして産直・謝礼用良玉八〇キロとなる（一月四～九日選果分）。

1月10日（木）旧12月5日　曇

(水)0.0mm/(均)7.4℃/(高)11.4℃/(低)1.1℃/(日)0.2h

農協向け一級二杯出荷。見た目はきれいだが少し味が落ちる箱から選ったものを詰めてみた。糖度酸度の非破壊検査、どんな結果が出るか？

十二月十日前後に収穫して、味はまずまずだが着色の良くなかった玉約四〇〇キロを倉庫に寝かしていた。味をきいてみるとなかなかの熟成具合、土壁土間の昔ながらのみかん倉庫偉大なり。それでも選果すれば産直・謝礼用良玉五〇キロしか確保できず。大半を農協向け一級二級に回せはしたのだが、甲高《こうだか》とか大玉とか果皮のきめが粗いとか、一寸気に食わんモノが少なくない。厳しいこと言うてもしゃーないのだが、よろしくないと思ったモノを、知った人に向けて売ったりあげたりしてはいけない。

大島大橋衝突事故の損害賠償請求に関わっての電話相談窓口が開設されたと、夕方のテレビのニュースで流れた。おーっ、電話対応するまっちゃん、でかでかと映っとるで！　受話器のコード絡まってまっせ！　それはさておき、現実には個々が受けた被害に対する損害賠償請求なんて手間暇労力印紙代考えたらやるだけ無駄でアリエナイ話なんだが、相談窓口も開かないときた日には役場は何しとるんか！　てな話になるのは火を見るより明らかで、それこそアリバイ工作でしかなく、余計な仕事増やしてお気の毒ではあるのだが。行政が何でもやってくれると期待するのって頭おかしくないか。

1月11日（金）旧12月6日　曇時々晴

㊌0.0mm/(均)8.0℃/(高)12.5℃/(低)4.4℃/㊐3.2h

缶詰用に確保を頼まれていた分、横井手と地主で午前二時間半かけて裏なり摘果洩れの青島大玉を取込む。青島の農協向け今季最終分を出荷する。ポンカン二級二杯、仕上り具合確認のため出荷する。昼から産直・謝礼用の荷詰め発送にかかる。良玉が少なく、注文分全部出しきれず。

1月12日（土）旧12月7日　雨のち曇

㊌2.5mm/(均)7.3℃/(高)9.8℃/(低)5.2℃/㊐0.0h

午前雑務、ひるから豆類の間引きと肥し、遅植えの春大根に肥しを入れる。合間にポンカンの選果続き、農協のたよりを配って歩く。

青島温州農協向け１級コンテナ。そう悪くない選果と自負している。2019.1.9

1月13日（日）旧12月8日　晴

㊌0.0mm/(均)7.5℃/(高)11.6℃/(低)3.2℃/㊐8.0h

かーちゃりんと悠太は午前オジジの買物、午後仮面ライダー映画を観に下松までお出かけ。ワシは終日みかん作業。午前一時間半、割石でハッサク三〇キロ、スダイダイ取残し分二〇キロ取込む。一人で老大木の高所作業は危険だ。縮伐もあわせて実施する。巨大化し過ぎて農薬のかかりが悪いのだけは避けねばならぬ。昨夜の悠太用カレー残りでおひるを済ませ、地方・小出版流通センター向けの補充品を送り出す。地方小からの返品箱、一昨日到着分も、先月初めの到着分も、まだ封を開けていない。ここのところ返品のほうが補充より多い。ジュンク堂が店舗の縮小を始めたため返品が増加しているという。過去の刊行物が店頭に並ばなくなれば、売れないものがますます売れなくなる。悪循環だが、もはや、誰にも止めることなどできない。

今週一杯晴予報、越冬害虫防除のチャンス到来、機械油乳剤四〇倍、尿素五〇〇倍、リンクエース二〇〇〇倍、酢五〇〇倍の撒布、ひるから開始する。作業の捗らない狭小園地を先に片付ける。タンク一杯半、四八〇リットルで時間切れとなる。

横井手のデコポン五年生二本、今年度から結実させている。傷果一個だけ取って帰り、味をきく。収穫時期にはひと月以上も早くまだ味が軽い（糖度が上っていない）が、それなりにウマい。異常寒波さえ来なければ、月末まで樹に生らせておけば良玉が穫れそうだ。

　産直予約分の送り出し出来ず、お詫びのメエル連絡を回す。致し方なし。うちでは、テゴ人の謝礼として超一級品を一日あたり一〇キロ持ち帰ってもらっている。今年みたいな不作の年にあって気前よく謝礼に良玉を回すと売り物が減って困ったりするんだが、だからといって、悪いものを渡すわけにはいかない。取込んだミカンの良し悪しはテゴ人が一番よく判っている。

　正規品のおカネ払っても屑しかくれん、百姓はケチだから好かんとうちのオカンがずっと言っていた。ワシ自身作り手に立場が変った今となっては、その致し方ない事情もわかる。みかん黄金伝説の時代であればもっと売って儲けたい（故に作業効率の悪い滅茶苦茶な密植園地が解消できない）、今みたいに作っても作ってもペイできんアホらしい時世であれば尚のこと売り物を減らしたくない（それゆえ、尚のこと密植が解消できない）。

　収穫したものを全量農協に出していたのでは経費も日当も出ない。昔は五反（約〇・五ヘクタール）一年の稼ぎで子供を四年間東京の大学にやれた、一町（約一ヘクタール）一年の稼ぎで家が建った、という。みかん黄金伝説。今では考えられない。全国的な生産縮小（最盛期全国で年間三五〇万トンあった柑橘生産量が今は八〇万トンを切っている）と連年の不作により高値が続くも、肥料農薬燃料諸材料費の高騰は生産者価格のそれをはるかに上回るものであり、まともに作っても経費倒れで日当が出ない、第一次産業と言いながら産業の態をなしていないという、何とも困ったちゃんな実情にある。それは農協の怠慢でもなく、先達の怠慢でもない。農を棄てた亡国の愚策ゆえの人災である。

　農協に出さずに直売に力を入れる人に対する批判的視線は、この大島でも根強くある。昔は全量農協出荷が当り前であったし、今でも全国見渡せば、全量出荷の規約を破ると組合員資格を失うという厳しい規則を設けている地域もあると聞く。大島の実情でいえば、全量農協に出していたのでは、蓄えや年金のある年寄はそれでええけど、基盤を持たない若い者は経費倒れになってしまう。それは離農、ひいては集落維持困難へと繋がる。みなさん、そこらへんの実情はよくわかっているし、独占禁止法との兼ね合いもある。農協さんも片目つぶっているようなものだ。うちもまた、現金収入を得るために、持続可能とするために産直は不可欠である。但し、あくまで本業である出版部門の読者、著者、関係者向けの会員制限定販売であり、不特定多数に向けては売らない、知った人に対してしか売らない、本業と同様に規模を拡大せず、顔の見える商売に徹してきた。初めの頃はフェイスブック等に掲載もしてみたのだが、本と同じく「いいね」はついても注文は全く入らない。見ず知らずの相手に下手に売って高いだの不味いだのクレーム拡散されてもいけん。それで、直販の販路拡大は求めないという結論に至った。地域社会を維持するうえで農協は不可欠の存在である。農業を持続可能とするため、そして作り手の心映えのためにも産直は最低限続けるが、農協を袖にしてはいけない。とは言いつつ、農協を無視して産直一本に取組む人に対して批判的になってもいけんと、最近はそう考えるようにもなった。農協の正組合員であり今現在柑橘組合長を引受けている立場上あんまりそういうことを言ってはいけんのかもしれんが、現実、農協出荷だけでは維持していけんのだから仕方がない。

うちの実情でいうと、農協向けは一寸難あり（でかすぎ、甲が高い、軸が太い、軽度の浮皮、果皮のきめが粗い）でも着色さえ良ければ一級で出荷している。農協から戻ってくる評価票を見ると、ワシが納得しない玉であってもそこそこの品質はクリアできていることがわかる。とはいえ、顔の見える相手に対する商売はそういう問題ではない。だからこそ超のつく良玉に絞って、高値でも納得してもらえるものを出すという方針で臨んできたのだが、すると数量が出せない。今年もまたメエルでの案内先を絞り込んだのだが、最終的に予約注文を断らざるを得ない事態に至った。

昨年末にみかん直売の値段が高いといちゃもんがついた。三年前から親戚宛て贈答用に買ってくれていた岩国の惣菜屋の親爺からだった。去年は良玉が確保できず早い目に断った。今年は大幅に値上げしまっせ、五キロで三〇〇〇円超えると思うと事前に伝えていた。それでも良いと言ったので、贈答分五キロ超良玉二箱送り出した。岩国の青果卸に聞いたら高すぎると言われたとか、五キロ二〇〇〇円程度と思っていたとか、大島の農家やから応援したろうと思って注文したとか、お宅の現金収入になればと思ったとか、彼是……仕方がないので、五キロ二〇〇〇円で請求書を切り、高値になる代りに特上品を選ったにもかかわらずうちのみかんは五キロ二〇〇〇円の価値しかないと言われたようなもので極めて遺憾である旨、文書同封で郵送した（高値の定価で買ってくれた人らには申し訳ないのだが）。島に対しても、農業に対しても、見下しというものが意識の底にある。それがふとした拍子に、無防備に口をついて出る。これをもって、件の親爺とは関わりを断った。

1月14日（月・祝）旧12月9日　晴

(水)0.0mm/(均)7.3°C/(高)12.9°C/(低)2.3°C/(日)7.6h

寝過ごし八時起き。終日防除作業。昨日今日でタンク五杯、一五〇〇リットル。まだ全園地面積の半分にも届かない。雨合羽の下はTシャツとサルマタだけだが、それでも動けば暑い。夏の防除作業のキツさを思う。すぐにしんどい季節がやって来る。

1月15日（火）旧12月10日　曇

(水)0.0mm/(均)8.3°C/(高)13.0°C/(低)2.6°C/(日)2.8h

朝から西脇で防除作業。日向夏がイノシシにやられた。防除作業を中断して取込む。小さい樹が一本しかないので大した収量にはならんとはいえ二月下旬に一〇キロ程度はアテにしていたのだが、たった一三個しか収穫できなかった。この二反二畝（約二二アール）の園地を亡オジイの依頼で引受けて今年で七年目になる。初年（二〇一三年）はイノシシ被害皆無だった。翌二〇一四年にワイヤーメッシュ（防獣柵）を設置するも、その後連年イノシシ被害に遭い続けることになる。ここでご機嫌さんに収穫できた試しがない。放り出してしまいたいのが本音なのだが、こんな難儀な園地はそうそう引受け手がいないのでワシが投げ出すと地権者を困らせることにもなるし、耕作放棄地同然の園地をせっかくここまでまともな園地に戻しておいて、そこでやめるというのも業腹であり、引くに引けぬという困った事態なのではある。

大島でイノシシの棲息が確認された（公式に農産物被害額が計上された）のは二〇〇二年であるが、実は、それより数年遡る一九九七、八年頃からイノシシ出没の情報が流れていた。大島大橋を渡って来たのではなく海を泳いで渡ってきた。上陸地は旧東和町。その時既に広島県の島嶼部でイノシシ被害拡大が社会問題化していたにもかかわらず、それを知ってか知らずか、本腰入れて対策を打たなかったという大失策が、今の悲惨な状況を導き出した。イノシシが出没しだした初めのころは、イモは盗って食うけどみかんには手を付けないと言われていた。そんなわけがない、敵は雑食だ。おまけに植生の貧相な大島の山で奴らの図体を養えるほどの食糧はない。食糧を求めて敵が里に下りてくる。夜行性だから昼間は出没しないと言われていた。これもウソ、昼夜関係なく活動する。イノシシの一番の天敵は人間だから、人の気配がすれば警戒して里に下りてこないだけだ。しかし、過疎化高齢化で人の気配が薄くなり、耕作放棄地や空家が増えて人間の営みという圧力が弱まれば、敵は増長する。人間が舐められる。すると昼夜関係なく敵が出没して畑から庭先から荒らしまくる。マル暴関係の密漁船が漁場を荒らしている海域があると聞く。島に若い者がいなくなり、漁業者も減る一方、完全に舐められている。イノシシもマル暴の密漁も、都市一極集中とパラレルで進行する農山漁村の過疎化を背景に拡大する。

イノシシはみかんには手を付けないなんてのは、根拠のない思い込みでしかなかった。ワシ自身、日向夏なんて酸っぱいから手を付けんのだろうと思ってきた。そんな訳なかった。敵はそのうちスダイダイやレモンまで食い荒らすかもしれない。そういえば、去年の忘年会の席で聞いた話。ポンカンには独特のえぐみがあるからポンカン果肉果汁一〇〇パーセントのジャムは作れない、もしそうだという商品があるとすれば確実に添加物を使っているのだと。イノシシがポンカンに手を付けないのは、そのえぐみの所為ではないかという話だった。だとすれば、吉浦ポンカンの血をひくセトミには手を付けないということになる。ほんまにそうだと言えるのか、これまたわからない。西脇にまだ残してあるセトミがイノシシの被害に遭わないことを祈るのみである（後日、イノシシはポンカンも食うと、被害に遭った横山のおっちゃんから聞いた）。

1月16日（水）旧12月11日　晴

㊌0.0mm/㊎7.5℃/㊔10.6℃/㊍2.9℃/㊐4.1h

今年から引受けることになった横井手の園地一反（約一〇アール）の防除作業、七〇〇リットル撒布する。山の段々畑で昔は棚田、青島を全て伐採して最晩生温州の寿太郎《じゅたろう》に植替え、十五年生くらいになる。これから先十数年から二十年くらいご機嫌さんでフル稼働してくれるという願ったり叶ったりの樹齢である。栽培の難しい品種だが、温暖化への適応力があってポカ（浮皮）になりにくく、年内に収穫して倉庫で熟成し、温州の出回りが少なくなる二月初めに高値で販売できるという、みかん主産地再生の切り札的品種でもある。樹が大きくなって一寸樹間の詰まった箇所もあるにはあるが、考えに考えて植替えた前耕作者の確たる意思と技術の高さがよく表れている。今日初めて、この園地の防除作業を行った。作業がやりよい。これまで引受けてきた園地で最もコンディションが良い。前耕作者が年齢的にきつくなってきたので借りている畑を返して耕作面積を減らすことにしたという。ワシらは耕作できないし、死んだあと引受け手がいなくなって畑が荒れて部落に迷惑をかけたくない、土地を譲るから畑を守ってほしいと地権者の石原さんが去年の秋に話を持ってきた。いつまでも借農地だけでは農業経営が安定しない。どうしても自前の農地が欲しかったので有難く引受けることにした。

それはいいんだが、油断した。足を踏み外して二メートル下の段に落ちた。山の畑はこれがあるから怖い。右膝を抉った。打撲で身体中痛い。左腕が上がらない。落ちたのが畑でよかった。コンクリ敷きの道路なら骨折していた。

1月17日（木）土用　旧12月12日　晴

㊌0.0mm/㊎6.1℃/㊔10.5℃/㊍1.0℃/㊐6.9h

ひるまで防除の続き。タンク一二杯半、三七〇〇リットル撒布して終了。午後片付け。

昨日取込んだ日向夏を食ってみる。酸が強いがウマい。あとひと月寝かせりゃもっとウマかった筈なんだが。イノシシ憎し。

今年はセトミの着色が早いので果実分析で糖度一三以上あった園地では収穫を開始せよ、糖度が低く酸抜けが悪い園地では月末に収穫せよと農協の無線が報せている。西脇のセトミは出荷するほどの収量が無いので果実分析に出していない。昨日試食したところ、後者にあたるとみた。一月末までイノシシに食われなければいいのだが。

1月18日（金）旧12月13日　晴

㊌0.0mm/㊎7.5℃/㊔12.7℃/㊍1.8℃/㊐8.5h

原稿整理で午前が果てる。午後柳井、二月九日に胃カメラ、三月五日に大腸内視鏡検査の予約を入れる。検査の予約が混んでいるという。防除やら春肥やら草取りやら三月に入ると作業がキツくなる。二月のうちに検査を済ませておきたかったのだが。

今年はおげんきクリニックで検査ができず、紹介状を書いてもらった。一昨々年の十月、町の定期健診で潜血が出た。上位五パーセントに再検査の通知が来るとは聞いたが放っとくわけにもいかず、一昨年一月におげんきクリニックで内視鏡検査をしてもらうとポリープが見つかった。病理検査の結果、良性か悪性かはグレーゾーン、以降毎年一回検査して経過を観察する事になった。全身麻酔ついでに胃カメラも入れてもらい、胃潰瘍の痕跡が見つかった。逆流性胃腸炎も見つかった。若い時分の無理が、確実に身体のダメージとなって蓄積されている。

老いも若きも癌に命を持っていかれる。大腸癌が一番多いと数日前の新聞に出ていた。はと君は直腸癌が見つかり、これが彼方此方転移して命を奪われた。癌が見つかるずっと前から血便が出ると言うていた。痔だとばかり思っていた。早よ大阪肛門病院行きなはれと言うてはいたが、今思えば、あのとき直腸癌を疑うべきだった。痔の病院ではなく、大腸内視鏡検査やってる病院を勧めるべきだった。はっちゃんも腸の癌で若死にした。飼主の代りに癌になったのかもしれない。

かーちゃりんの帰りが今日も遅い。ここんとこ毎晩八時か九時、メシの支度がやりにくい。手が離せんのか、ラインも見ていない。それでも都会の勤め人と比べりゃはるかにマシではあるのだが。もしもワシがドロップアウトすることなくマスコミに居続けたとしたら、家庭放っぽらかして朝から晩まで休みなく仕事しとっただろう。毎日欠かさず朝晩一家三人と一匹で食卓囲むなんてことも無かっただろう。それ以前に、大島に帰るという選択肢は無かったであろう。出版が左前であろうが、農業の苦境が続こうが、今いるこの場所が都であることに変りはない。

都といえば、河田さんが京都での障碍児医療ケアのシンポジウムに参加するため、今日神戸で前泊すると言っていた。新神戸で下車、花森安治が通った雲中小学校、ワシが十年居を構えた旗塚の洋風長屋を訪ねたと。ラインで画像を送ってくる。二十四年と一日前のあの日とよく似た曇り空が広がっていた。

1月19日（土）旧12月14日　晴

㊌0.0mm/㊕6.8℃/㊒13.3℃/㊦0.2℃/㊐8.4h

みーちゃんをさくら病院に連れていく。体重三・八キロ、これ以上太らせないようにと注意を戴く。避妊手術をすると代謝が下がり肥えやすくなるという。保護時から長引いていた猫風邪は完治でひと安心。診察の間に、かーちゃりんがトライアル（昨年開店した二十四時間スーパー）に買物に行く。柳井みたいな片田舎で二十四時間スーパーなんて需要あるんか？と思いきや、みかんのテゴに来る由宇（岩国市）の吉原さんご夫妻によると、室津港六時一〇分発の朝便で祝島の実家に帰省する時に、帰省中の食材やら何やら買込むのに大助かりなんだと。

かーちゃりん昼から休日出勤、ワシは片付けの続き。家の中がわやくちゃ、これではお勉強する気が起きない。やらないけん仕事があるのだがなかなか前に進まない。

1月20日（日）大寒　旧12月15日　雨のち晴

(水)2.0mm/(均)10.0℃/(高)14.2℃/(低)3.9℃/(日)7.3h

かーちゃりんと悠太、オジジ買物に連れていく筈が、実家に行くと義兄が来ていて、これから柳井の回転寿司に行くと電話が入る。ワシは行かん。お昼は激辛カップ焼そばで済ます。かーちゃりん二時過ぎ帰宅、そのまま休日出勤、ワシは悠太連れて園地廻り、イヨカン選別にかかる。回転寿司屋で食べられるものがなかった、誰にも不味いとは言わず黙ってお芋のポテト（フライドポテト）だけ食べたと、悠太が言う。御馳走してくれた人に悪い、戴いたものが不味くともその場では絶対に口に出すなと言うてきた。よく守ってくれた。井堀中段の畑でジャガイモ掘って帰る。晩においものポテトを揚げる。そりゃあ冷凍輸入イモとうちのイモとでは、素材の味がまるで違うよ。

1月21日（月）旧12月16日　晴

(水)0.0mm/(均)6.9℃/(高)11.7℃/(低)1.2℃/(日)8.2h

昨日の選別でイヨカン良玉五〇キロ確保、早くに予約入れてくれていた人と青島の注文をお断りした人に宛ててお知らせメエルを送信する。通常はひと冬寝かして二月下旬から三月中旬にかけて出荷するのだが、今シーズンは仕上がりが早く、多少酸味は強くとも十分に糖度が出ている。寝かしている間に傷玉を選んで時々味見しては仕上がり具合、糖度の上り具合、酸の抜け具合をチェックするものであるのだが、生産者の味覚でいえば、収穫して間もないイヨカンは多少酸が立っても味が濃厚でウマい。消費者の大半がこの味を知らない。家の片付けで一日が果てる。

1月22日（火）旧12月17日　晴

(水)0.0mm/(均)8.6℃/(高)12.4℃/(低)5.4℃/(日)8.9h

昨夜は久しぶりに強い風が吹いた。みかん大丈夫かなと枕元で悠太が言う。これくらいなら大したことない、でも心配やから夜が明けたら見て回ろうかと言って寝かせつける。

朝から片付けの続き。資料と本の山が一向に減らぬ。家に積み上げた出版仕事の諸々全て家房の仕事場に移し、悠太の勉強部屋を確保せねばならぬ。本屋とはモノをため込む仕事であり、家が元々そういう作りになっとらんのだから仕方がない。広い古民家ならまだしも、狭小な中古木造家屋で出版社をやろうというのがどうかしている。昼からスダイダイとハッサクを選別する。三時半悠太お迎え、改植に向けての園地チェックを手伝わせる。巻尺の端を持たせてあっち行けこっち行けとそれだけなんだが、助手がいるといないとで捗り具合がまるで違う。横井手の上下段だけで時間切れとなる。

北京の晃三君からメエルあり。新設大学の常勤教員の募集、書類審査で落とされたという。神戸の御母堂の認知症もあり、三十年近い北京暮しを切上げるべく日本の大学で教職を探しているのだが、なかなかうまいことといかない。

1月23日（水）旧12月18日　晴

(水)0.0mm/(均)9.0℃/(高)13.3℃/(低)4.7℃/(日)6.1h

イヨカンの注文分と謝礼分を送り出す。着色不良玉は向うひと月寝かす。ポンカンの農協出荷の支度も進める。今シーズンの役目を終えた採荷・貯蔵用コンテナを片付け、倉庫廻りを春に向けての剪定、土作り、改植の算段へと順次切替えていく。次こそは豊作に、いつまでも敗戦処理を続けるわけにはいかぬ。

1月24日（木）旧12月19日　晴

(水)0.0mm/(均)6.9℃/(高)11.4℃/(低)2.2℃/(日)5.1h

農薬、肥料の年間必要量の算出と家の片づけで午前が潰れる。昼から堆肥二〇〇袋受取り、岩崎園地の隅に積上げる。ついでにこの春の改植に向けてのチェックも済ませておく。この園地の東半分は改植事業（補助事業）を申請して一気に更新したが、西半分は当面の収量確保のため古い樹を残し、樹が枯れて隙間の出来た所に苗木を植えるという方法で、二年前から順次改植を進めてきた。最終的には四メートル均一間隔で一畝《ひとうね》あたり一列三本で統一掛けられるように考えてきた。ところが収量確保のため可能な限り維持しようと残した木の多くが、高樹齢と異常気象によるダメージにより枯込みが進み、いま植替えておかなければジリ貧不可避という困った事態に相成った。昭和四十年代のみかん転作時に植えた老木が多く残る襤褸園地、向う四、五年かけて全とっかえになる。

1月25日（金）旧12月20日　晴時々曇

(水)0.0mm/(均)7.6℃/(高)12.4℃/(低)2.5℃/(日)6.6h

ほぼ終日机に向う。三木さんと話を進めている「島の精神文化誌」の、コンテンツ一覧を作成する。逐次刊行、写真を重視し、気合入れて作ればかなりのものになる。問題は経費だ。自費出版にならざるを得ない。経費的に無理となればお蔵入り。すぐれた内容であろうとも島の本は売れん。それ以前に、本自体が全く売れんようになってしまった。厳しい目を持つ人に評価されるのは書き手にとっても版元にとっても勲章であり、心映えは大切だが、それだけでは生きてはゆけぬ。印刷代くらいは回収できるけぇ任せとけと言えないのが辛い。二十年前、いや、十年前なら厳しくとも出せた本が、今は出せなくなっている。出版の先行きは細る一方。想えば想うほど、知性をまるで必要としないこの国の状況にすっかり絶望して店仕舞したほうが精神衛生上よろしいではないか、農業に集中したほうがええやないかと、毎度毎度の堂々巡り。

デコポン５年生の初収穫。2019.1.30

1月26日（土）旧12月21日　曇時々雪

(水)0.0mm/(均)3.7℃/(高)7.1℃/(低)0.6℃/(日)2.9h

かーちゃりん風邪具合悪いが昼から保育大会のため出勤する。昼時悠太お迎え、二人で畑に出る。地主の植替え場所確定作業の続き。時折り雪が舞う。悠太が寒いと言うので無理をせず三時半でやめにする。久しぶりにインド人も吃驚カレーを仕込む。カレーペーストを作るのが手間なんだが、悠太のテゴが入ると仕事が速い。悠太用カレーは別鍋で作る。バーモントカレー甘口、酒呑みの味覚ではどうもひと味足りない。気持ちだけ香辛料を足したが、辛いと言って悠太の食いが悪い。

1月27日（日）旧12月22日　晴

(水)0.0mm/(均)3.7℃/(高)10.1℃/(低)−1.8℃/(日)7.3h

宇部まで日帰り、のりちゃんお見舞いに行く。元気な様子に安心する。お昼時に病院を辞して、小野田サンパークに出掛ける。ゆめタウンで大島産みかん大玉がキロ四三〇円！見た目はそこそこきれいだが果皮が粗くポカ（浮皮）具合が酷い。高くて不味い、でも市販品の多くがこの程度だ。広い世間にあっては多くの人がウマいみかんを食べていない、ということがわかる。また、こんな玉でも正果として出荷できるからこそ、ワシらの農協精算価格がそれなりに維持されている。不味い玉全て原料に回しとったのでは農家は食っていけん。とはいえ、仮に出荷量の全量が正果であったとしても、それでも農業では食えん。抜け出せない隘路。

1月28日（月）旧12月23日　曇のち時々雨

(水)1.0mm/(均)7.3℃/(高)12.0℃/(低)0.0℃/(日)0.7h

午前のうちにブログの移行作業を済ませる。ワシのようなネット音痴でも簡単に新刊紹介を掲載できるブログを閉じるわけにはいかない。さて畑に出ようかと四時に悠太お迎えに行く。急に雨が降り出す。二人で本を片付ける。ドラえもんと子供百科と絵本を主体とした悠太の本棚が出来つつある。ワシの本がだんだん追いやられていく。

1月29日（火）旧12月24日　晴

(水)0.0mm/(均)5.4℃/(高)10.1℃/(低)0.0℃/(日)8.5h

西脇でセトミ収穫、僅か七キロ。隔年結果が出て、なりが極端に少ない。サンホーゼ（ナシマルカイガラムシ）が大発生したため十一月の袋掛けをやめにした。超高級柑橘は栽培管理が難しい。イノシシの食害は皆無なれどヒヨドリの食害が目立つ。流石、食べ頃をよく心得ている。袋掛けの必要性も改めて認識する。保育園に一キロ差入れる。後で聞くと、少し酸っぱいけどウマいというて子供らがよく食べたそうな。

1月30日（水）旧12月25日　曇時々晴

(水)0.0mm/(均)6.7℃/(高)11.7℃/(低)0.1℃/(日)4.9h

今年初めて刈払機を回す。井堀下段で三十分。明日雨予報、降る前に三月穫りタマネギに肥しを打つ。草もよく伸びている。これを取ってやらんと、玉太りが悪くなる。草取りだけで一時間かかる。手間を考えると自家栽培より買ってきたほうが安い。だからといって食糧自給を投げてはいけない。農業を時給で考えてはいけない。命にかかわるものを、おカネという尺度で測ってはいけない。

四時に悠太お迎え、横井手のデコポン五年生二本の初収穫、四〇分で三〇キロ。雑柑は軸（果梗枝＝なり口）が太くて悠太の握力では切れないので、袋を外す作業をやってもらう。美しい仕上り、味もよい。一番の出来だねーと悠太が言う。

1月31日（木）旧12月26日　雨

(水)14.5mm/(均)6.9℃/(高)9.0℃/(低)2.9℃/(日)0.0h

終日原稿に向う。八木種苗さんに電話して春植ジャガイモ種芋を予約する。刃物砥ぎの〆切日、採果鋏六挺と剪定鋏一挺農協に出す。晩、冷える。ありあわせで鍋にする。

1ヶ月	
降水量	110.5mm（85.0mm）
平均気温	7.6℃（ 6.0℃）
最高気温	11.7℃（10.2℃）
最低気温	3.4℃（ 1.8℃）
日照時間	118.9h（145.5h）

上旬	
降水量	43.0mm（19.0mm）
平均気温	7.4℃（5.4℃）
最高気温	11.6℃（9.7℃）
最低気温	2.7℃（1.0℃）
日照時間	35.6h（51.3h）

中旬	
降水量	41.0mm（32.7mm）
平均気温	6.9℃（ 6.3℃）
最高気温	11.1℃（10.6℃）
最低気温	2.5℃（ 2.0℃）
日照時間	34.9h（52.6h）

下旬	
降水量	26.5mm（34.7mm）
平均気温	8.8℃（ 6.6℃）
最高気温	12.4℃（10.7℃）
最低気温	5.3℃（ 2.5℃）
日照時間	48.4h（42.7h）

2019年２月

見た目エイリアンっぽいが、ウチワエビという。黒潮に乗って五島列島辺りまで北上する。九州東岸から豊後水道を経て、水深の深い大島の南方沖に入ってくる。爆裂にウマいが、味が強過ぎてそう何匹も食べられるものではない。

2月1日（金）旧12月27日　雨のち曇

(水)4.5mm/(均)4.2℃/(高)8.2℃/(低)0.7℃/(日)2.3h

午前宮本記念館。今年秋刊行予定の本に関わっての資料をコピーさせてもらう。ひるから内職、大島大橋衝突事故発生以来ストップしていた宮本原稿のワープロ入力作業を再開する。四時悠太お迎え、平原上段隣接の耕作放棄地に入り、ザツボク、イバラを伐る。放っておくと日照が遮られ病害虫も多発する。草が刈れ木の葉が落ちる冬場でないと作業にならない。施肥除草防除に忙しい春から秋にかけては手が付けられん。収穫出荷時期はなおのこと。やらないけんとわかっていても、こういう作業が一番後回しになる。一時間半作業してたったこれだけかい、と思えるほどに捗らない。

2月2日（土）旧12月28日　晴

(水)0.0mm/(均)5.1℃/(高)11.3℃/(低)0.1℃/(日)5.7h

未明三時前に叩き起される。悠太が耳が痛いといって泣く。耳たぶの下、顎の関節廻りが腫れている。１１９番に訊ねると橘病院の当直が内科の先生だという。連れていく。おたふく風邪の可能性大、対症療法しかない、冷えピタ貼って寝かせるようにと。夜が明けてかーちゃりんが川口医院に連れていく。おたふく風邪確定、五日まで出席停止。悠太とかーちゃりん昼中ごろごろ。昼から倉庫でデコポンを選る。旧正月恒例、大矢内さんに宛てて辛味大根ほか野菜諸々送り出す。

2月3日（日）節分　旧12月29日　雨

(水)22.0mm/(均)8.6℃/(高)15.0℃/(低)1.5℃/(日)0.0h

正午から雨予報。井堀中段で三十分刈払機を回す。暖冬の所為か、草の伸びが早い。十一時前、下段のタマネギの草取りにかかったところで雨が降り出す。豆茶産直案内作成、フェイスブックとブログに掲載する。悠太のおたふく風邪により節分恒例の鬼襲撃見送り。飽食社会を象徴する恵方巻を買わん代りに自前で寿司握るつもりが順延となる。

2月4日（月）立春　旧12月30日　晴

(水)0.5mm/(均)11.4℃/(高)14.9℃/(低)6.6℃/(日)9.0h

昨夜、久しぶりに強い風が吹いた。朝、畑を見てまわる。被害なし。悠太おたふく風邪三日目、終日子守。橙ポン酢と日向夏ゼリーを仕込む。昼間、考えられんくらいに温い。ニホンミツバチが飛んでいる。

2月5日（火）旧1月1日　晴

(水)3.0mm/(均)8.0℃/(高)11.8℃/(低)4.3℃/(日)7.2h

悠太、おたふく風邪四日目。大した熱も出ず、えらい元気な病人やなあと言い合う。かーちゃりんお休みとって終日子守。ひるから中生温州の精算書を配布、家房の仕事場に籠る。資料整理にかかるも本棚が足りない。仕事場パソコンのセキュリティソフトが更新できず。電話対応で一時間かかるも解決せず、明日ＮＴＴの工事の人に来てもらうことになる。晩メシ、久しぶりにかーちゃりんお当番。

2月6日（水）旧1月2日　雨

(水)12.5mm/(均)7.4℃/(高)9.9℃/(低)5.1℃/(日)0.0h

昨夜十時頃から雨が降り出す。かんぴょう（干し大根）を乾したいが無理。資料整理、終日家房に籠る。

2月7日（木）旧1月3日　曇夕方一時雨

(水)0.5mm/(均)10.1℃/(高)15.6℃/(低)4.4℃/(日)3.3h

クロネコ営業所で「途上国の人々との話し方」三刷荷受け。ワゴン車の荷台が空かず半月近く預かってもらったことになる。まだ置き場が確保できていないのだが。

ひるから中晩柑の出荷説明会に出る。いま倉庫で寝かしている着色不良のイヨカンが向うひと月でどれくらいモノになってくれるか。強い寒波が来ないので、今のところスあがりの心配はない。但し、ずっと気温が高いのでヤケと腐敗に注意が要る。今年度（平成三十年度）は山口と広島は裏年だが全国的には表年にあたる。年明けの京浜市場に静岡県三ケ日《みっかび》産が大量に入り、その影響で値が下ったという。それでも一昨年度よりは高値で推移している。諸経費の高騰により、市場での取引値が多少上ったくらいでは農家はペイできないように出来ている。市場経済を否定してはいけないと分ってはいるのだが、移り気な消費者に振り回されるのがまともな社会構造であるとは思えない。農産物は、足りんからやれ作れほれ作れと言われて、すぐさま増産できるようなものではない。資本主義経済とまともにぶつかったところで勝ち目はない。否、本来資本主義とは相容れぬものだ。零細家族経営が中心の日本農業、就中、島嶼農業の隘路がそこにある。攻めの農業とか、農業を成長産業にとか、輸出攻勢とか何とか政府は勇ましく旗を振るが、それは現実見てない人たちの世迷言でしかない。国土の保全もあわせ、人間の生死にかかわる問題を、経済という物差しで測ってはいけない。

2月8日（金）旧1月4日　曇

(水)0.0mm/(均)6.7℃/(高)9.8℃/(低)2.5℃/(日)0.9h

ほぼ終日内職。四時、久賀の農協指導販売部を訪ねる。懸案となっている清水のミカンバエ発生園地の伐採について。哲ちゃんの義弟の署名捺印で伐採補助事業の申請をし、補助金の振込先を柑橘組合にすればよいとの智慧を戴く。

2月9日（土）旧1月5日　小雨のち曇

(水)0.0mm/(均)6.1℃/(高)11.1℃/(低)0.9℃/(日)0.5h

朝絶食、胃カメラを呑む。麻酔で眠っているうちに検査が終る。逆流性胃腸炎、慢性胃炎、胃潰瘍痕など傷もぐれ。ひるすぎ帰宅。農業所得の基礎計算資料を配布して歩く。高値安定傾向といえど予想単価は去年より安い。

五時から球友会の新年会に出る。五年ぶりに役を引受けることになる（前回は会計、今回は会長）。北区ではワシ以外に引受け手がいない。年々高齢化が進み、試合に出られる者も減っている。ここ三、四年で庄区婦人会と農協婦人部が解散した。球友会もあと十年どころか五年もたないかもしれない。
　コンビニが増えたのは年寄にとって福音だと、呑みの席でモーリーが言う。あんたらは子供がいるからしっかりごはん作らなあかんけど、年寄二人だけになったらそんなに要らんわけよ、うちはかみさんが作る元気があるからまだいいけど、コンビニのお惣菜でちょいちょいと済ませられる、魚から煮物、野菜までひと通り揃う、橋の無かった時代には考えられんほどの変化よ、とか何とか。

2月10日（日）旧1月6日　晴

(水)0.0mm/(均)6.0℃/(高)8.7℃/(低)1.2℃/(日)6.7h
今年初めてかんぴょう（大根干し）を仕込む。暖冬の所為でトウ立ちが早くなるとみなさん言うてはる。早く植えたものから使い切らなあかん。午後、悠太を連れて宮本記念館、講演会で本を売る。特価の東見本二冊しか売れず。売上四〇〇円也。終了後、竹を伐りに行く。二月は竹の伐りどき、みかんの苗木や夏野菜の支柱としても数量が要る。暖冬の影響を想うと急がねばならぬ。

2月11日（月・祝）旧1月7日　小雨のち曇

(水)1.0mm/(均)5.3℃/(高)9.8℃/(低)2.2℃/(日)0.6h
朝から目が痒い。今年は花粉の飛散が早くて多いという。昨シーズンの残り薬で当面しのぐ。
　大畠まで晃三君を迎えに行く。春節休みで北京から帰国している。御母堂の認知症が進んだので帰国して同居しようと、そのために日本での定職を探しているのだがうまくいかない。大学の常勤の口がない。今月一件、書類選考で落ちた。
　いま中国で、日本の評判がすこぶる良いと晃三君が言う。治安の良いこと、メシのウマいこと、人が親切であることなど、日本の良いところに触れて日本好きになって帰っていく中国人や韓国人の旅行者が多いのだと。余所者が村落社会の構成員として入り込むのは厄介であっても、旅人に対して親切であるというのは昔も今も変らないのだろう。

2月12日（火）旧1月8日　晴

(水)0.0mm/(均)5.0℃/(高)9.7℃/(低)0.5℃/(日)8.6h
晃三君にタマネギの草とりを手伝ってもらい、大畠まで送る。横井手園地の名義変更の件で、久賀支所農林課に立ち寄り、農業委員会宛の申請用紙一式貰ってくる。柳井の法務局はつっけんどんでやな感じだが、町役場は話がしやすい。
　我が家三人で三〇〇〇円分の、周防大島活力クーポンなるものが届く。大島大橋衝突事故を受けて、島の住民が使うことのできない来島者限定の割引クーポン券（島の住民が買ってはならない、使ってはならないという制約をわざわざ設けている）やらホテル旅館の半額割引券やら何やら公費負担で出した。一貫して外向きということ、観光面しか考えていないというのが露

悠太、もうちょい片付けようや。2019.1

呈しただけではあるが、どういうこっちゃと町議会で問題にされて、それで、やらんわけにはいかなくなって出したのがこの活力クーポンで、住民一人あたり一〇〇〇円のクーポン券を一律に配布するというものだ。役所的には、発行発送換金諸々手間のほうがたまらんのだが。こういう実質おカネをバラ撒く施策は「一切やらん」のが大原則なのだが、やりたがる馬鹿が少なからず存在する。被害程度も人それぞれで線引きは難しい。これでガス抜きというのも何だかしっくりこない。クソの足しにもならんとはいえ、貰えるものは貰う。後腐れのないように、ほしかやさんで三〇〇〇円さくっとビール大瓶一ケースの足しにした。

それにしても、何なんかね、いまの大島の、この神経って。人災ではあったけど、たしかに難儀ではあったけど、二十四年前に神戸にいた者の感覚からすれば、この程度の災害で復興復興って連呼するなよってのが正直言ったところ。あわせて瀬戸内のハワイという惹句にも、ものすごい違和感を覚える。すべてが外向きであるということ、そこに問題がある。

2月13日（水）旧1月9日　晴

㊌0.0mm/(均)6.8℃/(高)11.1℃/(低)2.7℃/㊐7.4h

五月穫タマネギに肥しを打つ。夕方岩崎の西半分で一時間刈払機を回す。続いて枯木の伐採作業、今年初めてチェーンソーを回す。悠太五時お迎え、ヤマハ音楽教室に連れて行く。

日向夏でゼリーを仕込む。去年の誕生日プレゼントの子供用包丁を使う。2018.2

2月14日（木）旧1月10日　曇

(水)0.0mm/(均)6.2℃/(高)9.0℃/(低)2.4℃/(日)0.7h

柳井の法務局で登記事項証明書を出してもらい、農地の贈与による名義変更に関する農業委員会の許可証とあわせて提出すべき書類を確認する。一昨日問合せた際には教えてもくれんかった。七面倒臭い手続きのために何べんも足を運ばされる。国家は暴力の上に成り立つ。司法書士におカネ払ってお任せしたほうが楽なのだが、先立つものが無い。それに自分で手続きを進めた方が理解が進む。先々考えると、ワシがノウハウを積んでおいた方がよい。

法務局を辞して柳井でおつかい諸々、岩国の八木種苗さんでメークイン種芋を仕入れる。昨年のサツマイモの不作は高温障害だと教えてもらう。遅く植えたものほど蔓が伸びず、イモも太らなかったという。連年の猛暑を想うと、これからは早い目に植えて逃げ切るしかないのかもしれない。大島に戻り、久賀支所農林課で農業委員会あて書類提出、農協青壮年部の研修会に遅れて参加する。苗木のエカキムシ防除について、いい智慧を戴く。

2月15日（金）旧1月11日　曇、夕方雨

(水)1.0mm/(均)5.7℃/(高)7.9℃/(低)3.1℃/(日)0.3h

畑に出なければという気を抑え、朝から四時半まで机に向う。溜りに溜った雑務の目途立たず。夕方一時間岩崎、伐採木を園内作業道沿いに積上げる。ここは宅地が近くて野焼きができない。園地から運び出して山に捨てるしかないのだが、これがなかなか進まない。

2月16日（土）旧1月12日　曇

(水)0.0mm/(均)7.3℃/(高)11.3℃/(低)2.8℃/(日)1.0h

悠太最後のお遊戯会。かーちゃりん泣きっぱなし、ワシはビデオ撮らされ落着いて観られず。夕方、柑橘組合の役員会。清水のミカンバエ発生園地の伐採作業を来月十八日と決める。農協の伐採補助金のつく園地はそれでよし、つかない園地については農協と試験場からテゴ人を出してもらうことで話を通す。

2月17日（日）旧1月13日　晴

㊌0.0mm/㊙5.8℃/㊒11.8℃/㊦0.3℃/㊐8.0h

やっちゃんの一周忌、朝からまともな仏供膳をこさえる。ミズナのおひたしを作ろうと摘んできてわかったこと、小さな花芽がついている。暖冬ゆえ、今年はトウ立ちが早い。

2月18日（月）旧1月14日　晴

㊌0.0mm/㊙6.6℃/㊒11.1℃/㊦-1.4℃/㊐6.8h

アホほど温い。最も植付けの遅かった家庭菜園の冬大根のトウが立ち始めた。葉を落とし、大根だけ畑に挿しっぱなしでもたせることにする。今年はトウ立ちが異常に早い。家のスダイダイ、カボス、ユズに石灰を施用する。キツいけど、やれるところだけでもやっておく。玄関に積んでいた「調査されるという迷惑」六刷を家房の仕事場に運ぶ。本の置き場に難儀する。

2月19日（火）雨水　旧1月15日　雨

㊌39.0mm/㊙8.8℃/㊒14.7℃/㊦6.6℃/㊐0.0h

地方・小出版流通センターの門野さんに電話を入れる。既刊本の動きが悪い、横浜の有隣堂で新刊と既刊の売上に占める割合が七対三から八対二、「宮本常一の風景をあるく」あたり、悪いなりにコンスタントに受注が来ていたが今はさっぱりという。アマゾンがバックオーダー発注をやめてウチなんか完全に締め出されましたのーと言うと、多くの地方版元がアマゾンから締め出されたのだという話。それと、取次と切離したうえでの、アマゾンによる囲い込みも進んでいるという。ハゲタカ商法だな、アマゾンは。一方で、アマゾンでは手に入らない本が少なくないってことに、お客さんもだんだん気づいてきている、書店での取寄せ、版元への直注文などのチャンネルを拡大して対抗する、その必要もあるのだと。

2月20日（水）旧1月16日　曇時々晴

㊌0.0mm/㊙11.0℃/㊒14.6℃/㊦5.3℃/㊐1.5h

昨年の農業支出を入力、農家兼業六年目にして初めて黒字を計上する（ワシのタダ働きはおくとして）。昼休みかーちゃりんに報告するも、売上たったこれだけかと言われる。

2月21日（木）旧1月17日　曇時々晴

㊌0.0mm/㊙8.6℃/㊒12.1℃/㊦4.7℃/㊐8.4h

悠太連れ、午後のしらきさんで松山に出て道後の湯に浸かる。四国もまた春の陽気。東予港十時発のおれんじえひめに泊る。

2月22日（金）旧1月18日　晴のち曇（出先曇）

㊌0.0mm/㊙8.5℃/㊒10.2℃/㊦7.0℃/㊐2.1h

大阪南港六時着。梅田でケイアートセンターの田渕さんとお茶してフィルムを預け、京都大宮で林哲夫画伯と打合せる。午後大阪に戻り長居公園の自然史博物館へ。最近恐竜にはまっている悠太に本物のでっかい化石を見せてやる。化石標本には、たとえばティラノサウルスは、ワシらが子供の時分にはゴジラみたいな立ち姿でのっしのっし歩くと考えられてきたが、最新の研究ではダチョウのような前傾姿勢で速く走ると考えられているとか、研究の進歩による恐竜の立ち姿再現の変化が記されたパネルも併設されている。触れる展示、どんぐりを題材にした生存曲線の体験ゲーム、自然環境の変動が環境収容力に如何に影響を与えるかのシミュレーションなど、大人もまた考えさせられてしまう、実によく出来た展示だ。社会見学の小学生が大勢来ていた。展示の意図が今の悠太には一寸判らなかったようだが、小学校三、四年生くらいにもう一度連れて行けば、受取り方が変ってくるのだろう。
こういった文化施設は山口県にはない。西日本の都市部でもそう多くはない。大阪の優れた文化行政は衆愚という民意を背景に土足で乗り込んできた維新の会にズタズタにされてしまったが、それでも、いまだ大阪は確固たる文化都市であると思い直した（だからこそ、被害がこれ以上拡大せんうちに消えてくれ、維新の会）。悠太が疲れてはいけんので、夕方早いめにホテルに入る。教育テレビ「おかあさんといっしょ」を観る。わらしべ長者、情けは人の為ならず、を子供向け寸劇で表現している。教育テレビの制作者は骨がある。官邸廻りの記者連中に無い、良質なジャーナリズムを見る。夜、天満で藤井さんと呑む。レイザルが世を去って半年近くになる。五月から富山支局に赴任するという。

2月23日（土）旧1月19日　晴（出先晴）

(水)0.0mm/(均)9.9℃/(高)14.1℃/(低)7.1℃/(日)9.8h

垂水で季村敏夫さんと会い、「矢向季子詩集」の話を詰める。姫路から新幹線で帰るつもりが、大阪まで引き返す。地下鉄に忘れた荷物は着払いで送ってもらえない、月末までに受取りに来ない場合は警察に渡すので、それから連絡をせよと。そこまで面倒な事になりたくない。御堂筋線終点中百舌鳥の駅長室まで取りに行く。五時八分新岩国着。スエヒロで中華蕎麦食うて帰り、早く寝る。

2月24日（日）旧1月20日　晴

(水)0.0mm/(均)7.4℃/(高)12.2℃/(低)3.1℃/(日)7.2h

午前倉庫整理とイヨカン選別、新苗植付け用の竹を伐りに行く。午後柳井、悠太がヤマハ音楽教室のテストを受ける。練習不足が心配だったが上々の出来に安堵する。お遊戯会と同じように、かーちゃりんがまた泣いている。

2月25日（月）旧1月21日　晴

(水)0.0mm/(均)9.3℃/(高)14.4℃/(低)3.4℃/(日)8.7h

決算書作成、支出の入力を終える。出版部門は赤字。春の陽気。植付けの遅かった家の白菜は巻き切らんうちにトウが立ち始めた。悠太四時お迎え、血尿の出たみーちゃんを柳井のさくら病院に連れて行く。休み明けの混雑、一時間以上待つ。猫によくある膀胱炎、尿管結石、注射とお薬四〇〇〇円也。トウ立ち前に取込んだ白菜を勝手口に積上げる。晩メシはしばらく鍋連チャン。かーちゃりん年度末繁忙期、今週は連日八時帰宅。

2月26日（火）旧1月22日　晴

(水)0.0mm/(均)10.2℃/(高)14.5℃/(低)5.5℃/(日)9.9h

春の陽気。鶯の初鳴きを聞く。冬が来ないまま春が来てしまった。午後家房の仕事場に籠る。四時半悠太お迎え、ニンニクの草取り一時間テゴしてもらう。

2月27日（水）旧1月23日　曇、夜雨

(水)8.0mm/(均)8.2℃/(高)10.0℃/(低)5.9℃/(日)0.0h

朝の三十分と夕方の一時間で井堀中段のジャガイモ残り全部取込む。今年は春の到来が早い。

大阪市立自然史博物館の玄関、ナガスクジラの骨格標本。2019.2.22

九時集荷場集合、六人で久賀の防災センターへ。柑橘同志会研修会・試験成績検討会に参加する。昭和末の五年間（一九八四～一九八八）と平成末の五年間（二〇一四～二〇一八）を比較すると、年平均気温はプラス一・二度、年間降水量はプラス二七六ミリで、中でも仕上げ時期にあたる九～十一月の上昇が顕著、との報告がなされる。そりゃあ毎年なんぼ頑張ってもまともなみかんが出来ん訳だ。異常気象がここまでくると、秋のマイルドカルシウム撒布程度では果皮障害（浮皮、ヤケ）を防ぎ切れず、ジベレリン（ホルモン剤）の撒布で抑えるしかない、というのが結論か。二回から三回の撒布が必要なカルシウムと違い、ジベレリンは一度だけでよい。だが、リンクエースと混用すればジベレリン特有の着色遅れをカバーできるかといえば、却って着色が悪くなる。リンクエースと別建てとすると、撒布回数の合計が一回増えることになる。それで正果率が上がり、農家の収入向上に直結するのであれば安い出費であろうと。従来の農法、ベテランの経験則（成功体験ともいう）が通用しなくなってきたということか。気候変動は手強い。今年の夏も猛暑になることは間違いない。梅の花が下向きに咲いている。雨量の多い年になるだろう。今年はジベレリン撒布を真剣に考えねばならぬ。

＊

追記。ジベレリンは自然界に存在する植物ホルモンだが、農薬登録されているものは化学合成物質である。「農薬毒性の

大島地域における平均気温および降水量の変化

平均気温（℃）	年平均	春（3〜5月）	夏（6〜8月）	秋（9〜11月）	冬（12〜2月）
1984〜1988年（昭和59〜63）	14.8	12.7	23.9	16.9	5.7
2014〜2018年（平成26〜30）	16.0	14.1	24.5	18.6	6.6
差	+1.2	+1.4	+0.6	+1.6	+0.9

降水量（mm）	年合計	春（3〜5月）	夏（6〜8月）	秋（9〜11月）	冬（12〜2月）
1984〜1988年（昭和59〜63）	1619	552	619	295	153
2014〜2018年（平成26〜30）	1895	478	673	506	239
差	+276	−75	+54	+211	+86

出典：「平成30年度柑きつ振興センター試験成績検討会発表要旨」2019.2.27

事典　第3版」（三省堂、二〇〇六年）には「残留農薬研究所は変異原性なしとしているが、エジプトの研究ではアルビノ・マウスにジベレリンを投与すると、乳腺がん、肺腺がん等がみられた」とある。ホルモン剤が人体に与える悪影響、複合汚染の恐ろしさを思えば、いくら現状が苦しくとも、これだけは、断じて手を付けてはいけないと後日考えを改めるに至る。ホルモン剤で育てた危険な輸入牛肉が市場に出回っている。肉用牛に与えてよろしくないものを植物に与えてよいわけがない。食物連鎖の頂点よろしく、最終的に摂取するのは人間様である。一時の気の迷いだが、当日の記述は修正せず、あえてこのまま記録にとどめておく。勤勉な者ほど、この陥穽にはまりやすい。

2月28日（木）旧1月24日　雨のち晴

㊌18.5mm/㊕8.4℃/㊒11.4℃/㊖5.8℃/㊐2.3h

確定申告書類の清書と町の入札参加申請書類の作成、十一時までかかる。おひるを済ませて柳井まで提出に出る。途中久賀の環境センターに寄り、余剰在庫およそ六〇〇冊を廃棄処分にする。可燃性粗大ごみ扱い、三一五キロ、処理賃二八七〇円也。何年かに一度やらねばならぬことではあるのだが、やる度に心がささくれ立つ。

1ヶ月

降水量	150.5mm（143.6mm）
平均気温	10.1℃（ 8.9℃）
最高気温	14.9℃（13.2℃）
最低気温	5.2℃（ 4.7℃）
日照時間	183.9h（168.5h）

2019年３月

タマネギの倒伏（休眠）が始まって数日経った頃、晴天の続くタイミングで抜いて軽く乾かす。降雨直後に抜くと傷みが早くなる。新タマネギとして市場に出るのは三月穫の極早生、四月穫の早生である。年中売っている固いタマネギは晩生で、貯蔵性に優れるがこれが一番味が落ちる。タマネギに極早生、早生、晩生の違いがあると知っている消費者は少ない。筆者もまた、帰農するまで知らなかった。

上旬

降水量	103.0mm（34.3mm）
平均気温	8.7℃（ 7.5℃）
最高気温	12.4℃（11.9℃）
最低気温	4.6℃（ 2.9℃）
日照時間	48.1h（53.5h）

中旬

降水量	41.0mm（49.7mm）
平均気温	9.4℃（ 9.0℃）
最高気温	15.0℃（13.4℃）
最低気温	3.9℃（ 4.7℃）
日照時間	69.4h（57.5h）

下旬

降水量	6.5mm（59.1mm）
平均気温	11.9℃（10.1℃）
最高気温	17.0℃（14.3℃）
最低気温	7.0℃（ 6.1℃）
日照時間	66.4h（58.6h）

3月1日（金）旧1月25日　晴

(水)0.0mm/(均)9.2℃/(高)13.9℃/(低)4.9℃/(日)9.1h

ニンニク四〇〇株草引きの残り半分（二〇〇株程度）片付けるだけで午前三時間潰れる。抜いた草を午後半日で乾かし、明日肥しを入れる。今のところ三日四日と六日七日、九日十日が雨予報。三日は広島日帰りで本の打合せ、五日は大腸内視鏡検査、作業可能な日が今日と明日しかない。名人が石灰を撒いている。上手な作り手のやってることはよく見ておく必要がある。石灰撒くのに時期的にラストチャンスだが、二日間では回り切れない。伐採作業もイノシシ対策も何もかもが中途で止っている。今年は石灰撒くのを見送るつもりが、今日明日でやれる園地だけでもやっておこうと考えが変った。午後の四時間、井堀上中下段、平原上段、横井手上下段、横井手甘夏園地で石灰を撒く。

ひるまえに農協の年内普通精算書が届き、ニンニク草取りの合間に北区出荷者全世帯に配達して回る。昼メシ、片付けに帰宅。未返信メエルが数日分たまっている。食後二時過ぎまで机に向う。

農協の年内普通の精算（十二月一日〜二十六日荷受分の在来・大津・青島温州）、一五六〇キロ、手取り三七万八四〇三円（キロ平均二四二円）。同時進行の中生温州（十二月中旬まで荷受、一月末精算、三三三キロ、手取り六万二七七七円、キロ平均一八八円）と合せて、十二月ひと月まるまる休みなく収穫選果出荷作業に従事して、この程度の売上げにしかならない。ここ数年高値安定傾向といわれているが、それでも農業では食えんように、社会構造が出来上っている。確定申告で出した昨年のみかん売上げは農協向けと産直合せて一五〇万円。これに改植や鳥獣害対策の補助金、農協の作業日当、贈答を含む自家消費分（これを売上としてあげなあかんってのが、よくよく考えたらおかしな話なのだが……）やら何やら、ぜんぶ合せて売上一九五万円。経費一一〇万円。兼業七年目にして、農業部門で初めて黒字決算となった。見た目黒字といってもワシの給料は設定されていない。出版が大赤字、差引き所得ゼロとなる。

3月2日（土）旧1月26日　晴時々曇、夜雨

(水)3.0mm/(均)8.7℃/(高)11.5℃/(低)3.7℃/(日)2.5h

ほぼ終日石灰を撒く。横井手の寿太郎園地の四分の一と平原下段、家房割石しかやれず。手つかず園地のほうが多い。二日間で全園地に撒ききるのは無理と判ってはいた。春肥との近接施用は避けたい。今週石灰を撒ききれんかった園地は見送るほかない。今夜から雨予報のため最優先、合間の一時間で井堀中段のニンニクと春大根に肥しを打つ。来週苗木が届く。防除作業もやらねばならない。草刈りも、ザツボク伐りも、枯木焼却も、イノシシ追加対策も。やらなあかんことが多すぎる。手が回らん。

昨日悠太がトリカラ食いたいと言うていたのを思い出す。忙しいんぢゃワシの作るもの文句言わんと食えと、つい怒鳴ってしまった。悪いことをした。着払便の荷受帰宅ついでに仕

込む。

　夜九時前に外を見たらもう降り出していた。しとしとと、いい降り方をしている。肥しも石灰もよく効くことだろう。

　家房の仕事場の裏庭に死にかけた甘夏の樹が一本ある。少ないが実が生っている。一個持帰り試食してみる。横井手の甘夏と比べるとその差は歴然、まずくはないけど味が乗っとらん。夏みかんは萩の名産で、御一新で職を失った武士の授産事業として導入された歴史がある（ちなみに甘夏は夏みかんの枝変り）。きちんと世話をみなくても、栽培技術がなまくらでも実が生るからと聞いたが、やはり、そこそこ面倒みなければ良いものは出来ない。武士の商法ならぬ武士の農法など通用しない。

3月3日（日）旧1月27日　雨

(水)20.0mm/(均)8.1℃/(高)8.8℃/(低)7.3℃/(日)0.0h

　朝監督が来て珈琲を飲む。伐根作業日を八日と決める。超多忙のなか、毎年この時期に無理をお願いしている。この人あっての我が農園、である。たまには外でお昼にしよう。悠太のリクエストはみかちゃんなのだが、臨時休業とあってまきちゃんへ行く。悠太がはぶてる。切替えがうまいことできない。

　島の恵み本店に豆茶とポンカンを出す。今年は異常に温い、もう芽が動き始めている木があるがＩＣボルドー（銅水和剤）撒布はどの程度まで可能か、横村店長に訊ねる。芽が小さく丸いうちは大丈夫。とんぎってきたら新芽が焼けるから撒布してはいけない。十五日頃までに撒布すべし。但し芽の出てしまった木には撒布しないこと。田中原（岩崎園地）は風の通り具合が悪く、昔からかいよう病が出やすいという。そこまで意識して植付ける品種を決められたらいいのだけど、現実なかなかそうはいかんとも。

　大畠から午後の電車を乗継いで広島に出る。夕方中国新聞の佐田尾さんと久しぶりに呑む。論説主幹を退任したことで、多少は時間に余裕が生じたという。本の企画について話をする。数年分の記名論説記事をまとめてコピーして送ってもらい、ワシの手許で取捨選択、章立てを作り、そこに書下しを進めていく算段となる（その後なかなか前に進まず。現時点では、あくまで二人の間の構想段階である）。今日は泊っていけないので酒呑み会議二時間ちょいでお開き、帰路につく。出版状況の悪化、私自身もかつて属していた新聞業界の現状など、積る話はあれど時間が足りず。かーちゃりんに大畠まで迎えに来てもらい、十時前に帰宅する。

　終日しとしと降り続ける。春雨ぢゃ濡れて行こう、てな具合の降り方だ。昨日一昨日石灰を撒いた園地を午前のうちに見て回ったところ、ええ感じで溶けていた。どばどば降られたのでは流亡したりひと所に固まったりで、ええことにならない。温暖化の所為であろう、おかしげな雨の降り方が常態化した昨今にあって、この季節らしい恵みの雨は久しぶりだ。

3月4日（月）旧1月28日　未明雨、曇時々晴

(水)7.0mm/(均)9.8℃/(高)13.8℃/(低)5.7℃/(日)3.4h

悠太熱を出し保育園お休み、終日子守となる。仕事にならず。悠太に厚着させて助手席に乗せ、四時前に予約分の春肥だけでも受取りに行く。五時過ぎると急に冷込み、風が強くなる。ＩＣボルドー撒布（かいよう病防除）前に、かいよう病の多発している横井手の甘夏を取込んでおきたいのだが、風邪ひき子連れで作業するわけにはいかず、見送ることとする（以前家に植わっていた紅甘夏の収穫期が彼岸前だったので、この時期の収穫を考えていた。普通種の甘夏は四月半ばまで樹に生らせておけばものすごく味が入ると、この数日後にベテラン農家さんに教えてもらった）。内視鏡検査前日で食事制限、腹が減って力が出ない。

3月5日（火）旧1月29日　晴

(水)0.0mm/(均)8.3℃/(高)15.1℃/(低)1.6℃/(日)8.9h

朝から大腸内視鏡検査、ポリープ一つ切除、癌の疑いあり、病理検査結果は七日から十日後に判明する。はっちゃんの癌はワシの身代りだったのかもしれない。二時半帰宅、四時前に悠太を橘病院の歯科に連れて行く。乳歯の抜けないうちに永久歯が生え始めているが問題なしとの診断。仕事日和なれど終日仕事できず。明日はまた雨予報、この時期は仕事にならない。

3月6日（水）啓蟄　旧1月30日　雨

(水)33.0mm/(均)9.1℃/(高)10.4℃/(低)7.4℃/(日)0.0h

ポリープ切除直後とて終日安静、机に向うも仕事全く手につかず。

3月7日（木）旧2月1日　曇一時雨

(水)2.0mm/(均)8.3℃/(高)11.8℃/(低)3.7℃/(日)3.9h

晴予報の筈が九時過ぎに雨が降り始める。終日安静。五時悠太お迎え、井堀中段のスダイダイの芽が出かかっているのを確認、今年は異常に早い。井堀下段の三月穫りタマネギ一ヶ試しどり。ポリープ切除直後で生食はドクターストップ、石原さんに戴いた春キャベツとあわせてスープを作ってみたらウマかった。

3月8日（金）旧2月2日　晴

(水)0.0mm/(均)6.4℃/(高)11.9℃/(低)1.4℃/(日)10.1h

監督にユンボ運転をお願いして岩崎、地主、西脇で伐根作業にかかる。岩崎の伐採樹すべて監督の山に運んで棄てる。地主と西脇は後日焼くことにする。八時作業開始、立枯れ続出の岩崎だけで二時頃までかかる。雨の直後で作業道がジルく、二トン車がはまり込んで動かなくなる。二トン車換算で四、五杯分の伐採樹を四駆の軽トラで何度も運ぶことになる。監督の処分地へ上がる簡易舗装道に積った落ち葉が腐食し、ええ具合の腐葉土が出来ている。昔は何処の家でも山に入っ

て枯葉をかき集めて畑にサデ込んでいた。これを畑に入れたらほんまにええんだがねー、わかっちゃいるけど手が回らんのよね。――ほうよ、判っとってもやれん、皆同じよ、と監督が言う。

3月9日（土）旧2月3日　晴

(水)0.0mm/(均)9.1℃/(高)15.9℃/(低)1.6℃/(日)10.2h

苗木の受取り日時、来週水曜朝九時から一一時で確定したと聞く。明日は終日雨予報。降る前に井堀中段で春作のジャガイモ種芋四〇株伏せ、スダイダイ一〇本に管理機（手押し耕転機）をかけ、豆類とらんきょに肥しを打つ。午後まるまるこれらの作業で潰れる。

今日一日無理してかいよう病の出ている園地のみＩＣボルドー（銅水和剤）撒布を済ませようかと思いはしたが、ポリープ切除からまだ四日しか経っていないのでやめにした。代りに、昼前に横井手下段のデコポン二本にアタックオイルを撒布する（収穫時期が一月末で冬季撒布できず）。薬液八リットルだけ作って、手持ち噴霧器でしゅっぽしゅっぽ三十分かかる。動噴だとさくっと一分か二分で終るところを悠長な話ではあるが、機材一式支度したりでかいタンク洗ったりなんだりの手間を考えると、時間的には大して変らん筈ではある。それに身体へのダメージも少ない。この時期に安静になんて言われると仕事にならん。抑えめにして、それでも仕事せんことにはどうにもならん。想えば、こうして、無理して、ひと世代ふた世代前の人らは早死しよったんだろう。今でこそ長命になったが、一寸前まで早死が多かった。今もなお、みかん農家の親爺で六十代、七十代での若死（今の時代にしては若死であるという意味で）が少なくないように感ずる。長生きできた人でも最晩年は弱りきって足腰立たなかったり背中が曲ったりなんてザラで、骨が鳴り身体が軋むほどの激しい労働で削られてしまうとはこういうことなのだろう。思えば、昔からそうして、島の人たちは激しい労働を続けてきた。大往生の島なんて喩えは一面事実で一面嘘だと切に思う。

3月10日（日）旧2月4日　雨

(水)38.0mm/(均)10.1℃/(高)11.0℃/(低)8.4℃/(日)0.0h

疲れている。八時半まで寝てしまう。悠太のクレパス、クーピー、算数セットの数え棒やおはじき、その他、持ち物全部にお名前シールを張る。ワシの入学前に親父がやっとったなと思い出す。それにしても、何も知らない子供に算数から国語から何から何まで一から教え込む小学校の先生ってすげーな。ワシには出来ん。

3月11日（月）旧2月5日　曇時々晴

(水)0.5mm/(均)12.0℃/(高)16.5℃/(低)7.9℃/(日)5.7h

ひるま暑いが風は冷たい。朝晩は寒い。譲渡を受ける横井手園地の件で石原さんと橘支所に行き、戸籍の除票をとってもらう。おっちゃんが相続した当時石原家は和木《わき》町（山口県玖《く》珂郡《が》）在住で、現住所への移動が証明できる書類が必要となる。農林課宛て逓送便にのせてもらう。

戸籍関係の書類申請では、保険証等本人確認のできる証明書類が二つ要るとは知らなかった。二つ目の書類が無い場合は口頭確認となり、子供の生年月日を尋ねられる。二人いるのだけど、死んだ子供の生年月日も言わんといけんかねと石原さんが窓口さんに訊ねる。石原さんには二人子供がいて、娘さんが五歳の時、お兄ちゃんが水の事故で亡くなったと聞かされる。九歳だった。近所の子がおじさんに連れられて川へ遊びに行くのに誘われた。その子も一緒に亡くなった。大人がついているので大丈夫と思った。誘ってもらえるのは嬉しかった。行っておいでと送り出した。それが今生の別れとなった。――知らなかった。普段は思い出さないようにしているという悲しい話を思い出させてしまった。

家のスダイダイ、カボス、ユズに春肥と堆肥を入れる。平原に積んでいる新苗植付け用の堆肥を運び出し、植付け園地に積み直す。小学校の学童保育の申込書を提出する。教頭先生から声がかかる。入学式の写真撮影の件、今年は悠太が入学だけど例年通り撮影をお願いしてよいものかと。例年通り撮影する旨お答えする。残った写真のファインダーの向う側に親父がいた、写真屋はそれでいい。

3月12日（火）旧2月6日　曇のち晴

(水)0.5mm/(均)11.2℃/(高)15.3℃/(低)7.9℃/(日)5.4h

未明に雨が来たが防除に影響するほどではない。かいよう病発生園地のみICボルドー二五倍と尿素五〇〇倍、九三〇リットル撒布、一日まるまるかかる。農薬がかかってはいけんので、井堀下段のカボスのへりに植えていた三月穫タマネギを作業前に取込む。今年は出来が良い。

3月13日（水）旧2月7日　曇のち晴

(水)0.5mm/(均)8.0℃/(高)11.8℃/(低)3.9℃/(日)9.0h

朝は冬、十時過ぎた頃から春に変る。日差しは強いが風が冷たい。苗木六三本受取り、家庭菜園の冬野菜耕作終了スペースに仮植えする。全部植付けるまでに日にちがかかる。根を枯らさないように、近くに水源のないみかん畑と違って、ここなら水を切らすことはない。春大根の間引き、一本立ちにして肥しを入れる。四時悠太お迎え、地主で南柑二〇号苗木二本植付ける。五時半ヤマハ音楽教室、怠け者悠太、練習不足が露呈する。言われなくても自ら進んで練習しなければ身につかない、そうでなければ一度身につけたものもすぐに錆付く。このままでは日曜日の発表会は無理と先生からキツい駄目出しを戴く。六時半終り、懐中電灯が要らん程度の暗さ、日脚が日に日に長くなっている。

苗木植付け作業を見学しつつ、悠太のおやつタイム。2019.3

3月14日（木）旧2月8日　晴

(水)0.0mm/(均)7.6℃/(高)13.2℃/(低)1.1℃/(日)8.4h

昨夜は特に寒かった。午前原稿整理、合間に悠太の卒園式答辞の草稿を書き保育園に届ける。午後横井手上段に大津四号三本、下段にデコポン二本植える。

　五日の大腸内視鏡検査でポリープ一つ切除、病理検査の結果を電話で問合せる。良性だが大きくなったら癌になる、だから切除した、半年から一年に一度内視鏡検査をする必要がある、但し大腸の最終コーナーで曲り切れず奥の方までぜんぶ見られかったのでそこは心配ではある、という説明だった。

　父方が癌と短命の家系で、親父の六人兄弟のうち四人が若死にしている。父方の祖父も若くして世を去った。今回はヤバいと思ったが助かった。はっちゃんはやはり、ワシの代りに癌で死んだのだろう。写真業務は開店休業なのでいつ畳んでも問題ない。流通在庫を抱える出版と、園地の維持管理が伴う農業はそうはいかない。万一、余命あと五年と言われた場合に後始末をどうするか、真剣に考えた。現時点でワシの跡継ぎが居ない。かーちゃりんにも今年七歳の悠太にも任せるわけにはいかない。闘病生活と体力気力の低下、命が五年もたないことも考え、できれば三年で片付けたい。出版社を畳むうえで、今出さねばならない本を一年で作り切り、次の一年で売切り、さらに次の一年で流通在庫を引上げる。やりきれなかった仕事は諦めることになる。農業が難儀だ。ワシの代りに耕作管理してくれる人を探す必要がある。次の耕作

神戸からふじげがテゴに来てくれた。植穴掘りは重労働。苗が育てば老木を伐採する。2019.3.15

者が見つかるまで園地を荒らしてはいけない。ちょうど今、農地の譲渡による名義変更の手続きを進めているところ。これもまた、人に貸して耕作してもらう必要に迫られる。去年の今頃世を去った植木君もそうして苦しく悲しい選択を余儀なくされたのだろう。

3月15日（金）旧2月9日　晴、夜一時雨

(水)6.0mm/(均)7.4℃/(高)15.7℃/(低)−0.4℃/(日)8.8h

大畠駅までふじげを迎えに行く。岩崎で午前二時間かけて植穴掘り、堆肥石灰ようりん混ぜ込み、午後三時間半で青島ヒリュウ台木一四本植える。土が堅く石が多いこの園地は仕事が進まんのだが、それでも二人だと作業の捗り具合がまるで違う。

3月16日（土）旧2月10日　晴

(水)0.0mm/(均)8.6℃/(高)14.9℃/(低)4.3℃/(日)7.3h

午前地主で石地一〇本、午後横井手下段で大津四号七本植える。久賀の砂田さんちで晩ごはんをよばれる。

3月17日（日）旧2月11日　朝一時雨のち晴

(水)1.0mm/(均)9.3℃/(高)16.3℃/(低)2.9℃/(日)9.0h

西脇でイノシシの侵入が続く。苗木が掘り返されるなど、被害が拡大している。全周ワイヤーメッシュ（防獣柵）を設置しているのだが、隣接放棄地もあり、いつも見ているワシの

山の耕作放棄地伐採。藪漕ぎ、マダニ、ハメ（マムシ）等の危険に晒される夏場は無理。2019.3.18

節穴では何処から入るのか判らない。目が変ると判ることがある。ふじげに見てもらい、怪しい箇所の補修とメッシュ廻りの草刈りをしてもらう。

午後柳井でヤマハのスプリングコンサート、悠太が幼児科の一番手で出演する。目に立つ失敗はなかったが、面白味のない演奏に終始する。年中年少さんでもっと上手な子がいる。懸命に練習しているのがわかる。性根を入れなあかん。

3月18日（月）彼岸　旧2月12日　晴

㊌0.0mm/㊕9.1℃/㊒15.0℃/㊦1.7℃/㊐7.1h

清水のミカンバエ発生園地の伐採、農協と試験場からテゴ人を出してもらい、柑橘組合役員と合せて九人で午前二時間半で作業を終える。実力行使に至るまでの道程が長かった。午後、西脇で草刈り、隣接空家との境に意味なく残ったままの風垣の伐採にかかる。

3月19日（火）旧2月13日　雨のち晴

㊌30.5mm/㊕9.1℃/㊒13.5℃/㊦5.1℃/㊐2.5h

雨休み、大畠まで半年ぶりに散髪に行く。サルが大畠まで攻めて来ている、冬の寒い日には山から下りてきて美ゅーロード沿いで日光浴している、今年は暖冬の所為か見かけなかった、とバンブーの大将から聞く。サルが橋を渡って大島に入ったら、もうおしまいだ。

午後晴れるが籠って原稿に向う。二時半すぎから三十分抜

前頁写真の耕作放棄地近くでイノシシが括り罠に掛かっていた。暴れて斜面が崩れている。2019.3.18

け寿大学、保育園のお遊戯を見に行く。劇「北風と太陽」の北風役悠太が広いステージをうまく使って駆け廻っている。太陽役のれあちゃんはジュディ・オングみたいだ。

3月20日（水）旧2月14日　晴、夜雨

(水)2.0mm/(均)11.8℃/(高)17.4℃/(低)4.6℃/(日)6.2h

地主で石地一〇本、西脇で青島四本と宮川早生一本植える。水を極力足さず石灰と堆肥の混込みもやらず（梅雨の前に堆肥を入れる）急ぎで植える方法を教わったので試してみる。西脇の宮川早生六年生（昨年から結実）に一回目の春肥を入れる。

3月21日（木・祝）春分　旧2月15日　雨のち晴

(水)6.0mm/(均)16.6℃/(高)21.2℃/(低)12.4℃/(日)3.2h

雨がやみ外に出る。もわっと蒸し暑い。動くと余計に暑い。午後まるまる西脇でセトミ一〇本植える。この時期に苗木植付けを終えたのは初めての快挙。今年初めて蛙とオケラに遭遇、昨夜は風呂で今年初のムカデ発見即殺害。

3月22日（金）旧2月16日　晴

(水)0.0mm/(均)13.0℃/(高)15.9℃/(低)8.7℃/(日)5.5h

終日机に向う。アマゾンから電話が来る。取次を通さずアマゾンと直取引をせよという話。四月に福岡で売上拡大セミナーなるものを開催するといってファクスとメエルが来始めた。こんな話が来た日にはどあほ、ぼけ、かす！　てな対応を平気でやっとったのだが、齢を取って丸くなったのもあり、それでも在庫のあるものは売ってもろうとるんやからなるべく角は立てんとこうというのもありで、まともな対応を心掛けている。

お宅の本、アマゾンのサイト上でこんなに閲覧されてるのに、売る機会逃しているんですよってな話。「調査されるという迷惑」と「途上国の人々との話し方」が特に閲覧が多いので売逃しが勿体ないとか何とか。

実はこの二点は、著者がアマゾンと直契約して販売しとるんで、仮に日販の在庫が切れたとしてもアマゾンのサイトでは品切にならんのですよ。うちの出荷分がいってへんので版元にしてみれば売逃しと言えば売逃しやけど、アマゾンのユーザーに届いてへんわけではないので、これはこれでええんちゃいますか、と返事した。先方は、それでも他の本が売る機会を逃していると畳みかける。お宅のような少部数の版元にはアマゾンの直取引のほうがよいとまで言う。アマゾンは返品率が低い、三パーセントだと。それってバックオーダー発注を再開すれば済む話でしょうが、と問うてみたところ、取次に発注しても欠品補充できないケースが多発したからだと言いよった（実は、発注数の通り納品していたら返品で倉庫が溢れ返って大変なことになるのは、取次もアマゾンもよく判っている。それに触れず、都合のよい一点だけフレームアップして話を進める。詐欺の常套手段）。また、バックオーダー発注を辞める前と後のわが社の返品率は、前一一パーセント、後九パーセントだとか。何処から出てきた数字なのか、根拠がわからん。訊ねてもはぐらかす。新手の詐欺とも思える。でも、危険だな、これは。ころっとダマされる版元が出てくるかもしれない。裏返せば危機感だろう。うちみたいな襤褸家にまで営業かけてくるってのは。

とにかく、うちは返品増やしたくないし、二十年以上取引してきた地方・小出版流通センター、ＪＲＣ（旧称＝人文・社会科学書流通センター）との関係もあるから、そこを飛び越えてまでアマゾンと契約する考えはない旨伝えた。すぐに契約しろというのではない、あとで資料送っておくのでご検討あれ、というところで話はおしまい。電話切ったあとメエルが来た。年会費税込九七二〇円のところを無料で、とかなんとか。

3月23日（土）旧2月17日　晴

(水)0.5mm/(均)8.4℃/(高)13.8℃/(低)4.1℃/(日)5.2h

あき書房さん、藤田さん、竹内さんを大畠《おおばたけ》駅まで迎えに行く。時間があれば人間魚雷回天《かいてん》の資料館を見に行きたいと竹内さんが言う。大津島《おおづしま》（周南市）は遠いよと思ったが、否、平《ひら》生《お》町の阿多田《あただ》交流館にあるのだと。大津島と光に回天の基地があったのは知っていたが、平生にもあったとは知らなんだ。古老からの聞取りで作成された回天基地が設置される前と後との比較模型、山がごそっと削り取られ、地形がまるごと変ってしまっているのがわかる。戦争が最大の環境破壊ということ、それが伝わってくる。いま埋立てが進められている沖縄の辺野古にせよ何にせよ権力者のおカネ儲けのための軍事施設拡張で、どれほどまでにこの国の国土が破壊されてきたのか。そういえば、小中学校時分にNHKで放送されていた人形劇「プリンプリン物語」で、こんなくだりがあった。魔女を倒した、よかったこれで平和になると喜び合う仲間たちのへりで、火星人が浮かぬ顔をしている。そしてこう呟く。「果たしてそうでしょうか。こうしている間にも戦争は、世界中で果てることなく続いている。ランカー商会（物語に登場する武器商人）から武器を買う国は無くならない。魔女というのは、実は、私たちの中に常日頃から存在するのではないかと、そう思えてならないのです」

3月24日（日）旧2月18日　晴

(水)0.0mm/(均)8.0℃/(高)13.2℃/(低)3.4℃/(日)6.4h

かーちゃりんひるから出勤。悠太連れて西脇へ。やはりイノシシが入っている。植えたばかりの苗木が無事だったのが幸い。山側隣接の耕作放棄地がイノシシの隠れ場所になり、園地との境界にイバラやザツボクが繁茂している。ワイヤーメッシュを張ったところで効果が無い。一時間だけ刈払機回して、手の届くところだけでも刈込みにかかる。放棄地ひとつで、上段で耕作している横山のおっちゃんにも迷惑がかかっている。地権者に電話で話しはしたが、ではどうするかといえばいい手がない。荒れ地を開墾するに等しい作業、伐り出した木の廃棄処分をどうするか、軽トラックしか入らない。大きいユンボも入らない。手間と経費、どうしたものか。

3月25日（月）旧2月19日　晴のち曇（出先曇）

(水)0.0mm/(均)8.1℃/(高)12.0℃/(低)3.8℃/(日)2.7h

八時出発、新岩国、新大阪を経て金沢。山田写真製版所の石坂さんと打合せる。富山泊り。何年かぶりに柳の下末広軒の雲呑麺を食す。未知なるものに手を付けぬ保守性は島の子の特性か母方の遺伝か、悠太はスープしか受付けず。

3月26日（火）旧2月20日　晴（出先晴）

(水)0.0mm/(均)11.2℃/(高)18.3℃/(低)3.7℃/(日)10.1h

山田製版本社に立寄り高さんと立ち話、富山九時四五分発のはくたか、高崎でMａｘたにがわに乗換える。Mａｘ（二階建て詰込み新幹線）があと一年か二年で退役する。かねて悠太が乗りたがっていたので、サプライズで鉄ちゃんみたいな乗り方をしてみた。午後一時東京着。河田さんと待合せ、ホームで写真を撮ってもらう。悠太が嬉しそうだ。

千鳥ヶ淵の桜は七分咲き、イタリア文化会館のイベントで田中さんの講演一時間。終了後田中さん宅で晩ごはんをよばれ、「王と鳥」（ポール・グリモー監督）のDVDを観る。「良い王ではありませんでした。王はみなを嫌い、国中のみなは王を嫌いでした」「気をつけたまえ。タキカルディ王国は罠だらけだからな……」。悠太は幾つになればこの面白さが理解できるのだろう。別のにしようよと何遍も言う。時間切れ、途中

ミズナがトウ立ち、家庭菜園が菜の花畑に。2019.3.28

までしか見られず。十時発の瀬戸に乗る。

3月27日（水）旧2月21日　晴

㊌0.0mm/(均)13.1℃/(高)19.3℃/(低)4.6℃/㊐9.7h

信号トラブルで三十分ちょい遅れて岡山着、新岩国からクルマで帰宅。お給食前に悠太を保育園に送っていく。昨日Ｍａｘに乗ったといって、いまだテンションあげあげ。Ｍａｘって大したもんだ。夕方まで部屋の片付け、捗らず。

ジャガイモの芽が出始めている。せっせと食わねば。悠太の好物おいものポテト（フライドポテト）を作る。試しにポテチも揚げてみる。前者と同じ温度（一七〇度）で揚げたら少し焦げた。一六〇度でうまくいった。サツマイモは先週食い切った。今年はカンコロを乾さなかった。去年作ったものどころか、一昨年のものがまだ残っている。熟年核家族にあっては朝が忙しく、茶粥を炊く心と時間のゆとりがない。その所為でもあろう、悠太は茶粥を好まない。年寄のいない家庭で島の伝統食を伝承するのは無理なのかもしれない。

3月28日（木）旧2月22日　晴

㊌0.0mm/(均)15.8℃/(高)21.0℃/(低)11.9℃/㊐5.7h

蔵書資料と写真機材の整理、夏肥と五〜六月農薬の予約書類提出。六月のカイガラムシ防除に必要なトランスフォームフロアブルが今回の予約農薬一覧に載っていない。別途取寄せをお願いする。うちではＥＵで使用が禁止されているスプラサイドを回避してオリオン水和剤を使ってきた。それではカイガラムシに対する効きが弱いので、トランスフォームを使えばよいというアドバイスを戴いた。今年の栽培暦で応急防除用薬剤として掲載されているのだが、農協の予約農薬としての取扱いが無いのは話が通らん。時季ごとの管理指導についても毎年同じ内容のペーパーが配られている。気象は毎年違う。農薬も年々進化する。実態に則して指導内容を変えていくべきと考えるが、どうもそこのところマンネリ化している。三時半からの二時間平原で草刈り捗らず。

3月29日（金）旧2月23日　晴

(水)0.0mm/(均)12.7℃/(高)17.4℃/(低)10.2℃/(日)8.8h

西脇の耕作放棄園地の件で帰省中の地権者に話をしに行く。現地も見てもらう。これではいけんと危機感は持って戴いたが、結論は出ない。イノシシ侵入も止まらない。八方塞がり。午後三時間、平原上下段の草刈りと早生みかんの春肥一回目を終らせる。

3月30日（土）旧2月24日　曇のち晴

(水)0.0mm/(均)14.7℃/(高)20.9℃/(低)11.0℃/(日)4.8h

卒園式。生後六ヶ月で入園して六年、子供にとっての一日は長いが、親にとっての六年は短かった。保育園の大切さを知り、子供の発達と共に生きるという貴重な経験をさせて貰った。奈良で新聞記者をしていた頃、福祉分野の取材に特に熱心に通った。今の経験知をもって取材にあたっていればもう少しマシな記事が書けたとは思うが、若書きの苦さあってこその今、である。

3月31日（日）旧2月25日　曇時々晴

(水)0.0mm/(均)9.6℃/(高)14.1℃/(低)3.6℃/(日)4.3h

午前一時間、横井手上段で草を刈る。午後かーちゃりん休日出勤。悠太にお勉強させつつ、部屋を片付ける。仕事場兼客間に使っているひと部屋を悠太の入学を機に明け渡せと言われているのだが、片付けが遅々として進まず。昼から悠太連れて剪定に出るつもりが果たせず。風が強く甘夏の落果が多い。夕方拾いに行く。コンテナ二杯になる。

2019年４月

アサリは水から入れて加熱する。しっかりアクを取る。わが家では麦味噌と決めている。結婚前の10年を東京で暮した母は甘みのある麦味噌を好まず、信州味噌を使う。一つの家の味噌汁の味を変えるのは革命を起すより難しいと、花森安治は言った。

１ヶ月

降水量	135.5mm（162.5mm）
平均気温	13.7℃（13.6℃）
最高気温	18.2℃（18.3℃）
最低気温	9.3℃（ 9.0℃）
日照時間	204.7h（195.1h）

上旬

降水量	56.0mm（55.6mm）
平均気温	11.5℃（12.0℃）
最高気温	16.5℃（16.7℃）
最低気温	6.3℃（ 7.4℃）
日照時間	80.0h（64.2h）

中旬

降水量	3.5mm（58.7mm）
平均気温	13.4℃（13.8℃）
最高気温	18.5℃（18.5℃）
最低気温	8.6℃（ 9.1℃）
日照時間	77.8h（65.3h）

下旬

降水量	76.0mm（48.2mm）
平均気温	16.1℃（15.1℃）
最高気温	19.7℃（19.9℃）
最低気温	12.9℃（10.5℃）
日照時間	46.9h（66.4h）

4月1日（月）旧2月26日　晴

(水)0.0mm/(均)7.7℃/(高)12.7℃/(低)2.9℃/(日)5.8h

卒園後の四月第一週は保育園に行けない。今日から入学式前日迄悠太の子守。学童保育は利用できるのだが春夏冬休み中は弁当持参、四時で終了する。ならば極力家で面倒みたほうがよいと考えた。気分転換、今日明日の一泊二日で祝島行，國弘さんちの民宿に泊る。室津港十時発の昼便で島に渡る。浜でシーグラス拾ってお弁当食べて、午後は三浦へチャリンコ転がす。國弘さん夫妻がバイク二人乗りで追っかけてくる。親戚の甘夏畑を若旦那が引き受けることになり、縮伐・剪定のテゴに来た次第。樹齢が高く弱った樹も散見されるが、長年にわたり丁寧に作ってきたのがわかる。その所為もあって密植になっている。思い切って樹間に空きを作り、作業道と日照を確保する必要がある。説明するより手を動かすほうが早い。というか剪定のコツを説明するのは難しい。

ただでさえ風が強い祝島にあって、今日は特に寒い。冬が戻ってきた。時化で刺身が無いのは淋しいが、自然が相手だとこんなことは再々ある。魚の確保が難しいのは大島も変らない（とはいえ、架橋島である大島では「地魚」にこだわらなければそこそこ常に魚が手に入る。これもまた「本土並み」ということか）。それはさておき、いつも感心するんだが、ゆうこりんおかみの品数の多彩なこと、ワシには出来ん芸当だ。下戸のおかみはひと口だけ、若旦那とワシとで富山土産の純米吟醸立山ひと瓶開ける。島の近況彼是。都会だろうが僻地だろうがまともな社会生活のできないロハスな移住者の問題も、なんだか大島の実情と相通ずる。そういえば、こないだ大阪で藤井さんと呑んだ折に聞いた話。藤井さんが取材で歩いた能登半島の限界集落では、おかしげな移住者が彼是と訳のわからんことをおっ始めても文句を言う者がいないのだと。軋轢の生ずるうちは限界集落ではない、それだけ瀬戸内の島嶼部はまだましな部類なのだと。

ゆうこりんおかみが言う。かれらは、島のじーちゃんばーちゃんのような生活をしたがっとる。けど、島のじいばあたちは今となっては穏やかに過しているけど、若いころ骨の軋むような激しい労働をして、出稼ぎにも行き、田畑や漁場、部落を維持し、子供を育ててきた。それが、かれらには視えていないのだと。

そういえば、今回は悠太にとって初めての離島行脚だった。今の大島は島であって島ではない。疲れたのだろう。メバルの煮付け半分食べただけで寝てしまった。

4月2日（火）旧2月27日　晴

(水)0.0mm/(均)8.1℃/(高)14.8℃/(低)1.1℃/(日)7.8h

よく寝た。朝メシの支度がないのは気楽だ。品数の多さ彩りのよさはさすがゆうこりんおかみ。悠太の食うのが遅いが仕事の無い旅先にあっては苛々しなくて済む。赤いシーグラスは珍しいんよ、一つ百万円はするんでーと國弘さんがホラを吹く（赤いシーグラスがレア物なのは事実）。それを拾うまでは

祝島でシーグラスを拾う。2019.4.1

帰らないと悠太が言う。西の浜で三十分探して一つだけ見つける。零時半の昼便で祝島を後にする。光と柳井で買物をして帰る。

4月3日（水）旧2月28日　晴

(水)0.0mm/(均)9.1℃/(高)13.8℃/(低)4.2℃/(日)10.7h

風邪具合が悪い。祝島は神の島、中《あた》ったのかもしれない。川口医院に行ったついでに東和農機具センターに寄る。軽いほうの刈払機のエンジンのかかり具合が悪い、もう寿命、使えるうちは使って駄目になったら買替えと診断が下る。帰宅、おひる、薬。注射が効いたのか二時間寝たら楽になった。悠太を連れて一時間半タマネギの草取りをする。ニンニク芽（トウ立ち）今季初収穫、新タマネギと炒めて食う。

4月4日（木）旧2月29日　晴

(水)0.0mm/(均)11.5℃/(高)17.8℃/(低)5.5℃/(日)10.7h

部屋の片付けが進まない。これでは勉強できん。苛々する。珈琲を淹れて落ち着かせる。即席麺でおひるを済ませ、橘病院の耳鼻科に行く。馬鹿親子雁首並べて吸入、悠太のアレルギー性鼻炎もワシの花粉症も難儀なり。井堀中段、タマネギの草取りを悠太にやってもらう間に刈払機一時間回す。四時半から奉賛会の行燈代集金で一二軒回る。留守宅なし、一時間で完了、これほどまでにスムーズに片付いたのは初めてだ。

　御例祭の寄付つなぎに行き昔話を聞く。戦中岩国の軍需工場で働いていた。広島の原爆のきのこ雲が見えた。終戦前日の岩国空襲の折には偶々安下庄に帰っていて難を逃れた。あんたが一番おばあちゃんに尽くしたなあと言われる。

入学式前日、オカジョウの荒神様の桜の下。チャーチルの真似は感心しない。2019.4.7

4月5日（金）清明　旧3月1日　曇のち晴

(水)0.0mm/(均)12.4℃/(高)18.0℃/(低)6.2℃/(日)4.1h

柑橘組合の日帰り旅行（十六日予定）の件で農協観光さんに朝イチで再見積依頼、昨夜の肉じゃが残りで朝にする。昨日田中さんから届いたレタパを開封する。悠太向けにチョコレートと、こないだ途中までしか観られなかった「王と鳥」（ポール・グリモー監督）のDVD、それに「王と鳥　スタジオジブリの原点」（大月書店、二〇〇六年）が入っている。「短大で映画の授業に使うためアニメのDVDも揃えたのですが、今は特に使う予定が無いので差し上げます。悠太さんもそのうち興味を持つのでは？」とある。

かーちゃりんは今日も仕事、ワシは子守と家事。昨夜とったいりこ出汁、昨日午後茹でておいた初物のタケノコを冷蔵庫に仕舞い、賞味期限切れ鳥胸肉を茹でる。今季最終の橙ポン酢を仕込みたいのだが手つかず。

ざっくり片付けて大島庁舎に行く。ふるさと納税返礼品の品数を増やしたい、担当さんに相談する。昨日電話で打診したところ夜遅くにエクセルの書式を送信してくれていた。子供がまだ一歳なのに遅くまで仕事をしている。うちのかみさんも毎日に遅うまで仕事しとるし難しいんだろうけど、なるべく早よう帰ってあげてなと、そんな話をする。子供のこまい頃に立会える年月なんてあっという間だ。

二日に忘れた買物の続き、ヤナイ園芸に頼んでおいた月桂樹の苗木を受取って帰る。ローリエの自給ができるようになれば楽しい。帰宅すると、年明けみかんの精算書が届いていた。庄北柑橘組合員は一二軒に減ってしまい、今シーズン出荷したのは一〇軒。一軒は夫婦とも入院、長男が休みに帰ってきては収穫していた。身内に配るなりネットで売るなりしたのだろう。もう一軒はおっさんがすっかり弱ってしまいおかーちゃん一人では無理、おそらく身内に送るだけで済ませたのだろう。世話が見きれず園地が荒れている。まともなみかんの出来る筈がないが、それでも身内がアテにしている以上やめるわけにもいかんのだろう。荒廃して久しい山の畑は昨年限りで耕作を辞めたと聞いた。伐採してもらわんとミカンバエの発生源になる。荒神様の桜が満開を迎えている。

4月6日（土）旧3月2日　晴

(水)0.0mm/(均)14.9°C/(高)19.8°C/(低)9.6°C/(日)10.9h

朝、荒神様の桜の下で悠太の入学記念写真を撮る。照れるのか、なかなかええように撮らせてくれない。悠太とかーちゃりんはドラえもんの映画観に下松へ、ワシは机に向う。昼前に電話がくる。横井手の甘夏にカラスがもぐれついとる、早よ収穫せんと取り分が無くなると。一昨日見に行った時には何ともなかった。油断していた。カラス糸を張る余力がなかったのが災いした。敵は食べ頃をよく知っている。ざっと見た目、四〇から六〇キロの損害、収穫一〇〇キロちょい。イノシシにやれらんかっただけマシか。夕方一時間、井堀上段で刈払機を回す。春肥と葉面撒布の前に草刈りが難儀だ。

4月7日（日）旧3月3日　晴

(水)0.0mm/(均)14.5°C/(高)20.0°C/(低)6.9°C/(日)9.9h

例大祭でかーちゃりん休日出勤。悠太連れて倉庫に上がり甘夏の産直注文分を箱詰め、午後監督宅で花見に興ずる。かーちゃりんは今月末まで連日残業、帰宅時刻九時十時以降、高度成長期のモーレツ社員みたいな話になっている。

4月8日（月）旧3月4日　深夜雨のち晴

(水)3.0mm/(均)15.0°C/(高)20.6°C/(低)9.6°C/(日)10.9h

悠太の入学式。八時過ぎに小学校に行く。入学式終了後、着任式・始業式を挟んで写真機材の設営を進める。校長先生がこのあとすぐ中学校の入学式に出席するため毎年撮影時間の余裕がなくて焦る。今年の新入生は八人、全校生徒五六人。かつては「♪一千五百安小の～」なんて歌までであったのだが。新入生が二〇人切ったといって話題になったのが十年ちょい前だったと記憶するのだが、以降児童数の減少にターボがかかり、ワシが滝本先生から引継いだ二〇一二年以降、多い年で一四人、一番少なかった去年は四人で、二〇人どころか一〇人に届かない年もざらになってしまった。フィルムで撮影しているため、ある程度人数がいて焼増しの枚数が出ないと経費が出ないのだが、今や大島でフィルムでまともに撮影できる職人はワシ一人しかいないとなれば、新入生が一人になろうとも続けねばならぬと覚悟はしている。

昨日今日と季村さんより資料色々ファクスで届く。畑仕事と家事に追われて矢向季子詩抄の本文レイアウト線引き作業にかかれずにいる。

4月9日（火）旧3月5日　晴のち夜雨

(水)1.5mm/(均)12.2°C/(高)16.3°C/(低)8.9°C/(日)9.2h

悠太六時起き、七時五分に家を出る。三ツ松のカラオケさくらんぼ（集団登校の集合場所）までかーちゃりんが歩いて送っ

昨日の方がいい光がきていた。光もまた一期一会、つくづく写真は難しい。2019.4.12

ていく。子供の足で十五分はかかる。庄に小学生は一人しかいない。昨日の残りのたけのこ煮物をおかずに、かーちゃりんは弁当持ち出勤。九時から二時間半、地主（部落掲示板下の三畝＝約三アール）で草刈と剪定、草丈が伸びて作業が捗らない。春草は柔らかいが重たい。今日は一年生だけ給食無し十一時半下校、山口銀行の前迄まで迎えに行く。教頭先生に付添われて悠太が歩いてくる。今後慣れるに従ってお迎えの場所を少しずつ家寄りに動かしていくことになる。

今夜雨予報、どの作業を優先すべきか、昼のうどんを作りもって考える。二時から六時半過ぎまで悠太を連れて作業に出る。井堀中段でスダイダイの春肥とジャガイモ芽かき施肥、続いて井堀下段で草刈り一時間、悠太は刈払機から離れてタマネギの草を取る。平原園地の外れに月桂樹を植える。横井手の甘夏に春肥をふる。暗くなる。帰宅、急いで風呂と晩の支度。今年初めてハンバーグをこさえる。一週間熟成したヤズのヅケで竜田揚げも。かーちゃりん予定より早く八時半に帰ってくる。

4月10日（水）旧3月6日　雨

(水)51.5mm/(均)9.7℃/(高)11.3℃/(低)8.1℃/(日)0.0h

昨夜十時頃から降り始めた。雨脚の一番強い時間帯に登校、頑張れ。かーちゃりんは今日もお弁当。ふるさと特産品の追加商品一覧と詳細、大した原稿書いてるわけではないのに二時間もかかる。来週の日帰り研修旅行の集合場所時刻のお知らせプリント配布、残りごはんでおひるを済ませ悠太を迎えに行く。今日から給食一二時四五分下校、昨日より少し手前、中村の菓子屋の前で待つ。午後晴予報の筈がほぼ終日降り続く。畑に出るのをやめにして机に向う。

4月11日（木）旧3月7日　晴のち曇

㊌0.0mm/㊐10.8℃/㊋15.4℃/㊏6.3℃/㊐6.7h

ほぼ毎朝のルーティン、ネットで気象データをチェックする。四月上旬の日平均気温が平年比マイナス〇・五度、最高気温平均が同マイナス〇・二度。先月下旬の平均がそれぞれプラス一・八度、プラス二・七度と高すぎた。ここのところ寒い寒いというてはきたが、それでこの時期本来の気温に近いということ。異常気象の常態化を肌で感ずる。

午前三時間午後二時間半、横井手下段で草を刈る。草丈が長く、刈払うには重く、作業が捗らない。一時間地主（川べり上段の三畝＝約三アール）で草を刈る。こちらも難儀、先月植えたばかりの苗木一本間違えてぶった切ってしまう。後の祭り。

悠太は今日からひまわり児童クラブ（学童保育）、五時お迎え。井堀中段でニンニク芽（トウ立ち）を摘む。年に一度この時期だけの楽しみ。一〇本程度の収穫、炒めて食す。今年初めてタケノコごはんを炊いたが悠太の食いが悪い。タケノコ好きにならんと、この時期食うもんあれへんで。

4月12日（金）旧3月8日　晴一時雨

㊌0.0mm/㊐11.5℃/㊋15.9℃/㊏8.2℃/㊐7.7h

区民館前の桜の木の下を歩く悠太とかーちゃりんの後ろ姿をカメラに納める。オリンパスＯＭ－３チタン＋ズイコーマクロ90ミリF２＋フジクロームプロビア１００F。昨日のほうがいい光がきていたのだが、外に出て二人を見送ってあっと思ったその時、カメラ取りに戻る余裕がなかった（呼び止めて待ってもらうという「やらせ」は一切しない主義）。光とその階調、写専の学生時代に学んだことを反芻する。つくづく写真は難しい。

昨日届いた小学校入学式の記念写真。焼きのピンが甘い。去年と同じ問題が発生した。デジタルプリントになってから、どうも、このような問題が増えた。スキャニングでピンぼけが発生する筈がないと現像所は言うが、実際にそれが発生し、クレームつけて気を付けて焼き直してもらうとほれやっぱり焼きのピンが甘かったろうがという話になる。昔ながらの引伸機では考えられん。最新の機械を過信し過ぎているのか、まともな職人がいないのか。大至急リテイクを依頼する。

対馬取材の件ほか諸々、三木さんと電話で話をする。続きで登尾さんに電話を入れ、個人誌「パンの木」で三年前から連載している「湊川の九十年、夜間定時制高校の実験」について、十月までの刊行の線で話をする。

午前二時間午後一時間地主川べり上下段九畝（約九アール）で草刈りと枯れ枝除去、三時過ぎ通り雨で中断、機材の避難

2011年の御例祭。不思議な空気感が写り込むことがある。2011.4

ついでに井堀中段のブルーベリーに春肥をやり、コメリと農協に買物に出る。五時悠太お迎え、一時間ばかり剪定作業の傍ら剪定枝処分運搬のテゴをしてもらう。

4月13日（土）旧3月9日　晴

(水)0.0mm/(均)11.3℃/(高)15.9℃/(低)7.1℃/(日)6.7h

昨夜は眠かったが無理して夜更かし、テレビで「風立ちぬ」を最後まで見てしまった。堀越二郎を持ち上げるわけでも声高に批判するわけでもない淡々とした描写、背景として描き込まれた時代相、そして「一機も戻ってきませんでした」という堀越の最後の言葉、全編を覆うアイロニー。二〇一三年の映画公開当時、零戦《れいせん》を作った堀越を描いたことを指して宮崎駿を批判する文章をネット上でよく見かけた。表層しか見とらんネットの住民の脳味噌の薄さ加減、そりゃあ本が売れんのも道理だわいの。午後祭りの準備と呑み会。

4月14日（日）旧3月10日　曇のち雨

(水)3.5mm/(均)12.6℃/(高)14.1℃/(低)10.3℃/(日)0.0h

春の御例祭。昨夜雨予報の筈が一滴も降らず。八時から準備を始める。一時から演芸会、恒例の司会担当、幕間に出鱈目喋り続ける。馬場派対猪木派のプロレスネタに乗ってくれる人がいたのは嬉しい。昔はみんなプロレス好きだった。保育園児のお遊戯出演が終るあたりから降り出す。次第に観客が減る。餅まきは社殿で行うことになり。

4月15日（月）旧3月11日　晴

㊌0.0mm/㊊12.1℃/㊎17.4℃/㊍8.2℃/㊐8.3h

意を決して「矢向季子詩集抄」指定原稿の作成、四時までかかる。午後一時間お宮の片付けに出る。帰って作業を再開するやアマゾンから電話。先月から幾度となく電話とメエルが来る。直取引契約をせよという話。取次との仁義がある、近い将来ワシが衰えたら店を畳む、商売を広げたくない、出版より農業の方が大事だと、そう言って断る。先方は、直取引契約した版元が三〇〇〇社を超えているとか何とか食い下がる。ワシは多数につくという考えをはじめっから持っとらんのよと返す。それでもぐにゃぐにゃ言うてくる。ワシの話の上にかぶさってくる。相手に話をさせず、自分のペースで進めるという詐欺の手口だな。まあ、ええやないですか、ワシにその気はないと丁重にお断りして電話を切った。

今日は学童保育を頼んでいない。三時下校、通学路途中のお迎えを忘れていた。思い出して出ようとしたら悠太が帰ってきた。消防署まで教頭先生に送ってもらい、そこから一人で帰ってきたという。親が思う以上に子の成長は早い。山田製版さんに宛てて指定原稿を送り出し、二人で畑に出る。井堀上段、大津四号六年生六本に春肥と堆肥、一時間かかる。

4月16日（火）旧3月12日　晴（出先晴）

㊌0.0mm/㊊13.0℃/㊎19.3℃/㊍6.6℃/㊐10.0h

庄北・庄南柑橘組合の日帰り研修旅行、一八人参加、中型バスで七時半出発、伊保田港から三津浜へ、四国滞在五時間半の弾丸ツアーと相成り。ＪＡおちいまばり「さいさいきてや」（直売所を中心とした複合施設）で視察と称するお買物。近隣の道の駅と比較して、良品を適正価格で販売するという確固たる姿勢を感じる。また、農家個々の出品による柑橘加工品（ジュース、ゼリーなど）が品数、価格設定とも多種多様、充実している。大島とはモチベーションがまるで違う。また、鮮魚、精肉、お惣菜の売場が充実している。外来客向けと普段使いの両方備えている。

大島でみかん買って帰りたいという人に対して、農協の組合員としては、久賀の島の恵み本店を薦めることになる。しかし店が狭く、駐車場が狭く、大型バスが横付けしにくい、知名度の低さ、実情としては東和の道の駅に持っていかれてしまっている。そこのところ何とかならんもんか。

4月17日（水）土用　旧3月13日　晴

㊌0.0mm/㊊14.4℃/㊎20.1℃/㊍8.1℃/㊐6.4h

登記書類の作成に半日かかる。河田さんから電話が入る。三十年近く障碍児医療と向合ってきた人、きっつい忠告を戴く。三月の内視鏡検査が横行結腸迄、その先の上行結腸をみていない。検査完了とは言えない。検査のたびにポリープが見つかる、できやすい体質、大腸のポリープは切除すれば癌まで行かない、今なら内視鏡で切除できるものが癌になって大きくなって手術になって転移して……放っておくと人工肛

ニンニクのトウ立ち（ニンニク芽）を摘む。地中の玉を太らすために不可欠な作業の一つ。2019.4

門、そうなれば農作業なんかできないよと。今回の検査は眠らせたけど暴れたので最後までいけず、リスクを負いたくないから開業医では無理してまでみない。一度大きい病院にかかった方がよい。結論、神戸市立中央市民病院で内視鏡検査を受ける。連休明けに神戸に行ってまず初診、そのための紹介状を柳井のクリニックで書いてもらう。

直腸癌の全身転移、五年闘って世を去ったはと君が言っていた。癌検診だけは受けておけ、癌保険だけは入っておけと。彼を裏切るわけにはいかない。

午後授業参観、ＰＴＡ総会、学級懇談会、四時過ぎ帰宅、五時学童、悠太お迎え、監督と呑む。二日目のタケノコ煮物がウマい。

4月18日（木）旧3月14日　晴

(水)0.0mm/(均)15.0℃/(高)22.1℃/(低)7.3℃/(日)11.1h

午前三時間地主川べり下段（六畝＝約六アール）で刈払機を回す、汗だくになる。午後石原さん宅に寄り、登記申請に必要となる印鑑登録証を取っていただくようお願いする。二時半から一時間草刈りの続き、続いて一時間半地主上段（新池横の一反＝約一〇アール）で草刈り。五時悠太お迎え、井堀下段のカボスとスダイダイ七本に一時間かけて春肥、土としっかり混ぜる。こうすれば効きが早くカラスに盗られないのだが手間はかかる。四月穫タマネギが一本も倒伏せんうちにトウ立ちが始まった。こりゃあいけん、全て倒す。

晩メシに、今治で買ってきた北海道産秋鮭を焼いて食う。鮭を少し切り分けてそこらの野菜を入れて味噌汁を作る。今シーズン初めてタイノコを煮る。悠太もかーちゃりんも魚卵を受付けないのであたがりがよい。タイノコなんて一年一度この時期しか食えん（タイノコと称して都会で通年売ってるのは実はタラコである）。好き嫌いはよろしくない。

４月19日（金）旧３月15日　晴

(水)0.0mm/(均)16.8℃/(高)23.2℃/(低)11.4℃/(日)9.8h

昨夜届いた「矢向季子詩集抄」初校ゲラを照合、編者関係者向けに送り出す。午前午後二時間半ずつ地主で昨日の続き、刈払機を回し、剪定とカズラ除去を進める。

山の荒作放棄地を見に行く。こりゃあシャレにならん、伐採補助事業申請を早急に進めなければ。北と南の両方の柑橘組合の課題やから、組合長二人揃って話をしに行こうやと濱田さんが言う。若造一人より、年長者が一緒に来てくれると助かる。おっさん出てこず、おばさんに話をする。補助金の振込先を園主個人ではなく柑橘組合にする、日当貰ってワシらが伐る、金銭の個人負担は生じない、伐り倒した木を処分（焼却もしくは持出し廃棄）するのは困難なのでそのまま転がしておく、すぐに草が覆うし三年もすれば腐るから黒点病が飛ぶ心配はない、それよりミカンバエの発生源になる方が怖い、そこらへん説明する。

迷惑かけてはいけんなと気になっていた、連休中に親戚一同帰省するので相談すると言う。毎年みかんをアテにしている親戚がいる。伐採即決とはいかない。なるべく早い目に結論出してほしい、今の時期でもハメやマダニやハチやヤマビルにやられそうで怖いのに、梅雨どきや夏場にかかると作業自体無理、そこのところ念を押しておく。

４月20日（土）穀雨　旧３月16日　晴

(水)0.0mm/(均)16.4℃/(高)21.2℃/(低)12.6℃/(日)11.1h

台所廻りの片付けと並行して朝からタケノコを茹でる。十時頃まで家から一歩も出られず。井堀中段でニンニク芽とスナップ、まずまずの収穫。平原下段の青島一本に春肥を入れ、枯込みを除去する。枝が寂しくなった。来年のなり番を最後に伐採した方がよかろう。平原上段の若木（大津四号と南柑二〇号）に春肥を入れる。一時過ぎ久々に城山食堂でおひる、帰って一時間寝る。三時から六時まで横井手下段で春肥、管理機（手押し耕耘機）で混ぜる。くたくたで帰宅。暑さと疲労とで身体中バキバキ鳴る。昨日の晩も今日の晩もタケノコの煮物。悠太は冷凍カレーで済ませる。

４月21日（日）旧３月17日　晴

(水)0.0mm/(均)18.7℃/(高)23.9℃/(低)13.4℃/(日)9.0h

今日も朝からタケノコを茹でる。旬のタケノコをどかっと食べられるのは「田舎ケンミン」の特権だと言うても、悠太は受付けない（とは言え、どんな田舎であろうが貰うアテがなければそうはいかない。みかん、魚、野菜でも同様のことが言える）。うちは頒けてくれる人がいて助かっているが、大島全体を見渡せば今やタケノコは貴重品となりつつある。イノシシの個体数増加による食害拡大と危険増大で、ここ数年タケノコが人間様の口に入りにくくなってきている。イノシシは穂先には手をつけず、根元のいぼいぼの廻りだけ食うと聞いた。以前はタケノコの時期には人里に下りては来なかったのだが、山の貧弱さか人間の不甲斐なさか、時期に関係なく被害拡大はとどまるところを知らない。特に家房は酷い。こいつら根絶やし皆殺しにしなければワシらの生存が危うい。瀬戸内の島には、元々イノシシなど存在しなかった。海の向こうからやって来るものは良いものばかりではない。

かーちゃりん午後出勤、悠太連れ。要らん書類をシュレッダーにかけるテゴをご機嫌さんでやってくれたと。暑くてやれんので日中籠って原稿に向う。四時から六時まで地主で草刈り。草丈が悠太の背丈を超えている。春草はやおい（柔らかい）が刈り払うには重たい。一反（約一〇アール）の新池横の草刈りだけで、十八、十九、二十一日の三日間、刈払機の燃料タンク六杯分かかる。春肥が遅れている。向う一週間連続晴れ予報の筈が、火曜水曜雨予報に変っている。去年は江中家の仏事で仕事が遅れた。悠太の入学とかーちゃりんの連日の残業により今年は去年以上に遅れている。

4月22日（月）旧3月18日　晴

(水)0.0mm/(均)18.6℃/(高)24.2℃/(低)13.9℃/(日)10.5h

昨日は暑かった。広島は夏日だったという。今日はそれ以上に暑い。午前午後の五時間、横井手の寿太郎園地で草を刈る。二本残しておいた桜の砦（春大根）にいきなりトウが立った。余剰スペースに去年十一月二十一日に植えた春慶（春大根）は育ちきらんうちにこれまたいきなりトウが立った。仕上りの遅い品種であっても、植付けがあまり遅いとよろしくない。毎年何らか失敗がある。

晩はタケノコごはん、タケノコ煮物、タケノコ豚バラニンニク芽の炒め物。今日の給食はタケノコごはん、悠太が少しはタケノコ食うようになった。

4月23日（火）旧3月19日　曇のち雨

(水)3.0mm/(均)17.3℃/(高)20.0℃/(低)13.4℃/(日)1.1h

朝から柳井、法務局で無料登記相談。午後石原さんと橘支所、農地の評価証明書と戸籍附表を取って頂く。これで登記書類が全て揃った。二時から横井手の寿太郎園地、昨日の刈り残しを三十分で片付け、成木幼木計六四本に二時間かけて春肥をふる。夕方から雨予報、土に混ぜ込む時間がない、粉をやめてペレットにする。五時前に雨が降り始める。四月穫タマネギを取込む余力がない。

五時学童に悠太を迎えに行く。今日もかーちゃりんの帰宅が遅い。メシ風呂済ませ悠太を連れて七時から親子会の緊急会議に出る。昨夜イキナリ連絡が回ってきた。真宮と土居の親子会が昨年解散、旧橘町の橘子ども会に残っているのは塩宇と庄のみ、塩宇は解散の方向（解散したと翌日聞いた）、庄はどうするかという話。庄だけ残るとすれば橘子ども会の役員四人まるまる出さねばならなくなる。大した用事があるわけではないと言えど現実それはキツい。解散を決定するも、亥の子をどうするかで紛糾する。親子会の解散で亥の子もやまるのが話の筋だが、何故かそういう話にならない。一時間を超える会議で結論は出ず。実は、やめるのもまた難しい事情がある。以前他所で聞いたことがある。少子化でいずれやめにゃあいけんようになる、一度やめたら復活は無理だ、でもワシの代でやめるわけにはいかん、あいつが亥の子をやめたと後々まで言われる。とか何とか。

　庄に実家があるということで来てもらってる家があって初めて成り立っている、現実に庄で小学生はウチ一人しかいない、このまま続けても先細りは不可避だ、元々子供らの自主管理だったはずの亥の子に大人が全面的に関わっているという現状そのものに無理がある、亥の子の時期は秋肥施用・早生中生みかん収穫・せとみ袋掛け同時進行の農繁期にあたる、かーちゃりんの職場は残業休日出勤常態化、うちが当家《とうや》を引受けるのは無理、もうやめ時だ。親子会は解散してもそれでも亥の子だけは続けたいという意思が強くある中にあって鬼悪魔の如き物言いだが、亥の子廃止をワシは強硬に主張した。淋しいと言う人もあろうけど庄に子供がいないのだから仕方がない。学生時分にやまった部落の盆踊りと同様に、時が過ぎればもうどうでもよくなる。

　それはそうと一時間を超す会議の最中に、米軍岩国基地の戦闘機が二度上空を通過した。かなりの低空飛行、話が聞えず会議が中断した。これもまた、今の大島の日常だ。

4月24日（水）旧3月20日　雨

(水)13.5mm/(均)16.7℃/(高)17.7℃/(低)15.6℃/(日)0.0h

農地の登記書類清書、石原さんに判をついてもらい柳井の法務局に持っていく。書類受理。ここまで長かった（このあと五時前に電話が入る。登記完了、明日以降書類を受取りに来いとの連絡）。二時帰宅、タケノコ持って石原さん宅に書類提出の報告に行く。イチゴを戴く。連休前の注文品を地方・小出版流通センターに送る。観光協会あて、ふるさと特産品の請求書を切る。小学校の入学式写真の焼増しが届くも仕分ける時間なく、明日回しにする。四時半悠太お迎え、少しだけでも練習させて五時半からヤマハ音楽教室、帰宅してインド人がびっくりしない簡単カレーを炊く。今日も仕事する時間がない。風呂沸しを忘れる。

4月25日（木）旧3月21日　晴

(水)0.0mm/(均)18.5℃/(高)23.4℃/(低)15.5℃/(日)5.4h

悠太に性根が入らない。通学帽子を忘れる、靴をきちんと履かない、着替えが遅い。余りの自覚のなさ不甲斐なさに怒

書いては消せるおもちゃ。みきお君のおさがりを愛用。2019.4.30

鳴り上げてしまう。午後家庭訪問、先生とかーちゃりんとワシで一時間話をする。なんしかよく頑張っている様子。何でかな？　と考える姿勢が強くあるそうな。あんまり怒ってはいけんよな。

　午前と夕方二時間ずつ岩崎西ブロックで刈払機を回す。二月の草刈りからふた月半、場所によってはワシの胸どころか背丈迄伸びている。引受けて四年目の園地、除草剤を一度も使っていない。セイタカアワダチソウが多いとはいえ、少しは生える草の種類が変ってきた。土のコンディションも変ってきた。

　今日は春の風物詩、お大師様の御接待だった。すっかり忘れていた。お供えを持って行きそびれた。悠太入学でテンパってるということで今年は勘弁してもらおう。

　一昨日は亥の子とりやめをめぐって紛糾したが、御接待もまた、もうあと何年も続きはしないだろう。高齢化と人口減により伝統ある行事が年々やまっていく、その流れには抗えない。庄の御接待の品は、今は菓子パン袋菓子ジュース缶コーヒーの類だ。御接待といえば、昔はささげのおにぎりが定番だった。豆ぢゃあ（ささげの入った茶粥）を出すところもあった。今もささげのおにぎりを炊き出して御接待をしている部落があり、ボケてなかった頃のオババと車を運転していた頃のオジジが島中彼方此方の御接待梯子して貰いまくり、余ったら棄てると言うのでそれは勿体ないからと分けてもらったことがあるのだが、減塩運動の影響か塩目が薄すぎて一寸残念な味だった（戴きものに文句を言ってはいけないのだが、減塩運動の影響を強く感じたのでここに記しておく。三日がかりで全て平らげた）。

＊

追記。「広報すおう大島」二〇一八年六月号によると、平成二十七年（二〇一五）度の周防大島町の健康寿命は、男性七八・三一歳（県平均七九・一九歳）、女性八三・五三歳（県平均八三・八〇歳）で、県内一九市町中、男性は最下位、女性は一二位。塩分過剰摂取の生活習慣が強く影響したと考えられる。

　また、長寿の島とか元気老人の島とかいった具合に、特に旧東和町を指して昭和の終り頃からマスコミが盛んに吹聴してきた感があるが、具合の悪い高齢者は島にあって在宅で生活を続けることが困難であり、必然的に長期入院、施設入所などへと至る。元気な高齢者しか訪れた人の目に映らないがゆえのフレームアップ、とも言えよう。「大往生の島」とは一面事実で一面嘘、悲しいかな、これが現実である。

4月26日（金）旧3月22日　晴

(水)0.0mm/(均)18.2℃/(高)23.8℃/(低)13.6℃/(日)6.1h

かいよう病の出ている横井手の甘夏六本にICボルドー（銅水和剤）八〇倍と尿素五〇〇倍八〇リットル、前回残しておいた薬剤を稀釈して撒布する。薬剤が足りずやり残すが、ボルドー原液一袋五キロから四〇〇リットル新たに作るのでは大量に余ってしまう。連休中に罹病葉枝を除去することで追加撒布見送りとする。

農協の生産購買で売っていた農薬撒布用防毒マスクが昨年秋製造中止になった。今後どの型を取扱うか検討中といったまま、いまだ店頭に入荷がない。四月のICボルドー迄は使い捨てマスクで間に合うが、開花期以降殺虫剤が入るとそうはいかない。花の咲き具合アブラムシのつき具合によっては連休中に防除を始める場合もある。明日から十連休、間に合わん。なるべくネットで買わんようにしている。でも、そうは言っとれん。四月一日の合併で県下一農協になった。合併より先にやらなあかんことがあるだろうが、そういう話にならんところが難儀だ。金融が肥大すればするほど農協は農家の方を向かなくなると、これはどの地域でも言われている。神戸の都市スラムでセツルメントに取組む中で協同組合運動を提唱した賀川豊彦の精神も、大企業商社化という現実対応の前にはあっては軽くすっ飛んでしまう。賀川もまた浮かばれない人だなといつも思う。

ネットで注文する。在庫限りといって、農協生産購買で売っていたのと同じ型があった。ゴーグル型保護メガネもあわせて注文する（これまた一昨年の秋以降農協生産購買で取扱いが無い。土居のコメリで売ってる草刈用ゴーグルで代用してきたが、どうもモノがよろしくない）。

ひる時一時間半、岩崎の草刈り、昨日の続き。年号が平成のうちに済ませておこうと思い立ち、柳井の法務局へ登記書類を受取りに行く。新規就農七年目にして自前農地を得る。農業をしない者が農地を持ってはいけない、荒らしてしまうと申し訳が立たんと石原さんは言われた。司法書士に依頼せず、書類諸々すべて自前で作成した。手間はかかったが経費は安くあがった。今回のようなケースは今後増えてくると思う。農業委員会と法務局の手続きが自前でできれば農地を取得する若い衆の相談に乗ることもできる。

三時から開花期の管理講習会、三十分遅れて顔を出す。予約農薬の受取りもあわせて。悠太お迎え前の三十分で岩崎西、草刈りの続きをする。

4月27日（土）旧3月23日　晴

(水)0.0mm/(均)13.7℃/(高)18.0℃/(低)10.0℃/(日)10.9h

岩崎の草刈り残り東半分一反（約一〇アール）、午前と夕方の五時間半で片付ける。四月穫タマネギ取込み、七割方トウ立ち、貯蔵性低下、早い目に食い切るしかない。結実させない若木の摘蕾を始める。ニンニク芽が食べきれないほど穫れる。倉庫前で毛が抜けて衰弱したタヌキと遭遇、マダニをまき散らされてもいけん。可哀想だが草刈鍬で叩き殺す。伝染病で一時期個体数が減ったが（その御蔭でキジが増えた）、最近またタヌキの食害が増えてきた。イノシシほどではないがタヌキもまた殺さねばならぬ。

4月28日（日）旧3月24日　晴のち曇

(水)0.0mm/(均)12.9℃/(高)16.1℃/(低)9.8℃/(日)3.9h

朝からタケノコを茹で、タカナを漬ける。十時発、大阪出張帰りのたっちゃんを大畠駅まで迎えに行く。山口県の生活改善運動の記録をまとめる件について、再来年春の刊行を目指すことになり。タケノコてんこ盛りのおひる。彼是話して二時過ぎのバスで帰路につく。二時半から五時半まで横井手上段、地主の下段、岩崎（成木のみ）で春肥、今夜遅くから雨予報、粉をやめにしてペレットを振る。暗くなるまでの一時間で井堀中段、スナップエンドウ取込み、花がつき始めたジャガイモの肥しと土寄せ。

4月29日（月・祝）旧3月25日　雨

(水)35.0mm/(均)11.7℃/(高)13.7℃/(低)10.3℃/(日)0.0h

九時発、小野田サンパークでのりちゃん一家と待合せる。埴生《はぶ》（山陽小野田市）の農業法人がやっているいちご狩りに行く。悪天候でも客が多い。休日はずらっと並ぶこともあるのだと。広大な圃場、立派なビニールハウス、大勢の客、大島では考えられん。架橋で本土並みになったと言うがやはり、本土との格差は埋まるものではない。というより、格差論ではもはや勝負にならんのだろう。

4月30日（火・休）旧3月26日　雨のち曇のち雨

(水)24.5mm/(均)14.5℃/(高)16.4℃/(低)13.0℃/(日)0.0h

終日雨の筈が曇予報に変っている。外は小雨が降り続いている。七時半から九時半と、十時から正午まで、地主新池横で春肥を振る。ペレットをやめにして粉、土に軽く混ぜ込む。さすが鼻が利く、それでもカラスが寄ってくる。四分の一やり残しておひるこさえに帰宅、四時までくろねこＤＭ便値上げ前日の駆込み、謹呈本の封詰め発送にかかる。二時過ぎまた降り始める。天気予報がころころ変る、明日の朝まで雨マーク。四時過ぎ石原さんに登記完了書類と昨日のお土産を持っていく。農地の譲渡による登記、平成のうちに片付いてよかった。四時半から一時間、雨のなか地主、残りの肥しを振る。苗木は手つかず。四月で春肥が終らなかったのは初めてだ（四月下旬にやるべき早生の春肥二回目は毎年五月上旬になる）。葉面撒布もついに手つかず。去年は仏事続きで遅れた。今年は悠太の入学とかーちゃりんの連日の残業対応で去年以上に遅れている。保育園より小学校のほうが大変だと、今頃になってわかる。

1ヶ月
降水量　61.0mm（191.8mm）
平均気温　18.4℃（17.8℃）
最高気温　24.4℃（22.5℃）
最低気温　12.4℃（13.5℃）
日照時間　245.1h（206.0h）

上旬
降水量　0.5mm（60.5mm）
平均気温　16.2℃（16.9℃）
最高気温　22.4℃（21.7℃）
最低気温　10.4℃（12.5℃）
日照時間　86.2h（65.2h）

中旬
降水量　51.5mm（80.0mm）
平均気温　19.1℃（17.6℃）
最高気温　24.3℃（22.2℃）
最低気温　13.7℃（13.4℃）
日照時間　72.4h（63.8h）

下旬
降水量　9.0mm（53.7mm）
平均気温　19.7℃（18.7℃）
最高気温　26.3℃（23.6℃）
最低気温　13.2℃（14.4℃）
日照時間　86.5h（76.4h）

2019年５月

タイノコをイリコ（煮干し）出汁で煮る。薄口醤油と酒で味をつけ、ワカメを入れて落し蓋。本鯛（真鯛）が子を持つのは五月頃。タイノコと称して都市部で年中売られているのはタラコである（真子ではなくスケソウ。これはこれでウマいのだが）。産卵を終えたタイは身が痩せて味が落ちる。その時期の鯛を「麦わら鯛」と呼ぶ。

5月1日（水・祝）旧3月27日　曇

(水)0.5mm/(均)15.5℃/(高)18.8℃/(低)12.1℃/(日)0.0h

アマゾンのバックオーダー発注とりやめに関する中国新聞オピニオン面「今を読む」の寄稿、朝イチ三時間で一気呵成に仕上げて佐田尾さんに送る。ひるまＢＢＱ開催。岡田のはる君が明日広島のみぎわ実家に行くという。やれる日が今日しかない。仕事一日休む。十連休は長すぎると思ったが、もう折返しに来てしまった。

5月2日（木・休）八十八夜　旧3月28日　晴

(水)0.0mm/(均)16.2℃/(高)22.1℃/(低)10.3℃/(日)11.1h

草刈り、残るは家房のみ。午前二時間半で割石、午後一時間半で西脇の六分の一。西脇入り口、空家との境界のワイヤーメッシュ（防獣柵）の設置直しがいまだ手つかず、カズラとイバラが伸びている。この先半年難儀な季節だ。チャリの空気入れを三原さん宅で借りて帰る。悠太がチャリの練習をすると言い出した。怖がって乗ろうともしなかったのが、小学校に入ると変るもんだ。

5月3日（金・祝）旧3月29日　晴

(水)0.0mm/(均)16.0℃/(高)22.2℃/(低)10.9℃/(日)11.1h

午前二時間、午後三時間、西脇で草刈りの続き、セトミ苗木ブロックのみやり残す。この連休で初めてかーちゃりんがごはんを作る。お弁当に詰めてウインドパークでおひる。西脇まで持ってきてくれる話で、こりゃあ帰らんで済むだけ仕事が捗ってええわと思うとったら、ピクニックは歩いていくものだと悠太が強硬に主張したため昼帰宅となり。偶々遊びに来ていた究ちゃんとはるちんが悠太のチャリ練習に付合ってくれる。始めの蹴りが弱く一人では走り出せないが、こけずに走れるようにはなった。一年生でイキナリ補助輪無しマスターできれば大したもんだ。

5月4日（土・祝）旧3月30日　晴

(水)0.0mm/(均)15.8℃/(高)23.7℃/(低)9.5℃/(日)11.3h

午前、かーちゃりん休日出勤。悠太連れて九時から倉庫に上がる。肥料一袋ネズミに齧られる。食いくさしの拾い集め、片付けで三十分潰れる。西脇で三時間半、春肥と管理機（手押し耕耘機）をかける。二時から白鳥が浜で潮干狩り。今年は大漁。こーず君にタマネギを送り出し、四時半から六時まで地主の苗木に春肥を入れる。トウ立ちが始まって引き抜いた春大根が売るほどある。かーちゃりんに牛スジ大根を作ってもらう。美味い。が、仕上がりに納得していない様子。脂ギッシュすぎる、胃もたれする、もう作らんと言う。今日獲ってきたアサリで早速酒蒸しをこさえる。爆裂にウマい。

5月5日（日・祝）立夏　旧4月1日　晴

(水)0.0mm/(均)17.6℃/(高)24.7℃/(低)11.0℃/(日)11.0h

宮本叢書第一集収録三篇中の一篇「梶田富五郎翁」のみ入

幼木の摘蕾。花を摘んだところから新芽が出て樹が大きくなる。2019.5

稿、指定原稿を作りレターバックにのせる。十二日の久賀の会議に森本さんが来る。間に合せるべく作業を急いだ。

午前一時間半割石で春肥と管理機、午後一時間半家庭菜園で夏物への移行準備、人文字《ひともじ》（わけぎ）と九条ネギを抜き、堆肥四俵とマリンカル、管理機をかける。三時半から四時まで割石で若木の摘蕾、四時半まで仕事場庭の春肥とハッサク摘蕾。去年は記録的不作、今年はベタ花。来年の結果母枝を確保しておかねばならぬ。続いて西脇で春肥管理機二時間半、機材を倉庫に撤収、アサリの潮を汲みに行く。昼はボンゴレ、晩はアサリ丼。なかなかの仕上り。

5月6日（月・振休）旧4月2日　晴

(水)0.0mm/(均)18.2℃/(高)25.0℃/(低)13.2℃/(日)6.0h

三時起き、佐田尾さんの指摘に沿って中国新聞の原稿を直す。本の商慣行を一般紙でわかりやすく書くのは難しい。悠太を起し、六時から八時まで家庭菜園で夏ものの区割りを作る。岩国行、八木種苗さんで苗と種子ひと通り買い揃える。四時帰宅、七時まで植付け作業。キュウリ、ゴーヤ、トマトの棚を組むのに手間がかかる。

5月7日（火）旧4月3日　晴

(水)0.0mm/(均)14.2℃/(高)20.0℃/(低)8.2℃/(日)11.3h

朝イチで里芋を植え、トウガラシの支柱を立てる。十時半から西脇で草刈り一時間、幼木春肥一時間半。帰宅して残り物でおひるをすませ、机に向う。三時半悠太帰宅。小学校から家まで初めて一人で帰ってくる。トマトの植付けを手伝わせたあと四時半から二時間岩崎西で苗木幼木の春肥、並行して悠太に摘蕾を任せる。

5月8日（水）旧4月4日　晴（出先晴）

(水)0.0mm/(均)15.2℃/(高)21.1℃/(低)6.6℃/(日)9.8h

二時寝五時半起き六時半出発、新岩国七時五八分発のこだま、姫路で途中下車、新快速で三宮、阪神電車で西宮まで。神戸を去って早や八年、高い建物が増えて御影公会堂も御影高校も阪神電車の車窓から見えなくなった。西宮のスタバで登尾さんと打合せる。「原初の、学校――夜間定時制、湊川高校の九十年」、第一次原稿データを預かる。兵庫県教委の通史に書かれていないことを書き残す、個人誌「パンの木」に連載しているとはいえ、一冊の本としてまとめなければ、登尾さんが亡くなれば散逸してしまう。書かれなかったことは無かったことになる。これからやって来る人たちの誰もが必要とするわけではないが、たった一人二人の人間にとってはその一冊が重要な指針となる。その生涯相まみえることのない一人に向けて放たれるべきだと二時間弱話をする。これが最後の仕事になると思っていますと登尾さんが言う。

兵庫駅から新長田方面へ山陽線の高架沿いを歩く。四時、東尻池《ひがししりいけ》、震災・街のアーカイブ事務所で季村さんと待合せる。矢向季子詩集抄の資料、戦前戦中の神戸で発行された詩の同人誌を撮影する。僅かな詩作を遺して忽然と消えた矢向が棲んだ東尻池という土地にあって彼の岸の矢向が出てきたのか、突然ストロボが同調しなくなる。シンクロコードを替えても解決しない。壬生寺の御本尊を撮影した時フラットランプが爆発し、露出計が故障していないのに測光不能に陥った、韓国・ソウルで元長期囚を撮影した時ライカM6のシャッターが故障していないのに開きっぱなしになった、沖縄南部・喜屋武岬《きゃんみさき》の集団自決現場で撮影した時亡霊に憑りつかれた等々、過去の撮影仕事で我が身に降りかかった不可思議な現象を想い起す。生の痕跡すら遺さず消えた詩人の魂がカメラを介して語りかけてくる。撮影続行は不可能とみた。資料一式、ここから山田製版宛に送り出してもらうことにする。貴重な資料ゆえあまり動かしたくなかったのだが致し方なし。

夕刻、東尻池の町に矢向の痕跡を訪ねて二人で歩く。空襲による焼失と戦後の都市計画そして震災を経て長田の町から路地が消えた。人も消えた。町が死んでいる。長田神社という小さな八幡神社を、そうと意識しなければ見落してしまいそうな、片隅の吹溜りに見つける。祠の入り口は施錠され、貼り紙には二月十七日付で廃社となった旨記されている。プロレタリア作家同盟の事務所が「東尻池の市電交叉点の西山側、稲荷を祀る祠の傍に」あったと林喜芳が「神戸文芸雑兵物語」（冬鵲房、一九八六年）に書いている。符牒が合う。稲荷は誤記だろう。九十年の昔、この界隈に矢向は棲んでいた。彼方に高取山が見える。昔はもっと間近に見えたのであろう。

国道二号の向う側はかつては苅藻《かるも》の浜だった。海と山のあわい、矢向が生きた一九三〇年代の匂いが、それでも微かに残っている。そうと意識して歩かなければ見落していたであろう。矢向が導いてくれた。つくづく神戸は不思議な街である。戦災から七十四年、震災から二十四年、すっかり変り果ててしまった新長田のアーケード下で、季村さんとワシと、矢向交えて三人で呑む。

5月9日（木）旧4月5日　曇のち晴（出先曇のち晴）

(水)0.0mm/(均)16.5℃/(高)22.5℃/(低)11.4℃/(日)4.0h

朝から神戸市立中央市民病院消化器内科の初診外来に並ぶ。混んでいるが一時間程度の待ち時間で診てもらえた。大腸内の小さなポリープは大体が良性だが放置して大きくなると癌化のリスクがある、見つけたら切除する、終点まで内視鏡が入っていないということは検査を終了したことにはならない、というドクターの説明。過去三回の内視鏡検査結果を念のため持参したのだが、いまから全部見るから要らんよと言われる。今とこれからが大事ということ、患者の苦痛や負担を少なくし入院日数を短くする、神戸の市民病院の姿勢は昔から一貫している。そういえば二六年前の緊急入院、胆嚢全摘手術の折も話が早かった。

　検査日の指定、大腸内視鏡が明十日午後、胃カメラが十三日ひる前。話が早い。柳井だと三ヶ月待ちのところを初診翌日即検査ときた。迷ったが、早くすっきりするほうがよいと思い直し、日程変更をかけないことにする。

　農家の不養生、具合が悪くなっても多忙を理由に農閑期まで医者にかからない、それで具合を悪くして下手すると命を失くしたりする。季節は後戻りできない。病院にかかるにあたって、私自身また農作業の中断とか適期防除ができなくなるとか余計なことを考えてしまった。これがいけない。

　新開地の実家に寄り、大荷物になる三脚とバック紙を預かってもらう。妹と親父は馬鹿に元気、おかんが老けた。オジイの傷痍軍人証とオバアの血液検査証、区民館住込み最終年の契約書を持って帰れというので受取る。昭和四十八年（一九七三）に家を建てた時、オバアが農協に多額の借金をした。あんたは分不相応なことをしとるとオジイが言うていたと晩年オバアから聞いたことがある。オカンによると、ほんまにカネ返せるのかと言うてきた者がいた。返せん時は婿が返すとオバァは答えてやったそうな。区民館の住込みとして移り住んできた貧乏家だったからな、侮られとったんだろうとオカンが言う。そりゃあオカジョウは旧家が多いからなとワシが返す。そんなの大した旧家やないとオカンが言う。この人は沖家室島の柳原家という超旧家を基準にものを考えている。オカンのズレ具合はさておき、言うてきたその人は当時三十代半ば、祖父母は六十手前。人生の先輩に対して若造がそげな口をきくなんざワシの常識では考えられんのだが、それが当時の当り前、家の格の違いというものだったのだろう。

　もう一つ裏話。家を建てる土地を取得し、挨拶に回った。

ある旧家の旦様に挨拶に行くと、それは良かったと言っておいて、すぐさま司法書士に電話をかけ、あの土地はワシが買うから登記するなと言いよったそうな。島を出てからの方が長いとはいえ、一人娘としてオバアの愚痴を聞いてきた所為であろう、オカンもまた古い話をよく知っている。

元海文堂書店の平野せんせに電話すると偶々ご在宅、多聞通五丁目交叉点の上島珈琲本店で二時間話す。「海の本屋のはなし」（苦楽堂、二〇一五年）は狭すぎる。海文堂だけでは神戸の書店文化は語れない。いま六十六歳、ボケるまであと十五年ある、執筆を依頼したまま長らく中断している神戸の書店文化史を書き残すようにと話をする。

明日の検査に備えて三宮に宿をとる。神戸に出てきて呑みにも行けずウマいものも食えず、八時までにコンビニのざるうどんで晩メシを済ませ、九時に下剤を飲み、深夜まで日録の原稿整理を進める。

5月10日（金）旧4月6日　晴（出先晴）

(水)0.0mm/(均)16.5℃/(高)23.6℃/(低)10.3℃/(日)10.6h

朝から大腸の洗浄剤一リットル半飲みもって原稿整理を続ける。原稿用紙換算一千枚超の日録の半分まで進んだ。いちばん手間のかかる原稿整理、こんな時でなければまとめてチェックできない。一冊にまとめる価値はあると確信を持つ。多少減らしたところでそれでも頁数が多すぎるのが問題なんだが、安かろうと高かろうと読まん者は読まん、そう割切るしかないのかもしれない。一時過ぎから大腸内視鏡検査、ぼんやり眠ったり目が覚めたりを繰返しながらもモニターはしっかり見せてもらう。三月の柳井での検査で内視鏡の入らなかったところにもポリープがあった、計六つ切除したと説明を受ける。検査中時々ガスで腹が張る程度で苦痛殆ど無し。麻酔もしっかり覚めて会計済ませて三時二十分頃病院を出る。新神戸から新幹線。岩国の八木種苗さんに寄って取置きしてもらっていたベニアズマ（サツマイモ）の蔓三〇本受取って帰る。

5月11日（土）旧4月7日　晴

(水)0.0mm/(均)17.5℃/(高)24.0℃/(低)11.6℃/(日)11.4h

終日安静、無理せず終日原稿に向う。今日の中国新聞に記事が出る。「リアル書店と取次の役割」「目先の利益より重いものは」の見出し。原稿用紙四枚、複雑怪奇な書き方ができん。新聞原稿は難しい。見出しを「目先の利益や利便性より重いものは」と直したかったのだが、字数制限で入らず。書き切れないことをにおわせる努力はした。多様な捉え方、立ち止まっての思索を促すものとなればと念じた（本書巻末の補遺に収録）。

夕方、昨日買ってきたベニアズマを井堀中段に植える。腹圧の上がる作業ができん。春大根の畝をそのまんま流用、悠太にテゴしてもらうが、まだ土を掘る力が弱い。

オババがついにうんこさん食い始めた。かーちゃりんと悠太のことも忘れてしまったという。

青島温州、満開。2019.5

5月12日（日）旧4月8日　晴

(水)0.0mm/(均)18.9℃/(高)27.2℃/(低)11.9℃/(日)10.9h

今日も安静。午前原稿、午後久賀の生活文化研究会総会に出る。森本さん、今日から菊さん宅二泊三日で久賀民俗資料館のお仕事。総会後、宮本叢書の件で彼是打合せる。叢書第一期（一～五巻）の原稿セレクトに必然性が感じられないと田村先生から手紙を戴いた。そういう話をもらうと気が重くなる。古い人たちとのギャップ、学者とのギャップ、色々ある、埋まらない。森本さん曰く、学者の作る本とは違うのだからワシらのやり方を通そう、何で宮本の出すのかと言われれば大島だからだ、たとえば宮沢賢治がいくらいいからといってワシらが出す必然はない、東北の人らに任せておけばよい、小学校高学年くらいから読める宮本の本があれば大島の子供たちにとって宝になる、大島の優れた先達が遺した文章の美しい音韻、これを子供のうちから読んで身につけてほしい、等々。

五時帰宅。井堀上段、サツマイモの水やりに上がる。土がカラカラ、焼け石に水。イモは強いというが大丈夫か？　活着してくれればよいが。五月穫タマネギ、倒伏せずトウ立ちが始まっている。大半が肥大不良。すべて倒す。家の畑もカラカラ、苗がしおれている。夏場より酷い。七時出発、今夜は神戸泊り。

5月13日（月）旧4月9日　晴（出先晴）

(水)0.0mm／(均)19.8℃／(高)25.9℃／(低)12.0℃／(日)10.0h

ゆう君への制服おさがり御礼のお菓子、アンリのフィナンシェマドレーヌ詰合せを三宮のそごうで買う。予約時刻より四十五分早く市民病院へ行く。空いているのか、さくっと支度して胃カメラ呑まされる。苦痛皆無、眠っているうちに終る。新大阪新神戸間で架線にビニールが絡まり新神戸発が三分遅れる。定刻通り二時五〇分広島着。さっきのトラブルの影響で後続列車が足止め、新大阪岡山間運転再開は三時半頃。新岩国までこだま、その足で五時前農協着。ひと便遅れたら間に合なかった。五時から柑橘組合長会議、六時から懇親会。禁酒は続く。「(安)《マルヤス》」（旧安下庄農協）マークが東京市場の一番人気で、汐留十時着の貨物列車で入荷するまで他産地のみかんの買付けをせずに仲買人が待ち構えていたという昔話を聞く。

5月14日（火）旧4月10日　曇のち晴

(水)0.0mm／(均)19.1℃／(高)23.8℃／(低)13.0℃／(日)3.8h

橘支所で地籍図をとり久賀の農協本所に伐採補助事業の申請書を提出、久賀の資料館で森本さんと再度の詰め。ひる帰宅、産業廃棄物の回収。三時半悠太帰宅、一時間半横井手の上下段で摘蕾作業。横井手のデコポンと寿太郎の蕾がまだコマい（小さい）。去年同様今年も開花時期のばらつきが大きい。枝豆、トウモロコシ、生姜を植える。

5月15日（水）旧4月11日　晴

(水)0.0mm／(均)18.7℃／(高)23.9℃／(低)13.9℃／(日)11.1h

十九日の柑橘組合会議用レジュメ作成ほか、昼過ぎまで雑務。二時半頃悠太帰宅、農協のたより配布、三時から六時まで岩崎で幼木の摘蕾とマルチ撤収、二人だと仕事が速い。フロンサイド（灰色カビ病防除）の撒布をしている人がいる。うちより一週間から十日くらい花が早い。除草剤の徹底施用による裸地化と地温上昇、発芽前後の葉面撒布など管理の違いが出る。やり手といわれる人は違う。

5月16日（木）旧4月12日　晴

(水)0.0mm／(均)19.5℃／(高)25.2℃／(低)13.9℃／(日)11.3h

風は冷いが連日の晴天で土がカラカラ。朝、家庭菜園に念入りに水をやる。午前三時間、平原上段と井堀上段で摘蕾、横井手甘夏のかいよう病罹病葉枝を切除する。

昼休みにネットの天気予報をチェック、土曜日が雨予報に変っている。午後悠太を連れて西脇若木摘蕾の予定を変更、平原上下段の早生春肥二回目と上段の若木春肥、横井手甘夏のかいよう病対策の続きを優先する。三月末に草を刈った平原上下段と横井手上段が、ぼちぼち次の草刈りをせなあかん状態になっている。大腸のポリープ切除から明日で一週間、まだ無理はできない。井堀中段の五月穫タマネギを取込む。四月穫と同じく、倒伏しないうちにトウが立った。今年のタマネギは過去最低の出来に終った。井堀中段のイモと家庭菜

大倉山ジャンプ台。たまには島の外に、それも遠い所に出掛けんと逼塞してしまう。2019.5.18

園に水をやる。七時作業終了。テゴ人悠太には三日連続で学童を休んでもらった。

5月17日（金）旧4月13日　晴（出先晴）

㊌0.0mm/㊖20.0℃/㊍26.5℃/㊙13.6℃/㊐10.0h

役場の林さん廻りの年イチ研修旅行に悠太とワシもまぜてもらう。朝四時半出発、広島空港から二時間で千歳空港に着く。羊ヶ丘公園、小樽、札幌、車中殆ど寝て過ごす。ホテル近くの居酒屋で宴会、断酒中に北海道とは残念だが、それなりに楽しませてもらう。

5月18日（土）旧4月14日　曇一時雨（出先晴）

㊌2.5mm/㊖18.5℃/㊍20.4℃/㊙15.6℃/㊐0.0h

大倉山ジャンプ台と支笏湖、ええもん見せてもろた。千歳空港、フライト待ち時間におみやげを仕込む。行きも帰りも手ぶらのワシと違い、かーちゃりんはおみやげの入用が多い。世間を持っているということ。それはさておき、土産物のモチベーションがまるで違う。北海道や沖縄と比べるのが無理というもの、ショボい瀬戸内海の島で勝負になろう筈がない。

5月19日（日）旧4月15日　晴のち曇一時雨

㊌2.5mm/㊖19.4℃/㊍22.8℃/㊙17.7℃/㊐2.8h

開花の遅れていた横井手の寿太郎がやっとこさ満開を迎える。十一時前からぽつぽつ降り始める。雨の中一時間、岩崎

冬作じゃがいも、そろそろ限界。食べ切り作戦にかかる。2019.5.25

で若木の春肥と摘蕾作業。ひるに今年初冷素麺をこさえる。一時から柑橘組合の役員会、紛糾するばかりで前に進まず、二時半帰宅。疲れがくる。四時まで寝る。夕方枝豆とトウモロコシの第二次、オクラ、ヒマワリを植える。

5月20日（月）旧4月16日　晴のち曇のち雨

(水)46.5mm/(均)19.1℃/(高)23.3℃/(低)13.6℃/(日)1.1h

不在中にケイアートさんから届いたポジをチェックする。ブツ撮当日超常現象に見舞われたが現像上りをみてさらに吃驚、神戸詩人事件（一九四〇年三月三日払暁）で検挙された里井彦七郎旧蔵「成層圏」を撮ったコマ、フラッシュが同調していた筈のカットが全く写っていない。シャッターダイヤルはX接点のままいじっていない。「成層圏」の段階露光中にフラッシュが同調しなくなったとはいえ、はじめの三カットは撮影時確かに同調していた。だがポジは真っ黒。カメラが写すのを拒絶した。故障ではない。そのあと手動同調（シャッター開放、ストロボ手動発光）で撮った「竹中郁からコクトーへの献辞」は問題なく撮れている。矢向季子が出てきたのだ。そこにある遺された「もの」に、人間の「念」が込もる。迷信と哂うなかれ、科学で解けないものはある。

　午前四時間西脇で摘蕾、割石の摘蕾再チェックをすませて帰宅、遅い昼メシ。二時前雨が降り始める。三時過ぎ悠太帰宅。四時半頃から雨脚が強まる。

5月21日（火）小満　旧4月17日　晴

㊌0.0mm/㊎18.0℃/㊍24.2℃/㊝11.9℃/㊐10.5h

昨夜はよく降った。葉が乾くのを待って午前中机に向う。

午後防除作業。フロンサイド二〇〇〇倍（灰色かび病・サビダニ防除）、エムダイファー六〇〇倍（黒点病一回目防除）、尿素五〇〇倍、リンクエース二〇〇〇倍、酢五〇〇倍（かいよう病防除）。開花期の樹体のダメージを軽減するため三分咲きから満開時の訪花昆虫防除（モスピラン顆粒水溶剤四〇〇〇倍）をやめることにした。アブラムシ、アゲハ対策でエクシレルSE五〇〇〇倍を混用する考えでいたのだが、見たところ今年は発生が少ないのと経費が苦しいのとで見送ることにした。今回使用を見送ったエクシレルは七月下旬の若木のエカキムシ防除に回す。今月末〆切の七・八月農薬の予約分に入れずに済むだけ経費が浮く。

横井手上下段と平原下段で三〇〇リットル撒布する。横井手下段のデコポン二本、まだ花が開き切っていない。ここだけ撒布を見送る。動くと暑いが風が強い分涼しくて仕事がしやすい。通販で買ったゴーグルが曇りにくく透明度高く密着度良好で超快適、たったそれだけで作業の苦しさが軽減される。なるべく農協でなんて言うていないで、もっと早く通販で買うんだった。以前農協で扱っていたものや今コメリで扱っているものと比べると雲泥の差だ。少し値が張るといっても大した額ではない。プロ向けの農協さんで良い機材を扱っていないとはどういうことかね。実は、農協の生産購買では、ゴーグルは一昨年の秋からずっと欠品になっている。ゴーグル無し裸眼で農薬撒布しろってか？　去年の秋からずっと欠品になっている防毒マスクについても、久賀の周防大島統括本部（旧JA山口大島本所）に問合せてもらったところ、連休直前にやっとこさ返答が来た。カタログ送るから店舗ごとに好きなモノ注文せよという話。何なんだ、このヤル気の無さは。

六時悠太お迎えの前に山田さんに肉を買いに行く。芽が出てしなびてきた冬じゃがの使い切り作戦、今夜は鍋一杯肉じゃがをこさえる。お店で会った重鎮の話。昔はみかんがよう儲かった。安下とか田中とか山の上の方の農家はみかんの儲けで子供を大学にやった。だから学校の先生になったのが多い。これが三ッ松あたりだとそんなふうが無い、浜の方とはまるで違うんよ。そりゃあ都会の大学にやったら帰って来るわけなかろうが。大学出てまでみかん作るなんてつまらんことよ。みかんの値が高こうなったいうても、それでも安いよの。値段が高こうないと歳暮に使えん、特に青島では苦しい。それでも、みかんは頑張って作らにゃいけんのよ。――古い人はこの土地のメンタリティをよく知っておられる。

二日間の神戸行を挟んで岩崎から撒布再開予定、園地に隣接するお宅を訪ね防除作業の日時を伝えて回る。帰宅しておさんどん、今日もかーちゃりんの帰宅が遅い。夏至迄あとひと月、七時過ぎても明るい。悠太の学童お迎えと家事がなければタンクあと一杯三〇〇リットル撒布できたのだが。防除は涼しい朝晩が勝負、これで夏を迎えるのは辛い。

倉庫の肥料を積みなおす。五月下旬が適期の夏肥作業、いまだ手つかず。2019.5.27

5月22日（水）旧4月18日　晴（出先晴）

㊌0.0mm/(均)17.3℃/(高)26.2℃/(低)8.5℃/㊐11.5h

今日から一泊神戸行。出がけに本棚漁っていたら、大正八年（一九一九）当時の神戸市地図が出てきた。季村さんの本に使えそうだ。持っていくことにする。矢向季子が棲んでいた東尻池界隈、再度の撮影に歩く。東尻池一丁目の八幡神社に立寄り、二丁目の八幡神社廃社の経緯他についてご教示戴く。プロレタリア作家同盟の事務所が「東尻池の市電交叉点の西山側、稲荷を祀る祠の傍に」あったという「神戸文芸雑兵物語」の記述について、この地には八幡社はあっても稲荷社はなかったことも判る。林喜芳さんはいい文章を書くが間違いが多い。大した問題ではない。

ついでにJR兵庫駅界隈をぶらぶら歩く。昭和四十九年（一九七四）から五十六年まで駅前の二〇階建公団住宅西棟の一九階に住んでいた。ここに限らず、神戸の街全体が震災を経て様変りしている。震災当時はまだ残っていた兵庫駅高架下の怪しい呑み屋街が消滅していた。かつて国鉄扱いの小荷物、手荷物（チッキ）の受渡し場のあった場所には吉野家が入っていた。兵庫小学校でガキ大将だった西村君ちの運送会社は変らずあった。駅前のショッピングUは寂れ果てていた。兵庫駅前から西友とユーハイムが撤退して久しい。力餅は健在なれど穂積君ちの眼鏡屋は無くなっていた。毎年春と秋に花の種子と球根を買っていたいつものお店も無くなっていた。

垂水で季村さんと会い、追加資料他詰める。神戸で途中下車、追加資料、ポジフィルム一式、中央郵便局から山田製版宛に送り出す。元町のミスイ酒店に寄る。ミスイさんおちょくりもって軽く呑み、三宮の宿に入って早く寝る。

5月23日（木）旧4月19日　晴（出先晴）

㊌0.0mm/(均)18.4℃/(高)28.3℃/(低)9.9℃/㊐11.5h

八時にポートライナー三宮駅券売機横で、市民病院の仮受付を済ませる。予約時刻は九時半。あまり待つことなく十時過ぎに診察を終え、次回検査（来年四月）の予約を取る。大腸のポリープは良性、ピロリ菌無し、萎縮性胃炎と慢性胃炎あり。

三宮から大阪南森町、ケイアートさんにフィルムを出し、八年ぶりに川瀬さんと会う。解放出版社の仕事はライターとして提案して雑誌に書くことが多いが、単行本の提案はごぶさた、とのこと。フリーで頼まれた自費出版の仕事を出版社に持ち込むくらいだという。大手中堅版元は下請で成り立っている。G舎の自費出版値段を聞いて吃驚、四六判二〇〇頁程度の普通の文字メインの本一冊作って一〇〇〇万円だと。クソ高いB社やツブれたS社でも三〇〇万円。どんなボロい商売しとるんや。

広島で途中下車、岩国生れ、広島在住、呉医療センター勤務の中村ドクターと会う。萩城下町マラソンの源流、香川津二孝子の物語をまとめたいという。二百年前の萩城下、病に伏した母親の平癒祈願のため金毘羅社に日参した兄弟が、満願の日に松本川の川岸で風雪に倒れた。低体温症であろう。母の病はおそらく産褥熱。現代医学の知見から病名を解き明かしつつ、現在の萩マラソン救護所運営に連なる（地域）医療と社会の問題を明らかにしたいという。中村さんのドクターとしての知見を供えた人文書にすべく執筆編集の工夫が要る。これはすぐれて現代史だ。今なら助かる病でも、昔は多くの人が命を落とした。子供が死ぬることも多かった。そうした悲しみの少なくなったのはひとえに医学の進歩であり、また戦後民主憲法のもとで導入された医療保険制度の成果でもある。ひと昔前までは、少しでも生きながらえさせるのが医療の第一義としてあった。そのため患者の苦痛も大きかった。いまは生活の質へと重点が置かれつつある。だからといって「先生、管を外してやってください」というわけにはいかない。でも香川津二孝子の時代から二百年で日本の医療は大きく変わった。その変化の過程の中に今もあるということ、そのような社会変化も作品の背景として紡いでおきたい、と。

広島発九時三一分のこだまで帰る。

5月24日（金）旧4月20日　晴

（水）0.0mm/（均）20.7℃/（高）28.0℃/（低）13.5℃/（日）11.5h

現場復帰、防除二日目、三〇〇リットル掛ける三杯。三時半悠太帰宅、摘蕾作業の傍ら防除作業を見学させる。農薬が飛ぶから風上に回れと言うのだが、風上と風下が理解できない。これが簡単そうで実は難しい。

5月25日（土）旧4月21日　晴

（水）0.0mm/（均）20.9℃/（高）28.6℃/（低）13.7℃/（日）10.5h

防除三日目、終日撒布。他の仕事が何もできない。

仕事合間の立ち話から。着色が遅れる、ポカ（浮皮）になるから秋肥はやってはいけん、青島でも実をとった後で肥料を入れると樹勢が戻ると、古い人は言う。秋肥は翌年の花芽分化と樹勢維持（貯蔵養分を増やすことにより耐寒性を高める）を目的に施用するものであって、実の肥大には殆ど回らない。地温が下がると根が肥料を吸わなくなる。収穫期の遅い青島では取込み後に肥料を施用しても効かずに春迄残ってしまう。

それと、農協は農薬や肥しを売って儲けたいだけと、そのような物言いをする人も少なくない。確かに、農協の言う通り馬鹿正直にやってたのではおカネも身体ももたん。とはいえ、儲けを増やそうと悪巧みして不必要な肥料や農薬を売りつけているわけでもなかろう（……と思いたいのだが、現実はそんなお花畑ではない）。これに限らずなんだが、農協を相手にした話が、ニュアンスとしては税務署を相手にした話のように聞こえてしまう。協同組合と組合員との相互信頼関係が崩壊していることの証左でもあろう。賀川豊彦って、悲しくなるほどに浮かばれない人だ。

昨日、防除で留守にしている間に、研《はつく》のおばさんが玄関先に悠太の服を置いて帰った。九十五歳とは思えんくらいにしっかりしとるんだが、岩国の娘さん宅へ引き取られていくことになった。今日、かーちゃりんが悠太連れて大泊まで訪ねて行ったのだが、家が閉まっていた。ご近所に訊くと時々家の片付けに戻って来るというのだが、次はいつ戻ってくるのかわからない。神戸のオカンに訊ねるも娘さんの連絡先がわからない。

5月26日（日）旧4月22日　晴

(水)0.0mm/(均)22.8℃/(高)29.2℃/(低)16.4℃/(日)7.9h

防除四日目。梅雨時みたいな朝曇り、動けば蒸し暑い。ひる休憩時に悠太の日曜参観に行く。

5月27日（月）旧4月23日　曇のち雨

(水)0.0mm/(均)21.5℃/(高)25.1℃/(低)18.9℃/(日)0.6h

悠太は日曜参観の代休、かーちゃりん休めず終日子守。倉庫の肥料積みかえ、井堀中段のマルチ撤収、豆の支柱撤去他、子連れ農作業は疲れるが、こまいうちからテゴさせなければ身につかない。四時半頃降り始める。霧雨が断続的に降り続く（雨量計には反映せず）。

5月28日（火）旧4月24日　雨のち曇のち晴

(水)9.0mm/(均)19.9℃/(高)23.8℃/(低)15.5℃/(日)1.3h

平原上段で草刈り、少しやり残したが明日の防除作業の通り道だけは確保できた。涼しいが動けば蒸し暑い。まだ身体が暑さに慣れていない。

5月29日（水）旧4月25日　曇のち晴

(水)0.0mm/(均)17.6℃/(高)25.6℃/(低)11.7℃/(日)9.0h

疲れが溜っている。四時半起きできず五時半起き、六時前から防除作業、一時半まで三〇〇リットル掛ける三杯、昼間の気温は高いが午前中曇っていた分作業が楽だった。トータル一三杯、三七三〇リットル。園地は一反（約一〇アール）増えたが噴圧を下げた御蔭で薬剤撒布量が減った。「現代農業」六月号の特集を読んで試してみた。悪くない。今年はこれでいこう。

横井手の寿太郎園地、草は少ないがセイタカアワダチソウが多い。長年除草剤で抑えてきた園地を草生管理に切替えると初めはこうなる。セイタカアワダチソウが繁茂すると他の雑草が生えにくくなる。植生の多様性が失われる。土にとっ

青島温州の花が散りはてた。2019.5

てはよろしくない。除草剤ばかり使っているとおかしげな草も増える。管理法を変更してもすぐには効果は出ない。普通の雑草が主流になるまで三年はかかる。セイタカアワダチソウの繁茂もまだそれほどではない。防除しつつ、作業の邪魔になるものだけでも手で抜きとる。ゆっくり時間をかけて雨が降った御蔭で土がよく水を吸っている。抜きやすい。

来月二日の道づくり、新池の草刈り当番が北区柑橘組合に回る。去年、道路廻りの草刈りで人手が要るからといって新池の草刈りを回避し御田頭直前まで放ったらかしたらオオグサになって刈取りに難儀した。それはたまらん、今回どうしても刈らせてくれと区長に話をした。当日不在の一人が先にやれる分だけでも刈っておいてくれた。助かる。取急ぎ草刈り協力のお願いを配布して歩く。実際に当日戦力になるのは三、四人くらいだろう。年々手薄になる。ソフトボール大会の案内も配って歩く。これまた戦力が少ない。チーム組めなくなるのも時間の問題だろう。

七時からヤマハ音楽教室。悠太を置いて帰り七時半のかーちゃりんお迎えまで先生と二人で個人レッスンの筈が、一寸残って見てはもらえまいかと先生が言う。なるほど、まったく弾けていない。こりゃあいけん。幼児科で習ったこともすっかり忘れている。退歩している。毎日ピアノに向うこと、一日一〇分でも一週間続けたら七〇分、学校の一時間の授業より多い。兎に角、習慣づけること。先生と約束して帰る。明日明後日も学童お休み、畑のテゴをさせる前に、学校の宿題とピアノの練習をみてやることにする。

5月30日（木）旧4月26日　晴

㊌0.0mm/㊍19.8℃/㊛27.2℃/㊜11.1℃/㊐10.7h

四時半起きで机に向う筈が六時半起き。三時半悠太帰宅迄ずっと机に向う。学校の宿題とおやつのあとピアノ練習一時間、「ジプシーのおどり」を片手ずつ弾けるところにまで戻す。両手はまだ無理。全く練習していない所為でかなり退歩している。特に左手が錆びついている。ワシが右手を弾き、悠太に左手を弾かせる。一人で練習できるようになるまで道は遠い。五時半終了、井堀中段のニンニク収穫に出る時間なし、家庭菜園に水をやり、キャッチボールとチャリンコの練習をする。六時ちょい過ぎに鍵本君ちに行きソフトボール大会の算段を詰める。ここまでの三時間で片付けたことが、夕方この時刻まで学童へ行ってたら全く手につかんとらん、ということになる。これで八時に寝て六時に起きて七時過ぎに登校するというのだから、小学生って忙しい。ワシが小学一、二年生の時分ってこんなに下校時刻が遅かったかな？　と思うのだが、週休二日になった分平日の授業時間が増えているのかもしれない。これでスポーツ少年団なんか入ったら週末までクソ忙しくなるのだろう。子供の労働力は家族農業を支える大事なものであった筈なのだが、なるほどこれでは成り立ち得ない。農業の担い手が細るのも道理だ。

5月31日（金）旧4月27日　曇一時雨

㊌0.0mm/㊍20.2℃/㊛23.4℃/㊜14.5℃/㊐1.5h

今日の午前と日曜午後から月曜にかけて雨予報に変っている。いよいよ梅雨到来か。六時半から一時間、井堀中段で去年より半月早くニンニクの収穫にかかる。一旦帰宅、珈琲を淹れる。今日午前の予報が曇に変っている。八時作業再開、九時半頃降り出し作業中断。昼前まで断続的に霧雨（雨量計には反映せず）、畑に出られず月末払いを先に片付ける。三時半悠太帰宅、ニンニク収穫のテゴをさせる。およそ三八〇株のうち四分の一ほどやり残す。

1ヶ月	
降水量	150.5mm（275.2mm）
平均気温	21.6℃（21.3℃）
最高気温	25.9℃（25.5℃）
最低気温	17.9℃（17.8℃）
日照時間	188.7h（168.3h）

上旬	
降水量	35.0mm（47.5mm）
平均気温	21.0℃（20.2℃）
最高気温	25.6℃（25.0℃）
最低気温	17.6℃（16.2℃）
日照時間	68.7h（68.8h）

中旬	
降水量	59.5mm（85.0mm）
平均気温	20.6℃（21.3℃）
最高気温	25.2℃（25.5℃）
最低気温	16.5℃（17.7℃）
日照時間	70.0h（59.4h）

下旬	
降水量	56.0mm（142.7mm）
平均気温	23.1℃（22.3℃）
最高気温	26.9℃（26.0℃）
最低気温	19.7℃（19.4℃）
日照時間	50.0h（42.7h）

2019年６月

毎年６月１日、コイワシ（カタクチイワシ）漁が解禁となる。魚編に弱いと書くだけあって、水揚げすると鱗が落ちてすぐに死んでしまう。死後一時間もすると腹が割れる。イリコ（煮干し）加工は時間との勝負。漁場と加工場が近くなければ成り立たない。輸入品が出回らない所以である。刺身、天麩羅、フライ、それから濃口醤油、生姜、酒と豆腐をあわせて炊いてもウマい。

6月1日（土）旧4月28日　晴

㊌0.0mm/㊕19.2℃/㊋26.1℃/㊏14.2℃/㊐10.5h

悠太のテゴで、九時から十一時半までニンニクの残りとジャガイモを取込む。辛抱に作業してくれてる方なのだが、それでも同じ作業を続けていると集中力、根気が無くなってくる。自我が出てきたってことなんだろうけど、ピアノにせよ畑仕事にせよ、辛抱に取組む根気が無いのはよろしくない。

ジャガイモは植付け九〇日後の収穫が目安だが、五月の気温が異常に高いのと明日からの雨予報を考えて一〇日ほど収穫を早めた。まずまずの出来。ニンニクは九月十四日植えの中国産嘉定の出来が悪い。割れ、腐りが多い。それでも収穫期を誤った去年よりマシだ。十月十日植えの国産嘉定は出来が良い。中国産と国産の品質の差か、植付け時期の違いか、検討を要する。草丈はひと月遅れて植えた国産のほうが大きく草勢も良かった。同じユリ科なので、タマネギの出来が良くない年はニンニクも出来が悪いと八木種苗の大将が言う。

午後悠太の水泳用具ほかの買物でかーちゃりん柳井へ。明日の道づくりを前に、地主と井堀の道べりの草を刈る。らんきょの試し掘り分、神戸のオカンに送る。四時から悠太連れて青木さんの船でアジ釣りに出る。久しぶりの釣果。天麩羅と刺身。外道も天麩羅にする。キダイよりヒコタンの方がウマい。

6月2日（日）旧4月29日　曇一時雨

㊌0.0mm/㊕19.2℃/㊋21.7℃/㊏17.1℃/㊐0.0h

八時から春の道づくり。死んだ、入院した、弱った、彼是、年々参加者が減っていく。新池の草刈り、今回は柑橘組合担当、三人で二時間。今日参加できない一人が事前に刈ってくれてた分助かった。ワシを除く今日の二人は八十代半ば。近い将来、男手が二人しか居なくなる。といってももう一人は七十代。庄北柑橘組合、まるで将来性が無い。

草臥れた。作業の終わる辺りから小雨がぽつぽつ落ちてきた（雨量計には反映せず）。仕事する気にならん。仕事しない代りに、オジジから貰ってきた古い釣道具を出し悠太用の釣道具をこしらえる。これで明日、ちょい投げを教えてみよう。

悠太が魚の名前を知らない。昨日食ったヒコタン（標準名ササノハベラ）を知らなかった。冷蔵庫に残してあるのはヤハンドウだと言ってもわからず。標準名スズメダイだと言うと図鑑で見たと言う。浜で仕掛け投げてりゃアホほどかかるクサフグも図鑑でしか見たことが無いと言う。畑仕事がクソ忙しくて釣りに連れて行く機会が無いとはいえ、海べりに住んでいて、そこのところは都会と変らない。

昨日釣ってきたアジを、今日はフライにする。一日置いただけで身がだれる。五匹刺身にひくがなかなかに難しい。これでも都会で売ってるものよりはるかに新鮮なのだが。

外道でかかったヤハンドウ、骨の堅い魚でセゴシが定番なのだが子供向けではない。フライにしてみる。あっさりして

沖へ漕ぎ出す。2019.6.1

美味いが、アジと比べたら弱いとかーちゃりんが言う。タルタルソースが合いそうだとも。フィッシュバーガーも手かもしれない。

6月3日（月）旧5月1日　晴

(水)0.5mm/(均)20.3℃/(高)25.0℃/(低)17.0℃/(日)8.5h

七～八月の予約農薬、三十一日〆切を忘れていた。昼休み前に提出する。浮皮対策でジベレリン（ホルモン剤）を使うのであればマイルドカルシウムを買い足す必要は無くなる。どうするか迷ったのだが、これまで通りマイルドカルシウムで通すことにする。ジベレリンは自然界に存在する植物ホルモンではあるのだが、農薬登録されているものは化学合成物質である。長期にわたって摂取を続けた場合、人体にどのような影響を与えるかわからない。発癌性の疑いもある。種なしブドウを作るために、薬品の入ったコップに房ごと浸す作業がある。そのコップの中の赤い色の液体がジベレリンである。種なしブドウの方が種ありより売れるのも消費者の嗜好であり、そこでは食の安全なんてものは軽視されている。消費者教育の問題でもあろうけど、自然の摂理に反することは、できるだけやらん方がよい。

　庄南ビーチで悠太に投釣りの練習をさせる。下手糞なりに呑込みが早い。

横井手の寿太郎園地。石積みの昔ながらの山の畑。背後の山はかつては一面みかん畑だった。2019.5

6月4日（火）旧5月2日　曇のち雨

(水)5.5mm/(均)20.7℃/(高)25.4℃/(低)17.4℃/(日)0.5h

五時から六時過ぎまで平原上段で草刈り、少しやり残す。二人を送り出したあとソフトボール大会の出欠をとって歩く。仕事にならんうちに十時。平原上下段で一時間草刈り。早昼食いに帰る。監督と三原さんがコイワシを持って来る。浮島《うかしま》で貰ったのだと。美しい。腹が全く割れていない。

午後二時間、基盤整備事業の候補地選定で、町農林課、農業委員会、柳井農林事務所の人らと雨の中オカジョウを見て回る。久賀の畑能庄《はたのうしょう》と同様に四メートル幅の園内道とマルドリ方式を導入、荒廃地を含めて面的整備を進め、農地中間管理機構を通して二〇年間の賃貸借契約とする、そうしたイメージが摑みやすい良い場所だという。但し、ミカンバエ発生放棄地の伐採ひとつ取っても話が前に進まない庄というクソ難しい土地のこと、都市計画と同様に私権に制約がかかり受益者負担まで生ずる基盤整備事業が入るとくれば大揉めは必至だ。

四時から一時間横井手上段草刈り、少しやり残す。五時悠太お迎え、國司君ちで彼是雑談、改植園地を見せてもらう。基盤整備のことも話題に上がる。ミカンバエ汚染園地の伐採の件でなかなか合意がとれず難儀した話を振ると、おいおい、そんな状況で基盤整備なんて出来るんかいなと言われてしまう。でも、ぶっちゃけうちの親父もヤネコイとこあったからね、今から思えば失策なんよとも言う。塩宇の川を直した時、ついでに一段あたり一列しか植えられん狭い園地を区画整理してくれたらよかったんだけど、それがやれんかったんだよな、という話。土を入れて造成し直したら、長年にわたって作り上げてきた畑のコンディションが変ってしまうという考えもあったのだという。先祖から守ってきた畑だからという強い意志もあったのだろう。公共の資本を投下しての事業は私権制限を伴う。それゆえの難しさもある。

確かに、ウチにしても思いは複雑ではある。事業エリアにかかりそうな園地でいえば、平原と横井手の園地はタダで借りている。横井手はまだマシだが、平原はコンディションが悪い。隣接の荒廃地からザツボクとイバラ、イノシシが攻めてきて、二進も三進も行かなくなってしまっている。このままあと何年も作り続けるのはしんどい。基盤整備で持っていかれるのであれば正直そのほうが有難い。とはいっても、改植補助事業を使わず園地ほぼ全伐採して改植、現在六年生がメインになっている（引受けた時点で既に園地の荒廃甚だしく、補助事業の申請をしていたのでは一年以上改植が遅れてしまう、という差し迫った問題があった）。早生は去年初収穫、大津と南柑二〇号は今年初収穫となる。仮に五年後に事業が入るとすれば十一年生、生産樹としてこれからという時期に伐採は痛い。横井手は古い樹を使える分には使いつつ改植を進めている。これまた痛い。横井手の寿太郎園地は今年四月に譲渡により取得したばかり。就農七年目にして初めて取得した自前の園地だ。ワシの代で終らせることなく、悠太に引継いでいく、それを思ってのことだ。折角取得した農地を中間管理機構に召し上げられて、そこに賃料を払って耕作を続けるってのもどうかしている。個人のエゴより公共の利益を大切にすべき、とは思う。でも、それだけで説明のつかないところもある。

また、担い手確保の上で、移住者をアテにするにも限度がある、いま耕作しているジジババらの子や孫らのUターンを促すしかないんちゃうかと國司君が言う。晩にかーちゃりんに話すと、みかん作業の苦しさと儲けの無さを見て育ち、それが厭で出て行った者が帰ってきてみかんなんか作るわけがない、孫世代も同じと言う。ウチの場合もまたオカンはみかん全否定なんよ、でもワシはみかんのあがりで学校に行かせてもらった、みかんを作らねば島は沈むという危機感もあって就農したんだと言うと、あんたはレアケースだと返してくる。基盤整備で畑作っても引受け手が居らんやないか、いま作ってる人らが辞めるとなった時、良い園地であれば引受ける、山の畑は諦めて山にかえす、それしかないのだと言う。

農地中間管理機構を通しての賃貸借となると、何年頑張っても営農者の所有地にはならない、すなわち借地農業である。親が頑張って作り続けた農地を子供に継がせるという話ではなくなってくる。跡継ぎのいない農地を荒れ地にしたり、太陽光発電パネル用地に転用してしまうよりははるかにマシなんだろうけど、どうも、しっくりこない。

想えば、農地の流動化ということでもある。いまみかんを作っているジジババの大半に跡継ぎが居ない。みんな都会に出て行ってしまった。というより、ジジババ自ら、島で農業を続けてもつまらん、帰ってくるなと言って子供らを都会へ送り出した。農業は自分らの代でオシマイということである。農家における世代交代というものは、子々孫々にわたって農地を維持していくということであった筈だ。戦後七十幾年で、それが根こそぎ崩れ去った。戦後の民主化政策の一環として取組まれた農地改革、その結果がこれか。

6月5日（水）旧5月3日　晴

㊌0.0mm/㊏21.2℃/㊕27.1℃/㊐17.8℃/㊐11.0h

午前三時間半と午後一時間、横井手上下段と井堀下段の草刈り。井堀下段を少しやり残す。岩崎の草の伸び具合を見に行きついでに下校途中の悠太を拾う。家房の仕事場に注文品を取りに行く。ここの草刈りもやらねばならぬが、今日は見なかったことにする。家房の浜で投釣りの練習をさせる。悠太のフォームが様になってきた。帰って一時間ピアノの練習、七時からヤマハ教室。まだまだだけど、だいぶマシになった、やればできると先生より。

6月6日（木）芒種　旧5月4日　晴

㊌0.0mm/㊏22.5℃/㊕28.0℃/㊐16.9℃/㊐9.7h

午前の二時間地主で草刈り、一時間平原で夏肥。午後動噴修理、二時から久賀、農協青壮年部総会に出る。情報交換、今年は発生が遅いがぼちぼち天牛が出没し始めたという。

基盤整備の件、営農指導員に意見を聞く。自然流下の水路であれば大したメンテは要らんが、農業土木の人らが考えることなのでパイプライン敷設、マルドリまで全部やりたがる。すると経年劣化や不具合発生時のメンテに経費と手間がかかる。県の役人は数年で異動するからそこまで責任取らん。でも、そこまでやって高値柑橘を生産すると、そういうロジックでなければ莫大な公金支出とはならない。ほなアレか？ワシらとしては一列しか植えられんげな狭い山の畑を区画整理で広くしてもらって園内道と自然流下水路だけあればマルドリなんて面倒なもの要らんのんよ、お天道様の言う通りに仕事してそこそこマシなみかんが出来ればええのんよという話は通らへんのんかと訊ねると、そういう話なら基盤整備ではなく自前でやれやってな話になる、と。

そこまで上昇志向のある農家なんて、ひと握りでしかない。ワシもまた、そこまでやる気はない。ワシは先進的なモデル農家になる気など全くない。平々凡々な農業者としてこの大島で暮し続けていくうえで必要な宅地と農地を所有し、それを子供に引き継がせることができれば、それに優るものはないと考えている。

6月7日（金）旧5月5日　雨のち曇

㊌29.0mm/㊏22.6℃/㊕24.9℃/㊐19.8℃/㊐0.0h

小学校の遠足雨天中止、それでもリュックに遠足の支度と教科書入れて登校する。おひる体育館で遠足代りの集会やっておべんと食うんだと。

ぎっくり背中、腰痛、肩痛、脚痛、桂樹君のカイロプラクティック治療院で診てもらう。治療に来るみかん農家はおしなべて身体がガタガタなんだと。コワしていく一方ですからね、仕事やめなければ完治しないと言う。しょっちゅう受診するわけにはいかんので、メンテナンスの必要な時にだけ治療をお願いすることにして、あとは身体を維持する運動を教えてもらうことにする。桂樹君に釣の話をすると、ヤハンドウの刺身がウマいと言う。それと土居の白鳥ヶ浜なら沖まで砂で石がないから潮が引いても安心と教えてもらう。

かーちゃりん職場の呑み会、今日は特に帰宅が遅い。

＊

追記。カイロプラクティックの施術を受けるのはおよそ二十年ぶり。昔は東安下庄の西浦の路地の奥に八幡《やわた》治療院というカイロ診療院があり、祖母と一緒に何度か通った。自宅開業ゆえ、見た目は普通の木造民家。ぼっとん便所の臭いのほのかに漂うアロマな座敷で火鉢にあたりもって順番を待ち、開けっ広げの隣の座敷で、恭しく掲げられた御真影に見下ろされながら施術してもらう。この親爺、確か明治三十八年（一九〇五）生れで、歯がないからといって茶粥を主食に、豆腐とするめ（齧れない、しゃぶる）をおかずに、毎日に日本酒一升空けていた（大島の地酒でないといけんというこだわりがあった。二〇世紀初頭まで、東洋男山、バンノウ、周山、金紋横綱、といった地酒が残っていた）。耳が遠く会話は親爺の一方通行、昔の台湾航路のメシがウマかったという話の流れで「神戸から松山に渡る船で再々帰りよる若いのが居ってのう。ええのう。船のメシはウマいよのう」――それってワシのことなんだが。九〇年代の後半に転んで足を骨折して一時期休業した。もう齢なんだから辞めんさいというオバアの願いもあった。ところがオバアが先に亡くなると、この親爺、不死鳥の如く復活したのだから、昔の人って鍛え方が違う。親爺の最晩年、確か二〇〇一年か〇二年だったと思うのだが、それがワシが受けた最後の施術で、一緒に施術を受けた若い衆が、心が安らがん、親爺イカくせーとか何とか文句垂れまくりだった。二十歳そこそこの若い衆が百歳近いオジイに揉まれるとは、なんてアヴァンギャルドな光景だろう。現代社会ではおそらく受け容れられないであろう異次元空間だが、当時は、都会育ちのワシでも、これを当り前と受け止めていた。

6月8日（土）旧5月6日　晴時々曇

㊌0.0mm/(均)22.4℃/(高)26.2℃/(低)19.3℃/㊐8.3h

昨日はよう降ったが、これで梅雨入りとはならんらしい。向う一週間晴れ続きの予報。午前一時間半悠太を連れて土居の白鳥ヶ浜、クサフグとデンダラゴチ二匹ずつかかる。悠太は坊主。

かーちゃりんひるから出勤、ワシはひる食うて二時間寝る。昨日揉んでもらった効果が出た。三時半から七時まで悠太のテゴで平原下段と横井手下段で夏肥をふる。枯木に黒点がつ

投げ釣りの練習。いいフォームをしている。2019.6

いているが伐る余力がない。若木にエカキムシがつき始めている。気温が高いと害虫の発生も早い。

6月9日（日）旧5月7日　晴

(水)0.0mm/(均)20.5℃/(高)24.8℃/(低)17.8℃/(日)9.8h

一年ぶりのソフトボール、何と第一〇〇回記念大会。一三対二、初戦敗退。参加チームが六チームにまで減った。選手の確保が出来ず庄のチームが出場できなくなるのが先か、参加チームが減って大会が無くなるのが先か。いずれにせよあと十年は持つまい。

6月10日（月）旧5月8日　晴

(水)0.0mm/(均)21.7℃/(高)26.4℃/(低)18.4℃/(日)10.4h

朝晩は肌寒いくらいだが、昼間は暑い。梅雨入り前、今のうちに草刈りを済ましておかなければ。午前三時間半で井堀下段の残りと上中段、午後二時間半で地主の草刈り。

6月11日（火）入梅　旧5月9日　曇のち晴

(水)0.0mm/(均)20.8℃/(高)25.0℃/(低)17.9℃/(日)6.0h

午前の四時間で割石の上段と仕事場の草刈り夏肥を片付ける。午後國弘さん夫妻が来て、彼是話をして帰る。祝島の生活誌について、些細な事でも書き残してみようと話をする。とりあへず来年八月の神舞までの刊行を目指して。

茄子一個今季初収穫。天麩羅にする。ウマい。

6月12日（水）旧5月10日　晴（出先曇時々晴）

㊌0.0mm/㊕21.0℃/㊓26.8℃/㊀14.9℃/㊐9.7h

かーちゃりん無理くり休暇をとり、悠太が学校に行ってる間に二人で尾道日帰り旅行に出る。店主の体調不良により朱華園が十八日限りで休業するという（後日、正式に廃業）。尾道短大を首席で卒業した（らしい）かーちゃりん思い出の店。六年前の正月明けに大崎上島で本を売った帰りに立ち寄って以来。あの時悠太はまだ赤ん坊だった。二時間近く並んだ。変らぬ味。並んでまでメシを食うのは主義に反するのだが、おそらくこれで最後の朱華園とくれば話は別だ。

6月13日（木）旧5月11日　晴

㊌0.0mm/㊕21.4℃/㊓26.8℃/㊀18.1℃/㊐11.6h

昨日六時に悠太お迎え。遊び疲れの様子、メシ食うて風呂に入らず八時には寝てしまう。ワシらも付合うのだが寝付けず、深夜起き出して写真資料の整理にかかる。これはこれで、長年の懸案が片付く目安が立ってきたのでよしとしよう。

午前四時間、地主で刈払機を回し、井堀下段に夏肥をふる。午後桂樹君のカイロ治療院で修復作業の仕上げ。日曜日に白鳥ヶ浜で投げてみた、釣果はシロギス一匹だけだった、まだ時期的に早いのかもしれないと報告あり。

三時半悠太帰宅。悠太のテゴで一時間、井堀上段で夏肥をふる。釣りに行くのをやめにして農協に四割引アイスを買いに行く。

6月14日（金）旧5月12日　曇のち雨

㊌13.5mm/㊕20.1℃/㊓23.1℃/㊀16.7℃/㊐1.5h

昨夜季村さんから電話あり。小林武雄のルサンチマンについての議論など。

疲れがきている。朝がしんどい。五時半起き。雨の降り始め予報が夕方から午後一時以降に変っている。草刈りより夏肥が先だ。平原上段と横井手上下段の若木に堆肥を積み、横井手の上段と甘夏、井堀中段、地主下段の成木に夏肥をふり、井堀中段のランキョを取込む。生理落果が第一次から第二次へと変ってきている。井堀中段のスダイダイと横井手の甘夏にかいよう病が出ている。いますぐ対策が打てない。十一時頃降り始め、正午頃から本降りとなる。

6月15日（土）旧5月13日　雨

㊌45.5mm/㊕18.8℃/㊓20.1℃/㊀17.6℃/㊐0.0h

朝小やみの間に家庭菜園のキュウリ、ゴーヤ、ピーマン、茄子、オクラ、トウモロコシの半分に肥しを入れる。大安吉日、さやか先生宅に哲誠君おたんぜう祝いに伺う。らんきょを漬ける。夕方七時頃雨があがる。

6月16日（日）旧5月14日　晴一時雨

㊌0.5mm/㊕20.8℃/㊓25.2℃/㊀16.2℃/㊐6.6h

午前四時間岩崎で草刈り。昼前に雨が来る。慌てて帰宅、洗濯物を取込む。午後四時間自費出版物のワープロ修正作業にかかりきり、畑に出られず。久しぶりにインド人も吃驚のカレーを仕込む。

夕方、中本さんが来る。水曜日に免許証更新に行くので写真を撮ってほしいという。あんまし老けてへんし、前回撮ったものを再度プリントしてもわからんよと言うたのだが、バレたらいけんのでやっぱり撮ってほしいということになる。撮影・プリント売上八〇〇円ナリ。開店休業ではあるが、それでも頼りにされることがたまにある。

6月17日（月）旧5月15日　晴

(水)0.0mm/(均)19.7℃/(高)24.2℃/(低)16.0℃/(日)10.7h

今朝は特に肌寒い。ワシには丁度よい程度だが、デブちんのくせに寒がりのかーちゃりんは寒いと言う。週末は昼間からストーブをつけて寝ていた。朝イチで自費出版物の指定原稿作成にかかる。午前三時間半と午後二時間岩崎で草を刈る。隣接園地、除草剤を撒いている。おばさん一人で大変なので時々帰省してはみかん作業をしている。毎日《まいひ》に畑をみているわけではないので帰る度に作業がどかっとまとめて来る。それはそれで大変そうだ。枯込みで園地が歯抜けになっているが、植付けまで手が回らないのだろう。休憩がてら話をする。道路拡幅の件何も言ってこないんだけど、どうなっとるんかいのと訊ねられる。来年三月限りで立退きって聞いとるんだがようわからんのよね。地権者に訊かなあかんと思うとるんやけど、つい忙しいて放っとるんよ。

お隣の場合、園地内のみかん倉庫までもが立退きになる。取込んで年明け選果出荷してそれから三月までに倉庫を解体せえって、それってやれんよ、なんぼ補償金出してくれる言うたかて割に合わん。それに何処に倉庫を建て直せばええんや？　やれんよね。まだ使える樹を伐らないけんというのも困ったこと、伐って処分するのも難儀するで。

みかん何年生何本補償金なんぼ、土地何反補償金なんぼ、えーどえーど、ちゅうちゅうタコかいなってな具合で補償金を心待ちにしている人がいる。一方で、補償金入るっちゅうたかて、それにかかる労力のほうがエラい、勘弁してくれってな人もいる。

三時半過ぎ帰宅。悠太がもう帰っていた。悠太が宿題するへりで指定原稿作成作業の続き。夕方クロネコにのせる。

晩に監督が来て呑む。球友会の財政危機について話をする。長年会費の値上げをしていない、物価は上がる一方、会員は減る一方、二年前から参加OKとなった「ふるさと選手」（島外在住の出身者）から会費を徴収できない、などの問題。今年のプロ野球観戦は参加費据置きで乗り切る。秋のソフトボール大会で残金使い切る。足りん場合は当日呑み会費を集める。秋の呑み会の場で、次年度以降の会費値上げを諮る。ひと通りの筋書きが出来た。

第一次生理落果期、青島温州の幼果。2015.5.27

6月18日（火）旧5月16日　曇のち一時晴

㊌0.0mm/㊐19.6℃/㊋24.5℃/㊍15.4℃/㊐2.2h

朝メシ、三日目のカレー、ウマい。午前三時間半地主で刈払機を回す。涼しいが動けば蒸し暑い。シャワー浴びて昼前に学校に行く。給食試食会と授業参観、学級懇談会、三時帰宅。農協のたより、地区生産組合総会と地区別説明会（去年までの地区懇談会にあたる）のお知らせを配って歩く。出荷者は班単位でまとめ配布すればよいのだが、出荷をやめた組合員が多く、組合長の配布作業の負担が減らない。県下一農協合併により、ふた月一度のたより配布が毎月に増えた。ただでさえクソ忙しいのに、多少の手間賃では割に合わない気がする。ひと通り配布を終えて四時、家事を済ませて四時半、学童のお迎え時刻を今日は五時で頼んである。午後最低燃料タンク一杯は刈払機を回したかったのだが諦めた。四時半に悠太お迎え。五時から六時まで井堀中段でサツマイモ廻りの草引きを二人で片付ける。霊光庵の山からアブラゼミの初鳴きが聞えてきた。去年より三日早い。六時から七時まで家庭菜園のトウモロコシ残りとエダマメ二列に肥しを打つ。

6月19日（水）旧5月17日　晴

㊌0.0mm/㊐21.4℃/㊋27.6℃/㊍16.2℃/㊐10.5h

パセリにしがみついていたキアゲハの終齢幼虫を保育園に届ける。一日二日のうちに蛹になる。来週末あたりには羽化するところが見られると思う。中本さんに写真を届け、九時

上　草取り直後のうちの園地。2016.5.27
下　除草剤を常用している園地。モノクロ写真でも土の色、コンディションの違いがわかる。2020.8.7

一五分から二時間半、地主新池横で刈払機を回す。この園地一反（約一〇アール）の草を、やっと刈り切った。大きいほうの刈払機で燃料タンク五杯分、七時間かかった。

除草剤を撒布する方が早くて楽だと誰もが言う。自己満足でレベルの低い農業をやっていると言われりゃ二の句も継げぬ。それでも、除草剤を使わない方が土づくりの上で間違いがないと判ったのだから、しんどくてもやらんと仕方がない。六年前（二〇一三年）の秋に家房のオジイより西脇を引受けた時、こりゃあひっつき虫が大変だと現場を見に来たオジジが言った。ひっつき虫は何とでもなる、地を這い尽くしたカズラの方が問題だと言いかけたら、こりゃあ何も判っとらん、放っとけと一緒に来てたオババが、オジジの耳の聞こえんのをいいことに言いたい放題言っていた。実質初年度の二〇一四年は、当初、刈払機すら所有していなかった。管理機（手押し耕耘機）もしくは手作業で草を引いていた。地主は肥し切れの所為か、セイタカアワダチソウしか生えてこなかったので当面は除草剤を必要としなかった（手で抜いた方が早い）。西脇は手強かった。梅雨の最中と梅雨明け後にラウンドアップ（移行型除草剤）を撒布した。使ってみて判った、使い続けると学校の運動場みたいに土がカチカチになり、在来種の雑草が減りおかしげな草が増える。それでやめた（加えて、子供にテゴさせるうえで、発癌性の問題が指摘される除草剤を撒布するわけにもいかぬ）。刈払機は初め担い手支援センターに頼んで中古をタダで譲ってもらい、その後東和農機具センターでこれまた中古を安値で売ってもらい現在に至っている。経営基盤も就農補助金も無い零細新規就農者ゆえ、動噴以外の農機具は殆ど中古で賄っている。

さておき。去年の同時期は暑くて苦しくて難儀したが、今年は梅雨入りが遅れている分、暑くても朝晩涼しくしのぎやすい。猛暑本番に入らんうちに、また、梅雨が本気で攻めてくる前に、早く草刈りを済ませ、早く夏肥を済ませ、早く次の防除を済ませ、早く粗摘果にかかりたいのだが、全てが遅れ込んでいる。ベストを尽くしてこれなんだから、よしとするしかないのだが。

モスピランSL液剤の予約申込み〆切が去年よりひと月早い。忘れんうちに農協に提出に向う。下校途中の悠太を拾う。二時半に集荷場で七・八月分予約農薬受取り。足立さんから戴いたモモをおやつに食う。夏の味。宿題済ませて豆茶の鞘剝きをやってもらう。四時から田中原、期日に受取りのできなかった予約肥料を積みに行く。ついて来るかと悠太に訊ねると、僕が仕事してた方が少しでも片付くからと言って莢剝きを続ける。いつの間にか、言う事がオセ（大人）になっている。五時過ぎ帰宅、ピアノの練習をさせて七時にヤマハに送っていく。お迎えはかーちゃりん任せ。チキンカツと茄子天麩羅を仕込む。

昨夜、平凡社「STANDARD BOOKS」宮本常一の巻が届いた。丁度ひと月前に「宮本常一コレクションガイド」掲載写真を借用したいと突発の連絡があり、徳毛君の手を煩わせた（写真の著作権はワシにあるが、ポジフィルムは記念館に寄贈している）。仕事あがりにざっと目を通す。無難に仕上ってはいるがそれ以上でも以下でもない、テクストに依りかかり過ぎ、作り手の貌がみえない、心身を削るほどに関わり切っていない。でも、そうでなければ年間何点も新刊を出すことは不可能なのだろう。

6月20日（木）旧5月18日　晴

(水)0.0mm/(均)22.3℃/(高)29.0℃/(低)16.2℃/(日)11.2h

やっちゃんの遺品、ダスキンのお掃除ギフト。九時から三時半まで在宅立合い、事実上の休業日と相成り。今月末応募〆切のゲスナー賞に、花森集成、書影の森、宮本コレクションの三点を送り出す。ネットの週間予報、土曜日の降水確率が五〇パーセントに下がった。来週水曜以降雨続き、いよいよこれで梅雨入りか？　土曜日の雨を過ごした後で防除と考えてきたが予定変更、明日から防除作業に入る。土曜日はまず降らない、間違って降っても大した雨にはならぬと判断した。悠太三時半帰宅、宿題済ませて畑に連れて出る。平原上段の月桂樹のみ夏肥を済ませ、防除作業の準備にかかる。農薬廻りを子供に触らせるわけにはいかぬが、見学だけはさせておく。

パセリについてた蛹化《ようか》直前のキアゲハ終齢幼虫、観察用に一匹とらずに残していた。昼は居たのだが、夕方悠太と見に行った時には居なくなっていた。ハチにでもやられたか。可哀そうだが、かれらの生存競争は厳しい。生まれてきた幼虫の殆どが成虫になれないということが悠太にも判ってきたようだ、六時半から悠太を連れて柑橘同志会の役員会に出る。

6月21日（金）旧5月19日　曇のち時々晴

(水)0.0mm/(均)23.3℃/(高)27.9℃/(低)19.3℃/(日)5.6h

ネットの週間予報、土曜日が晴に変っている。水曜木曜が一時雨、金曜土曜雨予報。六月から七月にかけての梅雨の時期、毎年、防除のタイミングが難しい。例年遅れ込む夏肥と草刈りの進み具合も考えつつ、前回防除日からの日数と累積雨量、天気予報とのにらめっこになる。火曜日までの五日連日晴予報、千載一遇のチャンスだ。カイガラムシを叩くのに丁度良い時期、天牛も叩いておきたい（今年は天牛が多いと、みなさん毎年同じことを言っている。荒廃園地の増加とパラレルで、天牛も年々増加しているということなんだろう）。この時期の気温が連年平年値より高いので、夏マシン（アタックオイル）を七月初旬に回したくない。去年は梅雨明けの七月十日から十三日に撒布、夏マシンの濃度を栽培暦で推奨している一五〇倍から四〇〇倍に下げた。サビダニには効かなくなるが、それでもハダニには効く。気門を塞ぐ物理的攻撃ゆえ薬剤への耐性もつかない。やらんよりはやったほうがよい。怖いのは、高温と強日照により枝葉が焼けること。去年は炎天下の撒布だったが、それでも濃度を下げた御蔭で焼けは発生しなかった。農協の栽培暦は気候変動が全く考慮されていない。毎年が想定外の事態、ベテランの経験則が通用しない難儀な状況、栽培暦に頼りきらず柔軟に対応していくほかない。

　アタックオイル四〇〇倍、トランスフォームフロアブル二〇〇〇倍（カイガラムシ、天牛防除）、ジマンダイセン六〇〇倍（黒点病防除）、朝七時半から撒布を始める。青穫りする割石と井堀中下段のスダイダイ、カボスに対しては農薬残留を避けるためジマンダイセンを外す。朝は涼しいが昼間暑くてやれん。でも風が冷たい分、夏場と比べりゃマシだ。今日は早い目に仕事をあがる。四時前悠太帰宅、井堀中段にあがり、イモに敷き藁をする。家庭菜園の枝豆が開花した。梅雨入りが遅れているが、季節は確実に夏へと向っている。

6月22日（土）夏至　旧5月20日　曇のち晴

(水)0.0mm/(均)23.2℃/(高)27.0℃/(低)18.5℃/(日)7.9h

四時半起き、一時間だけ机に向い、五時半出発。終日防除作業。日の出の遅い家房割石を暑くなる前に済ませる。一番鶏の声。家房の山ではニワトリを飼っている家がある。庄でも祖母が亡くなる頃（二〇〇〇年頃）までは鶏の声が聞こえていた。

　油宇《ゆう》の浄光寺さんから豊田家（母方の実家。いま住んでいる家）の過去帳が届く。月命日の記載を辿る。昭和四年六月四日菊太郎（子）俗名豊田キミエ一歳、昭和三十八年一月五日春一（母）俗名豊田レツ七十三歳、昭和十四年二月八日菊太郎（女）俗名豊田ヨシコ二十歳、昭和五十六年二月十四日ユキ子（夫）俗名豊田春一六十六歳、平成十二年三月十七日柳原貴久恵（母）俗名豊田ユキ子八十四歳、昭和二十年七月二十八日春一（父）俗名豊田菊太郎五十六歳、昭和二十二年七月三十日菊太郎（女）俗名豊田ミヨ子二十七歳。一人娘のオカンが柳原に嫁いだため豊田家は断絶してしまった。この過去帳の記述が増えることはない。祖父春一は九人きょうだいの三番目で長男、当時の言葉で支那事変、北支戦線で左足を喪い、不具者となって除隊後外入《とのにゅう》の製糸工場の織子さんをしていた祖母ゆき子と所帯を構えたが、事実上油宇の家を追い出される形で外入の三下《さんげ》へ移り、終戦時は三ツ松（そこに至るまでに安下庄の中を転々としていたらしい）、そこから庄の浜の借家を経て、昭和二十三年（一九四八）に庄区民館の住込みとなった。祖父春一は、自身の母親である油宇のババ（婆）を指して根性腐りと呼んで嫌っていたとオカンが言う。それでも最晩年には祖父母がつきっきりで面倒をみたと聞いた。亡くなる間際に感謝の言葉を戴いたとも聞いた。油宇のババが亡くなり、家を処分して、お墓も庄に移した。お寺は浄光寺のまま移さなかった。祖父の傷痍軍人の恩給をあてにしてか、油宇の実家が無くなったあとも、祖父のきょうだいたちは時折大島に祖父母を訪ねて来た。祖父の死後、残された祖母を、かれらは訪ねては来なかった。ある意味一家離散、豊田の墓はワシらが守っていくほかない。

＊

　追記。こんな書き方をしてしまったが、実は、下関にいる祖父の末弟夫婦が唯一気にかけてくれていた。ワシがほぼ月イチで神戸から帰省していた頃、末弟夫妻が一度だけだが墓参に来たことがある。長らく訪ねてこなかったためであろう、地理勘が全くなく、墓の場所も家の場所もわからず、福田酒店で訊ねた。一徳君がいつも帰りよるけど今日は居らんと思うとゆりちゃんが伝えてくれた。偶々、その翌日ワシが帰省して、福田で話を聞いた。その時、取急ぎお礼状を認《したた》めたが、返信を戴いた記憶はない。みなさん齢をとり、次々と世を去っていった。子供や孫や曾孫の代になれば、大島の豊田家の墓所なんてもう知ったことではない。世代が替るとはそういうことだと思ってもみる。

6月23日（日）旧5月21日　曇のち晴

(水)0.0mm/(均)21.3℃/(高)24.9℃/(低)18.3℃/(日)6.4h

羽アリの侵入が多く網戸を閉める。昨夜二階のクーラー今季初稼働。タイマーが切れたら暑くて寝付けず、一階で寝る。

五時半起き。朝は涼しい。今日から三日間、午前二杯（六〇リットル）撒布、午後机に向うことにする。今日終日頑張れば明日で終えることも可能だが無理はしないことにした。防除の際に樹のコンディションをチェックする。南柑二〇号の若木と宮川早生の摘果を早い目に済まさなあかん。寿太郎はまだ実がコマい。

6月24日（月）旧5月22日　晴

(水)0.0mm/(均)21.8℃/(高)27.3℃/(低)16.7℃/(日)11.6h

六時撒布開始。近隣の騒音を考慮しなくて済む平原上段を先に片付ける。八時過ぎから岩崎で撒布。ここは住宅地隣接で早朝作業ができない。撒布前日の連絡も要る。西脇と違って周囲が協力的なので助かっている。

6月25日（火）旧5月23日　晴

(水)0.0mm/(均)22.7℃/(高)27.1℃/(低)18.4℃/(日)11.4h

防除作業九時終了。機材を片付け、昼まで休む。午後西脇入り口の空家との境界に除草剤を撒く。ワイヤーメッシュ（防獣柵）やり替えが、いまだ手つかず、梅雨が明けてから防除草刈摘果の合間を見て作業することにして、草だけでも先に枯らしておく。年に数回の帰省で家の敷地にザツボク生やして草の一本もろくに引かない者が、畑との境目で草が生えとるだのなんだの、こちらの都合も考えず文句ばっかり垂れる。農家がどれほどに忙しいか理解せよと言っても無理なんだろうけど、ヒマ持て余して農業やっとるとしか映っとらんのだろう。

家房の仕事場に籠り「一九三〇年代モダニズム詩集――矢向季子・隼橋登美子・冬澤弦」の原稿ファイルを仕分け、指定原稿作成用のプリントを出す。当初「矢向季子詩集抄」として編集を進めてきたが、突如として消息を絶った矢向とその周辺、戦時体制、神戸詩人事件など探索するなかで、矢向だけでなく、同時期同様に生と表現の途絶を強いられた未完の詩人、隼橋と冬澤を加えた企画の変更へと動いていった。

　四時過ぎ帰宅。悠太が先に帰宅している。五時から一時間、甘夏のかいよう病罹病葉枝を切除する。コサイド、クレフノン（炭酸カルシウム）を撒布したいのだが、薬害を防ぐため今回の防除から一週間以上空けなければならぬ。応急処置。

　夕方、山田製版の石坂さんから電話が入る。自費出版物の打合せのための東京行、七月第二週の予定が、先方が白内障手術のため入院するとあって前倒しになる。四日の午後と決定。東京出張前か後の神戸立寄りも前倒し、モダニズム詩集の初校ゲラ出力も前倒し。遅くとも今週末までに入稿する必要がある。キツいがやらねばならぬ。


6月26日（水）旧5月24日　曇、夕方から雨

(水)5.5mm/(均)22.6℃/(高)25.6℃/(低)18.4℃/(日)0.6h

　五時半から一時間、甘夏の作業続き。正午過ぎまでの五時間で、地主で夏肥と南柑摘果、岩崎の成木夏肥、幼木夏肥・堆肥施用。午後一時間横井手寿太郎下段夏肥、さらに二時間地主の幼木夏肥・堆肥、南柑摘果。

　悠太の帰宅にあわせて三時前荷作りに一旦帰宅、地方・小出版流通センターあて補充品を送り出す。補充の頻度が下がり、荷姿が年々小さくなる。四月以降の売上悪化は従来よりさらに一段進んだかのようで業績不振も深刻と門野さんからのファクスに記されていた。四時過ぎ、雨が降り始める。モダニズム詩集の指定原稿作成にかかる。

6月27日（木）旧5月25日　雨のち曇

(水)21.5mm/(均)23.3℃/(高)25.2℃/(低)21.5℃/(日)0.0h

　昨日やっと梅雨入り（平年値は梅雨入り六月五日、梅雨明け七月十九日）。家房に籠ってモダニズム詩集の指定原稿作成の続き。

　一時半からの地区別説明会を欠席、原稿を優先する。後ろのほうをやり残したが途中までで何とか送り出す算段をし、三時からの地区生産組合総会だけは出席する。予算に余裕が生じたということで、年間予約肥料の合計で一五袋に対し一袋（前年度までは二〇袋に対し一袋）補助支給となっていたところを、今年度分（来年三月配布）は一〇袋に対し一袋にするという提案。これに対し、会計報告が杜撰だの、そんなゼニが何処から出るのかだの、年間一〇袋に届かない者には恩恵がないだのクレームがつく。わりゃあええ加減にせえやってな空気が流れる。いつものことなんだが、いちいち農協を目の敵にする人がいる。確かにええ加減な農協ではあるけれども、ええ加減ゆえにやりよいところもある。営利目的の大企業や銭ゲバの多国籍企業並みに農協が世知辛いこと言い出しよったら、ワシみたいなええ加減な農業者はやっていけんなる。

　参加賞としてみかんジュース一リットル瓶四本持ち帰る。以前は六本くれたのだが、二〇一六年度産の不作により二〇一七年のジュース生産高がガタ落ちして四本に減らされて以降、着色不良で原料の多発した翌二〇一七年度産以降も元に戻らない。四本なんて数字の悪い、と思うのだが、わざわざそれ用の箱を支度するのだから何だかな。全国の農協の八割が本業の農業部門で赤字を出し、信用事業の黒字で穴埋めしているという。この大島にあっては役場と並ぶ優良事業所であったはずの農協も左前、明るい未来を描ける材料は一つもない。年々世知辛なる。

6月28日（金）旧5月26日　曇時々晴

(水)0.0mm/(均)24.8℃/(高)29.6℃/(低)21.9℃/(日)4.3h

四時起き、「原初の、学校――夜間定時制、湊川高校の九十年」組見本の指定原稿をメエル添付で送信。「一九三〇年代モダニズム詩集」の指定原稿残りを仕上げる。昼メシも食わずに作業、四時前までかかる。クロネコで送り出す。五時から七時まで横井手の寿太郎に夏肥をふる。セイタカアワダチソウを抜きながらの作業、悠太のテゴの御蔭で、捗らないなりに捗る。手が四本あると違う。このいだの柑橘同志会の役員会で農業者年金加入を検討してやといわれていた。町農林課に問合せてもらったところ、第三号被保険者は加入できないといってかーちゃりんに社内連絡が入った。去年は収入保険制度の加入を考えたのだが、簡易記帳による青色申告（青色申告特別控除額一〇万円）では加入できないと判った。複式簿記をせないけんというが、そこまでやれん。国の農業政策は一貫して大規模化と集約化である。日本政府が「小農と農村で働く人びとの権利宣言」（二〇一八年十二月十八日国連総会採択）を認めない（採択に際し、権利宣言に反対する欧米に追随して棄権に回った）理屈もそこにある。

6月29日（土）旧5月27日　曇のち時々雨

(水)9.0mm/(均)24.1℃/(高)27.6℃/(低)22.0℃/(日)2.2h

六時半から八時まで横井手寿太郎の夏肥作業の続き。未明に雨量計に反映しない程度の雨が降ったようだ。よく濡れている。大畠まで金子マーティンさんを迎えに行く。会うのは十何年ぶり。だいぶと歳をとられた。脚が丈夫でない様子。大学を退職した時にユダヤ難民関係の資料蔵書は処分した、人生の残りの時間をロマの研究に集中するという。午後雨が降り出す。脚に負担のかからない坐り作業での摘果のテゴをお願いしていたがやめにする。晩にコイワシとアジを刺身にひく。あてを作りもって、ゆるゆると呑む。他人から聞いたことではなく、自分の目でみたものだけを信じよと子供に言ってきたとマーティンさんが言う。

6月30日（日）旧5月28日　雨

(水)20.0mm/(均)23.7℃/(高)26.6℃/(低)22.1℃/(日)0.0h

朝大畠までマーティンさんを送っていく。昼前に雨がやまる。一時から五時半まで横井手、寿太郎の夏肥、草取りの続きをする。

1ヶ月	
降水量	282.0mm（253.9mm）
平均気温	24.6℃（25.1℃）
最高気温	28.3℃（29.2℃）
最低気温	21.9℃（22.0℃）
日照時間	135.6h（205.2h）

上旬	
降水量	63.0mm（115.1mm）
平均気温	23.0℃（23.9℃）
最高気温	26.3℃（27.8℃）
最低気温	20.3℃（20.8℃）
日照時間	31.8h（54.4h）

中旬	
降水量	183.5mm（82.9mm）
平均気温	23.7℃（25.2℃）
最高気温	27.4℃（29.2℃）
最低気温	21.4℃（22.1℃）
日照時間	32.6h（60.6h）

下旬	
降水量	35.5mm（56.0mm）
平均気温	26.8℃（26.3℃）
最高気温	30.9℃（30.6℃）
最低気温	24.0℃（23.0℃）
日照時間	71.2h（89.7h）

2019年７月

７月頃、キュウリがアホほど穫れる。もうちょい分散してくれりゃあええのに、いっときに何本も穫れる。御裾分けにも限度があり、この時期、毎日にキュウリを食い続ける。塩もみが一番量が捌ける。梅雨が明けて猛暑がやって来ると、一気に棚が上がる（枯れて実がつかなくなる）。季節にないものは食わない主義。この時期だけで、一年分のキュウリを食い溜めする。

7月1日（月）旧5月29日　曇一時雨

(水)1.0mm/(均)22.3℃/(高)25.3℃/(低)20.7℃/(日)0.1h

　七時半から正午まで横井手寿太郎の草引きと夏肥。二十八日二時間、二十九日一時間半、三十日四時間半、今日四時間半、計十二時間半で六四本。一本平均一二分かかった計算になる。通年除草剤を使ってきた畑は普通の雑草が生えず、除草剤をやめたとたん、夏場はセイタカアワダチソウばっかり生えてくる。これが根から出す毒（アレロパシー）により他の雑草が生えにくくなり、植生の多様性が損なわれる。降雨による土の流亡を抑え団粒状の良好な土を作ってくれる在来種の雑草が育たず、土の腐食度（生物分解性）が下がる。樹冠廻りをよく見ると春肥のペレットが分解しきっていないのがわかる。遅れ込んだ夏肥の施用にあたり、省力化のため当初ペレットをふるだけで済ませていたのだが、粉に変更して土に混ぜ込むことにした。それでますます手間がついた。値の高い有機肥料を盛大にふったところで、地力が落ちて肥しを分解できないのでは意味がない。ここらの土は元々が真砂土であり、長年の除草剤施用により微生物が減り、学校の運動場の土のようになっている。去年まで耕作していた人は農大卒でその道のプロではあるのだが、それゆえの化学農薬に頼り切る傾向は確かにあった。土づくりに関しては草生栽培をしていたよしぃのおっちゃんのやり方が正しかったのだと改めて思った。百人いれば百通りのやり方があり、どれが絶対的に正しいとは言えないのだが、手間がついても昔の人がやってきたことのほうが農大の理系の教育よりも、自然の力に依拠した農業を目指すのであれば正しいのだと、そういうことなのかもしれない。

　午後一時半から地主で若木・苗木の樹冠草取りと夏肥、三時過ぎぽつぽつ降り出し作業を切上げる。

7月2日（火）半夏生　旧5月30日　雨のち曇

(水)20.0mm/(均)20.9℃/(高)23.4℃/(低)19.4℃/(日)0.0h

　山の耕作放棄地の件で伐採補助事業の申請が出ていると農協から電話が入ったのが先月二十五日。翌々二十七日の朝、その家のおばさんと遭遇した折、どうなっとんかね？　と訊くと、よろしく頼みますねと言われる。伐採を早急に検討してほしいと話をしに行ったのが四月十九日。連休で帰省する親戚に相談しなければ、毎年みかんをあてにしているので独断で伐採を決められんと言う。伐採作業にあたるワシらとてハメやハチやマダニは怖い、梅雨に入れば水が出て危険なので作業したくない、暑くなればバテるし自分とこの作業が忙しくなる。それでもミカンバエ発生の不安材料は消しておきたい、五月連休明けなら無理してでも人集めて作業するから、伐採を決めたら速やかに連絡入れてくれと、そう言っておいたのだが。翌二十七日の午後、農協の担当さんから申請書類のコピーを送ってもらう。補助金の受取口座が、柑橘組合ではなく個人になっている。

　濱田さんと詰める。この時期に作業は無理、役員会やって議論しても解決つかんだろうからワシらで片を付けよう、業者に依頼せよという話で放り出してしまう他ないと。農協から補助金が出る、柑橘組合が伐ってくれる、だから申請書を出した。本来、補助事業の有無とは関係なく耕作者個々の責任に属する問題である。補助事業を一概に否定してはいけないが、施策整備は時に人心をスポイルする。

7月3日（水）旧6月1日　曇のち雨

(水)6.5mm/(均)21.1℃/(高)22.2℃/(低)19.4℃/(日)0.0h

八時半から西脇で刈払機を回し、青島の成木だけでも夏肥をふる。前回の草刈りからふた月で腰の高さにまで草が伸びた。ほんの十日前に防除作業で入った際には通行に支障なかったのに、空梅雨とはいえここのところの雨続きで一気に草丈が伸びた。十時頃から雨が降り出すが、十一時頃まで作業を続ける。びしゃこになる。ひるにカレーを仕込む。明日明後日留守にする間のかーちゃりんと悠太の食糧として。三時過ぎのバスで農協に行き、三時半から柑橘同志会の総会。役員改選、引続き地区役員と監事を引受けることとなる。

7月4日（木）旧6月2日　晴（出先雨）

(水)0.0mm/(均)22.5℃/(高)26.9℃/(低)19.2℃/(日)7.5h

新岩国七時五八分発、東京一二時一三分着。新橋で山田製版の石坂さんと待合せ、布本さん（石坂さんの伯父）の自費出版物の件で打合せる。消費税増税前の納品を目指す。夕方のひかりで浜松へ。浜名湖漁協の直営店で真空パックうなぎを買う。丑の日には少し早いが、悠太とかーちゃりんへのおみやげに。

7月5日（金）旧6月3日　曇（出先曇時々晴）

(水)0.0mm/(均)23.7℃/(高)27.3℃/(低)19.0℃/(日)1.4h

阪神西宮駅のスタバで登尾さんと待合せる。前日石坂さんに持ってきて戴いた「原初の、学校——夜間定時制、湊川高校の九十年」の組見本を渡し、消費税増税前の刊行日程を立てる。新開地の実家に立寄り、預けていた三脚とバック紙を持ち帰る。長田で季村さんと会い、「一九三〇年代モダニズム詩集」の朱入れゲラを受取る。神戸は暑い。草臥れた。十時過ぎ帰宅。

7月6日（土）旧6月4日　晴

(水)0.0mm/(均)25.4℃/(高)29.8℃/(低)20.3℃/(日)9.1h

午前四時間と午後二時間半、西脇で草刈り機を回す。ひる休みに季村さんから預かったゲラの転記作業。図版の指定作業まで手が届かず。明日は七夕、山で笹を取って帰る。

7月7日（日）七夕、小暑旧6月5日　晴

(水)0.0mm/(均)24.4℃/(高)29.3℃/(低)20.8℃/(日)10.5h

七時から御田頭直前の新池草刈り。八人も来ると早い。四〇分で作業完了。九時から二時間半かけて西脇で刈払機を回す。午後、モダニズム詩集のゲラに向う。悠太を連れて夕方五時から七時半まで井堀中下段、樹冠の草を手で引き、スダイダイとカボスの粗摘果をひととおり終える。達成感あり。スダイダイの株元で産卵しようとしていたゴマダラカミキリ一匹、首をチミ切って殺す。産卵防除手つかず。ヒグラシの初鳴きを聞く。

熱中症でオジジ明日から橘病院に入院と決まる。家に居るより安心やないかと言うと、見舞いに行かへんかったら機嫌が悪い、却って面倒が増えるとかーちゃりんが言う。

7月8日（月）旧6月6日　曇

(水)0.0mm/(均)23.7℃/(高)27.6℃/(低)20.0℃/(日)2.4h

三時起き、モダニズム詩集の図版挿入箇所と本文頁のずれ具合をチェック、二四〇頁で確定、石坂さんあて始業前のメエル連絡で束見本の作成を依頼する。突如現世から消失した詩人、原石のイメージからコデックス装でいくことになった。先週石坂さんと東京で会って詰めたところ束見本作成に通常の倍の日数がかかるというので、頁の確定だけでも急いだ。図版の指定作業は明日以降、これまた大急ぎの作業となる。

午前三時間西脇で草刈りと夏肥。セトミ苗木の夏肥をやり残す。ひる食うて疲れが出て少し寝る。夕方悠太のテゴで岩崎東改植ブロックの大津四号ヒリュウ台木二年生一〇本の樹冠草取りと夏肥、一時間半。帰宅して一時間、家庭菜園の草取り、茄子の剪定、カボスの粗摘果。山の畑（井堀下段）のカボスは六月まで農薬を使うが、家庭菜園のカボスは一月の機械油乳剤と三月のＩＣボルドー以降は無防除（夏場の天牛産卵

上　ゴマダラカミキリの食害。2020.8.7
下　ゴマダラカミキリの産卵防除。2020.8.7

防除株元撒布は行うが、摘果後になる)、これだと安心して風呂に使える。あと二ヶ月で収穫期を迎える。これから一気に玉が太り果汁が入る。

オジジ入院時の検査で結核の疑い濃厚ときた。肺にカビが生えたか肺癌の可能性もあるが、影の出方が間違いなく結核だとドクターが言う。長年潜伏していた結核菌が、抵抗力の弱ったところでイキナリ悪さを始めたのか。明日検査結果が出る。陽性となればかーちゃりんも悠太も検査となり、万一伝染していれば三ヶ月隔離される。結核のサナトリウムは以前は柳井にもあったのだが、今は宇部まで行かなければならぬ。そうそう伝染《うつ》るものではないとはいえ、伝え聞くところの結核検査の痛苦は胃カメラの比ではなく、悠太が耐え切れんだろう。かーちゃりん曰く、これで死ぬるかもしれんといってオジジがっくり落ち込んでいる、でも周囲に伝染《うつ》したかもという心配は全くしとらんのよ、とか何とか。

7月9日（火）旧6月7日　曇

(水)0.0mm/(均)23.8℃/(高)26.2℃/(低)22.0℃/(日)0.6h

午前三時間と午後一時間で岩崎東改植ブロック樹冠草取りと夏肥の続き二三本。蒸し暑いが風があるだけマシだ。三時過ぎに雨が来る（雨量計には反映せず）。洗濯物を取込みに帰る。雨はすぐにやんだが疲れが来たので畑に出るのをやめにして、モダニズム詩集の詩篇照合作業にかかる。オジジの結核検査陰性、とりあへず安心する。

7月10日（水）旧6月8日　雨のち曇のち雨

(水)35.5mm/(均)22.6℃/(高)24.6℃/(低)21.7℃/(日)0.2h

終日モダニズム詩集の校正作業。高森さんから「日本詩」の現物が届いたというので、本篇の拡大コピーを季村さんからファクス送信してもらう。国会図書館の電子コピーでは細部が潰れていた文字が鮮明に出ている。入力ミス発見。よく似た字面、騙された。現物に当たらなければ、間違ったまま刊行していた。国会図書館以外で所蔵している人は高森さんしかいない筈、わざわざ調べて難癖つけてくる者などいないと言えばいないのだが、そうは言ってもこの発見は大きい。

7月11日（木）旧6月9日　雨のち晴

(水)10.5mm/(均)24.3℃/(高)29.6℃/(低)21.6℃/(日)3.6h

終日モダニズム詩集の図版指定原稿の作成作業、四時までかかってクロネコにのせる。今年一番の蒸し暑さ。草臥れた。今年初の麻婆茄子を晩にこさえる。

7月12日（金）旧6月10日　曇のち晴

(水)0.0mm/(均)24.5℃/(高)29.1℃/(低)21.9℃/(日)5.3h

かいよう病の応急防除、コサイド3000（銅水和剤）二〇〇〇倍とクレフノン（炭酸カルシウム水和剤、薬害防止）二〇〇倍、二五〇リットルを横井手の甘夏と西脇のポンカン、セトミ、宮川早生に撒布する。

甘夏については、梅雨に入る前にかいよう病罹病葉枝を可

庄の新池でのお祀り。コロナ禍により2020年の御田頭祭は中止になった。2010.7

能な限り切除しておいたのだが、ここのところの雨風で目に立って感染が拡大している。今年の正月に引継いだ時点で既に深刻な罹病状況だった。甘夏は病害虫に強い筈なんだが、一年二年程度の管理不十分ではなく、何年がんねんに及ぶものであろう。現実に甘夏を農協に出荷したところで、キロ単価一〇〇円を切る。原料なら三〇円にも満たない。きちんと管理するだけアホらしいと、そういうことだったのだろう。うちの場合、売り物となる柑橘類のない四月五月の頃に産直に回せる分経済的に大助かりなので、主力産品のみかんと同様に大切に管理する必要がある。農道を通すために切取られ、面積にして五七平方メートル、密植の甘夏が六本しか植わっていない離れ小島のようなこの園地からかいよう病を一掃するまで、数年はかかるかもしれない（参考…大津四号六本を三本掛ける二列、五メートル間隔で植えた井堀上段の面積は二畝、約二〇〇平方メートル）。

西脇では、ポンカンにかいよう病が出た。ここは風の当りが強く、海側の隣接園地が放任園（以前この園地の早生みかんからミカンバエ汚染果が出たこともある。それでも毎年わざわざ帰省して収穫して持ち帰っている。お店でみかん買えば滅茶苦茶高いとはいえ、そこまでするかってな気にもなる）となっているため、かいよう病が出やすい。罹病予防と日焼対策も兼ねて、宮川早生にも撒布しておく。

帰りがけにケータイを開く。九時から水泳学習発表会と安小メールが入っている。学校に直行する。同じ齢のころのワシよりも悠太の方が数段以上泳ぎが上手い。なんしか授業参観の多い小学校だが、よく頑張ってるのを見せてもらってよかった。

　ひるから暑くなる。天牛産卵防除、モスピラン顆粒水溶剤二〇〇〇倍株元撒布、岩崎の苗木若木と井堀中段のスダイダイ。六時半帰宅。

源明の割子飯。2010.7

7月13日（土）旧6月11日　曇のち雨

(水)56.5mm/(均)20.8℃/(高)24.5℃/(低)19.0℃/(日)0.0h

岩崎で野積みしていた堆肥を八時から軽トラに積む。西脇の夏肥残りと堆肥施用、九時半まで。ぽつぽつ降り始める。イノシシ侵入防止のため隣接荒廃地との境界の草を刈っておきたかったが手が回らず。安下庄にとって返す。空が明るい。岩崎の夏肥やり残しを片付ける。作業途中から雨が降り出しびしゃこになる。これでやっと夏肥を終えた。蒸し暑い。疲れた。一時から奉賛会、御田頭《ごでんどう》の準備。今日も明日も雨、幟を立てないことになった。

7月14日（日）旧6月12日　雨

(水)12.5mm/(均)21.4℃/(高)22.7℃/(低)20.5℃/(日)0.0h

悠太を連れて六時半にお宮へ行く。六時五〇分出発、雨のなか神輿をかく。八時、宮川大橋の上で三ツ松に繋ぐ。三ツ松は今年初めて軽トラでの巡幸となった。ここは狭小家屋の密集した漁師部落で男手には不自由しなかった筈なのだが、来る時が来た。年々神輿が重くなる。庄も時間の問題だ。

　川間《かわない》、源明《げんめい》、安下《あげ》、鹿家《ししのえ》はワシが帰る前からずっと軽トラ巡幸だった。五十年ほど前に鹿家でティラーに神輿を乗せて巡幸するようになった折、こりゃあ珍しいといって新聞に載ったと聞いた。源明の割子飯は御田頭の一番の楽しみなんだが、これもいつまで続くだろう。御田頭でお食事よばれるのは源明と真宮と鹿家の三ヶ所で、伝統的な手作りを維持しているのは源明だけだ。源明で御田頭の小昼をよばれたのは区長を務めていた四年前（区長の任期二年。一年目は午後の部で真宮から鹿家までと庄に戻る海上巡幸、二年目は庄から三ッ松、川間を経て源明に上がって真宮に下るまでの午前の部）と、宮司殿に頼んで終日カメラ抱えてついて歩いた九年前の二回。九年前は皿に盛られていた刺身が、四年前には発泡トレイに変っていた。嶋原と大和が店を畳んで安下庄の町に魚屋が無くなり、一人前ずつ発泡トレイに小分けした刺身を下田《したた》の嶋津に頼むようになった。

入院中のオジジ、未明にトイレで転び大腿骨骨折。寝たきり、認知症の第一歩、まずいぞこれは。そうこうするうち休日出勤のかーちゃりんから電話が入る。昼前オジジ容体急変、誤嚥性肺炎で意識不明、向う二十四時間が山だと。

六時から庄部落の呑み会に出る。疲れがきたのか、殆ど箸をつけぬまま悠太が寝てしまう。

7月15日（月・祝）旧6月13日　曇

(水)0.0mm/(均)24.2℃/(高)29.8℃/(低)20.3℃/(日)10.1h

お祭り疲れで午前中ぴりっとせず。ひる前から庭と家庭菜園の草取りにかかる。空梅雨といっても、それなりに降って照って気温が上がればかなりのオオグサ、捗らない。かーちゃりんと悠太はオジジのお見舞い。意識はないが静かに眠っているという。昨日はヤバいと思ったけど、こりゃあ大丈夫なんとちゃうか、オジジの生への執着はサイヤ人並みやと話しもって、柳井の義兄とかっちゃんとかっちゃんの婚約者とワシらとでまきちゃんでおひるにする。

悠太はかっちゃんに釣りに連れて行ってもらうことにして、ワシらは帰宅、かーちゃりん家事、ワシは草引きの続き。かーちゃりんのケータイが鳴る。オジジ容体急変の報。病院に駆け付けるも事切れた刹那だった。午後三時二分、江中正克死去、享年九十一。

ワシらは先に永明寺に行き、葬儀の支度について相談する。住職が三度鐘をつく。電話ではいけん、一人で来てもいけん、二人で来たから鐘をついたのだと御隠家さんが言われる。五時前オジジ無言の帰宅。

枕経の御勤めを終える。腹が減ったが食うものがない。秋には店屋がない。明日はごみの日、冷蔵庫の中の腐り食品まるまる処分する。なかなか帰れず。九時前にお暇する。土居のコンビニに弁当買いに行こうかどうしようかと言い合っていたのだが、とーちゃんまた腹コワすよと悠太が言う。気合入れて家でメシ作ることにする（昨年二月やっちゃん死去の折、コンビニ弁当や出来合いの総菜続きでワシが腹をコワした前歴がある）。吸水時間ゼロでメシを炊き、トリカラ用にとってあったもも肉に塩胡椒してグリルで焼く。イリコ出汁速攻でとって豆腐の味噌汁を作り、キュウリを切る。遅くなったが文化的な晩メシ。

7月16日（火）旧6月14日　晴時々曇

㊌0.0mm/㊕24.4℃/㊫29.0℃/㊦20.3℃/㊐8.1h

悠太の朝起きが辛そうだが、今週一杯は怒ってはいけない。大人の都合に振り回されて遅寝早起き、ろくなものが食えん、向う数日不規則な生活を強いられる。それでも大事な学期末に忌引はしない、通常通り登校と決めた。大した用事をするわけでもないのだが、葬儀廻りの雑用で一日が暮れる。

仮通夜だが、特にすること無し。弔問客も少ない。部落に掲示しとらんし放送もしとらん。ワシらは知らんかったのだが、家族葬でと生前オジジが強く主張したという。

仮通夜の席で、かーちゃりん方の親戚の家が売りに出ていると聞いた。そこの不在家主ももうじき八十歳だからな。再々帰省できる今はええけど、高齢で弱ればそれも出来なくなる。そんなに先の話ではない。子供らが親父の代りに実家の面倒をみてくれるとは限らない。否、かれらは見向きもしないだろう。しっかりしているうちに片付けようと、そういう意思なのだろう。

7月17日（水）旧6月15日　曇のち晴

㊌0.0mm/㊕25.2℃/㊫30.5℃/㊦21.3℃/㊐5.3h

明日から週明けまで雨予報。天牛防除、モスピラン二〇〇〇倍株元撒布作業。午前二時間で井堀上下段と地主。午後二時間西脇、早生とポンカン若木の粗摘果も済ませる。横井手下段にかかるも、草丈が腰まで来ていて作業できず、デコポン二本だけ樹冠廻りの草を取って撒布、粗摘果も済ませる。防除より草刈りが先だな、横井手と平原は。前回の草刈りからひと月半経っている。ゴマダラカミキリが多い。除草剤を使わないものだから、どうしても防除作業が追っかけになってしまう。四時前に仕事を切上げ、四時半から実家。お通夜。弔問客が少ない。じじい、ほんまにこれでよかったんか？　ひねくれ者の天邪鬼、誰も弔問に来ないっちゅうて怒っとるんちゃうか。

いつもオジジの畑のテゴに来てくれていたおっさんが呑んで泣く。こげなヘンクウ（標準語の「偏屈」が近いように思うが、一寸ニュアンスが違う。ひねくれ者と訳した方が妥当か）なクソじじいでも、家族以上に大事に思う人が居る。遠くの親戚より近くの他人。じじいの畑草もぐれにしたらあかん、あんたがきちんと管理せえと言う。ワシは外野だからそうはいかんのよと言っても判ってもらえん。悲しみに暮れる酔っ払いは面倒臭い。面倒ついでにこのおっさん、ワシの職業ルポライターだと信じてやまない。一応もの書きではあるけれども、本業は本屋なんだがね、素人には区別つかへんのかもしれない。難儀もう一つ。ワシの稼ぎがゼロで、かーちゃりんに養ってもらってるとジジイがいつも言うとったとか。大体が想像つく話ではあるけれども。

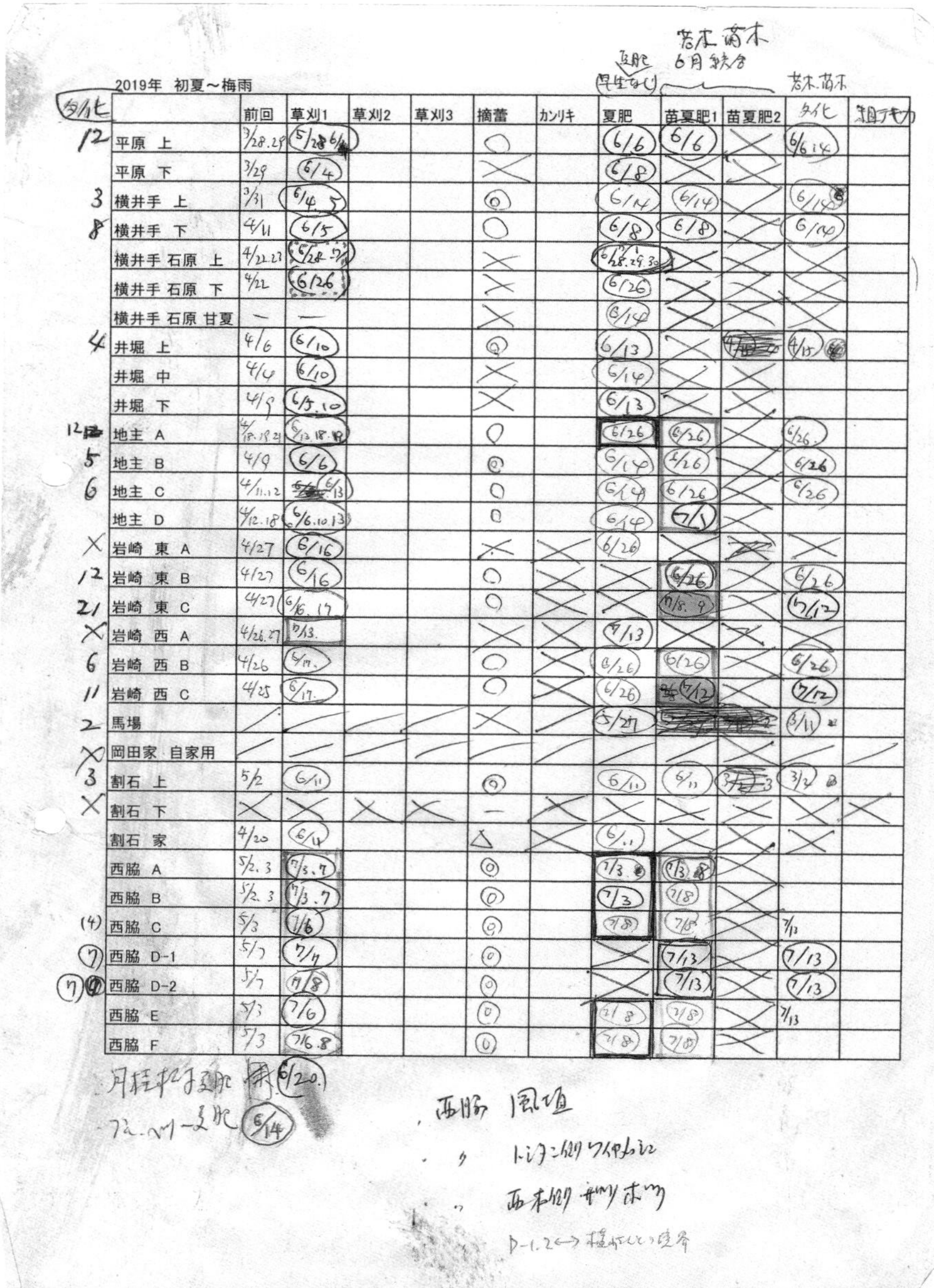

2019年　初夏～梅雨

タイヒ		前回	草刈1	草刈2	草刈3	摘蕾	カンリキ	夏肥	苗夏肥1	苗夏肥2	タイヒ	粗テキカ
12	平原　上	3/28.29	5/28 6/4			○		6/6	6/6	×	6/6.14	
	平原　下	3/29	6/4			×		6/8	×	×		
3	横井手　上	3/31	6/4.5			◎		6/14	6/14	×	6/14	
8	横井手　下	4/11	6/5			○		6/8	6/8	×	6/14	
	横井手 石原　上	4/22.23	6/28.7/1			×		6/28.29.30 7/1	×	×	×	
	横井手 石原　下	4/22	6/26			×		6/26	×	×	×	
	横井手 石原 甘夏	—	—			×		6/14	×	×	×	
4	井堀　上	4/6	6/10			◎		6/13	×	4/18 20	4/15	
	井堀　中	4/4	6/10			×		6/14	×	×		
	井堀　下	4/9	6/5.10			×		6/13	×	×		
12	地主　A	4/18.19.21	6/13.18.19			○		6/26	6/26	×	6/26.	
5	地主　B	4/9	6/6			◎		6/14	6/26	×	6/26	
6	地主　C	4/11.12	6/13			○		6/14	6/26	×	6/26	
	地主　D	4/12.18	6/6.10.13			○		6/14	7/1	×		
×	岩崎　東　A	4/27	6/16			×	×	6/26	×	×	×	
12	岩崎　東　B	4/27	6/16			○	×	×	6/26	×	6/26	
21	岩崎　東　C	4/27	6/16.17			○	×	×	7/8.9	×	7/12	
×	岩崎　西　A	4/26.27	7/3.			×	×	7/13	×	×	×	
6	岩崎　西　B	4/26	6/17.			○	×	6/26	6/26	×	6/26	
11	岩崎　西　C	4/25	6/17.			○	×	6/26	7/12	×	7/12	
2	馬場	/	/	/	/	×	/	5/27	[illegible]	[illegible]	3/11	
×	岡田家　自家用	/	/	/	/	/	/	/	/	×	/	/
3	割石　上	5/2	6/11			◎		6/11	6/11	3/2 3	3/2	
×	割石　下	×	×	×	×	—	×	×	×	×	×	×
	割石　家	4/20	6/11			△	×	6/11	×	×	×	
	西脇　A	5/2.3	7/3.7			◎		7/3	7/3.8	×		
	西脇　B	5/2.3	7/3.7			◎		7/3	7/8	×		
(4)	西脇　C	5/3	7/6			◎		7/8	7/8	×	7/13	
(7)	西脇　D-1	5/7	7/7			◎		×	7/13	×	7/13	
(7)	西脇　D-2	5/7	7/8			◎		×	7/13	×	7/13	
	西脇　E	5/3	7/6			◎		7/8	7/8	×	7/13	
	西脇　F	5/3	7/6.8			◎		7/8	7/8	×		

5月下旬から7月中旬にかけてのみかん作業台帳（防除作業を除く）

7月18日（木）旧6月16日　雨一時晴、夕方雷雨

㊌61.0mm/(均)24.4℃/(高)27.2℃/(低)22.8℃/㊐0.2h

十時前に江中家。十一時すぎに大畠駅までこーず君迎えに行く。少し晴れ間が覗く。零時半出棺。二時から橘斎場、家族葬と称した、参列者の少ない寂しい葬儀、じじい、ほんまにこれでよかったんか？　仕事で取って返すこーず君を四時に大畠まで送る。斎場に戻りお骨を拾う。

今日この続きで納骨を済ませるという。夕方はお富さんぢゃないけど地獄雨、勘弁してほしいのだが、一番雨のキツい時間帯に納骨となる。そのあとお寺で御勤めと七日なのかの打合せなのだが、他人のワシはついて行かず実家で呑んで待つ。くったくたの態で、かーちゃりんらが帰ってくる。帰宅後事情を聞く。去年のやっちゃんの時と同様にワシらが通いでお勤めしようかと提案したが却下されたという。オジジ死去で実家は空家になる。あとをどうするかは家取りが決めることだ。

7月19日（金）旧6月17日　雨

㊌24.5mm/(均)23.6℃/(高)25.1℃/(低)22.6℃/㊐0.0h

疲れが出て午前中仕事にならず。ひるから実家の片付けに行く。七日なのかはやらず、お逮夜だけ柳井から通いでやることになった。お食事はコンビニ弁当で済ませるという。八時半頃帰宅。疲れているが、無理くりメシを炊き、麻婆茄子を作る。買置きしていた合挽の、空気の触れたところが傷んでいる。使えるところだけ使う。仮通夜から葬儀までの三日間、家でメシが炊けなかった。出来合い続きでまたまた腹をコワした。

7月20日（土）土用　旧6月18日　雨

㊌18.5mm/(均)24.5℃/(高)26.7℃/(低)23.3℃/㊐0.0h

ここ数日畑の面倒見切れず、肥大しすぎたキュウリを廃棄する。負けた気分がする。気分転換、ひるから柳井へ買出しに出る。初七日お逮夜の御勤め用無し。拍子抜けだが仕方がない。それより早いとこ生活を元に戻さねば。

7月21日（日）旧6月19日　雨のち曇

㊌14.0mm/(均)24.9℃/(高)27.4℃/(低)23.4℃/㊐0.1h

初七日の朝の御勤め用無し。拍子抜けだが仕方がない。合鍵使って実家にあがり、仏様に手を合せて帰る。モダニズム詩集の二校戻し、四時のクロネコにのせる。盆前に上げるため三校はデータのやりとりにしようと思ったのだが、無理せずもう一回出力してもらうことにする。詩集の校正は難しい。

夜の参院選特番をさらっと見る。テレビのそれは新聞以上に茶番だ。ファクトチェックの放棄、バラエティ番組に堕している。広告代理店が幅を利かせば利かすほど、まともな報道は追いやられる。ワシがテレビの仕事をしていた二十何年前でもろくなもんぢゃなかったが、それでも当時のテレビがまともに思えてくるほどの酷さ。それにしても、巨人大鵬自民党。地上配備型迎撃システム「イージス・アショア」配備問題で揺れる萩市むつみ地区の出口調査、イージス・アショア配備に反対と回答した人の大半が自民党の候補者に投票しとる。今さえよけりゃいい年寄と初めっから投票になど行かない若い衆、実は何も考えていない無党派層、この程度の民にしてこの程度の政治。そういえば、郵便局をぶっコワすといって小泉自民がボロ勝ちした二〇〇五年の衆院選に際して、髙村薫氏は以下のコメントを朝日新聞に寄せていた。「昨夜、私はぽかんとして開票結果を見ていた。そして初めて気づいた。今まで投票に行かなかった「無党派層」は保守だったんだと。おそらく世間はこれまで、無党派層はリベラルだとみなしていたのではないか。それが大いなる勘違いだということが証明された」(朝日新聞、二〇〇五年九月十二日付大阪本社版夕刊)。無党派層はリベラルではない、なんだ今頃気づいたのかよ。でも、無党派層イコール保守ではない。それ以前に、保守とは何か、まるでわかっていない。髙村薫も大したことない。当時、即座に思ったこと。

7月22日(月)旧6月20日　雨のち曇一時晴のち雨のち晴のち雨のち曇

㊌21.5mm/㊊24.8℃/㊋28.1℃/㊏23.6℃/㊐1.9h

悠太は今日から四日間小学校のサマースクール、午後学童。かーちゃりんが早起きしてお弁当こさえている。雨がやまない。農協のたより配布してから学校へ送る。十時から農協で、町、県、農協主催によるイノシシ防護柵設置・メンテ研修会。クソ忙しい最中に無駄な時間を過してしまった。ワイヤーメッシュ(防獣柵)と番線を結束する道具の使い方を実演します、やってみたい人はいませんかとか何とか、プロの農家で使い方知らん者がおる筈なかろうが、馬鹿にしとるんか。農業素人の農林課担当がまた、わかったげな物言いで説明を進めるのも何だか滑稽に映る。そりゃあ役場や農協を見くびる者が少なくないのも道理だ。対策の始まった当初購入した目の大きいワイヤーメッシュにウリ坊対策を追加するにあたり、高さ一・二メートルまるまる要らんから、下半分の目の狭いところだけあれば助かるんだが、そういうモノは無いのかとの質問に対し、ホームセンターや農協で売ってるものを買ってもらえばよいですとか何とかといった回答に終始する。質問の趣旨を全く理解しとらん。講師が素人揃いでは話にならん。強い雨が降り出した。洗濯物の取込みを口実に中座させてもらう。

7月23日(火)大暑　旧6月21日　曇(出先曇)

㊌0.0mm/㊊24.7℃/㊋28.4℃/㊏23.0℃/㊐0.8h

八時出発、柑橘同志会の総代会、防府の農業大学校。セトミの連年結果対策についての授業は勉強になった。よっぽど樹体が大きくないと収益につながらない。収量が小さいので、単価が高くなければやれん。移り気な消費者の嗜好に振り回される中晩柑は難しい。

園地面積が今年一町（約一ヘクタール）超えたのでこれ以上増やしたくないのだが、レモンの植付け可能な園地があれば狭くてもよいから欲しい。レモンは病害が多発する。特にかいよう病の発生・拡散源になりやすく、みかん園地の近くでは植付けがやりにくい。病害が発生しても近隣に迷惑をかけることのない園地がほしいのだが、これが難しい。オジジ死去で空家になった実家の畑を借りればよいかと思ってかーちゃりんに相談するも、条件が合えば家を買いたいと言うてる人もいて、一寸難しい様子。実家の畑は考えないほうがよい。それはさておき、下手に植えたらあかんと釘を刺される。万一近隣でかいよう病が発生した場合、発生源でなくてもあんたの所為にされるで、と言う。移住希望の人らが幻想を抱く島時間とかのんびりまったり具合なんて、この島には無いからなと。ワシも意識はしているが、かーちゃりんの方がさらに厳しく現実を見ている。ロハスな人々にはまず理解してもらえない話の一つ。

7月24日（水）旧6月22日　曇時々晴

(水)0.0mm/(均)25.3℃/(高)28.8℃/(低)23.1℃/(日)1.3h

悠太とかーちゃりんのお弁当に焼き飯を作る。午前午後の四時間半、平原上下段の草刈り。四時学童、悠太お迎え。五時から六時まで二人で平原下段の早生二本摘果。曇ってる分助かったが蒸し暑い。

今年の枝豆初収穫、少し若いがウマい。明日の二人の弁当のおかずも兼ねてヒレカツ、茄子フライをこさえる。オジジ葬儀で一週間仕事が止まり、その恢復運転で今日も残業したいと言ってたところを、夕方ワシのメシの支度が遅れ、無理言うてヤマハ音楽教室のお迎えに行ってもらった。お仕事鬱の入ったかーちゃりんの食いが悪い。クソ暑い台所で汗だくで揚げ物こさえて、食いが悪いとせぇがない。

7月25日（木）旧6月23日　晴

(水)0.0mm/(均)26.9℃/(高)32.1℃/(低)22.7℃/(日)9.5h

四時半起き、モダニズム詩集の最終校正にかかる。かーちゃりん五時起きで仕事に出る。朝イチで雨量計に反映しない程度の雨がくる。昨日で梅雨明けと新聞に出ている。平年より五日遅い。午前まるまる校正、午後二時間半から四時まで横井手下段の草刈り。四時過ぎ悠太お迎え、四時半から五時半まで二人で平原下段の早生若木の摘果作業。天牛の食害（株元に、今年羽化した成虫の脱出口が出来ている）二本あり。気候変動により病害虫の発生時期が早まり、活動期間も長期化している。防除が追い付いていないのがわかる。ならば防除回数を増やせという話になりがちなのだが、化学農薬の使用過多は病害虫が抵抗性を持つリスクを伴う。その先には農薬のさらなる使用量増加、といった負のスパイラルがある。

今日は東和中学校のプール開放。五時半かーちゃりん帰宅して悠太を連れて行く。六時から七時まで横井手下段草刈りの続き。夕方は作業がしやすい。

7月26日（金）旧6月24日　晴

(水)0.0mm/(均)27.1℃/(高)32.4℃/(低)22.9℃/(日)11.2h

　四時起き校正作業。かーちゃりん五時起きで仕事に出る。悠太連れて大畠、バンブーに散髪に行く。大分伸びてきた。このままでは暑くて防除作業ができない。長髪と髭は農作業の邪魔になる、農家兼業になって判ったことの一つ。三時過ぎ帰宅、モダニズム詩集の最終校正対応、六時過ぎまでかかる。朝から笠佐島に取材に来ていた斎藤潤さんが手違いで現地泊りできなくなり、うちに泊ることになる。笠佐島の人口、ついに四人にまで減った。あとは別荘四軒。昔水田があった島の南部にこれから外国人の別荘が建つそうな。実はそれがきちんとした人々で、自然環境に対する考え方から生活態度から何から、日本人の移住者よりはるかに意識が高いのだと、そんな話も聞く。

7月27日（土）旧6月25日　晴

(水)0.0mm/(均)27.5℃/(高)32.6℃/(低)23.2℃/(日)11.2h

　朝イチで季村さんよりメエルが入る。巻末の略年譜一九三三年（昭和八）の項、上段（掲載作品と文芸をめぐる動き）が詰まり過ぎなので、能登秀夫の記述一行削除で間を空けたいと。それはええのだが、意味もなく行空けを作ると編集ミスっぽく見えてしまう。上段は一行空白でいいから、その下段（総力戦体制をめぐる動き）に何ぞええ追加事項はないかと暫し熟考、「関東防空大演習。八月」の一行を追加する。クソの役にも立たんイージス・アショア導入然り、北朝鮮の弾道ミサイル発射に際して全国瞬時警報システム（Jアラート）を稼働させ、頭抱えてしゃがめとか地下街に避難せよとか馬鹿抜かし倒して国中を不安と恐怖に陥れた二年前の異常事態然り、今年五月に実施し年度内あと三回予定している全国一斉情報伝達試験（「これは、Jアラートの、テストです」という大音量の緊急放送）然り、「関東防空大演習を嗤う」に対する在郷軍人会の不買圧力等により桐生悠々が信濃毎日新聞社を追われた当時の状況と、昨今のもの言えぬおかしげな状況は通底している（追記。今月二十五日と三十一日の弾道ミサイル発射に際してJアラートは稼働せず。安倍首相はゴルフに興じていた）。右だろうが左だろうが腐敗すなわち権力の属性。すでに戦時。詳述せずともたったこの一行でわかる人にはわかる。

　九時過ぎ、大畠駅まで三木さんを迎えに行く。シマダス第三版の刊行目前、超多忙、斎藤さんと浮島《うかしま》取材、一泊で東京に取って返すという。十一時半の船で浮島行、かーちゃりんに日前港まで送り届けてもらう。午後、かーちゃりん、悠太連れて庄南ビーチに泳ぎに行く。帰って曰く、知った者が誰も居らだった。この時期、浜で泳いでいるのは他所から来た人ばかり。一寸前までは部落ごとの浜でジゲ（地元）の子供らが泳いでいたのだが、もうそれだけ島に子供が居ないということだ。埋立地の岸壁と違っていくら砂浜が安全といっても、小さな子供だけで海に遊びに行かせるわけにはいかない。かつては上の学年の子が小さい子を見てくれていたのだが、それが成り立たなくなった。埋立てが進み、安心して泳げる砂浜が少なくなった。海を目の前にして暮しながら、海が楽しい場所ではなく、子供だけで行ってはいけない危険な場所になってしまった。

7月28日（日）旧6月26日　曇のち晴

㊌0.0mm/㊐28.4℃/㊒32.3℃/㊦25.6℃/㊐8.8h

七時から八時半まで横井手下段草刈り残り半分。一昨日の作業分と合せて四時間かかってこのブロックおよそ六畝（約六アール）をやり切った。予報では暫くまとまった雨が来ないので、次の草刈りまでの日数は多少は稼げるだろう。オジジ二七日、空家になった実家を開けて入り仏様拝んで帰る。かーちゃりん出勤、ワシら二人は甘夏の草取りと摘果に一時間。

夕方一時間、平原上下段で天牛防除モスピラン株元撒布。手持ちタンク不調、薬剤が溢れて腰まわりが農薬もぐれになる。量販店で買ったもの、安かろう悪かろう。農協の方が全体にモノが良いが、少量撒布とか小回りの利く気の利いたモノが少ない。量販店も農協もあてにせず、ネット通販で買い直すことにする。リアル店舗で買う方がよいとわかってはいるのだが、そうはいかない実情もある。

今年のオクラ初収穫。なりが少ない。でもウマい。

7月29日（月）旧6月27日　曇のち晴

㊌0.0mm/㊐27.9℃/㊒32.0℃/㊦25.1℃/㊐6.2h

かーちゃりん五時出勤。午前二時間半と夕方一時間、地主で草刈り。ひるま暑くて仕事ができない。夕方の作業、刈払機のエンジンカバーで右腕を火傷する。半袖シャツの時は腕バンドを巻いて保護するのだが、つい忘れて作業していた。エンジンのかかった直後で温度が滅茶苦茶に上がっていなかった分、火傷の程度が軽くて助かった。ハインリッヒの法則、一寸した不注意が積み重なって大ケガ、大事故に繋がる。特に農作業中の事故は生命にかかわる。農業人口は減減の一途を辿っているのに農作業中の事故件数は減らない。高齢化、一人での作業、危険な作業など、事故リスクの高さを反映している。暑さで疲労が蓄積しているだけに気をつけないけん。

7月30日（火）旧6月28日　晴

㊌0.0mm/㊐28.3℃/㊒32.8℃/㊦25.0℃/㊐9.5h

日録刊行に向けた原稿整理のため終日机に向う。去年同時期の記述をチェックする。草刈り、摘果、防除の遅れ具合は今年と大して変らず。記録的猛暑もまた変らず。

ミカンバエ成虫防除（キラップJ三〇〇〇倍）の時期なのだが、猛暑で草刈りが追い付かないのを口実に、今年は見送ることにした。気候変動でミカンバエの産卵時期が早まったこと、強力な薬剤が使えなくなったこと（ジメトエート乳剤（有機リン剤）の製造中止）により、産卵防除（モスピランSL液剤（ネオニコチノイド剤）二〇〇〇倍）の時期が早まった（以前は八月二十日から九月十日の間に撒布すればよかったのが、八月十五日から三十一日に前倒しになった）。同時防除となる黒点病については、前回防除からちょうどひと月経過しており、累積雨量も三三八・五ミリ、教科書通りならば一刻も早く防除すべきとなるが、当分まとまった雨が来ないのであれば無理はすまいと見送ることにした。どうせ八月十五日以降なるべく早い目に防除作業にかからねばならぬ。いまこの時期に防除をしても、すぐに次の防除が来てしまう。クソ暑い中、それでは身体がもたない。

それともう一つ引っかかることがある。キラップＪはひと月程度残効がある。そのため、ミカンバエが産卵に来ても、葉っぱや果実をひと舐めしただけで死んでしまう。成虫の密度を落として産卵リスクを軽減し、モスピランＳＬ液剤の効きの悪さをカバーしようという意図による。通常、殺虫剤は撒布直後は効果があってもすぐに揮発してしまう（浸透性の問題は措くとして）。残効が長い、すなわち、この時期の草刈りや摘果作業で人間が薬剤を吸い込む危険も高まるということであり、悠太に摘果のテゴをさせるうえでも問題が大きいと考える。年寄はそれでもいいかもしれんが、将来のある子供や若い者に早くから農薬を大量に喰らわせるのは良いこととは思えない。子供にテゴさせるのを前提に算段組んどるのはあんたくらいやとかーちゃりんは言う。農薬使用をゼロにはできないが、この日本一のみかん産地を次代に譲り渡していくためにも、子供がテゴすることのできる農園であらねばならぬと、いつもそのことを考えている。

7月31日（水）旧6月29日　晴

㊌0.0mm/㊍28.9℃/㊋33.1℃/㊏26.4℃/㊐10.7h

悠太を連れて八時半出発、西脇で二時間半、イヨカン、ポンカンの摘果と風垣の刈込み作業をする。去年のこの時期、風垣が伸び過ぎて隣接する赤線（部落道）の通行に支障を来しているとクレームがついた。言われる前に刈っておく。赤線下の耕作放棄地が、以前にもましてわやになっている。もう、どうしようもない。園地入り口の空家の主が帰省している。ワイヤーメッシュの件で文句言われる。普段ここに居ない者にこの困難が理解できよう筈がない。それにしても、西脇では心穏やかに仕事ができた試しがない。滅茶苦茶暑い。摘果、ポンカン一本半やり残す。

午後は日が沈むまで外仕事ができない。六時から四十分、横井手上段で刈払機を回す。平原上段の早生摘果残りを片付ける。七時終了、帰宅、家庭菜園に水をやる。晩メシの支度がまた遅くなる。

１ヶ月

降水量	215.0mm（113.9mm）
平均気温	26.3℃（26.5℃）
最高気温	30.2℃（30.9℃）
最低気温	23.4℃（23.1℃）
日照時間	163.0h（236.9h）

上旬

降水量	7.5mm（31.7mm）
平均気温	27.6℃（26.7℃）
最高気温	32.2℃（31.3℃）
最低気温	24.0℃（23.2℃）
日照時間	93.3h（82.6h）

中旬

降水量	71.0mm（40.0mm）
平均気温	27.1℃（26.7℃）
最高気温	30.8℃（31.1℃）
最低気温	24.1℃（23.4℃）
日照時間	50.3h（75.2h）

下旬

降水量	136.5mm（42.2mm）
平均気温	24.5℃（26.2℃）
最高気温	27.8℃（30.5℃）
最低気温	22.2℃（22.8℃）
日照時間	19.4h（78.9h）

2019年８月

この時期釣りに出ると、ヒラアジ（真鰺）とマルアジ（青鰺）が混じる。この日はサヨリが一匹混じっていた。どちらもウマいが、刺身に引いた時の見た目はヒラアジの方が良い。活〆をするとしないとで刺身の味に天地の開きが出る。

「一九三〇年代モダニズム詩集」の刷取りをチェックする。みーちゃんの寝床にもなる。2019.8.4

8月1日（木）旧7月1日　晴

(水)0.0mm/(均)27.9℃/(高)32.0℃/(低)24.6℃/(日)10.9h

朝六時からの四十分と八時からの二時間半、夕方六時からの一時間、横井手上段と地主刈払機を回す。七月十七日に幼木・若木のみモスピラン株元撒布をした園地、その後一週間の降雨で草丈が信じられないほど伸びた。雑草は手強い。一寸やそっとのオオグサではない。これでは農薬撒布不可能だ。七月末から八月初旬にかけての防除、こりゃ初めっから無理だった。朝晩少しましとはいえそれでも殺人的な暑さ。シャツが絞れるほどの汗、十時十一時以降夕方日没まで外で仕事ができない。二一世紀に入って以降、就中二〇一〇年以降の酷暑は異常だ。それでも大島では去年も今年も猛暑日は一日も観測されていない。去年猛暑日が一日も観測されなかったのは、山口県内では大島（安下庄観測点）だけだった。気象データはあくまで地上一・五メートルの日陰の気温であり、園地内の実際の気温はそんなもんではない。それでも他の地域より幾分マシといえる大島であっても、夏の農作業は命の危険を伴う。一昨年くらいまでは夏の盛りでも午前一杯と午後四時以降は作業ができたのだが、今はそれすら不可能になってしまった。草刈り、摘果、防除、全てが遅れる。当然、よろしくない影響が出る。でも、どうすることもできない。身体破ったら（身体を壊したら）オシマイだ（連年こんなとんでもない猛暑で、来年七月八月に東京でオリンピックやるってか?）。

家の中でも暑くてやれんが、昼間は机に向う。農業共済組合から電話が入る。収入保険（農業収入全体を対象とした新たな国の補償制度）の地区別説明会を七日に開催するので、参加せよという話。案内文書は早くに届いている。うちは現金主義・簡易記帳による青色申告なので、収入保険には加入できない。本業も含めて棚卸・複式簿記による青色申告に切替えることのコストと労力の激増に耐えられない旨、電話口の担当さんに伝える。現状では打つ手無し、との結論に至る。

8月2日（金）旧7月2日　晴

(水)0.0mm/(均)28.1℃/(高)32.0℃/(低)23.8℃/(日)11.4h

三時半起きで机に向う。朝は冷房が要らない。六時から七時まで地主で刈払機を回す。汗だく。八時半から西脇でポンカンの摘果、十一時終了、汗だく。帰って風呂浴びて三十分寝る。昼から机に向う。四時学童、悠太お迎え。あまりの暑さ、学童ではみんな外に出ず屋内で過していたという。

8月3日（土）旧7月3日　晴

(水)0.0mm/(均)27.8℃/(高)32.3℃/(低)24.6℃/(日)10.7h

昨日午前の摘果を済ませて後暑気あたりか体調悪く、晩メシの支度が遅くなった。こんな時冷素麺で済ませてしまうと翌朝足腰立たなくなる。かーちゃりんの帰りは今日も遅い、九時以降と聞いている。普段なら悠太の晩メシが九時以降なんてあってはならぬ話なんだが、夏休みなので勘弁してもらう。へたった身体に鞭打ち手を抜かずメシを作る。蒸し鶏とポテサラをこさえる。ジャガイモ、キュウリ、タマネギ、モロコシ、野菜類全て自家穫り。汁物まで作れりゃ完璧なんだが台所が暑くてやれんのでパスする。食うだけ食うて先に寝る。深夜、手の痺れとむくみで目が覚める。熱中症だこりゃ。朝五時半起床。何とか復活。

今日は年に一度の球友会ナイター観戦ツアー。野球観に行くのは好きなんだが、このクソ暑い最中にこれまたクソ暑い広島まで炎天下出掛けていくのはキツい。でも、世話役が不参加というわけにはいかない。前日風邪で一人キャンセル発生、急遽参加者を探すも確保できず、悠太を連れて行くことにする。マイクロバス、鍵本君の運転で一時出発三時着。試合は六時開始、五時過ぎまで広島駅ビルのライオンで呑む。カープは負けたが菊池の見事なセカンド守備を生で見られただけでも行った価値があった。悠太はどうも野球を理解しているふうではなかったが雰囲気は楽しめた様子、来年も行きたいと言う。

8月4日（日）旧7月4日　晴

(水)0.0mm/(均)27.7℃/(高)32.2℃/(低)23.8℃/(日)11.3h

昨夜零時半帰宅。昨日の広島の最高気温は三五・五度。疲労困憊、仕事を休む。悠太はひるからかーちゃりんと海に行く。子供はタフだ。昨日留守中に「一九三〇年代モダニズム詩集」の刷取りが届いていた。ひととおり確認、美しく刷り上っている。一折（一六頁）毎に切り分けて冊子の体裁にし、

枝豆は鮮度が命。穫りたての味は市販品とは比較にならない。2019.8.5

季村さん宛に送り出す。

8月5日（月）旧7月5日　晴

(水)0.0mm/(均)28.4℃/(高)33.4℃/(低)23.7℃/(日)10.2h

かーちゃりん五時出勤。朝から町長協議、早朝出勤で作業せな資料が間に合わんという。昨日悠太を泳ぎに連れて行くのを優先した、そのしわ寄せ。オジジ葬儀で一週間仕事が止まったのが災いした。十月から導入される保育の無償化に向けて余計な仕事が入ったのもある。去年の同時期と比べて、かーちゃりんのテンパり具合が酷い。ワシもワシで二年続きの災害級の猛暑とあっては早朝と夕方しか畑仕事ができんのだが、悠太をあまり早く起すわけにもいかず、あきらめて机に向う。毎日出版文化賞の応募書類を作成。今年はモダニズム詩集で勝負する。予約を取る必要もある。同時メエルの文面作成、以下コピペ。

＊

今年の夏も異常に暑い日が続きますが、お変りありませんでしょうか。

今年二点目の新刊「一九三〇年代モダニズム詩集――矢向季子・隼橋登美子・冬澤弦」（季村敏夫編）を刊行します。

小社が関わった神戸モダニズム詩史としては、「永田助太郎と戦争と音楽」（編集＝季村敏夫・扉野良人、発行＝震災・まちのアーカイブ、製作＝みずのわ出版、二〇〇九年六月）、「山上の蜘蛛――神戸モダニズムと海港都市ノート」（季村敏夫著、二〇〇九年九月）、「窓の微風――モダニズム詩断層」（同、二〇一〇年八月）の続編に位置付けられます。

戦時下の神戸と姫路に生き、一冊の詩集も遺すことなく消えた三人の詩人の原石といえる詩篇を収録。かれらの関わった同人誌の人脈から総力戦体制下の文芸活動を検証し、治安維持法違反容疑で詩人十七名が一斉検挙された神戸詩人事件（一九四〇年三月三日払暁）の背景と今日的課題を明らかにすべく、今回刊行の運びとなりました。刊行の趣旨につきましては、本書「はじめに」全文を転載しますのでご一読願います。

なお、本書は六〇〇部の少部数限定出版、いわゆる自費出版物です。高額なれど本書を必要不可欠とする読者の求めやすい価格という編者の要望もあり、仮に全部数を定価で販売しても制作費全額は回収できない、そういった価格設定となっております。編者著者が肚を括らなければまともな本を遺すことができない、そんな時世でもあります。
八月十五～二十五日頃出来予定、です。ご購読のほど、何卒よろしくお願い申し上げます。

＊

台風接近により夕方陸閘《りっこう》を閉めて回る。台風のコースが大きく逸れており今回は大した影響は無かろうが、閉めよという指令が県から町を経て各分団に回ってきた。確かに、万が一があってはならぬ。

8月6日（火）旧7月6日　雨のち曇

(水)7.5mm/(均)26.5℃/(高)28.7℃/(低)25.2℃/(日)0.0h

朝から雨、かーちゃりん六時出勤。七時過ぎ悠太起床。朝メシ食うて一時間寝る。昼前に雨があがる。大して降らず。蒸し暑く、仕事に出る気が起らない。悠太は午後まゆみちゃんとなぎさ水族館に行く。終日内職、夕方陸閘を開けて回る。

8月7日（水）旧7月7日　晴

(水)0.0mm/(均)27.9℃/(高)32.9℃/(低)25.1℃/(日)9.0h

かーちゃりん今日も六時出勤。悠太を七時に起し朝メシの支度をする。この時期、早朝畑に出られないのは辛い。八時半から十一時まで悠太連れて地主で在来の摘果、午後内職。昨夜浅間山が噴火した。大島でも昨日今日と震度一の地震が続く。富士山にせよ南海トラフにせよ、カタストロフがいつ来るかわからない。

8月8日（木）立秋　旧7月8日　晴

(水)0.0mm/(均)27.8℃/(高)33.5℃/(低)23.7℃/(日)10.9h

かーちゃりん早朝出勤見送り、久しぶりに早朝の畑仕事、六時から七時まで地主で刈払機を回す。悠太連れて八時半から十時まで地主で在来の摘果、四本やり残し、汗だくで帰宅。午後、布本日記の初校チェック、四時クロネコにのせる。盆前最終営業日（十日）に二校ゲラを出してもらう予定。

四時半から青木さんの船で秋の沖合まで釣りに出る。潮がコマい所為だろう、食いが悪い。それでも今日明日のおかずには十分な量が釣れた。帰りしな、橘病院沖に船をとめて悠太に初めて竿を持たせる。デンゴ（アジの稚魚）ばっかりだが、五連チャンかかって嬉しそう。コマくてもアジはウマい。シゴする（魚をさばく）ワシの手間が大変だが、いつか来た道である。

8月9日（金）旧7月9日　晴のち時々曇

(水)0.0mm/(均)26.9℃/(高)32.1℃/(低)22.6℃/(日)7.7h

昨日今日と朝涼しい。スマホでアメダスをチェックする。五時で二三・二度。さすが、二五度を切ると違う。五時半から七時まで地主で刈払機を回す。涼しいが動けば暑い。汗だくで帰宅。悠太テゴ、午前一時間半で地主の摘果作業、これで在来の摘果を終える。一時半から三時まで柑橘組合長会議に出席する。今春合併発足したＪＡ山口県の総代選挙、西安下庄の定数三名のうち青壮年部枠一名がワシに決まる。

帰宅後内職、私家版布本日記の目次指定原稿をデータ入稿する。次の校正で図版を入れると頁繰りが変る。確定前段階で目次は入稿しない方が楽なのだが、次のゲラを提示するにあたって目次が入っていた方が全体のイメージを摑んでもらいやすい。プロ相手と素人さん相手とでは、仕事の進め方を変える必要がある。五時から六時まで悠太連れて横井手、寿太郎の樹冠草取りと摘果、二本しかやれず。倉庫に立寄って混合油を作り、イモの蔓返しを済ませておく。

8月10日（土）旧7月10日　晴

(水)0.0mm/(均)27.1℃/(高)32.7℃/(低)22.8℃/(日)11.2h

疲れがきた。朝の作業を休む。日が昇ると暑くて仕事ができん。十五日以降なるべく早いめにミカンバエ産卵防除をせよと農協は言うけど、これで防除作業にかかったら虫が死ぬる前に人間が死ぬる。お盆の終りに台風一〇号の進路にかかりそうな気配。ひと雨来て気温が下がってほしい、でも台風には来てほしくない。終日畑を休み、部屋を片付ける。かーちゃりんは悠太を連れて光へ出掛ける。皮膚科とおたふく風邪予防接種二回目、お昼はかっぱ寿司に行くという。毎日《まいひ》にどちらかがついてなあかん。仕事にならん。夏休み恐るべし。

8月11日（日・祝）旧7月11日　晴

(水)0.0mm/(均)26.9℃/(高)32.8℃/(低)22.0℃/(日)10.1h

朝涼しい。六時から八時まで地主で刈払機を回す。八時半一旦帰宅、珈琲を淹れる。九時半から十時まで井堀中段、サツマイモ廻りの草を刈る。十時からかーちゃりん休日出勤、昼まで子守りと雑務。午後悠太とかーちゃりん海に泳ぎに行く。海で泳げる時期は梅雨が明ける七月半ばからお盆迄、意外と短い。お盆が明けると急に水温が下がり、ドベ（クラゲ）がわく。かーちゃりんの仕事の都合と台風の通過見込み、この週末がラストチャンスとみた。

二人はまだ帰ってこないが三時半から畑に出る。少し暑さがやわらいだ。この時間帯に作業に出るのは久しぶりだ。横井手上下段の幼木・若木の天牛（ゴマダラカミキリ）産卵防除、モスピラン顆粒水溶剤二〇〇〇倍、株元撒布をする。七月末には終える必要のある防除作業なのだが、この暑さで余力がなかった。間に合わんかもしれんが、何もせんよりマシだろうて。

作業を済ませ、農協の総代選挙通知を配って歩く。五時から七時まで岩崎で刈払機を回す。前回の草刈りは六月十六、十七日。ほぼふた月経っている。今年は梅雨入りが遅く期間も短かったとはいえ、それでも梅雨の間に三〇〇ミリ以上降っている。これだけ降って気温が高くて日が照れば雑草はアホほど伸びる。梅雨明けの頃にすぱっと刈ってしまえば秋雨の頃まで放っておけるのだが、この暑さで仕事が回り切らん。仕方がない。やれるところからツブしていく。

8月12日（月・振休）旧7月12日　晴

(水)0.0mm/(均)28.4℃/(高)34.0℃/(低)23.2℃/(日)8.6h

昨夜ウマオイの初鳴きを聞く。数日前にはクツワムシが鳴き始めた。猛暑の所為か、今年はセミが少ない。ゴマダラカミキリも梅雨時は多かったが夏に入ってあまり姿を見なくなった。蚊も少ない。まだコオロギやスズムシが鳴かない。秋の虫も少ないのかもしれない。

　五時に起きる。まだ暗い。夏至から五十日、日が短くなった。六時から二時間、割石で草刈り機を回し、幼木の天牛産卵防除を済ませる。根元に齧られた痕がある。産卵されたかもしれん。念入りに撒布する。

　八時半帰宅。言われなければ宿題に手をつけん阿呆息子。性根が無い。かーちゃりん九時から休日出勤、午前の摘果作業をあきらめて絵日記制作につきあう。

　二時半から四時半まで割石で中生古田の摘果、沖縄ではないが、太陽が噛みつくほどの痛さ。ケータイでアメダスをチェック、この夏の最高気温を記録している（それでも大島はマシなほう。去年も今年も猛暑日は一日も記録していない）。

8月13日（火）旧7月13日　晴

(水)0.0mm/(均)29.8℃/(高)33.6℃/(低)24.8℃/(日)9.5h

　昨夜はクソ暑くて寝付けず。五時で二七・六度、朝からアホほど暑い。六時から七時まで地主で刈払機を回す。土曜の午後からみーちゃん血尿、連休中に症状が酷くなり、朝から柳井のさくら病院に連れて行く。猫によくある膀胱炎、注射とお薬フードをもらって帰る。冷房かけた部屋の温度が猫には低すぎる、けど熱中症には気を付ける必要があるので冷房かけないのもよろしくないと、ドクターもなかなかに難しいことを言う。帰り道、帰省の車で大島大橋が渋滞している。渡り切るのに十五分かかる。帰宅してすぐ、一時から柑橘同志会の役員会に出る。暑くてやれん。二時から四時まで寝て、悠太連れてお墓参りに行く。盆の入り、本当は朝早くお迎えに行くべきなのだが、みーちゃんの病院と同志会の雑用を優先させてもらった。

　井堀中段でイモの蔓返し追加分。台風に備えて排水路を掘り直す。上段（元はみかん畑、今はアパートが建っている）との境目の石積みから水が出る。井堀という小字名の由来、ここは山の水の通り道。記録的冷夏となった昭和五十五年（一九八〇）の大雨による地滑りでこの一帯がやられた。よしぃのおっちゃん方のレモン畑がまるまる流された。滑り落ちた土砂は山の麓のうちの前にまで流れてきた。

　悠太はかーちゃりんと東和中のプールに行く。みかん作業をやめにして家庭菜園の灌水作業にかかる。暑さに強い筈のトウガラシに高温障害が出たのか、花がつかず枯れかけている。ピーマンもしおれて花が全くつかず、オクラもナスも絶不調、そこそこ好調を維持してきたキュウリも時期的にあがりかけている。ユズが枯れかけている。台風が来る。風は要らん、雨が欲しい。陸閘を閉めよと昼前に役場から電話が入った。永代橋を早くに通行止めにするわけにもいかず、船着場に車を停める釣客が多いのもあり、今日の閉門は見送り、明日の朝閉めるかどうか団長と連絡を取合うことにする。

夜、義兄からかーちゃりんにラインが入る。九月一日オジジの四十九日御勤め、これをもって永明寺さんとの関わりが切れる。かーちゃりんは反対したが、最後は家取りが決めること。仏壇を移し、実家も売るか貸すか取壊すことになる。家を守れ、帰る所だけは残しておけと亡祖母はワシに強くそう言った。ワシは祖母の遺言を守ったが、もはやそういう時代ではない（どちらが良いとか悪いとかいった問題ではない）。いずれにせよ、オジジ死去をもって江中家は周防大島の秋という部落から消滅した。家父長制を是認するつもりは毛頭ない。家が一つ無くなるとはこういうことなのだと改めて思う。

8月14日（水）旧7月14日　晴のち曇一時雨

㊌4.5mm/㊋28.3℃/㊍32.4℃/㊎26.4℃/㊐3.5h

朝の陸閘閉鎖を見送り、午前の二時間半地主と井堀下段で刈払機を回す。十一時頃降り始める。大した雨量ではない。夕方陸閘を閉める。潮が大きくなると天気が荒れると昔からいう。今回の台風は大潮とぶつかった。満潮時刻は二〇時五三分と翌朝八時一九分。平均海水面より満潮時水面が三メートル程度高い予測だが台風の影響でもっと上がる。夏から秋にかけて高水温により海水の容積が膨張し満潮時の潮位が高くなる。そこに台風が来る。高校時分から平成の初め頃にかけて庄の浜が全て埋め立てられた。風情は無くなったが浜に近い家屋が台風の度に悩まされてきた床下浸水の問題は解消した。景観の良さはその土地の貧しさ、暮しにくさを表すものであると宮本常一は言った。遠浅の美しい砂浜が無くなったのは淋しくてならぬ。だが、そこに住む者にとっての問題も見落としてはならぬ。

8月15日（木）旧7月15日　雨時々曇

㊌43.5mm/㊋27.0℃/㊍28.7℃/㊎25.4℃/㊐0.0h

深夜、停電と復旧を十数回繰返す。排水機場の停電・復旧のケータイ自動連絡が鳴りっぱなしで寝られず。かーちゃりん終日避難所勤務。悠太終日宿題進まず。小学校低学年に読書感想文なんて無理やで。台風は拍子抜け、雨はしっかり降った。これで畑のものが生き返る。

8月16日（金）旧7月16日　曇のち晴

㊌3.0mm/㊋27.6℃/㊍31.6℃/㊎25.1℃/㊐6.2h

七時から陸閘を開けて回る。九時お墓参り、お盆が明ける。岩崎で午前一時間半草刈り、午後二時間カズラ除去、暑くてやれん。背戸のおばさんが帰省、お菓子とビールを戴く。おっちゃんはもう帰省できん、おばさんも年齢的にしんどくなってきた。子や孫らは島の家は要らんという。売るか取壊すか、これから相談するという。

お庭ＢＢＱのあと庄南ビーチで花火を観る。入籍八周年。

8月17日（土）旧7月17日　晴

(水)0.0mm/(均)26.2℃/(高)30.8℃/(低)22.8℃/(日)10.5h

朝寝坊、八時起き。昼過ぎまで片付け雑務。悠太は花火の絵の宿題制作。夕方大畠駅、夏休み最後の日曜日、津和野発新山口行やまぐち号の指定券を確保する。最後に夏休みらしいことをしようという話。折角のお出掛け、呑んで帰るとするが、週末の柳井は何処も満杯。来来亭で済ませ、ゆめタウンで買物して帰る。バスキンロビンスで買ったアイスを悠太が床に落とす。やらかしのホームラン王。

8月18日（日）旧7月18日　曇時々晴

(水)0.0mm/(均)25.5℃/(高)29.2℃/(低)22.5℃/(日)1.8h

向う一週間ずっと晴予報の筈が、十九、二十日と二十四〜二十八日が雨予報に変った。ミカンバエ防除は撒布後数日晴天が続くのが望ましいというが、そんなこと言うてはおれない。撒布後二時間程度で乾けばそれでよい。ミカンバエの発生（試験場が管理している清水のミカンバエ汚染園地で成虫がその年初めてトラップにかかった日）が昨年より一週間早く、今月七日次点でも七匹捕獲したと聞いた。天候が急に不安定になった。やれる日にやる、それしかない。モスピランSL液剤二〇〇〇倍（ミカンバエ産卵防除）、ダニゲッター二〇〇〇倍（ハダニ・サビダニ防除）、ジマンダイセン六〇〇倍（黒点病防除）、リンクエース二〇〇〇倍（リンサン・マグネシウム葉面撒布）、酢五〇〇倍（かいよう病防除）の五種混用、三〇〇リットル掛ける午前二杯、夕方一杯。タンクに三〇リットル残して七時二〇分強制終了。暗くなるのが早い。

夕方平原下段、撒布終わりがけにスズムシの初鳴きを聞く。今年は遅い。夜になるも虫の音が聞こえてこない。今年はセミが少ない。秋の虫も少ないのかもしれない。これまた連年の殺人的猛暑による異変か。

8月19日（月）旧7月19日　曇のち一時雨

(水)4.5mm/(均)25.4℃/(高)27.5℃/(低)24.1℃/(日)0.1h

疲れが抜けず六時半起き。防除作業は特にこたえる。一昨日昭人さんが急逝された。庄で最高齢のみかん農家、八十八歳、最期まで現役だった。そろそろ継いでくれやと親父さんに言われて五十幾つで早期退職された。そのころよしぃのおっちゃんに色々と教わったという。除草剤は使わん方がいい、若い頃は全部刈り取っていた。歳とってできんなったねえ、と言うておいでた。健老会のカラオケではいつも「昴」を歌っていた。娘婿が勤めを辞めて継ぐことになり神戸から大島に移住、去年の夏から二人で作業していた。おっちゃん、安心されたのだろう。十時からの葬儀に参列する。

「一九三〇年代モダニズム詩集――矢向季子・隼橋登美子・冬澤弦」（季村敏夫編）が届く。会心の出来。本づくりはこれでなければ。ひるから予約分の発送作業にかかる。

耕作放棄地の石積みをイノシシが突き崩した。2019.8.23

8月20日（火）旧7月20日　曇一時雨

(水)15.5mm/(均)25.6℃/(高)27.2℃/(低)24.8℃/(日)0.0h

二日続きで防除作業できず。秋雨前線が発生したと天気予報が伝えている。みーちゃんのお薬フード、かーちゃりんのコンタクトレンズを受取りに朝から柳井に出る。ひるから家房の仕事場に籠り「原初の、学校——夜間定時制、湊川高校の九十年」（登尾明彦著）の原稿整理を進める。

悠太の夏休みの宿題、自由研究、思いつき、みーちゃん二四時。今夜から観察開始。九時半にみーちゃん顔を洗う。雨が降り始める。

8月21日（水）旧7月21日　未明雨、曇のち晴

(水)2.5mm/(均)27.1℃/(高)31.2℃/(低)24.5℃/(日)5.4h

未明の雨でびしゃこ、午前防除作業できず。悠太学童お休み、終日ピアノの練習と並行してみーちゃんの観察記録。午前まるまる「湊川」の指定原稿作成、三営業日前倒しで山田製版に送る。井村さんが別件で手を取られていて、月末の神戸行にゲラ出力を間に合わせるには遅くとも二十六日には入稿してほしいと言われていた。一旦手を離すと安心する。

地方・小出版流通センターあて補充品を送り出す。ジュンク堂の店舗縮小、今度は名古屋ロフト店から大量返品と門野さんからのファクスにあり。

午後農協のたより配布、蒸し暑い、汗だくで帰宅。防除作業を始めている人がいる。役があると自分の仕事がどうしても後回しになる。役が回ってきても引受けない者もいる。良くないことなんだが、やりたくないという気持ちもわかる。

三時から防除作業にかかる。一昨昨日の残り三〇リットルを撒布したあと三〇リットル一杯六時一五分まで、明日の朝イチで撒布する分を調合して七時前に終了。悠太に風呂を沸かしてもらった筈が……水風呂！　点火確認を忘れとる。やらかしのホームラン王。

8月22日（木）旧7月22日　曇

(水)1.5mm/(均)27.0℃/(高)30.0℃/(低)25.3℃/(日)1.7h

朝イチのネット天気予報は終日曇、夜九時から雨。明日雨、以降も不安定。とくれば、今日いけるところまでいくしかない。午前二杯、午後一杯。農薬のロスとガソリンの浪費を減らすため噴圧を下げている。順調にいったところで三〇リットル一杯撒布するのに二時間かかる。暑い盛りに休憩を入れると一日四杯は無理だ。照らないだけマシかもしれんが、それでも汗だく、シャツからサルマタから雨合羽からびったびたになる。五時過ぎに撒布終了。ぱらっと雨が落ちる。勘弁せえや！　祈りが通じたか、少し降っただけでやまる（雨量計には反映せず。翌日チェックしたところ薬液の流亡無し）。

8月23日（金）処暑　旧7月23日　雨のち曇のち晴のち雨

(水)24.0mm/(均)25.5℃/(高)29.6℃/(低)24.0℃/(日)2.4h

六時半、激しい雨音で目が覚める。六時台の一時間で一二ミリも降った。予報通り午前は防除作業不可。このクソ暑い最中に冬ものの支度、岩国の八木種苗さんに行く。種ニンニク（中国産嘉定《かてい》）およそ二〇〇斤一八〇〇円。去年中国産と国産半々で植えてみたところ、国産のほうがはるかに出来が良かった。一年比べただけでは結論は出せん、今年も半々で試してみる。国産嘉定二〇〇斤程度予約しておく。あと自家用の出島《でじま》（冬穫ジャガイモ）四〇個、九条ネギおよそ一〇〇本、人《ひと》文字《もじ》（ワケギ）とらんきょ三〇玉ずつ買って帰る。

四時頃帰宅。晴れているが午後八時以降明日正午頃まで雨予報。撒布後最低二時間は乾かさなければ意味が無い。動噴の音がする。いま撒布している人もいる。迷う、焦るが、賭けには出ない方がよい。撒布を見送る。落ち着かん、遅れ込んでいる寿太郎の摘果に一時間だけでも出る。三本片付ける。

現時点の予報では明日の夕方一杯だけ撒布可能で、二十五日は昼間雨、終日撒布可能な日は明後二十六日しかない。あと六～七杯は撒布しなければならない。最低あと二日半欲しい。ミカンバエ防除が遅れるのは命取りだ。黒点病の防除遅れも気にかかる。気まぐれな秋雨前線に振り回されて天気予報がころころ変わる。撒布できるタイミングをはかりつつ、少しずつでもやり切るしかない。二十九日午後、大阪・梅田ニコンサロンで江成常夫写真展「被爆　ヒロシマ・ナガサキ」のギャラリートークがあり、ご挨拶かたがたお邪魔するつもりでいたのだが、どうやら無理と思えてきた。とりあえず、キャンセル料のかからないうちに大阪の宿をキャンセルしておく。八時半頃雨が降り出す。撒布を見送って正解だった。

8月24日（土）旧7月24日　曇一時雨

(水)1.0mm/(均)23.7℃/(高)26.6℃/(低)20.8℃/(日)0.0h

午前びしゃこで撒布できず、雑用を片付ける。「一九三〇年代モダニズム詩集」善行堂さん宛て二〇部追加発送。初回納品分二〇部がわずか数日で売切れそうだという。必要な人は高くても買うだろうけどそんなに出るとは。元々の刷り部数が少ない。在庫が厳しくなってきた。図書館の注文分が取次から回ってくるまでのタイムラグがある。まだ書評が出ていない。持出し覚悟で増刷せなアカンかもしれん。

ひる時に暫く降る（雨量計には反映せず）。ネット予報が午後三時前後と九時以降雨予報に変る。空が暗い。いつ降り出してもおかしくない。今日は撒布不可能とみた。明日終日と明後日の午前しか撒布できそうにない。三時半から西脇で青島とポンカンの樹冠外周の草を取る。撒布時に草取りをしていたのでは間に合わないかもしれない。雨量計に反映しない程度の雨が断続的に降り続く。びしゃこになりつつ一時間ちょいで強制終了する。

8月25日（日）旧7月25日　曇

(水)0.0mm/(均)22.3℃/(高)25.2℃/(低)18.8℃/(日)0.4h

秋の空、朝の気温が二〇度を切った。終日防除、三〇〇リットル掛ける四杯撒布。明後日から雨続きの予報、今日明日が最後のチャンス、天の助け。

ひる休憩の一時間で「一九三〇年代モダニズム詩集」注文分送り出し。西早稲田の古書ソオダ水、四部掛ける二回納品分が売切れ、追加四部送ってほしいと連絡あり。売れんと思ったものが売れている。あくまで当社比、ではあるけれども。

8月26日（月）旧7月26日　曇時々晴

(水)0.0mm/(均)23.6℃/(高)27.2℃/(低)20.5℃/(日)3.4h

西脇で七時から撒布。草もぐれ、夜露、腰から下がびしゃこになる。トータル三九五〇リットル撒布して一時前に作業を終える。農薬とガソリン合せて八万円を畑に撒き散らした計算になる。経費がかかり過ぎる。ダニゲッターひと瓶の半分強（およそ三〇〇ミリリットル）うっかりこぼす。五〇〇〇円の損失。

ひる休憩時にニンニク産直注文分を送り出す。野菜類の産直ができればいいのだが、みかんと違って単価が安く日持ちがせず多くは要らず、送料が高くつく。特に足の早い夏野菜は難しい。農協の産直コーナーにも生鮮品色々出ているが、家で要らんもの投げ売りの安売り競争になってしまい、何やってんだかわからない実情にある。棚で腐らせてるものも少なくない。勿体ない。作っていない人は、葱の一本チソの一枚でもおカネ出して買うしかないのに。

貯蔵性にすぐれた産直向け産品となるとニンニク、タマネギ、ジャガイモ、サツマイモが考えられる。今年はタマネギが記録的不作に終った。ジャガイモの増産ができればいいのだがミカン繁忙期と同時進行でそれなりに手がかかるので難しい。サツマイモはあまり手がかからないが、イノシシに狙われるので増やしたくない。ニンニクが当面やりよいと判り、昨年の植付け（今年収穫分）から作付けを増やした。これは二度の施肥と草取り、摘蕾の勝負。夏作でないだけまだやりよいけど、草取りにかなりの労力を取られる。除草剤一度でも使えば農薬使用にカウントされる。うちみたいな小規模自給農ならええけど、大産地で除草剤大量に使わざるをえない実情も、自分でやってみるとよくわかる。

ニンニクは芽が出始めると商品価値が下がる。芽が肥大する分果肉が減り、しまいには芽に養分を取られてしなびてくる。大産地では冷蔵貯蔵や乾熱処理により通年出荷を維持している。かつては芽止め農薬としてエルノー液剤が使われてきたが、発癌性の問題により二〇〇二年十月に登録失効、販売中止、自主回収となった。現在、ニンニクの芽止めに使える農薬の登録は無い。放射線照射による芽止めが認可されているのは、日本ではジャガイモのみである。意外と知られていない。ただちに影響はないのであろうけど、それってどうよ？

ひるから機材撤収。早く片付けておかねば。夜のうちに雨がくる。摘果が遅れている。草刈りもイノシシ対策も原稿も。疲れ果てて午後仕事できず。

8月27日（火）旧7月27日　雨

㊌14.0mm/㊊23.9℃/㊢25.3℃/㊦22.7℃/㊐0.0h

防除疲れで終日ぐだぐだ仕事にならず。地方小から補充注文が入る。「一九三〇年代モダニズム詩集」注文四五部のところ、三五部に減らして出荷する。本の出来からわずか十日程度で、版元在庫一〇部を切る。まだ書評が出ていない。公共・大学図書館の注文が入り始める迄には二、三ヶ月のタイムラグがある。図書館の注文に対し品切の事故伝票を切るわけにはいかない。一旦品切となり後に復刊したとしても、その時には買ってはもらえない。図書館の開架書架に一冊刺さっているということは、書店が次々と畳んでいる中にあって、零細版元にとっては欠くべからざる社会の窓としての役割を果たす。増刷しても儲けは出ない。下手すれば大赤字となる。自費出版業者なら出し逃げで済まされる。うちは出版社、零細なれど公器だ。平積用の補充を遅らせるわけにはいかない、市場で品切にしないためにも来月十二日か十三日迄には納品してほしいと門野さんが言う。そのためには今日のうちに用紙だけでも発注かけておく必要があると石坂さんから連絡を戴く。明後日からの上方行脚で季村さんと会って最終合意を取るつもりだが、最後はワシの肚の括り方ひとつ、増刷と決めて手配を進める。

美祢線の車中。2019.8.31

8月28日（水）旧7月28日　雨

(水)78.0mm/(均)24.5°C/(高)25.9°C/(低)23.3°C/(日)0.0h

朝から大雨。今日予定されていたＪアラートの試験放送が中止になった。国難を顧みることなくゴルフ三昧の首相が危機管理を説いたところでクソの足しにもならん。

六月半ばの個人注文分、万単位の未収金がいまだ回収できずにいる。督促メエルを数回送信するもなしのつぶて、携帯電話に連絡しても出ない。こりゃあ悪意だな。二、三年に一度、この手のクソ馬鹿垂れの被害に遭う。日本ってのは実によい人の多い社会で、初めてもしくは一度きりの注文の人でも殆ど全員がきちんとおカネを支払ってくれる。性善説に則って仕事を進めていることの愚を指摘されると詮無いのだが、それくらいによい人の多い社会なのだから仕方がない。過去に注文履歴のない人からのオーダーは全て前払いにすりゃあええんだろうけど、おカネ払いに行く手間は一緒でも、そうなるとおいそれと注文しづらくなってしまう。真っ当におカネを払って買って戴く人には申し訳ないのだが、打つ手がまるでない。腹立ち紛れに、今回書籍代金を踏み倒したクソ馬鹿垂れは東京都中野区中央の自称高校教諭、沙○哲○という糞オッサンであると、ここに記しておく。

8月29日（木）旧7月29日　曇一時雨（出先曇のち雨）

(水)14.0mm/(均)24.8°C/(高)29.4°C/(低)22.0°C/(日)1.1h

朝から台所にアリ襲撃。今年は異常に多い。出発前に余計な仕事が増える。悠太連れて八時出発、新岩国から姫路で新幹線を降りて三宮着正午前、乗れば速い。阪神西宮のスタバで登尾さんと打合せる。

梅田ニコンサロンで江成常夫写真展「被爆　ヒロシマ・ナガサキ」のギャラリートーク、三時から。昭和が歴史化する今にあって日本人としての自身への戒め、「原爆悪を視覚化する」ということ。原爆のことから幾度となく話が脱線する、今の時代が「危ない」と言う（通底するがゆえに実は脱線ではない）。写真は対象あってのもの、絵はイメージ。写真を読む教育が必要だとも。確かに、猫も杓子もケータイで写真を撮りまくる現代にあって、写真を読み取ることの大切さは見落とされている。

河田さんの若い友人、沖永良部出身の大成君がやってるお店に行く。日録刊行の件。十年寝かせたら貴重な民俗資料になる、いま出してしまうとフィールドワーカーの格好のネタ、都合の良いところだけ引用されて伝えたいことがきちんと伝わらなくなる危険があると、知人に話したところこのような意見を戴いたという。

確かに、それは判っている。だが、どう記述を工夫しても、都合よく切貼りして論文というアリバイを作りたいという人らにかかれば、本当に伝えたいこととか、そのために留保しておきたくてぐにゃぐにゃ書いたことなんて、どうでもよくなってしまう。それは想定の範囲内だ。非公開の生活記録としての日録は本の刊行とは関係なく続けるが、次の仕事にかかるためにも、これはこれで一度は手を離しておく必要がある。

日録だけではいけない。何でこれを書いて残すのか、今に至る前史、前書きが要ると河田さんが言う。実は頭の中ではもう前書きは出来上っている。一日二日でよいから仕事を完全に離れて書き物に集中する時間さえあれば書き起せる確信がある。ひと月籠っても書けないものは書けない。年内十一月までに校了するつもりでいるが、無理と見切ったら来年に回す。勢いは要るが拙速はいけない。

8月30日（金）旧8月1日　雨のち曇（出先雨）

(水)1.5mm/(均)24.5℃/(高)29.0℃/(低)22.3℃/(日)2.1h

七月二十一日付で触れた、二〇〇五年衆院選に際しての髙村薫氏の寄稿について確認をとるべく、朝イチで神戸市立中央図書館に行き、朝日新聞の縮刷版を繰る。記述内容はよく覚えている。髙村薫も大したことないなと、そう確信を持ったのが、このときの記述だったのだから。とはいえ、本にまとめるにあたっては引用文としての記述確認が必要となる。結果。掲載無し。縮刷版は東京本社版だからな。大阪版のみだったか。そうなると原紙保存しているところに調べに行く必要が生ずる。朝日の大阪本社以外にないかもしれない。面倒だな。ならば、この寄稿を収録した「作家的時評集2000-2007」（朝日文庫、品切）を古本で探すしかない。

モダニズム詩集増刷の件、垂水で季村さんと打合せる。四ヶ所誤記修正あり。大したミスではない。殆ど誰もが気づかないと思う。これは違いまっせと指摘してきた人がいるのだと。それだけ読まれているということ。本は増刷して初めて完成品になるともいう。

ひる時に新開地の実家に寄る。こーず君も来て、久しぶりに親父と三人で呑む。悠太は親父のテレコ遊びにハマっている。夕方六時過ぎまでだらだら。六甲アイランド八時半出航のやまとで新門司に向う。

8月31日（土）旧8月2日　曇（出先曇）

(水)0.0mm/(均)22.6℃/(高)26.9℃/(低)19.8℃/(日)2.9h

新門司定時八時半着。小倉・旦過《たんが》のブックオフで悠太にドラえもんの文庫本を買う。小倉から下関、厚狭、長門市を経て萩まで鈍行乗継ぎ。昨日神戸で見つからなかった「作家的時評集2000-2007」（髙村薫、朝日文庫、品切）を小倉で確保、車中で読む。髙村薫、駄目だ。密度、厚みがまるでない。七月二十一日付で「大したことない」と書いてしまった手前、他の時評的文章も読んでおく必要があると思ったのだが、こりゃあいけん。地に足つかない空中戦に終始している。時評ということ、それ自体が間違っている。文明論、文化論の書けないもの書きは三流だ。同時に買った保阪正康「昭和の怪物七つの謎」（講談社現代新書）にぐいぐい引き込まれる。本は怖い。書き手の力量が出る。

萩博物館の特別展「危険生物大迷宮」。ずっと悠太が見に行きたがっていた。念願叶う。清水さんに東萩駅前のホテルまで送ってもらう。お会いするのは数年ぶり、館長職になってかなり忙しそう。お盆の天体観測は台風で流れて残念だった。海沿いに走る列車を借切って危険生物探訪ツアーをやってみた、列車の中は教室としていい作りになっている、海のよく見えるところで徐行してもらったり停車してもらったり、大人も楽しめたと。危険生物ハンターの司令長官役で管内映像展示にも出演していた。清水さん、いい仕事してはる。危険生物缶バッジを四つも戴く。悠太、今日は盆と正月が一緒に来たかのよう。

1ヶ月
降水量　30.5mm（173.0mm）
平均気温　25.3℃（23.6℃）
最高気温　29.3℃（27.6℃）
最低気温　22.1℃（20.5℃）
日照時間　200.6h（179.7h）

上旬
降水量　1.5mm（43.1mm）
平均気温　26.7℃（25.3℃）
最高気温　31.0℃（29.5℃）
最低気温　23.3℃（22.0℃）
日照時間　72.6h（67.5h）

中旬
降水量　22.5mm（54.1mm）
平均気温　25.5℃（23.7℃）
最高気温　29.5℃（27.7℃）
最低気温　22.3℃（20.5℃）
日照時間　86.7h（58.9h）

下旬
降水量　6.5mm（75.8mm）
平均気温　23.6℃（21.9℃）
最高気温　27.5℃（25.6℃）
最低気温　20.7℃（18.9℃）
日照時間　41.3h（54.4h）

2019年９月

トウガラシを干す。これをキッチン鋏で小さく切り、ミキサーで砕き（種子は抜かない）、ミルで擂り潰すと自家製一味唐辛子が出来上る。市販品にはない香りと爽やかな辛味が楽しめる。

9月1日（日）旧8月3日　曇一時雨（出先雨）

(水)1.5mm/(均)22.6℃/(高)25.1℃/(低)20.4℃/(日)1.1h

東萩八時四一分発、益田着九時五四分。一時間半待ちで山口線単行ディーゼルカー、津和野一二時〇五分着。鉄道旅行は特急より鈍行の方が愉しい。悠太の夏休みサプライズ、SLやまぐち号で津和野から新山口まで。三泊四日、草臥れた。

津和野駅前の静態保存機。2019.9.1

9月2日（月）旧8月4日　曇

(水)0.0mm/(均)25.0℃/(高)28.7℃/(低)22.6℃/(日)3.6h

悠太は今日から新学期、長旅の疲れも出ていない様子。タフやな。ワシはひと晩寝ただけでは疲れが抜けず。

柑橘組合長会議（二十九日、欠席）の資料を受取りに濱田さん宅にお邪魔する。六日の柑橘振興大会の動員、十月の早生ミカンバエ調査の件など打合せる。午後、農協のお知らせ書類と柑橘取扱要領を配布。二時半から一時間だけ寿太郎の摘果にかかる。青島みたいに大玉化せずS～M級が中心になる優良品種だが、摘果を怠ると小玉化しすぎる。ミカンバエ防除までに摘果を終らせたかったのだが、殺人的猛暑で手が回らず。他の品種と比べて露骨に玉が小さかったが、ここ半月の雨続きでそれなりに肥大している。八月十九日から昨日までの一四日間で一四六・五ミリ降っている。秋雨の時期にあたる九月の一ヶ月降水量（平年値一七三ミリ）の八五パーセントにもなる。ここんとこ毎年秋から冬にかけての高温多雨でブチ壊しになっているのだが、今年もまた気温は高く雨量は多く、不愉快な年になる可能性が高い。摘果しすぎると嬉しくない結果が待っているやもしれぬ。裾なり、内なり、遅れ花に絞って、軽い目の摘果にとどめる。蒸し暑い。やれん。

農協スタンドで、ガソリンを携行缶に入れてもらう。使用目的、住所、氏名を書かされる。京都アニメ放火殺人事件（七月十八日）を受けて通達が来たという。悪いことしようと思えばガソリンなんて農家の倉庫からなんぼでも盗める。署名捺印させたところで犯罪抑止にはつながらんだろうけど、物騒な世の中もここまで来てしまえばやらんわけにもいかんのだろうて。

9月3日（火）旧8月5日　晴

(水)0.0mm/(均)26.5℃/(高)31.8℃/(低)22.8℃/(日)9.1h

八時半から十一時、三時から三時半、寿太郎摘果の続き。

まだ半分に届かない。今日は真夏並みに暑い。カボスの仕上りチェック、無糖炭酸水で割って呑む。ばて薬。美味い。収穫適期に来ている。週末台風が来る前に取込みたいが手が回らない。

昨夜ノートパソコンの画面がイカれた。ＤＥＬＬに電話、なんとか仮復旧するも、購入から八年超、そろそろ寿命、五年過ぎたら修理部品が無い、買い直すしかないと言われる。儲かりもせんのにゼニのかかることばっかり。来月から消費税が一〇パーセントに上がる。軽減税率なる目先の人気取り施策の所為で余計な雑務も増える。

9月4日（水）旧8月6日　晴

㊌0.0mm/(均)26.6℃/(高)31.5℃/(低)23.5℃/(日)8.6h

昨夜悠太九時寝、かーちゃりん十時過ぎ帰宅。子育て支援の部署で働く者が、自分とこの子供と一緒に晩ごはん食べられへん。これってどうよ？

井堀中段で七時半から草刈り、かなりのオオグサ、十時までかかる。樹冠の草は手で引く。根元あたりに木くずの出ている樹が三本ある。齧られている。天牛（ゴマダラカミキリ）に産卵されたかもしれない。七月十二日に株元防除は済ませているのだが、これで安心はできない。気温上昇により成虫の出現時期が早まり、活動期間も長くなる。産卵防除一回だけでは防ぎ切れないという話も聞く。未伐採の廃園やろくに面倒を見ていない放任園は増える一方、これではいくら防除したところで敵の数は減らない、否、棲息密度が高まり過ぎると防除が追い付かなくなる。「今年は天牛がおいい（多い）のう」なんて、みなさん毎年言っているが、実は、大発生がもはや常態化してしまっている。仕方がない。株元撒布をもう一度やる。劇薬指定の浸透性殺虫剤なので収穫期の近いものには使えない。とはいっても、使用期限収穫前十四日と説明書には書かれている。メーカーの言うことを鵜呑みにはできんが（余談だが、国が大丈夫と言ってきたもので、本当に大丈夫だった試しはこれまで一度もない。現に農薬の残留基準にしても、日本は、中国でもここまでやらんというレベルにまで緩和してしまった。これって怖いぞ）、十一月初旬の収穫まで二ヶ月あるので、とりあえずはよしとしよう。幼虫に樹体の奥深くまで入り込まれたらアウトだが、まだ浅ければこれでぶっ殺せる。天牛相手になかなかいい薬がない。和歌山県下津町では天牛がスプラサイド乳剤（有機リン剤）に抵抗性をつけてしまった、試験したところ一〇パーセントしか死ななかったと「現代農業」七月号に載っていた。

株元防除、それから初秋肥を済ませる。三畝（約三アール）の園地のうちおよそ七割の面積にスダイダイ一〇本（あと三割は周辺園地からの農薬飛散がない立地を生かして野菜畑にしている）。肥料撒きっぱなしにせず、土とよく混ぜる。手間だ。正午前までかかる。この園地では冬もの野菜植付けの「準備の準備」もやらないけんのだが、今日は草刈りまでしか進まず。帰宅、風呂、一時間寝て起きてメシ食うて机に向う。

9月5日（木）旧8月7日　晴

(水)0.0mm/(均)26.6℃/(高)31.5℃/(低)22.6℃/(日)8.2h

昨日の無理が祟った。朝から腰が痛い。今日は草刈りは無理だな。家庭菜園と井堀下段のカボスを取込む。作業時間二時間半で六五キロ。昨年比二〇キロ増。摘果遅れ（七月七日・八日）と梅雨明け後の旱魃の所為で小玉が多い。毎年何らかの問題がある。酢を撒布した効果が出たか、かいよう病被害果は目に見えて少なくなった。

井堀中段でサツマイモの試し掘り。去年一昨年の反省から植付け時期をひと月早めて正解、まずまずの太り具合。草臥

上　サツマイモの収穫。2019.9.5
下　裂果、ヤケ果（画面上部中央の２玉）を処分する。2019.9.12

れたから収穫は明日に回して帰ろうやと言うと、イノシシにやられるかもしれん、今日のうちに掘ったほうがいいよと悠太が言う。どうせかーちゃりんの帰宅は遅いんだし、悔いを残してもいけんので一気に収穫する。仕事ついでに、トウ立ちで腐った五月穫タマネギを畑に埋めて処分する。今春収穫のタマネギはトウ立ちの所為で半分以上廃棄する羽目になった。毎年何らかの問題がある。

9月6日（金）旧8月8日　晴

(水)0.0mm/(均)27.9℃/(高)32.2℃/(低)22.9℃/(日)10.3h

七時半から井堀上段で一時間刈払機を回す。エンジン不調で二回目がかからず、諦めてこれで仕事をあがる。カボスの小玉を土居のふれあい店と久賀の島の恵み本店に納める。島の恵み本店に出したニンニクは格安品との競合で全く売れず、今日で販売とりやめ全量回収、まだ在庫があれば欲しいというメエルがあったのでそちらに回す。

午後久賀の防災センター、柑橘振興大会に出席する。来月からの増税に伴う軽減税率導入により農協精算書の様式が変る。その説明も行われる。

来月一日以降販売する飲食料品は全て軽減税率対象品目となり、軽減税率取引では総額処理が必要となる。これまで農協精算額（農協からの振込額）をもって課税対象売上金としてきたが（国税庁通達による総額処理の例外＝純額処理）、これが認められなくなる。早い話、市場での販売金額が課税売上高となる。たとえば従来の課税売上高が七二〇万円程度の農家は一気に一〇〇〇万円を超えることになり、消費税免税業者でなくなってしまう（当日の説明資料では農家手取り七割ちょいとなっているのでこのように記したが、荷口数などの条件によって異なり、実際は六割程度まで下がることもある）。年金つぎ込んでみかん作ってる年寄には関係のない話ではあろうけど（所得税申告時の手間が増えることはさておき）、経営規模の大きい家や、ガチで農業で食うて行こうとする若い者にしてみればたまったものではない。何のこっちゃ解らんとか、これまで通りでええやんかとか、そういった声が会場の彼方此方から洩れ聞こえる。あんさんらが何も考えんと自民党に入れてきたからこないなっても～たんや～で～（月亭可朝ふうに）。口には出さへんけど。

自民党の参院選比例区（旧全国区）には昔から農協枠があって、全国農業者農政運動組織連盟（略称全国農政連。農協の政治組織）の推薦で議員を出している。山田俊男、藤木眞也といった大先生お二方は一体何をやっとるんだろうね。基幹的農業従事者数は既に二〇〇万人を切っている。日本の人口構成からみればそれは少数者であり、農協の自民党支持圧力団体としての力は実のところ弱り切っている。それでも農協枠を確保してもらってるだけマシなのかもしれんけど、それで選出された大先生方がもうちぃとまともに働いてくれんことには、農家はますますやっていけんなるわけよ。ところが彼らは「TPP協定の締結に伴う関係法律の整備に関する法律」に賛成票を投じている。腹立たしい限りだが、これが現実。

国家中枢が腐敗する中、エラい人々は邪宗来にも民の困窮にも目を向けることなく私利私欲とゴマすり猟官運動に明け暮れ、しまいには国を亡ぼす。そして、その程度の為政者にしてその程度の民。清朝末期の為体は、現代の日本そのものである。

冷凍スライスニンニクを仕込む。2019.9.7

9月7日（土）旧8月9日　曇時々晴

㊌0.0mm/㊋27.5℃/㊢31.1℃/㊦24.3℃/㊐4.2h

十時前にぱらぱらっと雨が来る（雨量計には反映せず）。余計に蒸し暑くなる。悠太のピアノ練習に張付く。全く弾けていない、リズムが取れていない。つきっきり、仕事ができん。

午後二時間、冷凍ニンニクスライスを仕込む。うち一時間だけ悠太にテゴしてもらう。かなりはかどる。内部に芽が出来てきたが気にするほど大きくはない。もうひと月すれば芽がかなり肥大して可食部が少なくなる。早い目に処理したほうがよい。かーちゃりんおたんぜう日、外食やめ、お庭でＢＢＱにする。

9月8日（日）白露　旧8月10日　晴

(水)0.0mm/(均)28.1℃/(高)32.4℃/(低)25.0℃/(日)8.5h

九月に入って三日以降真夏と変らん暑さ。家庭菜園の冬もの支度、五分作業して十分涼むというサイクル、一日でタオル七本腐らせる。横井手の甘夏六本と家庭菜園のスダイダイ、カボス、ユズに初秋肥、今年発売の大島配合Sを試してみる。

9月9日（月）旧8月11日　晴

(水)0.0mm/(均)28.2℃/(高)32.8℃/(低)23.7℃/(日)9.1h

かーちゃりん、朝からピリピリしている。今週も連日帰宅が遅い。今日も真夏並みの暑さ、外に出るのはやめにして自費出版物ゲラの転記、校正、写真レイアウトを進める。著者は御年八十幾つ、筆圧が弱く朱入れ判読の難しい箇所がいくつかある。お年寄りの文字の特徴、誰もがいずれはこうなる。

夕方少し涼しくなった。四時半から六時半まで家庭菜園に人文字《ひともじ》（ワケギ）、九条ネギ、大根を植える。悠太のテゴで作業が捗る。

9月10日（火）旧8月12日　晴

(水)0.0mm/(均)28.3℃/(高)32.9℃/(低)25.1℃/(日)9.9h

井堀中段の冬もの野菜植付け準備とスダイダイの土づくり、岩崎に積みっぱの堆肥を十数袋運んでまくだけで半日潰れる。午後机に向う。地方小向け補充品を送り出す。真夏と変らない暑さ、昼間外で作業ができない。摘果、草刈り、今日も手つかず。七月半ばまでは遅れているなりに順調だったのだが、梅雨明け以降、二年続きの殺人的猛暑で暗転した。七月末の防除を飛ばした。天牛（ゴマダラカミキリ）産卵防除のできなかった園地もある。草刈り、摘果、すべてが遅れ込んでいる。管理不十分、収穫期どんな恐ろしい結果が待っているか不安でならない。このおかしげな暑さがもはや当り前、否、この先ますます酷くなるであろう。今年は去年以上に作業がキツい。猛暑で仕事が進まない分を考えて耕地面積を減らさねばなるまい。ひと夏乗り切れる自信を無くした。

一昨日タイシン君の実家から栗を戴いた。身体がキツくてシゴが手つかず、二日越し、晩にやっとこさ栗おこわをこさえる。

9月11日（水）旧8月13日　晴

(水)0.0mm/(均)28.1℃/(高)32.0℃/(低)24.5℃/(日)9.3h

井堀中段で八時から九時まで大根第一陣の種子をまき、他諸々植付け予定地に管理機（手押し耕耘機）をかける。昨日よりマシだが暑くてやれん。

十時半に久賀の防災センター、カンキツ研究ネットワーク主催の研修会に出る。テーマは鮮度保持技術を活用した海外輸出や高収益化。農協の冷蔵倉庫を見学する。農協での選別時に酸度が高く「ゆめほっぺ基準」に達しなかったセトミを微細孔フィルムで個別包装して冷蔵倉庫で寝かし、端境期の有利販売を目指すという。試食させてもらう。クソがつくほど不味くはないけど、断じて美味くはない。酸が抜けすぎ、えぐみが立っている。それとは対照的に、冷蔵倉庫見学後に戴いた温州みかん果汁一〇〇パーセントジュースは揺るぎないウマさだった。この貯蔵ゆめほっぺ、道の駅で行ったアンケートでは「美味しい」という感想が大多数だったというのだが、ワシの味覚ではそんなにええもんとは到底思えず、この日の晩の安下庄組の打上げで皆さんに訊ねたところ評価は散々、ええとこ六月までとか、評判落とすからこんなの売らん方がええとまで言う者もいた。消費者と生産者とで、うまいみかんの定義にギャップがあり過ぎる。東南アジア向け輸出に取組んでいる地域からの報告もあった。酸味の全くない、ただ甘いだけのみかんが好まれるという。そんな不味いもん

ジャガイモの植付け。2019.9.12

食えるかってなもんだが、これが現実。ほなあれか、おカネを稼ぐためにワシらは不味いみかん作ればええというのか？

9月12日（木）旧8月14日　晴

(水)0.0mm/(均)27.3℃/(高)30.0℃/(低)24.8℃/(日)9.0h

九時から十時半まで横井手で寿太郎の摘果。お盆までに終えねばならぬところ深刻な摘果遅れ、いまだ先が見えん。

六日に不調を起した刈払機、エンジンがかからない。昼から東和農機具センターに修理に持って行く。エンジン焼け、お釈迦との診断。酷使が祟った。除草剤を使わない分、草刈りの負荷は只事ではない。これまで六年で一度も新品を買うことなく、中古品を使ってきた。使い潰し、これで五台目になる（二台並行で使用）。五〇〇〇円の工賃でジャンク品を繋ぎ合わせてもらって一台の寿命が二年から三年程度、ふた月に一度は不調を起して東和まで修理に持って行く。新品ならさしむき三年はメンテ要らず、十年はご機嫌さんで使えるという。刈払機無しで仕事はできない。この際無理して新品一台買うことにする。出力に余裕を持たせて大きい目のもの（排気量二六シーシー）にする。五万五〇〇〇円の出費。明後日には届くという。

四時半から二時間かけて井堀中段で出島《でじま》（冬穫ジャガイモ）四〇玉植える。井堀の小字名の通り山から水がわく場所なのだが、畑を潤すほどの水量が無い（ちびちび流れる。排水路廻りの草の伸び方が違う）。しっかり根を張るまで当分の間、朝晩の水運びが必須となる。二〇リットルのポリタンク二つ家から持って上がり、今日のジャガイモと明日の大根第一陣の合せておよそ二〇平方メートルに四〇リットル、これを朝晩二回じょうろで撒く。朝晩二ミリずつ、一日あたり計四ミリの降水に匹敵する。ドローンを使っての農薬撒布だのマルドリ（マルチ・ドリップ）だのスマート農業がもてはやされている昨今にあって我が家の仕事は自給野菜といいみかん栽培といい、原始的に過ぎる。

9月13日（金）中秋の名月　旧8月15日　晴

(水)2.5mm/(均)25.4℃/(高)28.8℃/(低)23.3℃/(日)8.5h

久しぶりにクーラー無しで寝られた。六時半起き。朝は涼しいが、日が照りだしたら暑くてやれん。八時半から十一時まで寿太郎の摘果。昼前に柳井のさくら病院、みーちゃんのお薬ごはん、次のバージョンを受取る。南すおう農協で白菜苗、早生無双、中生王将四株ずつ買って帰る。夕方井堀中段で植付け、防虫ネット張り、水やり一時間半。夕方は摘果作業に手が回らず。

晩は今年初秋刀魚、刺身三匹、塩焼き三匹。型が小さく脂の乗りがいまひとつ。それでもまあまあウマい。今年の秋刀魚は品質イマイチで不漁で値が高いと伝えられている。結構な出費ではあったが、それでもラーメン屋で二人食事するよりは安い。

9月14日（土）旧8月16日　晴

(水)0.5mm/(均)25.4℃/(高)30.5℃/(低)22.6℃/(日)9.6h

昨夜十一時頃に通り雨。毎日朝晩井堀中段に水やりに上がるのだが、朝の一回分だけでもパスできる。とはいえ、降雨量三ミリ止りでは焼け石に水、少し掘れば中はカラカラだ。みかんにも本当は灌水が必要なのだが、一本あたり最低量の五〇リットル（とはいえ、できれば一本あたり一〇〇リットルは欲しい）灌水すれば僅か六本でタンク一杯空になる。三〇〇リットルタンクに水を入れるのに三十分かかる。それに、みかんの木は水がなければ我慢しよるけど、一度やれば水を欲しがり始める。すると、まとまった雨が降るまで灌水をやめるわけにはいかなくなる。去年八月の旱魃と同様に、今年も灌水はやらんと心に決めている。摘果も草刈りも遅れている。リンクエース・マイルドカルシウムの撒布もぼちぼち始めなあかん時期なのだが手がつけられずにいる。灌水まで割り込んだのでは人間がもたん。

十時半から寿太郎の摘果。午後東和農機具センターで新品の刈払機とチェーンソー修理上がりを受取る。井堀上段で三十分だけ刈払機の試運転をする。快適、快適、これまで使ってきたジャンク繋ぎ合せの襤褸とは雲泥の差、出費は痛いがこれで仕事が少しでも楽になる。

七時からお宮で風流の会。手足口病の蔓延で今年は保育園児のお遊戯出演無し。去年に輪をかけて参席者が少ない。過疎化、高齢化。年々寂しくなる。

9月15日（日）旧8月17日　晴

(水)0.0mm/(均)26.5℃/(高)31.1℃/(低)21.2℃/(日)9.4h

十時佐田尾さん来宅、同行四人、大人の修学旅行という。出版の近況、宮本写真資料の現状と課題など一時間ばかり話す。今朝の中国新聞三面に「月刊Ｈａｎａｄａ」の広告がでかでかと載っていた。これ何やねん？　とツッコミを入れる。嫌韓嫌中ヘイトとレイプ事件の被害者個人に対する誹謗中傷、ろくなもんではない。まともな新聞なら記事として掲載する筈のない酷い内容でも広告だったら何でもアリか？　クズの産経ならまだしも中国新聞でこれを載せるか？　と問えば、今回が初めての掲載だという。それほどまでに経営行き詰っとんか？　二、三日前に毎日新聞が初めて同誌の広告を載せて業界内で話題になっているとも。元文春の花田と幻冬舎の見城は出版界のクズだ。

クソ暑いが、残り一時間ばかり園地の見学に出る。井堀中段、スダイダイの間に畝を立ててジャガイモを植えている。一人がそれを知らずに畝を踏む。植えたばかりでまだ芽が出ていないので助かった。知らないとはこういうこと。事前のみならず、現場でもくどい程に説明しとかへんと、こういうことが起る。

一時半にお宮に行く。御神幸祭、漁師部落の神輿守の手が足りんので加勢を頼まれた。漁師もまた跡取りがいない。先行きの無さでは農業よりキツい。今日も暑い。直会に出るも疲労の蓄積で酒が進まず。

御神幸祭。庄の神事場。2019.9.15

9月16日（月）旧8月18日　晴

㊌0.0mm/㊍26.7℃/㊒31.0℃/㊐23.5℃/㊐10.1h

昨夜はこの秋初めて強風が吹いた。でも今日もまた朝から暑い。朝晩は秋になったが昼は真夏だ。

家房仕事場の家主さんの御長男が、置きっぱなしになっている古い箪笥を見たいというので、到着前に庭の草を刈りに行く。暑くて草刈りができんうちにオオグサになっている。ついでに裏庭の雑柑の具合も見ておく。スダイダイは仕上摘果の要るような着果量ではないのだが、玉太りが悪い。猛暑の影響大。ハッサクはベタ花だったのに摘果が遅れてどうしようかと思い悩んでいたのだが、生理落果が思った以上に多く、小玉傾向ではあるが、ほぼ教科書通りの葉果比（葉一〇〇枚に対して実一個）に収まっていた。

割石園地近隣で耕作しているおっさんから「あんた、ここをちゃんと作る気あるんか？」と、頭ごなしに言われる。ここら辺は中山間地域等直接支払制度にかかっていて、部落が耕作地維持の交付金を受取る代りに当局の見回りが来るので園地を荒らすわけにはいかない。風垣（防風のため植えてある槇《まき》の木）の伸びすぎた枝を切るのが間に合わず道路側にはみ出していたり足許に草を生やしていたりするのがよろしくないのだと言う。ワシは家房では余所者、アウェー感てんこ盛り、この割石にせよ西脇にせよ、事細かにクレームがつくので仕事がやりづらい。不愉快な思いをしてまでやらんでもええと踏ん切りがつく。これ以上きっちりやれと言われても無理、代

家房割石で苗木を植える。農村地域特有の難しさもあり、2019年末をもって撤退。園地立て直しは徒労に終った。2017.5.20　撮影＝河田真智子

りに耕作する人がいるのであれば探してほしい旨、話をする。

割石を引受けて四年目。引受けた当初、枝を切らずに放置された風垣が上と横に伸び道路に向ってはみ出し危険な状態だったので、仕事場の家主さん（園地の地権者でもある）に経費をお願いして監督に伐ってもらった。風垣沿いの道が狭く二トン車が入れず、大量の伐採木を積んで捨てに行くことができず（初めは運ぼうとしたのだが、二本切っただけで軽トラの荷台が満杯になってしまった）、耕作放棄となっていた下段（園地は二段になっている。風垣は下段と道路との境界に植わっている）に積まざるを得なかった。上段は五畝（約五アール）に四五本の密植となっており、下枝が枯込み、樹高が高く、かいよう病まで発生し、コンディション劣悪だった。さしむき初年度は三四本に樹を減らして防除作業時の最低限の通路を確保し、適切な施肥と摘果、剪定、適期防除の徹底を図った。二年目には一五本にまで減らし、空きのできた所に苗木六本を五メートル間隔で植えた。

収量は一年目（二〇一六年）三四本（隔年結果により、そのうち「なり番」は二〇本程度だったと記憶している）四三五キロ、二年目一五本（うち「なり番」四本＋連年結果一本）三四〇キロ、三年目一五本（うち「なり番」一〇本＋連年結果一本）五七〇キロ。本数の割に一年目の収量が低いのは、前耕作者の積年の管理のまずさによる。

イノシシ対策も講じた。園地最奥部が特に荒れていて初年度はワイヤーメッシュの設置ができなかった。隣接地のワイ

ヤーメッシュがきちんと設置されていれば侵入の危険は少ないのだが、それがヌルサクと言えるほどに中途半端で、そこからイノシシが侵入した。問題の箇所には二年目にワイヤーメッシュを設置した。

状態の悪い園地をここまで立て直して、それでちゃんとしとらんと言われるのもなんしか心外なんだが、アウェーとはこういうことだ。前耕作者は地権者の親戚なんだが、本土から片道一時間半かけて月何度かの通い耕作できちんと管理することなど不可能に等しい。件のおっさんは、前耕作者にまたやってもらえばええんだと言い放つ。ワシが引受ける前の惨状を忘れたんか、この糞ジジイが。業腹であろうとも、その場では決して事を荒立てない。この貧乏公家に何ができますかいな……とか何とか言いもって、裏では倒幕に向けて画策したおす岩倉具視の如く、見くびられているくらいのほうが仕事はしやすい。

この際だ。割石の耕作をやめるついでに、西脇もやめる。家房二園地の二反七畝（約二七アール）が減る分、安下庄の農地維持に集中する方がよい。仕事場兼倉庫を何処に移すかが問題だが、排他性の強さと老害でここまでケチがついたのであれば、もう家房に関わるわけにはいかない。

9月17日（火）旧8月19日　晴

㊌0.0mm/㊊26.1℃/㊋30.2℃/㊏22.5℃/㊐10.6h

朝イチで岩崎の園地山側、中学校の通学路に面した所だけでも草を刈る。通学路脇の水路から草が盛大にはみ出している。ワシが刈らなんだら刈る者が居ない。これもまた高齢化が落とした翳なのか、黙って通学路の草を刈るという地域の自主の力が、そこでは既に消え失せている。

草刈り帰りに濱田さん宅に寄る。「農業用ため池の管理及び保全に関する法律」施行（七月一日）により、新池の管理者として柑橘組合が届を出す必要が生ずる。コメを作っていた時代に池の地権者が新池水利組合を作っていた。みかんに転作して池の水を使わなくなった。昭和五十年代から平成の初め頃までは錦鯉の養殖場になったがいつの間にか撤退した。ある時何処ぞのクソ馬鹿垂れがホテイアオイを池に放り込んだ。それがみるみる増え、枯れたホテイアオイが積りに積ってヘドロ化した。中庄には防火用水が無いのでこの池の水が使えないとまずいのだが、こんなの汲み上げたら消防ポンプがぶっコワれる。年に三回の堤防の草刈りが大変なので除草剤を撒けとか防草シートを敷けとか部落の役員会で色々と意見が出るのだが、治水と環境維持の面からそうはいかず。水利組合の解散により町に移譲を申入れるも断られ、柑橘組合が管理者となる。だからといって有効な手の打ちようが無く持て余している――という困ったちゃんな実情にある。

町農林課に電話してみる。担当者に地理勘が無い。四町合併の害、旧橘町では考えられん話。届出書類を順次発送中と言う。上記の通り実情は持て余してますねん、何ぞええ解決策なり補助制度なり相談に乗ってはもらえんだろうかと相談する。担当者は真面目な若い人で、ひと通り県に問合せてみますと返答してくれた。でも、町にせよ県にせよ昨年七月の西日本豪雨災害を受けて国が決めた届出制度を実行することが第一で、地域個々の課題解決を考えているわけではない。中央追従、独自性の無さは山口県の特性でもある。

9月18日（水）旧8月20日　晴

(水)0.0mm/(均)25.4℃/(高)30.0℃/(低)22.7℃/(日)8.9h

家房撤退のこと、彼是考えると一睡もできず二時半に起き出し机に向う。実質徹夜となる。午前二時間半寿太郎の摘果。ひる食うて二時まで寝る。下校途中の悠太を拾ってコメリで買い物、三時帰宅、悠太に足の裏を踏んでもらう。五時半まで落ちる。慌てて水やりに上がる。マイルドカルシウム・リンクエースの撤布を始めている人がいる。やり手は違う。二十一日雨予報、それ迄に摘果、初秋肥、冬もの植付けを済ませたいのだが、どう頑張っても無理。六時半からヤマハ音楽教室に連れて行く。二回目の五人練習。上級生が主旋律を弾くときにはよく聴いてコードを合せる、悠太が主旋律を弾くときには自信を持って弾く。少しは判ってきたようだ。

9月19日（木）旧8月21日　晴

(水)0.0mm/(均)24.3℃/(高)27.7℃/(低)22.0℃/(日)9.4h

夜、涼しくなった。早く寝たが六時まで起きられず。午前三時間半寿太郎の摘果。台風一七号発生、二十一日から二十三日まで雨予報となる。夕方一時間、悠太のテゴで井堀下段のカボスとスダイダイに初秋肥を入れる。

9月20日（金）彼岸　旧8月22日　晴のち雨

(水)19.5mm/(均)19.4℃/(高)23.4℃/(低)15.9℃/(日)1.9h

昨夜は網戸全開で寝ると少し寒いくらいだった。六時起き。疲労の蓄積、すっきり起きられない。一時以降雨予報となっている。家と倉庫廻りの片付け、農協のたより配布、横井手下段のデコポン初秋肥。十日に植えたジャガイモが芽吹き始めた。高温で腐るからまだ植えてはいけないと言う者もいたが、やれるときにやらねば適期を逃す。大丈夫かと心配したが、いけそうだ（冬作の出島は切らずに丸太で植えるので腐りにくい）。十時過ぎに降り出す。

台風一七号の進路予測が、みかん産地壊滅という戦後最悪の災厄を大島にもたらした一九九一年（平成三）一九号台風と酷似している。今回は大雨を伴うので、強風と無降雨により未曾有の塩害を引起した九一年のようにはならんとは思うが、台風が大きく強くコースが悪いだけに心配である。海水温上昇により、東南アジアではなく日本近海でイキナリ大型台風が発生するというおかしげな事態が多発している。台風一五号が千葉県に壊滅的被害をもたらしてから、まだ十日ちょいしか経っていない。異常気象の常態化と自然災害の激甚化は両輪であり、これまで考えもしなかったような災害が各地で頻発する。

9月21日（土）旧8月23日　曇

(水)0.5mm/(均)21.3℃/(高)23.4℃/(低)18.0℃/(日)0.1h

終日雨予報が曇に変った。岩国の八木種苗さんで白菜苗早生四、中生三、晩生一二、種ニンニク大分県産嘉定と山東合せて一キロ、桜の砦（春大根）の種子を購入、十月末以降のタマネギ苗確保をお願いする。

二時半から寿太郎摘果三本。草を取りながらの作業でもあり、なかなか前に進まない。やれスマート農業だ、やれ農薬のドローン撒布だなんて喧しいこの時世にあって、この「遅れ」は何なんだ。六本やり残して五時半で切上げ、消防団の雑務、陸閘を閉めて回る。雨は降らずとも台風接近で波風が強まっている中、子供連れで釣りをしている馬鹿者が居る。あおられたら波止から落ちる。波風で当りがつかめん。夕方は引潮だ。釣れるわけがない。陸閘閉めなあかんのでと言って車だけでもどけてもらう。何だかんだで仕事ができん。

9月22日（日）旧8月24日　曇一時晴のち雨のち曇

(水)5.5mm/(均)24.5℃/(高)28.0℃/(低)21.9℃/(日)0.4h

今日予定されていた運動会は昨日のうちに順延が決った。悠太は午前中登校。終日部屋を片付けるも進まず。家房の仕事場から資料本と在庫本、家財道具諸々、全て持ち帰っても狭い我が家では置き切れない。当り前だが、元々出版社をするような家の作りにはなっていない。売却確定まで暫くの間空家となる秋のオジジ宅にいくらかでも積ませてもらうか。みかんテゴ人の宿舎としても使えるような家屋が近隣にあればよいのだが。それでも中生温州の収穫が始まる十一月中旬までに撤収、家房とはこれで縁切り、不愉快な案件が年を跨いではいけない。色々考えるがまるで頭が回らない。

終日嵐の前の静けさ。夜九時頃から吹き始める。寝付けず机に向う。十時過ぎ頃から風が強くなる。マジ（強い南風）が吹く。雨が全く降らない。塩害が出なければいいが。十一時頃停電発生、三分ほどで復旧する。

9月23日（月・祝）秋分　旧8月25日　曇時々晴

(水)0.5mm/(均)24.2℃/(高)27.6℃/(低)21.4℃/(日)4.0h

二時寝五時起きでトリカラ一・五キロ揚げる。庄と岩崎の園地をざっと見て回る。軽トラから見るだけ、中には入らず。ワイヤーメッシュで囲った所為で畑が遠くなった。見た目大した被害なし。六時半から陸閘を開けて回り、七時半からテント立て、九時から運動会。昼前に監督が来る。家房から戸《へ》田《た》、横見にかけて塩害が出ている、打ち上げた潮が乾いて道路が真っ白だったと。家房の西脇園地は被害が出ているかもしれない。今年でやめると決めたら気楽なもんだ。急ぎで園地確認に行こうという気すら起らない。

9月24日（火）旧8月26日　曇時々晴

(水)0.0mm/(均)22.3℃/(高)26.8℃/(低)18.8℃/(日)5.0h

運動会の代休で悠太は今日から三連休となる。終日畑仕事に連れ回す。土曜日に買って来た白菜苗を井堀中段に植える。七時半から十時までかかる。午前午後の二時間ずつ寿太郎の摘果、これにて終了。一反（約一〇アール）の園地でおよそ六〇本、他の作業が割込むので途切れ途切れではあるが、最初の一本に手を付けてからひと月半かかった。八月で終わらせたかったが無理だった。正月に引受けた当初から樹勢の弱っていた樹の株元に、おがくずが積み上がっている。天牛（ゴマダラカミキリ）の幼虫が入ったのがわかる。主幹が根元から、片手でばきっとへし折れた。幼虫を発見、キモい、ぶっ殺す。十三日に植付けた白菜第一陣（早生、中生四ずつ）に肥しをふる。

9月25日（水）旧8月27日　晴

(水)0.0mm/(均)21.7℃/(高)26.6℃/(低)18.3℃/(日)10.1h

午前二時間、ニンニクの畝立てとランキョ植付け。ひるを挟んで月末払いと雑務。悠太が図書館のイベントに行っている間に岩崎の作業道の草を刈る。外来アサガオが樹にもぐれ付いている。取っ払うのに難渋する。井堀中段に水を積んで上がり、六時半からヤマハ音楽教室、八時帰宅、おさんどんの余力なく、レトルトカレーで済ます。今日もニンニク植付け出来ず。

9月26日（木）旧8月28日　晴のち曇

(水)0.0mm/(均)23.3℃/(高)26.3℃/(低)21.3℃/(日)2.9h

登尾さんの追加原稿のデータが届くが、ＳＤカード、フラッシュメモリ、いずれも我が家のパソコンで読み取れず。元は書院ワープロで作成、ＤＯＳ変換したフロッピーを神戸の妹宛に送ってもらいデータを移してもらったのだが、どうもうまくいかない。最近のパソコンにはフロッピーディスクドライブがついていない。ＭＯもいつの間にか淘汰されてしまっ

若木に巻きついたマルバルコウ（外来アサガオ）の除去前と後。2020.8.7

た。古いワープロやパソコンソフトで作成した文書類が開けない。年々仕事が難儀になる。

一時半から農協橘支所の総代集会に出る。種ニンニク（中国産嘉定《かてい》）およそ二〇〇斤、二時間かけて井堀中段に植える。七時から柑橘組合長、荷受主任、地区生産組合役員の合同会議。今日が日南姫《ひなのひめ》（極早生）の初売り、すなわちみかんシーズンに入ったということではあるが、うちは十月末の早生スタート、おまけに夏と変らんこの暑さ、まるで実感がわかない。八時半帰宅、かーちゃりんまだ帰ってこない。晩の支度が遅くなるが、手を抜かずに作りきる。

9月27日（金）旧8月29日　曇のち晴

(水)0.0mm/(均)24.9℃/(高)28.9℃/(低)22.7℃/(日)5.5h

ニンニク植付けの続き、大分県産嘉定と山東およそ二〇〇斤。八時開始、十二時半までかかる。鱗片の薄皮を全て剝いて植えると殺菌成分（アリシン）の効果で土壌中の病原菌の繁殖が抑えられ、土壌中の水分の刺激により発根・発芽が早く、生育が早く充実した株で冬越しできる御蔭で玉太りが良いと

北米原産のマルバルコウ（外来アサガオ）は、未熟牛糞堆肥に種子が入っていたことで侵入、いまや拡大の一途にある。牛糞堆肥の多くが醗酵不十分のまま販売されている。完熟醗酵させれば醗酵熱で種子が死滅するのだが、それができていないがゆえに外来種の侵入拡大を招いた。2020.8.7

「家の光」八月号に載っていた。今年から実践することにした。かなりの手間。昨日作業した中国産よりも今日の国産の方がよく乾いて締りが良い。それだけ皮が向きにくい。水に漬けて柔らかくしても捗らない。ふやけた皮を一枚剝いてもその下の皮は全く水を吸っていない。ニンニクは薄皮を付けたまま植えるのが一般的だが、薄皮には水分を弾く性質があるためそのまま植えると水分を吸収しにくく芽出しが遅れると件の記事に書かれていた。なるほど、やるとわかる。

もう一つ、皮を剝いて判ったこと。国産種ニンニクの美しさ、中国産種ニンニクの腐り、傷みの多さ。中国、あかんな。全ての分野に於いて元は中国こそ先進国だった。農業技術も然り、長い歴史の中で日本が中国から学んだことは多い。優れものとされる日本の技術の元祖たる中国でこの為体か。赤い資本主義のもと拝金主義が蔓延った結果か？　そこらへんはいづれ晃三君に問うてみたいが、もしそうであるとすれば、中国あかんなーの一言で済まされる問題ではない。拝金主義の蔓延は中国だけではない。日本の方がよっぽどまずい状況にある。

想えば、選挙のたびにテレビの街頭インタビュー等で必ず出てくる言辞に、経済をよくしてほしいというのがある。安倍首相なんかも成長産業だの何だの、コワれた蓄音機よろしく経済経済の連呼。これは、私は守銭奴ですよと誰はばかることなく公言しているに等しい。そりゃあおカネは無いよりあったほうがよい。でも、それが自己目的になってはいけん。また、おカネで価値づけてはならないものが世の中にはある、カネカネと口に出すのは卑しいことなんだと、だから昔の人たちは、そんな奴らを見下した。おカネ儲けが下手でも、誠実な人のほうが価値があると考えていた。いまの世って何なんだ。経済界のエラい人たちの多くが、おカネ儲けて成功した松下幸之助を尊敬しているという実情、松下にケチつける気はないが、それっておかしくないか。

そういえば昨日の悠太との会話。ヤマネは冬眠途中で目が覚めると死んでしまうことがある。図書館で借りた「ざんねんないきもの事典」(今泉忠明監修、高橋書店)に載っていたと悠太が得意げに話す。何でやねん？　と問うたら、わからんと返す。おかしいやないかい、他の動物は冬眠中に目が覚めても死んだりせーへんわい、何でヤマネは死ぬるのか、その理由が本に書いてあったはずや。――悠太はそこを読んでいない。「冬眠途中で目が覚めたら死ぬることのある動物を次の三つの中から選びなさい」といったげなクイズ知識ではないんや、物事全てに根拠があるんや、因(直截的原因)と縁(間接的要因)があっての果(結果)なんや。それを突き詰めるのが学問や、理解するとは、理《ことわり》を解《げ》するということなんや。脳味噌要らんげに思われがちな農業の究極の学問的高さはここにあるんや。小学一年生で理解するのは難しいのかもしれないが、言い続けるしかない。言わなかったことは無かったことになる。いずれわかる時が来ると信じるほかない。

昼前雨予報の筈が、十時以降カンカン照りとなる。夏と変

寿太郎温州の摘果作業。2019.9.24

らない暑さ。フィリピンの東で台風一八号が発生しかかっている。先週末の台風一七号とほぼ同じ進路予測、来週半ば襲来見込、これはまずい。でも、来るものは拒めない。

9月28日（土）旧8月30日　晴のち曇

(水)0.0mm/(均)25.3℃/(高)30.0℃/(低)21.7℃/(日)6.1h

夜に少しだけ降ったが雨量計には反映せず。九時前のネット天気予報では十時から三時まで雨。でもカンカン照り。台風一八号発生。来週半ばの台風襲来に備えて甘夏のかいよう病防除をするかしないか躊躇した末にやらんと決める。天候も不安だが、それ以前に暑くてやれん。夏と変らないくそ暑さ。猛暑疲れが抜けず、朝起きると身体中が痛い。無理して身体コワすわけにはいかん。今年はリンクエース・マイルドカルシウム撒布とりやめ。手が回らない。仕方がない。

それでも細々した作業を休むわけにはいかず。午前一時間半、岩崎東の改植ブロックで刈払機を回す。オオグサ、捗らない。十月末の秋肥に間に合うよう、少しずつ進めていくしかない。午後二時半から二時間、家庭菜園の豆茶取込み、続いて二時間井堀中段でジャガイモ芽かきと施肥、大根の間引きと施肥、水やり全部できんうちに真っ暗になる。

明日から一泊二日、かっちゃんの結婚式で広島行、仕事ができない。猛暑疲れと家房の問題はあれど、仕事らしい仕事のまるで出来ないうちにひと月ツブれてしまった。

9月29日（日）旧9月1日　晴のち曇（出先晴のち曇）

㊌0.0mm/㊍24.5℃/㊣28.7℃/㊦21.7℃/㊐4.1h

六時に水を積んで井堀に上がる。野菜にひととおり水をやっておく。七時過ぎ出発広島行、かっちゃんの結婚式。二人とも呑む、車で帰れず、広島に泊る。

9月30日（月）旧9月2日　曇時々晴（出先晴のち曇）

㊌0.0mm/㊍24.2℃/㊣28.9℃/㊦21.6℃/㊐3.1h

広島で買物、岩国の八木種苗さんに寄って帰る。大分産嘉定（種ニンニク）八〇〇グラム、一六八〇円。ニンニクの皮を剝いて植えると、早く育ちすぎる、病害が出やすい、気温が異常に高いだけに問題が大きい、推奨しないと八木の大将が言う。「家の光」の記事を真に受けて植えてしまったものは仕方がない（「現代農業」の何号か忘れたが机のへりに積上げているバックナンバーにも、皮を剝いて植えるとよいという記事があった）。リスク分散のため今回の購入分は通常通り皮を剝かず植付けることにする。果してどちらが正解か、来年五月終りに答えが出る。

今月五日に収穫したサツマイモが、貯蔵わずかひと月もたず九割がた腐ってしまい、今回のお出かけ前に処分してきた。冬季貯蔵中に低温障害で風邪をひいたげな傷み方、褐色乾腐病でもない。こんなの初めて。スマホで撮っておいた画像を八木さんに見てもらう。考えられない話、今すぐ答えが出ない、八月の大雨で水に浸ったか（水に浸った所為で九州産の野菜に腐りが多発しているという）猛暑による高温障害か、当面それしか言えない、出入りの農家さんにも訊ねてみるという。収穫時はきれいだった。栽培時の病害とは考えにくい。とにかく、原因が判らんことには対策の立てようがない。サツマイモ、今年は良くないなりにマシと思ったが突如暗転、三年連続の不作となった。

＊

二〇二〇年十月追記。「家の光」か「現代農業」か忘れたが、今年に入って読んだ農業雑誌にニンニクの皮は剝かずに植えた方がよいという記事が載っていた。どっちやねん？　てなもんだが、やる人の数ほど正解があるのが農業の難しさ。ひと通り試してみた上で、安下庄の気候や畑のコンディションに合ったやり方を確定していくしかない。

二〇一九年秋の植付け分については、皮剝きの方が若干収量が多かったが、皮つきと比較して大きな違いは出なかった。皮剝きにかかる手間の多さを思えば、無理してやらなくてもよいという結論を得た。二〇二〇年分は全て皮を剝かずに植付けた（取りやすい余分な皮は除去した）。てっぺんの皮をハサミで切ってやれば芽出しが早いという八木の大将のアドバイスに従った。中国産の種ニンニクは発芽率が低く、収穫時の割れ、腐敗も多く、収量も少なかった。二〇二〇年植付け分は全量、国産種ニンニクにした。

１ヶ月

降水量	70.5mm（106.7mm）
平均気温	20.3℃（18.5℃）
最高気温	23.9℃（22.6℃）
最低気温	17.1℃（14.9℃）
日照時間	166.8h（180.5h）

2019年10月

秋茄子は嫁に食わすなと言う。ウマいものを独り占め、身体を冷やさないようにと思いやり、どちらとも取れる。夏の茄子なのに秋茄子の味がした、気象がおかしい、秋は凶作になる、早急に対策を講じよと二宮尊徳は警告した。平成の米騒動（1994年）の前年、1993年作付のコメは、長梅雨と冷夏により記録的不作に終った。それでも減反政策は変らず、青刈りは当初の予定通り全国各地で行われた。農民文学者住井すゑは、朝日新聞の寄稿で上記の二宮尊徳の逸話を引き、農政の愚を弾劾した。

上旬

降水量	14.0mm（44.3mm）
平均気温	22.5℃（20.3℃）
最高気温	26.4℃（24.3℃）
最低気温	19.0℃（16.9℃）
日照時間	53.3h（56.5h）

中旬

降水量	13.0mm（34.8mm）
平均気温	20.2℃（18.8℃）
最高気温	23.0℃（23.0℃）
最低気温	17.2℃（15.1℃）
日照時間	51.7h（62.6h）

下旬

降水量	43.5mm（27.6mm）
平均気温	18.5℃（16.6℃）
最高気温	22.4℃（20.7℃）
最低気温	15.1℃（12.8℃）
日照時間	61.8h（61.4h）

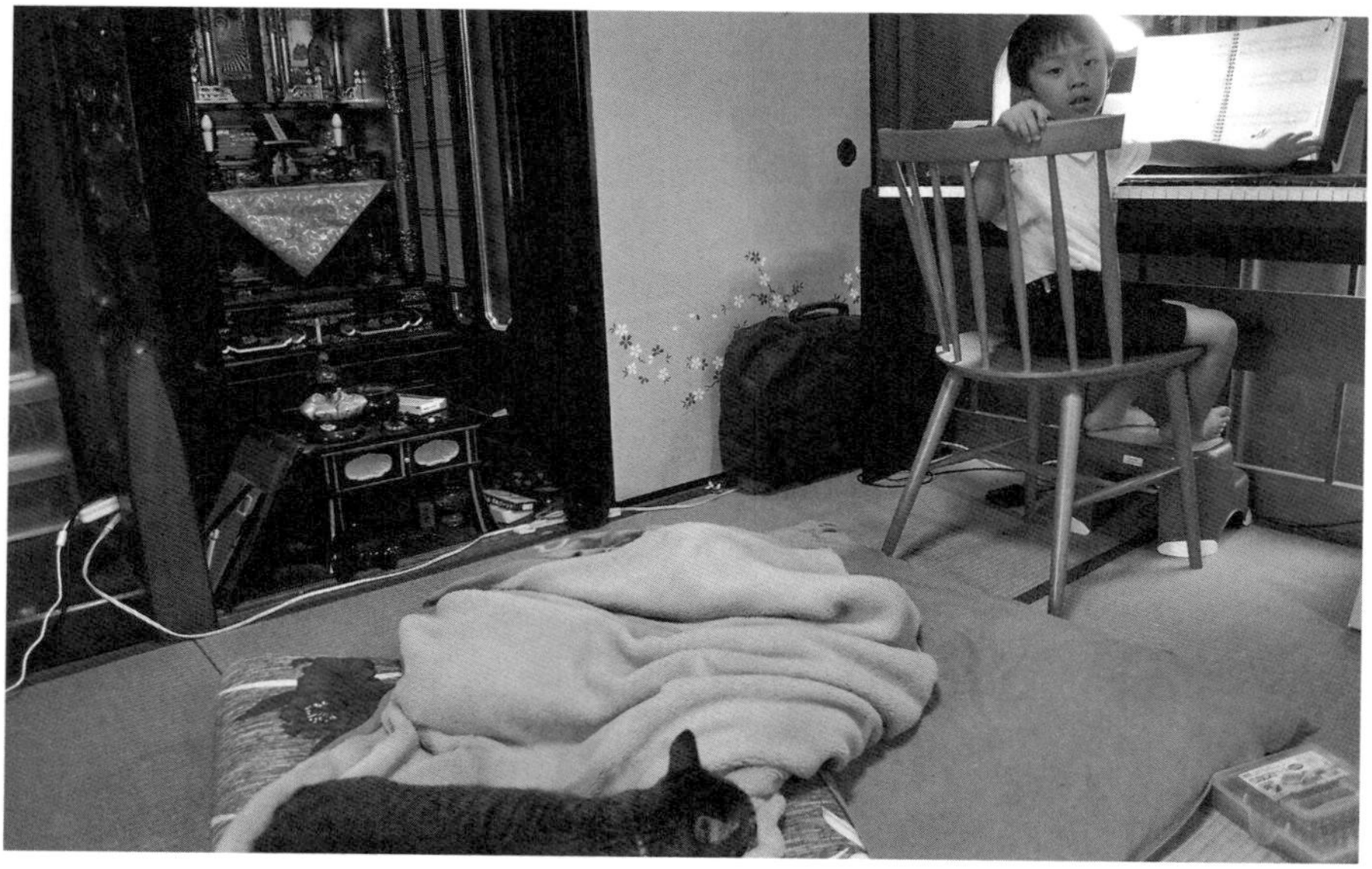

もうちぃと真面目に練習しいや。2019.10.8

10月1日（火）旧9月3日　曇

(水)0.0mm/(均)24.2℃/(高)27.4℃/(低)21.3℃/(日)0.8h

今日も蒸し暑い。十月の気象ではない。午前井堀中段でニンニク一五〇斤植付け、豆茶の取込み、草刈り。ひるを挟んで机に向う。二時半から庭の草刈り、三時半悠太帰宅、岩崎に積みっぱの堆肥を井堀に運ぶ。白菜の第二次植付け分に施肥。草刈りを終えたブロックに堆肥、油粕、石灰を撒く。管理機（手押し耕耘機）まで手が回らず、六時過ぎで暗くなる。

10月2日（水）旧9月4日　曇一時雨、夜雨

(水)7.5mm/(均)24.6℃/(高)28.0℃/(低)21.6℃/(日)0.5h

午前三時間、井堀中段で管理機をかけ、ニンニク残り七〇斤植付ける。昼過ぎと夕方に雨が来るが雨量計には反映せず。午後四十分だけ地主で草刈り、オオグサになっている。

家房の移住者から電話あり、午後会って話をする。西脇は既に案内してもらっている、引受けたいと即答を戴く。来年四月から認定農業者として新規就農の運び、農地中間管理機構を通して賃借する方向で話を進めるという。もう一つの懸案、割石の園地を見てもらう。樹が古いこと、上段が水田であること、下段が荒廃地になっていること、それによりスズメバチが巣を架けやすいこと（暫く目を離した隙にでっかい巣が出来ている）、などが引っかかると。どの園地も何らかの問題がある、何処かで割り切らんと仕方がない、そこのところは理解しているようで、他の農地も話が来ているのであわせて検

極早生、一人でぱくぱく食う。2019.10.6

討したいといったところで今日の話を終える。それにしても、老害よろしく余所者を排除する一方で、集落維持もみかん主産地維持も何から何まで移住者頼み、このパラドクスは一体何なんだ。

10月3日（木）旧9月5日　未明雨、曇時々晴、夜雨

(水)5.0mm/(均)25.0℃/(高)28.1℃/(低)21.5℃/(日)2.2h

台風一八号が北に逸れ朝鮮半島を横断した。雨量はひと晩で一一ミリ、朝から返しが吹く。被害皆無。井堀中段で辛味大根、三池高菜、大根第二陣の種子を播く。終日部屋の片付けと九月末〆分の請求業務。消費税増税に伴い九月末日付でやっておかねばならぬ雑務が片付かない。

10月4日（金）旧9月6日　晴のち曇

(水)0.0mm/(均)24.0℃/(高)28.6℃/(低)19.7℃/(日)6.6h

二十六日午後、薄皮を剝いて植付けたニンニクの芽がもう出始めた。九時から十一時半まで岩崎で刈払機を回す。オオグサ、捗らん。暑くてやれん。疲れが来て午後作業できず、というわけにもいかず、三時過ぎ悠太の下校時刻まで草刈りの続きをする。中本ストアの前で下校途中の悠太を拾い、田中原選果場で七分コンテナと段ボール箱と採果鋏を受取り、倉庫に積み、五時の時報が吹くまでカズラと外来アサガオの除去作業にかかる。かーちゃりん珍しく定時で帰宅、六時半から八時まで柳井の水泳教室に連れて行くというので、急ぎで晩メシ食べさす。二人を送り出したら疲れが一気に来た。十時過ぎまで寝る。

10月5日（土）旧9月7日　晴

(水)0.0mm/(均)21.9℃/(高)26.2℃/(低)18.8℃/(日)9.9h

寝坊、七時起き。疲れが抜けない。午前家の片付け、全く進まず。ひる食うて二時間寝る。平原上段で三十分だけ刈払機を回す。四年前に西脇から移植した極早生試食、まあまあの出来。二個だけ持ち帰り悠太にあげたら一瞬で消えた。もっと食べたいと言うが真っ暗で穫りに行けず。明日取込むことにする。

晩メシどきのかーちゃりん報告。秋の実家売却内定、来年三月頃引渡しの方向。取壊しではなく、必要とする人に活かしてもらえるのだから嬉しくはあるのだが、生れ育った家が人手に渡るのは寂しくもあると言う。

10月6日（日）旧9月8日　晴

(水)0.0mm/(均)23.2℃/(高)26.7℃/(低)20.9℃/(日)7.6h

台風一九号発生、海水温が平年より高く、今後猛烈な勢いに発達する見込、三連休の頃要注意と朝のテレビが伝えている。進路の予測は現時点では立たないが、日本の南海上から関東方面へ抜ける可能性が高いと。千葉の台風被災地にはすまんのだが、兎に角こっちに来ないでくれ。

悠太満七歳のおたんぜう日。七歳になったら何が違うのかと問えば「頭の良さ、ほんのちょびっとが変る」と答える。サイクリング大会の会場運営で、かーちゃりん休日出勤、ワシらは午前のうちに柳井で買物を済ませる。

平原に一本だけある極早生温州の収穫、一二キロ。味の濃厚な中生・晩生と比べたら軽いもんだが、酸味がきいてこれはこれで美味い。味がしっかり口に残る、売ってるものとは違うと、宇部からおたんぜう会に来てくれたのりちゃんとママが言う。連年の異常気象で仕上りが不安な中、少しは自信を取り戻す。

のりちゃん休職から一年、この九月末で退職となった。体調と就職活動の具合によっては暮れの収穫テゴは無理かもしれない。パパは東広島に単身赴任、これまた難しい。全国的には裏年だが、山口と広島は表年、それなりに多い。どう乗り切るか。先が読めん。

10月7日（月）旧9月9日　晴時々曇

(水)0.0mm/(均)21.8℃/(高)24.9℃/(低)19.2℃/(日)4.3h

午前四時間、午後一時間、岩崎と平原上段で草刈り、疲労困憊、三十分寝る。猛暑疲れが抜けない。

10月8日（火）寒露　旧9月10日　早朝雨のち曇

(水)1.5mm/(均)21.0℃/(高)25.4℃/(低)15.1℃/(日)1.6h

九時間寝ても疲れが抜けない。毎年ミカンバエ防除が終ると夏の疲れがどっとくるのだが、今年九月の暑さは八月平年値並みときたもんだ。深刻な気候変動、これはまだ序の口、年々酷くなると覚悟しておく必要がある。

数日前までの殺人的残暑が嘘のよう、しのぎやすいと言える日はこの秋初めてだが、無理をせず、終日畑仕事を休み原稿に向う。年内最低あと二点作らねばならぬ。

10月9日（水）旧9月11日　晴

(水)0.0mm/(均)18.9℃/(高)23.8℃/(低)14.8℃/(日)9.9h

今日も畑仕事を休んで机に向う。体調、少しはマシになってきた。「湊川」の初校戻し指定原稿を仕上げる。正午過ぎまでかかる。ひるから私家版の作業にかかる。

「一九三〇年代モダニズム詩集」の二刷が届く。図書館の注文が入り始めるまでに二、三ヶ月のタイムラグがある。品切で事故伝票切ってしまえば、それっきり蔵書されなくなってしまう。「山上の蜘蛛」「窓の微風」の実績から初刷部数を読んだのだが、何年やっても出版は難しい。増刷分が赤字になる危険もあるが、版元の責任上、出たばかりの本を品切扱いにするわけにはいかず。「佐野繁次郎装幀集成」の時も、増刷可否の判断が難しかった。経費的にキツかったが数年かけて増刷分を売り切った。今回もそうあってほしい。

10月10日（木）旧9月12日　晴

(水)0.0mm/(均)20.7℃/(高)25.1℃/(低)17.4℃/(日)9.9h

午前まるまる早生温州のミカンバエ調査。十二園地中二園地で幼虫の発生を確認する。午後農協に報告書を提出。該当園地は出荷停止、今後の対応は農協にお任せする。あと三園地、幼虫の発生は認められなかったが繊維に乱れあり。幼虫が入ったところに薬液が後から効いたのか、時期的に幼虫が小さすぎて見つけきれないのか。

グレーゾーンを含めた五園地の内訳は、時々帰省して耕作している（二園地）、自家用の荒廃園（二園地）、撒布が粗い（一園地）となる。全てがそうではないが、荒れた園地で発生しているのは間違いない。草が伸びているといっても、うちの生え方とは違う。そういう園地ではあからさまに樹が弱っている。落果の腐敗臭のキツい園地もあった。

園地の荒廃はこの先ますます深刻の度を深めるであろう。状況の悪くなる材料は多々あれど、好転する材料は何一つ見出せない。周囲が荒廃すれば、いくら頑張ったところで園地の健全な維持は困難になる。水田からみかんへの転作ブームは昭和三十年代から四十年代初めにかけて、五十年から六十年前のことだ。いま生産を担っている六十代から八十代の人たちが二代目、かれらの多くに跡継ぎはいない。三代続かなかった、これが現実。今年の早生ミカンバエ検査結果、出るべくして出た。大島のみかんの、先行きの無さを突き付けられる。ワシの園地から出たわけではないのに、考えれば考えるほど堪える。午後仕事が手につかず。

猛暑で樹が弱り、秋に入り着果負担に耐え切れず枯死。新党立ち枯れ日本。2019.10.11

10月11日（金）旧9月13日　晴

(水)0.0mm/(均)23.6℃/(高)26.8℃/(低)20.5℃/(日)6.1h

横井手上段、カズラと外来アサガオ除去、樹冠に潜り込んでの草取り、午前三時間かかる。実の重みで枝が下がる。刈払機で攻め込めない。青島の成木が一本立ち枯れた。八月下旬のミカンバエ防除までは調子悪いなりに持ちこたえてきたが、九月の殺人的猛暑にやられた。なりこませた果実が水を吸い上げる。樹勢の弱った樹はそれに耐えきれない。なり番にあたる今年の収穫を終えたら伐採すると決めて代替の苗木もこの春植えたのだが。園内に腐敗菌が蔓延したら貯蔵病害が出る。果実を全て取込み穴を掘って埋める。

午後一時間半、地主の四つあるブロックのうち川べりの三畝（約三アール）、残り半分の草刈りと樹冠草取り。在来温州の古木一本、九月の猛暑で枯れた。三時に下校途中の悠太を拾い、三十分だけでも枯木の果実取込みと処分のテゴをしてもらう。井堀中段の野菜水やりに上がり、五時に晩メシ、かーちゃりん定時帰宅、五時半発で柳井のプールに連れて行く。ワシ一人留守番。七時頃から北東の強い風が吹き始める。

10月12日（土）旧9月14日　曇時々晴

(水)0.0mm/(均)23.3℃/(高)25.4℃/(低)20.4℃/(日)2.9h

昨夜の最大瞬間風速一四・二メートル。台風一九号は午前七時現在八丈島の西南西約三〇〇キロにあり、北へ毎時二〇キロで進んでいる。一九五八年九月の狩野川《かのがわ》台風に匹敵するという。いまだ復旧の進まぬ千葉県の台風被災地には気の毒だが、東国で壊滅的被害が出るのは避けられない。午前七時現在の中心気圧九三五ヘクトパスカル、中心付近の最大風速四五メートル（時速一六二キロ）、最大瞬間風速六五メートル（時速二三四キロ）、一五メートル（時速五四キロ）以上の強風域が全域で六五〇キロ。深刻な気候変動により巨大台風が年に何度も本土を襲う、そんな時代になった。
台風は上陸後加速をつけて一気に北上するとの予測。明日からの富山、金沢出張、予定通り決行と決める。終日北東の強風、家の中が蒸し暑い。

10月13日（日）旧9月15日　晴（出先晴）
(水)0.0mm/(均)20.5℃/(高)24.1℃/(低)18.2℃/(日)9.8h
井堀中段で朝から水をやる。二往復およそ一〇〇リットル。もう一回水を運び上げ、留守中の水やりを悠太に頼んでおく。
ひる食うて出発、新岩国駅前に車を停めるつもりが駐車場全て満車、連休を甘く見過ぎていた。岩国駅前に停めて、一時間遅れで神戸に着く。三宮駅前で晃三と呑む。三十年暮した北京から九月に帰国、京都薬科大と神戸学院大で非常勤講師の職に就いた。授業の仕込みは忙しく給料は安い。常勤の口を求めてK大に応募した、月末には採否が判るという。北陸新幹線は台風被害で富山から東が不通になっている。日付の変らんうちに富山まで移動する。

10月14日（月・祝）旧9月16日　晴（出先雨）
(水)0.0mm/(均)20.1℃/(高)24.0℃/(低)16.2℃/(日)8.9h
石坂さんと滑川で待合せ、魚津市立図書館の郷土史コーナーで写真を探す。市立西部中学校と県立魚津高校の写真が見つかる。出歩いてみるもんだ。晩に藤井さんと呑む。

10月15日（火）旧9月17日　晴（出先雨のち曇り）
(水)0.0mm/(均)19.0℃/(高)21.5℃/(低)15.9℃/(日)8.6h
山田製版本社に寄り、石坂さんの車で金沢支店、井村さん交えて打合せ、金沢駅から列車に乗る。京都でトビラノ君と会って帰ろうかと思ったのだが時間と体力がないので連絡しないことにする。十時帰宅。

10月16日（水）旧9月18日　晴
(水)0.0mm/(均)17.1℃/(高)21.3℃/(低)12.5℃/(日)9.7h
留守中十四日の親子会BBQの話をかーちゃりんに聞く。親子会が解散する筈が、そうではなくなったと。亥の子だけは続けるために当面存続するという。親子会を維持できるほど庄に子供が居らんことに変りはないのだが、お宮に長男坊が生まれたという状況の変化もある。亥の子はいずれ、親子会ではなくお宮持ちになるかもしれない。想えば、親子会だけの問題ではない。婦人会と農協婦人部が解散したのも、球友会が大会に出られなくなりつつあるのも、柑橘組合に将来の展望がまるで無いのも、それもこれも集落維持が限界に近

岩崎園地。枯死続出。手前は道路用地にとられる。草刈りが遅れている。2019.10.7

付いているということの顕れなのだろう。

午前家房仕事場の屋根修理見積りの立合い、撤収に向けての片付け進まず。資料から在庫から本が多すぎる。午後家に籠って雑務、合間にアリ殺し。八月以降、家にアリがあがるようになった。うちだけではない、近隣でも同じことが起っている。天変地異の前触れでなければいいのだが。豆茶取込み二時間半、最後は悠太に任せて三十分だけ井堀下段で刈払機を回す。留守中に農協のたよりが届いていた。今日一日、配布する余力なし。

＊

追記。輸入木材について入った外来アリだと、後から聞いた。在来種に似ているが、色が赤黒く、足が速い。庄の浜の一帯で棲息拡大、いまやナカジョウ、オカジョウへも侵入。安下庄全域を覆うのも時間の問題と思われる。食いこぼしがなくても家にあがる。薬まいても効かん。噛みつく。痛い。近隣の、何処のお宅でも難儀している。土居のコメリでアリコロリを求めるも、度々爆買いが入り、品薄が続いている。

10月17日（木）旧9月19日　曇のち雨

㊌2.5mm/㊏17.4℃/㊒20.2℃/㊍15.8℃/㊐0.7h

朝から井堀中段の水やりに上がる。雨が降らず土がからっからに乾いている。多少水を撒いたところで焼け石に水だが、やらんよりマシだ。前線を伴った低気圧の通過により明日が雨予報に変った。九時から十一時半まで井堀中下段と平原上段の草刈り、樹冠草取り。おひるを挟んで農協の広報配布、横井手の甘夏六本に秋肥。石積みの中にスズメバチの巣が出来ている。油断も隙も無い。二時前から雨が降り出す。一昨日持ち帰った「原初の、学校」二校ゲラの照合作業、夕方まで。登尾さん宛てに送り出す。

　夕方監督来る。明後日のソフトボール大会、いよいよ選手が足りん。ご老体に無理して出場してもらって怪我でもさせたらオオゴトだ。現時点では結論は出さず監督持ち帰り、棄権の線で一日二日考えることとなる。棄権は過去に一度あっただけという。実は、大島大橋の事故で中止になった去年秋の大会も、もし開催されていれば選手不足で棄権になっていた。以前は地元に住所のある者しか出場できなかった。二、三年前から「ふるさと選手」といって、地元に住所のない出身者も出場できるようになった。今や「ふるさと選手」無くして庄のチームは成り立ち得ない。庄のチームが選手不足で出られなくなるのと、参加チームが減って大会が無くなるのとどっちが先かと思ってはきた。みなさん毎年一つずつ齢を取る。一人二人と世を去っていく。若い者の加入は無い。柑橘組合と同じく、将来の展望はまるで無い。


10月18日（金）旧9月20日　曇のち雨

㊌8.5mm/(均)19.4℃/(高)20.3℃/(低)17.9℃/㊐0.0h

　私家版の写真指定原稿を八時から二時過ぎまでかけて仕上げ、山田製版金沢支店の井村さん宛に送信する。ワシの指定原稿は全て手書き、そうでないと脳味噌が動かない。レターパックかクロネコで送れば金沢着は翌日の午後になる。ファクスだと指定の色分けが伝わらない。デジカメで撮ってネットのギガファイルで送信すれば話が早い。アナログとデジタルの組合せで仕事が進む。

　夕方監督から電話、ソフトボール大会は棄権、昼の呑み会だけ開催の結論に至る。


10月19日（土）旧9月21日　雨のち曇時々晴

㊌2.0mm/(均)20.9℃/(高)23.6℃/(低)18.8℃/㊐1.4h

秋の道づくりは雨天中止。「北京彷徨」の在庫三〇〇部、晃三向けに送り出す。家房の仕事場兼倉庫撤収のため、余剰在庫の処分を進める必要が生じた。午後二時間地主で草刈り。道路沿いの草も刈っておく。

　かーちゃりんが昼めし時に麦酒呑んだ。車で買物に行けない。やまださんまで徒歩往復六キロ、悠太に初めてのおつかいを頼む。無事買って帰ったよと、ますみさんから電話が入る。かーちゃりんが中本ストアの前まで迎えに行く。今日はやまださんにトリモモ買いに行くと言って歩いて行ったよと、近所のおばちゃんらが話をしていたという。日々見守ってもらっている。

青玉スダイダイの試食。まだ少し若い。
2019.10.16

10月20日（日）旧9月22日　晴のち曇

(水)0.0mm/(均)20.4℃/(高)22.9℃/(低)16.2℃/(日)3.6h

ひるから柳井でヤマハ音楽教室のアンサンブル発表会。当日リハのため悠太とかーちゃりん八時に出る。

ソフトボール大会棄権。それほどの野球好きではないが、いつも出ていたものが出られなくなるのは寂しい。岩崎で一時間だけ草を刈る。十一時アテの買出しに出て正午から呑み会。会費値上げの件、一部修正で重鎮方の合意をとりつけ、片付け雑務は鍵本君にお願いして十二時半にお暇する。ヤマハの発表会、みんなすげー上手い。悠太の担当パートが判っているからなんだろうけど、一番散らかっているように聞えてしまう。緊張した、それでも来年もやりたいと言う。あがるという経験もまた大事だと思う。

10月21日（月）旧9月23日　曇

(水)0.0mm/(均)19.6℃/(高)21.3℃/(低)18.2℃/(日)0.8h

横井手下段の草刈り昼まで二時間半、園地の半分も進まず。午後家庭菜園にホウレンソウ、水菜、大根（冬穫と春穫）の種子を蒔く。暮れるのが早くなった。五時半には暗くなる。残業ができない。猛暑による作業遅れ、この時期に至るも取り返せずにいる。

10月22日（火・祝）旧9月24日　晴

(水)0.0mm/(均)21.0℃/(高)25.4℃/(低)17.4℃/(日)8.8h

かーちゃりん午前のみ休日出勤。九時から平原下段と横井手上段で秋肥をふる。早生の味見と称して悠太がバクバク食う。まだ味が薄いが、それでも旨いと言う。せぇがええ。今日は特に暑い。正午まで作業を続ける。悠太に疲れが出て仕事が雑になる。いい仕事してくれてはいるのだが、体力つけるのはこれからだ。午後平原上段に秋肥、横井手下段で草刈りの続き、まだ先は長い。

10月23日（水）旧9月25日　曇、夜間雨

(水)2.0mm/(均)19.7℃/(高)22.3℃/(低)17.5℃/(日)2.2h

九時半から十二時まで横井手下段で草刈りと秋肥。昼で終らず、午後一時間延長戦となる。組事務所が近いのか、草刈りしている目の前でスズメバチが空中静止してアゴをカチカチいわせて威嚇してくる。草刈りあと六畳程度でこの園地終

早生温州の収穫開始。手袋つけーや。2019.10.22

りなのだがやめにする。今年はアシナガバチ、マルハナバチ、ニホンミツバチが少なかったが、スズメバチが滅茶苦茶多い。九月十月はスズメバチの巣分かれの時期にあたる。この時期が一年でいちばん怖い。

このあと二時間かけて井堀下段と地主道路沿いの三畝（約三アール）で秋肥、悠太を学童に迎えに行き、大急ぎで着替えさせ、岩崎西半分の一反半（約一五アール）で秋肥をふる。所要時間五十分、薄暗くなってきた頃に作業を終える。小学一年生の腕力でも大助かり、ワシ一人では片付かなかった。

10月24日（木）霜降　旧9月26日　雨

(水)39.5mm/(均)18.6℃/(高)19.3℃/(低)17.9℃/(日)0.0h

昨夜から今朝七時までの雨量五・五ミリ。しとしと降るのはいいことなんだが、多少水を吸ったとはいえ二〇センチも掘れば中はカラカラに乾いている。今年の秋は降雨が少なすぎる。まとまった雨が欲しいところに、今日は午後だけで雨量八〇～一〇〇ミリの予報が出た。帳尻合せのつもりか？極端な降り方も気候変動によるもの、ろくなことがない。

雨が弱いうちにやれるところまでやる。八時前から九時前までの一時間、地主の川べり三畝（約三アール）と井堀中段に秋肥をふる。作業の終る頃に雨が強くなる。なんとか間に合った。草刈りも秋肥もまだアホほど残っているが、たったこれだけでも気の持ちようが違う。

早生のミカンバエ被害園地の件で東京在住の園主さん来

食うてばっか。2019.10.22

宅。ほぼ月イチで帰省してみかんの世話を続けてきたが、遠方からの通い耕作で乗り切れるほどみかんは甘くない。畑の荒れ具合でわかる。ばーちゃんが今年亡くなったので、今年を最後に耕作をやめるという。親の生きているうちはやめられないとは、よくある話。三年ほど前に孫がIターンしたが農業を継ぐ意思は無い。これもまたよくある話。

午後家房へ。仕事場の前でイノシシ四匹発見、今年生まれたやつだろう、そう大きくはない。車で追いかける。道路下の畑に逃げられ、轢き殺し損ねる。仕事場の撤収作業、著者に引き取ってもらう長期在庫の整理で日が暮れる。危惧していたゲリラ雨にならず終日ゆるゆると降り続ける。

10月25日（金）旧9月27日　曇時々晴

(水)1.5mm/(均)19.9℃/(高)23.2℃/(低)17.1℃/(日)4.5h

午前二時間地主で草刈り。裏年青島のくずみかんや日焼け果を取込み、腐敗菌の拡散防止のため穴を掘って埋める。三〇センチも掘ると土が乾いている。四〇ミリ以上降ったのにこれか。旱魃、深刻なり。農協の果実分析では、糖度がここ数年で一番低く酸抜けも悪いという。これだけ水がなければ、酸抜けの悪さも頷ける。日焼け果と、九月に入って以降の立枯れが多い。実のなりこんだところに八月並みかそれ以上の猛暑と記録的旱魃、樹勢の衰えたご老体では異常気象を乗り越えるのは無理、順次改植を進めてはいるが枯れていく方が早い。特に、在来温州は終っている。

三時から田中原で早生、レモン、スダイダイの出荷説明会。極早生の価格低迷について、去年は秀品比率が高かったが、今年はワンランク下の優品比率が高く、それで値を下げているとの説明。品質低下傾向は早生、中生、晩生も変らず。これではやれん。糖度の低さを「今年のみかんは食べやすい」といってセールスする。ものは言いようだが、不味いものに変りはない。

畑仕事と説明会の合間に林画伯に連絡をとって私家版の用紙ほか装幀廻りの仕様を確定してもらい、山田製版さんに束見本を依頼する。

福岡大のたっちゃんから電話あり。みかん収穫時期に二年生二人泊り研修の依頼を受ける。一人は農家になりたいと言っている。実際に数日泊り込みで年間通して実習させてみて、それでもワシは農家になると言えばそれでよし、やれんとわかれば就職活動まだこれからなのでなんぼでも方向転換できると。もう一人は農家志望ではないが体験としてやってみたいと。農業実践を背中で語る人は多いけど文字と言葉で語れる人は少ない、今の学生さんには、背中を見て理解せよではなく、言葉できっちり伝えきらんといけんとたっちゃんが言う。

かーちゃりん定時帰宅、大畠で女子会。悠太は柳井のプール。仕事を早くあがってアッシーをする。悠太待ちの間、広間でゲラを読む。

10月26日（土）旧9月28日　曇のち晴

(水)0.0mm/(均)19.6℃/(高)24.2℃/(低)15.9℃/(日)6.7h

午前二時間午後四時間、地主で草刈りとカズラ、外来アサガオ除去作業。久しぶりにぎっくり背中やらかす。油断していた。

10月27日（日）旧9月29日　晴のち曇

(水)0.0mm/(均)18.0℃/(高)21.8℃/(低)14.3℃/(日)5.7h

昨日やらかしたぎっくり背中が治らず、呼吸と共に痛みが走る。午前、仕事場撤収を機に長期不良在庫の処分に手を付ける。版元の倉庫で埃被るよりは、著者が名刺代わりに配る方が気が利いている。午後四時間地主で樹冠の草を引く。夕方山田製版の石坂さんから電話が入る。日本製紙岩国工場で事故があり、来年二月一杯までb7の出荷が出来なくなったという。年内納品予定の私家版と「湊川」の本文にb7クリームを指定している。紙問屋の在庫で当面賄えるか否か、確認をお願いする。

10月28日（月）旧10月1日　晴

(水)0.0mm/(均)16.5℃/(高)21.4℃/(低)12.9℃/(日)8.8h

昨夜より悠太が熱を出す。二階のストーブ今季初稼働。かーちゃりんお休みをとり終日悠太と過ごす。午後半日かけて豆茶の焙煎と選別をやってくれた。

午前午後二時間ずつ地主で刈払機を回す。夕方山田製版の石坂さんからメエルあり。b7クリームは在庫対応不可能という。価格、風合い、発色など、b7に取って代る本文用紙がない。紙問屋の提示した代替案はオペラクリームマックス。これでいきましょうとメエルを返す。

仕事場の家主さんからライン連絡あり。家は空家バンク、みかん畑は農地バンクに登録する方向。どうかどうかと返事を急くのも好きでないので件の移住者にはあれから連絡を取ってこなかったのだが、この際、電話してみる。農地の集約化を図りたいとの意図により今回はパス。この人以外に家房在住の引受け手のあてがない。園地存続はもはや絶望かもしれぬ。

10月29日（火）旧10月2日　雨のち晴

(水)0.5mm/(均)17.8℃/(高)22.8℃/(低)13.3℃/(日)7.1h

紙の見本帖を再チェック、オペラクリームマックス四六判

Y目五五キロの提案に対し、頁をめくった時の弾き具合、文字の透け具合から六二キロに上げてもらう。

八木種苗さんに三月穫タマネギの苗二〇〇本受取りに行く。相次ぐ台風被災でそれどころではないといって、東の方からタマネギ苗の注文が来ない、今年は余るのではないかと、種苗会社の間ではそういう話になっているという。心穏やかに農業のできる時代ではなくなってしまった。明日はわが身と八木の大将が言う。夕方悠太のテゴでタマネギ植付け、七〇本ばかり明日に持ち越す。

10月30日（水）旧10月3日　晴

(水)0.0mm/(均)16.8℃/(高)22.3℃/(低)11.3℃/(日)7.7h
九時から一時まで西脇で刈払機を回す。二反二畝（約二二アール）ある園地の三分の一程度しか進まない。荒廃園地を引き受けて七年目。既存の樹を一一本残してあとはまるまる改植してこれから収量が上がるって時に手放すのも何だかなんだが致し方なし。まあこれで耕作地が減る分、家房に通わなくて済む分、少しは楽になると前向きにとらえるほかない。
草刈りやめて放っぽり出してもいいようなもんだが、そこはきちんとしておきたい。やり散らかして逃げるのはよろしくない。尻拭いのできない年寄に対してこのクソ馬鹿垂れと悪態つく以上、ワシが同じことをするわけにはいかん。とは言いながら、ワシが歳をとって引退する頃になって悠太がみかんを継いでくれなかったとすれば、今の年寄たちと同じことをワシもやってしまうのかもしれん。もっとも、その頃には大島のみかん自体無くなっているかもしれんけど。
割石の仕事場で一時間在庫整理、帰って遅い昼メシ。三時頃悠太帰宅。平原下段の岩崎早生二本の収穫、一時間半、二人で八〇キロ取込む。収穫を一週間遅らせた分、そこそこ味が入った。

10月31日（木）旧10月4日　晴

(水)0.0mm/(均)15.6℃/(高)21.9℃/(低)10.6℃/(日)9.5h
午前二時間半西脇で草刈りの続き、早生とセトミに秋肥をふる。
一時から農協、試験場のミカンバエ発生園地立入検査に同行する。耕作者に現場確認に来てもらう。お前が入れたんだろう！　と、おっさんいきなりキレる。勘弁せえや。
二時から井堀上段の草刈りと秋肥。大津四号六年生が六本、いい具合に着色が進んでいる。夕方一時間、悠太のテゴで地主川べりの六畝（約六アール）の、半分くらいに秋肥をふる。

１ヶ月

降水量	9.0mm（83.2mm）
平均気温	14.1℃（13.3℃）
最高気温	18.3℃（17.4℃）
最低気温	9.8℃（ 9.3℃）
日照時間	170.8h（151.8h）

上旬

降水量	0.0mm（29.5mm）
平均気温	15.5℃（15.2℃）
最高気温	20.1℃（19.4℃）
最低気温	10.9℃（11.3℃）
日照時間	69.1h（56.3h）

中旬

降水量	4.0mm（25.2mm）
平均気温	14.0℃（13.2℃）
最高気温	19.0℃（17.3℃）
最低気温	8.3℃（ 9.3℃）
日照時間	62.9h（47.8h）

下旬

降水量	5.0mm（28.0mm）
平均気温	13.0℃（11.3℃）
最高気温	15.7℃（15.5℃）
最低気温	10.1℃（ 7.3℃）
日照時間	38.8h（47.8h）

2019年11月

いりこごはん、自家製アジの一夜干、松山揚の味噌汁（イリコ出汁、麦味噌）。メシがウマいという、ただそれだけで、野良仕事を一日乗り切るこころもちが違う。

11月1日（金）旧10月5日　晴

(水)0.0mm/(均)16.7℃/(高)22.6℃/(低)11.1℃/(日)9.5h

九時から一時前まで地主で刈払機を回す。午後月末払いの残りと早生の選果、宿題に手こずる悠太を横目に雑務を片付ける。五時から三十分、井堀中段の冬大根第二陣の間引きと一本立ち、肥料、草取りを片付ける。

11月2日（土）旧10月6日　晴

(水)0.0mm/(均)17.1℃/(高)20.7℃/(低)12.8℃/(日)8.2h

午前三時間午後四時間地主で草取りと秋肥の作業。明日の農協向け出荷用に早生一級コンテナ二杯選別する。

11月3日（日・祝）旧10月7日　曇

(水)0.0mm/(均)16.8℃/(高)20.1℃/(低)13.8℃/(日)0.5h

かーちゃりん午前だけ休日出勤。悠太を連れて八時から正午まで中生・晩生・ポンカンのミカンバエ調査。早生でミカンバエが発生した園地で、晩生も発生を確認する。撒布が粗く樹冠内部までしっかりかかっていない。園主が来た。重鎮に話をしてもらう。ワシが言えばキレるが、さすが、重鎮が相手だとおとなしく話を聞く。

もう一ヶ所、放任園地で発生を確認。黙って伐ればいいようなもんだが、バレたら訴状が届くかもしれんので手をつけられない。ドリルで穴開けて除草剤原液ぶち込んで枯らすとか機械油の原液撒布で枯らすとかいった悪智慧が浮かぶ。黙って実力行使あるのみ、なのかもしれない。それはさておき、他人様の畑に入る機会はなかなか無いだけにいい勉強にもなる。きちんと管理している園地とそうでない園地の違いもわかる。草が伸びていても生え方がまるで違う。

かーちゃりんと悠太のテゴで、午後井堀中下段でスダイダイを取込む。まずまずの仕上り。スダイダイは異常気象の影響が少ない。平原上下段で宮川早生の取込みおよそ一〇〇キロ。大玉、甲高、ポカ（浮皮）など品質劣化甚だしく、直売を諦める。

11月4日（月・振休）旧10月8日　晴

(水)0.0mm/(均)16.8℃/(高)20.3℃/(低)13.4℃/(日)7.7h

広島まで買出しに出る。たまには島の外に出ないと気が滅入る。連休のショッピングモールでサ店難民になる。ゲラを持ち歩くも仕事が全くできず。

11月5日（火）旧10月9日　晴

(水)0.0mm/(均)13.1℃/(高)18.5℃/(低)7.8℃/(日)9.2h

昨日届いたかまくらブックフェスタの返品箱を開ける。あまり売れていない。作り手本人が売り場に立たなければ売れない。うちの本はそういう種類のもの。致し方なし。

三時前に悠太帰宅、二人で三十分かけて家庭菜園のスダイダイを取込む。梅雨時の防除を行っていない所為か、今年は特にカイガラムシが多い。夜に今季初カキ鍋、高温の所為か大根おろしが辛い。白菜は一週間ほど前に初収穫、悪くはないがまだ味が薄い。間引き大根葉がいい具合に鍋の味を引き出してくれている。

＊

追記。かまくらブックフェスタの会計〆で、共同出店者のトビラノ君から後日届いたメエルには「フェスタ中、早生みかんの直売予約が三件取れました。本もみかんも、その作物の出来具合を説明し、五感で確かめてもらえたものが売れるってことを、今回は実感しました。そして作り手が説明する方がより効果的ということも。来年はねこしゃちょーに鉢巻しめて来てもらいたいです」とあった。そうなんだよな、交通費分が赤字になっても、こういう場に本抱えて出掛けていく必要がある。農家兼業になって、やりにくくなったことの一つ。次回のかまくらブックフェスタは早生収穫期の調整かけてでも出掛けていこうと思っていた矢先のコロナ禍、先がまるで読めなくなった。

チラシの紹介文を以下。トビラノ君執筆。

「りいぶる・とふん＋みずのわ出版」

みずのわ出版の主張はこうである。ネット・スマホ全盛の昨今、ネットで読めるものは、如何にきちんと書かれていようが、それは記憶でも記録でもない。紙の上に文字・図を刻んで書物として後世に残すことが出版文化。瀬戸内の周防大島に拠点を置くみずのわ出版は、書物という文明最後の砦に籠って孤軍奮闘している。その戦いの横に、子どもの詩をひとつ置いてみよう。「つるつるすべるげんしの上へ／ぼくたちが一心になって書いたこの詩集／ガリガリいうやすりばんの上で／てっぴつを進ましていった／三日間かかって作り上った／この「おち葉」という詩集／表紙も、はじめのことばも／六年生の男子のをのせた／ぼくたちが書いてだしたが出なかった／げんしへ書かない人も／げんしへ書いたにまけず／いっしょうけんめい書いた／する時出るか出ないかとまっていたが／この美しい詩集が出来た／色づきの表紙／うつくしい詩集。」（小五男子「詩集が出来上った」／『きりん』一九五一年三月号）りいぶる・とふん＋みずのわ出版は、書物製作の共闘である。

11月6日（水）旧10月10日　晴

(水)0.0mm/(均)13.2℃/(高)19.6℃/(低)7.7℃/(日)9.2h

家房仕事場の撤収作業、祝島の國弘夫妻に「祝島通信」の在庫を運び出してもらう。三日に取込んだ早生を明日の農協出荷用に選果する。良玉が少ない。一級と二級コンテナ二杯ずつ作る。地主で一時間草刈りと秋肥、ついでに中生・在来・晩生の着色具合をチェックする。ばらつきはあるが着色がアホほど早い。でも、酸抜け悪く、糖度は低く、味は薄い。今年の温州みかんは、寿太郎以外駄目かもしれない。

11月7日（木）旧10月11日　晴時々曇

(水)0.0mm/(均)14.7℃/(高)20.9℃/(低)8.0℃/(日)5.4h

昨日の晩、フライにして食うた秋茄子は爆裂にウマかった。農作物の出来が悪い中で、それでもええもんはある。とはいえあくまで自給菜園、売るほどの量はない。

午前まるまる西脇で草刈のつもりがエンジン全くかからず作業中止。午前二時間ニンニクの草取り。中国産種ニンニクの発芽率が低い。ひるま雑用、夕方一時間地主秋肥、二本だけやり残す。

11月8日（金）立冬　旧10月12日　晴

(水)0.0mm/(均)15.7℃/(高)19.3℃/(低)11.6℃/(日)7.7h

東和農機具センターに刈払機を持っていく。さくっとエンジンがかかる。異常なし。昨日の不調は何だったんだ？　人を選ぶんかのと大将が言う。そうかもしれんが、家房で作業する際のワシの気乗りの悪さが乗り移るのもあるんだろうて。

宮本選書の件でタイシン君と立ち話、帰宅して地主昨日の残り二本に秋肥をふる。午後二時間半、岩崎東半分の改植ブロックで六月半ば以来の草刈り、超のつくオオグサで捗らない。

今日ははっちゃんの祥月命日。夕方、悠太を連れてお墓に行く。死んだペットのクローンを作るビジネスが中国で流行っている、一匹あたり三五〇万円と、数日前のテレビで流れていた。見た目は同じでも、それってどうよ？　その子はあくまで別個の生命体であり、飼い主との思い出を共有しているわけぢゃないんだよ。使徒と共に自爆した綾波レイと、その後現れたもう一人の綾波レイをめぐるエヴァンゲリヲンの一節を想い起した。

11月9日（土）旧10月13日　曇時々晴

(水)0.0mm/(均)15.3℃/(高)20.2℃/(低)11.6℃/(日)5.8h

かーちゃりん加勢して早生収穫、平原一時間で七五キロ、西脇二時間で二一五キロ。良玉が少ない。異常気象憎し。久しぶりにまきちゃんでおひる、三時半から二時間割石でスダイダイ九五キロ。老大木には猛暑と旱魃が堪えたか、味には影響なけれど玉太りが悪い。隣接する耕作放棄地を再生した野菜畑で宮田さんが作業をしている。仕事場撤収のご挨拶、獲りたてのチンゲンサイを戴く。小野田から日前に移住、無農薬で一町（約一ヘクタール）の園地を耕作している。除草剤やめればもう少しは海に魚が戻ってくるんじゃなかろうか、雑草ってええ土を作ってくれるんよね、とかいった話のできる人は実はそう多くはない。声高に叫ばず黙々と仕事をする。それって大事だ。

11月10日（日）旧10月14日　曇のち晴

(水)0.0mm/(均)15.3℃/(高)18.8℃/(低)11.0℃/(日)5.9h

午前家の片付け、午後スダイダイ直売分の梱包発送、早生の選別まで手が届かず。井堀中段、ニンニクの草取りで一時

宮川早生7年生の収穫。家房西脇園地はこの年限りで手放すことになった。2019.11.9

間。肥しを入れる前に草をどける必要がある。除草剤不使用は手間がかかるが、心映えが違う。でも、腰が痛い。

11月11日（月）旧10月15日　未明雨のち晴

㊌0.0mm/㊍17.8℃/㊋21.1℃/㊍14.4℃/㊐6.5h

昨夜十時前から気温が一気に上がる。未明にお湿り、カラカラの畑には焼け石に水。昼間、海に霞がかかる。暑い。岩崎東の改植ブロックで刈払機一時間だけ回す。午後ダスキンさん来宅、みかんテゴ人の泊りが入る前に風呂の掃除をしてもらう。やっちゃんの遺品、おそうじギフトをこれで使い切る。

夕方の防災無線で早生みかんの市況が流れる。一キロ平均価格、特選三五四円、一級二〇九円、二級一五一円。彼是差引き後の農協精算価格はこれらの額の六割程度であり、特選が多く出ればよいがそうはいかず、農家の手取りは伸び悩む。給料どころか肥料農薬燃料代も出ない。

11月12日（火）旧10月16日　晴

㊌0.0mm/㊍16.0℃/㊋21.4℃/㊍10.7℃/㊐8.8h

今日予定の早生・中生タマネギ苗の入荷が明日に延びたと、朝イチで八木種苗さんより連絡あり。四国の生産地が雨で昨日出荷できなかったという。

「親なき家の片づけ日記」一五〇部、島さんの坂北の実家宛てに送り出す。これもまた売れなかった。定価の高い本になっ

宮川早生。左はポカ（浮皮）、右はヤケ（画面右手、平べったく変形している）。2019.11.9

てしまったのも敗因の一つ。いい本に作り過ぎた。写真の刷りとか造本にこだわらず粗悪で安い本にしておけばそこそこ売れたのかもしれない。

午前一時間、午後二時間、岩崎の草刈り、もう少しで片付くのだが、暑くてバテたので今日はここまで、下校途中の悠太を拾って帰り、井堀中段でニンニク草とりの続き、スナップとソラマメの種子を蒔く。朝取込んだ秋茄子で晩に麻婆茄子をこさえる。夏の茄子より数段上の仕上り、この時期一番の愉しみ。

11月13日（水）旧10月17日　晴

(水)0.0mm/(均)17.8℃/(高)21.6℃/(低)11.5℃/(日)5.2h

山田製版の井村さん宛、始業前に私家版の最終直し指示を送信、岩国の八木種苗さんにタマネギ苗を買いに行く。玖珂のアルクで秋刀魚を飼う。今年不漁で高値続きだったサンマの値がやっと下がってきたと、数日前の新聞に載っていた。去年今年とサンマを食う機会が減った。瀬戸内の漁業もまたぱっとしない。去年今年と太刀魚の不漁が続く。いまが旬なのだが今年は一度も口にしたことがない。イワシ網も連年の不漁で、夏場の楽しみの一つ釜揚げも今年は食えずじまい。アナゴもまるで獲れなくなった。次に獲れなくなるのはサワラか。アサリもセトガイも滅多に見ることのない超高級希少食材と化してしまった。島にいて地の魚が食えない、ええとこなし。

ひるまアホほど暑い。おかしい。

二時過ぎ帰宅、岩崎の草刈り残りを十五分で片付け、井堀中段で一時間かけて五月穫りタマネギ一〇〇本だけでも先に植付ける。明日未明に小雨、気温が下がるとの予報。岩崎東改植ブロックの二・三年生若木四八本に秋肥をふる。柑橘有機配合一号二〇キロ一袋、およそ二四〇〇円が消える。五時に悠太学童お迎え、五時半まで作業にかかる。

11月14日（木）旧10月18日　晴

(水)0.0mm/(均)13.2℃/(高)18.9℃/(低)6.0℃/(日)8.6h

深夜の雨は雨量計に反映せず。朝から四月穫タマネギ苗二〇〇本植付ける。早生の最終選果三〇〇キロ。前回の一〇〇キロと合せて四〇〇キロから、良玉二キロに満たず。甲高、ポカ（浮皮）、深刻な品質劣化。直売中止の判断。明らかにウマくはなかろうといったげな玉でも、それでも表皮がきれいというだけで一級として出荷する。一級コンテナ三杯、二級五杯、原料八杯、敗け戦。

にんにくの草引き、土が冷たい。風呂の入り際、寒いと感ずる。いずれもこの秋初めて。トリモモ焼の付合せに間引き水菜を今季初試食。味が濃厚でウマい。

11月15日（金）旧10月19日　晴

(水)0.0mm/(均)9.1℃/(高)15.7℃/(低)4.8℃/(日)8.7h

朝冷え込む。この秋初めて息が白い。にんにくの草取りをやっと終える。じゃがいもに全く花がつかない。高温と無降雨によるものか。いもの出来不出来には影響がないというが。四時から農協のミカンバエ発製園地立入検査に同行する。山のきわなど陰なり果を振って落とす。切るとウジ虫出る出る、キモい。モスピラン撒布が粗いということ。

11月16日（土）旧10月20日　晴

(水)0.0mm/(均)11.9℃/(高)19.7℃/(低)4.2℃/(日)8.9h

午前午後四時間半、西脇で草刈りと秋肥、セトミ改植ブロックのみやり残す。ここの草を刈ると隣接荒廃地からイノシシが入る。ワイヤーメッシュの外側まできれいに刈り取って、敵が身を隠す場所を失くしてしまわなければならぬ。そこまでやっとる時間と体力が無い。夕方一時間だけ割石でスダイダイ収穫の続き。少し取り残す。

悠太とかーちゃりんは朝から小松のしまとぴあ、岩国寿司教室に参加。おひるよばれに行く。特に呉汁《ごじる》がウマかった。こまい頃は受付けなかったが、今はこれがウマいと感じるようになった。子供にはハードルが高いのか、悠太は受付けず。晩にお庭ＢＢＱ開催。少し寒いが、正月の昼間ＢＢＱほどではない。

11月17日（日）旧10月21日　晴

(水)0.0mm/(均)14.5℃/(高)19.2℃/(低)8.5℃/(日)5.8h

午前二時間、井堀中段でらんきょ、水菜、ニンニク五列分の肥料と土寄せ。午後かーちゃりんと悠太加勢、地主で在来と南柑二〇号の先行取り込みを始める。一七〇キロ程度。着色の早い玉優先、着色が悪くても浮皮が発生していたら取込む。良玉が少ない。今年はのっけから絶望的だ。

八月の猛暑と旱魃、八月下旬の降雨過多、九月の猛暑と旱魃、十月十一月の異常高温と旱魃（九〜十一月の平均気温は平年

朝空に月が残っていた。2019.11.15

比二度程度高く推移）により、糖度は低く、酸抜けは悪く、味は薄く、着色が早く進んで浮皮と甲高が多発、品質劣化甚大。今年の中生・在来・晩生の仕上り具合をまとめると、こうなる。早生は上記に加えて秋の高温で着色が悪い。ええところが無い。

当面、着色不十分であろうとも浮皮がひどくなる前に取り込まなければ、完全に着色する頃には生ごみレベルにまで劣化する。柑橘試験場に問合せると、今年の青島は十一月二十五日から十二月十日頃までに取込む必要がある、暮れまで樹にならせてはいけないという。収穫遅れは命取り、品質劣化は不可避だが、被害を軽減するために出来得る対策はとらねばならぬ。今後、着色状況と劣化状況を検討しながら収穫を前倒しで進めていくほかない。

11月18日（月）旧10月22日　曇のち雨

㊌4.0mm/（均）18.8℃/（高）22.7℃/（低）14.8℃/㊐0.2h

この秋一番の空気のぬるさ。気色悪い。オカジョウから見下ろすと、海からもわーっと湯気が立っている。タイシン君宛て見積書類作成、雑務出来るところまで済ませ、九時前から井堀中段で作業にかかる。ニンニク、三月穫タマネギ、タカナ、ジャガイモの肥料と土寄せ。一時二〇分頃雨が降り出す。待望の雨、これで肥しが溶ける。作物が生き返る。でも、みかんのポカ（浮皮）は進む。

夕方の防災無線で早生みかんの市況が流れる。一キロ平均価格、特選二八七円、一級二〇八円、二級一四一円。一週間前よりさらに値を下げている。今年は駄目だ。極早生から早生の時期は糖度の高い他の果物が出回っている所為で、品質劣化が取引価格にまともに反映する。それでも小売店で買えばそんなに安くはない。中抜きで誰かが儲けている。農家が一番馬鹿を見る。

11月19日（火）旧10月23日　晴

(水)0.0mm/(均)11.0℃/(高)15.7℃/(低)4.3℃/(日)5.0h

　昨夜悠太が寝付けず、深夜何度も起される。かーちゃりん今週は予算査定の仕事で連日残業、モーレツ社員と化す。悠太にぐずぐずが出て昨夜は寝付けず。子育て支援部署の職員が子供が寝る時刻になっても残業してるってどうよ？

　タイシン君の熊本の実家に電話、今年度の新米第一便の送り出しをお願いする。八月下旬の大雨と気温低下でウンカが大発生、適期防除のできなかった家では収穫ゼロのところもあったという。ウンカは穂ではなく藁につくので空中撒布では効果が無い。背負いタンクでせっせと農薬かけるしかなく、まだ若手で体力のある高木家は対応できたが、そうでない家も少なくなかったと。気候変動による病害虫多発、高齢化に起因する防除不徹底による収量減、農業の先行きの無さは何処も同じ。こんな国、亡ぶぞ。

　午前机に向って雑務彼是。大阪の林真司さんより、複合汚染の関係、梁瀬義亮の評伝の原稿を読んでほしいと電話が入る。ワシの職務上避けては通れぬテーマ、送付をお願いする。午後久賀で農協の総代会議。四時から五時半まで井堀中段の冬大根と四月穫タマネギに肥しをふる。この冬初めて初冬の空気を感じる。

11月20日（水）旧10月24日　晴

(水)0.0mm/(均)9.9℃/(高)14.0℃/(低)4.2℃/(日)5.2h

　九時寝六時起きで悠太復活。家の倉庫片付け、スダイダイ産直案内追加メエル、ゲラ突合せ、家事、諸々ひるまでかかる。午後、割石のスダイダイ穫残し分を一時間かけて取込む。一時過ぎ家房バス停に河田さんを迎えに行く。撤収作業の進まない仕事場の、最後の写真を撮ってもらう。悠太を連れて井堀上段、六年生の大津四号（若木で樹勢が強い所為か六本のうち四本が連年結果した）から九〇キロ、二時間かけて取込む。親子でみかん収穫しているところを河田さんが写真に納める。自分で自分を撮ることはできない。いま撮っておけば年月が経つと重要な意味を持つことがあると河田さんが言う。

11月21日（木）旧10月25日　晴

(水)0.0mm/(均)12.2℃/(高)15.5℃/(低)9.5℃/(日)8.9h

　毎朝七時十分過ぎ頃に悠太を県道まで送っていく。そこから三ツ松のさくらんぼ（集団登校待合せ場所）まで一人で歩く。集団登校といっても通学距離の半分以上が事実上の個別登校となっている。ワシが見送った直後、西安下庄バス停東側中原さんの園地にイノシシが四匹いたと、晩メシ時に報告を受ける。県道沿いで通過する車の多い（でも人の通りは少ない）幸進堂辺りでも通学時間帯にイノシシが出没している。生活安全の問題。負傷者が出てからでは遅い。

終日収穫作業、撮影する河田さんの注文が多い。平原上段で宮川早生の残りと中生南柑二〇号若木、地主で在来古木、横井手下段で晩生大津四号若木と青島と、早生・中生・在来・晩生を同日に取込むなんて考えられん。異常気象、ここまで来れば何でもアリ。

七時から地区生産組合の役員会議に出席する。昨日一昨日と二日連続、久賀の選果場でミカンバエが出た。脱出しようと果実から幼虫が頭出しているところを見つけたという。ウジ虫入り果実が市場に流れている可能性大という。ミカンバエ検査の報告書を見る。廃園の増加に伴い調査点数は減る一方で、ミカンバエの発生件数は年々増加しているのがわかる。発生件数が去年の二倍になっている。これもまた担い手不足、高齢化によるもの。事態の酷くなることはあれど、改善に向けた明るい材料はまるで無い。

帰りがけに森川君と立ち話をする。これってもうみかん作るのやめろってことですかね、と森川君が言う。でもね、みかんに取って代る有力な作物がないんだよ。あればもう既に誰かが手を付けている。みかんほど防除の要らない柑橘といえば甘夏とか八朔とか……うーん、どうも、これでは作って面白くない。一番見込みあるのはスダイダイちゃうか？とか何とか、結論は出ず。

＊

追記。異常気象による品質劣化対策でいよいよ収穫前倒し不可避と、この時、森川君に伝えた（上述の役員会議では話題に上がらず）。森川君曰く、翌日から一週間海外旅行に出るのだと。これは致命的だなと直感した。収穫優先やでこの時期は、と言うべきことは言うたが、それ以上は言わないようにした。ワシ自身を顧みてもそうなのだが、齢三十そこらで、みかんよりも楽しいことが外にあるのは当然といえば当然であり、島に籠ると逼塞する。遊びに出たいという気持ちはわかる。

翌年一月二十一日、授業参観の行掛けに岩崎園地近くでばったり森川君と鉢合せた。青島の収穫をこの日やっと終えたという。年明けこの時期まで青島の収穫にかかっていたのでは、暖冬異変と降雨による品質劣化は免れず、良玉少なく、収益性も落ちる。

森川君もまた、無理して一町近い広い面積を作っている。ワシ自身、収穫が思い切り前倒しになるであろうことについては、この年は早い時期から覚悟していた。毎年、テゴ人の都合がつかなかったり、雑用が割り込んだり、天候不順もあったりで、収穫作業というやつは当初覚悟していた以上に予定通りに進まない。だからこそ、収穫期は収穫・選果・出荷最優先で、旅行やイベントや雑務、特にワシの場合は本業の作業ピークをなるべく入れないように腐心する。森川君の自覚が足りんと言えばそれまでなんだが、そのことによる品質劣

左前とはいえ今もなお安下庄はみかんの主産地である。2011.11

化と売上減を自己責任として受入れるのが農家というものであり、他人はアドバイスはできても指導などできない。いちいち人の指図を受けんでいいのが、この仕事のいいところだ。

11月22日（金）小雪　旧10月26日　曇

(水)0.0mm/(均)13.3℃/(高)14.4℃/(低)11.7℃/(日)0.0h

悠太とかーちゃりんを送り出したあと温州年内出荷希望調査票を配布、九時半まで仕事できず。ひるまで選別、ひるどきを挟んで宮本記念館で河田さんの撮影、タイシン君と打合せ他。かーちゃりん今日は遅くまで残業、ワシの仕事を切上げて悠太を柳井のプールに連れて行くも、美ゅーろーどで遭遇したキツネ（?）に化かされとんでもない山の中に迷い込んで遅刻、小松のコンビニで買ったチキンフライの油が悪かったのか、到着するなり悠太が腹痛起こし急遽欠席、家まで引返す。五時半から八時まで二時間半の無駄足。橋が架かったとはいえそれでも島は島、本土で一番近い「町」柳井は遠い。

11月23日（土・祝）旧10月27日　晴

(水)0.0mm/(均)15.5℃/(高)19.1℃/(低)13.1℃/(日)8.8h

かーちゃりん加勢、終日横井手と地主で青島を取込む。良玉とポカ（浮皮）になりかけの玉を取込み、着色が悪くまだポカになる危険度の低い玉を樹上に残す、区分採取を余儀なくされる。捗らない。三〇〇キロちょいしか取込めず。お手伝いロボ（悠太）は終日ぐずぐずで役立たずロボになっている。

家房西脇。後方は宮川早生７年生。事実上の耕作放棄地をしんどい目ぇしてここまで戻して、さあこれからという時に手放すのも業腹なのだが、近隣との関係により機嫌よく仕事が出来ないとくれば致し方なし。2019.11.9

午後みなちゃん宅に遊びに行かせる。一日畑で仕事して帰って麦酒呑んでメシ食うて、農業って人間らしいてええよのーと、かーちゃりんが言う。

11月24日（日）旧10月28日　曇一時雨

㊌0.5mm/㊚15.9℃/㊢17.2℃/㊦13.0℃/㊐0.0h

今季初の三時起き、七時まで選果作業にかかる。この時期の未明作業で草履履き、上衣なし、ほんまに気象がおかしい。南柑二〇号と大津四号、高温で膨れ上がり、良玉が少ない。

盛大に夜露がおりている。早い時間帯に収穫出来ず。十時過ぎから一時間半、かーちゃりんと二人地主で区分採取、青島八〇キロ取込む。予報では夕方から雨の筈が十一時過ぎからポツポツ降り始め、半過ぎに本降りになる。午後やまるも収穫作業できず。夕方農協のたよりを配布。悠太はぐずぐずで役に立たず。

11月25日（月）旧10月29日　晴のち曇一時雨

㊌0.0mm/㊚16.6℃/㊢21.2℃/㊦13.4℃/㊐3.7h

未明に雨が降った（雨量計には反映せず）。びしゃこで終日収穫できず。午前二時間選果。井堀中段の春大根、カブの間引きと肥し、タマネギの残り分にも肥しをふる。みーちゃんのワクチン接種のため昼前に柳井のさくら病院、滅茶苦茶混んでいる。一時半帰宅。二時半から割石で草刈り。全部は無理、収穫時の通路のみ刈取る。

11月26日（火）旧10月30日　晴時々曇

(水)0.0mm/(均)13.6℃/(高)15.9℃/(低)12.0℃/(日)4.9h

午前まるまる「原初の、学校――夜間定時制、湊川高校の九十年」校正・追加指定作業、クロネコで送り出す。目次の指定まで手が届かず。かーちゃりん午後お休みをとって収穫作業、二人で割石の古田、四時間で二九〇キロ取込む。着色の悪い玉、実質二本分残す。思った以上に樹が草臥れている。地主、横井手、岩崎園地の青島や在来ほどではないが、樹の寿命が果てつつあるのがわかる。今ある樹を活用しつつ順次改植と考えて作業してきたが、思い切って一気に改植したほうが賢明と思い直した。今年でやめる畑なので今更そんなこと考えてもどうにもならんのだが、何年もかけて園地全体のコンディションの変化を見ていないと判らないこともある。家主さんが農地バンクに出してはいるが、恐らく引受け手は現れないだろう。残りの草刈りと越冬害虫防除迄はワシが責任もって済ませるつもりだが、それがもつのはええとこ来年の初夏の頃までで、梅雨時以降放置すると目も当てられん事態になる。少しでも良い状態に戻そうと頑張ってきた園地が駄目になるのは悲しい。けど、どうすることも出来ぬ。

　仕事場の撤収が進まず。みかんの前倒し収穫が最優先。今月末の引払いは無理、十二月まで賃借延長したい旨家主さんに打診、ご快諾戴く。

11月27日（水）旧11月1日　曇

(水)0.5mm/(均)13.6℃/(高)15.1℃/(低)12.5℃/(日)0.0h

昨日やり残した「原初の、学校」の目次指定原稿を作成、井村さん宛にメエル送信する。義兄に頼まれていたみかん一〇キロ選別・箱詰めを済ませて畑に出る。地主で青島、一時間半で八〇キロ取込む。まずまずのコンディションだが週末雨がきたら駄目になる可能性大。平日でテゴ人の確保できない家の畑を見ると朝から年寄一人で収穫している。一つでも多く、一日でも早く、取込んでおく必要がある。いま頑張っている年寄たちが世を去れば大島のみかんはオシマイなのかもしれない。

　午後久賀の幹部交番で免許更新の手続きと講習、大畠のバンブーで来週末の結婚式出席に備えて髪を切ってもらう。午後雨がぱらつく。土はカラカラに乾いている。焼け石に水。夕方の防災無線、早生みかんの市況。一キロ平均価格、特選二六四円、一級二〇二円、二級一四二円。また値が下がった。

11月28日（木）旧11月2日　雨のち曇

(水)4.0mm/(均)10.7℃/(高)12.8℃/(低)8.3℃/(日)0.6h

未明の雨、びしゃこで収穫できず。十時から林さんの御母堂の葬儀に出る。午後選果。収穫時はまあまあいけるかと思うのだが、いざ選果してみるとなかなか良玉が出ない。農協向けコンテナ中生古田一級四杯、二級二杯にとどまる。コンテナ数が多いと荷口加点が付くのだが、倉庫が狭くそうは言っておれない。蓄積せず小口でも出せる日に出す。

こーず君から電話が入る。次の日曜月曜に神戸二人、広島一人、山形二人の計五人でテゴに来る予定が、雨予報でキャンセルとなる。

晩に今季初、がめ煮をこさえる。今年不作に終ったうちの里芋だけでは足りず、こないだ宮田さんに貰った芋があって助かった。何でわざわざ他所の方言で言うのかとかーちゃりんに怒られる。ほな大島では何て言うんかと問えば煮物という。実は筑前煮という言葉を知らず、初めて食うた時がめ煮といわれてそう覚えただけのこと。それに、筑前煮とかうま煮なんて言うたらまるでうまそげにない。

11月29日（金）旧11月3日　晴のち曇

(水)0.0mm/(均)8.4℃/(高)12.7℃/(低)3.8℃/(日)4.1h

終日収穫作業。平原上段の大津四号六年生五本、一時間で六〇キロ。一本あたりの収量少なく、良玉少なく、大玉多く、原料柑多く、やはり十年生を超えなければ、せぇのええ樹にはならない。苗木による園地更新は成果が上がるまでの年数がかかりすぎる。だがこれしか方法がない。老い先短い老木に高接更新をかけるわけにはいかない。何年も何年もこらえ続けなければ、結果が出ない。そして結果が出る頃には命が果てているのかもしれない。それでも、やり続けるしかない。

夕方斎藤潤さんが来る。情島の名人から貰った釣りたて活〆のヤズ四匹持参。一匹持って帰らんかねと車で送ってきたタイシン君に言うが、彼もかみさんも魚のシゴ（魚を捌くこと）ができず、四匹まるまるワシらが貰い受ける事になる。島に住んでいても魚のシゴのできない人は少なくない。これもまた本土並みか？　悠太とかーちゃりんは金曜恒例柳井のプール、ワシらだけで刺身とアラ炊きで一献。コリコリと筋張った、昔春一さんが釣ってきてたのと同じ、懐かしいヤズの味がする。熟成具合は若いが、漁師の特権、これがウマいのだ。

11月30日（土）旧11月4日　晴

(水)0.0mm/(均)9.7℃/(高)13.5℃/(低)4.1℃/(日)7.8h

実質今年初めて島外からの収穫テゴ人が入る。のりちゃんとママ、かーちゃりんが終日、潤さんにも午前半日加勢してもらう。のりちゃん宇部に帰って再就職超多忙のところ、無理して今日から二日間。高温による品質劣化甚だしく収穫前倒しやむなしと連絡したところ、なるべく早い時期にと日程を合わせてくれた。助かる。地主で青島と在来合せて八〇〇キロ取込む。

昨日残したヤズ三匹、刺身と塩焼きで食す。一日熟成した刺身はまた違う旨さ。アラ炊きを翌朝に持ち越す。

１ヶ月

降水量	119.0mm（51.5mm）
平均気温	9.3℃（ 8.3℃）
最高気温	13.3℃（12.5℃）
最低気温	5.3℃（ 4.0℃）
日照時間	116.7h（150.0h）

上旬

降水量	38.0mm（19.9mm）
平均気温	8.9℃（ 9.5℃）
最高気温	13.3℃（13.9℃）
最低気温	4.3℃（ 5.2℃）
日照時間	38.1h（50.9h）

中旬

降水量	23.0mm（15.8mm）
平均気温	10.5℃（ 8.0℃）
最高気温	14.3℃（12.1℃）
最低気温	6.6℃（ 3.9℃）
日照時間	48.6h（46.1h）

下旬

降水量	58.0mm（15.8mm）
平均気温	8.6℃（ 7.3℃）
最高気温	12.2℃（11.6℃）
最低気温	4.9℃（ 3.0℃）
日照時間	30.0h（53.1h）

2019年12月

白菜は、日中の気温の高い９月のうちに（遅くとも10月初旬までに）定植しないと生育が遅れて葉が巻かなくなる。まだ暑いと言うている最中に、冬ものの支度を進めることになる。みかん農家だからといって、みかんしか作らないのは楽しくない。食糧自給あってこその家族農業である。

12月1日（日）旧11月5日　晴のち曇のち雨

(水)17.5mm/(均)12.4℃/(高)15.7℃/(低)9.3℃/(日)5.6h

八時過ぎに畑に出るが夜露でびしゃこ、収穫できず。九時から小学校の学習発表会を見に行く。一年生の発表「いろんな乗り物」悠太があがっている。斎藤さんにビデオを撮ってもらう。のりちゃんとママと、かーちゃりん加勢、十時から地主で収穫を始める。正午の船で笠佐島に渡る斎藤さんを庄のバス停まで送り届ける。

週間予報が変った。一日天気がもつという。今日やれるところまで進めておきたい。青島の大木二本、見た目はきれいだが苦みがある、不味い、ここのは後回しにして他の園地で良玉を取込んだ方がええんちゃうかとのりちゃんが言う。確かに、味がおかしい。この地主川べりの六畝《せ》（約六アール）、青島の味がよろしくないことが多々ある。一九九一年（平成三）の一九号台風禍による緊急改植で、旧安下庄農協では青島を集中して植えた。適地適作、品種選定に優る農業技術はないと昔からいわれてきたのに、園地の適性も考慮せず青島ばっかかたきに植えた感がある。地主園地は在来は良いものが出来るが、青島はイマイチということが多い（新池横の一反＝約一〇アールのブロックはまだマシなんだが、他の三ブロックがぱっとしない）。加えて、この二本は隣接荒廃地に繁茂するザツボクの陰にあって、午前中の日照が阻害される。それもまた品質低下の一因であろう（後記。この二本から収穫したものは別口で出荷した。糖度・酸度判定の数値は他の園地より低く、特選・秀階級の比率も低かった）。

地主を中途でやめにして岩崎で作業する。三時半過ぎに雨が降り始め、作業をやめにする。異常気象もここまで来たか、この時期にまだ蚊がいる。蚊取線香焚いて晩生みかん収穫しとる。これってどうよ？　まだカメムシがいる。今年は発生数も多い。ヤガ（夜蛾）に突かれた果実も多い。

12月2日（月）旧11月6日　曇

(水)20.5mm/(均)12.9℃/(高)16.4℃/(低)6.1℃/(日)2.5h

深夜から未明にかけて大雨が降る。まずいな、旱魃の帳尻合せよろしくいまこの時期に降らんでもええのに。

中生一級二級コンテナ五杯出して、三時から家房の仕事場に行く。先月家主さんが空家バンクに登録したばかりなのだが、見てみたいという移住者が現れた。ひととおり見て戴く。無農薬で野菜を作りたいとか、休耕田を活用してドッグランを作りたいとか言う。みかんを作る考えはあるのかと旦那に訊ねる。やれそうならやってみようかなと思うと言うので、ここはみかん主産地ゆえ、たとえ自家用であっても最低限の防除はやらねばならず、それをきちんとしないのであれば地域で軋轢が生ずる、下手に手をつけるくらいならやらん方がよいと話す。それはいけんことですよと役場の担当さんも説明を継いでくださる。そうか、みなさん、農業を甘く見過ぎている。自然を相手に楽しい仕事ではあるのだが、実はそんなええもんではない。夢を持つのはいいが、現実を見ていない。でも、そこのところの厳しさは、やってみなわからん。かれらの危うさはかつての私自身にもあった。軽い気持ちで就農して、結果うまくいかず、保守的閉鎖的後進的な僻地の所為にして去っていく人も少なからずある。その背景が垣間見えた気がする。

12月3日（火）旧11月7日　曇時々晴

(水)0.0mm/(均)6.4℃/(高)10.5℃/(低)1.7℃/(日)3.0h

午前選別。在来一級一〇杯、二級四杯出す。在来のコンディションが特によろしくない。皮が薄くて美味い中小玉で連年結実といった、かつての優良品種は、今や深刻な気候変動についていけなくなり、老齢による枯込み、隔年結果、ポカ（浮皮）、ヤケが頻発、作るだけせぇのねえってな事態に至っている。先月取込んだもので、貯蔵中にヤケの発生した玉が多い。猛暑、旱魃、樹勢低下による果実体質の弱さ故の生理障害。いつまでも在来に頼っていてはジリ貧になってしまう。来年の春には思い切って最後に生き残った九本全伐採しようか。在来の取込みにかかる時間を青島の救出に回したほうが良いとまで思えてきた。

　選外品2S未満の超小玉を保育園に持っていく。実はこれが一番ウマい。天使の分け前とでも商品名つけて直売に出せば売れるかいのーとか考えてしまうのだが、超小玉でも良くないものは排除しているがゆえ、数量が出ない。

　かーちゃりん午後休みをとって加勢、西脇で青島収穫、四時間で二四〇キロ。全体的に出来は良いが、枯れつつある一本だけは屑（原料）が多い。

　引受けて七年目の園地、今年でやめる。毎年収穫期には甚大なイノシシ被害を受けてきたが、今のところ被害皆無、初年度以来の快挙。収穫作業してて冷やいと感じるのは今日が初めて。これも気候変動。みかん収穫期の風情も様変りしていく。

12月4日（水）旧11月8日　晴のち曇り

(水)0.0mm/(均)8.3℃/(高)14.2℃/(低)3.5℃/(日)6.4h

六時起き。疲れが来ている。早朝の選別作業ができない。この時期に、足にしもやけが出来ていないのも、また初めてのこと。

　昨日取込んだポンカンと寿太郎のサンプルを果実分析に出す。ワシの食味検査、ポンカンは着色早く糖度まあまあ、酸抜けが悪い。まだ取込むわけにはいかない。寿太郎は糖度は大丈夫、酸が強い、着色浅い。ポカ（浮皮）になりにくい品種なので、向う半月は樹につないでおく。当面、中生、在来、青島が優先となる。

　午前三時間、割石で先月二十六日の取残し分一二〇キロ。おべんと掻込んで二時まで西脇でスダイダイと青島を取込む。安下庄にとって返し下校途中の悠太を拾って買物、倉庫で選別、原料から正果を選り直す。正果として出したものが原料落ちすることはあっても、その逆は無い。多少の難があっても、原料には入れない方が賢明だ。昨年から一級だけでなく二級も全てセンサーを通すこととなった（一昨年まで二級は目視による直点審査だった）。出荷量が激減したがゆえである。多少見た目が悪くとも糖度・酸度の条件をクリアしてさえいれば原料落ちすることはない……筈なのだが、出荷物の大半の糖度・酸度が特選レベルであろうとも（糖度・酸度の数値によってしかものの味を判定できない短絡的なものの見方・考え方には首肯しかねるが、この問題はここでは触れない）見た目やら何やら難癖つけて等級（特選島そだちＧＯＬＤ→特選島そだち→秀→優→良→格外）が落とされる。結局見た目の善し悪し。たとえば、表皮に黒点がついても中身には影響しない。でもその啓発は消費者教育の問題として全ての産地が取り組まなやれん、それは無理よと、そんな話を聞いたこともある。

12月5日（木）旧11月9日　曇時々晴

(水)0.0mm/(均)7.5℃/(高)11.7℃/(低)3.0℃/(日)1.3h

先月の終りから一週間か十日くらい、オカジョウにカラスの大群が押し寄せていた。アタマおかしいのか何なのか朝から晩まで異常テンションで喧しいわ、みかん穴開けて食い散らかすわ、ろくなもんではなかった。昨日今日あたり、やっと静かになった。

ほぼ終日選果作業。夕方一時間半だけ悠太のテゴ、地主で在来七〇キロ取込む。

12月6日（金）旧11月10日　曇

(水)0.0mm/(均)7.7℃/(高)10.3℃/(低)5.3℃/(日)0.9h

午前二時間地主で在来七〇キロ。午後かーちゃりん加勢、岩崎で青島取込み四時間で二二〇キロ。三十分だけ抜けて國司君の園地に行く。マルキュウの店頭ポスター用にと、青壮年部のメンバー数名がみかん手にしてほくそ笑む（？）写真を撮られる。農協がストックしている写真のモデルがジジババなので、若い人にしてほしいという要望による。でもみんなそんなに若くはない。オッサンばっか、ギャルが居らん。十一日の雨予報が曇に変った。天の助けか。

12月7日（土）大雪　旧11月11日　曇（出先晴）

(水)0.0mm/(均)7.7℃/(高)11.5℃/(低)3.9℃/(日)1.5h

朝六時から八時半まで選果。週明けの荷受日に少しでも出しておかねば。宇部で淳哉君の結婚式、十時に出る。一泊二日。たまには休めということか。

12月8日（日）旧11月12日　曇のち晴（出先晴）

(水)0.0mm/(均)7.5℃/(高)13.1℃/(低)2.2℃/(日)4.8h

下松でお買物、夕方六時前に帰宅。真っ暗。ひるま大した用事でもなかったのに草臥れた。集荷場入り口のシャッターを軽トラ当ててコワしてしまったと電話が入る。

12月9日（月）旧11月13日　曇

(水)0.0mm/(均)8.8℃/(高)14.3℃/(低)3.8℃/(日)6.9h

昨日の帰宅が遅くて集荷場に出せなかった分を、田中原に持って行く。集荷場のシャッター修理見積り雑務を濱田さんにお願いする。入り口はさしむき、うちに積んであったワイヤーメッシュ（防獣柵）を立てて夜だけ閉めることにする。帰宅するともう九時。午前二時間半選果、午後岩崎で収穫作業。祝島の國弘夫妻が二時半過ぎに加勢。手慣れた三人、仕事が速い。青島三〇〇キロ取込む。

12月10日（火）旧11月14日　曇のち晴

(水)0.0mm/(均)9.3℃/(高)15.4℃/(低)4.0℃/(日)5.2h

かーちゃりん超多忙で今週は休み取れず。國弘夫妻が終日加勢。助かる。昼間暑い。晩メシ作る気力なし。かーちゃりんにパスタ作ってもらう。悠太がぐにゃぐにゃ、泣く、はぶてる、月に一度くらいこういうことがある。

12月11日（水）旧11月15日　曇

(水)0.0mm/(均)10.9℃/(高)14.6℃/(低)6.0℃/(日)0.5h

午前まるまる雑務と校正で出られず。明日午後予定していた登尾さんとの校正突合せ、明後日の朝に変更する。ゆうこりんと母上加勢、三人で午後三時間、地主で青島を取込む。母上は昔日見《ひみ》の知人のみかん園でもぎ子をしていたという。久しぶりに作業すると勘が鈍るのか、初めに取込んだものは軸が長い。切り方に注意してもらうようお願いする。ベテランは修正も早い。黙々と作業する。

四時半から五時までヤマハ教室。その合間に集荷場のシャッター修理の件で濱田さんと話をする。

五時半出発、由宇のやっちゃんでまゆみちゃんのひと月遅れのおたんぜう会（ワシもセットで）。

12月12日（木）旧11月16日　晴（出先晴）

(水)0.0mm/(均)9.6℃/(高)15.1℃/(低)3.3℃/(日)8.1h

寝坊、六時半起き。台所廻りと昨日ファクス受注した地方小向け納品本の荷詰めで十時半までかかる。校内持久走大会の応援に行く。合間に岩崎で青島の残りを取込む。家房の仕事場に行き、島さん宛に送り出す在庫本、企画展展示用にタイシン君に渡す古地図を持ち出す。校正も選果も全く手つかず。三時過ぎ悠太下校、四時出発、新岩国五時二九分発、新神戸七時五分着。この時期に大島から出ることは滅多にない。神戸のオカンが死んだことにして明日の学校を休ませて、悠太を連れて行く。親父と三宮で待合せ、ルミナリエを見に行く。悠太まったく関心なし。せえがねえ。大使館で呑む。トリカラがウマいとご機嫌さん、お芋のポテトはとーちゃりんの方がウマいと言う。

今日はええとこに連れてってたると言って、ルミナリエのことは内緒にしていた。宿に入って悠太曰く。ええとこって何処やったん？

16日の収穫作業で青島温州を穫りきった。狭い倉庫が貯蔵コンテナで満杯になる。2019.12.18

12月13日（金）旧11月17日　晴（出先晴）

(水)0.0mm/(均)6.5℃/(高)12.5℃/(低)2.4℃/(日)7.7h

五時起きで校正残りを片付け、八時から阪神西宮駅のスタバで登尾さんと最終校正を詰める。十一時半過ぎまでかかる。三宮のキンコーズで修正箇所を縮小コピーし、新開地の実家からファクスで金沢に送る。神戸から姫路まで新快速、人身事故で遅れる。姫路でのぞみに接続できず、一時間ロスとなる。今日の夕方校了は無理と、井村さんにメエル連絡を入れる。山陽百貨店でかーちゃりんのおみやげに豚まんと焼豚を仕入れるも、悠太が広島止のぞみの車内に置き忘れる。今は忘れ物の転送はしていない。広島の忘れ物センターまで取りに行くか着払で送ってもらうしかない。生ものが腐る。勿体ない。あき書房さんに電話を入れ、ご足労すまんが貰ってくれろとお願いする。七時半過ぎ、お侍茶屋、かーちゃりん職場の忘年会場に悠太を送り届け、農協に車を止め、やまだ精肉店、消防団の忘年会に出る。夕方四時ごろ青木さんが船から落ちたという話でもちきり。低体温症で入院したが、幸い命に別状ないとのこと。

12月14日（土）旧11月18日　晴時々曇

(水)0.0mm/(均)11.1℃/(高)16.8℃/(低)2.8℃/(日)5.2h

おもくそ寝坊、八時半起き。かーちゃりん午前宿酔ぶっツブれ、午後悠太のインフル予防接種二回目、光の梅田病院。鎌田先生の父上、治郎吉さんが九十六歳で亡くなり、五時からの通夜に参列する。前後して農協のたよりと年明け出荷希望調査票配布、新嘗祭の祭典費徴収、時間が無い。閉店きわきわコメリで灯油ひと缶だけ買って帰る。

12月15日（日）旧11月19日　晴

(水)0.0mm/(均)10.2℃/(高)12.6℃/(低)8.2℃/(日)7.8h

農協の配布物、昨日の残りを配布して回る。軽トラの左前輪がパンク、これでみかん積んだらとどめを刺される。土居の中本モータースまでゆるゆる自走、スペアと替えてもらう。タイヤの状態悪く、来年三月の車検を待たず四輪全て交換となり、雨予報を見越して火曜日の修理をお願いして帰る。

大島一周駅伝中継所の仕事でかーちゃりん休日出勤、九時から四時まで由宇の吉原さん加勢、地主の青島を取込む。孫が帰ってきているため吉原ママは今年は加勢できず。二時から葬儀に出る。吉原さんが来なければ、今日は収穫にならんところだった。

夕方、元変人書店員、現益田教会牧師の元《はじめ》さんが来る。神戸の書店出版廻りの懐かしい話。かつて知った人が少なからず世を去っていることを知らされる。

12月16日（月）旧11月20日　晴のち夜雨

(水)7.5mm/(均)10.6℃/(高)13.3℃/(低)8.2℃/(日)7.8h

朝出発を急ぐ元さんが、みかん五キロひと函買って帰るというので、急ぎで選果する。タンカンの強い味に慣れた人には、甘いだけでなく酸味のある大島みかんの味は物足りなく感ずるようで、美味くないと直球投げてくる。個人の好きずきもあるし、温州みかんって良くも悪くもこんなもんよ、この上品さが良いのよ、日本人が昔から好む果物たる所以、強い味をみかんに求めてはいけんよと話すが、伝わったかどうか。

午前西脇で一時間半、午後地主で三時間半、青島の取込みこれにて完了。この時期に青島の収穫を終えたのは初めてだ。南柑二〇号、古田、在来、大津四号、青島、合せて約五トン（ワシの当初予測では四・三トン）。二年前の表年（二〇一七年、約八トン）と比較して大幅に収量を落とした（ちなみに裏年の二〇一八年は約六トン）。老木の枯込みが劇的に進んだのが響いた。六年生若木が稼働し始めたが、たとえば今年は大津四号六年生が一〇本で収量一六二キロ、生産樹として本格稼働するまであと数年はかかる。中堅どころの樹で一本あたり六〇から八〇キロ、老大木だと一本一二〇から一五〇キロは穫れる。改植による園地の更新を進めているとはいえ、結果が出るまで何年もかかる。新規取得した横井手園地の寿太郎（晩生温州）が、今年の命綱だ。

一昨年亡くなったまはみっちゃん（水戸黄門をこよなく愛するヨッパライ）の庄脇園地について、地権者に頼まれて中本さんが草刈りをしていた、全くの無防除、来年から耕作する者を探していると、昨日聞いた。十一月の立入検査でミカンバエは出なかったが、誰がやっとるんかいのう？　という話にはなっていた。森川君誘って現場を見に行く。一年放ったら駄目だな、樹が完全に弱り切っている。無理すれば使えるであろう樹が三本程度。しっかしたかだか八畝（約八アール）程度の面積で、日南極早生、宮川早生、石地、大津、青島、サクランボ、ナシ、が乱雑に植えられている、アリエナイ次元のカオス園地、マハミチワールド。こりゃあやれんで。それでも日照良く、車が入る。園地条件は良い。完全に改植するならやりではあろう。庄の園地が欲しいとかねて話していた森川君にふったところ、考えてみますと。両親が手伝えるのであればやりたい、園地を欲しがっている友人にふってみてもいいかも、という話。暫くして電話があり、新規就農の若い衆が農地中間管理機構を通して借地する旨決定していたという。

認定農業者になるため耕作地かき集めないけんのはわかる。だが、目先の収穫が確保できる園地でないと収入にならない。このマハミチ園地で今ある樹を伐らずに樹勢回復を図ってみたところで効果のほどは知れている。仮に回復したとしても、防除時期の異なる品種が隣り合って、それもまぜこぜに植わっているのだから作業効率は悪いし、農薬のドリフト（飛散）による残留値オーバーも怖い。全面改植すればご機嫌さんな園地に生れ変るが、それが本格稼働するまで十年はかかる。改植補助金なんて知れている。

件の新規就農者はミカンバエ発生で耕作をやめた清水の園地を引き受けることもなっている。樹が古いが、その分収量は確保できる。六年間の契約で耕作し、それが済んだら伐採して返却すると聞いた。順次改植すれば持続可能ではあるが、そういう話ではないらしい。実はこの園地、それ以前の問題がある。園地に上がっていく道路が狭く急勾配で、雨が降ると落ち葉でスリップして危険であり、横に川が流れていて去年七月の大雨で路肩が落ちたりもしている。周辺が耕作放棄地でイノシシの棲家になっている。谷間で日照が悪く、水抜けも悪い。カボスやユズならまだしも、いいみかんの作れる園地条件ではない。これから先農業で食っていこうという新規就農者にもうちょいマシな農地を用意してやれんのかってなもんだが、良好な園地であっても耕作者が衰えてやめる頃には滅茶苦茶になっている。状態が良好であっても樹齢の高い園地が多く、向う三十年五十年やっていこうと思えば改植は不可避ときたもんだ。こうなると、新規就農者におんぶにだっこも考えものではある。いま耕作している年寄の子供か孫らが帰ってきてみかんを継ぐ、そのために年寄が元気なうちに計画的に順次改植を進めていく、年寄から引継いだ子や孫らが次の世代のためにまたまた改植を進める。そういった持続性、循環性を取り戻さない限り、農業の継続は不可能なのではあるが、農協も試験場も役場も、全てにおいて場当りでしかなく、そこに今の大島の不幸がある。またまたそれ以前の問題、みかんが嫌で出て行った者が戻って来るわけなかろうがとかーちゃりんは言う。くそっ、出口がない。

かーちゃりん、仕事がきりのいいところで早く終ったといって電話が入る。年末に一緒に出る機会はおそらくこれで最後、柳井のエディオンに食洗機を見に行く。ボーナスで買ってもらう。光熱費節約もあるが、洗い物のストレス軽減は大きい。
六時過ぎから雨が降り始める。今日で青島を穫りきってよかった。この雨で一時的に気温が上がる、週末にかけて冬が戻るとテレビの天気予報が言うている。

12月17日（火）旧11月21日　雨

(水)13.0mm/(均)12.1℃/(高)13.8℃/(低)10.4℃/(日)0.0h

九時から柑橘組合の役員会。原状回復で一〇万円、修理ついでに入り口のシャッターを幅の広い物に替えてもらえば三〇万円。この先出荷者が減れば集荷場は要らなくなる、田中原に出しに行けばよい、そこまで経費を使って改善しなくてもよいという意見が出る。

先人とベテランが積立てたおカネがあるのだから、たとえこの先十年しかないとしても、その十年を快適に仕事するためにもこの際おカネかけて改善すべき。田中原の荷受け時間は二時間しかなく前日夕方の無人荷受は二〇杯もしくは四〇杯でなければ受けてもらえん。庄に集荷場があるからこそ前日に少コンテナ数でも出荷できて、倉庫繰り、コンテナ繰りが助かっとるんや。先は無いと言いながら意外としぶといで。まだあと十年は持つ、その先もずるずる続くと、ワシには根拠のない自信があるんだよ。話をブチ切るには、根拠のない自信をもって突破するしかない。それって実は根拠がないなりにあるのだ。

会議を終えて十時。諸事打合せ、メーカーさんへの発注ほか、ひる前までかかる。午後机に向う。彼是片付けようとするも進まず。今日はかーちゃりんの帰宅が遅い、家事優先で選果作業は諦める。

12月18日（水）旧11月22日　曇時々晴一時雨

(水)2.5mm/(均)15.1℃/(高)18.0℃/(低)11.6℃/(日)3.2h

午前まるまる部屋の片付け。明後日から仕事部屋を泊りテゴの女子二名に明け渡さねばならない。今日もアホほどぬくい。シャツ一枚で出歩けるって、これが十二月の気象か？
ひるから選果、三時間半で一〇〇キロ程度しか選別できず。当初思っていたほどひどくはない。そこそこ良玉が出る。が、膨れ上がった粗悪玉が多い。十一月二十三日前後に取込んだものをひと月近く寝かした。腐りは少ない。コンテナ一杯あたり一個あるかないか。園地内の腐敗果除去、収穫時の軸長チェックの徹底が功を奏した。原料の年内荷受は明日が最終となる。急がねば。

12月19日（木）旧11月23日　曇

(水)0.0mm/(均)11.2℃/(高)14.9℃/(低)8.5℃/(日)0.4h

朝イチ家房の仕事場、急ぎ入用の本を持ち帰る。年明け出荷割当希望数の調査票を一日遅れで農協に提出、鶴田書店さんでツケ払い、大畠の観光センターでサヨリとアジを仕入れ

倉庫に籠って青島温州の選別作業。左から小川君、山本君。2019.12.20

る。小松の川辺書店さんで直委託品の精算と再納品をする。社長が留守、店番のオバアが電話入れて下さる。すぐ来るけぇと言われ、帳場で立ち話に興じていた先客のおばちゃんと一緒に缶コーヒー御馳走になる。社長も店番のオバアも昭和六年（一九三一）の生まれだと。昔話を色々伺う。昼まえ帰宅、昨夜の残りものでカツ丼と釜揚うどんをこさえる。爆裂にウマい。でも、ひとつ残念、タマネギが市販の晩生品種で美味くない。こんなん食うてりゃタマネギ嫌いになる子供が多いのもわかるなあと、かーちゃりんとそんな話をする。

午後、集荷場のシャッター修理の見積にメーカーの営業さんが来る。年明け第二週の工事と決まる。シャッター修理のお知らせ文書を昨日作成したが配布しとるヒマがなかった。急ぎ配って回る。二時から選果再開、原料、いけるとこまで出し切る。

夕方、福岡大辰己ゼミの山本君と小川君が到着。アジの叩き、サヨリと蓮根、今年最後の秋茄子を天麩羅にする。地産地消の晩ごはん。

山本君が農家になりたいと言っている。農業法人に就職するのなら給料貰えて農業が出来るよとたっちゃんはアドバイスしたのだが、彼は自営農家になりたいと言う。実家は北九州市、農家ではない。農業法人に就職した和稔君（二〇一六年度卒業生）は実家が専業農家で、将来的には家を継ぐと肚を括った。山本君の場合はその基盤がない。この広い日本の何処でどの作物を作りたいのかも、まだ決めていない。まずは、農家に潜り込んで仕事してみること。それでいいとは思う。

＊

後記。彼が何で農家志望になったのか、つい忙しくて動機を聞きそびれた。まあ、動機など、ある意味どうでもよいこと。本人がそれを目指すと言うのであれば、身体を張って体験できる場と深く考える糸口を提供できればよい。自然の中で毎日汗かいて働いてメシがウマそうだと、その程度の動機でもよい。いざ就農してしまえばあとは闘いの日々、彼是責任負わされて逃げられなくなる。その地を耕しその地に骨を埋める覚悟が、段階を追って身についてくる。それゆえの心映えもまたある。

＊

二〇二〇年九月追記。農家志望の山本君のその後について。指導教授であるたっちゃんの長年の調査先、山口県阿武町の農家で春以降引受けてもらう予定が、コロナ禍で無期限見送りになってしまった。日々リモート授業とバイトだけでは楽しくなかろうし、実習とか実体験のない農業の勉強なんてありえないのだから、この際、本人さえよければ、ひと月からふた月くらい我が家に居候させて夏場の一番キツいみかん作業を体験させてみようかねと、六月に入った頃たっちゃんに打診した。コロナの拡大と世間の警戒具合により大島でもこの先どうなるかわからんのだが、彼がえいやっと跳び越える気があるのならば、それを根拠にかーちゃりん説得しようという話。六月下旬にたっちゃんから電話が入る。彼なりに悩んだらしいが、昨年末のメンバーに同行を求めて断られ、それで最終的に断念したという。複数の仲間がいれば仕事のキツさも多少は薄まるが、それで得られるものは限られてしまう。日常の農作業は孤独な仕事だ。旅は一人で行くものだと改めて想う（あえて「旅」と記したが、「旅行」の意ではない。この場合は「タビ」とカタカナをあてる）。

12月20日（金）旧11月24日　晴

(水)0.0mm/(均)8.0℃/(高)11.8℃/(低)4.7℃/(日)7.9h

午前三時間と午後一時間三人で選果作業をする。一級コンテナ一二杯、二級一杯、産直用良玉四杯選別する。寿太郎の収穫を始めたい、天気が良くテゴ人が二人もいるのに勿体ないのではあるが、今日は十六日までに取込んだ青島の選別が最優先、そうでなければ倉庫繰りもコンテナ繰りもつかなくなる。年内の青島最終荷受日は二十四日。日にちがない。選別作業は体力は使わないが神経が減る。一人で何時間も続けるなんて信じられないと若い衆が言う。

二時過ぎ、小川君が大畠まで女子二名迎えに車を出す。ワシと山本君は晩ごはんの食材買出しと雑用に回る。三時半頃加藤さん、佐藤さん到着。悠太の帰りを待って四時半から五時まで横井手で寿太郎収穫、若い衆四人の慣らし運転にかかる。

女子から男子の順で風呂に入ってもらいつつ、晩の支度を交代で手伝ってもらう。鶏つみれ鍋の支度とあわせ、明日の昼メシに、インド人もびっくりカレーを仕込む。カレーペーストを煮詰めるだけで一時間かかる。忙しい時には作れんのだが、若い衆がいてくれると助かる。

12月21日（土）旧11月25日　曇

(水)0.0mm/(均)8.1℃/(高)11.6℃/(低)3.1℃/(日)1.6h

九時出発、農協の総代会出席のため日前《ひくま》から徳山まで日帰りバス旅行。農業協同組合法の改正により今年度以降会計監査人を選任する必要が生じ、本来六月開催の総代会が今年度は年末に開催される事態と相成った。勘弁せえやってなもんだが、みかんの超農繁期はみな同じ、多忙は欠席の理由にはならない。朝イチでコンテナの支度と指示を出しておき、あとはかーちゃりんに監督を依頼する。

下松サービスエリアで弁当配給。久賀の農協総菜部が人手不足で秋ごろに閉鎖され、仕出しを頼むと本土の某寿司屋に回ることになったと今日初めて聞いた。寿司屋のくせにコメが不味い。今頃家では印度人もびっくりのカレー食うとるやろうなあ、ええなあ……。みなさんくそ狭い車内で食事している。いかにもおっさんのバス旅行だな。國司君とワシと二人、外のベンチでメシを食う。弁当の量が足りん。ちくわ揚げ買うて腹の足しにする。酒が呑みてー。

総代会はそこそこ紛糾しつつ予定を三十分以上オーバーして四時過ぎ終了。壇上に居並ぶ上役の方々の佇まいといい質問に対する答弁といい農業者の代表というより銀行か商社の幹部といった風情、周南市文化会館大ホールの客席を埋めたおよそ八百人の総代がいかにも農家のおっさんおばはん、この対比は一寸笑えない。金融が肥大すればするほど農協は農業者の方を向かなくなる。神戸の葺合新川のセツルメントに取組んだ賀川豊彦の精神は（農協に限らず）今の協同組合運動に何ひとつとして受け継がれてなどいない。改めて実感する。

話のついで。別に僻んでるわけではないけど、ジャムズガーデン一人勝ちみたいでおもろないので、農協でもスケールメリット生かしてジャムで儲けて、原料の精算価格を上げてはいけんのかと、エラい人に話を振ってみたことがある。ジャムはもう作ってますよ、そんなことより原料ばかり出さず、正果を出せばいいんですよ、とつっけんどんな返事が返ってくる。このオッサンに限らず農協の偉いさんは、本当のことを言われるとたんに機嫌が悪くなる。それともおっさん頭悪いんか？　Yザキパンに塗すくる安物のジャムやのうて、土産物や贈答に使われるシャレオツな高ものジャムのことをワシは言うとるんや。

まあ、少なからぬ農家のおっちゃんおばちゃんが、農協の今の姿勢をこころよく思っていないことは、総代会の質疑からも垣間見えた。たとえば農薬肥料ほか諸資材の価格がいまだ旧農協（現統括本部）ごとに異なる。合併時に取付けた価格一本化の約束が反故にされている、それどころか合併のスケールメリットにより諸資材の価格が下がると説明しておきながら値下げどころか値上りしとるやないかい、という指摘があっ

朝イチでコンテナを運び、学生さんに指示を出しておく。この日は農協総代会、一日仕事。2019.12.21

た。実質値上りについては明確な答弁なし、価格一本化については三年後までに価格統一するとの答弁ではあったが、総代会の度に口やかましい人が突っ込まなければこのまま反故にされるかもしれない（もしくは、一番値段の高いラインで一本化されるかもしれない）。官僚的答弁、エラい人のつっけんどん、クソ不味い弁当、帰りのバスの無謀運転で、日前《ひくま》に帰り着くなりリバースしてしまった。

六時過ぎ這う這うの体で帰宅、残りカレー食うて復活。疲れたのか爆睡している小川君はそっとしておいて、女子二名には風呂を優先してもらい、農家志願の山本君を連れて真っ暗闇の園地に上がり、みかんコンテナを倉庫に運ぶ（山の畑に通ずる道は細く狭く勾配がある。学生さんに軽トラ運転させるわけにいかない。また倉庫内のコンテナ積み付け都合はワシでなければ解らない）。荷崩れが怖い、二度に分けて運ぶ。畑のへりに積上げたコンテナを軽トラに載せる→倉庫へ移動→倉庫内の明日出荷予定コンテナを外に出す→軽トラからコンテナを降ろす→倉庫内に運んで積み上げる→もう一回同じ作業→出荷予定コンテナを軽トラに積んでシートをかける。およそ五〇〇キロのみかんを運んで積み上げる、ただそれだけで一時間かかる。みかんをもいで、それで終りではない。運んで積み上げる作業が大変なのだ。帰宅後、山本君かなり疲れた様子。運動部で鍛えている若い衆でも農作業はキツい。夏場と比べれば楽な方ではあるのだが。想えば、七十、八十のオジイが現役で頑張っているのだから農家ってのは凄い。

倉庫仕事で遅くなったが、てんこ盛りのトリモモ塩焼きと大根塩もみで晩メシにする。四年前に台所を修繕した折、経費担当のかーちゃりんに無理言うて大きなガスオーブンを設置してもらった。これがいい仕事をしてくれている。

＊

後記。今年度のみかんの市況は一貫して安値で推移している。でも、市中で売られているみかんは、前年度より値が高い。神戸のオカンに訊くと、大して良くもないみかんが一個七〇円もする、高くて買えんと。誰や？　中抜きでボロ儲けしとるクソ馬鹿垂れは。

年明け一月五日売りの市況。キロ平均単価、大津特選三〇〇円、一級二五六円、青島特選二九六円、一級二四七円、二級一八一円。ひと昔前の超安値と比べりゃマシとはいえ安すぎる。諸経費差引き後の農家精算価格は市場販売価格の六〇パーセントちょい。これでは農業で食っていけん。首都圏や関西から撤退し、県内市場にしか出荷せんようになったのが間違いの始まり。モノの良し悪しのわからん岩国や徳山くんだりの市場でろくな値段がつく筈なかろうが。良いモノを評価して高い対価を支払うという文化は都会特有のものだ。関西、首都圏に打って出ることなくして農家の収入増はありえない。運送料がネックになるという。しかし、それでも、経費かけてでも攻めに出る必要があるだろうが。単に市場に商品を差し出しただけでは、いわゆる「あなた任せ」では買い叩かれる危険もある。だからこそ、年間半年ちょいしかないみかん販売であろうとも年間食えるだけの人件費捻り出してでも関西・首都圏の販売担当者を置く必要があるだろうが。そこのところの農協の気概の無さ、エラい人にそんなこと言えば機嫌悪うなるだけでまともに話を聞こうともせん。かーちゃりん曰く、役所と一緒よ、東京へ持っていく方法もわからんし、面倒臭いことやりとうないんよ、農協のエラい人たち自身がみかん作っとるわけやないんや、農業で食うていけようがいけまいが知ったことやない、所詮他人事なんよ。

——一年三百六十五日休むことなくみかんと向い合う農家の労苦が、これでは浮かばれない。

12月22日（日）冬至　旧11月26日　曇のち雨

(水)15.0mm/(均)8.5℃/(高)10.2℃/(低)6.2℃/(日)0.0h

去年に続いて、職場の先輩一家がみかんもぎに来たいと言うてると、かーちゃりんから打診を受けていた。去年十二月二十五日の作業で、太い枝をぶった切って採果鋏二挺の刃をホイでお釈迦にしたり、二度切りが丁寧に出来ていなかったこともあって、ワシは難色を示し続けていた（当日、ワシが選果と運搬で忙しく、かーちゃりんに監督を任せきりにしてしまった。おかーちゃんと娘ちゃんはかーちゃりんの監督で丁寧に作業してくれたのだが、監督の目が漏れたおとーちゃんと息子ちゃんの作業がわやだった）。

昨日の総代会帰りの車中で國司君に話してみた。彼曰く、ワシが悠太に厳しく仕事を仕込んでいるのとは訳が違う、レジャーのみかん狩りとガチのみかんもぎは違う、ケガをして

若い衆が集まる。華がある。ワシにもこんな頃があったんだが。2019.12.22

も労災の出ない仕事だ、もぎ子の腕の善し悪しが成績に直結するんだ、少しでも手伝えば助かるだろうなんていう善意こそ悪なのだ、他所の子にテゴさせるんだったら中学生になってからみかん運びやらせて徹底的にシゴけ、と。

青島の収量ガタ落ち、品質劣化甚だしい実情にあって、いま収穫にかかっている寿太郎は我が家の生命線だ。これを傷もぐれにしてはいけない。本当の理由を説明できんのであれば、素人に任せられるものが残っていないといって断ってもらうように、かーちゃりんに話をする。

兼田君とかーちゃりんが午前二時間半だけ寿太郎収穫の続きをする。ワシらは農協向け出荷に出る。集荷場の中で軽トラのエンジンが突然かからなくなる。二週連続トラブル、中本さんに来てもらう。初めはバッテリーかセルモーターを疑ったが、どうやらエンジンお亡くなりではないかと（後記。エンジンお釈迦、三〇万円で買って六年乗った平成九年式軽トラ廃車。平成一九年式の中古に買替え四五万円也。今の経済状態で一〇〇万円も出して新車は買えない）。とりあへず修理に運んでもらい、代車を借りる。午前二時間半、青島の選別にかかる。正午前に雨が降り始める。

学生さんの実習、今日の午前で終了。昼メシ後の終りの会でひと通り感想を話してもらう。メシがうまかった、初めての農作業体験は思っていたよりはるかにキツかったと。予算何兆円とか収量何十万トンなどという実感の伴わない数字を追わず、実感の持てる、手の届く範囲でものを見ること。自分の指を広げた時の長さ、歩幅、肘から手首迄の長さを知り、それを基準に巻尺を使わず三〇センチ間隔で大根の種子を蒔く、畑の面積を読む、植栽本数と収量見込を読むこと。キツかったと言うが収穫作業の時期は寒いだけまだマシな方で、夏の作業のキツさは経験した者でなければ解らない。農業に休みはなく季節は待ってはくれない。地域まるごと家族まるごと抱え込む、集落維持という性格を強く有する仕事であるということなど。園主のコメントとしてそのことに少し触れてみた。

四人を見送り選果の続き。今日の作業終了段階で、青島が二トン程度倉庫に残っている計算になる。暖冬とはいえ、それなりに寒くなってきた。いつの間にか足の指にしもやけが出来ていた。夜は大降り、久しぶりに強い風が吹く。

12月23日（月）旧11月27日　晴

(水)0.0mm/(均)8.4℃/(高)14.7℃/(低)2.0℃/(日)8.1h

八時から九時過ぎまで青島一級四杯選果、田中原集荷場の荷受〆切九時半きわきわに持込む。十時から三時まで選果。三時に國弘夫妻到着、選果をお願いして小学校の懇談会に行く。

四時倉庫に戻り五時まで二人で選果作業。帰宅するころに、年明け出荷割当の依頼書が届く。年明け初セリ用の出荷を二十七日にやらんといけんのに、四日前に割当依頼を持って来るとはどうかしている。とはいえ、毎日頑張っている現場の人らを悪く言ってはいけない。ダラ幹どもがなっとらんのだ。

年イチ、クリスマス恒例のマル鶏を焼く。牛叩きも作る。叩きには橙ポン酢と青ネギが要る。毎年この時期には人文字《ひともじ》（ワケギ）が枯れて（人文字は冬に一旦枯れ、春にまた新葉が芽吹く）九条ネギを使うのだが、去年今年は暖冬の所為でこの時期になれど人文字がまだ青々としている。國弘夫妻、みなちゃんに参席して戴き、一日前倒しのクリスマス会。疲れがきたのか、ローストチキンが焼きあがる前に悠太が落ちる。

12月24日（火）旧11月28日　曇のち晴

(水)0.0mm/(均)8.5℃/(高)13.7℃/(低)3.8℃/(日)4.7h

昨日國弘夫妻に手伝ってもらった選別分一級八杯、二級四杯、朝イチで集荷場に搬入する。今日の寿太郎収穫を國弘夫妻にお願いして、ワシは終日青島の選別作業にかかる。今日が年内分荷受最終日。倉庫の中身を一気に減らして寿太郎の積み場とコンテナを捻出せねばならぬ。午後一級一八杯、夕方〆切きわきわに一級四杯と二級二杯、小出しにする。一度に大口で出した方が荷口加点がつき、傷果や黒点等による減点分を補ってくれるのだが、そんなこと言ってたら倉庫がわやになる。

西脇で収穫したものは特に傷果が多い。海に近く風と潮があたるがゆえ、である。外なりの良玉ほど傷果になる。外観だけで選果していた時代であれば二級出荷だが、今はセンサーをあてて糖度酸度を測るので、内容的に条件をクリアしていればよっぽど外観のキタナイものを入れない限り原料に落とされることはない。内容的には特選レベルでも、見た目ひとつで秀、優、良へと階級を落とされてしまうが、それでも一級で取ってはもらえる。

日本の年平均気温の速報値は基準値（二〇一〇年までの三十年平均）を〇・九二度上回り、一八九八年（明治三十一）の統計開始以来最も高温となる見通し、と今朝の中国新聞に載っていた。ここ大島に限っても、九月の気温は八月平年値並み、十月以降今月中旬までをみると平年より一度から二度高い数値となっている。青島は悪いなりに早もぎで逃げ切ったが、まだ寿太郎が残っている。今日チェックしたところ、枝によってはポカ（浮皮）の兆候が現れ始めている。日に日にコンディションが変化する。気候変動の影響を受けにくくポカになりにくい品種とはいえ、ここまで気温が高いとさすがに耐え切れんようである。今のところ明日の夜と明後日終日雨予報。寿太郎はまだ持ちこたえてくれると信じて、明日は西脇のポンカンを穫り切らねばならぬ。

25日に収穫した太田ポンカン。収穫遅れによる品質劣化深刻なり。2020.1.3

12月25日（水）旧11月29日　曇時々晴、夕方から雨

（水）12.5mm/（均）10.2℃/（高）12.6℃/（低）6.8℃/（日）2.2h

年明け一期・二期分の出荷割当について、濱田さんと八時半から十時まで詰め、割当票を配布して回る。農協と郵便局で年末払いを済ませ、産直急ぎ分を送り出す。

午後かーちゃりん休みをとって加勢、西脇で太田ポンカンを取込む。三時から年明け出荷説明会だが、それどころではない。五時過ぎまでかかって約二五〇キロ取込む。ポカ、クラッキング、ヤケ多発、事実上の全滅。十六日にこの園地の青島を取込んだ段階ではコンディション良好だったものが、その後二度の降雨と高温により、わずか九日の収穫遅れで暗転した。精一杯やった上での結果、諦めるほかない。まずは

正月休みで、はる君が帰って来た。2019.12.31

青島の収穫と選別・出荷、倉庫繰り・コンテナ繰りの上で寿太郎の収穫、これが最優先、農協、柑橘組合の雑務もある、家事もある、子供のこともある。二十一日農協の総代会さえなければ、学生さん二班に分け、寿太郎班の監督はかーちゃりんに任せて半日だけでもポンカン取込みに行けば、ある程度は救出できたかもしれない。泣き言、恨み言でしかないのだが。それでもテゴ人がいるだけうちはマシな方だ。ベテランのもぎ子が次々と引退する中にあって、収穫の追い付かない家も少なくない。

降雨によるヤケ果、クラッキング発生果は早く腐るので、御遣いものにする。外なりの良玉ほどヤケとクラッキングが発生する。完熟の証なのだが商品にはならない。ポンカンのポカは青島ほどには味に影響しない。軽度であれば二級で出せる。果実体質の弱さから貯蔵中にヤケが発生する危険もある。農協向けにどれだけ出せるか、やってみんことにはわからない。産直は中止せざるを得ない。

今年度限りで手を離す園地、ポンカンの収穫は今年が最後となる。これから先、新たに園地を取得したとしても、ポンカンは二度と作らない。きちんと作れば良いものが出来るのだが、青島と寿太郎が最優先である以上、収穫期のかぶる、それも気候変動の影響を受けやすい品種は回避した方が無難だ。中晩柑を作るのであれば、温州の収穫時季とかぶることのない品種に絞る必要がある。昨年一昨年を想えば、今年は天候に恵まれた方だ。それでも収穫遅れと高温、降雨による

暴力団事務所、排除。2019.12.31

品質劣化は回避し切れなかった。深刻な気候変動のなかにあって、人手の足りない収穫期を乗り切る難しさを痛感する。

五時過ぎ、ぱらぱら降り始める。急いで倉庫に運ぶ。家房から庄までの、たかだか十分の距離が遠く感じる。

12月26日（木）旧12月1日　雨

(水)17.5mm/(均)11.0℃/(高)12.0℃/(低)10.1℃/(日)0.0h

午前一時間半、午後二時間選果作業、規格外の大玉・小玉と原料の選別を悠太にやらせる。一級と二級のボーダーラインも教え込む。呑込みが早い。

十時発で柳井行。大畠観光センターで魚を仕入れ、志熊眼科でかーちゃりんの使い切りコンタクトレンズを受取り、来来亭で中華蕎麦食す。山銀と郵便局で月末払いの続き、家房の仕事場に寄って急ぎ入用の本を積み、帰り次第地方小向け年内最終納品分を送り出す。

三時半に袖永さんから電話が入る。背戸のお宅を仕事場兼離れとして買取る件で、一応内部を見せてもらう。手続きは年明けとなる。

五時過ぎ伊藤相田夫妻、遠路埼玉より到着。メバルの煮付、アブラメの刺身、サヨリの天麩羅で晩メシにする。

12月27日（金）旧12月2日　晴のち曇

(水)0.0mm/(均)7.7℃/(高)11.9℃/(低)2.8℃/(日)2.8h

昨夜九時まで降ったが、深夜に強い風が吹いた。天の助け。

樹が乾ききった十時半から寿太郎の収穫作業に入ってもらう。収穫は二人に任せ、ワシは二時半まで青島の選果、農協向け年明け割当分一級二〇杯、二級六杯出荷する。

12月28日（土）旧12月3日　晴時々曇

(水)0.0mm/(均)5.5℃/(高)10.9℃/(低)1.6℃/(日)6.6h

かーちゃりん、悠太、伊藤相田夫妻、パパ、ママが終日、兼田君が半日収穫作業にあたる。ワシは午前二時間産直送り出し、二時間半草刈り、午後の三時間だけ収穫に加わる。この人数だと仕事が進む。一日で七五〇キロ取込む。

「原初の、学校――夜間定時制、湊川高校の九十年」（登尾明彦著）が、届く。美しい仕上り、ひと安心。

12月29日（日）旧12月4日　曇、夕方から雨

(水)3.5mm/(均)8.5℃/(高)10.8℃/(低)5.8℃/(日)0.8h

伊藤相田夫妻、伊保田・三津浜の朝便で大島を後にする。かーちゃりん、悠太、パパ、ママ、ワシの五人、五時過ぎまでかかって五六〇キロ取込み収穫終了。三時のおやつ無しにしようと悠太が言ってくれた御蔭で日没までに取込めた。六時過ぎに雨が降り始める。ポカ（浮皮）にならずに済んだ。

12月30日（月）旧12月5日　雨のち曇

(水)9.5mm/(均)10.7℃/(高)12.8℃/(低)9.0℃/(日)0.0h

朝から産直発送、青島の良玉の数量が確保できず、数人分の予約を断る。ポンカンでの代替えも出来ず、値が高くなるが寿太郎での代替をメエルで打診する。たまった雑用、片付け切れず。年末恒例来訪の組長を大島まで迎えに行く余力なく、バスで来てもらう。悠太は朝から監督宅で餅つき、ワシらもひる時に立寄り、おぜんざいよばれて帰る。来年の栽培暦と早生温州精算書を配布して歩く。早生一級二級計二八一キロで手取り二万九六六二円。平均キロ単価一〇六円。これではやれん。

12月31日（火）旧12月6日　曇時々晴

(水)0.0mm/(均)8.0℃/(高)13.3℃/(低)2.8℃/(日)3.2h

七時半起き、久しぶりに寝坊する。午前中だらだら過ごす。教育テレビ「昆虫すごいぜ！」にハマる。みかん作業優先により遅れた仕事場撤収の件、家主さんにライン連絡。来月一杯で退去、年明けに一月分家賃支払い、了解を戴く。

午後組長と作業に出る。平原上段のスズメバチの巣を撤去、西脇で一時間、ポンカン残りもぎ落とし、暫定設置したワイヤーメッシュの回収、今年一年の作業を終える。

大晦日恒例の宴会。紅白そっちのけで台所と座敷を行き来する。オバァが大晦日の夜遅くまで忙しく台所に立っていたことを思い出す。時はめぐり、今ワシがオバァと同じことをしている。

2020年１月

左と手前イヨカン、右ハッサク。味の良さでは輸入オレンジなんて相手にならんのだが、輸入自由化の影響をまともに受けて値崩れし、農協の精算価格は人を馬鹿にしとるんか？　てな具合にクソ安い。都会の消費者の多くは真性の味音痴か？

１ヶ月

降水量	107.5mm（59.0mm）
平均気温	8.3℃（5.7℃）
最高気温	12.4℃（9.8℃）
最低気温	4.4℃（1.5℃）
日照時間	122.5h（139.1h）

上旬

降水量	16.5mm（18.1mm）
平均気温	8.5℃（ 6.3℃）
最高気温	13.5℃（10.4℃）
最低気温	3.7℃（ 2.2℃）
日照時間	55.8h（44.7h）

中旬

降水量	2.0mm（21.6mm）
平均気温	7.5℃（5.9℃）
最高気温	11.6℃（9.9℃）
最低気温	3.6℃（1.8℃）
日照時間	38.2h（45.0h）

下旬

降水量	89.0m（20.0mm）
平均気温	8.8℃（5.1℃）
最高気温	12.0℃（9.3℃）
最低気温	5.7℃（0.8℃）
日照時間	28.5h（49.4h）

４年間管理した家房割石のハッサク、最後の収穫作業。2020.1.2

1月1日（水）旧12月7日　晴

㊌0.0mm/㊍5.1℃/㊋11.3℃/㊐0.1℃/㊐8.5h

朝イチ伊保田港までふじげを送る。いい天気、寒い。腹が減る。帰って朝麦酒と塩ラーメンを食す。悠太十時起き、昼時、岡田君に預け、岩屋権現の餅焼に連れて行ってもらう。ワシらは家でだらだら呑む。みかん疲れ、身体中が痛い。かーちゃりんも腰が痛いと言うている。

1月2日（木）旧12月8日　晴

㊌0.0mm/㊍6.9℃/㊋12.4℃/㊐0.4℃/㊐7.6h

仕事始め。午前半日だけかーちゃりん加勢、割石のハッサク、西脇のイヨカン収穫を終える。午後一人で再度西脇、僅かばかりのセトミと日向夏を取込む。毎年イノシシの食害に遭ってきたこの園地で、初めてまともに収穫を終える事が出来た。次の耕作者への引継ぎを残すのみ。地主の青島収穫忘れ五キロとスダイダイを取込む。これをもって、本年度の収穫作業終了（一月末予定のデコポンと四月予定の甘夏を除く）。

1月3日（金）旧12月9日　晴

㊌0.0mm/㊍9.2℃/㊋13.1℃/㊐5.5℃/㊐7.1h

謝礼みかんの選別発送にかかる。年明け原料出荷用に残しておいた青島コンテナ八杯から二級復活、二杯再選別する。

　こんなんで　取ってもらえりゃ　儲けもの

とーちゃりん心の俳句。青島の正果最終、一級と二級二杯ずつ出荷する。

1月4日（土）旧12月10日　晴

㊌0.0mm/㊊7.5℃/㊋14.0℃/㊏1.2℃/㊐8.1h

新規就農者への西脇園地の引継ぎ、小一時間かかる。風垣赤線沿いの刈込み、ワイヤーメッシュ（防獣柵）やり替え、ザツボク繁茂、イノシシの巣になっている隣接荒廃放棄園地等々、課題山積。ここはよっぽど問題多いかと問えば、大なり小なり問題のない農地はないという返事。ここに加えて家房の山と沖浦で五反確保して四月一日付新規就農、青年就農補助金は申請せず、認定農業者になるという。

一時からお宮の行燈撤収。青島原料六杯、一日早く集荷場に持ち込む。これにて二〇一九年度産青島の出荷終了。

昨日の作業の続き、午後二時間ポンカンの粗選別にかかる。ポカ・ヤケ無し良玉僅か四キロ、ちょいマシ三五キロ、ヤケ六〇キロ、ポカありヤケ無し（農協向け寝かし）一三五キロ。十二月の果実分析時に酸が高く早期出荷見送り、最終二十一もしくは二十六日の出荷となる。果実体質の弱さから、貯蔵中にどれだけヤケが出るかが問題だ。

1月5日（日）旧12月11日　晴

㊌0.0mm/㊊7.4℃/㊋11.6℃/㊏3.5℃/㊐7.8h

出初式は久賀で開催、団長のみ出席。十時機庫集合、町が不要機材の処分引取りをするという。機庫の大掃除となる。

正午前から某観光施設で新年会、相変らずここの天麩羅は衣が厚い。胃もたれ予防、衣全部剝して食うたら、これすげーとコンパニオンさんに呆れられた（毎度毎度なんだが、旧い人たちってなにゆえにコンパニオンさん大好きなんだらう?）。季節外れのオクラ、味がしない。タイ産だな。キス天すかすか、漂白臭がキツい。ベトナムかインドネシアあたりからの冷凍輸入ものだな。刺身のコンディションもよろしくない。ちょいマシは輸入サーモンだけ。漁師が休むからな、正月の魚介類なんてこんなもんよ。黙って肉食う方が気が利いている（観光で大島に来た人らがこげなマズい魚食わされてるってのも何だかな……）。

1月6日（月）小寒　旧12月12日　晴のち曇

㊌0.0mm/㊊8.4℃/㊋9.9℃/㊏2.9℃/㊐1.7h

橘支所に住民票を取りに行き、支払い、買物、諸々、午前半日かかる。中本モータースで年末にツブれた軽トラの具合を訊ねる。エンジンお釈迦、積み替えると二〇万以上かかる。状態の良い中古に乗り換えた方が良いと。平成十九年（二〇〇七）式のマニュアル車、走行距離七万四〇〇〇キロで四五万円の提示。新車だと一〇〇万、無理。軽トラ無しでは仕事が出来ん。これで算段をお願いする。

午後選果作業。寿太郎の粗選別とコンテナ積み替えを進めねばならぬ。クラッキング発生果の取込みが見受けられる。これを取り除かないと腐りが出る。

庄柑橘集荷場。品種と等級毎にパレットを仕分ける。2020.1.21

1月7日（火）旧12月13日　雨のち曇

㊌2.5mm/㊊10.4℃/㊢18.0℃/㊦7.5℃/㊐0.0h

五時前に降り始める。生姜の取込みが手つかず。去年みたいにひね生姜が溶けてしまうかもしれない。ほぼ終日机に向うも、腰痛で集中できず。悠太、冬休み宿題のお手伝い日記をまるでつけていない。ワシの日録をもとに書き起しをさせる。

夕方、今季初めて橙ポン酢を仕込む。年内まるで余裕が無かった。テゴする悠太をデヂカメで撮る。顎周りがしっかりしてきた所為か、顔つきが変ってきたのに気づく。

大晦日にとったアジ出汁が冷蔵庫に入りっぱなし。傷まんうちに今夜はうどんにする。悠太がぐにゅぐにゅうどんを好まない。一昨年やっちゃんの七日なのかの御食事をこしらえる際に、オジジに食べ物の好き嫌いが多くて難渋したことを話す。年寄のすることは今更直しようがないけど、子供がそれではいけん。一日仕事して疲れて、それでも晩メシ手ぇ抜かんと作っとるんだ。ワシの作ったもの食わんと言うんなら、もうこれから先ワシは二度とメシは作らん。カップ麵でも茶漬けでも何でも食べたいもの勝手に作って食え。作れんのやったらかーちゃりん遅く帰ってきて何ぞ作ってくれるまで我慢せえ。そこまで言い切った。今年の約束、ワシの作ったものに文句言わんと何でも食べること。

1月8日（水）旧12月14日　未明雨、曇時々晴

(水)14.0mm/(均)12.7℃/(高)18.5℃/(低)7.1℃/(日)1.9h

まだ腰が痛い。朝イチのアメダスチェック。昨夜十時十一時あたりから一気に気温が上がる。温暖前線の通過。そして未明の強風。季節外れの春の嵐。朝、アホほどぬくい。九時〆切の果実分析用に、横井手にデコポン取りに上がる。大晦日のチェックから八日経過しただけで三個なり腐りあり。着色は十分、大晦日に試食した感じでは、酸は高いが糖度はきている。セトミを既に前倒しで取込んだことを想えば、この雨で濡れたのが乾き次第取込んだ方がよい。暖冬で何もかもが狂っている。

晩めし時に國司君から電話が入る。柳井からの帰り便、みかん段ボール箱の御裾分け、有難く拝受。以前勤めていたお店で時々分けてもらうのだと。段ボール代も馬鹿にならない。昔は新品の三分の一くらいの値段で中古段ボールを農協が売っていたのだが、いつの間にかやまってしまった。今は農協でもコメリでも新品しか買えない。

総代会行帰りの車中で話題にあがった原料の農家精算価格が安すぎるという問題で、平生のジュース工場に話を持っていき、コンテナ二〇杯四〇〇キロの加工を頼んできたと言う。歩留り二〇〇キロで経費一五万円。國司君くらいの大作り（三町半）だと、原料の出る量も桁が違う。それを全部農協に出していたのでは農協を儲けさせるばかり、まるで農家の収益にはならない。ジュースにしとけば日もちがきく。自然災害で収穫のない年もあるかもしれない。それに備える意味もある。道の駅や竜崎温泉で見ると、一合瓶が四〇〇円くらいで売られている。高いと思ったが、なるほど、原価一五〇円ならこれくらいの価格設定でなければやれん。

兎にも角にも、農協の原料精算価格は安すぎる。商品化の工夫で原料の価格を上げてほしいと言うたところで、だったら原料になるげな悪いみかん作らなければいいんだとか何とかホザきよる。農家個々が大した販路を持っていないのを知ってて足元見ている。胸糞悪い。

こないだ呑んだ折、平日お勤めで週末実家のみかん作業に出ている一人が言った。このままではアカン、みかんで食うてはいけん、農協もあてにはならん、農業法人を作るしかない、と。

けだし正論。農協を脱退して新しい組織を作り、独自の販路を持ち、農業で生き甲斐をもって食っていけたらそれが理想だ。だが、現実、無理。個々バラけて頑張り続けるほかないというのがワシの見立て。本来高邁な精神を掲げて組織したはずの農協ですら、協同組合運動の精神を裏切っている実情にあって、農協とはさらに別個の協同組合的な取組みが成り立つはずがない。背景にあるのは、協同という意識の欠如、愚民政策の行きつく果て、階級意識の欠如、インテリジェンスの欠如。賀川豊彦が葺合新川スラムのセツルメントに取組むなかで提唱した協同組合運動とはすなわち、下層を救うための施策なれど、下層であればあるほどその意識の高さにま

庄柑橘集荷場に昔の立て看板が残っていた。2020.1.21

るでついては行けぬという、そうした難儀なパラドクスを胚胎したものでもあった。

林喜芳《はやしきよし》の「神戸文藝雑兵物語」（冬鵲房《とうじゃくぼう》、一九八六年）の冒頭の一文「はじめに貧乏ありき」を引く。移民の街神戸の底辺にあって、細民の心根を身体で識る林の慧眼は、川崎・三菱大争議を指導した賀川豊彦の運動論の限界もまたあぶり出す。今の農家が林と同じ細民ではないとはいえ、百年経てど変らぬ庶民の精神構造のありようは、今に通ずる問題でもあろう。

＊

驚くべきは現時の文明国における多数人の貧乏である。

に始まるこの人道主義的情熱溢れる文章（引用者註—河上肇「貧乏物語」大正五年九～十二月大阪朝日新聞連載）は、全読者の爆発的な支持をかち得て、のちにはベストセラーになったと聞いている。しかしその頃、私はまだ小学生だったし、何よりも長屋暮らしに新聞購読者はほとんどいなかった。河上博士の警鐘の書も、かくしてインテリ階級にこそ衝撃の書だったろうが、肝腎の細民の間にはそんな涼しい風は吹いてこなかった。そのことは、のちの大正八年九月の二週間にわたる川崎造船所のサボタージュ、また同十年六月末から五十日に及んだ川崎・三菱大争議において、いかに指導者と職場労働者との間で根本理念に相違があったかによってもよく判る。（中略）何しろ大きな理想より今の小さな金一銭に屈服する職工たちだから、指導者も並大抵ではなかったと思う。（「神戸文藝雑兵物語」七～八頁）

＊

さて。ジュースの製造販売に個別で取り組もうという気があるのは、ワシらから下の若い者に限られてくる。大島全体で三十人もいない。それぞれの販路で売り捌くとして、バッティングする危険もない。みかん生産が年々減っていく中にあって、実は需要の方が供給を上回っている。農業の先細りに伴って、国産農産物の価値が高まるのは間違いない。ジュースの製造直売については躊躇してきたが、この際、手を付けてみる必要があると思い直した。

1月9日（木）旧12月15日　曇時々晴

(水)0.0mm/(均)10.4℃/(高)14.1℃/(低)6.9℃/(日)4.6h

温湿布貼って寝たが腰の具合好転せず。週末神戸大阪に打合せに出ようかと思っていたが、無理せずキャンセル連絡を回す。

福岡大辰己ゼミあてに一〇キロ二函送り出す。ひと函は寿太郎、もうひと函はポンカン、青島小玉、イヨカン、セトミ、日向夏詰合せ。夕方免許証受取りに久賀まで転がす。

1月10日（金）旧12月16日　晴

(水)0.0mm/(均)7.3℃/(高)12.3℃/(低)2.2℃/(日)8.5h

たっちゃん年明けゼミ初日。昨年十二月の学生さんの作業時間と収穫量、作業の背景についての資料一式、メエル添付で送信する。午後選果、夕方軽トラ受取り。十日売りの市況、キロ単価平均、ポンカン特選三一四円、一級二六五円。

1月11日（土）旧12月17日　晴

(水)0.0mm/(均)8.8℃/(高)14.3℃/(低)4.0℃/(日)7.2h

腰痛に加えて、ぎっくり背中やらかす。午前まるまる片付け、捗らない。ひる食うて三時間爆睡。五時から三十分、デコポン収穫三〇キロ。結実二年目の六年生二本、昨年と同じ収量、味も良い。暖冬の所為か、なり腐りが多く、収穫を早めた。これで冬マシン撒布がしやすくなる。

1月12日（日）旧12月18日　曇一時晴、夕方雨

(水)0.5mm/(均)8.9℃/(高)13.3℃/(低)6.7℃/(日)1.1h

昼寝が効き過ぎたか夜寝付けず、実質徹夜となる。日録（本書）の章扉レイアウト変更指定を作成。日平均・最高・最低気温の平均値と平年値との比較を、第一次組見本では扉裏にまとめたが、第二次組見本では頁減らしのため巻末資料編に移すことにして、本文右頁始まりに変更した。どうも、しっくりこない。月ごとに章を立てる以上、その月の気象についてひと目でわかるデータは扉に記載しておきたいと考え直した。対角線配置と見た目を意識しつつ、機能的なレイアウトを捻り出す。昼までかけて二〇一七年九月から二〇一八年十二月までの原稿整理を仕上げる。やっとスイッチが入った。

終日雨予報が外れたが、未明に少し降ったようだ。九時に外に出ると路面が少し濡れていた。午後久賀の袖永さんの事務所に行き、背戸の空家買取契約の件で必要書類、支払金額等確認する。四時半頃から雨が降り出す。今日の防除を見送って正解だった。

1月13日（月・祝）旧12月19日　晴

(水)0.0mm/(均)8.0℃/(高)12.0℃/(低)4.4℃/(日)6.8h

五時起き、午前まるまる日録入稿前の原稿整理、二〇一九年分を仕上げる。かーちゃりんと悠太午前宮本記念館の餅つき、午後子連れ休日出勤。午後は今季初、橙ポン酢二升分仕込む。明日の夕方が雨予報、今日も明日も防除は見送り。

1月14日（火）旧12月20日　曇のち雨

(水)1.5mm/(均)6.2℃/(高)10.4℃/(低)2.6℃/(日)0.0h

今日も防除見送り。油まいた直後に雨に降られたら効きが

年末から２月初旬まで寿太郎温州の選別にかかる。いっちょ前に選別する悠太。2019.12.26

悪くなる。終日日録の本文指定作業、六時過ぎの切離しきわきわ、土居のクロネコ営業所に持ち込む。日録、これで一旦は手が離れた。

夕方の無線、十四日売の市況、キロ単価平均、大津特選二九二円、一級二四三円。青島特選三二三円、一級二五一円、二級一九一円。ポンカン特選二九八円、一級二四八円、二級二〇二円。駄目だ、こりゃ。

1月15日（水）旧12月21日　晴

(水)0.0mm/(均)6.1℃/(高)11.5℃/(低)0.7℃/(日)8.5h

日本農民文学会の購読会員に加入しないかと三島利徳さん（「農民文学」編集長、元信濃毎日新聞記者）から打診を受けていた。日録入稿を優先して返信出来ずにいた。やっと落ち着いたので入会する旨返信メエルを送る。農民文学会もまた会員の老化、減少から危機的状況にあると三島さんのメエルに書かれていた。古い人が年々彼の岸に渡ってしまう、担い手の先は細る、何処も危機的である。

山下さん、宇根さんらが始めた小農学会も農民文学会とよく似た実情にあると、昨日の電話でたっちゃんから聞いた。十三日に福岡大学で開かれた小農学会のシンポジウムでの話、小農が偉いと言うけど、あんたら年金があるからやれるけど、ワシの廻りでは若い新規就農者が次々と離農していきよるんだ、という発言もあったと聞く。実情を無視した大規模化、集約化という愚かな国策は変ることなく、農村の疲弊は年々進む。未来に希望を持てる要素なんて何も無い。山下さんは次の総会で退く意向、宇根さんは思想の方に走っている、元気ではあるけど年齢的にそんなに長くはない。訪ねて行って話を聞くなら今のうちやとたっちゃんは言う。なるべく早い時期に九州行脚に出よう。戦後一貫した農政の愚に対し闘って敗れ続けた人の、それでも次の世代に伝えるべき最期の聲を、どうにか記録しておきたいと、そんな想いもわいてきた。

　編集作業は発想の宝庫、日録の原稿整理を進める中で改めて視えてきたこと、戦後農政の愚、農協の為体、人心のスポイル、等々。神田三亀男選集が編めたら面白いと思いついた。広島関係、佐田尾、正本、高木、石踊の四氏に声かけてみようか。すぐれた先達の仕事を、ワシらの今の目で残す。それを受取るのはワシらの次の世代、そして、ワシらが終生相まみえることのない、これからこの国土にやってくる人たちだ。

　明日から数日防除が優先、日録の追加原稿はゲラが出てから考えることにする。

1月16日（木）旧12月22日　曇

(水)0.0mm/(均)5.2℃/(高)8.6℃/(低)0.9℃/(日)0.0h

機械油乳剤四〇倍に尿素、リンクエース、酢を混入。午前の二時間、三〇〇リットル一杯だけで防除作業初日を終える。午後背戸の不用品撤収作業、業者さん二人とワシとで三時間かかる。魂抜いたお仏壇も処分された。痛ましい。けど、仕方がない。いまを生きる人らの事情もある。箱型二トン車一杯。古い家の片付けとしては少ない方ではあったけれども、それでもかなりの量になった。

　今週末の天気予報が雨から曇に変る。来週水曜日あたりからずっと傘マークがついている。千載一遇のチャンス、防除するなら今しかない。


1月17日（金）旧12月23日　曇のち晴

(水)0.0mm/(均)7.8℃/(高)11.4℃/(低)4.7℃/(日)5.6h

五時起きで机に向う。五時四六分、地震発生時刻を迎える。あの震災から四半世紀が過ぎてしまった。

　六時に悠太とかーちゃりん起す。オカンが送ってくれた春陽軒のぶたまんを食う。悠太送り出し、月末のくまざわ書店のフェア選書リスト作成、井上さんに送信。もう七時半を過ぎている。終日防除。三〇〇リットル掛ける三杯。


1月18日（土）旧12月24日　曇のち晴

(水)0.0mm/(均)7.7℃/(高)11.8℃/(低)3.7℃/(日)2.3h

背戸の空家買取の件で、午前久賀で契約と支払い。ひるから三〇〇リットル掛ける二杯撒布。合間にみかん倉庫の換気をする。果実体質が弱いところに気温が高く、腐りが多い。拡散防止のため、目に付いたものだけでも取り除く。夕方中本石油、灯油一八リットルと明日の撒布作業用ガソリン一〇〇〇円分確保。中本は元々日曜休み、堀幸と山本が店を閉じて、今の安下庄には中本しかない。土居の農協スタンドが木

みーちゃん、天下泰平。2020.1.16

曜定休だったところが去年の春から日曜も休みになった。外来客の多い国道沿いで日曜休んでどないすんねんな？　農協の合併、ええとこなし。

1月19日（日）旧12月25日　曇時々晴一時小雨

(水)0.0mm/(均)7.8℃/(高)10.9℃/(低)3.5℃/(日)2.2h

防除四日目。二杯プラス半端三〇リットル、昼過ぎ終了。二杯目の終りにぱらっとくる。スマホで雨雲の動きを見る。雨雲の端っこが少しかかっている。幸い農薬が流れるほどの降雨には至らず。二四三〇リットル（昨年は三七〇〇リットル）、一三時間一五分（同一五時間三〇分。註…昨年同時期の作業は噴圧を高く設定した分、撒布量に比して撒布時間が短い）。家房の園地が無いという、ただそれだけで、気分も仕事の片付き具合もまるで違う。

1月20日（月）大寒　旧12月26日　曇時々晴

(水)0.0mm/(均)8.2℃/(高)12.0℃/(低)4.4℃/(日)4.5h

昼間、春なみに温い。海から湯気が立っている。黄砂がかかっているわけではないのに景色が霞んでいる。

1月21日（火）旧12月27日　晴

(水)0.0mm/(均)6.9℃/(高)11.8℃/(低)1.5℃/(日)8.8h

やらかした。朝から腰が痛い。それでも無理くりコンテナ抱える。家房西脇を手放したため今季で最終となる太田ポンカン農協向け一級六杯、二級二杯出荷する。昨日と同様、春みたいな陽気。暖冬で大根の育ちが早く、出荷が前倒しになって品物がだぶつき、値崩れを起していると朝のテレビが伝えている。練馬大根の産地からの中継、大きさが例年の三割増し、二月末まで畑にある筈の大根が悉く抜かれてしまっている。うちの大根も異常にでかい。味は良いのだが、そうそう大量に食えるものではなく、トウ立ちが心配だ。明日から雨予報、トウが立ってからでは遅い、井堀中段の第一陣だけでも葉を落としておく。

五時間目、授業参観、図工。悠太を連れて帰り、三時半から五時まで家房の仕事場片付け、机とパソコンラックだけでも運び出す。

震災当時西宮市枝川の仮設住宅を訪ねて知り合った、河口一子さんから戴いた手紙が出てきた。二〇〇〇年（平成十二）七月七日、西宮東局の消印。「百合　亡き人の居場所・希望のありか」（河村直哉・中北幸・家族共著、国際通信社、一九九九年）に挟まっていた。震災後の被災地の苦しみが便箋三枚に凝縮されている。書かれていた内容はずっと忘れることなく頭の隅にへばりついていたのだが、何年かぶりに、おそらく十年以上ぶりに現物を読み返して戦慄した。これは彼女の身体を介して表出した死者の聲だ。

＊

一徳さん、お元気ですか？

いつも心に止めて、色々送ってくださって、有り難うございます。

色々あって、長〜いご無沙汰ごめんなさいね。

祖母様が亡くなられたとか、寂しくなられましたね。家族って増えるのは良いけれど、一人でも少なくなるのは辛いものですね。

祖母様のご冥福をお祈りいたします。

お体の弱い一徳さんのことを、心配していらしたのでしょうね。

一徳さんに出会ってからもう五年、早い様な長い様な時が過ぎましたね。初めて出会った時の一徳さんは、暗いお顔をされていて、私よりも不健康そうでお仕事も余り無く、本当に最悪の時の様に思えました。

あれから五年一徳さんは、随分頑張られましたね。

頑張った事が一つ一つ形になって残って行く、価値のある日々でしたね。あんな長いインタビュー（図書新聞二〇〇〇年六月十七日付、米田綱路編著『語りの記憶・書物の精神史』社会評論社、二〇〇〇年、所収）が掲載されるって事は、一徳さんのして来た事が人に注目されて、認められだしたって事ですね。

でも此れからは、今迄以上に色々な大変さが出てくるって事なので、一徳さんご自身、お身体が弱いから気になります。

お身体あってのお仕事です。十分気を付けて下さいね。

私もこの五年、何してたんやろ？　とフッと思い、どんな顔をして暮らしているのかしらと、鏡の嫌いな私ですが、鏡を見てみました。

この五年こんなに眉間にシワを寄せながら、日々を過ごしていたなんてそんなに辛い事が多かったのかしら？　と思い、五年を振り返っています。

一年目は、母と暮らす家がほしくって、市役所に通いつめて、時が過ぎ、二年目は、母を亡くして自分のしてきた事の無力さを感じて、無気力になり、此れではいけないと三年目は、まだボランティアをしてくれている人が困っているのを知り、ボランティアは、ボランティアでお返しをしようと思い、元気に立ち直り精一杯頑張って、四年目は、やっとの思いで、私達にとって最後になる住宅を確保して、四年の仮設生活を終え春に移り住む。そして五年目は、安楽の住家になるはずのこの住宅で、新たな悩みの中で日々を過ごしている。

平地ばかりに住んでいた人達が急に高い所に住み、こんなにも都会の真ん中に建てられているのに、こんなにも沢山のお年寄りが住んで居るのに、どうして？　お買い物が不便なの？

五年前のあの大変だった時には、人の優しい言葉と笑い顔があったのに、今は、「仮設がよかった、あの頃に帰りたい」と、暗い顔をして呟くお年寄りが多くなったのは、どうしてなのでしょうか。

そんな人に出会うたびに、「仕方ないですよね、あそこしか帰る家はないんでしょう？　この制度が有ったからこそ、お家が出来たんですからね。少しづつでいいから、自分の心を新しい所になじませる様に努力して、頑張りましょうよ、私の母なんか家無いまま亡くなりましたからね。寂しくなったらお話しに何時でも来て下さい。」そう言う様にしています。私とて病院に行く時は、バスを乗り換えて行くか、急ぐ時や雨の日は贅沢やと思いつつ、タクシーで行ったりします。

お買い物は持って帰るのが重いので、ショッピングカーで行くのですが、良い天気の日は日陰が無いので夏など、三〇分も歩けば、生物は色が変わったり、アイスクリームはドライアイスしても溶けたりして、アーアーと思う事も多いです。

五年も過ぎればもう昔の事と、何にも無かった人は言います。街並みが綺麗になって、物も豊かになって、人の心も変わりました。時が忘れさせてくれると言いますが、忘れる事が出来ずに心だけが取り残されている人が沢山いる。そして所々にまだ残っている空き地を見ると何が建っていたのか、ここの方はどうされたのかなと、思ったりします。近頃目立つ借り手の無い文化（引用者註―関西で言うところの文化住宅の略称。一般には長屋の方が通りがよいのかもしれない）や、マンション、貸し家の募集を横目で見ながらやっぱ高いわ、あの頃と変わらないねと、独り言を言って、家を建てて出て行く若い人達に、貴方達の震災と苦しみは、終わりましたか？　聞いて見たくなり、空いているのに入りたいと願っている人達は入れず空いたままの市営住宅もあり？？？　と思うのです。

「長く生きていると本当に色んな事が有るもんよ」と以前文化で一緒だった八十四歳になる一人暮らしの久保田さんって方が言います。

この方は、戦争で両親と親戚を一度に亡くされ、結婚後も体の弱かった御主人を目の前で亡くし、東京で関東大震災にあって又、西宮で震災にあい家を無くした。震災の疲れと、ここの住宅の規則や不便さにも疲れてきたのでしょうか、最近めっきりと弱ってきました。それでも前向きに、人に迷惑をかけない様にと、懸命に一人でも頑張っている姿を見ていると、残り少ない日々を、長生きして良かったと思ってもらえる様に今、この人の面倒を見て他人家族を作り、母の時味わった残念さを、消そうとしています。

でもテレビのドラマなどで、植物人間になって機械を付けている光景を見ると、いまだに母の姿とダブってしまい、あの日のくやしさがよみがえり、母を思って作った歌など口ずさみながら、何時になったらこんな思いが消えるのかと、私の中でまだ終わっていない震災の日々を、何とか消そうとしています。私はまだ他人であっても、支えてくれる人がいるだけ幸せと思います。

ここまでお便り書いたのは七月四日の夜です。

凄い雨と雷が鳴り響く夜でした。東京は床下浸水のニュースが流れていて、世の中が大変な時、雷がこわい私はお便りを中止して、こわいよーなんて思っていたら、ドーンとすごい音がして、思わず住宅に雷が落ちたと思いました。それほど凄い音と地響きがしたんです。十分くらいしたら救急車がきました。毎日の様に来るので又かって思っていたら、あのドーンは一二階からの、飛び降り自殺の音でした。四十代の男性だそうです。何処かは分からないのですが、悪くって入院されていて、帰って来たばかりだったそうです。命が終わる瞬間の音を聞いてしまった私の耳や、響きを感じた体には、消すに消せない深い傷が残りました。

折角震災で助かった命が又一つ、消えたのですからね。それも私より若い人が目の前の芝生で、一生を終わらせたのですからショックでした。これからも、暗い顔された方や、孤独死、自殺が増えるのでしょうね。職が無く困っている人沢山いるのに助けないで、銀行ばかり助けているなんて、世の中何か間違っていますよね。

仕方の無い事なのでしょうが、寂しい時代になりましたね。

一徳さんに、久しぶりにお便りしたというのに、又々グチを言う事になり、ごめんなさいね。そしてお忙しいのにこんなに長いお便りで大事な時間をお付き合いさせてしまいました。重ねてごめんなさい。

一徳さんもくれぐれねお体、大切にして良いお仕事して下さい。

又お便りします。それまで、暑さに負けないでお元気でね。

二〇〇〇年七月七日

＊

この手紙と一緒に、小冊子「百合との往還」（震災・まちのアーカイブ編発行、二〇〇〇年）も挟まっていた。小冊子の奥付に、当時のワシの書き込みがあった。以下、転記。

＊

還らざる忘れ得ぬ人々を思い起す。
叩き起すのでなく、〈花火〉を打上げるのでなく、結局のところ、そっとしておいてほしい、しずかに一人思い起した⇅受止めてくれと云う方が無理がある。しかし、伝えたい共通する思いの土壌はあるはず
二人称⇅三人称　その距離感を自身に引きよせる作業

＊

河口さんの手紙は感熱紙で、二十年の時を経て印字がすっかり薄くなっていた。コピーしておかねばなるまい（翌日コピー確保）。長いことお会いしていない。お元気だろうか。お元気であれば七十五歳前後だ。次に神戸に出た折に、あの復興住宅を訪ねてみよう。

1月22日（水）旧12月28日　曇のち雨

(水)17.5mm/(均)8.0℃/(高)9.9℃/(低)5.4℃/(日)0.4h
腰が痛い。背中が伸ばせない。夕方五時から雨予報のとこ

浮島の町道沿いに設置された箱罠。何処へ行ってもイノシシ対策に難儀している。2020.1.26

ろ、昼過ぎから降り出した。慌てて家庭菜園の生姜を取込む。午後、小松まで登記書類を受取りに行く。これにて仕事場確保、法的手続き完了。

夕方日録の初校が届く。井村さん、仕事が速い。

農薬と肥料の年間必要量の計算を立てる。耕地面積が減ったことと前年の繰越しが多い分、今年は支出が少ない見込。苦しい中にあって、それだけでも助かる。

夕方の無線、二十一日売の市況、キロ単価平均、青島特選三一二円、一級二四〇円、二級一八九円。ポンカン特選二七四円、一級二三三円、二級二〇四円。

1月23日（木）旧12月29日　雨のち曇

(水)23.5mm/(均)10.5℃/(高)14.0℃/(低)8.0℃/(日)0.2h

午前机に向う。腰が痛い、背中が伸ばせない。駄目だこりゃ。桂樹君に電話、二時から診てもらう。少しは楽になる。症状軽減に一週間、治癒まで三週間、不安定な状態が続くので気をつけよとのこと。山口県青壮年部の研修会が國司君のアカシア圃場であり、大島組は晩の懇親会のみ参加、柳井まで往復。隣席は柳井でコメと野菜を作る二十五歳。農協精算価格の馬鹿安さと市販価格の馬鹿高さとのギャップ、若い者が難儀する構図は何処も同じ。耕地の狭小性とみかん単作、大島の特殊事情もまた、本土の人らとの話の中で浮き彫りになる。

1月24日（金）旧12月30日　曇

(水)0.0mm/(均)12.5℃/(高)14.9℃/(低)9.4℃/(日)0.0h

悠太を歯医者に連れて行く。乳歯前歯二本、ぐらぐらついでに前に倒れて出っ歯になりよる。おもろい顔。生え変わり、心配なしとの診断。

くまざわ書店フェア用の選書作業と家房の片付け。ひるまアホほどぬくい。もう梅が咲いている。晩にタイシン君が斎藤潤さんを連れて来る。かーちゃりんと悠太は金曜恒例の柳井プール。ワシらは湯豆腐アテに呑む。

1月25日（土）旧1月1日　曇

(水)8.0mm/(均)8.5℃/(高)10.9℃/(低)6.7℃/(日)0.7h

大畠駅九時四〇分、三木さんを迎えに行く。旧正月のお買物、小松のマルキュウでクジラベーコンとおばいけを買込む。さすが山口県、旧正月と節分にクジラを食う習慣が根強く残っている。城山でおひる、二人を講演会場（東和総合センター）に送り届け、選果作業を再開。三時からカイロ治療二回目。クジラを前菜に、アナゴ天、カキ天、甲イカと太刀魚の刺身、タチウオ塩焼きで旧正月の宴。

1月26日（日）旧1月16日　曇

(水)4.5mm/(均)9.2℃/(高)11.1℃/(低)6.7℃/(日)2.7h

宿酔。昨夜の最後の一杯、大矢内さんの怨念のこもった泡盛が効いた。日前《ひくま》十一時半の船で浮島《うかしま》に渡る。沖家室《おきかむろ》と違い、漁村として今もしっかり生きているのがわかる。イワシ網健在なり。浮島泊りの斎藤さんと別れて日前三時半着、久賀の濱本栄写真展を見て、三木さんを大畠まで送る。

1月27日（月）旧1月17日　雨一時曇

(水)31.5mm/(均)8.6℃/(高)11.1℃/(低)7.2℃/(日)0.0h

深夜から今日一日、強風が吹き荒れる。二時起き、寿太郎の選果を進める。十時から三時半まで青壮年部研修会、午前意見集約、午後税務について。指導販売課に立寄り、去年三月に柑橘組合で作業した耕作放棄地の伐採補助金見込額を確認、一四万二〇〇〇円程度とのこと。宙に浮いた山の耕作放棄地について、柑橘組合で伐採はできない旨、担当者に改めて伝える。

球友会の新年会案内を鍵本君に届け、配布を依頼。江中家（かーちゃりん実家）の引揚げ作業。アルバムなど回収。ええもん、まるでない。小やみで軽トラで出向くも、またまた降り出して積込めず、手ぶらで帰る。深夜も台風並みの強風。家が震える。

1月28日（火）旧1月18日　曇

(水)4.0mm/(均)9.6℃/(高)12.4℃/(低)7.8℃/(日)0.2h

未明に風がやまった。静寂の夜はほっとする。

九時から集荷場シャッター修理。立合いを濱田さんにお任せして、午後選果作業。産直用良玉二五キロ確保。腐りが多い。クラッキングによる腐りもあり。貯蔵期間が長い上に高温にやられた。箱によってはポカ（浮皮）もある。クリスマス明けの雨が降った後の収穫分のコンディションが明らかに違う。良玉が少ない。秋から冬にかけての高温少雨、そして収穫末期の高温と雨続き、貯蔵期の高温。気候変動の影響を受けにくい寿太郎といえど、ここまでくれば生理障害は出る。果実体質が弱いということ。それと二〇キロ深型コンテナの腐敗が多い。七分コンテナの方がマシとはいえ、それなりに腐敗が多発している。ぎっくり腰でコンテナの積替えができなかったのがまともに響いた。門野さんより補充ファクス。「この春ジュンク堂スクラップが始まります、京都、名古屋ロフト、福岡（一時閉店）……返品がものすごいことになりそうです」とメモあり（註―福岡店は規模を縮小して移転継続となる）。

夕方、江中家の引揚げ作業。家が一つ無くなる。義兄二人の子供たち孫たちの代で大島とは縁が切れる。大島に残るは柳原に嫁いだかーちゃりんのみ。致し方無しとはいえ、かーちゃりんが寂しそうにしている。

1月29日（水）旧1月19日　曇一時晴

㊌0.0mm/㊗9.3℃/㊢13.6℃/㊦5.5℃/㊐5.1h

六時四〇分起床。疲れが抜けん、朝がキツい。昨夜の残りでおじやを作る。九時農協の担当者が山の耕作放棄地の現地確認に来る。放置すればミカンバエ発生源となる危険は大きいが伐採は無理、防除徹底の注意喚起をするほかないと伝える。

年末ジャンボ一等前後賞十億円が出た、当てたのは誰それやという話が飛び交っている。大島にあって神武以来の奇跡。初めっから買いもしないワシに奇跡は起こらぬ。

腰がまだ痛い。カイロ三日目。ひる、鍋残りでラーメンこさえる。午後一時から六時まで選別作業、腐敗果が多い。六時まで日脚が伸びた。

1月30日（木）旧1月20日　曇時々晴

㊌0.0mm/㊗7.5℃/㊢11.8℃/㊦3.3℃/㊐6.5h

六時半起き、豚まん温めて朝メシにする。悠太の食うのが遅い。七時二五分出、中本ストアの前まで車で送る。寒いんだが、やはり暖冬。午後四時間選果作業。四時の終了時点で一級三六〇キロ、二級七〇キロ、原料一八キロ、直売用良玉一二〇キロ、小玉四五キロ、傷玉一五キロ、計六三〇キロ。未選果一四〇〇キロ。腐敗果廃棄推計四〇キロ。少なく見て五パーセント、多くみて一〇パーセントの廃棄率。特に二〇キロ深型コンテナの腐敗率が高い。

引っ越し運搬用に、空きコンテナを家房に運ぶ。一月撤収は無理。家主さんにライン連絡、二月なるべく早く撤収する方向で日割家賃をお願いする。

六時半、夕方の農協無線が流れる。セトミの収穫を開始せよと。今頃遅いワ。

1月31日（金）旧1月21日　晴

㊌0.0mm/㊗5.9℃/㊢10.1℃/㊦1.0℃/㊐3.9h

今日も六時半起き。しんどい。朝起きてさぶっ！　冷や！と思ったのは、この一月で初めて。この冬は十二月より一月の方が温い。終日、寿太郎直売品の発送作業。

秋の実家、今日でお別れ。オジジの竹ストックとファンヒータを持ち帰る。七時から柑橘同志会の役員会。國司君と遅くまで呑む。

1ヶ月

降水量	107.5mm（85.0mm）
平均気温	7.7℃（ 6.0℃）
最高気温	12.2℃（10.2℃）
最低気温	3.4℃（ 1.8℃）
日照時間	151.5h（145.5h）

上旬

降水量	0.0mm（19.0mm）
平均気温	6.0℃（5.4℃）
最高気温	10.8℃（9.7℃）
最低気温	1.8℃（1.0℃）
日照時間	58.3h（51.3h）

中旬

降水量	61.5mm（32.7mm）
平均気温	8.0℃（ 6.3℃）
最高気温	12.4℃（10.6℃）
最低気温	3.6℃（ 2.0℃）
日照時間	45.4h（52.6h）

下旬

降水量	46.0mm（34.7mm）
平均気温	9.2℃（ 6.6℃）
最高気温	13.4℃（10.7℃）
最低気温	4.9℃（ 2.5℃）
日照時間	47.8h（42.7h）

2020年２月

採れたてのワカメは薄い褐色。沸騰した塩水にくぐらせると一瞬で鮮やかな緑色に変る。ワカメは鮮度が命、採ってすぐに処理しなければ味が落ちる。

2月1日（土）旧1月8日　曇

(水)0.0mm/(均)6.4℃/(高)11.6℃/(低)2.0℃/(日)5.6h

終日選果。あと九〇〇キロくらい未選果が残っている。

昨夜の國司君の話。屑みかんの活用法模索、ジュースを作ってみたという。平生《ひらお》のジュース工場に屑みかん四〇〇キロ持込み、歩留り二〇〇キロ、一合瓶で一〇〇〇本。一五万円。一本の原価一五〇円。売価三八〇円、すべて定価で売れたとして利益二三万円。農協出荷二級、四〇〇キロ掛ける一五〇円で六万円。高糖原料、四〇〇キロ掛ける二八円で一万一二〇〇円。農協のプレミアムジュースが化粧瓶・箱入りで五〇〇ミリリットル一〇〇〇円、これは贈答用。通常ジュースが一リットル四一〇円。とすれば、ジュース一合瓶で三八〇円は高い。ワンカップ二本分でっせ。そうそう売れんな。國司君曰く、個人製造して売ってるジュースが高い理由がよく解ったと。それでもモノになるかならんか試験的販売、異常気象や天変地異で収穫ゼロの危険も常にあるのだからセーフティネットになるのかもしれないと言う。

それと、農協出荷していない新規就農者のネット販売について。スマホで見せてもらった。「出荷の時点で等級を分けることはしない、いろんな個性を持ったみかんを楽しんでいただきたい」と書いてある。個性とはモノは言いようだが、一寸感心しない。サイズ不統一はまだしも、良玉も不良玉もごった混ぜということではないか。農協に出さず全量直販とくれば、いくら努力しても発生不可避な不味いみかんも商品として売らねばならなくなる。選果をしない、すなわち悪い玉もかなりの量が混入するであろうにもかかわらず値が高い、それを國司君は問題視する。

さておき、ジュースの価格設定はキツいな。かーちゃりんに話す。自然派向けなのかもね、でも、普通はそこまで出して買わんよね、と。それもあるけど、自然派の人らが無農薬の米をトリハロメタン入り水道水で炊いてるのって、これってどうよ。

＊

追記。一方的な見方になってもいけんので、農協に出荷せず全量個人販売している上妻《こうづま》君に訊いてみた。良いみかんと悪いみかんの定義、正果と屑みかんの定義がまるで違うと上妻君は言う。農協の選果基準は外観の良し悪しとサイズ分け、そして糖度酸度に収斂する。なり傷や黒点がついているけど中身は間違いなく良いとか、2S未満の極小玉だがしっかり実が詰まって味が濃厚でウマいとか、そういった玉を農協は二束三文の屑として原料荷受けしている。農協目線では屑みかんでも、上妻君にとっては屑みかんではない。よくわかる。ワシもまた、「ウマい屑みかん」を農協に原料出荷するのは業腹なので、直売や謝礼品に回している。うちの場合は、青島・大津温州に限った話だが、大玉化を防ぐため摘果をせず、「不味い屑みかん」を重石扱いで最後まで樹上に残している（仕上げ摘果をすればよいのだが、作業時間がとれず、毎年そのまま樹にならせている）。上妻君のところでは、摘果の徹底で、不味い屑みかんは全て廃棄しているという。栽培管理のこだわり方は、人それぞれだ。個人販売のジュースにしても、屑ごった混ぜではなく、生食で美味しいみかんを原料にしている。品質でリピーターもつく。高値で自信をもって売れると。

上妻君夫妻と色々話す中で、値段を決める権利が生産者にあるということ、それが第一だと、そんな話にもなった。農協に出しても、個人の貌は見えず、値段を決めるのは市場である。小売価格はけっこうな額でも、仲買に買い叩かれ、農家の手取りは知れている。それではせぇがない。

気概のまるで無い農協に対し陰口叩きつつ、それでも農協に頼り切る農家個々の企画力販売力の無さ、歪《いびつ》な相依存のもとで、みかんでは食っていけない状況が作り上げられてきた。無理のない小農主義、家族農業で、子育て世代がやっていけるようにならなければ、いつまでたっても農村は良くならない。

*

日録本編で「モノは言いよう」と記したので、もう一つ追記。大本営発表みたいで嫌なんだが、農協なんかでも、出来の良い年には「糖度が高い」とか「濃厚な味」、おしなべて糖度が低く味の薄い出来の悪い年には「食べやすい」かといった具合に広報を流す。みかんシーズンのトップを切る極早生温州や春の目玉ともいえる高級柑橘せとみ出荷の初日は、毎年新聞の地方版やテレビのローカルニュースが選果場の様子やトラックの見送り風景、農協の組合長（現在は統括本部長）の挨拶などを報道するのだが、実情を知らぬ分には出来の良いみかんが毎年問題なく生産されているように思い込まされてしまう。本当のことは伝わらない。マスコミに過度の期待を寄せてはいけない。

2月2日（日）旧1月9日　曇時々晴

(水)0.0mm/(均)7.0℃/(高)13.1℃/(低)2.2℃/(日)5.9h

ぬくい。海が霞んでいる。春みたいな陽気。腐敗果で汚れた七分コンテナを洗う。一八函、かなりの手間。午前直売荷詰作業、午後四時まで選果、あと七〇〇キロ残っている。この時期になると、収穫しきれず、選別・出荷が優先、ならせっぱで放置という話も聞く。

出張を前に、ケータイ修理上がりの受取りと再設定に柳井まで出ていく。一時間かかる。ゆめタウンで周東のみかん一〇キロ一〇〇〇円、粗悪品の投げ売り。非文化的な恵方巻見切品三割引、買うか買うまいか。悠太が要らんと言う。そして、のんた寿司に行きたいと言い出す。贅沢ぬかすなと怒る。外食やんぴ、帰ってメシ作ることにする。

2月3日（月）節分　旧1月10日　晴

(水)0.0mm/(均)6.7℃/(高)12.3℃/(低)1.9℃/(日)2.2h

くまざわ書店桜が丘店フェア用の販売物を梱包・発送。ポップと看板も急ぎで仕上げて同梱する。農林業センサスの回答用紙を届ける。林産業にイリコ仕入れに行く。イワシ網連年の不漁で品薄、中羽イリコは確保できず。代りに小羽《こば》とカエリとチカを確保する。イリコ出汁の食文化維持も年々厳しさを増していく。

今日は寿太郎の荷受け初日、一一時からのカイロ治療をキャンセルして正午過ぎまで選果作業、一級四〇杯、二級六杯出荷する。

三時から農協橘支所運営委員会と地区総代集会に出る。農協の理事改選、大島の定数が三から二に減る。実践的能力者もしくは認定農業者が理事の過半数を占めなければならないという規定がある。実践的能力者とは農協の職員、すなわち

上　寿太郎温州の超良玉。2020.1
下　寿太郎。良玉に属する方だが、収穫遅れによりポカ（浮皮）になりかけ。これくらいなら大したことはないが、超量玉と比べると内容はワンランク劣る。暖冬と降雨過多により果皮の老化が早く、気候変動に対応した優良品種でも果皮障害が発生した。2020.02.11

お手盛り。農業をやっとらん者が理事を占めとるから農家にとっていいことにならん。農協の職員にとっては良かったんだろうけど、合併してよかったと思うとる農家は居らん。根回しで理事を決めず選挙にすべき。などの意見が噴出する。実に真っ当。農協職員は井の中の蛙、外の世界を知らんすぎる。最近都会から帰ってくる者が多い。都会でもまれてるだけ頭がいい。部落のことを決めるのになかなか前に進まんこともあるけど、なるほどと感心させられることもある。そんな意見も出る。総代会として推薦者を決めず、二〇日の総代代表者会議に持って行ってもらうことで今日の結論となる。

　午後の選果で、良玉に絞った一級コンテナ二杯、追加で出荷する。これでどんな評点がつくか、ものは試しだ。

上　寿太郎温州、クラッキング発生果。なり口近くが割れて早く腐る。完熟の証だが、商品にはならない。2020.1
下　腐敗果は貯蔵コンテナ内で伝染する。早期発見・早期除去が基本。長期間の貯蔵・熟成の上で出荷する品種は管理が難しい。2020.2.1

2月4日（火）立春　旧1月11日　晴（出先晴）

水0.0mm/均6.1℃/高11.6℃/低2.2℃/日8.0h

六時前に出る。新岩国は本来のこの時期の大島並みの寒さ、とすると、この時期のこの土地にしては温いほうなんだろう。広島で途中下車したら全く寒くない、いまの大島と変らない温さ。

岩国、欽明路の知る人ぞ知る名所。テーブルとベンチあり（上）。麺類マシーンの内部には、ちっちゃいおっちゃんが入り込んで、一所懸命にお料理している。悠太はいまだそれを信じ込んでいる（中）。具が載ってへんやないかい！　と一瞬思ってしまう。実は、具の上に麺を載せている（下）。2020.2.6

新大阪からJRで甲子園口へ、河口一子さん宅を訪ねる。駅から十数分歩く。震災当時の面影はまるでない。二十何年ぶりの再会。四肢の障害がさらに重くなり、車椅子生活になっていた。当時仮設のボランティアに来ていた学生さん二人といまも連絡がある、結婚して子供が出来てこちらまで出てこられなくなったけど、時々手紙をもらうという。悠太の写真を見せる。笑顔のきれいな子は心もきれいやと言われる。子供は親の背中を遠くから見てるよとも。あれから二十五年か。お互いに齢をとった。経験しないと解らないこともある、母が車椅子に乗った時どんな思いだったのか、いまこの齢になって思うんよ。――ひるから季村さんと取材に出る。悠太を連れての再訪を約して辞去する。

季村さん、神戸新聞の田中さんと合流、宝塚の老人ホームに小島のぶ江さんを訪ねる。受付でマスクを着用せよと言われる。街なかでもマスクを着用している人が多く、それをしていないワシが逆に目立ってしまうのだが、高齢者施設は特に新型コロナ感染拡大を警戒している（註―新型コロナウイルス感染症は、昨年十二月中国武漢市で確認以降、国際的に感染拡大。WHOは一月三十日に国際的に懸念される公衆衛生上の緊急事態、三月十一日に世界的大流行［パンデミック］を宣言。日本政府は二月一日に指定感染症および検疫感染症に指定）。

小島さんは元女優、父小島昌一郎は活弁士だった。大正・昭和戦前期の活弁士の写真に加え、松竹歌劇団、草創期のプロ野球、在阪放送局関係、資料の宝庫。小島さんご自身もまた伝承の森だ。赤ん坊の頃から神戸新開地の松竹座で、活弁士の名調子を子守唄に育ったという。当方の必要とする頁だけ外して借りるわけにはいかず、アルバム二冊まるまる貸していただくことになる。貴重な資料を初対面でお借りできるとは思わなかったが、同行した田中さんの取材の蓄積もあって小島さんの信望厚く、ありがたい話となる。資料借用の御礼に、山田製版さんで全点スキャニング、変褪色した写真のデジタル修復とプルーフ出力まで協力することとなる。

神戸駅前に泊る。元海文堂の平野さんと駅前で呑む。ジュンク堂京都店の閉店について。ジュンク堂が進出したあおりで店を閉めたところも少なくない。そのことに対する責任を取り続けてほしかったと。

2月5日（水）旧1月12日　晴（出先晴）

(水)0.0mm/(均)6.2℃/(高)11.5℃/(低)−0.2℃/(日)8.4h

朝イチ実家に立寄り、山田製版向けファクス連絡。家房の片付けが進まんので、引越マイスターお千穂さんにテゴをお願い、快諾を得る。西宮で登尾さんと会い、肥後橋のCaloさんで「生命の農――梁瀬義亮と複合汚染の時代」について林真司さんと打合せ、六時前に広島まで戻る。あき書房さん正本さんと呑みもって神田三亀男選集の件、相談する。

2月6日（木）旧1月13日　晴（出先晴）

(水)0.0mm/(均)3.5℃/(高)7.9℃/(低)−2.3℃/(日)6.6h

朝アメダスをチェックする。未明から今季初の氷点下。広島も同様だが、言うほどには寒くない。広島から新岩国、ワークマンとアルクで買物をして十一時前帰宅、やはり大島は底冷えがする。昨日の朝鍵本君からメエルあり、母入院で八日の新年会には出られずと。テゴ人が居なくなった。当日は森川君も欠席。岡田君は東京。球友会も高齢化、担い手不足は深刻、上官ばっかで兵隊がいない。

2月7日（金）旧1月14日　晴

(水)0.0mm/(均)5.5℃/(高)7.8℃/(低)4.3℃/(日)0.0h

今日も冷い。午前出張の片付けと諸連絡、寿太郎直販の最終案内メエルも流す。午後二時間半選別作業、合間にカイロ施術、腰の具合、だいぶとマシになった。山の耕作放棄地伐採、十三日の二時から周防大島ファームの人員で行う旨、農協の担当者から電話が入る。かーちゃりんと悠太は金曜日恒例の柳井プール。うろん作りて一人晩メシ、橙ポン酢二二五〇ミリリットル仕込む。

青壮年部ライン、何と、この時期にネーブルが発芽したと！

2月8日（土）旧1月15日　晴

(水)0.0mm/(均)6.3℃/(高)12.4℃/(低)2.0℃/(日)6.1h

朝寒く、昼間温い。かーちゃりん三八度の熱が出る。九時から一時まで選別、明日の農協向け一級一二杯と二級四杯、最終十一日出しの原料二杯作る。二時から家の掃除、三時から球友会新年会の支度にかかる。パシリ不在、捗らず。夕方神戸からオカンと千穂さん来る。新年会後、監督と三原さんが来て呑む。

2月9日（日）旧1月16日　晴

(水)0.0mm/(均)5.5℃/(高)8.5℃/(低)2.8℃/(日)9.2h

朝寒く、昼間温い。かーちゃりん三九・四度の熱で川口医院、インフルA型と判明する。先週の関西行脚に際して、コロナ警戒中ほんまに行く気かとワシに言うた当人がインフルにかかるか？

家房の引越作業初日。庄と家房の間を五往復する。朝の時《し》化《け》が、夕方には凪いでいた。

2月10日（月）旧1月17日　晴

(水)0.0mm/(均)6.6℃/(高)11.5℃/(低)3.0℃/(日)6.3h

悠太二日連チャンおねしょ。かーちゃりんの熱は三八度台に下がる（昨日最高四〇・一度）。夜少し降ったようで路面が濡れている。十二日から十五日まで雨予報。石灰をふっている人がいる。いいタイミング。うちは手つかず、当面引越が最優先となる。八時から家房の作業二日目、二人に任せて帰宅、みかん直売送り出し、コメリでガムテ、養生テープ、熨斗紙を仕入れ、農協ガソリンスタンドへ……まだ店開いとらん。元々木曜定休のところに農協合併後日曜も休みになった。国道筋でそれはないやろ。開店も遅い。農協の合併、ろくなことがない。

かーちゃりんのインフルが伝染ったか？　朝から調子が悪い。寒さと腰の具合と疲労の蓄積、かもしれない。夜になり、ますます具合悪くなり、台所に立つ気力もない。つみれ鍋、千穂さんに作ってもらう。早く寝る。

2月11日（火・祝）旧1月18日　晴

(水)0.0mm/(均)7.1℃/(高)11.4℃/(低)2.1℃/(日)7.5h

深夜一時ころ目が醒める。大汗かいて熱が引いている。調子は悪いが、インフルではない。おねしょ対策、悠太を無理くり起しトイレに行かす。

朝の農協無線。市況、キロ平均、寿太郎特選三四二円、一級二七四円、青島特選三〇二円、一級二四二円。昨夜の残り鍋でうどんにする。オカンが食わん。せぇがねえ。農協のたより配布。寿太郎荷受最終日、原料二杯出荷する。家房作業三日目、庄と家房を五往復する。

夜になると調子が悪くなる。今年の風邪もシワい。鍋をやめにして、トリモモ焼きと大根サラダと味噌汁にする。オカンが何も食わん。せぇがねえ。

2月12日（水）旧1月19日　曇のち雨

(水)32.0mm/(均)8.3℃/(高)9.7℃/(低)7.2℃/(日)0.0h

午後一時から雨予報の筈が、朝九時から降り出す。家房作業四日目。オカンは一刻も早く大島から立ち去りたい様子。いちいち毒吐きくさるのをお千穂さんがとりなす。千穂さん風邪具合悪化、かーちゃりんは回復途上。ワシは夕方川口医院で注射打ってもらう（後日談。幸いインフル伝染皆無。三原さんは夫婦でわしらと同じ風邪をひいた。誰が発生源か不明。監督は元気）。

三時過ぎ出発、大畠まで二人を送る。この先家房から庄への運搬が残ってはいるが、四日間仕分け、詰め込みをやってもらって助かった。ワシの人生、これで最後の引越となるであろう。

夕方のEテレ、お手伝いロボ。ラジャーのところ、アホ悠太がブラジャーと言いよった。ど変態幼稚園児しんのすけの影響をまともに受けている。

2月13日（木）旧1月20日　晴

(水)7.0mm/(均)12.8℃/(高)18.6℃/(低)6.7℃/(日)7.6h

春みたいに温い。朝から三時間新しい仕事場に籠って本を棚に詰めてコンテナを開ける。十一時から二時間ミカン直売箱詰め、一時半から授業参観、学校保健委員会、学級懇談会。四時から六時まで、天井突っ張り本棚の設営、悠太、お手伝いロボ、おとーちゃん助かるー♪

2月14日（金）旧1月21日　曇

(水)0.5mm/(均)11.5℃/(高)17.1℃/(低)7.3℃/(日)4.1h

集荷場シャッター修理代金の振込みを会計さんに依頼する。午後新仕事場で本の整理。悠太帰宅後、突っ張り本棚二棹目を組立てる。

夕方タイシン君から電話。来年度の出版予算がついた。それとさらなる人員削減、学芸員一名体制となり施設管理以上の仕事が出来なくなると。土木に回す無駄なゼニがあるんやったら、少しは文化に回さんかい。

2月15日（土）旧1月22日　曇一時雨一時晴

(水)0.5mm/(均)11.3℃/(高)13.9℃/(低)8.4℃/(日)0.6h

やっちゃん三回忌、柳井の義兄宅でお勤め、秋まで戻って墓参、そのあとまた柳井に出てお食事。ワシ一人お墓参り迄で失礼させて頂き、ひるから家房運搬二往復。新型コロナウイルス警戒のため、二十三〜二十五日に予定していたかーちゃりんと悠太の役場女子会沖縄旅行が中止になる。明日は荒天の予報、チーム鰯で悠太出場予定の久賀駅伝も前日のうちに中止が決まる。雨の前に家庭菜園のスダイダイ、カボス、ユズに石灰をふる。

2月16日（日）旧1月23日　雨のち曇

(水)20.5mm/(均)9.8℃/(高)13.3℃/(低)6.0℃/(日)0.1h

春の嵐。午後家房二往復、蔵書と写真関係。残るは在庫と食器のみ。出版社を始めた当初（一九九七年末）は神戸市兵庫区新開地の実家、二〇〇〇年八月兵庫区下三条町田中ビル四階、二〇〇一年十二月葺合区旗塚通長谷川ハイツ四階、ここに十年いた。去年一月に河田さんが訪ねていくと、中学生の子供のいる家族が住んでいたという。二〇一一年九月神戸から大島へ、オカジョウのアパートに移転、二〇一六年春家房割石に移転、二〇二〇年二月庄の隣接空家に移転。やっと終の棲家が出来たなとかーちゃりんが言う。

2月17日（月）旧1月24日　未明雨、曇り時々雨雪霰

(水)1.0mm/(均)4.6℃/(高)7.4℃/(低)1.8℃/(日)1.4h

終日家房から庄へ在庫運び、四往復。河田さんから電話、一時間ちょい話し込む。夕方雪が強まる。

2月18日（火）旧1月25日　晴

(水)0.0mm/(均)3.3℃/(高)8.8℃/(低)−1.4℃/(日)6.9h

寒い。今季初、水たまりが凍っている。でも霜柱は一度も見ていない。昼間寒いが日差しは春。午前家房と庄を二往復、午後久賀まで引越ごみを運び、家房に戻って最後の荷物を積んで帰り、四時に引越作業を完了する。

2月19日（水）雨水　旧1月26日　晴

(水)0.0mm/(均)3.5℃/(高)10.4℃/(低)−3.2℃/(日)9.7h

昨日に続いて朝氷が張っている。地方小とＪＲＣ向け補充品を送り出す。

終日久賀、柑橘同志会の研修会に出席する。午後の柑橘振興センター試験成績検討会、ジベレリン（ホルモン剤）とジャスモン酸による果皮障害対策、柑橘栽培における通信型マルドリシステム（マルチ被覆とドリップ［点滴］灌水を組合せた栽培法に、テレモニタリングと遠隔操作を導入。灌水と同時に液肥混入……これって水耕栽培か?）、ドローンによる黒点病防除など、理系の人らの考える話が大半を占めた。ドローン防除なんて、通常六〇〇倍希釈のジマンダイセン水和剤を五倍希釈（註—五〇倍、もしくは五〇〇倍の誤植ではない）で撒布するというのだから、脳ミソどうかしている。そんなオソロシイものが食えるか！

＊

追記。果実の表面を薬剤で保護することにより黒点菌の感染を防ぐ。そのため、表層だけでなく樹冠内部までしっかり撒布するようにといった営農指導がなされている。また、枝や葉に付着した薬剤が降雨で溶け出し滴り落ちることにより、殺菌効果を発揮する。

ドローン撒布の場合は樹体の表面、それも頂部しか薬剤がかからないことになる。これは、降雨の度に溶け出し滴り落ちる薬剤で殺菌保護しようという考え方によるものであり、超のつくほど高濃度の薬剤を撒布することが必要条件となる。それって、農薬残留、ほんまに大丈夫なのか？　ＥＰＡ（アメリカ環境保護庁）は、みかんの黒点病防除に用いられるジマンダイセン、エムダイファーとも、ヒトに対して発癌の恐れがある農薬として挙げている。

うちの園地では、今年（二〇二〇年）五月下旬にジマンダイセン六〇〇倍を撒布した。本書に収録しない六月十三日付の日録に、以下の通り記録している。

「六時から九時まで横井手下段の成木に夏肥をふる。樹冠の草を取りながらの作業は捗らず。疲労困憊、次の現場に行こうかやめようかと思案していたところに雨が降り出す。夕方まで机に向う。時間が経つにつれ、両腕の肘から先が痒くなってくる。油断していた。ジマンダイセン（皮膚刺激性、皮膚感作性）による農薬かぶれだ。肥し入れるのに樹冠の草をとる。そのために枝をよけたりする。樹体についたジマンダイセンが雨でとけ、それが長袖シャツに付着、びしゃこになる。三時間の作業中、薄めた農薬がずっと肌に触れっぱなしということになる」

五月下旬のジマンダイセン撒布から事件前日（六月十二日）までの累積雨量は九一ミリ。薬剤がそこそこ流れているであろうが、まだまだしっかり残っている、農協は累積二〇〇ミリに達したら次の黒点病防除をせよと言うが、実際に樹体を観察してみると、累積五〇〇ミリに達してもしっかりと薬剤が付着しているのがわかる。

＊

オソロシイものついでに。八朔、甘夏、イヨカンの類は、ヘタ落ちが多く発生する。樹にならしている間にも、熟すのが早い玉がヘタがもげて落っこちる。糖は比重の大きいものであるがゆえ、糖が入れば入るほどヘタ落ちが増えていく。貯蔵中のヘタ落ちは等級が下がる。それを防ぐためにマデックク乳剤（ホルモン剤）を撒布することになる。ワシは一度も撒布したことがない。牛や豚に食わせて問題のあるホルモン剤を植物に撒布してよいはずがない。それどころか、上記の話、猛暑と冬場の高温による浮皮防止のためにジベレリン（ホルモン剤）を撒布せよとまで言い出した。午後の試験成績検討会では、住友化成の営業さんが壇上で挨拶し、アンケートを配布した。ワシはそんな危険なもの絶対にやりまへん、自然の摂理に反してまでみかん作る気はないとアンケートに記した。でも、現実には、真面目な、やり手の農家ほど、農薬漬けになる。ジベ・ジャス抜きでまともなみかんは作れないとまで言い切る者もいる。安全より経済、人命軽視、こんな国、亡ぶぞ。外国と違って日本の農産物は安全だとか何とか、ナニヲカイワンヤ、世迷言でしかない。アメリカの愚かさ、中国の度し難い拝金主義を、ワシらは嗤える立場にはない。

2月20日（木）旧1月27日　晴（出先曇）

㊌0.0mm/㊙7.9℃/㊢13.6℃/㊦1.2℃/㊐7.5h

今日の農協総代集会は欠席。新岩国九時二九分発、ハラヘリ、新大阪駅で味噌ラーメンを食う。元々大阪神戸はラーメン文化ではない。ワシのこまいころは大体何処で食うても店屋のラーメンは不味かった。最近は関西どころか全国何処で食うても、ラーメンは安定してウマい。新大阪一一時四六分発のサンダーバードに乗る。比良山の雪が少ない。雪解け水の流入による「琵琶湖の深呼吸」が、比良山の降雪量の減少でうまくいかなくなっていると聞いたことがある。生態系にかかわる問題、心配だがどうすることもできない。北陸トンネルを抜けたら雨になった。雪が少ない。一四時二三分金沢着、石坂さんお迎え、山田製版金沢支店へ。小島さん所蔵資料の画像調整の方向性について黒田PDと詰める。一カットだけ見本プリントを作成してもらう。流石の仕上り。駅前のファミレスで林さん合流、石坂さん交えてみずのわサイトリニューアルの打合せをする。明日の朝イチで動けるように金沢駅前に泊る。

2月21日（金）旧1月28日　晴（出先晴）

㊌0.0mm/㊙8.6℃/㊢13.5℃/㊦4.6℃/㊐7.3h

朝イチ、近江町市場で足折れ茹でズワイガニ三杯、甘エビ、白子を仕入れ、明日着のねこ発送を依頼。金沢駅でかぶら寿司、大根寿司を求める。途中下車して福井の冬の味覚・水羊羹を買いたかったが時間なし。金沢九時五四分発大阪一二時三七分着、二月とは思えぬ、三月の頃のような北陸本線の車窓。午後季村さんと合流、小島さんにアルバムを返却する。プリント見本も進呈、喜んでいただく。西宮北口で季村さんと別れ、梅田に出る。南森町まで出て田渕さんにフィルムを預け、天神橋筋商店街、田渕さん行きつけのお店で一献。西日本最後のモノクロ現像所を畳んだ。もう八十三歳、天神祭りの世話役も、去年限りで引退したという。

2月22日（土）旧1月29日　晴（出先曇）

㊌16.0mm/㊙12.0℃/㊢16.3℃/㊦8.8℃/㊐4.9h

広島で途中下車、神田三亀男選集の件で佐田尾さんと打合せる（コロナ禍もあり、その後進展していない）。四時半帰宅、はる君とるい君が遊びに来ている。悠太のぐらつき乳歯二本のうち一本が、るい君の不意打ちキック一発で抜けた、大泣きだったと聞く。

2月23日（日・祝）旧1月30日　晴

(水)0.0mm/(均)8.6℃/(高)13.2℃/(低)1.0℃/(日)9.7h

ぬくい。春のような陽気。今年の冬は一瞬で終ってしまった。異常気象の常態化、この先が怖い。疲れがきて仕事できず、午後片付け捗らず。

　みかん園地を耕作してはもらえまいかという話が来る。これ以上増やせん、無理、といって断る。これまで耕作を頼んできた相手が、半分はワシが作る、もう半分は自分でせえと言って怒ったという。一方的な言い分を聞いてもいけんのだが、どうやらその半分というのは、手間と経費かけて作るだけ作って、収穫は全部地権者が持っていくという話らしい。そりゃあ厭になるだろうよ。農協に出すわけぢゃないから適当に作ってもらえばいいと言うが、実情、適当に作れるようなものではない。みかん作業をやらん者ほど、その作業のキツさをまるで解ってなどいない。自分で作れなきゃ辞めりゃあええのにと思うが、親戚や友人まわりがみかんをあてにするという背景がある。それこそ、害なんだよ。

　かーちゃりん職場の人からカキ、わかめを戴く。カキは全部晩に焼いて食う。ワカメは大急ぎで茹でて冷凍する。

2月24日（月・振休）旧2月1日　晴

(水)0.0mm/(均)7.3℃/(高)14.4℃/(低)0.5℃/(日)9.4h

朝、悠太の前歯もう一本がさくっと抜けた。

ハチ不足で野菜の受粉ができないという記事が今朝の中国新聞に出ていた。ネオニコチノイド剤の認可から四半世紀。地球の尺で思えば一瞬にもならない、ほんの僅かな時間で生態系が劇的に崩れた。やれスマート農業だ、やれ成長産業だと、エラい人たちは喧しいが、農業は常に自然と共にあるもの、最後はお天道様頼みしかない。

　夜、監督が来る。かぶら寿司、大根寿司をあてに呑む。かーちゃりんも悠太も手をつけない。あたがりがいいが、せぇがいねえ。

2月25日（火）旧2月2日　晴のち曇、夕方から雨

(水)3.5mm/(均)12.3℃/(高)17.4℃/(低)7.2℃/(日)3.1h

午前まるまる柑橘組合の総会資料作成、午後一時から四時半まで役員会、六時から半まで会計の確認、柑橘組合の雑務だけで一日まるまる潰す。

　合間に井堀中段に上る。水菜のトウが立った。こないだ取込んだ白菜がシワかった。今年は何もかもが早い。冬大根の残りすべて頭を落とす。

2月26日（水）旧2月3日　晴、夜間雨

(水)0.5mm/(均)12.3℃/(高)16.5℃/(低)7.4℃/(日)3.9h

刈払機とチェーンソーの調整、東和農機具センターに行く。柑橘総会の仕出しをあじさいに依頼するも店休日と重なってしまいペケ。帰りに城山《じょうやま》食堂に寄って尋ねるも、下田《したた》のお祭りの仕出しがあって無理という。困った。たっちゃんが一泊

たっちゃん、草引きのテゴ。暖冬で雑草の生育が早い。2020.2.27

で来るんだが、雑用に追われ大畠まで迎えに行けず、バスで来てもらう。

2月27日（木）旧2月4日　晴

(水)0.0mm/(均)8.6℃/(高)11.7℃/(低)5.6℃/(日)7.0h

たっちゃんテゴ、昼すぎまでの四時間で横井手の甘夏四三〇キロ取込む。甘夏は四月までならせておけばもっと味が入るのだが、かいよう病が酷く、防除優先と判断した。今季は暖冬の所為もあって既にそこそこ仕上っている。樹勢維持の上からも、カラス対策の上からも、いま取込みを終えておいたほうが無難だ。

たっちゃんタイムリミットの三時半まで、井堀中段で草を引く。スマート農業だの滑っただの言うとるこの時世にあって、ワシの仕事の仕方なんて馬鹿扱いだろう。スダイダイの芽が吹き始めている。この園地だけ滅茶苦茶に早い。焼け回避、ボルドー撒布は見送った方が無難だ。甘夏も芽が出かかっている。あと二日三日がリミットだ。甘夏は積年のかいよう病が抜けきっていない。四月末開花前の八〇倍ではなく、どうしても発芽前の二五～三〇倍を撒布しておきたい。まだかつかつ間に合う。暖冬とはいえまだ地温が低いのだろう、ミミズやオケラが出てこない。日々の作業、すなわち自然との対話。土や作物や虫や気候の変化を見ることなく、モニタ眺めて数値だけ見て農業をすることの愚、ますます人間が馬鹿になる、いまスマート農業に異を唱えるべき、これがまずいことだったと判明するまで農薬の害と同様二十年はかかる、そうなってからでは遅いと宇根さんが言うてたと、たっちゃんから聞く。

大畠までたっちゃんを送る。なかやさんに寄って十日の仕出しをお願いする。ワシの要望は量より質。よっしゃ、釣りのメバルとアジでいこうと大将が言う。

柑橘組合、役員謝礼金額の件。班長三〇〇〇円と取り決めたと活動記録に書かれているのに、前回は五〇〇〇円払っている。どういう理由で変更かけたのか、議事録が無い、さっぱりわからん。

三月二日から全国の小中学校一斉休校を首相が要請と、夜のテレビニュースで流れる。

2月28日（金）旧2月5日　曇、夜間雨

㊌6.0mm/㊚6.4℃/㊫8.8℃/㊦4.1℃/㊐2.5h

かいよう病防除、ＩＣボルドー三〇倍と尿素五〇〇倍、三〇〇リットル二杯、発生園地のみ撒布する。

今朝の新聞によると、週明け二日以降の全国の小中学校一斉休校を首相が要請。今朝のテレビでは、学童保育は開けるように要請したのだと。馬鹿か？　学童のほうがよっぽど危険だ。

昨日町の対策会議があり、三月いっぱい不要不急の会議をすべて取りやめ、十七日予定の子供子育て会議も中止と決まったばかり。ここに一斉休校要請が割込み、改めて会議が必要になってしまった。

一時前にかーちゃりんに電話入れる。二日から二十六日までの小中学校一斉休校が決ったという。農協で國司君とばったり。十三日にワシが行くと決まっていた東京・太田青果市場、セトミ初売りイベントの件で話をする。東京のコロナ感染が深刻化の一方にある中、ほんまにイベントやるんか？　そこに学校休みになりよった。行くとすれば悠太も連れていく必要が生ずる。二時過ぎに農協の担当者から電話が入る。東京行、中止と決まる。

農協の営業さん、軽トラ保険更新の件で来宅。相方が非正規の教育支援員、一斉休校でいきなり失業したという。

悠太を柳井のプールに連れていく。遅刻する。疲労困憊、運転がエラい。柳井は遠い。えもちんから声がかかる。三月のプールは休止と。

森本さんから連絡あり。船橋から羽田までの移動と福岡市内の移動で万一コロナかインフルにかかると命取り。来月の対馬取材行はワシと悠太と三木さんの三人になる。

十九日の河田さんからのメエル、以下こぴぺ。

＊

森本さんの対馬旅行に関して、障害児との旅行（夏帆ツアー）の時や、八〇歳以上の人もつれてゆく島旅（親孝行ツアー）の時の下準備を思い出しながら、考えてみました。

水仙忌の時に、森本さんが話していた鼻や喉の痰が取り切れなくて、肺の力で出すけれど、つながって出てきて、それ

が出せると本当にスッキリするという言葉でした。夏帆と同じだ……と思いました。夏帆の場合は「気管内を加湿」することで痰を柔らかくしますが、森本さんの場合、旅先でそれができない、ということを前提に考えました。

韓国ツアーで高齢な人が倒れ、韓国の病院の救急外来に行ったこともあった……思い出したくない、旅。ほかの人には予定通りの旅程の旅をしてもらい、私と清水さんが病院のある町に残った……死んでから家族に連絡するのはよくないと思って、家族に電話するも電話がつながらない韓国の田舎。

1、旅行中、すぐに横になれるか？

2、具合が悪くなった時に、すぐにかかれる病院があるか？

3、旅を中断して帰宅する付き添いがいるか？

これは最低限なのですが、もし、旅先で熱が出た場合どうなるか……

それは、コロナとは限らないのですが、どうなるか考えたら結構怖いなと思ったのです。

人を連れてゆく旅には最悪想定をしておくといいです。柳原さんは旅慣れているので大丈夫と思いますが、熱が出た場合、痰が固くなるのではないか？　と考えたのです（痰が詰まると呼吸ができなくなる）。

2月29日（土）旧2月6日　雨

(水)20.0mm/(均)6.9℃/(高)8.7℃/(低)5.1℃/(日)0.0h

朝から雑用で手が離せず、ふじげにはすまんがバスで来てもらう。

午前、宮本記念館、旅と鉄道企画展を見に行く。わしの硬券コレクションを貸すんだった。アンジがなかった。国鉄バス安下庄駅から西安下庄バス停行の硬券を持っているんだよ。昔大島には国鉄バスの駅が四つあった（小松港、安下庄、久賀、下田）。旧い人はバス停を「駅」と呼ぶので（実際、船越のバス停待合室は「周防船越駅」と書かれている）、徳毛君は「（鉄道の）駅と同等の扱い」という認識を持っていたが、そうではなく、上記四駅はれっきとした「国鉄バスの駅」だったのだ。鉄道小荷物や手荷物（チッキ）も、安下庄駅から送り出していた。それが証拠に安下庄駅発行の「安下庄から神戸市内行」の国鉄乗車券（青色の硬券）が手許に残っている。

道の駅でみかんジュースが一合瓶三八〇円で並んでいる。なんぼやったら買う？　とふじげに尋ねる。三八〇円はさすがに高い、二〇〇円くらいかな……。山根君がレジに立っていた。滅多に道の駅には寄らんからな、知らんかった。まあ元気そうだ。

城山《じょうやま》でのりちゃん母子とばったり。小松の家の片付けに来たという。倉庫に寄って、甘夏と八朔を持ち帰ってもらう。午後ふじげと二人で甘夏の粗選別をかける。早いめに仕事をあがり、豆腐をあてに土産の小鼓を傾ける。かーちゃりんは月ちゃん、悠太と下松へお買物。ネット上のデマ拡散でトイレペが品薄、一袋しか残っていなかったという。

1ヶ月

降水量	136.0mm（143.6mm）
平均気温	10.7℃（ 8.9℃）
最高気温	15.2℃（13.2℃）
最低気温	5.9℃（ 4.7℃）
日照時間	177.9h（168.5h）

上旬

降水量	68.0mm（34.3mm）
平均気温	9.6℃（ 7.5℃）
最高気温	13.6℃（11.9℃）
最低気温	6.0℃（ 2.9℃）
日照時間	46.3h（53.5h）

中旬

降水量	3.5mm（49.7mm）
平均気温	9.8℃（ 9.0℃）
最高気温	15.4℃（13.4℃）
最低気温	3.2℃（ 4.7℃）
日照時間	76.8h（57.5h）

下旬

降水量	64.5mm（59.1mm）
平均気温	12.4℃（10.1℃）
最高気温	16.5℃（14.3℃）
最低気温	8.4℃（ 6.1℃）
日照時間	54.8h（58.6h）

2020年３月

メバルを春告魚と呼ぶ。これを豆腐やタケノコとあわせて濃口醤油、生姜、酒で炊くと爆裂にウマい。メバルは腹がきれい（汚いものを食わん）といって、ワタを抜かずに炊くのが基本なのだが、エラを取らないと煮汁が濁るので、筆者はワタもあわせて取っている。肝は外さない。新鮮なメバルは肝がウマい。

3月1日（日）旧2月7日　晴のち曇

㊌0.0mm/㊐10.1℃/㊕13.6℃/㊚7.4℃/㊐2.1h

ふじげのテゴで終日石灰と樹冠草取り、午前横井手寿太郎上段三時間、午後寿太郎下段一時間半、横井手上段一時間一〇分、これで五時までかかる。耕作二年目の寿太郎園地、まともな雑草が生えるようになってはきたが、まだ土が固く草が少ない。長年撒布し続けたゾーバー（果樹園専用のキツい除草剤）が抜けきっていない。除草剤をやめて五年になる横井手上段とは草の生え方、土の柔らかさがまるで違う。作業してみれば素人目にもはっきりわかるようで、まるで違うとふじげが感心している。午後、鶯の初鳴きを聞く。今年の鶯はのっけから唄が巧い。夜に雨が来る（雨量計には反映せず）。

3月2日（月）旧2月8日　晴

㊌0.0mm/㊐10.7℃/㊕16.9℃/㊚5.8℃/㊐6.5h

悠太イキナリ春休み、今日は弁当持参で終日学童。学校休校させといて学童を開けるとは意味不明。当面四時半で学童終了。四時半にお迎えに行ける勤め人が何処に居てるというのか？（あとからわかったこと。四時半に迎えに行けぬ親が多いため、新型コロナ休校中、学童に預けられた子供は少なかった。ジジババ親戚がみてくれる家が多かった。そうしたものがまるでアテにできないウチが、実は一番の保育難民であったということ）

午前三時間半と午後一時間で平原、石灰と草取り。下段を少しだけやり残す。暑い。三時半出発で大畠までふじげを送り、四時半ぎりぎりに悠太を迎えに行く。

夜のニュースステーション。十代から三十代の若者が新型コロナウイルス感染に気づかず、高齢者に伝染していると政府の専門家会議が言い出す始末。馬鹿か、こいつら。クルーズ船監禁で感染者増やして、それを電車バスで帰宅させてウイルス撒き散らしたのは何処のどいつだ。ついでを言えば、都会でも出歩けば若い者の数は少なく、見渡す限り年寄ばっかだ。責任転嫁、大したもんだ。権力者の目的とするのは緊急事態条項導入による憲法の無力化、ワイマール憲法を無力化したナチスの手口だ。危機をあおる政府とマスコミ、デマに踊らされてトイレペ買いだめする馬鹿さ加減たるや、この国の国民は破滅的戦争の教訓から何も学んでなどいない。

3月3日（火）旧2月9日　晴

㊌0.0mm/㊐9.8℃/㊕13.3℃/㊚7.1℃/㊐5.6h

柑橘組合の会計報告作成のため、会計さん宅に寄って帳簿をみせてもらう。三年前の研修旅行補助金が入っていないのではないか？　農協の担当者に電話して確認を取る。どうも、わからんことが多すぎる。

3月4日（水）旧2月10日　雨のち曇

㊌10.0mm/㊐9.7℃/㊕11.6℃/㊚7.9℃/㊐0.1h

柑橘組合の総会用報告書を作成、昨日預かった手書きの会計報告を入力する。午前まるまるツブれる。

能古島《のこのしま》白髭《しらひげ》神社に全長三メートル近い久賀船《くかぶね》の模型が奉納されているという（久賀歴史研究会「写真でみる久賀」）。梶田富五郎が渡った当時の船形を今に伝える資料、可能であれば対馬の帰りに立寄り、フィルムに収めておきたい。白髭神社の電話番号がネットで調べてもわからない。能古公民館に問合せ、神職が常駐していないと知る。島の総代さんの電話番号を伺う。ワシからは夕方以降電話することとして、公民館から事前に一報入れて戴くことでお願いする。少しずつだが動き出した。

森本さんから電話あり。アスペルギルス症の抗体の数値が一月の診断で二・八だったのが十九日の診断で五・四と急激に悪化した（正常値は〇・四以下）。胸水がたまっている、常時胸が痛む、横になると楽になる、という。

新型コロナウイルス、山口県初の感染者発生との報。下関の男性（翌日未明のゆうこりんメエルで、徳山中央病院に入院と知る）。平生在住のクルーズ船下船者はどうなった？ 今度は緊急事態宣言ときたもんだ。

3月5日（木）啓蟄　旧2月11日　曇時々晴一時雨

(水)0.0mm/(均)6.5℃/(高)10.1℃/(低)2.8℃/(日)5.7h

夜、マジ（強い南風）が吹いた。昼間肌寒い。時折通り雨。もう春だな。能古島の白髭神社の件で、総代さんに電話を入れる。副総代に依頼して九日の朝、拝殿を空けてもらう約束を取付ける。

悠太は終日宿題にかかる。洗濯物が多く、脱水がうまく回らず、十一時頃まで潰れる。かーちゃりん午後休みをとる。晩メシ当番を替ってもらう。目一杯仕事ができる。助かる。八朔選外品四五キロの直売案内を流したところ一時間かからず売切れ。午後荷造りにかかる。新しい仕事場の片付けが進まず。三十分ほど作業する。数日仕事を止めて気合入れてやらんとどもならん。

3月6日（金）旧2月12日　晴

(水)0.0mm/(均)6.2℃/(高)12.3℃/(低)1.7℃/(日)9.40h

出張直前の雑務と支度でまる一日潰れる。今日もまた畑に出られず。

十日の柑橘組合総会、ほんまにやるのか？ という問合せが来たと濱田さんより。当日までに岩国柳井大島周辺で感染者が出たら、会議だけさくっと済ませて会食はやめにして御膳だけ持ち帰ってもらうのもアリだろうが、なんしかこの自粛蔓延はよろしくない。国策に従順な山口県民の特性はさておき、首相が今度はマスク転売禁止なんて言い出しよった。そんなことしちゃあいけんってなことまで国に命令されな解らんのか、この白痴国民は。

かーちゃりんの送りで五時半出発。大畠から山陽線、徳山で新幹線乗換え博多まで。博多埠頭のみなと温泉波葉の湯で三木さんと合流、風呂浴びてガソリン入れて〇時五分出航のフェリーちくしに乗る。

3月7日（土）旧2月13日　曇のち雨（出先曇のち雨）

(水)24.5mm/(均)8.0℃/(高)10.8℃/(低)1.6℃/(日)1.3h

深夜壱岐《いき》を過ぎて少し揺れたが船酔いする程ではなく五時前に厳原《いづはら》着、船内休憩七時前まで寝させてもらう。前日のうちに港までレンタカー持ってきてもらっている。さすが三木さん、段取りが良い。

　十六年ぶりに訪ねた厳原の様変わり具合、一直線の国道が通り、福岡の居酒屋チェーンが進出し、免税スーパー、韓国人観光客向けの東横インが出来ている。この一角だけ切り取れば、人口二、三〇万の地方都市と何ら変らない。モスバーガーが出店しているのにも吃驚、ハラヘリ、都会と変らぬモスで軽く腹に入れる。韓国人観光客がコロナ禍で姿を消し、過疎もあって人が殆ど歩いていない。シュールな静けさ。

　三木さんの運転で今日の宿、豆酘《つつ》の美女塚山荘まで転がす。軽い車酔い。対馬《つしま》は山国だ。山中に、ごっつうぶっとい道を作っている。宿のご主人の竹岡益宏さん曰く地元土建屋のお仕事確保、毎年少しずつ、ずーっと工事しているのだと。宿に荷を下ろし、おにぎりをよばれる。

　竹岡さんの案内で、小浅藻《こあざも》の梶田家を訪ねる。宮本常一が七十年前に訪ねて聞書きをものした富五郎さん（周防大島の久賀から対馬に移り住んだ開拓漁民）の孫、新《あらた》さん（昭和二十七〔一九五二〕年生）のお話を伺う。時間を食いそうなので、悠太は竹岡さんと一旦宿に戻る。

　新さんは、梶田家を守ってこられた味木《みき》さん（大正十二〔一九二三〕年十二月十八日生、九十六歳）の第三子にあたる（長女青木一子《いちこ》さん、長男、次男新さんの順）。島の高校を卒業後東京の大学を出て就職、四年前に味木さんの面倒をみるため浅藻《あざも》に帰ったが、三年前にパーキンソン病を発症して身体が不自由になった。体調のよくないところに無理をお願いしているようで申し訳ないのだが、こころよく応対して下さった。ニセモノだけど麦酒（発泡酒）呑んでと冷蔵庫から出してこられるが、さすがにそうはいかず、丁重に辞退させて頂いた。

　味木さんは、小林惠さんと土屋久さんが「季刊しま」（二三三号、二〇一三年三月）の取材で浅藻を訪ねた七年前にはまだしっかりしておられたのだが（巻頭グラビアに写真掲載）、いまは施設入所、認知症が進んで完全に分らなくなってしまわれたという。もっと早くにお伺いできればよかったのだが仕方がない。うちの畑でとれた甘夏をお土産に持って行ったのだが、新型コロナ禍により面会もできず。

　以下、新さんが語る梶田富五郎像。

　富五郎さんには十何人も子供がいた。バアさん（祖母）が二人いた。長男の新一が菓子屋をやっていた。菓子屋をやるために久賀の政村に修行に行った。落雁とか、ダイガラで餅をついていた（「私の日本地図15　壱岐・対馬紀行」未來社版二三頁に「翁の家族は、私がたずねた当時は菓子屋をしていた」とある）。一族で漁師は富五郎さんしかいない。港に出るのに塀か何かを跳び越えようとして脚に怪我をして、それが元で破傷風にかかって亡くなった。入院していない。亡くなる直前まで元気だった。亡くなった後、久賀町役場（当時）に問合すも戸籍がなかった。常一さんが訪ねてきた昭和二十五年（一九五〇）当時、浅藻小学校には一五〇人の児童がいた。今浅藻に子供は二人、豆酘の小学校に通っている。富五郎さんがつくった小浅藻の港に係留している漁師は今は一人もいない。長男の新一さんは若くして世を去った。私の名は新一さんから一字戴いたもの。富五郎さんから名をもらった人はいない。

ワシらの訪問にあたって新さんが写真を用意して下さった。箱に詰めているので見ていってくださいでもあまり沢山は残っていないと。浅藻廻りの旧い写真、富五郎さんの御姿などないものかと隅から隅まで探したが一枚も出てこなかった。当時カメラは貴重品、島なら尚のこと。致し方なし。

写真箱の中から、二枚にわたるメモが出てきた。富五郎さん、長男新一さん、富五郎さんの奥さんと思われる人たちの戒名と死亡年月日、行年が記されている。新さんに見ていただく。味木さんの筆跡だという。何年か前、味木さんがまだしっかりしていた頃に墓仕舞をしたと言われる。その時のメモなんだろうか。富五郎さん、昭和三十一年（一九五六）八月八日歿、行年九十一歳。新さん曰く、幼心に映った祖父富五郎さんは骨川筋右衛門の印象が残っている。言われているよりもっと齢を取っていた、百歳くらいいってたのではないか、それくらいにじーさんだったと。戸籍のない江戸時代の人、生まれながらに五歳とか十歳だったとしても不思議はない。

宮本の聞書「梶田富五郎翁」には、次の通り記されている

*

わしが、初めてここへ来たのが七つの年じゃった。まだ西も東もわからん時でのう。わしは親運がわるうて、三つの年におやじに死なれ、おふくろもその頃死んだ。

（中略）

ところが、わしがメシモライでのせてもろうた船がたまたまその対馬行の船じゃった。忘れもせん、明治九年のことで、久賀を出て何日もかけてここまで来た。

（「忘れられた日本人」岩波文庫版、一七三〜一七四頁）。

*

宮本が訪ねた昭和二十五年（一九五〇）七月十六日時点で、富五郎さんの年齢は満か数えか不明だが八十二歳と記されている（「私の日本地図15」未來社版、二二頁）。この段階でもう既に計算が合わない。

明治九年（一八七六）の七歳が誕生日を迎えた後の満年齢と仮定すれば明治二年（一八六九）生、昭和三十一年（一九五六）歿、満八十七、数え八十八歳。明治九年数え七歳と仮定すれば明治三年（一八七〇）生となり、亡くなったのは満八十六、数え八十七歳、となる。いずれにせよ計算が合わないが、昔話ならありうること。それをまるごと受け止めるほかない。

それともう一つ、謎が謎を呼んで謎々。新さん曰く、富五郎さんはみなし子と言ってるけど実は久賀に親がいたらしい、とも。これまた、今となってはわからない。しかしながら、長男を久賀の政村に修行に出したことからも、富五郎さんが

豆茶の花は夏に咲く。秋に種子をとり、焙烙で１時間以上煎る。ティースプーン２杯程度の豆を２リットルの水で煮出し、数分沸騰させる。

長らく久賀との連絡を保っていたことは想像に難くない。

　近隣の家庭菜園には人の背丈くらいの高さの防獣柵が張られている。イノシシよりも対馬鹿の食害が酷いそうな。大島はイノシシ侵入でわやになってましてねと、土産に持ってきた甘夏を取っ掛かりに大島のみかんの話をする。その中で、豆茶（新さんは「はぶ茶」と言われた）を飲み茶粥を食べて育ったと聞く。豆茶を富五郎さんが大島から持ち込んだ、畑のへりに植えている、というより毎年勝手に生えて勝手に実がなる。茶粥には米をとがずに入れる。芋を入れる。まっすぐストンと切るのではなく、刃を半分くらい入れてあとは割る要領で切る。ワシが祖母から教わったのと同じ作り方だ。食文化はこうして伝播するものなのか、美女塚山荘の御主人とおばーちゃんに伺ったところ、うちでもはぶ茶を栽培して、茶粥を食べている、富五郎さんが持ち込んだものと聞いている、と言われる。豆茶と茶粥の対馬への伝播については、佐野眞一さんも佐田尾さんも触れていなかったと記憶する。ワシは大島の百姓ゆえに畑の土の色、植えられているもの、雑草の生え具合、鳥獣害など、生活基盤たる自給農にかかわるありとあらゆることが気にかかる。ジャーナリストの関心とは別のところに目が行ってしまう。

＊

　後日記。帰宅後蔵書を確認する。「宮本常一を歩く　上」（毛利甚八、小学館、一九九八年）二〇頁に「小さな釜を持っていて、郷里の山口県の習慣である茶粥を作って食べるのが、この古老の楽しみだった」とだけ書かれている。

「『忘れられた日本人』の舞台を旅する」（木村哲也、河出書房新社、二〇〇六年）一六四～一六五頁に、「釣り道具などの形見はひとつも残っていないが、富五郎翁がよく茶粥をこしらえていたお釜がひとつだけ残っていて、見せていただくことができた」「茶粥は、富五郎翁の郷里周防大島の食文化なのである。（中略）土佐寺川の焼畑でとれた茶が塩と交換され、その茶が瀬戸内海地方の茶粥に利用されていたことも前章で述べた」とある。同書一四四頁の記述によると、ここで木村が言及しているのは「碁石茶」である。瀬戸内の島嶼部で碁石茶の茶粥を食べる地域は確かにあるが、大島ではワシの知る限り碁石茶を使う習慣はない。伝統的に豆茶（はぶ茶）が主流である。豆茶を日常的に使う生活文化の中で育った百姓でなければ俄かに理解できない話でもあろう。

　豆茶は一般にははぶ茶と呼ばれるが、ハブ草とは別ものである。マメ科のエビスグサの種子を焙烙で煎ったものを水から煮出す。この種子は漢方では決明子《けつめいし》という生薬で、便秘、排尿障害、目の充血、高脂血症、高血圧など生活習慣病の予防や改善に効果があるとされる。カワラケツメイとはまた別ものである。ケツメイシというバンドの由来はかれらが茶粥愛好者というわけではなく薬学部の出身だからだと、豆茶談義の中で新さんからご教示戴いた。

　先ほど伝統的にと書いたが、北米原産の一年草エビスグサが大島に移入したのも、実はそう何百年何千年も昔のことではないのだろう（中国を経て日本に伝わった。江戸期の百科事典「和漢三才図絵」（正徳二年＝一七一二＝成立）にも記載がある）。ワシらが古いと思っていることなんて意外とそんなに古くなどないのかもしれない。富五郎さんが大島の豆茶と茶粥を対馬に持って行き、定着した。それだけは事実だ。

＊

梶田家の仏様を拝ませて戴く。お仏壇の上に、富五郎さんの写真が飾られている。梶田味木提供のクレジットで「宮本常一という世界」（佐田尾信作、みずのわ出版、二〇〇四年）六頁に掲載した写真だ。佐田尾さんが二〇〇二年暮れに梶田家を訪ねた折、デジカメで接写してきた画像を出版時使用した。当時は何も引っ掛からなかったのだが、これって誰が撮ったのだろう？　新さんは常一先生ではないかと言うが、先生にしては決まりすぎている。九学会の関係者が、宮本訪問のあとから来て撮影したのか？　これまた謎だ。叢書に使いたいが、デジカメ複写では画質に不満が残る。駄目元で借用（山田製版に送ってスキャニングしてもらう）をお願いする。ご快諾を戴く。ありがたし。

＊

後日記。古い写真の裏に撮影者の名前や日時場所が記されていることがある。帰宅後額を外してみたが、写真の裏には何も書かれていなかった。誰の撮影か、梶田味木さんに訊いたか否か、佐田尾さんにも問合せてみた。訊いていないという返答だった。

＊

竹岡さんが悠太、みさとちゃん（中二）、がくと君（小二）を連れて迎えに来る。梶田家を辞して、小雨の降るなか浅藻小学校跡、中浅藻、奥浅藻を案内してもらう。湾の最奥部、奥浅藻の浅海域にアオサ海苔の養殖ヒビが広がる。小学校跡の浅藻開港記念碑、常一さんがここで浅藻の子供たちを撮ってから七十年を経て、コロナ禍による一斉休校で退屈気味な今様の子供たちを撮る。

昼どきに宿に戻る。ワシと三木さんはマルタイラーメンとおにぎりのお昼をよばれる。悠太は宿の子供らと一緒にオムライスをよばれる。夜行フェリーは愉しいけど草臥れる。昼から本降り、何もできん。寝て過ごす。時々起き出しては今日の取材資料を整理する。

デジカメで撮影した梶田味木さんのメモをよくよく読み込んでみる。梶田富五郎の長男新一さんは宮本来宅の三ヶ月後、昭和二十五年（一九五〇）十一月九日に亡くなっている。行年五十六歳とある。今日お会いした味木さんの第三子新さんはその二年後の昭和二十七年に生れている。味木さんは富五郎の長男新一さんのお嫁さんだとずっと勘違いしてきたことに気付く。「旅する巨人」（佐野眞一、文藝春秋、一九九六年）二五五頁には「富五郎の末息子の嫁」とある。「『忘れられた日本人』の舞台を旅する」一五五頁も同様の記述。「旅する巨人宮本常一　にっぽんの記憶」（読売新聞西部本社編、みずのわ出版、二〇〇六年）一五頁では「五男の妻」と記されている。

浅藻港開港記念碑。宮本常一の調査から70年。2020.3.7

富五郎さんの死因について、『忘れられた日本人』の舞台を旅する」一六三頁では、伝馬船を繋ぎとめるロープにつまずき足を怪我して動けなくなり十五日くらいして亡くなった旨記されている。新さんの話とは少し食い違うが大した問題ではない。富五郎さんの子供の人数にしても、同書一六六頁によれば八人兄弟姉妹とあり、「十何人もいた」という新さんの話とは食い違う。新さんが、富五郎さんの末息子の妻の一番下の子供だったということを思えば、子供心には十何人もの大勢の大人たちと映ったのであろうし、これが人間の実感というものなのだろう。味木さんはしっかりした方だったと聞く。事実は九三年に味木さんを訪ねた木村の記述通りなのであろう。新さんから伺った話をここにそのまま記録したが、些細な食い違いなど大した問題ではない。

ワシ自身をかえりみても、祖母豊田ゆき子の信州駒ケ根《こまがね》の実家である小田切《おたぎり》家の事情に疎く、祖父豊田春一のきょうだいたちの名前すら知らない。小学校五年生の二月に祖父が亡くなった折、当時はまだ健在だった祖父のきょうだいはじめ親戚たちが大勢葬儀に参列したが、子供の目には何十人もの見ず知らずの大人たちとしか映らなかった。

下手な先入観を持たないため、出かける前に「宮本に関して書かれた本」には一切目を通さなかった。かつて読んだ内容であっても、そこそこに忘れている。今回の対馬取材行にあたっては、宮本の書いたもの「忘れられた日本人」と「私の日本地図15」の二冊だけ持ち歩いた。人間の記憶のええ加

天道法師の水を戴く。2020.3.8

減さと正確さ、そのヤヌスの如き風貌、良くも悪くもまるごと受け止めるものなのだろうと思い直してみる。

晩はブリとマグロ、他諸々、大御馳走。醤油は甘口と辛口の二種類置かれている。対馬に元々無かった甘い醤油は、鹿児島、宮崎のカツオ船団から広まったという。ブリの飼付漁は今はやまってしまったと聞いた。対馬の漁獲高は全国の離島の中でも断トツとはいえ、それでも漁業の先細りは何処も同じ。伝統食の一つカジメの味噌汁も、今はカジメが全く穫れなくなり、壱岐から冷凍ものが送られてくるという。

悠太がマグロに手をつけない。つくづく、つまらん男よ。

3月8日（日）旧2月14日　晴（出先晴）

(水)13.5mm/(均)11.3℃/(高)16.7℃/(低)8.1℃/(日)10.0h

朝イチ御主人に八丁郭《はっちょうかく》に連れて行ってもらい、神様の水を戴く。宿のおばーちゃんが今年からレモン栽培を始めた、営農指導をしてくれと言われ、低農薬栽培の最低限の防除法を説明、メモを作成する。子供らが再会を約して、宿を後にする。

豆酘崎《つつざき》へ行ったあと浅藻再訪、昨日雨で撮れなかった箇所の写真を撮って歩く。家庭菜園の世話をしているおばちゃんと立ち話。冬ものから春ものへの切替えにかかっている。昔は、中学校の教科書（おそらく旧厳原町教委作成の副読本）に富五郎さんの話が載っていたと教えてくださる。

八丁郭再訪、天道法師《てんとうほうし》の御神域に足を踏み入れる。結界を

豆酘崎から豆酘浦を見下ろす。2020.3.8

くぐった瞬間に空気が変る。背筋を貫く寒気。神がずっとこちらを見ておいでる。先を歩いていた三木さんと悠太が帰り道を間違う。ワシが気付いて事なきを得た。このまま進んでいれば、お釈迦様の掌の上の孫悟空の様に森の中をぐるぐると彷徨い歩かされるところだった。それほどまでに、神域というものはオソレの対象である。数年前に山口県史の仕事で蓋井島《ふたおいじま》へ行った折、山《やま》ノ《の》神《かみ》神事の執り行われる神域に入ったことがある。津枝さんとタイシン君はあふれる好奇心からワシとたっちゃんが止めるのも聞かず、デジカメ持って山に入っていった。その後ワシら四人の乗った軽トラは山中で道に迷い、同じ所を三回もぐるぐると回らされることになる。

「忘れられた日本人」所収「梶田富五郎翁」岩波文庫版一七七頁に以下の記述がある。

*

元来浅藻ちう所は天道法師の森の中で、人の住んではならんことになっておった。このあたりでは、そういうところをシゲというてなァ、あそこは天道シゲじゃけに住んではならん、けがれるようなことをしてはならんと、土地の人はずいぶんおそれておった。浦の奥の浜は通らずの浜というて、人一人通ることを許されだった。

*

改めて想う。富五郎さんら島の先人はよくこんな所に移住したものだと。神をオソレるより、もっと大きな何かがあったということなのか。久賀の漁民が浅藻に移り住んだ事情を、

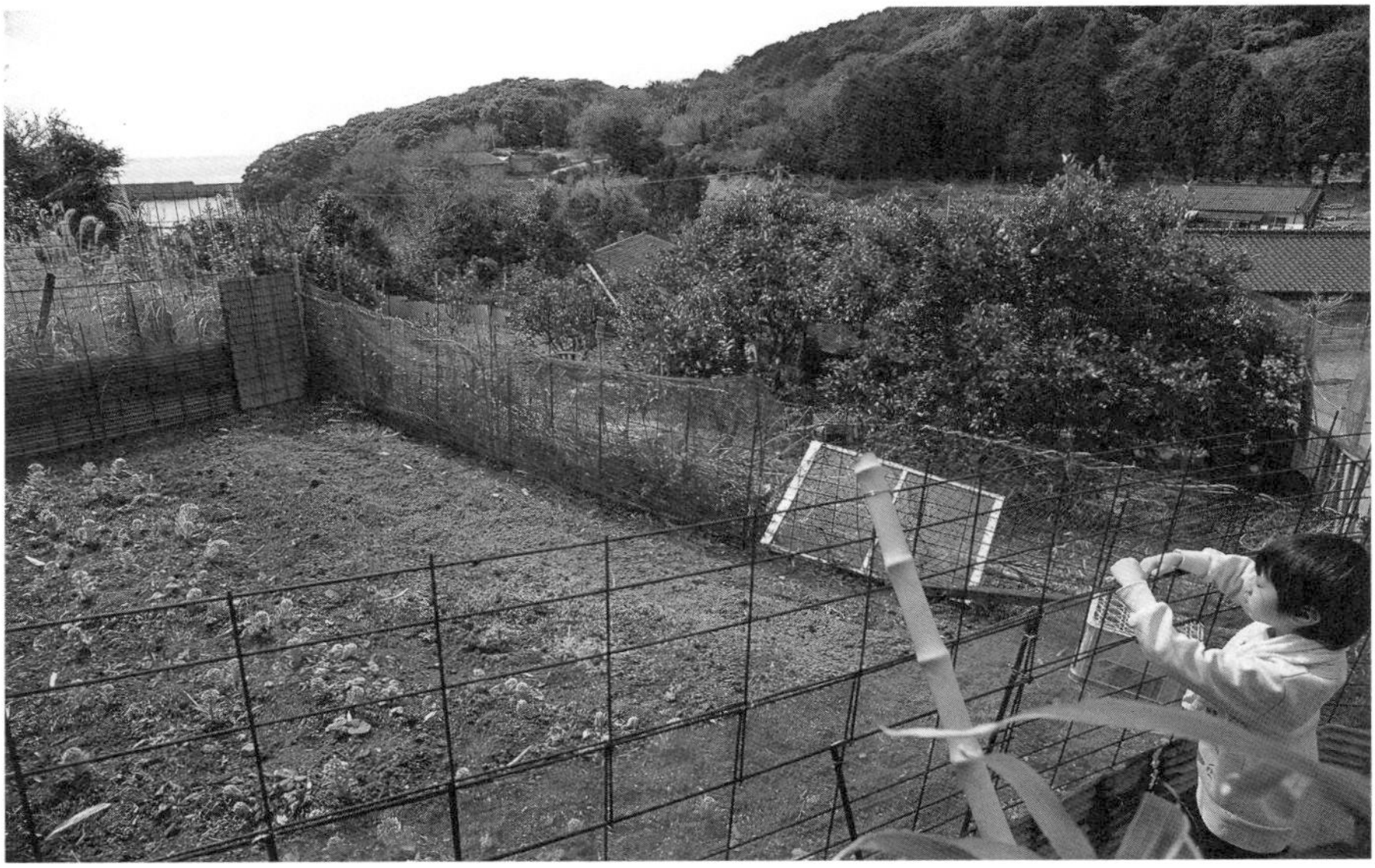

小浅藻の畑。対馬では鹿の食害が酷いという。2020.3.8

富五郎さんは次のように語っている（岩波文庫版一八二頁）。

＊

ところでわしらが浅藻へ住むようになったのは——これもわけのあることでごいす。わしが対馬へいくまえの年、明治八年の十二月に豆酘の四挺櫓の長船が厳原へ上納を納めにいってその、そのかえりにえらい西の風が吹いて、神崎の沖で船へ波をたたきこまれてひっくりかえったんでごいす。それを久賀の大釣の船が見つけて、長船をおこして内院までこいでかえって介抱して豆酘へ送り届けてあげた。すると豆酘の者は大喜びで「ほんとにお世話になった。ついてはお礼のしるしにあんたらのいうことは何でもきくから」ということなので「それじゃ浅藻の浦へ住むことをゆるしてもらえまいか」と頼うでみました。「たいがいのことはきいてあげられるが、あそこはジゲ地じゃからたたりがあるといけん」と言うから「たたりがあってもええ、それに生き神さまの天子様が日本をおさめる時代になったんじゃから、天道法師もわしらにわるさはすまい」ということになって、浅藻へ納屋をたてることをゆるしてもろうて久賀へ戻って来やした。

そうして、その翌る年、初めて納屋のたつ年にわしは初めてここへやって来たのでごいす。

＊

当時の富五郎さんらは新参者であり、耕作地が限られ食糧事情の豊かでなかった対馬にあって、居住する土地を新たに得ることは並大抵ではなかった。神をオソレるより、いまそ

小浅藻。梶田富五郎翁が久賀から移り住んだ。この小さな港を人力で拓いた。2020.3.8

こに棲家を定めることの方が優ったのであろう。

つまり、こういうことではないか。ワシが今耕作しているみかん園地は、日照が良い、一枚あたりの面積が大きい、軽トラが入れる、平坦である、など、比較的条件の良い所が多い。でも引受けた時点では、昨年取得した横井手の寿太郎園地を除き、荒廃甚だしい屑園地と化していた。本来ならば、良好な園地を手放したり他人に貸したりはしない。それ以前の問題、誰も跡を継がず耕作放棄なんてありえない話だった。新参者のワシが新規就農できたのも屑園地ゆえである。ふた昔以上前であれば、安下庄という大島を代表するみかん産地で新参者が農地を取得するなんて考えられなかった。想えば、いま住んでいる家にしても、祖母の土性っ骨と、安下庄でも指折りの大百姓だったよしぃのおっちゃんの助力あってのことであり、その難儀な背景はオカンからも祖母からも聞かされてきた。お前（祖母）は身の丈に合わんことを仕掛けると祖父は言ったそうな。今でこそ島の土地の値段なんて二束三文の大暴落、家の一つや二つ建てたければいくらでも建てられそうな実情ではあるが、昔はそんなもんではなかった。

時間があれば上県《かみあがた》まで行って韓半島を見て帰ろうと言うとったのだが、まるで時間がない。一五時二五分厳原発のフェリーきずなに乗る。船内でつらつら考え、ふと気づく。梶田家はシンタク（新宅）だ。梶田味木さんのメモは、間違いなく墓仕舞をした時のものだと。

船内のテレビが、コロナ禍で無観客開催となった大相撲春

奥浅藻。アオサ海苔の養殖ヒビ。2020.3.8

場所を中継している。なかなかにシュールな映像。八角さんのつるつるの後ろ頭が時々どーんと大映しになるのには笑える。

二〇時一〇分博多埠頭着。帰りの飛行機の時刻を勘違いしていた三木さんがタクシー乗り場へ慌ててダッシュする。ワシらはゆるゆるとバスで天神に出て泊まる。まだ地方では大した流行になってはいないとはいえ、コロナがそこらに転がっているかもしれんと思えば、電車やバスに乗るのも、たいがい気にしないこのワシでもナーバスになってしまう。それでも天神の屋台で呑む。客が減って難儀と大将が言う。悠太、七歳にして屋台デビュー。ラーメンはひと口しか啜らず。つくねと磯辺揚げが気に入ったげな。

3月9日（月）旧2月15日　晴のち曇（出先晴のち曇）

㊌7.0mm/㊏11.2℃/㊢14.3℃/㊦7.4℃/㊐4.7h

能古《のこ》渡船場でたっちゃんと合流。能古島《のこのしま》に渡る。久賀漁民が奉納した久賀船模型の件で白髭神社を訪ね、副総代さんに拝殿を開けて戴く。三メートル程度の大きな船模型が吊ってあるが、ものが新しい。平成十五年（二〇〇三）の奉納だった。あと、三〇センチ程度の古い船模型が吊られていたが、これは明治三十年（一八九七）残島《のこしま》村の船大工による奉納。この二つのほかに、それと思しき船模型は無かった。平成三年（一九九一）に拝殿の屋根を葺替えた際に、もしくは、それとは関係なく御焚き上げをしたということはないか、もしくは能古博物館に移したということはないか、副総代さんに訊ねる。どちらもないと思う。でも、あまり旧いことはわからんのですと言われる。

見学手配の御礼方々、能古公民館に立寄る。担当さんのご紹介で、二代前の総代さんを訪ねてお話を伺う。元総代さんは、明治三十年の船模型が久賀船団の奉納だと言われた。お年寄りによくあることだが、話が混線しているのであろうと、その場で直感した（失礼にならないように、ああ、そうでしたかなるほどと相槌打って、お話しを聞いた次第）。おそらく明治三十年の模型は、大津島《おおづしま》（山口県周南市）に出漁した能古船団の船形であろう。

旧い人がいなくなり、わからないことも多くなった。一日空振りしたようなものだが、無駄足とは思わない。ここまで時代がくだると、そうそうわからないということを、実感として改めてわかったこと。お年寄りの話がこんがらがることも含め、これもまた庶民の歴史を伝える難しさ、口承の危うさでもあろうと、それを実感できただけでも大きな成果だったと思う。

明日の柑橘組合総会資料を博多駅地下のキンコーズでコピーする。今回、小倉で途中下車して田舎庵に寄るわけにはいかない、人の密集する都会で下手に出歩くとコロナが怖い。とは言え、現時点でさくっと感染することなど、そうそう無いとは思う。しかし、ワシらは閉ざされた島社会に居住している。相互監視社会の只中にあって、感染第一号になってはいけないし、コロナを外から持ち込んだと言われるようなことになってもいけない。都会の無名社会とは違う。島に特有の住みにくさは、非常時にこそ露呈する。

博多阪急の田舎庵でうな茶瓶詰と蒲焼を買う。こだまで徳山、山陽線で大畠までゆるゆる帰る。車中、爆睡する。

3月10日（火）旧2月16日　雨のち晴

(水)13.0mm/(均)12.4℃/(高)16.8℃/(低)9.9℃/(日)0.9h

一一時から柑橘組合の総会。ミカンバエと耕作放棄に関わっての諸問題、国や県が進める大規模化、集約化、スマート農業、そしてこれから先働きかけてくるであろう基盤整備事業に乗っかかってはいけないこと、集荷場シャッター修理の件、収支バランス、二年後の組合合併に向けての問題提起、等々。

懇親会の仕出しを、初めて日見《ひみ》のなかやさんに頼んだ。アジの塩焼きと刺身、メバルの煮つけと刺身、いづれも網ではなく釣り、ものが違う。ばら寿司、煮物、肉類もええ感じの仕上り。全て手作り、既製品を使っていない。魚中心、量より質でお願いした。業務用の出来合い並べてぱっと見い嵩だけは張るそこいらの仕出しに慣れ親しんだ分には内容勝負は理解不能、どうもつまらんげに映るようで、オッサン相手は面倒臭い。おかーちゃん方の評判は良かったので、それでよしとする。

3月11日（水）旧2月17日　晴

㊌0.0mm/㊉10.4℃/㊓14.7℃/㊔1.9℃/㊐7.9h

凪は冷いが春の陽気。宿酔で午前は恢復運転、悠太は宿題かかりきり。ひるを作る余力なく、久しぶりにまきちゃんに行く。

甘夏注文分送り出し後、ニンニク廻りの草を引く。数日おきに雨が降る御蔭で抜きやすくはあるが、気温の高さからかなりの伸び具合で作業が捗らない。ボルドー撒布しなかった園地の尿素・リンクエース葉面撒布を、ふじげが来る前に明日明後日で済ませておきたかったのだが、ニンニク、豆類、タマネギ優先と頭を切替える。生命の根源たる食を守る、それは自給あってこそ。みかん専業農家になってはいけない。百姓にならなければ。

先月三日に二杯だけ出荷した寿太郎良玉の評価票が届かず、先週末生産購買に行って再発行をお願いしてきた。それが届いた。一〇四点ついている。特選ゴールド一四・五、特選島育ち二七・八、秀三四・一、計七六・四パーセント。過去最高の成績を収める。糖度は一一・一度、酸度は〇・〇七度、それぞれ平均より高い。酸度一・一五以下は七七・二パーセント。酸度一・一五以下のほぼ全量が秀以上で取られていることになる。見た目の悪さと酸度の高さだけで階級を落とされる。それがよくわかった。

東北大震災発生時刻を忘れて雑務に忙殺されていた。夜、三人で黙禱する。

3月12日（木）旧2月18日　晴

㊌0.0mm/㊉7.6℃/㊓14.4℃/㊔0.9℃/㊐10.2h

朝、寒い。久しぶりに息が白い。車のフロントガラスが凍結している。でも昼間は今日も温いだろう。日曜月曜は寒の戻りとテレビが伝えている。十時過ぎまでワシは雑務、悠太は宿題。十時半から一時まで井堀中段、ニンニクの草取り。ミズナは完全にトウ立ち、菜の花満開。でも、ニホンミツバチが飛ばない。沈黙の春か？　去年の夏は、豆茶満開時に乱れ飛ぶマルハナバチまでもが姿を消した。白菜もトウが立ち始めている。土筆が出始めた。地温が低いのか、まだミミズが少ない。オケラの姿をまだ見ない。カエルもまだ見ない。

昼めしのあと三十分だけ寝る。二時に起こせと悠太に言ったが、よく寝てたので五分寝かせたと言われた。五時半まで草取りの続き。合間に春肥の受取り、買物、学童の新年度申込み、小学校の給食費返還分受取りに回る。

昨日預かった球友会新年会欠席者の年会費を鍵本君に届ける。これで未収は岡田君のみ。こないだ東京都北区の保育園落ちたと聞いた。都内で最も待機児童の少ない区というが、それでも三〇〇人も落ちたんだと。次の補充募集で落ちたら、三月一杯予定の育休を延長せなあかんようになるかもしれない（後日、第一二希望に当選したと聞いた）。大島ならこんなこと考えられんのに、もはや東京は人間の住む所ではなくなっている。

私権制限を含む緊急事態宣言（新型インフルエンザ等対策特別措

置法改正案）が、今日の衆院本会議で通った。付帯決議に「国会に事前に報告する」と明記することで合意したというが、こんなのクソの役にも立たぬ。民主、社民系の相も変らぬ原理・原則の無さに辟易する。反対票を投じたのは山尾志桜里ただ一人、まともな者が他に居らんのか、立憲民主党は（但し、山尾がほんまにまともだと言うとるわけではない）。

悪疫、天変地異、権力にとってこれほどオイシイものはない。法とは人民が権力を縛るためのもの。人の支配ではなく法の支配たる所以。法の支配を破壊し、人民を縛ることを志向する、それが権力の属性。朝イチで季村敏夫さんから入ったメエル。「今回のコロナの脅威でこころが定まりました。詩村映二、今年中に出します。九月十五日頃上梓でお願い致します。ある断念のもとに。解題、定まりました。どうぞよろしくお願いいたします」

3月13日（金）旧2月19日　晴

(水)0.0mm/(均)10.1℃/(高)15.6℃/(低)4.9℃/(日)3.6h

久しぶりに五時起き。「農民文学」の原稿二六字掛ける五九行、二時間で一気に書き上げる（本書まえがきは「農民文学」三二四号に掲載された「みかんの島で思う」に、大幅に加筆したものである）。十時過ぎまで悠太宿題、ワシ雑用。十時半から零時半まで、ひる食うて一時半から六時半までニンニク草取りの続き。ニンニクを終えて四月穫タマネギの草取りにやっとこさ取り掛かる。草丈が伸びて日照が遮られ、玉太りが悪い。向うひと月で取り返せるか。三月穫は倒伏が始まっている。玉太りは悪いが、べと病は出ていない。今年は仕事場の移転とぎっくり腰で世話見が悪かった。それでもそこそこ収穫できるだけ、これでよしとしなければ。五月穫の草取り途中で日没終了。豆類は手つかず。それでも悠太の連日のテゴの御蔭でやっとこさ畑らしくなってきた。

おやつ帰宅ついでに、四時前に草刈鍬を買いにコメリに走る。会計済ませて出ようとしたところで携帯が鳴る。橘支所から。団長が捕まらずワシにかかってきた。嵩山で小学五年生行方不明、三人で登り、一人が帰らず。地元の子かどうかはわからない。来られる者を集めて、なるべく早く駐在所に駆付けてほしいと。丁度仕事合間に買物に来ていた松居君にその旨伝え、取るものとりあへず駐在所に向う。駐在所で話を聞いてから電話回すとして、三人はすぐに連絡つくだろう。他は全員勤め人、五時半以降になる。悠太をみなちゃんにお願いするか。明るいうちに少しでも早く捜索に入らなまずい。彼是算段を考える。土居坂トンネル手前で携帯が鳴る。無事発見。久しぶりに緊張が走った。

ここのところ能登半島から北海道から彼方此方で地震が発生している。博多滞在中の九日には豊後水道が動いた。万一を考えて、悠太を家で一人にするわけにはいかない。いつまで続くかわからない一斉休校の二週目が果てる。

梶田新さんからお借りした富五郎翁の写真。百何十年ぶりの帰郷。2020.3.17

3月14日（土）旧2月20日　雨のち曇のち晴時々曇

(水)1.5mm/(均)9.7℃/(高)15.8℃/(低)2.3℃/(日)5.9h

天気予報大外れ、朝から雨。八時過ぎ大畠まで組長を迎えに行く。対馬の梶田新さんから借用した富五郎さんの写真を助手席の悠太に持たせて、久賀の町と山を回る。百何十年ぶりの帰郷。

午前二時間、午後四時間井堀で作業にかかる。ニンニクとランキョの草引き完了、肥しを入れる。夏作ジャガイモ（メークイン）四〇株の植付け場所に堆肥入れて管理機かけている間に、組長には下段で刈払機を回してもらう。ジャガイモの植付け風景を組長がスマホ動画で撮っている（あとからフェイスブックにアップした）。これから先、産直が不可欠となる。時季ごとのみかん作業で動画投稿が出来ればいいんだろうけど、普段はワシの手二本しかない。

3月15日（日）旧2月21日　晴時々曇一時雨、夜雨

(水)1.5mm/(均)8.0℃/(高)14.1℃/(低)1.0℃/(日)4.9h

午前一時間半、井堀上段、大津四号七年生若木六本、樹冠の草取り、石灰施用と中耕。午後四時間岩崎東改植ブロックの草取り完了、石灰は大津四号一〇本だけやり残す。二人だと作業の進み具合がまるで違う。

3月16日（月）旧2月22日　曇時々晴一時雨

(水)0.5mm/(均)6.3℃/(高)10.3℃/(低)0.9℃/(日)6.9h

午前三時間、午後二時間半、地主で樹冠草取りと石灰。手が回らんので老木は見送り、若木のみに絞る。四時半出発、大畠まで組長を送る。

3月17日（火）旧2月23日　晴

(水)0.0mm/(均)8.6℃/(高)15.0℃/(低)0.1℃/(日)9.3h

朝寒い。氷が張っている。ひるは温い。終日片付け、まるで進まず。対馬の梶田さんと美女塚山荘さん宛てにお礼状と本を、山田製版さん宛に富五郎さんの写真を送り出す。

ミシマ社さんが「一冊！取引所」への参加を募っている。こないだ案内メエルが来た。大雑把に言えば、既存の取次を通さず、独自の流通ルートを作るという趣旨。わからんでもないが、こういう話は気が乗らない。見込み送本して売れもせず返品が増えるだけええとこなし。うちの本は書店に並べてそうそう売れるものではない。客注品中心で、地方小とJ

夜になればワシはモスラに変身するんやと豪語する組長。2020.3.14

RCを通して、左前とはいえそれなりに流してもらっている。アマゾンから締め出された所為でネット上で本を買っている人らの網にかかる機会が減ったのは痛い。ならばネット上の版元直販をもう少し押し出せないものか。長年お世話になってきた取次のお商売の邪魔をすることなく、個の努力で本の実売を伸ばせないかと、そのことを日々考えている。要するに、ハイエナ商法は好まないということだ。

こんな話が流れてまっせと地方小の門野さんに一報入れたところ、補充注文書とともに以下のコメントを戴いた。「自分とこと仲間数社だけでは難しいからもっと広げようとがんばっているようですね。小社はともかく、ＪＲＣさんやツバメ流通さんなど小回りのきく小取次さんもあるわけで、問屋機能の有用性はしっかり認識された方がいいかと思われますね」と。まあ、そういうことなんだよな。

それにしても困ったことになった。新型コロナによる自粛騒ぎ、このまま続けば社会が回らなくなる。

いつもならこの時期に済ませている筈の奉賛会の寄合いも、何も言ってこない。四月の御例祭、神事だけはやるとしても、演芸会から福籤から出し物全てすっ飛ぶかもしれない。前日に大量の餅を大勢で搗いてこねて、神前に供えて、福籤の景品に使って、〆に餅まき……この調子ぢゃ、おそらく今年は無理だろう。来年以降、仮にコロナ騒動が収まったとしても、自前で餅をつくのは衛生上よろしくないという話になるのかもしれない。疫病もまたグローバル化の一端、そのあおりで、

ジャガイモを伏せる。2020.3.13

長年続いてきた手作りの文化がまた一つ消えるのかもしれない。

3月18日（水）旧2月24日　晴

(水)0.0mm/(均)12.3℃/(高)17.7℃/(低)7.0℃/(日)9.8h

今年の刊行予定と富五郎さんの写真スキャニング指定、山田製版金沢支店宛てに送信する。苗木受取り、今年は三四本。昼間暑い。シャツ一枚で作業する。午後、零時半から二時まで甘夏直売分と謝礼分の梱包。二時間かけて井堀下段に石灰を入れ、カボス一本植付ける。悠太学童にお迎え、一時間半かけて横井手甘夏園地に宮内イヨカンと日向夏、岩崎に青島ヒリュウ台木を植える。帰宅して残り苗木三〇本（石地二年生一一、一年生九、寿太郎二年生六、一年生四）を家庭菜園に仮植え、軽トラに動噴を積み直す。六時五〇分作業終了。

3月19日（木）旧2月25日　晴

(水)0.0mm/(均)13.3℃/(高)20.1℃/(低)6.0℃/(日)7.8h

午後農協久賀支所、地区別総代協議会に出席する。理事選挙、定数二のところ三人が立候補、現職二名当選、新人一名落選。候補者調整しゃんしゃんで済まなかった農協サイドの固まり具合と候補者三名の所信表明を聞けただけでも、貴重な時間を割いて出席しただけの甲斐はあった。今回当選を果たした現職二名が何も考えていないこともよくわかった。新人さんの所信表明の中で、年金プラス農を選択肢の一つとし

ニンニクの施肥と土寄せ。2020.3.13

て、この先、リタイヤ組を担い手として取込む必要があるという話があった。新人さんにしても、退職帰農、五・五反で売上一〇〇万円という。現実、いまの経費と農協精算価格とのバランスでは、現役世代、子育て世代が農業で食うていくことは不可能に近い（二町作ればみかん単作農家として食うていけるといわれる。単価の安さを量でカバーするということでもある。これだと過重労働と農薬漬けで身体を壊す危険が高く、収穫時期に人を雇う必要も生ずる。それでも頑張るというやり手を否定する気はさらさらないが、現実、ワシも含め、世の中の大半の人間がやり手になどなりえない。このことを見落としてはならない）。あくまで問題の根本解決にはならず、対症療法でしかないのではあるが、無理して一人で一町二町も耕作する大規模・集約経営型の新規就農者を求めるより現実味がある（……と書きつつ、疑問符がどうしても頭をもたげる。今みかん生産の主力を担っている六十～八十代の第二世代の人たちは、みかん転作第一世代である親の作業を子供のころから手伝った経験があり、進学・就職等で一度島を離れ、親のみかん園を継ぐために帰農したというケースが多い。これから先、勤めをリタイヤする世代が、今の第二世代の人たちと同様に、退職、帰郷、そして新規就農へと繋がっていくとは一寸考えにくい。年齢が若くなればなるほど、みかんの斜陽化を知れば知るほど、「みかんなんか作ってもつまらん」という認識は強まる。農作業が好きだ、儲けにならなくても年金プラスアルファでみかん作業がしたいという人もいるにはいるが、それをもってみかん産地の維持が可能かといえば、悲観的にならざるをえない。そんなこと言い出したら何も進まないと言われれば、それはそれでごもっともなんだが、どうも、この手の議論には出口がない。人口減少と高齢化、地方から中央への人口流出、その中にあって、地方が、僻地の持続は本当に可能なのか?)。兎に角、このままいけば大島のみかん産地はますますジリ貧、近い将来消滅する。

悠太学童お迎え、帰宅。柑橘組合長任期中最後の農協たより配布に回る。神戸のオカンから電話が入る。光のキリスト教会さんからセトミが送られてきたという。味はどないだと訊ねると、甘すぎる、もっと酸味のある方がよいと言う。そうだろうな、ここまで寝かしたら酸が抜けて糖が立ち過ぎ、下手するとえぐみが出る。世間の大多数の好みは、ただ、甘いだけのもの。何だかな……。

夜、久しぶりに鍋にする。年度末の超多忙でかーちゃりんの帰りが連日遅く、鍋を回避する日が続いていた。早い目に取込んで冷蔵庫に仕舞っておいた白菜のコンディションが良い。暖冬の所為で白菜の食害が特に酷く、不作に終りはしたが、植付けを多い目にした御蔭で自家消費する分には不自由することなくひと冬乗り切った。

3月20日（金・祝）春分　旧2月26日　晴

(水)0.0mm/(均)11.3℃/(高)15.8℃/(低)6.7℃/(日)10.5h

昨夜、風が強かった。新型コロナ騒動の最中、三連休初日。年内の売上集計にかかる。確定申告の〆切がひと月延びた。いまだ申告書作成の前段階、入力を終えていない。午後、地主で石灰と剪定。部落役員の投票が済んだが連絡が来ない。助かった。今年も役員に入らずに済む。柑橘の役（前組合長が監事というあて職につく）がまだ二年残っている。来年は消防団長職が回ってくる。

3月21日（土）旧2月27日　晴

(水)0.0mm/(均)11.3℃/(高)17.6℃/(低)3.9℃/(日)10.3h

寝坊、六時起き。九時から十時半まで地主で石灰と剪定、十時半から正午まで井堀中段で三月穫タマネギを収穫する。草取りまるで手つかず、玉太りが悪い。トウ立ちは皆無。べと病も出ていない。マルチ敷設をやめて日照と通風を良くした御蔭だろう。だが、それゆえに草は盛大に生える。草の陰になって玉に日光が当らないと太りが悪くなる。まさに両刃の剣。草取りさえしっかり出来ていれば良玉が大量に確保できたであろうだけに勿体ない。みかん収穫・出荷時期の超多忙とぎっくり腰、家房の撤収、全てが響いた。四月穫も倒伏が見られる。五月穫は太りが悪い。

ひる時に聞いた話。昨日、太陽光パネルの縁で土筆を摘んでいる人がいたので、事情を話して捨ててもらったという。耕作放棄した段々畑にセットした太陽光パネルの周辺管理は、防草シートを敷いてはいるが、除草剤の併用が不可欠となる。土壌の酸性化は荒地並みに確実に進むから土筆はよく生えるだろうけど、農薬残留を考えると恐ろしくて食えたものではない。

午後一時間地主の続き。その後四時間で地主四ブロックの新苗植付け場所を確定する。池の横の、山側半分をやり残す。高樹齢の在来と青島が次々に枯れていく。引受けて七年目、当初かなりの密植園だった筈が、すっかすかの疎植園へと変貌した。使える樹は当面生かしつつ、向う数年から十年かけて全改植になる。

3月22日（日）旧2月28日　曇

㊌0.0mm/㊋14.7℃/㊢20.4℃/㊤8.7℃/㊐2.3h

起き抜け一番背中が痛い。毎度毎度のぎっくり背中、昨日の無理が祟った。無理はできん。畑仕事を休む。

はるちんのおさがり自転車が届く。悠太はまだ乗れぬ。練習すりゃあすぐに乗れるのに、誰に似たのか冒険心がまるで無い。

新年度部落役員の掲示がまだ出ない。選挙から二日経った今日に至るも誰ぞ役を受けんと言って揉めとるんだろう。これもまた春の風物詩。

3月23日（月）旧2月29日　晴

㊌0.0mm/㊋12.8℃/㊢17.6℃/㊤7.6℃/㊐10.6h

夜露がおりている。ネット予報では二十六日夕方まで晴、二十七と二十八日が雨。降る前の苗木植付けと石灰、春肥が優先とみて、二十日以上積みっぱにしていた動噴を下ろす。尿素撒布をしてやればよいのだが、これがなかなか手が回らん。

九時に長田先生来宅。休校以来、毎週月曜日が家庭訪問日となっている。一時間ほど珈琲のみもって話をする。今週二十六日に登校、いきなり終業式。新学期は通常通りの予定……だが先が読めない。夏休みが短くなるのではと心配しているという。これで五月ほんまに運動会やるのかと訊ねると、三月にやっておくべき新六年生の仕込みがまるで出来ていない、新入生が学校に慣れるまでの日数も要る、本音では厳しいと。体育の授業中や部活中に給水タイムを設けるなんて、一寸前までなら考えられんことだった。今の猛暑で、屋外で体育やらせるのは無理、体育館でやる場合は窓を全開にして大型扇風機回しているけど換気程度で子供たちに風が届くわけではない。体育館で熱中症もありうる。いずれ体育館に冷房入れることになるかもしれない。プールにしても、紫外線指数が高ければ中止になる。他の小学校と一緒に日時を決めてB&Gの屋内プールで授業せなあかんという事態も考えられる。それもまた難儀。それにしても、私らの子供の頃の気候とまるで違う、一日中セミとりに出ていたし、日焼け止めなんて使ったことなかったと長田先生が言う。猛暑といいゲリラ豪雨といい、日本の気候がわずか二、三十年そこらでここまで劇的に変ってしまったのだなと。だから水なんだ、問題は。一気に降ることで土中に染み込まず表層を流れてしまう。台風や大雨の時の海の濁り具合が、ワシが子供のころとはまるで違う。時化で海底の砂が揺り上げられて濁っていた、嵐が去った後はよく釣れた。いまは山から泥がストレートに流れている。耕作放棄地の増加とそれに伴う竹の増加、さらには除草剤による裸地化、これらによる保水力の低下がある。いま飲んでいるうちの井戸水は昨日降った水ではない。地下水量が減っている実情にあって、この先変らずうちの井戸水が飲み続けられるのか、心配している。異常気象と農業と、そんなこんなの話をする。

二時間半かけて地主残りの新苗植付け場所を確定する。全伐採して改植するのであれば話は早いが、活かせるものはいかしながらになるので、樹間の測定にも手間がかかる。悠太のテゴで助かる。ここには一九本植える必要があると判明。苗木追加購入の必要が生ずる。これで地主園地四ブロック、向う一〇年で全とっかえとなる。午後地主で石地八本植付ける。

掲示板に新年度役員が貼り出された。前区長が三度目の区長就任。今回次回ともワシが区長を引受けられんこともあるけど、当面現区長と前区長二人の輪番になりよるだろう。オッサン人材の枯渇、深刻だ。

夜にシチューをこさえる。ホワイトソースを悠太がこねてくれるので助かる。監督が来て呑む。四月十九日の御例祭は宮総代の出席で神事だけ執り行い、直会なし、出し物餅まきなどとりやめ、との結論が出たと。広島のフラワーフェスティバルも中止が決まる。五月下旬のソフトボール大会も消し飛ぶかもしれない。小学校の運動会も然り。

3月24日（火）旧3月1日　晴

(水)0.0mm/(均)11.3℃/(高)15.5℃/(低)6.7℃/(日)10.6h

悠太は十時半まで宿題。背戸の仕事場の紅甘夏、四〇分かけて六〇キロ取込む。ここには甘夏と普通温州が一本ずつ植わっているが状態が悪く、無理に防除してまで維持する必要はない。これをもって伐採する。取込んだ甘夏はすす病、黒点、ヤノネ、赤ダニてんこ盛り、見た目の悪さ只事ではなく、農協向けの正果は皆無とみた。一応試食してみる。糖度が低くて酸っぱい、味が足りん。不味いとまではいかんけど断じてウマくはない。訳アリ品で産直に出すこともできない。放任園なんてこの程度のもんだよな。都会でも庭の隅に甘夏や八朔の自家用ならせっぽを見かけることがあるけど、総じてこの程度の仕上りなんだろう。

かーちゃりんのおべんと、平原上段のはち君墓所前で食す。日差しが強く気温は高いが風は冷たい。午前午後の五時間半で地主に石地一二本植える。合間に横井手寿太郎園地の植付け場所のチェックに回る。成木五本、伐採を決める。樹勢の弱った樹が散見される。ゾウムシの入った樹もある。この園地の前耕作者は腕ききであったが、それでも防除しきれていない。気温上昇により病害虫の活動期間が長くなり、放任園地の拡大により病害虫の棲息濃度が高まる。その中で防ぎきるには限度がある。今年空いた場所に苗を植え、向う一年経過観察、来年さらなる改植の必要があろう。持続可能な畑を作っていかねばならぬ。

動けば暑い。腹が減る。今日は疲れた。一日ワシの仕事に付合う悠太は、へたれなりにタフだ。

3月25日（水）旧3月2日　晴

㊌0.0mm/(均)10.7℃/(高)18.1℃/(低)6.1℃/㊐10.7h

九時半出発、月末払いを済ませ、ヤナイ園芸まで転がす。みかん苗皆無。パセリの苗二株だけ購入。ほか弁でトリカラだけ買うて帰り、昼は家で残りごはん掻き込むことにする。帰り道、三蒲のコメリに寄る。石地一年生苗木一五八〇円。農協の倍の値段だが致し方なし、七本買って帰り、午後の二時間半地主に植付ける。悠太の学童四時お迎えを挟んで、夕方の二時間半甘夏のかいよう罹病枝を切除する。

かーちゃりん今年も異動無し。兼田君は異動と相成り。

3月26日（木）旧3月3日　曇のち雨

㊍7.0mm/(均)13.0℃/(高)15.6℃/(低)9.4℃/㊐0.0h

悠太、ひと月ぶりの登校、いきなり修了式。宿題全部出来ず、朝からもたもた。

パセリと自家採種のミズナを家庭菜園の空きスペースに植える。もう蚊がわいている。気候変動、ヤバい。日本でデング熱や西ナイル熱が出るのもそう遠くはなかろう。特に東京や大阪。都市部の衛生状態は考えられんほどに劣化している。

岩崎園地の件で、柳井土木事務所から電話が入る。地権者との土地収用契約がまだまとまっていない。これが新年度の契約になる。よって、木の補償も、ワイヤーメッシュ（防獣柵）の補償も、新年度回しになる。確定するまで伐るな、移設するなと言う。二〇一九年度で終りと思っていたところが、二〇年度も耕作を続けよということ。近隣の農地と家屋がさくっと立ち退いたのでどうしたもんかと思ってはいたが、地権者さんが何も言うてこんので、つい放っていた。

午前三時間半で、横井手に寿太郎一〇本（一年生四本、二年生六本）植える。見込み違いで二本足りず。苗木注文の〆切が早すぎた所為でもある（従来十二月末〆・一月末修正のところ昨年は十月〆）。農協の合併でろくなことがない。

午後タンク洗浄、ソラマメ草引き、スナップの棚設営と初収穫、冬大根の処分、買物、片付け、ほか諸々。

かーちゃりんから連絡が入る。保育園の卒園写真、今年以降うちに頼まず自前で済ませることになったと。猫も杓子もスマホでさくさく写真の撮れる時世にあって、プロの手仕事などもはや必要とされなくなってしまった。毎年入学式の撮影をしている小学校からも連絡が来ない。みずのわ写真館、いよいよ店仕舞いか。それはそれでよい。儲けるどころか経費持ち出してまで撮り直しのきかぬ重圧に毎年苛まれるのもどうかしている。

3月27日（金）旧3月4日　雨

㊎43.0mm/(均)16.0℃/(高)17.9℃/(低)13.1℃/㊐0.0h

風が強い。支出の入力を進める。晩に同志会役員の呑み会に出る。農協理事選挙の反省会、新人さんの票読み一五のつもりが一二しか入らず。選挙は水もの、コロナ禍で書面議決権行使が容認されたのは痛かったとも。

3月28日（土）旧3月5日　曇のち雨（出先＝曇のち雨）

(水)11.5mm/(均)12.8℃/(高)16.4℃/(低)9.1℃/(日)0.0h

広島行。あき書房さんで資料彼是仕入れる。コロナウイルスが広島にも侵入し始めている。日曜にしては（雨天もあろうけど）人通り少なくマスクをした人が目立つが、テレビで見る東京のピリピリ具合と比べるとかなり牧歌的なものではある（別行動で紙屋町、八丁堀界隈を出歩いたかーちゃりんによれば、普段と大して変らん人出、とのこと。そこんとこ、ようわからん。でも、午前に行ったコストコの人出は週末にしては少ない気がした）。

たまの休みに柑橘組合の引継資料を読み込む。唯一残っている一九九四年（平成六）の正組合員名簿によると北区三四戸、南区三九戸、計八三戸が出荷している。二十六年後の現在は北区一〇戸、南区一六戸、計二七戸。四半世紀で庄の柑橘生産者の七割が消滅した。大島の柑橘生産者の平均年齢は今や七十五歳を超えた。十年後、二〇三〇年の大島全体の生産者数は現在（約一〇〇〇戸）の三割にまで減る見込みという。すると庄で南北合せて八戸しか残らない計算になる。実情、十年後も残っているであろうと思われる戸数は南北合せて一〇から一二戸、さらにこの中で跡継のあてがあるのはええとこ二戸か三戸だ。

また一九九三年（平成五）の郡内七農協のうち東和を除く六農協（大島・三蒲・沖浦・久賀・安下庄・日良居）による山口大島農協合併契約書（全文残っていない）と、それに伴う安下庄柑橘出荷組合規約案（平成五年十月一日より実施とある）も、今となっては貴重な資料だ。同規約案の第四条には「ＪＡ山口大島の正組合員で安下庄地区において、柑橘生産に従事するものは、この組合の組合員となり、全量を共同出荷しなければならない」とある。農協の合併により全量出荷の原則が撤廃され、農協の直売所や海の市、なんとかマルシェ、産直通販がやりようなったという話は多くの人から聞く。ここでいう合併とは、最後に残ったＪＡマルトウ東和町との合併による大島の農協一本化（二〇〇四＝平成十六＝年）を指すのであろう。一九九三年の合併以降、地区ごと（旧六農協ごと）の柑橘出荷組合に委託されていた柑橘販売を久賀の本所に一本化するとともに、柑橘出荷組合を地区生産組合（地区営農推進組織・ＪＡ生産販売への協力組織）に変更したのが二〇〇六年（平成十八）。おそらくこの組織替えをもって、全量出荷の原則が撤廃されたのであろう。

ただ、古い意識は老害よろしく根強く残っている。ワシが直売の段ボール箱を庭先に積んでるのを見て「個人売りをして辞めさせられた組合長がいる」とか何とかイヤゴト言われたこともある。ワシにしてみりゃ柑橘の役職なんぞさくっと馘にしてもらった方が雑用が減って助かるんだが。また、あんた絶対に個人で売るなとわざわざ言うてくるおっさんも居る。みかんで食うていけん状況をだらだらと作りだしておいて、年金のある連中はあとは野となれでこのまま逃げ切れるからええだろうけど、先の長いワシらはそうはいかへんのだよ。おめー、それはねえだろう？ という、志村けんの昔の決め台詞がいつも脳裏に浮かぶ。

＊

追記。大島の農協一本化により、みかん自体も「山口大島みかん」に一本化され、「(安)《マルヤス》」マークの安下庄ブランドが消滅した。実は、この「(安)」こそ、京浜や阪神の市場で最も評価の高かったブランドであり、これを消滅させてしまったことが京浜・阪神市場からの大島みかん撤退、そして現在の低迷へと繋がっている。

ブランドが如何に大切か、それがわかる事例がある。おけさ柿は、同じ佐渡島産であっても、「(は)」マーク（ＪＡ羽茂《はもち》）のほうが、「(さ)」マーク（ＪＡ佐渡）よりも高値で取引される。優良ブランドを守るために羽茂郡の農協は安直な合併に加わらなかった。この違いは大きい。

柔らかな春草は優れた緑肥。叩いて土に混ぜる。通路の草は刈らない。2020.3.2

昨年の山口県下一農協合併の際、大島のみかんは県内他産地のみかんと混ぜることなく、合併後も変ることなく「大島みかん」として販売を続ける旨、確約したと、表向きそのような話になっている。まあ、その程度の約束事など、少し年数が経過して合併当時の偉いさんが居なくなれば簡単に反故にされるレベルのものだ。センサー当てて糖度・酸度を測るのだから、何処で栽培しようが数値が出ていればそれで特選、秀、優、のランクがつく、何処の産地のものを混ぜても一緒、そのためのセンサーなんですよと、ある農協職員は私にそう話した。近い将来大島のみかんが直面するであろう危機への警告として、あえてここに記しておく。

3月29日（日）旧3月6日　晴

(水)1.5mm/(均)11.0℃/(高)14.4℃/(低)8.5℃/(日)9.9h

昨日の帰り、大竹のパワーコメリで買ってきた木頭柚子を横井手寿太郎園地の空きスペースに植える（後日平原下段に移植）。皮の薄い柚子にもミカンバエが産卵することがあると聞いた。家ではなくみかん園地に植えることで、先々、みかんと同時に産卵防除をかけることにする。

午後、横井手の甘夏と平原上段の早生に春肥をふる。由元のみっちゃんが通りかかる。六月予定の消防団の旅行、ワシらは気にせんけど、全体の流れをみたら中止の公算大やな……とか何とか話す。初もの、タラノメを戴く。

3月30日（月）旧3月7日　曇

(水)0.0mm/(均)10.5℃/(高)12.1℃/(低)9.2℃/(日)0.0h

悠太、離任式で登校。祝島の神舞が一年延期になったと朝のテレビが伝えている。昼めし後、季村さんから電話が入る。いま作業を進めている詩村映二詩文の話に混じって「しむら、死んだで」と……。志村けんがコロナ肺炎で亡くなったのだと理解するまで数秒を要した。

フランスから一時帰国中の東海林悦子さんから甘夏の注文が入ったので送付したところ、以下メエルあり。

＊

今日、無事に届きました。ありがとうございます。早速明日にでも振り込みます。東京や都市圏は相当まずいことになっているみたいです。私は実はフランスから帰ってから二週間一応家にこもっているのですが、明日から外に出れると思いきや、フランスと同じ状態になりそうです。みかんを食べて生き延びます。ご家族皆さんと、どうぞお元気でお過ごしください。

＊

柑橘組合総会の議事録作成。三省堂神保町本店かまくらブックフェスタフェア向け八タイトル各五部計四〇部、明後一日午前着指定で送り出す。くまざわ書店桜ヶ丘店の実売分仮納品書起票。ひと月ちょいのフェアで六冊、ＪＲＣの正味にして七四七五円。参加一五社で二二〇冊売れたというのだから、うちが如何に売れん本ばっかり出しとるかがわかる。

3月31日（火）旧3月8日　曇のち時々雨

(水)1.5mm/(均)12.7℃/(高)15.6℃/(低)10.3℃/(日)0.4h

志村けん入院後家族は一切面会できず、病院から火葬場直行、ご遺体にも対面できずと、朝のテレビが伝える。スペイン風邪を想起させる戦慄の事態。

午前三時間、岩崎東で春肥をふる。苗木・未結果若木向け、今年は有機配合一号プラス油粕から大島配合Ｓに変更して様子を見る。

午後一時から六時半まで井堀上中下段と平原の早生に春肥をふる。

2020年４月

大島で食べられているタケノコは、きちんと栽培したものではなく、勝手に山に生えたものである。酸性土壌の所為もあってかアクが強い。普通は丸太で切込み入れて唐辛子と米糠ふた摑みで湯掻いてひと晩寝かすのだが、この方法ではえぐみが抜け切らない。筆者のやり方では、皮を全部剥いて切り分け、米糠を大量投入、唐辛子二本、水から入れて沸騰後45分、24時間寝かす。

1ヶ月

降水量	155.5mm（162.5mm）
平均気温	12.7℃（13.6℃）
最高気温	17.8℃（18.3℃）
最低気温	7.3℃（ 9.0℃）
日照時間	236.9h（195.1h）

上旬

降水量	23.0mm（55.6mm）
平均気温	11.8℃（12.0℃）
最高気温	17.3℃（16.7℃）
最低気温	6.0℃（ 7.4℃）
日照時間	87.4h（64.2h）

中旬

降水量	132.5mm（58.7mm）
平均気温	12.3℃（13.8℃）
最高気温	17.0℃（18.5℃）
最低気温	7.6℃（ 9.1℃）
日照時間	60.0h（65.3h）

下旬

降水量	0.0mm（48.2mm）
平均気温	14.0℃（15.1℃）
最高気温	19.0℃（19.9℃）
最低気温	8.3℃（10.5℃）
日照時間	89.5h（66.4h）

4月1日（水）旧3月9日　雨

(水)23.0mm/(均)11.6℃/(高)14.5℃/(低)5.4℃/(日)0.0h

申告書作成に向けて、昨年（二〇一九年）一〜十二月のみかん売上をまとめる（現金主義で記帳）。五六五一キロ、一四三万二〇六五円。着色不良による原料出荷が異常に多かった二〇一八年一〜十二月分（八八八一キロ、一五三万一〇一九円）と比べて出荷量は大幅に減らしたが売上額は大差ない（出荷量三六パーセント減、売上額六パーセント減）。正果率が高いと売上が違う。とはいえ、農協の精算価格はひと頃よりマシとはいえ安すぎる。産直の拡大に力を入れるしかない。

三年ぶりの入賞を狙って造本装幀コンクールに応募する。装幀のねらいについて、林画伯からコメントを戴く。

＊

「一九三〇年代モダニズム詩集」で取り上げられた三人の詩人（矢向季子・隼橋登美子・冬澤弦）はその生涯がほとんど分からない、忘れられた人たちである。編者の季村敏夫氏が闇の中に沈んでいたかれらに光を当てた。そこからタイトルを空押しにすることを思いついた。一見、表紙には何も印刷されていない。しかし、斜めから光を当てることによってタイトルと詩人たちの名前が浮かんでくる。そんな効果が欲しかった。コデックス装にしたのも、頁の開きやすさのためばかりではなく、背が露呈している姿がいかにも脆弱で、ふたたび彼らはバラバラになって闇の中に沈んでしまうのではないか、そんな不安を、不安なままに提示したかったという意図からである。

＊

柑橘組合の手書き会計まとめを受取る。急ぎで入力にかかる。四時半に悠太学童にお迎え、いちいち仕事が止まる。六時半まで仕事場の在庫整理、またまた腰をイワす。

4月2日（木）旧3月10日　晴

(水)0.0mm/(均)10.7℃/(高)16.7℃/(低)4.9℃/(日)10.8h

朝から腰が痛い。やらかした。畑仕事を休み、終日机に向う。申告書をやっとこさ仕上げる。出版二四万三八一〇円赤字、農業四九万一三〇一円黒字。扶養を外れることは今年もない。儲かっとらんとはいえ、かーちゃりんの納める税金を減額するという、これだけでもいい仕事をしている……ということになる。

農薬通販ドットｊｐにトランスフォームフロアブルを注文する（二五〇ミリリットル二四七〇円×五本。一万円以上で送料無料）。これが農協の予約一覧に入っていない。去年は農協で取寄せてもらい一本あたり二六八三円とられた。なるべく農協で買いたいのだが、儲けの出ない農業の実情、そうも言ってはおれん。

午後三木さんより電話が入る。年度末をもって「しま」の編集担当を外れ、大矢内さんがやっていた政治の仕事に全面移行するという。新年度から広告掲載が有料になるとも。うちの実情ではおカネ出してまでは無理だ。

三日前に打診かけていたレーザープリンタのリサイクルトナーの件で。テラオカ神戸営業所の担当さんと連絡を取り合う。価格の比較、ネット通販より消費税分が高くつく、どうしたものかと言われるが、二〇年前からずっとお世話になってきた義理もあり、この際少し高くても継続でお願いすることにする。

４月３日（金）旧３月11日　曇

(水)0.0mm/(均)11.4℃/(高)17.9℃/(低)5.5℃/(日)3.0h

農協に甘夏を出荷、正果二杯、原料四杯。これにて今季の柑橘出荷をすべて終える。午前まるまる在庫整理、午後悠太を連れて柳井行。三日続きで畑に出られず。雨の前に取込んだタカナのシゴも、月桂樹の植替えも手つかず。

　平生自動車、かーちゃりんの車を点検に出す。二時間代車借りて税務署、確定申告書を提出する。新型コロナ禍で提出期限がひと月延びて助かった。申告時期とは思えないほど人が少ない。志熊眼科、南すおう農協、さくら病院、ゆめタウン、六時半から悠太のプール、一斉休校を受けて三月まるまる休講、今月再開、参加者は半分ほど。待合の座敷で内職に勤しむ。来来亭で食うて帰る。金曜日は寝るのが遅くなる。

４月４日（土）清明　旧３月12日　晴

(水)0.0mm/(均)14.0℃/(高)20.0℃/(低)6.3℃/(日)10.9h

疲労蓄積で朝早く起きられない。畑仕事を今日も休む。午前仕事場で在庫の片付け。一時から柑橘組合の引継ぎ。道の駅、島の恵みが島外からの来客で馬鹿混みしているとの森川君情報。どうも大島は安全と思われているらしい。国道側には近寄らん方がよい。

　夕方小学校の河合先生から電話が入る。退職もあって連絡が遅れた、今年の入学式の撮影をお願いしたいと。今年の入学式は来賓の出席なし、簡略で済ませるのだと。撮影もいつもの体育館の中ではなく、校門前となる。天気予報は来週末まで晴れ続き。校門で撮ると南向きでまぶしいのではないか、明るく曇ってくれればいいのだが。

　朝晩寒いが昼間は五月連休並みの陽気。一日に届いた小島さん所蔵写真の修正画像出力一式季村さんに送る。晩に今年初のお庭ＢＢＱ。こーず君から電話が入る。コロナ感染のリスクが高い、十九日からの神戸検査通院は見送った方がよいのではないかと。大島から出ない方が無難とわかってはいるんだが、そういうわけにもいかん。こーず君のお店もまた難儀という。客が全く来なくなった。銭がない。でも、来てくれる客もいるから開けないわけにはいかない。勤め人に対し仕事帰りに店屋で呑むなと会社からお達しが出ている。無視して呑んで万一感染でもしたらエライことになる。職場封鎖、会社が入ってるビルまるまる消毒せなアカン、本人も同僚も自宅待機、会社が崩壊する。そいつの出世にかかわる、会社に居れんようになる。商売ヒマならしばらくお店休んで大島で畑テゴしてはもらえまあか？　と言うてもみるのだが、神戸から来たと言うて、もし同時期に大島でコロナ感染が発生したらワシらの所為にされるで、とも。

　まあ、こーず君が現時点でお店休むわけにいかんのもわかる。ワシもまたガン家系の末端であり、毎年異常が見つかることもあって今回の検査は外せない。二、三ヶ月延期したところでコロナ禍が収束するとは思えない。それとあわせて、本の仕事も仕込んでいる。どうしても、いま作らねばならぬ本があるわけよ。みかんにせよ本にせよ、基幹作物であるコメと違って無くても困らないものであり、社会にとっては究極必要のないものなんだよ。だからこそ、これはすぐれて逆説なんだけど必要なものなんだよ。

4月5日（日）旧3月13日　晴

(水)0.0mm/(均)11.3℃/(高)15.4℃/(低)6.3℃/(日)10.8h

　久しぶりに四時半起きで机に向う。昨日田渕さんから届いたポジ現像上がり五本チェックする。対馬での撮影分、いい感じに仕上がっている。「今大阪でもコロナの関係で日々大変です。夜はまったく静かになり、昔のイメージがなくなりました」と記されている。こちらはコロナとは関係なく定例の撮影仕事が一つ消えたが、田渕さんのところではコロナの影響で百人規模の入社式の撮影仕事が無くなったという。

　季村さんに電話を入れる。コロナ禍の行方によってはもはや出版どころではなくなる危険もある。詩村詩文、無理してでも出す。そうでなければ、出せなくなるかもしれない。予定前倒し、お盆前刊行を目指して作業を進めることにする。

　仕事場の片付けと在庫整理、その合間に「生命の農――梁瀬義亮と複合汚染の時代」（林真司著）の本文テキスト整理、プリントアウトまで漕ぎつける。これでやっと、指定原稿作成の入り口まできた。本の仕事で一日が果てる。今日もまた畑に出られず。

4月6日（月）旧3月14日　晴

(水)0.0mm/(均)9.1℃/(高)15.9℃/(低)3.6℃/(日)10.9h

　入学式写真撮りの件で小学校に下見に行く。悠太に立ってもらい、式終了直後とみられる一〇時一五分頃の光線状態を確認する。かなりまぶしい。けど、他に良い場所がない。無理くり撮るしかないか。

　年明け普通（一七一五キロ、手取り三四万三五九六円、販売手数料一四万二九一六円、手取り平均キロ単価二〇〇円）、ポンカン（一三二キロ、手取り一万七九四六円、販売手数料八五五六円、手取り平均キロ単価一三六円）、普通原料（八八二キロ、手取り一万三三二一円、販売手数料一万七八九八円、手取り平均キロ単価一五円）の精算書が届く。全体に安すぎる。これでは食えん。原料は特にひどい。昨年の原料精算価格（六一二キロ、手取り一万六五五八円、手取り平均キロ単価二七円、軽減税率施行前ゆえ販売手数料控除分の明細が発行されていない）と比較すれば歴然。農協の全県合併によりピンはね分がアホほど増えたということか？　人を馬鹿にしている。もはや原料は農協に出さん方が良いとまで言う者もいる。次

令和元年度（2019）農協→みずのわ農園精算額

摘要	重量(kg)	市場販売金額	控除額	農協精算額	キロ単価	正味
早生温州	281	¥47,860	¥18,198	¥29,662	¥106	62.0%
中生温州	281	¥72,395	¥23,300	¥49,095	¥175	67.8%
年内普通 （在来・晩生温州）	2,159	¥527,744	¥151,857	¥375,887	¥174	71.2%
年明け普通（晩生温州）	1,715	¥486,512	¥142,916	¥343,596	¥200	70.6%
ポンカン	132	¥26,502	¥8,556	¥17,946	¥136	67.7%
普通原料（温州みかん原料）	882	¥31,219	¥17,898	¥13,321	¥15	42.7%
甘夏	25	¥4,629	¥1,930	¥2,699	¥108	58.3%
甘夏原料	56	¥2,423	¥615	¥1,808	¥32	74.6%
計	5,531	¥1,199,284	¥365,270	¥834,014	¥151	69.5%

＊市場販売金額から市場手数料、農協の販売手数料、選果経費、運賃等を控除したのが農協精算額。
　すなわち農家の手取り額である
＊キロ単価は、農協精算額から算出
＊正味は、農協精算額÷市場販売金額

令和元年度（2019）みずのわ農園柑橘直売額

	重量(kg)	販売金額	キロ単価
温州・香酸柑橘・ 中晩柑計	1,466	¥842,030	¥574

の収穫時にはジュース加工を真剣に考える必要がある。こないだ南すおう農協で、一合瓶三本セット八〇〇円（一本二八〇円）、五〇〇ミリリットル七五〇円で出ていた。加工場は平生の農多さん。小瓶では単価が上がる。五〇〇ミリもしくは一リットル瓶で考える必要があろうか。

　まきちゃんでおひる、嶋津で釣りのアジ二匹と鯛のアラを買う。一年でこの時期しか食えないタイノコ無し、残念。仕事場引越しごみ処分で久賀まで転がす。処分代、四五キロで三〇〇円ナリ。帰宅後仕事場に籠り、悠太は宿題、ワシは片付けと雑務。今日もまた畑に出られず。

＊

　精算価格の件で以下、後日記。本書に収録しない六月十日の日録から、一部改稿のうえ転載する。

　午後、農協久賀支所で地区別総代協議会が開かれたので出席してきた。六月二十七日開催予定の山口県農協総代会以外の事柄に関する質問の受付時間となるも、誰も手を挙げない。仕方がない、ワシが鈴をつけに行くしかない。生産者精算価格の安さ、農協天引き額のあまりの大きさ、特に原料精算金額の急落、などについて質問した。六月四日の地区生産組合役員会・柑橘組合長会議で全く質問が出なかったと若い友人から聞いたこと、何ぢゃこの天引き額はとみなさん蔭ではボロカス言うとること、精算方式が変ったことによるのであれば逐次説明が必要であること、それが組合員との信頼関係に関わる問題であること、など指摘した。周防大島統括本部副本部長が回答する。金額的には何も変っていない、軽減税率導入による消費税法改正以前は農協入金額から計算を始めていたが、昨年十月以降は市場販売額から計算を立てている、それで天引きが増えたと勘違いした人が多い。とか何とか。

――詭弁だ。質問を折返す。具体的数値を挙げてやる。うちの原料手取り精算キロ単価、令和元年（平成三十一）度産一五円、平成三十年度産二七円、二十九年度産二四円、二十八年度産二六円。手取り単価が半値近くまで下った令和元年度産の市場販売額三万一二一九円に対し、農協の天引き一万七八九八円（五七・三パーセント）、手取り一万三三二一円（四二・七パーセント）。出荷個口数との関係、固定費もあろうから、一概には言えんだろうけど、前年迄と同じような出荷のやり方で、イキナリこんなに天引きが増えるのはおかしいのではないか。

副本部長の回答。原料は四割と言うが、セトミは手取り八割に達している。選果場経費等の固定費は変らない。相場が高ければ原料出荷分でも良い物は箱に詰めて高く売る努力をする、売ったおカネも生産者に高く還元できる。今季みたいに相場が安いとどうにもならぬ。

――これまた詭弁。プレミアムジュース（糖度一三・五以上）製造のため高糖原料もセンサーに通すが、原料出荷すればあくまでそれは原料でしかなく、正果として復活するとは聞いたことがない（屑みかんを安く売ることはあると聞くが）。果実内容は良くても、黒点やヤノネ、すす病等による「見た目の悪さ」で原料に落としている。それが「果実内容の良さ」で安いなりに良い値段がつくのであれば、センサーで救済できるのをアテにして初めっから原料に入れず正果で出せと指導するのが筋だ。東京大阪に出すのをやめて、安い九州産みかんが大量に入って値崩れ起こす県内市場相手にショボい商売に終始して、売る努力をしとるとは到底思えない。まあ、そこまで言い出せば振り上げた拳の下ろしようがなくなってしまう、泥仕合に持っていくつもりもないので、これ以上質問を継がなかった。農協の偉いさんが居並ぶ総代協議会の場で、数十人の出席者を前に副本部長が詭弁を弄した。農協が農家を大切にしていない、そのことが出席者の多くに伝わったであろう。それだけでも爆弾投下した成果があったと、そう思うほかない。

*

「神戸空襲体験記　総集編」（神戸空襲を記録する会編、一九七五年）に、野坂昭如の講演「神戸大空襲と私の体験」が収録されている。

（前略）じゃあ、そういう基地（朝鮮戦争でもベトナム戦争でも、日本は米軍の基地としての役目を果たしているということ―引用者註）をやめさせるために、一体、自分はなにをやってるかといえば、ボク自身なにもしてない。ボクは女房子供が可愛いもんだから、こういうところでもってしゃべっているという話だけなんです。若い方はそうでなくて、もっと切実にこれからの人生を生きようとするんなれば、そこら辺のところをハッ

みかん畑でおべんと。非日常とは関わりなく、季節は春から初夏へと向っている。2020.4

キリけじめをつけたほうがいい。ボクは正確には四十一歳なんですけれど、四十一歳というのは大体、もう生きている。今ここで聞いていらっしゃる方にしたって、年をとった方はこれでもう死んだってかまわない。佐藤ナニガシとか、田中になろうと福田になろうと、そんなものは死んだってかまわない。

例えば、もう五十年たったら、東京には青いものや緑が全部なくなる。あと五十年ということを考えたばあい、あなた方もどうっていうことはないでしょう。困るのはあなた方の子供でしょう。あなた方の子供まであなた方は考えられるかといえば、考えられない。なおさらボクなんか考えられない。東京に緑がなくなるだろうとどうしようと、今日、気楽にどっかまで行けるなら、車を使おうというのが、これ人間だろうとおもう。そういうふうなインチキ極まりないのが人間であると、僕は、まず人間を規定しておるわけなんです。

*

今さえよければそれでいい。逃げ切ることしか考えていない。度し難きはいまの年寄たち。このままいけば、いづれ、農協に三行半《みくだりはん》を突き付けねばならぬ時が来る。今日、確信を持った。否、ワシが三行半叩き付ける前に、国家権力による農協潰しで農協が消えるかもしれない。農協が無くなったところで、農という営みが無くなるわけではない。その時のためにも、悠太らのためにも、当面は面従腹背、力を蓄えるべき。筆の力も、土の力も。

イノシシ被害拡大により、タケノコが手に入りにくくなった。2020.4.9

久賀からの帰りの車中でつらつら想う。

　八月お盆明けミカンバエ産卵防除時の黒点病同時防除（ジマンダイセン）を、今年は平原上下段に限って外してみよう。この園地ひと所で極早生、早生、中生、晩生温州の実験ができる。五月六月の初期防除さえしっかりしていれば、七月以降の黒点病防除は外しても問題ない筈。九月十月の降水量と気温によっては来年も実験継続となるかもしれぬが、やってみる価値はある。農薬の一つ二つでも減らせる確信が持てたら、今後の展望がまるで違ってくる。

　六月中下旬黒点病二回目防除に使うエムダイファーの収穫前日数はみかん六〇日（残留基準値一〇ｐｐｍ）、その他柑橘九〇日（同二ｐｐｍ）である。お盆明けのミカンバエとダニ類の同時防除（ミカンバエ産卵防除のモスピランはダニ類の捕食昆虫も叩いてしまうため、ダニ剤併用が不可欠となる）を外すわけにはいかず、ならばせめて長期間残留する殺菌剤を減らしたい。七月上旬・下旬の防除（黒点病三・四回目、ダニ類防除、ミカンバエ成虫防除）は昨年同様回避する。この実験がうまくいけば、特段危険な農薬の撒布回数を五・六・八月の三回（うち殺虫剤混用二回）に減らすことができる。

　農協の為体《ていたらく》に直面するなかで、「生命の農」の編集を進めるなかで、ヒントを得た。ワシは、日々、子供らの行く末を案じている。ワシは、あなた方とは違う――。逃げ切ることしか考えていない、今さえよければ、自分さえよければいいという駄目な年寄たち、今どきの若い者はと言って後進のやることなすこと頭ごなしに否定し続けてきた年寄たち、かれらに対する私の返答である。ここまで書いてはいけないと言われるかもしれない。だが、あえてここに記す。行間を読めと言ってるだけではもはや何も伝わらないからである。

4月7日（火）旧3月15日　晴

㊌0.0mm/(均)11.2℃/(高)18.6℃/(低)3.9℃/㊐10.1h
タケノコ初物を戴く。「生命の農――梁瀬義亮と複合汚染の時代」の指定原稿作成作業と並行、早速湯掻く。悠太学童お迎えついでにレタパ投函、これでとりあえずは一点入稿。四時半から六時半まで、平原下段のやり残し青島一本、横井手上段で草取り、春肥をふる。
　数日前に話を受けた北区一・二班統合の件で、区長が来て話をしていく。世帯数が激減している以上致し方なし。

七都府県に緊急事態宣言が出る。夜七時から教育テレビ以外の全局が首相会見一色になる。このクソ男の発する言葉には誠意がまるでない。胸糞悪い。テレビを消す。民主主義国家で容認してはならない私権制限を伴う緊急事態宣言の発令を、国会が政府に丸投げしてしまった。権利制限を導入したがるのは権力の属性。時の権力者の思惑もさることながら、危機感と不安を煽るばかりで緊急事態宣言容認へと誘導したマスゴミの腐り具合もまた、愚を繰り返す歴史の教訓として記録されねばならぬ。

4月8日（水）旧3月16日　晴

㊌0.0mm/㊎14.4℃/㊖20.6℃/㊀7.2℃/㊐10.9h

詩村映二の詩篇、季村さん入力分と原文との照合作業、二日目。悠太は今日から二年生。長い春休みの末に今日から学校再開となるも、コロナの蔓延具合によってはいつまた臨時休校となるやも知れぬ。五月二十三日予定の運動会も消し飛ぶかもしれない。三日に再開したばかりの柳井の金曜プールが無期限で中止となる（昨夜かーちゃりんから聞いた）。

十時過ぎに小学校入学記念写真撮影の仕事に出る。コロナ感染防止のたる体育館内ではなく玄関前での撮影となる。校舎真正面だと日差しが目に入る。少し角度をつけて場を設営する。風がやまらず、子供らの動きも止まらず、難渋する。

地方小から再々発行の返品伝票にさらなるミスがあり、門野さんに電話を入れる。頼みのジュンク堂は七都府県の店が売上の大半を占め、堂島と池袋以外は全て閉店、今後については十日に正式発表予定とのこと。三省堂神保町本店も今日から休業という。先週からかまくらブックフェスタのフェアが始まったばかり、致し方なしとはいえ、痛い。

ひる休みにおべんと持って、ワシら三人と月ちゃんと荒神様で酒無しの花見をする。ちょうど散り始めの見ごろ。西本さん夫妻がおべんととカップ麺持って花見に来る。これで四回目という。

こーず君から電話が入る。神戸市立中央市民病院で検査のため十九日から二十二日まで実家に滞在する予定だったのだが、ほんまに危ない、絶対来るなという連絡。神戸も大阪も、緊急事態宣言で不要不急の外出をするなと言うている。万一コロナ貰って帰って、島で年寄に伝染したら大変なことになる。特に、第一号になるのはまずい。狭いムラ社会、ましてや島は都会のような無名社会ではなく有名社会だ。かーちゃりんは役場職員でもあり、緊急事態宣言が出とるのを判って神戸に出向いたとなれば叩かれるのは必至……神戸行を断念する。キャンセルのきかないこだまの早割チケット確保しとったのだが、そうは言うとれん。

こーず君のお店も今日から閉めるという。自粛強制の世相には反発心持っている。でも、ここまで危機的状況に至って、こいつなら店開けてるやろうといって来た客が、閉店しとるのを目の当たりにすればさすがに危機感持つやろうと、そうも言う。

悠太連れて井堀に上がる。ニンニクはまだトウが立っていない。ソラマメもまだ日にちがかかる。昨日葉を落とした春大根を少しばかり、未現像フィルムと一緒に田渕さんに送る。スナップを取込む。これは出来が良い。

4月9日（木）旧3月17日　晴

㊌0.0mm/㊙12.6℃/㊫17.5℃/㊦9.0℃/㊐10.7h

朝イチ、タケノコ第二便を戴く。一昨日湯掻いたものがあるが、冷蔵庫に仕舞って水だけでもまめに替えてやれば日もちする。ありがたい。イノシシ被害拡大、かつては食いきれぬほど穫れまくったタケノコも今や超のつく貴重品。速攻で湯掻く。

神戸の市民病院に電話、検査の予約変更をかける。なかなか繋がらない。三度目でやっと繋がる。予約変更の電話連絡が殺到しているそうな。今月二十日の大腸内視鏡を六月二十四日に、二十二日予定の血液・体幹エコー・胃カメラほを六月二十六日に、五月十二日予定の診察を七月七日に、それぞれ変更する。梅雨時のカイガラムシ防除があるが、まだかつかつ調整のきく時期ではある。この時期に事態が落ち着いていれば良いのだが、昨今のコロナ感染拡大の動きをみるにつけ、望みは薄い。一度キャンセルすると予約取直しが難しくなる、先が読めない、六月が駄目なら二ヶ月ごとの予約延期を繰り返して頂くしかないと病院の窓口さんが言う。七月梅雨明けから八月下旬は防除、摘果、草取りが優先、動けない。最悪、九月から十月にかけて検査が出来ればいいのだが。コロナを避けて癌になって死にたくはないが、癌検査受けてコロナ貰って死にたくもない。慢性疾患なり急病なり交通事故なり、コロナ禍の拡大による医療崩壊で、普段なら助かる命が助からない、そんなことが起りうる。ありとあらゆるお店が営業自粛、閉店を余儀なくされている。新幹線も飛行機もガラガラという（それでも東京の通勤電車は客が減ったなりにそれでも混雑していると聞く）。資本力のある大企業はそれでももつかもしれんが、日銭商売の個人商店・飲食店はやっていけんなるかもしれない。スペイン風邪は収束まで二年かかった。想えば、見えないウイルスに怯えるいま現在よりも、コロナ禍が収束して以降の社会のありよう、そちらの方が空恐ろしい。たとえば、たまに神戸や大阪に出掛けた折に誰ぞと連れだって呑みに行こうにも個人商店の呑み屋は悉く姿を消し、ワタミや白木屋等のチェーン店しか残っていないという、そんな事態が世の中のありとあらゆるところで表出するのかもしれない。人間の危機だ。

＊

地方小の門野さんからのメエル、以下こぴぺ。

書店臨時休業の事態は、十日に丸善・ジュンク堂グループの正式発表がなされるようですが、大変な状況に突入していくことは間違いありませんね。目下、七都府県で臨時休業（ただし棚元が営業を続ける場合と一部の例外を除いて）といった内部通達が出ているようですが、現時点では個別対応に追われて整理されていないようですね。紀伊國屋の梅田本店や三省堂の神保町本店などの旗艦店が臨時休業せざるを得ない状況ですが、地方・小は取次店各社さんが稼働される限りはそれに応じざるを得ません。Ａｍａｚｏｎなどのネット書店はじめ、七都府県以外の書店さんも通常営業されているところが多いですしね。ただし、弊社の売り上げがかなりの部分、大都市の大型書店さんに依存しているので、そこが休業されるのは死活問題です。それに対するバックアップは持ち合わせておりません。さて、一か月間の辛抱で済むかどうか……。三・一一をはるかに上回る影響が出ることは確実でしょう。

＊

コロナ禍による家籠り需要で書店の売上が増加しているというお目出度い記事が四日付の中国新聞に出ていた。そんなわけない。下手すると業界あげてブッ潰れるかもしれない。

4月10日（金）旧3月18日　晴

(水)0.0mm/(均)11.9℃/(高)16.3℃/(低)8.1℃/(日)9.3h

岡村で本棚（大一棹、小二棹）まとめ買い持帰り四万円なり。明日かーちゃりんが光の虹ヶ浜皮膚科に「かゆいかゆい」の悠太を連れて行くついでに下松のニトリも考えたが、近場にあるもので済ますことにした。既に周南、下松、光までコロナが攻めて来ている、都会と地方との時間差もあり、地方での感染爆発はこれから、間違いなく起こる。なるべく島から出ない方が無難だ。

大島は安全地帯と思われているのか、東和の道の駅が来島者で溢れ返っていると聞く。久賀の島の恵み本店も同様で、極小や格外のせとみがキロ五〇〇円でもバンバン売れているとの連絡が八日の青壮年部ラインで回ってきた。島外から道の駅に来た人が安本医院にかかって感染が判明し徳山中央病院に搬送されたとか、周南からユタカ工業の仕事に来ている者が感染したとか（後日談。ただの風邪だったそうな）、ありとあらゆるデマが飛び交っている。このグローバル化の時代にあって、島もまた例外ではありえない。新型コロナウイルスの大島上陸も、もはや時間の問題だろう。

明日の晩から雨予報。春肥をふりたいところだが、今日は一日蔵書の整理に集中する。

4月11日（土）旧3月19日　晴

(水)0.0mm/(均)11.1℃/(高)15.5℃/(低)7.0℃/(日)6.0h

かーちゃりん、悠太を連れて虹ヶ浜クリニックに出掛ける。

早昼済ませて十時半から井堀中段に上る。この園地のスダイダイが一番生育が早い。もう蕾がふくらみ始めている。この調子だと四月末には花が開く。みかんの多くはまだ芽が出始めたばかり、去年なり番の青島は樹によってはまだ芽吹いてすらいない。今年はいつにもましてばらつきが大きいのかもしれない。四月穫タマネギを抜く。肥大不良、トウ立ちあり。寒の戻りが強いとトウが立つ。去年と同じ状況。五月穫も肥り切らんうちにトウが立つかもしれない。

イノシシ柵のやり直し、枯れ木処分などまるで手付かず。春肥にかける時間が無くなってきた。今年実をつける樹には柑橘有機配合五号の粉を入れるつもりだったが、一律大島配合Sに変更する。カラス対策が要らん分、少しでも作業時間圧縮に繋がる。地主川べりの三畝をさくっと済ませ、岩崎東半分にかかる。イネ科の夏草がもう伸びている。これはさすがに、幼木の樹冠だけでも抜いてやらねば、肥料の効果が薄れる。すると手間と時間がかかる。せぇのねえ園地、死にかけた樹が多い。そんな樹の樹冠部は草の繁茂が特に酷い。みかんの根が減り養分の吸い上げが減ったということなんだろう。競合により養分を雑草に持っていかれるというが、みかん自体が雑草と競合して養分を吸っているという一面もあるのだろう。十時半から六時半までほぼぶっ通し、身体中がバキバキいうている。今夜から雨予報、地主残りと横井手下段、寿太郎が手つかず。次の週末が雨予報。それまでにやっつけるしかない。

作業合間に、こないだ岩崎園地隣接地に引っ越してきた田中さんに話をする。農薬撒布前の連絡が必要となるので電話番号を聞いておく。農業はやれんよと話すと、わかるわー、漁業も酷いんですよと言う。三ツ松の出で、親父さんと一緒に漁師をやっている。市場ではブランドものが強く、それを先に値付けしたうえで他を安く買い叩く。それゆえ、どれだけ良いものを出そうがまるで値が上らない。この十年で売上げが半減した。安値を量でカバーしようとすれば資源枯渇に繋がる。自然豊かでせっかくいい資源があるのにもったいない。これでは行き詰まると危機感を持っている。いま三十歳、中学校時代は全校で一〇〇人いたが、同級生は彼以外一人も残っていない。今年の安下庄小学校の一年生六人だったと話すと、子供をもつ同年代、三〇代が殆ど島に残っていないということですねと、彼は言った。

＊

追記。六月のある日の、田中さんとの立ち話より。

漁業廻りのキツい話。ただでさえクソ安い浜値が、コロナによる都市部の需要減で三分の一に下がり、漁に出ただけでガソリン代まるまる赤字になるといって、漁師の大半が持続化給付金受給して仕事を休むに至った。大体が、都市部に出荷した残り物が地元で消費されるわけであるが、漁師が漁に出ないがために、店屋にまるで魚がない。いくら外食産業が落ち込んだと言っても家庭消費が無くなるわけではないのだが、そこが流通のおかしなところ。仲買が買い叩いているというのが実情。都会のスーパーで売ってる魚が、ほな三分の一にまで値下がりしたかといえば、さにあらず、買う側にとっての魚の高値は変らない。

みかんも同様の問題があり、昨年度産（二〇一九年度産）は、前年度産よりも市価が高かったのに、ワシら農家の精算単価は大幅に下落した。今年の冬は、コロナの影響もあって、昨シーズン以上に買い叩かれるであろう。それに対抗する智慧も気概も、農協はまるで持ってなどいない。それどころか、個人販売をする農家に対する締め付けを強めようという動きが出ているとまで漏れ聞いた。農業で食えん状況を放置しておきながら、それゆえに農家の子息が農業を継がないという実情を放置しておきながら、そしてそれゆえに農業の維持を困難に陥れておきながら、おめぇ、それはねえだろう（若かりし頃の志村けんのギャグで、「なんだ、バカヤロウ」ってのもあったよな）、という話。

農協の為体《ていたらく》はさておき、国内でのフェアトレードがまともに成り立っていない、額に汗して働く者が馬鹿をみるということ、これが諸悪の根源だ。

＊

かーちゃりんお出かけついでに頼んでおいた神戸往復チケット払戻し手続き、手数料なし全額返金となった。早割切符のリスク、多額のキャンセル料は覚悟していたのだが、非常事態宣言下にあって特例となったらしい。

午後、神戸市立中央市民病院で一四人コロナ院内感染のニュースが流れた。今月の検査を見送って正解だった。コロナ医療、兵庫県内にあってここが最後の砦、それだけにリスクは高かった。とはいえ、ワシの検査、山口の病院でみてもらうわけにはいかん。中央と地方の医療格差は只事ではない。こないだ病気持ちのひろし大将と立ち話したのだが、日帰りで広島の病院に行くと言うていた。元々大阪の人。そうやねん、こちらとは違うんよ～と。そういえば、うちの春一さんもゆき子さんも、食道静脈瘤破裂で亡くなった。都会の大きな病院なら、死に病にはならなかった。地方、就中、僻地に住んでいるというだけで、それだけで助からない命というものが間違いなくある。

山口県庁の職員からも感染者が出た。福岡の専門学校に通学していた岩国市在住の若い人からも出た。中央と地方とのタイムラグを思えば、地方での感染爆発、阿鼻叫喚の修羅場がそこまで迫ってきているのは間違いない。

4月12日（日）旧3月20日　雨

(水)67.0mm/(均)8.2℃/(高)9.6℃/(低)6.7℃/(日)0.0h

宮本常一叢書の件で、タイシン君と電話会議をする。追加取材のできない中で企画の練り直し、刊行日程の確定など。当面、顔突合せての会議ができない。仕事場で終日机に向う。イマイチ捗らない。晩メシ作りに帰ると「生命の農」初校が届いていた。

4月13日（月）旧3月21日　雨のち曇

(水)23.5mm/(均)8.2℃/(高)11.0℃/(低)6.3℃/(日)0.9h

曇り予報が覆り雨やまず。晴天続きで新苗の土がカラカラに乾いていた。一寸降りすぎだが、それでも助かった。

朝、監督が来て珈琲呑んでいく。立替えていた柑橘組合のコピー代を持ってきてくれた。昨日電話があったので、次におっちゃんサミット（福田酒店で夕方恒例の呑み会）参加する時に使うけぇ預かっといてと言うたのだが、新型コロナ対策で、角打ちで客に呑ますなという指令が業界内で出たとかで、福田は真面目なんで呑めなくなってしもうた。昨日は福田で麦酒買うてみっちゃんちに上って呑んだと。それと、大阪で芸人やってる崇君、花月劇場の閉鎖で仕事がない、けど万一があってはいけんので、いま帰省させるわけにもいかんと。コロナ疎開がみるみる増えているとも。柳井は他県ナンバーのクルマで溢れ返っている。土曜日に庄の波止で釣っとる者が魚の数より多かった、みんな他県ナンバーだったと。大島での新型コロナ感染者発生も、もはや時間の問題。島を指して「海に浮かぶ老人ホーム」（……であるからして、社会資本を投下する必要などまるで無いという論旨）なんてぶっ放しやがったのは、旧民主党政権時代の事業仕分けで仕分人としてしゃしゃり出てきやがったメリルリンチ証券のオッサンだった。言い草は気に食わんが、島が現実に「海に浮かぶ老人ホーム」であることに間違いはない。コロナ持込みは即刻死に繋がる。でも、大島大橋を爆破でもしない限り、どうすることもできん。

昨夜仕込みかけたインド人も吃驚カレーを仕上げる。昼に試食、会心の出来。午後仕事場に籠る。

＊

二〇二〇年八月追記。酒屋の店頭呑みの禁止について。コロナ感染の拡大した当初の酒販組合のお達しでは三密回避と言うとったんだが、後から、飲食店の免許を持っとらんからアカンという理屈に変ったという。コロナを機に縛りがきつくなりよった。何かにつけ生きにくい世の中だ。

4月14日（火）旧3月22日　晴

(水)0.0mm/(均)10.5℃/(高)18.2℃/(低)2.3℃/(日)11.0h

朝メシ、三日目のカレーはウマい。かーちゃりんは胸焼けで食えず。いつものこと。宿酔いのおっさんみたいだ。

終日机に向う。詩村詩文の写真画像処理、黒田ＰＤから見本が届く。無茶ぶりついでに追加注文をつけて返信する。詩村詩集の指定原稿作成作業が遅れっぱなし。「生命の農」の初校照合もいまだ手につかない。先月の対馬取材メモに大幅に加筆、宮本叢書の企画メモとあわせ、タイシン君と森本さん宛に送信する。

4月15日（水）旧3月23日　晴

(水)0.0mm/(均)12.7℃/(高)20.2℃/(低)5.5℃/(日)10.0h

十二月から二月にかけて全国平均気温は平年比プラス一・六六度、統計を取り始めた明治三十一年（一八九八）冬以降で最高気温を記録。偏西風の北側への蛇行により東日本日本海側の積雪量は平年比僅か七パーセント。記録的暖冬は異常気象と言えると、気象庁のコメント。今朝のテレビが伝える。

異常に気温の高かった前年より今年の方がさらに気温が高いという事態は、大島でもここ半年以上ずっと続いている。人類もうオシマイなのかもしれない。

食欲のないみーちゃんをさくら病院に連れていく。行きがけ、大畠観光センターで魚を見る。春の愉しみタイノコが今日も見当らない。豊穣だった筈の海もまた沈黙の春か、魚の

スナップエンドウとニンニク芽を取込む。2020.4

並びがショボい。今夜の新玉かき揚げ用にヨリエビを仕入れる。三〇〇円也。

みーちゃんは腹下しと診断、注射とお薬。待合で詩村詩文、季村さんの解題、入稿前校正を進める。雲を呑むくだり、雲呑麺が無性に食べたくなり、買い物の前に来来亭に駆け込む。コロナの影響か、客が少ない。柳井警察前のガソリンスタンドでワゴン車のオイルを交換する。一見平穏な片田舎。生活資金十万円支給云々、JR旅客六社の連休中の予約が前年の一〇パーセント程度にとどまり経営に影響云々、スタンドのラジオから不穏なニュースばかり流れる。

午後二時二〇分、小学校からメエルが入る。明日の午後から五月六日まで一斉臨時休校。宇部市在住の防府商工高教諭の感染が決定打か？　新学期がすっ飛んだ。五月予定の運動会も駄目だろう。先週再開したばかりのヤマハ教室、今日は予定通り開講したが、来週以降またまた休講となる。コロナ一つで何もかもがぶっコワれていく。

4月16日（木）旧3月24日　晴

㊌0.0mm/㊞14.2℃/㊢21.1℃/㊦7.9℃/㊐11.1h

朝イチ、タケノコ第三便を戴く。役場まで取りに行く。帰り道、谷の豆腐屋の前でバス先頭に渋滞、対向車は神戸3ナンバーの黒い外車。狭い島の道をええクルマで走るなってのはさておき、十中八九今流行りのコロナ疎開だな。まずい。感染者出るぞ、近いうちに。

雑務の傍らタケノコ湯掻いて午前が果てる。昨日初収穫のニンニク芽、タケノコ、スナップ、春大根をこーず君宛てに送り出す。自粛漬けの日々、少しはまともなもの食うてもらわなあかん。

二時二〇分悠太帰宅。これで連休明けまで学校が無い。感染予防のため休校するのに学童は開けるという意味不明。富山市では、職場か何処かで感染した親から小中学生の子供にコロナがうつった。子供がコロナまき散らしているのではなく、外部と接触する機会の多い親がいちばん危ない。保育園でも登園自粛を呼びかけ始めた。学童がないと仕事に出られない親も少なくないのはわかるが、それで親が感染して子供にうつして、その子供が学童で他の子供や指導員にうつしたら目も当てられない。学校閉めるのに学童開けるのは訳わからんよねと、悠太はワシの受売りでものを言う。同時に、学童に行きたいと言う。まるでわかってなどいない。

二時半から六時半まで地主で春肥をふる。サツマイモのような葉っぱをした、でもイモは出来ない、根っこは白い、地下茎で増える、見たことのない蔓草が去年からこの園地の特定の一角で増え始めた（後日、ガガイモと判明）。春肥ふるのを止めてこいつを根こそぎ除去するだけで手間を食う。全部抜けず。一反ある池の横のブロックの四分の一くらい春肥をやり残す。

4月17日（金）旧3月25日　曇、夜間雨

(水)2.0mm/(均)14.1℃/(高)16.4℃/(低)9.3℃/(日)2.5h

今日からまた長い春休み。終日悠太にテゴに出てもらう。

地主掲示板横の三畝で九時から十一時半まで春肥をふる。草をどけながらで時間がかかる。カラスノエンドウが枝にからむ所はどけるが、なるべく残すようにする。アブラムシがわき始めた時、これが無ければみかんの新芽にアブラムシがもぐれつく。

残り物でひるを済ませ、一時から三時半まで横井手寿太郎下段で春肥、他の園地は新芽の伸び優先で大島配合Sをふったが、ここでは窒素リン一〇〇パーセント有機物の柑橘五号ペレットをふる。除草剤止めて二年目、長年の毒がまだ抜けきらず、草の生え方がおかしい。年月のかかる土の再生を考えて、窒素の半分が硫安で占められている大島配合Sは使わないことにする。

四時半頃消防車のサイレンが鳴り響く。柳井消防本部に電話入れると、山銀近くでその他火災。警報は鳴っとらんが慌てて機庫に走る。誰も来とらん。宮司殿に電話して来てもらう。荷台の肥料と道具を下ろしている間に、悠太には森川君に電話かけてもらう。彼も在宅、助かった。三人で現場に向う。山の竹が焼けた、消防署だけで消し止められるレベルというので、加勢せず機庫に帰る。騒いだだけで事にはならなかったが、それで済んで何より。消防団など必要ない、役に立たない、酒呑んでるだけ、消防後援会費払うだけ馬鹿らしいとか何とか吹きまくるオッサンも居る。大雨時の川の水位と海の潮位と満潮時刻、消防署のサイレンの発生など、日常的に警戒を怠るわけにはいかないワシらの水面下の仕事のキツさは馬鹿にはわかるまい。

昨日全ての都道府県に緊急事態宣言が出たのを受けて、道の駅、島の恵みとも、来週末から連休明けまで休業と連絡が入る。島外客で混み合っていたところが、春休みが終ったせいか目に見えて客が減ってきたと青壮年部ラインで流れたのが十一日。以降一週間、さらに客が減っていると、かーちゃりんの役場情報も入っていた。竜崎温泉はずっと休館している。これで道の駅と島の恵みが店を閉じれば、わざわざ本土から大島に攻めてくる目的地は無くなる。ゴミだけ落として帰る釣り客が増えるかもしれんという危惧はあるのだが。

4月18日（土）旧3月26日　未明雨、晴時々曇

(水)11.5mm/(均)15.6℃/(高)20.2℃/(低)10.9℃/(日)6.1h

未明の雨、強風が吹き荒れた。昼間も時折強い風が吹く。詩村詩文の本文指定原稿作業、かなりの難物、一日潰すも最後まで届かず、明日に繰り延べ。連休前にゲラを出すためには、明日のクロネコにだけは間に合わさなければ。

運動不足はよろしくない。五時から六時まで一時間だけ地主川べりの六畝で春肥をふる。若木・苗木だけ先に済ませる。老木は二本やれただけ。明日の晩から明後日の朝にかけて雨、その後暫く晴れ続きの予報。明日で春肥を終えねばならぬ。帰って晩メシをこさえる。朝から悪寒がすると言うてたかーちゃりんの具合、ほぼ終日寝た御蔭かそんなに悪くはならなかった様子。よく風邪をひく人ではあるが、メシがわしわし食えてりゃ心配要らんのだろうが、一寸のことでコロナ感染を危惧するあたり、どうにもよろしくない。コロナの収束迄一年とはきかんだろう。先の話だが、秋以降のみかん販売が出来るのか、それよりも島外からの収穫テゴ人が今年は確保できるのか、まるで先の読めない今の段階で心配してもどうにもならんのだが、何から何まで、毎年当り前にやってきたことが、もはや当り前にやってはいけない、イキナリそんな時世になってしまった。収穫作業のテゴ人にしても、都会に住むこーず君や伊藤相田夫妻はまず無理。祝島の國弘夫妻にしても本土より隔絶された島にあって、万一本土のコロナを持ち帰るリスクを思えば無理かもしれない。のりちゃんファミリーも吉原さん夫妻も然り。……いま考えるのはよそう。

4月19日（日）穀雨　旧3月27日　晴のち曇、夕方から雨

(水)10.5mm/(均)13.1℃/(高)17.4℃/(低)8.5℃/(日)3.9h

朝起きても疲れが抜けとらん。ここんとこ毎日こんな具合。昨夜メシ食うて一時間寝てしもうた。寝る前に風呂にだけは入った。

午前まるまるかかってカツベンの略年譜指定原稿を作る。権力にかかれば個人なんて塵芥でしかない、編輯しつつ痛感

ガガイモ。4月16日と22日の記述にある。種子が風で飛んで拡散、地下茎で拡大する。2020.6

する。指定原稿、資料篇ブランクで黒猫送り出す。

午後、横井手寿太郎園地上段で春肥をふる。夕方からの雨をあてにして、柑橘有機配合五号ペレットをまく。樹冠の草をとりながらの作業、捗らない。長年除草剤に頼ってきた園地の特徴なのだが、セイタカアワダチソウがアホほど多い。除草剤で上は枯れても根は死なない。化学農薬に頼りきる人は上しか見ていない。一年草の筈のセイタカアワダチソウに、地下茎の如きぶっとい根が出来る。抜くにも難儀する。

今日は本来、御例祭が執行されていたはずだった。出店、演芸会、餅まきなど、行事すべてとりやめとなり、今日十時からの神事のみ総代出席で行うことになった。総代の欠席連絡も多いと監督から聞いた。

午後休日出勤のかーちゃりんが、本土在住で休日出勤の若い衆から聞いた話。大畠の観光センターが馬鹿混みしている。ここで弁当買って、橋渡ってすぐのカメヤで釣り餌買って、それで釣り客がアホほど増えている。大畠観光センター、カメヤ廻りから感染が広がる危険大、近寄るなという。やはり釣り客か、問題は。対人接触が少ないから大丈夫と高を括っているのだろう。島でモノを買わず、ゴミだけ落して帰る。そのゴミはこの貧乏大島町の経費で焼却することになる。ゴミついでのお土産にコロナ持込みってか？　おめぇ、それはねえだろう。

4月20日（月）旧3月28日　朝雨、のち晴

(水)18.0mm/(均)15.7℃/(高)20.3℃/(低)11.6℃/(日)8.5h

五時起き、机に向う。いくら寝ても疲れが抜けん。朝七時過ぎまで雨が残る。春肥のやり残しが気になるが、終日机に向う。カツベン資料篇の通し編輯案の作成に午後まるまる費やす。

4月21日（火）旧3月29日　曇

(水)0.0mm/(均)15.2℃/(高)18.6℃/(低)13.2℃/(日)3.6h

気象データをチェックする。四月中旬の気温は去年と同じく平年以下で、去年より低い。みかんの芽出しが鈍いのも合点が行く。暖冬で育ち過ぎたところに春の冷え込みが強いと、タマネギにトウ立ちが発生する。去年は四月穫の半分と五月穫ほぼ全量でトウ立ちが発生した。畑に残っている五月穫の仕上りが心配だ。でも、どうすることもできない。

　午後三時間、横井手農道上段の寿太郎に春肥をふる。雨上がりの水気をあてにして、柑橘有機配合五号のペレットやめて粉にする。樹冠の草取り並行、なかなか前に進まない。長年の除草剤施用、就中ゾーバーの害の大きさ、まともな雑草が少ない。やり手といわれる人ほど、きっつい除草剤を平気で使う。学校のグラウンドみたいなからっからの土、ここに有機肥料入れて、ほんまに分解できるんか？　といった疑問はさておき、この園地の除草剤を抜き始めておよそ一年半になる。土のコンディションが少しずつ変ってきたのもわかる。土を戻すのに最低五年はかかる。

4月22日（水）旧3月30日　晴

(水)0.0mm/(均)12.2℃/(高)15.2℃/(低)9.3℃/(日)10.2h

朝ちぃと寒い。カツベンの図版データで、軽すぎて印刷原稿として使うには苦しいものがちょいちょいある。状態のよいデータとの差替えもしくは現物借用の可否について、昨夜のメエルで季村さんに問合せた。朝電話を入れる。神戸市文書館、神戸映画資料館などコロナ禍で閉鎖、当分の間対応不可、いま手許にある素材で入稿するほかない。個人蔵の資料にしても、持ち主当人が入院したため対応不可というものもある。コロナ禍で本を作るにも色々と難儀する。

　六時半から九時まで地主で草を取る。葉と蔓はイモのようだが、カズラのようにぶっとい根っこは出来ない。白い根が地下茎となって真横に走る（十六日付でも記述。後日、ガガイモと判明）。これが去年からこのブロックのごく一部の限られたエリアで、イキナリ生え始めた。何処からか飛んでくる。見たことのない草が増える。朝メシ食いに帰り、十時から正午まで作業の続き。半日ずつで計一日この作業にかかって取込んだ蔓と根は二〇キロコンテナ二杯にもなった。

　ひる前、岩崎園地の一部収用にかかわる説明のため柳井土木建築事務所の担当さんが来宅。ワイヤーメッシュと縁石の除去、堆肥の移動、樹の伐採補償金等の提示を戴く。樹の補償金は地権者とは別に、実際に耕作している者にも支払われ

ると、これは意外な話であった。売上激減の現状にあっては助かる……ような気もする。

一時から二時半までカッベンの図版チェック、二時半から四時半までかかって地主池横の春肥を終らせる。このあと一時間かけて、寿太郎の春肥の続きにかかる。

昨日のファクス、ひと月ぶりに地方小から補充注文が入った。表向き品切（ということになっている）本の取扱いについて夕方門野さんに電話確認をとる。売上げ頼みの綱の都市部大型書店が軒並み休業する一方で、駅前書店からの客注が多くなったという。アマゾン一人勝ちかと訊くと、実はそうでもないのだと。アマゾンの小田原の倉庫で感染者が出た。感染対策を取らずに働かせて、これではやれんとストのような事態が発生、他の倉庫でカバーしたくても出来ない状況に至った。アマゾンは生活必需品優先で取扱うと言うとるけど、本の発送が出来んのが本当のところだと。

ここまで、まるで先が読めないのは初めて、三・一一の時よりキツい。年々下がっていた売上げが三・一一でどかっと激減し、その後少しは持ち直したとはいえ、三・一一前の水準には戻らずじまい。ここにきてコロナ禍でかつてない落込み、おそらく、コロナが収束してもコロナ前の水準には戻るまいと。

現状、コロナ禍で取材ができない分、雑誌がキツい。雑誌の流通量は通常時の六〇パーセントに抑えているが、それでも売れず返品が増えている。

それでも七月頃には新刊出すんだが、どうしたものかと訊ねる。うーん、その時になってみなわからんけど、書店も図書館も休業、売り先がないとくれば出さん方が安全かもしれない。でも、先延ばししたら、ますます出せんようになるかもよ。そこなんだよね。長引くよ、これは。まあ、出すと決めたら出す。そのうえで、納品日の目途のついたところで改めて状況を確認すると、それで、少しでも売れるように対策すると。それしかないよな。

東京消防庁に勤める門野さんの知人の話だと、交通事故で救急搬送するも病院四〇軒断られた、東京はすでに医療崩壊、助かる命も助からない、これが実情という。

かーちゃりん終日コロナ休業（保育に欠ける児童がいるという名目）。学童は開所しているが、感染防止のため身内の協力で何とかなるのであれば、なるべく来ないでくれという対応に変ってきている。アテにできる身内は、ウチにはない。ワシとかーちゃりんが感染したらもう対応不能、家庭崩壊だ。

4月23日（木）旧4月1日　晴

㊌0.0mm/㊇10.8℃/㊄15.7℃/㊀5.0℃/㊐7.7h

みかん作業休み。朝と晩にニンニクの草取り作業。少しやり残す。ニンニク芽、スナップ、春大根、カエリを自主ロックダウン中の河田さんに送る。なっちゃんの命にかかわる事態が起ったとしても、既に医療崩壊を起こしている今の東京では受入れる病院がない。ワシとしては、食べるものを送ることくらいしかできない。

宿題の悠太と一緒に仕事場に籠る。印南さんから依頼されている学術書刊行の件で、確認事項をまとめメエル送信する。

午後かーちゃりんから電話が入る。オババ脳梗塞発症、橘医院（今年四月病床削減、病院から医院に変更）満床で東和病院に搬送される。柳井の義兄が仕事休みで、すぐに駆け付けてくれた。認知症の御蔭で本人は死の恐怖に苛まれずに済む。これはこれで幸せな老後と言えるのかもしれない。悠太は今日の宿題は終えている。義兄について阿月迄行くと言う。珍しく許可する（夕方かーちゃりんが阿月迄迎えに行く、ひと手間）。机に向えない日もあるから、二日分くらいは前に倒してやっておけと言っている。

夕方三木さんから電話が入る。緊急事態宣言を受けて九日から来月六日まで事務所閉鎖、今日は出勤してきたという。集団免疫ができればというけど島では難しい。そのために何人も年寄を死なせることになる。もともと脆弱な島の医療も崩壊する。むこう何年も、島には行けなくなるかもしれん。三月の対馬行、万一を心配したけど、結果、行ってよかった、あれ以上予定遅らせたら無理だった、と。


4月24日（金）旧4月2日　朝方雨のち晴

㊌0.0mm/㊎11.8℃/㊢15.9℃/㊦4.7℃/㊐8.8h

朝寒い。雨がぱらっと来る（雨量計には反映せず）。月末払いをひと通り済ませる。土居のセブンイレブンでカッベン資料編のレイアウト用紙四〇枚コピーする。県外ナンバーの車がウロウロしている。勘弁せえや。

午後地主川べりで樹冠草取りと春肥。三分の一くらいやり残す。ニンニクの草取り残り少しなのだが、手つかず。

かーちゃりん、マミー、月ちゃん、九時からオンライン呑み会。二時間も、ようわからんけど盛り上がっとる。

4月25日（土）旧4月3日　晴

㊌0.0mm/㊎13.9℃/㊢19.6℃/㊦4.9℃/㊐11.2h

畑仕事を休み、終日仕事場に籠ってカッベン資料篇の指定原稿を作る。図版指定は何年やっても難しい。二〇頁分しか進まなかったが、しっかり締まったものができる確信は得た。

ひるに来来亭の持ち帰りラーメンを作る。辛いと言って悠太の食いが悪い。こないだはウマいいうて食うたやないか、何がアカンのや？　つくづくせぇのねえ男だ。

かーちゃりん終日在宅、晩メシに春大根と牛スジの煮込みを作ってもらう。大根の味の染み具合があと一歩。明日まで寝かせば味が入るだろうけど、これはこれでウマい。暖冬で冬大根のトウ立ちが異常に早く、かなりの量の廃棄を出してしまったが、それでもこの時期まで大根があるというだけで上出来だ。

明日は午前畑仕事、午後原稿仕事の予定。かーちゃりんの日曜出勤に連れて行くのはええけど、オレンジ公園で遊ばせるのがいいのか悪いのか。コロナ疎開が増えているだけに、やめといた方が無難との結論に至る。原の海岸道路では、漁師の協力で釣り客が車をとめないように封鎖したと、フェイスブックに出とったそうな。今日から道の駅、島の恵みがコロナ休業に入る。竜崎温泉、星野記念館ほか、ずっと休業している。これで島内に観光客の来る施設はほぼ皆無となるのだが、それとは関係なく押し寄せる釣り客が大問題となる。ある程度無症状もしくは軽症の感染が広まって集団免疫が得られたらパンデミックは収束に向うとわかってはいるが、海に浮かぶ老人ホームでそれをやれば何百人何千人もの死者が出る。柳井、田布施辺りではまだ感染者の発生はないが、下松、光、岩国まで敵は攻めてきている。柳井に侵入するのも時間の問題だろう。役場にしても、本土から通勤している者が少なくない実情を思えば、集団感染の発生源となる危険は拭えない。どんな無茶をしてでも島外からの通勤者は在宅勤務に切替える必要があるのかもしれない。

4月26日（日）旧4月4日　曇時々晴

㊌0.0mm/(均)16.1℃/(高)19.7℃/(低)11.2℃/㊐3.7h

終日籠ってカッベン資料篇の指定原稿を作る。『キネマ・ニュース』九四号の本文、開くと本が割れる危険がある。山田製版でのスキャニングをあきらめ、撮影する。コロナ禍で現像所が休業していると田渕さんから聞いたばかり。ポジで撮っても現像に出せない、ここはデジカメでお茶を濁す。不本意だが致し方なし。ちなみに、小学校の入学写真見本は、田渕さんの押しで仕上げてもらった。ありがたい、でも、これは田渕さんあってのこと。大阪の重鎮の御蔭で大島に帰って以降も変らず写真の仕事を続けてこられた。

午後、指定原稿の仕上げと並行してタケノコを湯掻き、煮卵を作り、トリカラを仕込む。指定原稿出来、金沢に向けて送り出す。

4月27日（月）旧4月5日　晴

㊌0.0mm/(均)14.2℃/(高)20.7℃/(低)8.4℃/㊐11.1h

カッベンの指定原稿が金沢に到着する前に、メエルでひと通り指示を送る。印南さんからの依頼「東海の生活誌」の章立て作成、愛知県史の目次をダウンロードして論考一覧を作り、確認メエルを送る。ネットにあげられた目次は画面上で読むのが難儀、プリントしても読みにくい。形ある本でなければ脳味噌に入ってこない。午後、宮本記念館に愛知県史別編民俗三冊借りに行く。あわせて、タイシン君と宮本叢書の件で打合せをする。

押寄せる雑用、お昼挟んでキツくなってきた。ワシ一人ならメシ抜きで一気に仕事片付けるのだが、悠太が丸一日一緒にいるとそうはいかない。記念館行きついでにまきちゃんか城山でお昼にしようかと考えたが、農業で食えない実情、本の売上激減を思えば可能な限り外食は控えるべしと思い直し、とりおきの中華出汁であっさりラーメンを作る。

帰宅後、印南さんと電話で打合せる。豊橋まで出掛けて行けば話が早いのだが、そうはいかず。新幹線自由席一両に乗客ゼロの列車もあると新聞テレビが伝えている。新岩国までクルマ、豊橋までの新幹線はガラガラ、愛知大前までの豊橋鉄道がどうかわからんけど、おそらく大して混みはしないだろう。これで大学もすっかすかとくれば、感染リスクは低かろうけど、だからといってほいほい出歩くわけにはいかぬ。帰宅して半月隔離されるのもシャレにならん。万一があってはいけない。それに、この閉鎖的な島社会のこと、緊急事態宣言下、豊橋まで行ってきたと知れたらろくなことにならない。

夕方井堀中段に上る。ニンニクの草取り、日にち食うたがやっとこさ手が離れた。スナップ、ニンニク芽取込み、オカン宛に送る。電話すると、神戸では野菜が滅茶苦茶に高いという。それと、いま絶対に神戸に来るなと。ここの人らは怖いぞ、神戸に行ったとわかれば何言われるかわからんぞと。

4月28日（火）旧4月6日　晴

(水)0.0mm/(均)13.9℃/(高)19.8℃/(低)9.1℃/(日)11.2h

岩国の八木種苗さんに買出しに出る。コロナうつすな出歩くなと連呼しても、それでも連休とくれば疎開も旅行も増える。家庭菜園の夏もの切替え準備も手つかずなのだがそうも言っておれず、リスク回避、連休を避けて買出しに出ることにした。朝イチでタケノコ湯掻き、進行中の本について連休前の手配諸々、十時過ぎまでかかる。買出し、トウガラシ一二、ピーマン接木四、ナス接木八（普通二、長ナス六）、キュウリ接木四、ゴーヤ接木一、プチトマト一、あと生姜、オクラ、モロコシ、早生枝豆。芋蔓（紅東）三〇本程度、来月十日頃の取置きをお願いする。

「ハブ草」と書かれた種子袋を見つける。岐阜県産とある。中身を見せてもらう。島の人間にとって馴染みの深い豆茶（世間的にはハブ茶。植物としてはエビスグサ、漢方薬としてはケツメイシ）だった。種子屋で昔からハブ草といえばこれだと大将が言う。ハブ草と書いてあるけど、本当はそうではないのよとおかみさんが話を継ぐ。大将曰く、カワラケツメイだったら貴重やけどハブ草では値打ちがない、昔は彼方此方で栽培してたけど今は作る者が居らん。

コロナ禍は種苗業界にも影響を与えている。大量に売り残してはいけんといって、種苗農家さんからの入荷が今年は少ない目なのだと。

天気ドットＪＰ、四日終日と五日の午前が雨予報に変った。春肥をそれまでに終えておきたい。夏ものの植付けもそれまでに何とかしたい。忙しい。時間がない。

夕方、カツベンの本文ゲラ（資料篇を除く）が届く。帰るなりみかん作業、暮れてメシの支度。今日は全く照合できず。

4月29日（水・祝）旧4月7日　晴

(水)0.0mm/(均)14.7℃/(高)21.4℃/(低)7.6℃/(日)11.2h

印南さんの「東海の生活誌」、原稿出典確認と分量の計算を立てる。三時半までかかる。鶴見良行著作集くらいの字詰めでいっても四〇〇頁を確実に超える。大学の出版助成金一五〇万円は助かるが、それだけでは足りない。多少売れてくれんと足が出る。内容的には面白い。やるしかない。

オレンジロード（大規模農道）から爆音が聞こえてくる。標高三〇〇メートルの山の上から我が家のある海べりにまで爆音が下りてくる。通行料の少ない山道を攻めに島外から押し寄せる馬鹿者が居てる。一昨年秋の貨物船衝突による大島大橋通行規制の折にはすっかり影を潜めていたのだが、このコロナ禍に何てことしてくれる？　警察は全く動かない。このクソ役立たずが。

三時半から五時半まで横井手下段、樹の周囲と通り道だけ刈払機を回す。もう夏草が伸びている。草丈が高く捗らない。

以下、本日掲載、ブログとフェイスブックより。

＊

島外の友人から連絡が入った。コロナ対策で六月から特別休暇が入る。その時期の状況によりなのだが、行けそうならみかん作業の手伝に行くと言うてくれた。それに対するワシの返信を以下。休暇の日取りを調整する都合が勤め人にはあるがゆえ早い目に伝えておかねば、と思った次第。

コロナ禍とは関係なく、季節は待ってはくれません。本屋兼業で七反のみかん畑をつくる身にあっては、テゴ人があればありがたいのですが、現状で感染リスクの高い本土から周防大島まで渡って来てもらってよいかどうかは、現時点では読めません。この先、五～六月のコロナの感染拡大状況により、なのですが、正直、無理……と思っています。当面、お気持ちだけでも、ありがたく拝受いたします。

大島はいまのところ感染者は出ていません。安全と思われているのか、架橋島である大島に限らず、この近辺の島嶼部で、来島者がアホほど増えています（四月二十一日付中国新聞）。温泉、道の駅、ほか、観光向け施設全て閉鎖したのですが、釣り客が異常に増えている。橋の入り口の大畠観光センターでおべんと買うて、橋渡ってすぐの釣具屋でエサ仕掛け買うて、島内彼方此方に散っていく。大して釣れもせんのに、下手すると魚より人の数の方が多いのかもしれない。島のお店でものを買わずゴミだけ置いて帰るってのは前から変わらんのですが、それに加えコロナまで置いて帰られたら目もあてられん。感染爆発すれば、この「海に浮かぶ老人ホーム」（これは、民主党政権下の事業仕分けで発せられた暴言。老人ホームであるからして社会資本投下をする必要は無いと言う論旨。気に食わん物言いではあるが、島が老人ホームであるのは実情）は地獄絵図、屍の山と化す。どうも、それがわかっとらんふうなのですよ。連休、恐怖です。

緊急事態宣言が出て以降、愚弟が三宮のお店を閉めています。家賃馬鹿高い神戸の市街地にあっていきなり収入ゼロ、これも困りごとですよね。この際、大島に来てワシの畑テゴしてくれんかとも思うのですが、そうもいかん事情があります。今のところ愚弟は感染していません。でも、万一彼がこちらに来て以降感染者が出たとすれば、彼の所為にされる危険がある。発症しとらんと言うても、神戸から来てウイルス持っとるかもしれんなんて言われたら二の句も継げませんからね。この閉鎖的な島社会のこと、嫌疑をかけられることになる愚弟も難儀しますが、そうなると、ここに居続けるワシらの立ち位置も難しくなってしまいます。愚弟もそのことをよくよく理解しているがゆえ、ワシの現状はわかっていても大島には帰ってこないのですよね。

実はまだ春肥が終わらず。除草剤を使わないもので、草をとりながらの施肥、ただしアブラムシ対策のためカラスノエンドウはなるべく刈らずに残す（地面に近い枝にからみつくものだけ除去する）。アホほど手間がつきます。休校で手の空いた愚息が役に立ってくれてますが、いかんせん人手が足りん。結果させず枝を伸ばす若木の摘蕾（花芽摘み）もこれから半月が勝負、堆肥積み、追加イノシシ対策、枯れ木伐採・焼却、何もかもが遅れ込んでいます。あわせて、目下五点同時進行で本の仕事抱えてます。本が売れもせんのに、責任もって作るべき本の仕事は途切れずにあります。大島を守るためのみかんも、人文知を守るための本も、どちらも大事です。

先がまるで読めません。といっても、コロナ禍が長引くことは間違いないでしょう。今から心配してもどうしようもないのですが、十一～十二月の収穫時期、島外からのテゴ人に来てもらえないかもしれません。世間の経済的困窮によりみかんの売上がガタ落ちするかもしれません。昨年の猛暑以降、ずっと高温で推移しています。この一～三月に限ってみても、異常高温を記録した昨年同時期よりさらに高い気温を記録しています。肌で感ずる異常気象は、観測史上最大値でもあります。この先も続くであろう異常気象が思いやられます。今年もまた、まともなみかんが出来ないかもしれません。それでも、季節は待ってはくれません。その時期ごとの作業を黙って片付けていくほかありません。

……そんなこんなで、お気持ち、ありがとう。重ね重ね、御礼申し上げます。

一日も早く、大島まで来てもらってよい状況に戻るのを願いつつ。

追伸

実は、うちの父方は癌と短命の家系なのですよ。ワシも数年前の町の大腸癌簡易検査でポリープが見つかり、こちらの病院で内視鏡検査・日帰り手術を受けたわけです。去年春の検査で、ワシが暴れた（全身麻酔ゆえ、ワシの意識は無いのですよ）ということで、大腸の終点まで検査せずに引き返した。医療に詳しい知人から、これでは検査が終了したことにはならないと忠告を受けた。それで、こちらの病院をやめにして、無理くり紹介状書いてもらい、神戸中央市民病院で直腸・大腸内視鏡、体幹エコー、胃カメラの検査を受けた。それが去年の五月。中央と地方の医療格差を痛感しました。

去年の検査終了時に、今年の検査を四月下旬に予約してたのですが、緊急事態宣言もあり、市民病院のコロナ院内感染もありで、六月下旬に延期しました（延期は二ヶ月ごと。一度キャンセルすると次に予約取り直すのが大変になるからだという病院側の説明）。ポリープ切除となると術後十日はキツい仕事ができない。梅雨時の防除と夏肥、草取りはあるけど、この時期なら少し遅れたという程度で何とかなる。六月末に検査に行けたらええんだけど、まず無理だろうね。七〜八月はみかん作業のいちばんキツい時期、特に八月下旬は絶対に外してはいけないミカンバエ防除があるから一歩も外には出られない。九月から十月なら何とかなる。収穫が始まればもう無理。来年の一月以降になる。検査延期が長引いて癌になるのもシャレにならんよね。でも、どうすることもできない。

東京の知人から聞いた話。交通事故で救急搬送しようにも、病院四十軒受入れ断られた。すでに医療崩壊している。普段なら死ぬはずのない病気や事故で命を落とすことになると。

4月30日（木）旧4月8日　晴

(水)0.0mm/(均)16.8℃/(高)23.2℃/(低)9.9℃/(日)10.8h
今季初、朝から暑いな〜と思う。

コロナ禍で通行料の激減した首都高速道路で集団暴走行為が激増している、警視庁が一斉取締りに出たと、朝のテレビが伝えている。一方でオレンジロードの暴走行為は野放し。山口県警、仕事せえや！

午後零時半から六時まで横井手、寿太郎の残りに春肥をふる。樹冠の草を取り、五号の粉を土に混ぜ込む。十本ちょいやるのに、こんなに時間がかかる。

夕方、小学校からメエルが入る。当初六日までとしていた休業期間を五月二十四日まで延長すると。夏休み、消えたな。二十五日から再開できるとも思えない。下手すりゃ今年度まるまるアウトかもしれん。

在庫整理の件で善行堂さんにメエル送ったのだが、それどころではないのだろう、十日くらい音沙汰無し、今日やっと返信メエルが来た。店は休業、ネット通販に切替え、マイナスを回避できず、店の再開ができないかもしれないほどの打撃。何とか店を続けたいのですが……とある。

うちと違って借家営業だからな、都市部のお店は固定費が大きい。ジュンク堂が経営難に至ったのもこれが一因だ。話は変わるが二〇一三年に海文堂が閉店した時、鶴田の大将はこう言った。賃貸やのうて自社物件やろ、儲からんのやったら社長の給料減したらええんや。自前でやっとる店が閉めたらあかんのや。

1ヶ月	
降水量	184.5mm（191.8mm）
平均気温	18.5℃（17.8℃）
最高気温	23.4℃（22.5℃）
最低気温	14.2℃（13.5℃）
日照時間	205.1h（206.0h）

上旬	
降水量	46.5mm（60.5mm）
平均気温	18.2℃（16.9℃）
最高気温	23.2℃（21.7℃）
最低気温	14.4℃（12.5℃）
日照時間	66.6h（65.2h）

中旬	
降水量	129.5mm（80.0mm）
平均気温	17.9℃（17.6℃）
最高気温	22.8℃（22.2℃）
最低気温	13.5℃（13.4℃）
日照時間	53.5h（63.8h）

下旬	
降水量	8.5mm（53.7mm）
平均気温	19.4℃（18.7℃）
最高気温	24.2℃（23.6℃）
最低気温	14.7℃（14.4℃）
日照時間	85.0h（76.4h）

2020年５月

甘夏、日向夏、ハッサク等でゼリーを作る。これがなかなかにウマい。甘夏は春先に収穫する。日もちがするので、味の変化が楽しめる。以下、裏ワザ。①よくよく日もちしそうな個体を選ぶ。②梅雨が明ける頃まで常温貯蔵すると、表皮が乾燥して石のようにカチカチになる。③これを冷蔵庫で冷やして二つに切ってスプーンですくって食えば、これってほんまに甘夏か？と思えるほどに爆裂に美味い。④けど、難しい。五つ貯蔵すればそのうち三つは腐る。

5月1日（金）旧4月9日　晴

㊌0.0mm/㊐18.0℃/㊋24.8℃/㊍11.0℃/㊐11.2h

昨日と同様に、朝、表に出てまず暑いと感じる。空気が替った。嵩山が遠くに見える。朝のテレビ、雨予報が日曜日、一日繰り上がった。今日明日の畑仕事、いけるところまでいく必要がある。

雑用で十時まで机に向う。下水枡の掃除で一時間。配りもので半時間。オカンが送ってくれた春陽軒のぶたまん蒸してお昼にする。

四月穫タマネギ残り、スナップ、ニンニク芽を取込む。少しばかり東京の伊藤相田夫妻宛に送る。五・六月予約分農薬受取り、三時から六時半まで横井手下段で春肥、若木限定で堆肥を入れる。少しやり残す。

井堀のスダイダイ、横井手の青島が開花した。寿太郎はまだ花がコマい。ここ数日の高温で蕾が一気に膨らんだ、今年の開花は早い、連休中か明けに訪花昆虫、十五日から二十日頃に落弁期の防除をと青壮年部ラインが流れる。

そういえば、もう五月に入ってしまったが、毎年四月に開催している柑橘の新旧組合長会議・懇親会の案内が来ない。コロナ禍で取りやめだろう。新組合長の顔合わせ会議がてら、旧組合長のお疲れさん会がてら、農協の経費でワシら末端の組合員代表者に一杯呑ませてくれる集まり、この時期恒例の行事として長らく続いてきたが、これを機に消滅、コロナが収束して以降も復活しないことになるのかもしれない。このオッサン社会、思えば不要な会議が多すぎる。かーちゃりん曰く、この非常時でも、役場廻りで必要不可欠な会議は粛々と開催しておる。まあ、会議嫌いのワシとしては、不要不急の会議が無くなるのは良い事だ。でも、今年度、会議らしい会議を開かないことによって、何やこのバカ安い精算価格は！とか、原料精算額が何でイキナリこんなに下がったんや！とか、そうした追及（ガス抜き）の場が無くなり、全てが農協本体の都合の良いように有耶無耶にされてしまう危険は高いとみる。

五月のソフトボール大会の中止が正式に決まったと昨日電話が入った。十月の大会も正直難しいだろう。このまま復活することなく消滅するかもしれない。

七月の御田頭祭も、九月の御神幸祭も恐らく無理だろう。この時期恒例の御接待も中止となった。高齢化による担い手先細りで一つ二つと御接待をやめる部落が増えてきた。ゆるゆると消滅に向っていた色々のもの（伝統行事に限らず）が、十何年分くらい一気にネジを巻かれるかの如く、このコロナ禍によりとどめを刺されるのであろう。コロナ禍がなくとも、遅かれ早かれこうなるであろうことはわかっていたのではあるが……。

＊

二〇二〇年十月追記。五月に続いて十月のソフトボール大会も中止に追い込まれた。ならば、十月中に今年度の納会だけでも開催して、二年務めた役員を交代、来年に向けての区切りをつけようやと九月末に監督が来て話していった。それもそうだなと思って彼是話を進めていったところ、開催反対の声が上がる。町議選（十月二十五日投開票）候補者の集会参加者が肺炎で入院したばかり（PCR検査は陰性）、庄の球友会はこの時期に宴会したらしいと噂が立つのが怖いという。

どうしたものか。監督と詰め直した。九月のお宮の祭りが、規模縮小でもやりきった。今年は会費だけ貰って何の活動もしてへんし役員交代も含めて納会だけでも開いておきたいと思ったんだが、と。納会とりやめ、役員このまま留任、お知らせ文書だけでも配る。それで結論とする。

ソフトボール大会に関して言えば、去年五月の第一〇〇回大会の時にも、これをキリにもう辞めようという話が出たと聞いた。選手が集まらず棄権した去年十月の大会では、参加わずか五チームにまで減ってしまった。コロナの拡大状況と過剰警戒を思えばおそらく来年も大会の開催は無理、何年か後にコロナが収束したとしても、大会は復活することなくこのまま消えるであろう。

訳のわからんGoToトラベルの効果もあって九月連休の人出はどの観光地でも多く、二週間後、それ以降の感染爆発が怖いという話は色々なところで聞く。十月から東京都がGoToの対象に加わるのも、十一月の声を聞けばインフルの流行期にかかるのも懸念材料としてある。

幸い、今のところ大島ではコロナ感染者は出ていない（だからこそ、自分が感染第一号にだけはならないようにと、みなさん戦々恐々としている）。感染爆発が僻地に波及するにはタイムラグがある。まだ落ち着いている部類に入る今の時期の大島で宴会開催が無理なら、来年の新年会もおそらく無理。夏のナイター観戦ツアーも、仮にチケット二十人分とれたとしても、マイクロバス一台に詰め込んでの移動はご法度、だからといって空席こさえて二台に分けては経費が合わん。球場の収容人数上限もどうなるかわからない。当面様子見だが、来年か再来年あたりキリのよいところで残った会費を清算して球友会を解散するという選択肢も現実味を帯びてきた。近い将来そうならざるを得ないと判ってはいたが、コロナ禍がネジを一気に巻いてしまった。

今年は二年に一度の消防団の旅行もすっ飛んだ。多少は出掛けて行ってもいいようなもんだが、あいつらこの渦中に旅行に行きよったでと陰口叩かれるであろうことは間違いない。一人でしれーっと行って帰る分にはわからんでも、団で動くと嫌でも目立つ。

想えば、二年に一度の消防団や柑橘組合の旅行にせよ、年に一度の球友会のナイター観戦にせよ、昔は島から出ること、旅行に出ること、それ自体が一大イベントでもあった。広島カープのナイター観戦など、再々行けるものではなかった。大島大橋の開通（一九七六年七月）、そして無料化（一九九六年六月）、島内一周道路の整備、クルマ社会の進展、山陽自動車道の開通などにより、いつでも気軽に島から出られるようになった。団から個へ、時代替りにあっても根強く残ってきた旧い

みかんの花。2020.5

行事のあり方も、此度のコロナ禍により退場を余儀なくされるのであろう。

5月2日（土）旧4月10日　晴

(水)0.0mm/(均)19.0℃/(高)25.6℃/(低)13.4℃/(日)9.4h

河田さん依頼分離島論集六セット、佐渡の長嶋さん宛に送り出す。刈払機フル稼働に備えて混合油を作り、中本にガソリンのストックを買いに出る。先週空気入れてもらった右後輪の空気の減りが異常に早いので見てもらう。釘一本踏み抜いていた。早く気づいてよかった。

花冷えが一気に初夏に変った。昨日より暑い。十一時から一時、二時半から三時半、これで横井手下段の春肥と堆肥積みを完了。地主川べり春肥残りと平原上下段早生の春肥二回目を降雨後にスライド、家庭菜園の植付け優先に切替える。堆肥とマリンカルを入れ、管理機で混ぜる。畝を立て、二十八日に買うてきた苗をぜんぶ植える。支柱まで手が回らんが植えるのが先決だ。枝豆とモロコシ第一陣の種子をまく。地温の高さをあてにして吸水より種まきを優先する。オクラは吸水優先、降雨後にまわす。ニラも株分け、植え替える。真っ暗になるまで作業。悠太のテゴがある分、助かった。

5月3日（日・祝）旧4月11日　雨

(水)39.0mm/(均)16.4℃/(高)19.0℃/(低)15.3℃/(日)0.0h

六時起き。ひんやりしている。昨日植えた苗、雨の合間に

第一次生理落果。2020.6

間に合うところだけでも支柱を建てる。カッベンの校正、終日机に向う。

5月4日（月・祝）旧4月12日　曇のち晴

(水)0.0mm/(均)17.6℃/(高)21.7℃/(低)15.2℃/(日)5.4h

昨日水にかしといたオクラの種を蒔く。今日も終日仕事場に籠る。カッベンの関連年譜、項目選定が難しい。連休明けに初校戻し、前倒し五月末校了の見通しが立ってきた。

5月5日（火・祝）立夏　旧4月13日　晴

(水)0.0mm/(均)18.5℃/(高)25.2℃/(低)14.2℃/(日)8.8h

朝、この時期には珍しく霧が出る。路面がうっすら濡れている。こいのぼり仕舞い忘れていたが致し方なし。終日原稿、畑に出られず。

5月6日（水・振休）旧4月14日　曇のち晴

(水)0.0mm/(均)20.5℃/(高)25.4℃/(低)16.5℃/(日)8.4h

昨日貰ったタケノコを朝から湯掻く。台所番と並行でカッベン初校戻し前の照合、まだまだミスが出てくる。昔の詩文は怖い。明日午後金沢着クロネコにのせる。

今年一番の暑さ。台所の温度計は三〇度を超えた。夕方二時間地主で草取りと春肥、まだ終らん。疲労困憊。身体が暑さに慣れきっていない。

5月7日（木）旧4月15日　晴

(水)0.0mm/(均)17.9℃/(高)22.1℃/(低)14.5℃/(日)11.4h

今日から学校再開の筈が緊急事態宣言の延長（五月三十一日まで二十五日間延長。四日決定）とセットで二十四日まで休校延長となる。これで二十四日ほんまに再開するのか、それすらわからぬ。朝六時半から二時間地主で昨日の続き、帰って朝メシ、九時半から正午前までかけて地主川べり六畝の春肥をやっと終える。春肥遅延の新記録（最も遅かった去年は五月五日）。まだ早生の春肥二回目が手つかず。

暑い盛りは机に向い、三時半から二時間地主で若木の摘蕾、堆肥を積む。

昨日今日と、訪花昆虫の防除をやっている人が多い。ワシはやらん。手間を減らすのもあるが、樹体に負荷のかかる開花期に農薬まいて樹に余計な負担かけたくない。農協や試験場が勧める農薬撒布を飛ばすのは不安、農協の言う通り全部やれば安心、農薬撒布の強迫観念、撒布することによるカタルシス、そんな心情が付け目でもある。結果、農業者自身が何も考えなくなる。

台所の気温が三〇度を超えている。暑い。疲れて帰宅。今日はかーちゃりん職場の優実ちゃんが来て餃子大会、ニンニクの仕上りチェック、まだ若いが使えないことはない。

5月8日（金）旧4月16日　晴

(水)0.0mm/(均)17.8℃/(高)23.7℃/(低)13.4℃/(日)11.0h

今日もまた、訪花昆虫防除をやってる人が多い。ワシは防除回避、悠太のテゴで、地主で若木の摘蕾作業の続きにかかる。石地は特に開花が早い。

疲労困憊、晩メシ作る気力無し。やまださんにトリカラお願いする。

都会に住む子や孫がコロナ疎開という話になれば、陰口叩いて回るのが好きな者が少なからず居る、いまは帰省するなとしか言えないと、そう言う人もいる。うちのオカンは、島の人らは怖いから気をつけろとまで言う。さすが、本質よくわかってはる。だからコロナ禍とは関係なくうちのオカンは大島に断じて帰省しない。都会の無名社会の住みやすさは、そこにある。

総力戦体制下にあって、隣組にしろ何にしろ、庶民の自警団的動きなり、集団心理なり、こういう具合に醸成されてきたのかとよくわかる。日常そこにあるものが、非常時にあって加速する。

5月9日（土）旧4月17日　曇のち雨

(水)5.5mm/(均)17.6℃/(高)22.1℃/(低)15.3℃/(日)0.9h

朝六時半から一時間、平原下段で刈払機を回す。早生の春肥二回目、これでやっと春肥作業を終える。九時過ぎ帰宅、朝メシ。今日はかーちゃりんお休み、悠太のテゴ無し。枝豆

5月上旬の気温比較

	2020年	2019年	2010年平年値	2000年平年値
平均気温	18.2℃	16.2℃	16.9℃	16.5℃
最高気温平均	23.2℃	22.4℃	21.7℃	20.8℃
最低気温平均	14.4℃	10.4℃	12.5℃	12.3℃

安下庄アメダスポイントの観測値より

第二陣、一週間のタイムラグを設けて一列種を蒔く。十時半から地主、十一時から岩崎で摘蕾作業。二時過ぎた辺りからぽつぽつ降り始める。無理せず二時半で切り上げる。

5月10日（日）旧4月18日　未明雨、のち曇時々雨

(水)2.0mm/(均)18.9℃/(高)22.3℃/(低)15.6℃/(日)0.1h

疲れが抜けず。終日だらだら過ごす。昼に関西風焼きそば作って麦酒呑む。三時過ぎまでみーちゃんと添い寝する。仕事場に四時間籠って今年度の園地台帳作成、老木の枯込み進行により、特に岩崎と横井手の青島は全滅に近いとわかる。苗木による更新も年数がかかる。即座に結果の求められがちなこの時世にあって何と悠長な話をしているのかと、我ながら情けなくなる。当面、横井手の寿太郎と、あと十年くらいは持つであろう地主の青島が我が家の生命線だ。

5月11日（月）旧4月19日　晴

(水)0.0mm/(均)18.2℃/(高)26.0℃/(低)12.4℃/(日)11.3h

朝イチで、五月上旬の気象データをチェックする。異常高温を記録した去年の同時期よりさらに気温が高い。夏場から三月までずっと高温で推移し四月のみ低温に転ずるというのは去年と同じ傾向（それゆえ四月・五月穫タマネギは悉くトウが立ち使い物にならず。五月十四日追記。四月穫は半分くらいがトウ立ち、体質弱くもう溶け始めたものがある。五月穫は全滅、雨の前に抜き捨てた）、但し観測史上最高温を記録した去年より高い気温で推移している現状に鑑みて、この先さらにろくでもない事態が待ち受けているということは間違いない。

家庭菜園のネギを伏せ、十時半から正午まで岩崎で摘蕾作業。スナップ乗っけ胡麻ラーでおひる、三十分寝て、三時半までワシは原稿悠太は宿題。三時半から六時まで摘蕾の続き。井上さんから釣りたて、型の良いチダイを戴く。身がヤオいのでひと工夫、片身を湯引き松皮造り、もう片身を酒蒸し、カマを焼き、頭とヒハラで出汁をとる（翌朝煮麺にする）。

5月12日（火）旧4月20日　曇時々晴

(水)0.0mm/(均)18.2℃/(高)23.6℃/(低)12.0℃/(日)4.7h

終日岩崎で作業の続き。廃棄物回収で通りかかった國司君が、刈払機を回すより早くて楽だから試してみいやというて草刈マシーン（ハンマーナイフモアー）を貸してくれる。去年の消費税増税前に駆込みで購入、まだ試している段階という。

実働一時間で東の改植ブロックの半分まで進んだ。でかい石をどかしながらの手間もあれど、刈払機より遥かに楽ちんだ。作業合間、四時の〆切きわきわに田中原に廃棄物を持ち込む（農協による産業廃棄物回収）。

5月13日（水）旧4月21日　晴

(水)0.0mm/(均)18.3℃/(高)22.7℃/(低)11.0℃/(日)9.8h

七時間寝たのに疲れが抜けない。昨日特別定額給付金（一〇万円×三名）の申請書類が届いた。貰えるものは貰う。さくっと記入して投函する。

朝から仕事のメエルやりとり、十一時過ぎまで潰れる。

悠太の宿題が捗らない。語彙の少ない子供に、一から理解させるには、生の授業は不可欠だ。

それにしても、宿題プリントの設問がよろしくない。学習というより、これではクイズだ。たとえば「り〇くして書く」、〇印、拗音一字埋めよという設問。語彙を持ってなければ解けない。クイズのテクニックだと、それっぽいものをあてはめることになる。「略して」なんて漢字、二年生では教わらない。子供が使う言葉ではない。「略す」ってどういうことかわかるかと問えば、わからんと返ってくる。下手すりゃ答えをストレートに教えてしまいかねない。

おひる作る気力がない。今日はまきちゃんにする。自主ロックダウン中の河田さんから昨日届いた珈琲の御礼に、タケノコ、高菜漬、水菜をクール便で送り出すついでに。

午後岩崎で昨日の続き。國司マシーン優秀、一時間かからず東改植ブロックをやっつける。勢いで西のブロックも片付ける。悠太の作業も順調、岩崎園地の摘蕾を終える。

明十四日を以て三十九県で緊急事態宣言が解除される見通し、学校再開が一週間早まると、かーちゃりんの内密役場情報（十八日から再開する旨、翌十四日夕方安小メエルが流れる）。

5月14日（木）旧4月22日　晴

(水)0.0mm/(均)17.2℃/(高)25.4℃/(低)9.3℃/(日)11.3h

五時半から七時まで横井手上段で刈払機を回す。朝メシ食うて十時まで雑務。昨日届いたカツベンのゲラ照合は手つかず。十時半から一時間、岩崎の道路拡張接収ブロック（五畝）で國司マシーンを回す。悠太がマシーンを押したがる。危険の少ないところだけでもやらせてみる。サマになっている。あと少しで終りというところで異音、止めて刃をチェックする。ナットが緩んでいる。刃一枚、ナット四個紛失する。

ひる帰宅前に井堀中段、かーちゃりん職場の上司あてタケノコの謝礼と仕上りチェックを兼ねてニンニク（山東）を取込む。今季初めて栽培したこの品種はトウが立たず、枯れるのが早かった。一寸小玉が多いが、まあまあの仕上り具合に安堵する。

午後カツベンのゲラ照合、少しやり残し、三時前から柑橘同志会の役員会に出る。コロナ禍にあって六〜七月の総会・懇親会は開催せず書面議決で済ませることになる。繰越金が増え、町からの補助金が減った。特に安下庄の会員数が少ないという。ベテランが次々と退会する。活動全般長らく低調、入会するメリットも特になしとくれば、こうなるのも致し方なし。二年に一度（平成二十八年度は宇品《うじな》の広島製肥と安芸津《あきつ》試験場、平成三十年度は中止、今年度は九月に福岡県八女《やめ》の基盤整備園地見学を予定するも、コロナ禍で中止）の視察研修も、日帰り可能な範囲は限られる。大体、考えられる所には行き倒している。その点、柑橘組合の研修旅行も変らない。ここにもまた、島の農業の隘路がある。

國司マシーンこと、ハンマーナイフモアー。優秀。2020.7.30

　役員会終了後、國司宅にマシーン返却に行く。ナット緩みの件、日毎の作業終了時に点検の必要ありと伝える。使ってみなわからんことってあるよな、と。ちなみに、これって東和農機具センターで三四万円したんだと。かなりの出費だが、作業の負担はこれで劇的に軽減される、そう考えると有意義な出費だよな。除草剤使わないワシだけでなく、除草剤使ってきた人でも、薬剤調合して雨合羽ゴーグルマスク着込んで作業するよりか随分と楽やで。今すぐ買える金額ではないが、当面國司君が使わん時には貸してくれるというし、今年度のみかん直売稼ぎで買えるよう頑張ってみようと、そんな気もしてきた。

　今朝草刈りを済ませた横井手上段で、大津四号（三年生）三本の花を摘む。これで摘蕾作業終了。今年は悠太の働きが大きかった。

5月15日（金）旧4月23日　曇のち雨

(水)29.5mm/(均)16.9℃/(高)21.8℃/(低)14.3℃/(日)0.0h

　十時予約、大畠のバンブーで散髪する。髭と長髪で防除作業はできない。出掛ける前にカッベンの修正ミスと確認事項、メエル連絡入れておく。散髪後柳井で買物。ここ数日倉庫の肥料がネズミに齧られ始めた。ナフコで猫いらずを買う。若い店員さんに訊ねても理解できない。猫除けかと言われてしまう。ワシと同年代のお姐さんに訊ねると、あの赤いやつよねと一発で正解。午後四時以降雨予報のところ、正午前からぱらぱら来る。二時帰宅、倉庫に猫いらず仕込む。堆肥積みは諦めて珈琲淹れに帰る。悠太はいつもの牛乳割り。砂糖入れんでええと言う。珈琲飲むとき砂糖（グラニュー糖ではなく、上白糖をチリレンゲでどばっと投入するのが王道）もフレッシュ（関東では通じない言葉の一つ）も全部入れるのが田舎の人のセオリーなのだが、そこのところ悠太は都会人に近づいている。六時半まで仕事場に籠る。

5月16日（土）旧4月24日　雨

(水)50.0mm/(均)16.7℃/(高)18.8℃/(低)15.1℃/(日)0.0h

終日仕事場に籠って日録の索引取り。午後悠太も仕事場に籠る。サボりまくりたまりまくりの宿題を全て片付けるのに八時までかかる。だまって観察していると、宿題に向っている時間よりぼーっとしている時間の方が長い。元々の集中力の無さ、宿題嫌いに、長期休校ボケも入っている。

5月17日（日）旧4月25日　曇のち晴

(水)0.0mm/(均)18.8℃/(高)23.7℃/(低)16.6℃/(日)4.8h

午前仕事場に籠る。悠太の宿題、作文がまだ残っていた。お題は、ゴールデンウィークで楽しかったこと。書くことないと言いよる。何処にも行かへんかったけど、優実ちゃん来て餃子作った、みかんの仕事した、頑張った、それだけで作文ノート一枚なんてすぐ書けるというのに、それがまるで書けない。

午後かーちゃりん休日出勤、悠太を連れていく。日差しは強いが風は冷たい。明日は十時から雨予報。防除の前に出来るだけ草刈りを進めておこう。二時半から四時間、井堀上中下段の草を刈る。動けば汗だく。バテる。連続草刈作業のキツさにまだ体が慣れていない。この時期はいつもこんなもんだ。上段少しやり残す。疲れていても晩メシ作らなあかん。コメだけといでおいてもらう。助かる。帰宅すぐの麦酒がウマい。麻婆豆腐を作る。ウマい。風呂入って早く寝る。二晩続き、カエルの大合唱。

5月18日（月）旧4月26日　曇のち雨

(水)49.5mm/(均)18.5℃/(高)20.2℃/(低)16.7℃/(日)0.0h

雨予報が正午以降になる。降り出す前に井堀中段のイモ植付け場を三つ鍬で打っておく。ひと冬耕作しとる間に雑草の根がしっかり土を抱え込んでいる。管理機回したいが時間がない、簡単に済ます。堆肥、石灰も省略する。イモが相手だ、そんなに丁寧にやる必要もない。井堀上段、昨日のやり残しを刈る。でかいムカデ一匹ぶった切る。昨日は下段ででっかいウシガエルと遭遇、こいつは切らずによけた。予報より早く、十時頃から降り始める。ここだけは終わらせたい。びしゃこになる。
今日から学校再開、一週間は給食無し正午下校。一時前に悠太帰宅。ちょうど原稿仕事の調子が上がってきたところで水を差す形になる。ワシ一人なら昼メシ抜いてでも仕事しとるんだが、子供が腹すかして帰ってくるとそうはいかぬ。夏休み短縮、一学期は八月七日まで登校、コロナ感染防止のためプール授業中止が早々と決まる。

5月19日（火）旧4月27日　朝雨のち晴

(水)0.5mm/(均)19.4℃/(高)23.6℃/(低)15.9℃/(日)7.7h

昨日炊いたタケノコごはんと煮物を、かーちゃりんのお弁当に詰める。

悠太の帰宅を待って、岩国の八木種苗までイモ蔓を買いに行く。大畠から国道一八八号廻りで岩国へ、ワークマンで作業ズボンと軍足、長靴を買う。八木さんで紅東苗三〇本仕入れ、タマネギの不作を報告する。四・五月穫のトウ立ちは去年と同じ、冬が高温で推移したところに四月の冷込みが影響した。生育不良は、腰痛と仕事場の引越しで草引きが遅れたことによる。タマネギは草との競合に弱い。マルチ（農業用マルチシート）を敷かなかったことも災いした。今年は自給タマネギが年内もたない。年内穫り可能な超極早生の苗は出ないかと訊ねる。以前は苗を出荷してくれる農家があったけど辞めた。売り物は作っても、他人のための苗までは作らんとも。七月末に新しい種子が出る、自前で苗を作って植えるしかないという。

それにしても、まともな年がない、どうしたものか。八木の大将曰く、それでも大島は熱が海に抜ける分だけマシ、玖珂とか広瀬あたりの盆地は夏暑く冬寒い、もっと酷い。

みかんでは食えんから野菜で少しでも稼ぎたい、でもみかんで手一杯、野菜は自家消費分を作るのが精一杯、売り物はよう作らん。味の良さと安全安心（無農薬）が取柄なんだが、これでは商品にならんよね。

大将曰く、そりゃあ売りものやからね、野菜作っとる農家はせっせと農薬かけとるよ。

そりゃあ、ワシらもみかんの農薬撒布はツノはやしてやっとるよな。大島でみかんしか売りものがないっちゅうのもそういうことよね。

大将曰く、島は何処も同じ、淡路島に行けばタマネギしかない。

イモの苗は伏せる直前、二、三時間程度天日で干からびさせた方が発根が良くなる。軽トラ荷台のコンテナに苗を広げ、買物で寄り道しつつ大島へと転がす。岩国市街から欽明路道路、玖珂にかけてのガソリン価格、一リットル一一八円から一二二円。コロナ禍による経済活動の落込みがガソリン価格を一気に下落させた。ここ何年か一五〇円から一七〇円なんていったクソ高いガソリンを買わされてきた事を思えば、今回の下落は大助かりではあるのだが、社会が経済的に立ち行かなくなり購買力が下がれば、みかんのみならず全ての農産

手前ジャガイモ、後方ニンニク。2020.5.8

物価格の下落を引き起こす。いま、目先の懐具合にとってはこれで助かったとしても、先行きが恐ろしい。ガソリンもなるべく地元で買おうと、安い本土のスタンドを素通りして小松物産に寄る。一三二円だった。ひところを思えば安いが、思ったよりかなり高かった。

五時帰宅、井堀に上がる。さくっと畝を立て、イモを伏せる。家庭菜園に水ナスを植え、キュウリの摘芯、トウモロコシ第二陣の種子を蒔く。枝豆とオクラのジンキリ（ネキリムシ）の食害が酷い。生き残った株を移植、空いたスペースに枝豆の種子を蒔く。オクラは後日にする。

この時期、毎年ネキリムシの被害に遭う。よく効く農薬があるのは知っている。オルトラン粒剤（有機リン殺虫剤）、浸透移行性に優れ、植物体内で移動しやすい。間引き菜には使うなと説明書きにある。要するに、毒草を食わせて殺虫するということだ。これまで一度も使ってこなかったし、今後も使う考えは一切ない。被害が出る度にそこらへん掘り返して犯人捜し、見付け次第処刑、これしかない。

＊

追記。わからん病（認知症）の進行で完全に桃源郷の住民になってしまったオババがまだしっかりしてた頃、ジンキリ対策について相談したことがある。オルトランはよう効くけど、キツい薬だから使わん方がよいとオババは言った。オババが若かったころ、野菜を分けてもらいに実家の母のところまで時々通っていた。そのとき母に言われたこと。お前が憎くて良くない野菜を分けるのではない。売っておカネにするものはきれいでないと買ってもらえない。だからキツい農薬を使っている。それをお前と旦那と孫たちに食べさせるわけにはいかないのだと。

5月20日（水）小満　旧4月28日　曇時々晴れ

(水)0.0mm/(均)17.2℃/(高)22.0℃/(低)11.6℃/(日)3.9h

五時半起き、疲れが抜けん。朝から机に向う。「生命の農」装幀、林画伯より緑と土のイメージカットの依頼あり。ペンタックス67＋一〇〇ミリマクロ、フジクローム三本撮ってケイアートさんに送る。田渕さんに電話したところ、一昨日から現像所が営業を再開したと。

九時から一時間地主道路沿いの風垣を刈込み、さらに一時間地主で草刈り、汗だく。携帯に着信あり、農協から。用件忘れに気付く。柑橘同志会の書面議決の文書を受取り、配って歩く。森川君と話す。神田建設で週イチのバイトを始めた、畑の草を刈らんのに道路の草を刈っているという。農業だけでは食えん、バイト掛け持ちやむなし。

午後、中本モータースの社長の葬儀に悠太と二人で参列する。参列者は多かったが、長らく町議を務め、お商売上の付合いも多いという、そういう人の割には少なかった。コロナ禍は葬儀にも翳を落とす。

三時から六時まで仕事場に籠り、カツベンの写真レイアウト変更指定を作成、〆切ぎりぎりでクロネコ営業所に持ち込む。

今日届いた町広報。施設入所の知人が亡くなったと知る。葬儀も何も無し。都会と同様に、島社会もまた無縁社会へと移行しつつある。

5月21日（木）旧4月29日　晴

(水)0.0mm/(均)15.5℃/(高)21.1℃/(低)9.1℃/(日)9.5h

メエルで手配彼是、ひるまで潰れる。涼しいのに畑仕事に出られず。

下田の嶋津は当面、月・火・木・金曜のみ営業。アジ干物の送り出しを依頼する。アサリ四〇〇グラム六四八円、ワシが帰った九年前はグラム一〇〇円だった。大野（広島県廿日市市）のアサリ養殖も生産が落ちていると聞く。

午後悠太と仕事場に籠る。釣りの本を開き、イソメって何処にいるのか？　と訊ねてくる。島に住んでいて、干潟を知らない。これが現実だ。

四時から五時半まで、岩崎東の若木、樹冠廻りの草をどける。かいよう病の出ている樹が少なくない。梅雨に入る前に防除の必要がある。

井堀でニンニク試し掘り。良好な仕上り。月曜午後が雨予報、それまでに取込むことにする。

ニンニクの収穫。2020.5.23

5月22日（金）旧4月30日　晴

(水)0.0mm/(均)17.5℃/(高)22.9℃/(低)13.9℃/(日)11.0h

六時起き。昨夜麦酒コップ二杯でやめにした。朝起き抜けの疲れ残り具合が少し軽くなった。齢だな。農薬撒布の蓄積で肝臓が弱っとるのかもしれない。

朝イチの気象データチェック。来週月曜午後の雨予報（降水確率六〇パーセント）が消滅、来週金曜まで晴れ続きとなる。

今月中旬のデータをチェックする。これまで、記録的異常高温を記録した昨年を上回る高温で推移してきたところ、今月中旬の平均気温が、やっとこさ昨年同時期を下回った。とはいえ、平年値と比べれば少し高い。二〇〇〇年平年値と比べればさらに高い。先行きの不安を覚える。

午前三時間、地主四ブロックで摘蕾再チェック、一時間池の横の一反で刈払機を回し、防除作業の通路を確保する。午後は月末払い他雑事彼是。三時半から六時までニンニク収穫。割れは少ないが、次の雨で手遅れとなる危険大、残りの収穫を急ぐべし。

昨日、大阪府、京都府、兵庫県で緊急事態宣言解除。来月二十四、二十六日に予約している神戸での内視鏡検査をどうするか。秋から冬にかけて第二波が来るとすれば少しは落ち着いているであろう六月に検査受けといたほうが無難かもしれない。ふじげがコロナ休みを使って六月以降テゴ可能と連絡してきたけど、いまの大島の状況に鑑みて、来てもらってよいか悪いか、これまた判断が難しい。

5月23日（土）旧閏4月1日　晴

(水)0.0mm/(均)19.4℃/(高)25.9℃/(低)14.4℃/(日)10.8h

朝七時半から一時間、横井手寿太郎園地の下段で刈払機を回す。長年施用してきた除草剤が土壌から抜け、普通の草が生え始めてきた。

午前午後の三時間、ニンニク収穫の続き。中国産の種ニンニクより、国産の方が出来が良い（中国産も決して悪くはない仕上りなのだが、比べると違いが判る）。植付け時に薄皮を剥いた方が、太りが良く、割れが少ない。悠太が頑張る。「暑くなればなるほど燃える」と言いよる。

上　引いたばかりのニンニク。2020.5.23
下　ひと皮剝くとこんなにきれいになる。2020.5.23

午後悠太はかーちゃりんとクッキー作りに挑戦、ワシは午後も畑に出る。寿太郎の花がピークを少し過ぎたところ、今年も一番開花が遅い。オリンパスOM―3チタン＋五〇ミリマクロで数少ないニホンミツバチを狙ってみる。

祖母が亡くなって以降の十年ほど、ほぼ毎年五月の連休にぷーさん、はと君と一緒に帰省し、庭の木を伐り、草を刈っていた。当時は庭にツツジが植わっていて、ぶーんぶーんというニホンミツバチの羽音が凄かった。神戸を引き払って大島に帰った頃（二〇一一年頃）もまだミツバチは多かった。それが、ここ数年で激減した。ミカンバエ防除の薬剤として使われてきたジメトエート（有機リン剤）が製造中止、二〇一五年以降モスピランSL（ネオニコチノイド剤）に切り替わったが。これがとどめをさしたのかもしれない。ただ、モスピランは開花期の訪花昆虫防除にも使われているし、この防除薬剤がモスピランに切り替わる前はダントツ水溶剤（ネオニコチノイド剤）が使われてきた。ミカンバエ防除のみにニホンミツバチ激減の原因を求めるのは無理があるのかもしれない。ただ、ネオニコチノイド剤が認可された九〇年代以降の環境中の累積も考えると、やはり、ネオニコチノイド剤の影響は大きいとみるべきであろう。

それはさておき、ネオニコチノイド剤を使い続ける限り（有機リン剤も同様なのだが）、EU向けの柑橘輸出の道は開けない（柑橘の輸出についてワシ個人は反対だが、ここでは、それはおくとする）。やれ成長産業だやれ輸出だと息巻いている割には、この国の政府はほんまに何がやりたいのか訳わからん。頭オカシイんちゃうかと思えてくる。

明日から灰色かび病、黒点病の防除にかかる。刈払機とチェーンソーで使う混合油の作り置き、動噴のオイル交換、ガソリン買込み、機材チェック、等々、暫くこの作業から離れた所為もあって手際が悪い、二時間もかかる。

夕方から久しぶりにお庭BBQ。認知症、寝たきりに加え、脳梗塞で入院中のオババについて。自分の親だから悪い言い方してしまうんだが、もう何もわからん、ただ生きてるだけなのよと、かーちゃりんが言う。自分もこうなるのかもしれんと思うと、それもまた厭やしな。生きることへの執着が人一倍強かったオジジがあっさり世を去り、そうでもなかったオババがこうして粘る。どうも、うまくいかん。

夜中のお散歩に出る。田んぼのへりに螢が舞っている。石田さんが有機農法で田んぼを守ってくれている御蔭だろう。

5月24日（日）旧閏4月2日　晴

(水)0.0mm/(均)21.7℃/(高)27.0℃/(低)15.9℃/(日)10.4h

防除初日、午前と午後で三〇〇リットル一杯ずつ。ひる食うて一時間半爆睡。一枚ものの広く平坦な園地（それでも最大で二反）は捗るが、細分化された狭小園地があると作業が進まない。無理せず六時過ぎで撒布を終える。

今年はアブラムシが多いと聞く。草取りのしすぎ、もしくは除草剤の使い過ぎが原因だろう。カラスノエンドウを全て除去してしまうと行き場を失ったアブラムシがみかんの新芽にもぐれつく。すると殺虫剤を使わざるを得なくなる。みかんの枝にかぶさるものはどける必要があるが、邪魔しない程度のものは放っておけば窒素を土に還元してくれるし、無理に刈らなくても梅雨の前には枯れる。これが邪魔してくれているうちは背が高く生育が早く根の強いイネ科の雑草が繁茂しにくい。酢の撒布による忌避効果とカラスノエンドウの御蔭で、うちの園地ではアブラムシの発生は少ない。

5月25日（月）旧閏4月3日　曇のち晴のち曇

㊌0.5mm/㊕21.7℃/㊋25.6℃/㊍18.1℃/㊐6.2h

二度寝の六時起き。疲れが抜けん。一時間ちょい机に向い、本の仕事でメエル連絡を回す。昨日届いていた林画伯からの添付メエル、カツベンの装幀ラフを開く。さすが哲ちゃん、伊藤比呂美さんの帯文、「生きのびろ」の一行が恐ろしいほどに効いている。時空をこえた現代へのメッセイジだ。

午前二杯、午後一杯。昼食うて二時間机に向う筈が爆睡してしまう。五十の大台に乗るなり、体力低下顕著なり。

今日学童で、悠太がはぶてたと聞く。ワシと同じくマスクが苦手、きちんと装着せず顎にかけていたら怒られた。マスクせんのやったら出ていけと言われ、ほんまに出て行った。血は争えん。ワシが言われてもおそらく同じ反応をしていた。

マスクが苦手な子って実際に居るんだよ。怒る方に言わせりゃ、みんながやってんだからあんたも従えってなもんなんだろうけど、それが苦になるってのもある。てきとーに折合つけてりゃいいんだが、そこまで要領が良くないのは親の子だ。頭ごなしに怒るのもどうかと思う。……とか何とか言いつつ、ワシにもその気はある。親から学校から職場から何から何まで頭ごなしにやられ続けて厭な思いしてきたのに、自身が親になると頭ごなしになってしまっているのに気づく。いけんと思うが、なかなか抜けん。生活歴の伝播という問題があるが、頭ごなしもまた伝播するのかもしれない。よろしくない。悪しき生活歴はワシの代で止めなければ。

ネットの天気予報、明日未明一ミリの雨予報に変る。終日曇予報、撒布には影響なかろう。

本日をもって北海道と首都圏の緊急事態宣言解除。しかし難儀な事態は続く。コロナと共にあるおかしげな世界、迫りくる第二波の恐怖、先が見えない。

5月26日（火）旧閏4月4日　曇時々小雨

㊌0.5mm/㊕19.0℃/㊋21.6℃/㊍17.0℃/㊐0.0h

昨夜九時半就寝。一〇時二〇分頃雨音に気付く。朝起きるとびしゃこ、撒布を見送る。九時から二時間、平原下段、井堀上中段で夏肥をふる。平原下段に一本だけ残った青島の弱り具合顕著、今年のなり番を最後に伐採すべし。横井手に植えたユズ苗木を、根が伸びんうちに平原下段、青島の株元に移植する。ユズを掘ると根が少ない。芽が出ないのも然り。ホームセンターの苗木はポットに移す際に根を切り詰めすぎ

３月に植えたじゃがいもを６月初めに掘る。仕上り具合と天候を見極めつつ。2020.6.8

ている。

町の地域振興クーポン券（一家三人で九〇〇〇円分）が届く。うちの場合、全て酒代に消える。使用期限は十一月末まで。後腐れなく、さくっと使ってしまおう。

ひる食うて三時間寝てしまう。実は今年が初めてとなる梅酒と梅干の仕込みをやらねばならぬ。神戸に電話、祖母ゆき子のレシピを教わる。オカンは知らんかった。お千穂さんが祖母から教わっていた御蔭で助かった。祖母の味が再現できたら嬉しい。今日も机に向えず。

5月27日（水）旧閏4月5日　晴

(水)0.0mm/(均)19.4℃/(高)24.7℃/(低)15.2℃/(日)7.6h

五時半起き、カツベン資料編、「吸血鬼」ビラと尾上明治資料見開き頁のレイアウト変更指定を作成、藪中さんに送る。神戸映画資料館が二十二日に再開、「吸血鬼」ビラの差替え画像データを送って下さった。当初提供戴いたデータが軽すぎたため差替をお願いするもコロナ休館で対応不可、粗が目立たないようにレイアウトを工夫せざるを得なかった。組版作業にあたる藪中さんにはすまんが、最終校正間際ではあるが思い切ってレイアウト変更をかけることにした。誠意には、誠意をもって応えねばならぬ。

七時から二杯撒布、ひる前に終了。開花の遅いデコポンと寿太郎だけやり残す。雨が来る前に、花の散り具合を観察しつつ、天気予報とにらめっこしつつ、本の仕事の進み具合も考えつつ、防除のタイミングを見極める。

岡田君ちの自家用みかん園で撒布後、東京から帰省中のはる君が出てくる。アサガオの双葉が開いたから見てくれと言う。東京は六月一日から学校が始まるという。入学式に出ただけで、その後長い休み。当面授業は三時間、午前と午後で半数ずつ入替り登校、三週間給食なし、学童はおべんと持参。これまた難儀やな。

難儀ついでに、青壮年部ライン連絡、今年第一号の天牛（ゴマダラカミキリ）成虫発見。五月に発見とは、これが初めてかもしれない。気候変動、恐るべし。放任園地の増加と並行して害虫も増える。増える虫に悪意はない、すべからく人災、その所為で年々防除が難しくなる。和歌山県下津町では天牛がスプラサイド（有機リン剤）に対する抵抗性を獲得してしまった。スプラサイドを常用している大島で同様の事態が発生するのももはや時間の問題だろう。

「北総よみうり」二十二日付、島利栄子さん寄稿「一〇〇年前の女性日記に見るスペイン風邪」をブログとフェイスブックに掲載する。「時代を駆ける　吉田得子日記1907-1945」（二〇一二年刊）に、岡山県邑久地方におけるスペイン風邪の実情が記録されている。島さんは記す。「得子日記にはスペイン風邪の収束の記録はない。その日その日に一生懸命な現在が淡々と記されるだけだ。その後の得子を日記から追うと、大正十年待望の子供が誕生、十二年関東大震災勃発後、夫婦で先進的なラジオ商売へ転身。商売繁盛で太平洋戦争を生き抜いていく」。スペイン風邪収束の記録がない、それどころではない、それが庶民の実情だ。そうして国家が強いる総力戦体制に、得子らもまた呑み込まれていく。

特別定額給付金の支給決定通知書が届く。二十九日振込予定。人口の集中する都市部では手続きの遅延が大問題になっているが、田舎の町は仕事が速い。二十五年前の阪神淡路大震災当時、公的個人補償はできないという既定方針を政府は変えることなく、生活基盤を根こそぎさらわれた被災者の塗炭の苦しみを増幅した。時代替りを痛感する。

5月28日（木）旧閏4月6日　晴

(水)0.0mm/(均)20.9℃/(高)26.1℃/(低)14.2℃/(日)11.5h

疲れが抜けん。今日は畑を休むと決めて机に向う。井堀の倉庫にコンテナ摘みしたニンニクの乾き具合が悪かったのを思い出し、一日天日干しする。それでも畑に行く貧乏性。夕方、カツベンの三校が届く。

まだ地上部が枯れていないがじゃがいも二株試し掘り、おいものポテト（フライドポテト）を作る。ウマい。けど少し味が軽い。あと一週間程度掘らずにおくべきか。雨の後に収穫すると貯蔵性が下がる。天気予報は晴れ続きに変ったが、梅雨の前でもあり、どこでどう変るかわからない。これまた天気予報とのにらめっこが続く。

5月29日（金）旧閏4月7日　晴

(水)0.0mm/(均)19.0℃/(高)24.7℃/(低)13.1℃/(日)11.6h

悠太、左耳たぶの下が痛いと言う。腫れている。去年二月のおたふく風邪、左右どちらの耳だったか記憶にない。用心で川口医院に連れて行く。耳下腺炎。ついでにワシの風疹抗体検査も受けておく。十一時過ぎ学校に送り届ける。校長先生が声かけて下さる。ここの先生方は子供一人ひとりによく目を配っている。四五人詰込み学級で生徒にまるで目が届かず、荒んだ地域にあって親の生活歴の子への伝播、トラブル頻発、いじめの横行、日々心の休まることのなかった、ワシが通っていた当時の兵庫小学校とは雲泥の差だ。

午後仕事場に籠る。カッベンの簡易ビラ作成、見積書とあわせて季村さんに送る。悠太帰宅、宿題済ませて四時半から一時間だけ横井手下段の七本（成木一本、若木三本、去年植えた苗木三本）に夏肥をふる。ペレットをやめて粉、樹冠の草を引き、土とよく混ぜる。手間暇だが二人だと捗る。ここの園地はクズが生える。刈払機でぶっ放しているうちはいつまでも根が残り、繁茂と刈払いのいたちごっこになる。こいつの根っこは日本古来の高級食材、蔓は牛の飼料、そこらにアホほど生えるけど全く活用せーへんっつうのも勿体ない話よのなんて悠太に教えると、掘り出して葛粉が食いたいと言い出す。葛粉の精製法なんて知らんけど、勢いでバケツ一杯掘る。手強い。クズの根起しが重労働とわかっただけでもいいか。

田渕さんからポジの現像上がりが届く。送り出しから九日かかった。フィルム需要の激減により堀内カラーのポジ現像作業が東京に一本化されて久しい。最近は月水金の週三回しか稼働しとらんという。いつまで続けられるだろうか、銀塩限定のみずのわ写真館は。「生命の農」のジャケット写真候補を選び、ライトボックスに載せてデジカメで撮ってサンプル画像を作成、林画伯にメエルで送る。

今日から毎週金曜の柳井プール再開。かーちゃりんの付添いで、悠太六時前に出る。九時半の帰宅に合わせて久しぶりにメバルを炊いたが、味が染み込まない。悠太の食いが悪い。ワシの目利きで外れを摑む筈無いのだが。高水温により、もう旬を外れてしまったのか？　魚は難しい。

コロナ禍による外食産業の営業自粛のあおりで、岡山県笠岡市の農業生産法人がタマネギ一八〇トン廃棄、九〇〇万円の損害、各市場の平均価格はキロ約五〇円と前年の四割ほどに下落、と今日の中国新聞に出ていた。みかんは主に個人消費向け、家籠りの需要はあろうけど、購買力低下で売れなくなると市場価格も下がる。産直も買い控えが出るかもしれない。みかん食わんでも生きていける。コメや麦には勝てない。まるで先が読めない。でも季節は待ってはくれない。時期ごとの作業を粛々と進めていくほかない。

5月30日（土）旧閏4月8日　晴のち曇

(水)0.0mm/(均)20.4℃/(高)26.0℃/(低)14.5℃/(日)6.4h

五時起き、ネットの天気予報をチェックする。当初の土曜日曜雨予報が引っ繰り返って向う一週間晴れ続きの筈が、明日の未明から朝方にかけて降雨予報に変っている。今日一日原稿、明日一日防除の予定を変更、黒点病・灰色かび病の防除を今日でやり切ることにする。

　六時から二時半まで三〇〇リットル掛ける三杯と不足分二〇リットル追加撒布、ぶっ通し、ひる休憩なし。強すぎない程度に風がある。曇り空。暑いが今日はマシな方。これでひと通り片付いた。去年と同様に寿太郎の開花が遅く、開花していない枝も少なからずあるのだが、六月半ばの次回防除でカバーするしかない。大腸内視鏡検査前日の二十三日には神戸に行かねばならぬ、二十二日までに黒点病二回目とカイガラムシ・ゴマダラカミキリ成虫防除を済ませておく必要がある。累積降雨量は少ないかもしれぬが、害虫の防除適期にあたる。昨年と比較して数日前倒しとなるが、気温の高さを思えばそれくらいで良いのかもしれない。梅雨時でもあり、病害虫に弱い幼果期の黒点病防除六月の二回目は外さない方がよい。

　機材は洗浄して積みっぱ、月曜か火曜にかいよう病発生園地の防除をかける。防除の間隔を一週間とらねばならぬ、時期的に丁度よい。

　寿太郎の園地、弱った樹が多いというほどでもないが、そこそこに見受けられる。こうなるであろうことは、一昨年の暮れに引継いだ段階で既に判っていた。既にゾウムシ（天牛の幼虫）の入っている樹も少なくなかった。あんたに替ってから樹が枯れ始めたと言われたりもする。良好な園地といっても、それなりに樹が齢をとってきている。連年の異常気象もあり、ダメージは蓄積している。他の園地はもっと枯木が多くワイルドと言えるほどに歯抜けになっとるわけで（苗木植えてもなかなかすぐには大きくならん）、ワシの居らん所であれが枯らしたなんて言われとるんだろう。まあよい、十年後二十年後を見ておけ。

　世間を騒がせたアベノマスク、おかしげな納入業者とかカビが生えてたとかは論外として、巨額の国費投じて一世帯二枚の襤褸布マスク配布とは、史上最低最悪宰相の低能具合もここまでくりゃあ大したもんだ。いまだ届きもしない（追記。六月十三日に届いた）。特別定額給付金の方が先に入りよった。

5月31日（日）旧閏4月9日　雨のち曇

(水)7.5mm/(均)18.7℃/(高)20.4℃/(低)16.4℃/(日)0.0h

予報通り未明から雨。昨日防除を終えてよかった。九時半寝、四時半起きで机に向う。身体中が痛い。

　季村さんの「カッベン　詩村映二詩文」最終校正が届く前に、林さんの「生命の農――梁瀬義亮と複合汚染の時代」の初校、索引取り、写真レイアウトをいけるとこまで進めておく。農薬撒布やりもって、農薬の害に危機感持って無農薬有機農業を提唱した人の評伝を編集するというパラドクス。ワシ自身、農薬撒布が良い事だと思ってなどいない。しかし、柑橘は最低限の防除が不可欠である。そうでなければ商品と

海岸に流れ着いた藻を引揚げ、鎌で切り分け、浜に干す。それを回収して畑に打込む。周防大島文化交流センター（宮本常一記念館）高木泰伸学芸員、交流員の福田隆司さんらと行った実験。伝統農法の底力と、現状で実践することの困難を思い知る。2013.3

して出荷できない。無農薬で作る自家消費用野菜とは違う。農薬の害はわかっていながら、それでも撒布する。だからこそ、いまの状況で本当に必要な農薬かどうか、その都度資料を漁り、必死に考える。農薬と食品添加物、そして地球上を覆ってしまった放射性物質、ありとあらゆる汚染物質による複合汚染の恐怖に戦きつつ、それでも、これからを生きる子供らの未来をツブすわけにはいかない。意識的であろうがなかろうが農薬撒布という結果だけ見る限り変りないが、その過程が違う。兎に角、必死に考える。

農薬を使うのも肥しを買うのもよくないことだ、農協の売ってるみかん肥料の代りに藻を使えばよいと言い放った馬鹿もいる。額に汗して農業をしない者ほど実情を知らず、好き勝手なことばかり言う。ワシは、既に実験しているのだ。うちのたかだか五〇平方メートル(〇・〇五反)程度の家庭菜園に一度入れるのに必要な乾燥藻がおよそ二〇キロ。一反(約一〇アール)あたり四〇〇キロになる。一反あたり一〇〇貫目(三七五キロ)と伝承されてきたのを実証したことにもなる。浜に寄る藻を引き上げるのは骨が軋む重労働で、鎌で切って浜で干してコンテナに詰めて畑まで運ぶ手間も馬鹿にならない。それに藻を拾える浜も埋立てで少なくなり、自然環境の激変により藻の絶対量も減っている(海水温上昇によって藻場が消滅、太陽光が海底まで届くようになってニホンアワサンゴが増えたといわれる。大島の新たな観光資源として期待されているニホンアワサンゴではあるが、実は温暖化と磯枯れによるものであり、手放しでは喜べない)。労力と確保できる寄り藻の量で考える。家庭菜園ならまだ可能だろうが、みかん農家として藻の肥料で経営を成り立たせるのは不可能だ。現在、産卵場保護のため藻刈(生えている藻を刈り取ること)は禁止されている。昔は多くの農家が藻を採っていた。それほどまでに昔の海は豊かであったし、担い手も多かったということだ。無農薬、有機は理念としては正しいが、農業の実情を無視してそれを振りかざしてはいけない。このことに関わって、「生命の農」に興味深いくだりがある。以下、引用する。

＊

ハワードやロデイルの系譜とは別の潮流として、人智学の主唱者ルドルフ・シュタイナー(一八六一〜一九二五)による「バイオ・ダイナミック農法」がある。農場を閉鎖的な有機体とみなして、化学肥料など循環を阻害する資材を拒否し、家畜の糞尿など自家生産する有機肥料を用いる農業をおこなう。あくまで、農場内の物質循環を基本とするところが、この農法の特徴である。シュタイナーの営農法は、欧米諸国で一定の広がりを持っている。

忘れてはならないのは、「バイオ・ダイナミック農法」が、ナチス・ドイツに接近し、「ナチス・エコロジズム」において、大きな影響力を持ったことである。強制収容所の敷地内にも、同農法による菜園があった(藤原辰史「ナチス・ドイツの有機農業」)。

ナチス・ドイツは、ゲルマン民族の優越性を誇る一方、ユダヤ人を劣性な民族だとみなし、ついには生物学的抹殺をもくろみ、大量虐殺を実行するに至った。ヒトラーは菜食主義者で、酒やタバコを忌み嫌う、過剰な潔癖性を持つ人物でもあった。その影響で、アルコールは精神薄弱、犯罪、遺伝的退化、ニコチンは不妊、不能、老化を促進する元凶であるとの風潮が、社会を覆った。ヒトラーは動植物を愛で、種の境界を取り払い、すべての自然を平等に扱う共生を目指した。やがては国民すべてを、菜食主義者にさせようとも考えていた。この狂信的ともいえる禁欲主義者の内面において、矛盾なくホロコーストが同衾していたわけである。

ナチス・ドイツで、シュタイナーの農法が受け入れられたという事実は、エコロジー運動のなかに、ファシズムと無理なく結合しうる近似性があることを示唆している。日本の自然食や有機野菜の愛好家にも、一部に物事を単純な善悪二元論で裁断し、農薬や食品添加物などを、ことさら排撃しようとする傾向をみることがある。世の中から、「悪」さえ取り除けば、社会に平和や幸福が訪れるとの、単純明快な世界認識である。だからひたすら、悪者探しに熱中してしまう。そういう人たちは、社会の些細な歪みや間違いが許せない。絶対的な正義を振りかざし、悪者の根絶を声高に訴える。

近年、日本において、外国からの輸入食品、とりわけ中国産の農産物や加工食品を、害毒であるかのごとくに、こき下ろす論調が猛威を振るっている。まるで「純粋無垢な日本人を辱める」とでも言いたげな、煽情的でナショナリスティックな言説である。

同時に、市中では在日コリアンなどを標的にする、ヘイトスピーチが公然と行われる状況にある。ネット上でも、同じくマイノリティを蔑む、悪意に満ちた誹謗中傷が飛び交っている。

ナチスとシュタイナー農法が近づいたように、日本でもこれらの差別的で偏狭な排外思想が、共闘関係を結ばぬとも限らない。生活の安全を目指す運動には、他者への痛覚が鈍麻してしまう危険性が常に付きまとう。そのことを、私たちは肝に銘じる必要がある。

（林真司「生命の農──梁瀬義亮と複合汚染の時代」みずのわ出版、二〇二〇年八月、八九～九一頁）

＊

それともう一つ、ワシには理系の学問に対する疑念というものが強くある。二十五年前に神戸で震災に遭遇、その直後から一年半にわたり、なら自治体問題研究会の月報に被災地ノートを連載していた。この連載を中心に、一九九九年、拙著「阪神単大震災・被災地の風貌」にまとめた（余談。神戸の真ん中にいて震災発生直後から外に向けて書いて、自分とこの版元から本にまとめて、売名行為だ、といった誹りを受けたこともある。書けば必ず叩かれる。それを恐れていたのでは何も書けぬ。書かなかったことは、なかったことになる）。連載初期、震災わずか二ヶ月後の神戸市による都市計画決定の強行、被災して家を喪った被災者が市街地に偏在しているにもかかわらず仮設住宅は郊外にばかり建設されようとしていること、そのことによる地域崩壊、神戸にみるインナーシティー問題、などに触れた。月報編集を担当していた小笠原さん（当時、奈良県教委勤務）は、ワシにこう言った。行政区ごとに滅失家屋数と仮設住宅充足数のミスマッチを可視化した一覧表を興味深く読み込んだ。これまで暮してきた町で生活を元に戻したい、それっぽっちの小さな願いを平気で踏みにじる。つくづく思うのだが、都市計画のテクノクラートという連中は、その土地に人間が住み続けてきたこと、一人ひとりが小さな社会の中でつつましく暮してきたこと、そのことに対して思いを致すという心が欠落しているのではないか。これって理系の学問に特有の欠損、人間のありように関わる視線の欠落と思えてならないのだ。

　戦時中に零戦を開発した技術者たちが、戦後ＹＳ―11を作った。満州の都市計画を作った都計官僚たちが、戦災復興の都市計画を担った（内務官僚原口忠次郎が、敗戦により満州で果たせなかった都市計画を戦後の神戸で実現しようとした歴史的経緯について、拙著「「震災五年」の神戸を歩く」に詳述した）。理系の学問をやっている人たちの自己実現というやつは、その目的が軍事だろうが民生だろうが問わないのだ（真面目な人から叱責を受けそうな、極端な言い回しになってしまった。文学者や芸術家が総力戦体制下、戦争協力による自己実現を図ったことなどもあわせて考える必要があるのだが、ここでは端折る。チャップリンが「モダン・タイムス」で描いた人間疎外を想う。そして、科学技術への過信と自己目的化にとらわれた科学者たちが企てた人類制服計画、それに対峙する風の力で変身する徒手空拳のバッタ、初期の仮面ライダーのモティーフをここで想起する）。文系アタマのワシには、小笠原さんの話はすとんと腑に落ちた。大学の農学部は理系である。そこに間違いの元があると考える。農業は、すぐれて人文学である。

　一昨日受取った柑橘同志会総会書面議決の結果を配る。文書に次の通り書かれている。一部引用する。

＊

　安下庄地区の柑橘産地は、生産者の高齢化に伴い、荒廃園や太陽光発電への転換園が増加しているように思います。また、現状の園地状況のままでは、郡外へ他出している後継者を退職帰農者として、また、農業に意欲ある者を新規就農者として受け入れるには魅力が乏しいと考えます。塩宇地区は、農道・水路整備を契機に一定のインフラ整備ができたことから、西安下庄地区で園地改良が必要です。

＊

「人・農地プラン」を作成せよと農水省が喧しい。五年後十年後にその地域の農業を誰が担うのかについて「中心経営体への農地の集約化」と「地域外からの人材の受入れ」を大前提に地域の話合いでとりまとめよ、というものである。先行きの見通しを立てていく必要はあるのかもしれぬが、これはあくまで大規模化・集約化という国策に沿ったものであり、小農主義とは真逆のものでもある。

　どのみち大島のみかんは衰退する。大島だけではない。全国的に農業は衰退する。これはもう不可避だ。この国の人口が減少に転じた。都市部ですら人口減少に向っている。巨大化しすぎた都市インフラの維持も困難になっていく。人口減少の中にあっても、都市部就中首都圏一極集中の流れはますます加速する。経済活動の拡大による森林伐採が未知のウイルスを人間社会に持ち込んだ。開けてはならぬ箱を開けてしまった。過密ゆえの感染拡大、それでも都市部への集中は止まらない。農山漁村の人口減少、担い手不足はさらに加速する。個々の踏ん張りだけではどうすることもできない。それでも、気のある者が、最低限守るべきものを守り続けていく以外にない。そんな中にあって、大島のみかん産地の現状維持なんて無理だ、あえて縮小を受け入れるしかない。

戦後農政の愚に一貫して異を唱え続けてきた山下惣一さんの小農主義は、国策に従順な、成長という幻想にとらわれつづける人たちには、悲しいかなまるで響いてはこなかった。価値観の根本がまるで違う。とすれば、これから先も、未来永劫にわたってかれらの心に響くことはないのだろう。

農業の活性化という題目がある。そこそこ食うていけたらそれで文句ないのに、眦《まなじり》決して活性化する必要あるのか？　とワシなんぞは思ってしまう。全国何処へ行っても、スマート農業だの、ドローンによる農薬撒布だの、基盤整備事業だの、新規就農拡大だの、国策に沿うた話が飛び交っている。そう言わなければ、お前ほんまにやる気あるんか？　と叱責を受けそうだし、地方議会選挙でもそう言わなければ票がとれんのも現実なんだろうけど（ワシみたいに縮小を受け止めよなんて言い出すアホに投票する馬鹿はいない。それ以前に、選挙なんぞに出るつもり全くないけど）、なるほど、ようやくこのワシでもわかってきたことは、かれらは国策を本気で信じ込んでいるということだ。これをもって私腹を肥やそうとかいった悪意ではなく（とはいえ、国庫補助、農業土木が関わるがゆえに当然利権は発生する。社会的立ち位置を利用して私腹を肥やす者が出てきたところで何の不思議もない）、これが根っからの善意によるものであり、これらを導入することによって、いま目の前にある窮状が少しでも明るい方向に向うと妄信しているきらいがある。一見、悪いことではないので、声高に反対もしにくい。だからこそ始末に負えん。話は違えど、僻地に押し付ける原発立地計画ってやつもこういう具合に、実に巧妙に持ち込まれてきたのであろう。

誤解なきよう付け加えるが、農業専業で食えるようにと頑張っている人たちにケチつける気など毛頭ない。頑張れる人は頑張ったらよい。ただ、全ての農業者が大規模、集約化といった国策に沿った優れた担い手になれるというわけではない。そこまでのやり手にはなれない者の方が圧倒的に多い。それでよい、無理してやり手を目指す必要などない。偉そげな他人の指図を受けてまで無理して仕事しなくてよいのが、百姓のいいところだ。

――とか何とか言い訳した上で、それでも悪態つかせていただく。ある農薬が何年がん年使用され続けた挙句人体や自然環境へのとんでもない悪影響が判明して使用禁止になった、

横井手の寿太郎園地。昔ながらの山の畑。石積みの照り返しと保温、水はけの御蔭で良いみかんが出来る。作業効率は悪くとも、それを補って余りある高品質。治山効果も高い。先人の労苦と創意工夫が、島の石積みの景観に凝縮されている。2020.11.12

そんな実例は枚挙にいとまない。売血と注射針使い回しによる肝炎然り、薬害エイズ然り、医療現場で起ってきた数々の不祥事にも同じことが言える。すなわち、国家権力がよきもの、よきこととして認めるもの、推進することほど、疑ってかかる必要がある。当初は少数者の物言いとして排撃されたラディカルな問題提起がやがて世間の常識となり、本当のことが広く理解されるにはかなりの年数が要る。絶望的になってしまうが、その時すでに遅し、なのかもしれぬ。

悪態ついでに記しておく。日録本編で、農協の為体《ていたらく》について折々言及してきた。地域を守るために、本来農協は欠くべからざる存在である。だが、農に携わる人たちを大切にしない農協であれば、そんなもの無くなった方がよいと考える。農協が無くなったからといって農の営みは無くなりはしない(だからと言って、政府が進める農協改革には断じて賛同できない)。実体験から考える。一九九七年の春、奈良テレビの非正規労働者(業務内容、拘束時間など、正社員の記者と変らない、労基逃れの実態)だった私の雇止めに際し、全労連傘下の一般労組で一年にわたる労働争議を経験した。奈良テレビ労組に協力要請したところ、けんもほろろに断られた。労組は無くてはならないものであるが、仲間を守らない労組であればそんなもの無くてもよい、まともな労組を別に作ればよいと学んだ。

農業は産業ではない、生きることの全てを抱えこんだ家業である。山下さんの思いを受止めた、落ちこぼれ兼業農家としてのワシなりの確信である。

地主園地（2反2畝＝約22アール）**の温州みかん植栽本数と収量の変遷**

	老齢樹		結果若木		未結果若木	結果樹計（老齢樹＋若木）	反収（1反当り収量）
	在来	青島	南柑20号	大津4号			
2016年度（裏年）	18本	79本	0本	0本	21本	97本（97本＋　0本）	
	975kg	2,470kg	–	–	–	3,445kg（3,445kg＋　0kg）	1,566kg
2017年度（表年）	17本	76本	0本	0本	23本	93本（93本＋　0本）	
	1,350kg	2,675kg	–	–	–	3,925kg（3,925kg＋　0kg）	1,784kg
2018年度（裏年）	12本	75本	7本	0本	18本	94本（87本＋　7本）	
	627kg	3,140kg	45kg	–	–	3,812kg（3,767kg＋　45kg）	1,733kg
2019年度（表年）	9本	57本	17本	0本	13本	83本（66本＋ 17本）	
	680kg	2,105kg	130kg	–	–	2,915kg（2,785kg＋130kg）	1,325kg
2020年度（裏年）	8本	57本	17本	3本	54本	85本（65本＋ 20本）	
	600kg	2,000kg	229kg	20kg	–	2,849kg（2,600kg＋249kg）	1,295kg

＊隔年結果性の強い青島は樹別交互結実。2019年度まで表年6：裏年4の比率。2020年度は表年5：裏年5

＊2020年度の収量は若木のみ確定。老齢樹は見込値

＊2020年時点で、南柑20号は七年生、大津4号は四・五年生

＊全国的には奇数年が裏年、偶数年が表年にあたるが、山口県と広島県は表裏が逆になる

二〇二〇年十二月一日追記。二〇二〇年は、観測史上最高温を記録した昨年（二〇一九年）を上回る高温で推移、異常気象による生理障害、品質劣化甚だしく、質・量ともに最低最悪、超のつく不作となる見込である。ベテランの経験則（成功体験ともいう）が通用しない、そんな時代になった。

　地主園地の五年間の植栽本数と収量の変化を表にまとめた。老齢樹の枯死が進み、若木更新分が生産樹として本格稼働するまでにはかなりの年数が必要で、収量減が深刻化する様子が見て取れる。多くの園地で後継者不在、いま耕作している年寄たちが辞める際に、余力のある者か新規就農者が良好な園地をスムーズに引き継ぐことが出来なければ、大島のみかんは終る。周防大島町内でいま一〇〇〇人いる農協出荷者が二〇三〇年には三〇〇人にまで減る。向う十年が山、そういう危機感が強くある。とはいえ、更新を怠った老齢樹主体の園地が多く、目先の収量は確保できても数年のうちに私が直面しているような事態に至る。これでは食っていけない。

　どうせ改植するなら、よりよきものに改植する必要がある。私は島で昔から栽培されてきたスダイダイが有力と考えている。病害虫にも気候変動にも強く、減農薬栽培が容易で、正果率も高い。農協出荷では原料扱いゆえバカ安だが、大分のカボスや広島のレモンの如く、正果販売を広げる可能性は十分にある。ジュース、ジャム、缶詰等の原料出荷は、相手が農協だろうが企業だろうが搾取の構図に変りはない（博打は胴元が儲けるためにある）。農家が無産階級《プロレタリアート》になってはいけない。

＊補遺

島の記憶と記録

1　島の記憶と記録、そして旅人宮本常一のまなざし

山口県周防《すおう》大島。山口・広島・愛媛の三県が接した〝海の三叉路〟に位置する、面積一三〇平方キロ、人口二万三〇〇〇人、瀬戸内海では淡路島、小豆島に次いで三番目に大きな島だ。この島の亡祖父母宅と神戸との間で、生まれてこの方、往ったり来たりの生活を続けている。

母がこの島、父がその属島沖家室島《おきかむろじま》の出である。私自身は神戸で生まれ育ったが、幼稚園に入るまでの殆どを、周防大島は安下庄《あげのしょう》の母方の実家に暮らした。実質関西人ではあるけれども三つ子の魂百まで、というやつである。大島方言の混った私の神戸弁は、祖父母をはじめとする島の年寄りたちが私に刻印していった、まさしくかれらの生きた証であり、おそらく死ぬまで消えまい。

祖母豊田ゆき子は大島とは一見縁のない信州駒ヶ根《こまがね》に生まれた。明治末期から昭和戦前期にかけての大島には旧東和町の下田《したた》、外入《とのにゅう》等の部落に製糸工場があって、その仕事で信州と往き来していたのが、北原さんという親戚のおじさんだった。幼くして母親が亡くなり、父親が再婚して子どもが生まれたため疎んじられたらしく、祖母は十八歳で家を出て織り子さんとして大島に来た。そこで、日中戦争で左足を失って廃嫡同然となった祖父、春一と結婚することになる。

今は跡形もないが、大正期から昭和初期にかけての大島には、養蚕とそれに連なる製糸業が、島の産業として存在した。祖父母が戦後の二十数年を暮らした安下庄の庄部落の区民館は、今は建て替えられたが、むかしの建物――すなわち幼少時の私が暮らしたその家は屋根が二重になっていて、元々は中二階の構造で蚕を飼っていた戦前の名残でもあった。

養蚕を島に持ち込んで奨励したのが、大島出身の民俗学者宮本常一《つねいち》の父、善十郎だった。本業の版元の方で、ここ数年にわたって宮本関連の仕事をいくつか手掛けている。同じ島の先達ということもあるが、祖母を信州から大島に連れてきた養蚕・製糸業との関わりの方に、実は縁を感じている。

宮本常一が晩年に著した自伝的作品に「民俗学の旅」があ

る。井出孫六の「抵抗の新聞人　桐生悠々」、花森安治の「一戔五厘の旗」とあわせて、私はこの本を折に触れて読み返す。十五歳で島を出て以降七十三歳で世を去るまで、戦中を挟んだ半世紀を旅に生きた宮本のその足取りを辿ると、島に帰るために宮本は旅に生きたのではないかと、そうも思えてくる。

また、宮本の「家郷の訓」に、このようなくだりがある。

「たとえば暑い夏の日々がつづいていても、夜半とつぜん森がシウシウと音をたてはじめると、私はアオキタとよぶ秋をつげる風の出たことを知った。と急に、何だか心わびしくなって来る。それまでは波の音もほとんどきこえないが、それからは一夜中ドサリドサリと波のうつ音をきくことが多い。そうした風のあとはたいてい雨になる」

「ドサリドサリと規則正しく波のうちはじめる時は北風になる。北風であっても波の音がシャーッシャーッと何か物をすっているような時は、潮が干いて干潟の出ている時である。それが春二月になると、ジャボジャボジャボジャボと小さくやわらかな波音にかわって来ることがある。東風が吹き出したのである。雲雀東風《ひばりごち》が吹いて春の来たことをつげてくれる」

片足の無い祖父の、沖での戦友だった春日丸という木造漁船を枕に聴いたあの波の音、蜜柑畑に囲まれた昔は蚕の棲処だったわが家で、漆黒のなかで聴いた風の音――それを伝える宮本の言葉。それが、いまも変わらずこの島にある。だが、私を育ててくれた年寄りたちの多くがこの世から消えていった。高度成長を経てもなお一見大きくは変わらぬこの島の風景に、還り来ぬ人びとの想いを繋ぎ止めてもこなかった自らの来し方を思う。

話を戻そう。灯台もと暗し、というやつだろう。私はつい十年くらい前まで、自らの親代わりでもあった祖母の素性を知らなかった。震災を経て版元を始めて、そして宮本の仕事に惹かれて物書き兼編集者の仕事を再構築すべく、私のいちばん身近にある謎の人物のライフヒストリーを記録しようと録音テープを回し始めたその直後、突如として祖母は消えた。旅先で倒れ、変わり果てた祖母を私は島の家に連れて帰った。最期の最期で私を呼び寄せたのかもしれぬ。信州への想い断ち難くあった祖母にとって、旅の途上だったのか。ともあれ、島の子として私を育てた祖母は信州ではなく周防大島の土になった。それだけは事実だ。

（瓦版なまず　第二期創刊号　二〇〇六年四月十六日、発行＝震災・まちのアーカイブ）

2　見んさい。蜜柑が喜うぢょる
――梶田富五郎の記憶と島の畑と

山口県周防大島は安下庄の母方の実家に、一〇坪ばかりの家庭菜園があった。祖母が生きていた時分は、これで野菜はほぼ自給できた。貰い物も結構多かったから、田舎暮らしは表面上の生活費は安くつく。その代わり部落でのつきあいにカネと気を遣う。街ぐらしとどちらがいいか悪いかは人それぞれ、だ。

畑というのは、人の手が入らなければどうしようもない。祖母が亡くなって無人になってから家庭菜園はすっかり荒れ果ててしまった。三年くらい経ってこれではいけないと思い立ち、以降帰省する度にセイタカアワダチソウとひっつき虫の駆除に取りかかった。でっかいやつ、タネのついたやつは引っこ抜いてゴミに出し（部落の取り決めで野焼きは禁止されている）、こまい（小さい）やつは鍬を叩き込んで根を切り土に混ぜ込んでやる。

一年くらいそれを続けると、外来種があまり生えなくなった代わりに在来種が復活した。しっかりと根を張るだけにこいつの方が手強い。また困ったことに、小さいけれどもほんとうにいい花をつけるものだから、やっつけるのに罪悪感が伴う。

それでも駆除を続けると、去年の夏には数年前にタネのこぼれていたであろう豆茶（エビスグサ）が復活し、秋にはそこそこ収穫できた。こいつを焙烙《ほうろく》で煎ったやつをぐつぐつ煮出して呑むのが豆茶。これにコメを研がずにブチ込んで茶粥を炊く。増量のためサツマイモやらカンコロ（サツマイモの粉の団子）やらメリケン粉の団子やら入れることもある。平地が少なく大してコメのとれなかった大島の、文字通りの貧乏食だが、私たちの年代もまたこれを日々喰うて育った。この習慣を指して貧乏の象徴の如く虚仮にされたことは私自身の身の上でも幾度かあるが、それを自ら卑下したことだけはない。

ただ、これが本土の者の眼からは単なる〝遅れ〟としか映りようのないほど、ついこの間までこの島は経済成長から置いてけぼりを喰らうてきた、というより忘れられてきた、ということなのだろう。その不幸こそある意味幸いでもあった、と今にして思う。それは稿を改めて記す。

話を戻す。再々帰省すると云っても、ひと月かふた月に一度、それも二、三日しか居られないのだから、もはや家庭菜園の復活は望めない。そこで、一昨年の春に雑柑を三本植えた。浜の側からスダチ、カボス、ライムの順で。温州蜜柑ならきちんと世話をみる必要があるのだが、雑柑はそこまで気を遣わなくてすむ。以前からわが家に植わっている酢橙と甘夏も、あまり世話をみてこなかったが、毎年律儀に実をつけてくれている。木が大きくなれば、雑草も生えにくくなる。

しかし、セイタカアワダチソウに土の精を吸われた所為か、雑柑はなかなか太らなかった。今年の水仙忌（宮本常一の祥月命日）の頃に帰省した折、沖家室島《おきかむろじま》（周防大島の属島）のいとこにその話をしたところ、肥やしの打ち方のメモを作ってくれた。それを参考に五月の連休の頃に春肥を打ち、土質改良のため石灰を入れた。畑の縁《へり》にスギナがわらわらと生えるのは、酸性が強くなっているイコール土が弱っている、ということだ。

御蔭様で、今年初めてカボスに五つだけ実がついた。これが大きくなってくれるかどうかは予断を許さぬが、三本とも目に見えて幹が太くなり葉の勢いも違っていたので、これからも帰省する度に世話をみてやれば来年はもう少し良い結果を出してくれることだろう（筆者註―二〇一一年に移住、家庭菜園を復活させた。上記三本のうちカボス一本だけ生き残り、毎年九月に収穫を迎えている）。

「やっぱり世の中で一ばんえらいのが人間のようでごいす」――。これは、周防大島の久賀《くか》から対馬《つしま》に渡った開拓漁民梶田富五郎翁に対する宮本常一の聞書の最後の言葉だ。メシモライとして七歳で対馬に渡った孤児が浅藻《あざも》という浦に住み着く。でっかい石がゴロゴロする浦、ここに港を拓く。二杯の船を並べ一人が潜る。蔓で作った縄を石に縛り付け満干の差を利用してひと潮に石一つずつ外海へ出す。それが大時化で押し戻される。「こりゃ石の捨場がわるかったのじゃ、もっと沖の方へ捨てにゃァいかん」――そうしてまた同じことを繰り返す。小さな港ひとつ造るのに三十年かかった。ただそれだけの話なのだが、こんな無名の人びとが、この島の土を耕しつづけてきたのではなかろうか。

もうひとつ、わが島の先達の話。うちの部落を見下ろす丘に、桜の古木がある。ここの桜は安下庄一だと、私は勝手にそう思っている。桜の木の下にはささやかな墓地があり、祖父母、母、私の三代にわたってこの地でお世話になった小父さんが眠っている。この春、久しぶりにここで友人と二人だけの花見をして、小父さんに酒を供えてきた。

小学校から高校の時分にかけて、冬と春に帰省する度に、この小父さんの蜜柑畑の仕事に出た。冬は雑柑の収穫、春は春肥と選別。畑を打って（＝機械で耕して雑草を掻き込み、土に空気を入れること）、肥やしを入れていく。足を入れるとくるぶしまで埋まるくらいに畑を打つ作業は一日やると握力がなくなるし、丈が低い蜜柑の木の下に潜り込んで肥やしを撒く作業は腰にくる。ひととおり仕上がった段々畑を見上げて、「見んさい。蜜柑が喜うぢょる」と小父さんは云った。小父さんはまた「百姓がエラい（しんどい）くらいが、国はうまくいくんぢゃ」と云ったこともある。その言葉の真意が、いまだに解らずにいる。

小父さんが亡くなって十数年になる。二人で世話をみた、あの段々畑も、いまは草に覆われている。

（瓦版なまず　第二期第二号　二〇〇六年七月十八日）

3　海の民の記憶

山口県周防大島の属島、沖家室島に父方の実家がある。周囲わずか一里のこの島はかつて海上交通の要衝として栄え、明治以降はハワイ、北米、南米、朝鮮、台湾、旧満州等へ多くの移民を排出した。いまは人口一八七人、一二九戸（二〇〇六年三月末現在）、過疎化の進んだ年寄りとネコとタヌキの島だ。

周防大島自体が元々盆正月の帰省者の多い地域だが、なかでも沖家室出身者は島の外にあっても島との強い絆を維持している人が多い。伊予の三津浜から大島の港々をめぐって柳井まで汽船がかよっていた時代、盆正月には三津浜から沖家室島直行の臨時便が出たという。浄土宗の信仰を基底とすることからお寺を中心としたコミュニティがしっかりしていてお盆の帰省が特に多い。それもあって、ふだんは静かなこの島だが、お盆がくれば空き家に一斉に灯がともる。昔から多くの島外人口を抱えてきた「移民の島」のエートスなのだろう。橋が架かったいまに至るも「盆に沈む島」と形容される所以である。

中世にも人が住んだといわれるこの島は、豊臣秀吉の海賊禁圧令で一旦無人島となった。石﨑系図略記は、慶長十一年（一六〇六）正月二十日伊予河野氏の家臣だった石﨑勘左衛門を筆頭に、石﨑、柳原、金井、林、安本の五氏が伊予の興居《ごご》島《しま》から周防大島を経て渡島したと伝える。昨年（二〇〇六年）は「開島四〇〇年」の節目にあたり、島の出身者でつくる「かむろ会」（宇部、広島、大阪、東京）と島の自治会で実行委員会を作り、種々の記念事業に取り組んだ。その一環として、「きずな」と名付けた「開島四〇〇年記念誌」を発刊することになり、編集を私が請け負った。そのため、去年は春から夏にかけて再々島に帰る機会を得た。

梅雨の晴れ間の七月半ば、海から見た島の写真をおさえるため、島で二番目の若手漁師（とはいえ五十歳を超えている）横山和明さんに船を出してもらった。漁船に乗せてもらうのは、漁師だった母方の祖父が亡くなって以来二十数年ぶりだ。

「やりょー今年は水温が低いで、タチウオもアジも喰わん（釣れん）」と横山さんがボヤく。本浦《ほんうら》の漁港から沖に出て、まず島の全景をおさえる。島を背にすると右手に大水無瀬島《おおみなせじま》、小《こ》水無瀬島《みなせじま》、前方に片島《かたしま》、愛媛県二神島《ふたがみじま》、由利島《ゆりじま》、その先に四国の山並みが見える。針路を西にとり洲崎《すさき》沖から沖家室大橋をくぐって人家のまったくない島の南海岸に廻る。平郡島《へいぐんとう》が指呼の間に見える。

——こりゃあ平郡《へいぐん》かね。こっから見ると意外と近いもんですのんた（のう、あんた）。

——はぁ。いっとくさんよーい。近こう見えるが、こっから三十分はかかるど。

周防大島の過ぎ去りし日を描いた宮本常一の文章にこんなくだりがある。

——男達が突然姿を消した。宮島にでも詣ったのだろうと云って心配していなかったのだが二日も三日も帰ってこないのでまたそろそろ心配しはじめたところに連中ひょっこり帰ってきよった。聞くと、海は凪いでいるしいい月夜だからそこに居合せた者で漁船を漕ぎ出した。宮島さんにお詣りしたら、この際広島へ行こうと。広島へ行ったら行ったで出雲大社にも詣ってこうという話になったのだと。（「民俗学の旅」より、要約）

母方の祖父も、ふらっといなくなることが時々あったと聞く。やはり漁船で宮島へ詣っていたのだと、そして、終ぞ連れて行ってもらったことはなかったと祖母は生前話していた。

海の民のもつ、独特の距離感とか世界観といったものか――。かむろの海で波の間に間に揺られながらそんなことをふと想った。

さて、島のお盆。「開島四〇〇年」もあって、去年は一段と賑やかだった。灯籠流しのあと、夜の九時頃から〝口説き〟といって、男女の営みというかエロ話の口上にのせて老若男女が輪になって踊る。昔は一晩中踊り続けたと聞く。「開島四〇〇年記念法要」のため、移民先のハワイ、アラスカから島に帰ってきた人たち十五人も一緒に輪になる。このジイさんバアさんたちにとって、これが島との今生の別れになるやもしれぬ。ハワイから一緒について来た大学生のお孫さんなど、沖家室方言はおろか日本語すら話せない。それでも彼もまた島の人だ。

盆踊りといえば、写専の学生時代に観た林忠彦の写真で印象に残ったカットがある。昭和二十年代の撮影だったと思う。輪になって踊る人々の周りには誰もいない。観る阿呆がいない。元来盆踊りはそういうものだった。母方の実家のある周防大島の安下庄など、ここ十数年で毎年八月十六日の盆踊り・花火大会だけは立派なイベントになり島外から多くの人が訪れ道路が大渋滞するほどの盛況だが、部落ごとの盆踊りはごく一部を除いて廃れてしまった。それとは対極にある世界が、この島にはまだ残っている。

十六日早朝、精霊を海へ帰す〝流れ灌頂〟が行われ、島のお盆は終わりを告げる。潮がひくかのように帰省の人らが都会へと戻っていき、島はいつもの静けさを取り戻す。不思議なことに、島ではその日を境に海も空も秋の色合いに変わる。こんな風景が、この島では毎年繰り返される。

（瓦版なまず　第二期第四号　二〇〇七年一月二十日）

4　ソウルからピョンヤンまで――植民地の記憶　その1

浪花の歌う巨人・パギやんこと趙博兄の曲に「ソウルからピョンヤンまで」というのがある。軍事独裁政権時代の韓国における民衆の抵抗歌の一つ、である。

ソウルからピョンヤンまで　タクシーで五千円
モスクワにも行けるし　月にだって飛べるのに
プサンよりもっと近い　ピョンヤンへは行けない
目と鼻の先にある　ピョンヤンへ何故行けぬ
クラクション高らかに　ソウルからピョンヤンまで
夢でもいいから　アクセルふんでブッチギって行こう

（編・訳詞　趙博）

ソウルからピョンヤンまでの距離は、日本にあてはめると大阪もしくは神戸から広島、タクシー代五千円は韓国語の元歌では五万ウォン――円が下がった今なら約六〇〇〇円にあたる。経済格差を差し引いても韓国の交通費は安い――というう以前に日本の交通費がべらぼうに高すぎる――のだが、実はこの程度の距離なのだ。日本の新幹線なら一万円で二時間もかからない。この二つの街が、いまだ自由に往き来できない。

少なからぬ日本人が何も知らんということ自体嘆かわしいのだが、戦後復興期の日本に特需景気をもたらした朝鮮戦争はあくまで休戦であり、いまだ終戦に至っていない。離散家族の悲劇はいまも続く。韓国における、北朝鮮による拉致被害者の数も、日本のそれとは比較にならない（もちろん被害者数の多寡で事を語ろうとするつもりは毛頭無い）。

学校でろくすっぽ近現代史を教えてこなかったおかげで、日本による朝鮮半島への植民地支配すら知らぬ（乃至その結果否定する側に回る）者も少なくない。挙げ句、日本軍慰安婦を否定する輩までもが跋扈し、歴史教科書の「慰安婦に関する記述」も、全社消滅してしまった。ほなアレか？　ワシらがやってきたことはみんな幻やったんかい！？〈永野茂門法相による公娼発言に抗議しての韓国人元慰安婦十五人突発来日事件〉（一九九四年五～六月）に関わった一人として、この怒りを何処にぶつけたらいいのか……。

話を戻す。クラクション高らかにソウルからピョンヤンまでブッチギる――それが叶わない。朝鮮半島の南北分断が続くからだ。それを生み出したのは誰だ。ひとえに、日本による植民地支配ではないか。

前置きが長くなってしまったが、その一端には、私の身内も深く関わっている。

ここ数年にわたって、山口県沖家室島の同郷通信「かむろ」の復刻版作りに携わっている（泊清寺編、全一五巻予定。小社より第三巻まで刊行）。島の青年団体「沖家室惺々会」の機関誌として当初は季刊、後に月刊で一九一四年（大正三）九月から一九四〇年（昭和十五）三月まで通巻一五八号を刻んだこの小さな雑誌には、島の日常はもちろんハワイ、朝鮮、台湾、満州など移民先からの通信のほか文芸欄等も設けられていた。通信も交通も不便な時代、島外を働き場とする人々にとって、島とのつながりを確信できる、貴重な〈場〉であったに違いない。

島の人びとの移民先のうち、朝鮮、台湾等は当時日本の植民地だった。時代性に鑑みて当然であろうが、当時の「かむろ」の誌面で、植民地へ向けての島の人びとの発展を称揚する記事こそあれ、植民地支配を受けた現地の人々の憤怒に対する視線はない。

沖家室島にある父方の実家は、一九四三年（昭和十八）まで植民地支配下の朝鮮京畿道《キョンギド》開城《ケソン》にいた。当時の住所は「けいきどう・かいじょうふ・満月町《まんげつちょう》」と日本語読みしていた。いまは北朝鮮に属する。

「かむろ」の誌面に頻繁にその名が出てくる木村勇治郎は高麗人参で財をなした実業家で、その連れ合いの弟にあたる父方の祖父はそこの金庫番として、一家で朝鮮に渡った。

高麗人参は土の精を吸い尽くす。収穫をすませた後、数年は畑を休ませる必要がある。財をなすには相当の土地が必要だろう。いまの山口県くらいの面積の畑を持っていて、小作料をとって歩くのに三ヶ月かかったと父は云うが、あながち誇張とは思えない。そして政商ゆえだろう。朝鮮総督府との関わりも深く、木村勇治郎と牛島満中将が一緒に写った写真もあったと聞く。

父は五歳まで開城で過ごした。屋敷には住み込みの下男下女が居た。「イーソバン」という気の優しい大男がいて、可愛がってもらったという。姓は「李」だろう。名はどの漢字をあてるのか、今となってはわからない。その後の消息を知る術《すべ》のない「イーソバン」もまた、解放後の一九五〇年（昭和二十五）に勃発する朝鮮戦争で命を落とした一人かもしれない。

（瓦版なまず　第二期第五号　二〇〇七年六月十七日）

5　移民が移民を呼ぶ——植民地の記憶　その2

父方の実家がある山口県沖家室島で、一九一四年（大正三）九月から一九四〇年（昭和十五）三月まで通巻一五八号にわたり、「かむろ」という雑誌が発行されていた。その誌面に頻繁に登場する木村勇治郎は植民地支配下の朝鮮京畿道《キョンギド》開城《ケソン》にあって、高麗人参で財をなした実業家で、朝鮮総督府との関わりも深かった。

「かむろ」創刊号（一九一四年九月）の「消息」欄は「見よ！　本島人が、如何に多くの海外奮闘者を有するかを。見よ！　本島人が、如何に海外に発展しつつあるかを」という見出しを掲げ、島内外四五六人の動向を伝えている。木村勇治郎については「朝鮮開城府、人参栽培兼材木商、本島ノ成功者、令息一人」とある。ちなみに戦後早くに亡くなった父方の祖父柳原幸一については、「沖家室郵便局ニ勤務シテ居マス、事務ハ敏捷ニ丁寧ニトイフ逓信省の主義ヲ其侭實行シテ居マス」とあって、当時島で暮らしていたことがわかる。

祖父は木村勇治郎の連れ合いの弟にあたり、木村家の金庫番として大正の終わりごろ一家で朝鮮に渡った。当時の「かむろ」の誌面には、ほぼ毎号にわたって島の動きを伝える「かむろ日誌」とあわせて、ホノルル、ヒロ、基隆《キールン》、群山《クンサン》、平壌《ピョンヤン》、奉天等々、移民先からの通信が掲載されており、移民が移民を呼ぶとでも云おうか、それが島びとの「海外雄飛」を加速させたであろうことは想像に難くない。「かむろ」第一五号（一九一八年五月）所収「開城通信」から、一部を引用する。

・頃来《けいらい》当地も頓《とみ》に春めきて、街頭の柳楊《やなぎ》、肌つやつやと青み来り、緑の草いつの間にか萠え出でて、近郊の農家の墻柵《かき》のあたり、黄なる蓮翹《れんし》の花も見られ申し候。目下当地の新産物たる人参の植付時期にて、中田木村（引用者註—木村勇治郎）の両氏の如きは日々多数の部下を督励して、忙殺さるる有様に御座候。当地の人参耕作は内地の煙草と同じく、専売の下に、中々面倒なるものにて、植付より収穫迄、六年の長年月を要し、従って莫大なる資金を擁せざれば不可能の事なるが故に、当地在住多数内地人中人参耕作を為しつつある者は、僅に五六名に過ぎず候。而も此内にありて、中田木村氏は、最も有勢なるものに有之候。

・而して政府は其の収納せる人参を、紅参《こうじん》に製造の上三井物産会社の手によりて、唯一の需要先たる支那に輸出さるる次第に候。

・政府の紅参専売収入年額約三百万円を算し、各種専売事業中、純益歩合の多き事紅参の右に出づるものは無之、現今朝鮮総督府の主要なる財源の一に数へられ居り候。

宮本常一の最晩年の著作「東和町誌」（一九八二年）には、こう書かれている。

沖家室には古くから雑貨商が多かった。（中略）木村勇次郎《ママ》もその一人で、明治二十八年に開城にきて雑貨商をはじめ、三十年には朝鮮人参の製造に成功してその販売をはじめた。さらに明治三十八年からは鉄道の枕木供給を請け負い経営を発展させていったが、日本人がふえ、和風建築が盛んになるにつれて瓦の不足をきたしはじめたので、佐連《され》から瓦職人をまねいて瓦製造をはじめた。このように一人の成功者が出ることによって、また多くの渡航者が出てきたのである。（六四〇～六四一頁）

続いて、「かむろ復刻版　第二巻」（小社刊、二〇〇二年）の解説文から引用する。

一方、朝鮮半島へは一九一〇年（明治四十三）の韓国併合により朝鮮でも内地と同様に、自由に商工業が行えることとなり、沖家室からの移住者は、材木商や米穀商、廻漕業、醸造業等、広く商工業を行っている。こうした商業移民が可能だったのは、沖家室が単に漁業だけの島ではなく、漁業を背景に商工業も盛んで、商工業に通ずる者が多かったからである。

（森本孝「大正五年一月発行『かむろ　第六号』に見る沖家室島民の移民動向」）

当時の島が、今の感覚でいう「僻地」ではなく、様々の産業が入り組んだ都会的な場所であったということがわかる。周囲わずか一里（約四キロ）の狭い島に収まりきらないエネルギーは外へ外へと向かい、海外拡張の国策とも相俟って島びとの「海外雄飛」へと繋がっていった。その背景には、遠く旅に出ることを苦にしない島びとの気質もあったわけで、そういった諸々のことが「かむろ」の誌面によく表れている。と同時に、植民地支配者としての一面も垣間見える。「かむろ」が、島の生活誌や産業、移民だけでなく、終末的な戦争へと突き進むこの時代と島との関わり合いを知るうえでの第一級の資料たる所以、である。

身内話に戻す。木村勇治郎の娘を、私らは梅子おばさんと呼んでいた。当時東京で流行っていたパーマネントをあてるため、開城から列車と船を乗り継いで東京へ行ってきたとか、家では朝鮮人の下男下女が何でもしてくれたので、風呂では自分で身体を洗ったことがないとか、周防大島の対岸の町、柳井の家を訪ねていくと、今からは信じられないような話を色々聞かせてくれた。妹はそれをさして「お伽噺」と呼んでいたが、このような話がまったく厭味に聞こえないところが、生まれながらのグベンシャ（大島の方言で「お金持ち」の意。分限者が誤って定着したものと思われる）たる所以なのだろう。

昔の職場の先輩である川瀬俊治さんが、植民地支配下の朝鮮に生まれ育ち、開城とソウルで小学校の先生をしていた池田正枝さんの聞書を一冊にまとめた時、編集を手伝ったことがある（『二つのウリナラ』解放出版社、一九九九年）。子どものころ小遣い十銭握りしめて、というくだりが貨幣価値から考えておかしいのではと思い、池田さんより五つ年上にあたる母方の祖母に訊ねた。小遣いなんて二銭貰えたらいい方だ、お年玉奮発して十銭、現金ではなくメリンスと呼んでいた襦袢の袖口をもらうこともあった、信州は貧乏だったからね、と聞いた。当時植民地朝鮮にいた日本人は、よっぽど羽振りがよかったのだろう。そして奇遇と云おうか、池田さんが一九四〇年（昭和十五）四月から四三年十月まで勤めていた開城満月国民学校は、父方の実家と同じ町内である。池田さんも二〇〇六年（平成十八）の暮れに亡くなった。植民地支配と侵略戦争の時代が、こうしてどんどん遠ざかっていく。

二〇〇三年（平成十五）の正月三日。沖家室島の旧木村旅館、すなわち梅子おばさんの実家が全焼した。島では明治以来最大といわれた大火だった。かつて佐連からの渡船が発着していた洲崎の港の縁に建つ木造三階建の、田舎としては立派な建物だった。戦後の引揚げで、開城で築いた財を失ったとはいえ、それでも持ち帰った着物などが僅かばかり残っていたというが、これですべて灰になった。そして何たる皮肉、火事から十日後、梅子おばさんは自宅の火事で亡くなった。

十年ほど前に父が訪ねていった折、私の著書を土産にと手渡したら「ついにウチの家から作家が出たか」と、そして後年、島にかかわる仕事を手がけはじめた私が、廃刊から六十年を経て甦った『かむろ』の復刻版第一巻を届けに行った折には、「お父さんが載っている」とお仏壇に供えて喜んでくれた。亡くなるひと月ほど前、周防大島から下関へと向かう途中、どうしても読みたいからといって頼まれた本を届けに行くと留守だったので、玄関に置いて帰った。それは白洲正子の本だった。戦後の一時期貸本屋を営んでいたこともあり、徳山のマツノ書店の先代とも懇意だったと聞くし、一時期、本の読み過ぎがもとで目が見えなくなったこともあるという。ひとつの図書館のような人、そのすべてが灰になった。

ところで、父方の実家は一九四三年（昭和十八）に朝鮮から沖家室島に引き揚げてきた。海に面した離れの二階に下宿していた、当時の沖家室国民学校の校長先生の息子がそれを見て「お母さん見てござれ、お局様《つぼねさま》のお通りぢゃ」と云った。「お局様」とは父方の祖母、タツヨであり、文明堂のカステラの筐（今もそうかな？）みたいな感じでお女中さんが後ろから日傘をさして大名行列よろしく歩いてきたのだという。

昭和天皇と同い年だった父方の祖母といえば、朝鮮料理を思い起す。キムチ、ナムル、大豆もやしにトック等々、父は帰省の度に、両手に持ちきれぬほどの朝鮮料理の食材を葺合の大安亭市場で買い込んでは、神戸から西へと向かう山陽本線の急行列車に乗り込んでいた。父方の一家、就中祖母にとって朝鮮料理は、過ぎ去りしよき時代の記憶でもあったのだろう。

先にも記したが、木村家は敗戦後のどさくさで引揚げが遅れ、植民地朝鮮で得たすべての財産を喪った。島の旧家として栄えた父方の実家も、こう云っては怒られるかもしれないが戦後は没落した。「移民先で儲けたカネが身に付いた者はおらん」と、母方の祖母がよく話していた。これが実感というやつか、母方の実家は父方と違って〈由緒正しきど貧民〉だった。

木村家や父方の一家だけでない、島びとの「海外雄飛」の蔭で、植民地支配のもとでどれほどの人が泣かされてきたのか――そのことを思わずにはいられない。戦前戦中の朝鮮や台湾での暮らし向きは、いまも島の年寄りたちのよき思い出話である。それはそれで仕方ないのかもしれないが、戦後世代である私たちまでもが単なる〈思い出話〉の域にとどまっているようでは先はない。

北朝鮮はケシカラン、それはごもっともだ。でも、こんな難儀な国、南北分断を生み出したのも、ほかならぬ私たち日本人だ。世襲による金正日体制の恐怖政治なんて、戦前の絶対天皇制大日本帝國のコピイではないか。テレビのワイドショーなど〈北の脅威〉と〈拉致事件〉、それに〈北の恐怖政治〉を煽るばかりで、〈飢餓に苦しむ北の人々を救うにはどうすればいいのか・何ができるのか〉〈南北統一に向けて、これから日本はどうすべきか〉という視線はない。電波を流す側・受ける側の、この無責任極まりない傍観者的態度は断じて許すわけにはいかぬ。北朝鮮を「怖い」と云ったりネタにして嗤ったりするのはたやすい。だが、それに嵌ってはいけない。植民地支配者の後裔として、切に思う。

（瓦版なまず　第二期第六号　二〇〇八年一月二日）

世代を繋ぐ仕事

性根を入れる

まずは自己紹介から。私、元々の本業は写真屋なんですよ。出た学校が日本写真専門学校（現・日本写真映像専門学校、以下写専と略す）という、大阪で一、二を争うバカ学校なんですけど、いわゆる偏差値が低いといわれる学校ですが、そんな価値観だけで判断のできないほどに、濃密な空間ではありました。

大阪芸大には今日、初めて来たんですが、実は受験したかったんですよ。大阪芸大の写真学科では当時、岩宮武二、井上青龍といった写真家が教鞭を執っておられて、この人らの授業を受けたかったんですが、残念ながら学力が足らんかったのではなく、下に妹と弟がいましたから、学費が高いけぇアカンと。ここの学費一年分で写専二年通えるんですよ。それに神戸に住んでましたから、ここまで通うには遠いんですよね。そういったことで受験を断念した経緯があります。

写専は芸術家ではなく技術者を養成する学校で、私はコマーシャル写真の専攻でした。もの云わぬ商品にライトをあててカメラ据えて、そういう仕事を目指していました。思うところあって、ヒマがあれば貧乏旅行をしていた。全国彼方此方歩いてみたいなと、フーテンの寅さんみたいなことを考えてしまった。

あともう一つ、バカ学生でしたからね。このままちゃらんぽらんなことしとったら、ワシはサルになってしまうと。あるとき一念発起したんですよ。実は子供のころから作文が苦手で、十九、二十歳の頃に必死になって勉強しました。独学で文章の書き方を身につけたわけで、「日本語の作文技術」（本多勝一著、朝日文庫）がものすごく役に立ちました。元々本好きでしたので、子供の頃からの読書経験の積み重ねも、作文技術を吸収できた背景にあったと思います。

芸大にせよ写専にせよ、我こそはという者が集まってくる。たとえばご町内一、写真が上手い、中学や高校で写真が一番上手いといっても、写専に入ると、こいつにはどう逆立ちしても勝てんなというようなヤツが何人も居てる。自分自身の実力のなさを認識するために、学校に行ったようなものです。それは大事なことだと思います。そして、それでも、何とかして写真にしがみつきたい。でも、いきなりフリーにはなれん。まずは会社に入らな勝負にならん。給料貰って勉強させてもらうには、仕事で写真を撮り続けるにはどこがええやろうと考えたら、これは新聞社やと。新聞社に入るには文章が書けなアカン。取材する対象のことがわからなアカン。取材力、文章の表現力を持たなアカン。だとしたら苦手やとか何とか言うとらんで、本気で勉強せなアカンなと、若者すなわちバカ者が頭ぶっつけて性根を入れ替えたというのが始まりです。

奈良新聞社に二年間在籍しました。在職中、カメラマンからライターにかわって、辞めて神戸に戻って、東京で一年間、従軍慰安婦問題の運動団体の専従をやって、また辞めて神戸に帰った翌月に阪神・淡路大震災に遭って、その後非正規スタッフとして一年間奈良テレビで働いて、またまた辞めて神戸に戻って、大阪の解放出版社に居てる新聞社の先輩の仕事を手伝う中で、だんだんと編集の仕事へと移っていきました。

新聞とかテレビってのは表現の幅が狭いんですよね。言葉狩りよろしく使っちゃいけない言葉が多い。でも、いわゆる差別用語、不適切な言葉こそ実態を表すということもある。何も考えんと、差別用語だからといって一律に削除してはいけない。新聞テレビは不特定多数を対象にしていることもあって、全体に無難にまとめるものなんだけれども、それではつまらん。社会運動はあまりにも視野が狭すぎる。解放出版社は社会運動系の出版社なので、あまりにも窮屈すぎる。しょうもない枠を取っ払って好きなことをしたい。自らメディアを持ちたいと考えました。

みずのわ出版を立ち上げたのが一九九七年の十二月。いつの間にやら足かけ十七年、刊行点数は約一三〇点。多い年は年間一二、三点、少ない年は三、四点作ってきました。「みずのわ互助会」といって、時々テゴ人（手伝い人）に入ってもらうことはありますけれども、基本的に私一人でやっています。外部に仕事を出すおカネがないのもありますが、端から端まで自分の手で作りたいということです。

都会を見限る

東北大震災・福島第一原発爆発の半年後に神戸を引き払い、山口県周防大島の母方の実家に帰りました。祖母が亡くなって十年ほど家が無人になってました。月に一度くらい、家に風を通し、畑を耕すために神戸と大島との間を行ったり来たりはしていましたが、思うところあって都会を見限りました。

このまま都会に住み消費生活を続けてはいけない。地震による津波と原発事故、否、事件ですよね、それによってこの国は、戦争をしてもいないのに、一定の人口が養えるだけの土地と肥沃な農地、自国の国土を未来永劫、喪失したわけですよ。ところが中央で政治に携わる人らは、他所から食糧を買ってくればよい、輸入すればよいと、その程度にしか考えていない。でも、食糧というのは、自ら生産して、自ら食うべきものだ。それをすべておカネで買えるのか、ということ。実際に神戸の震災のときもそうだったわけ。

一九九五年の一月十七日。みなさんいま二十歳前後の大学生ですから当時は二、三歳ですかね。私、あのころ失業してまして、神戸の新開地の実家に上がり込んでいました。地震の起こったその日の夜、街を歩きました。静かでした。振返ると、一昼夜燃え続けた長田区の大火で、西の空は真っ赤に燃えている。不謹慎を承知で云うなれば、これほど美しい夜空を私は後にも先にも見たことが無い。救援の車輌もまだあまり入っていない。その静寂というか、静謐が支配する街を歩きながら思ったのはね、ワシはいま職が無い、ポケットの中に一万円札が入っとっても、いまの神戸では焼き芋の一つも買えん。持てる者も持たざる者も等しくすべてを喪ったという、突き抜けたような解放感、そんな意識が働いた。しかし救援が入り復興が進んでいくなかで、持たざる者、弱者といわれる人たちは確実に取り残される、殺される、突き落とされるような恐怖を同時に感じたんですよ。そのことをずっと大事に思い続けてきた筈なんだけど、悲しいかな人間って忘れる生き物でね、私のなかでもだんだんと風化が進んでいった。そうしてきた中での3・11。1・17を体験した私はこの十六年、一体何をしてきたのか。こりゃあアカンと思った。食糧は自分で作らなアカン。

余談ですけど、アメリカでは健康食ブームで魚介類の消費が増えている。缶詰を製造して輸出すれば儲かるといって、中国の漁船が東シナ海上に大挙して押し寄せ、大きなものから小さなものまでのべつまくなし、カツオの乱獲に走っている。そんなことしていると、目先はよくても、資源は確実に枯渇する。そのせいで枕崎あたりでは、高級品の鰹節にするような大型のカツオが揚がらなくなってしまった。また、マルハニチロ水産や日本水産が海外の市場でなんぼおカネを積んでも、中国がそれ以上におカネを積んでかっさらっていく。水産物の奪い合い、食糧需給はほんとうに大変な状態。そのなかで自国の食糧を自国で作らんでどうするんぢゃと。そういう危機感を持ったんですよ。

不要不急だからこそ

ともあれ、人間食うことが一番大事であって、それを思えば本なんて不要不急のものなんですよね。食う・寝る・出すが人間の基本だから。実際にイベントなんかでお店出しても、本は食べ物には負けるわけだ。かく云うワシも実際のところそうだからね。

でもね、一見必要のないものは世の中に多くあり、だったらみんな要らんのかといったら、そうでもないし、非常事態なればこそ、本は必要となってくる。震災下の神戸でも、八日後の一月二十五日に、元町の海文堂書店が被災地でいちばん早く再開した。子供に読み聞かせる絵本がほしいとか、避難所で読む本がほしいとか、みなさん活字に飢えてはった。だからこそ、本は、ただちに必要なものではないけれども、人間が人間として生きていくうえで必要欠くべからざるものなんです。

経験知と書物知

私はいま、山口県の周防大島という、超とまではいかないけどけっこうな僻地で家の畑をつくりながら、可能な限りの自給自足をめざしながら、本を作り続けています。先ほどとりあげました不要不急、本は必要ないという問題で言いますと、田舎の生活者って民俗知の宝庫で、いろんなことを知ってはるわけで、そういう人らにとって民俗学の本なんて必要ないんですね。その人たち自身が民俗学の教科書みたいなものだから。ただ問題は、そういう人たちが他人にもわかるように自身の民俗知を語って聞かせる、もしくは書いて伝えるといったことができるかといったら決してそうではないんだけれども、でも、そこから考えると、民俗学の本というものは、都会の住民に対して発信されるものだという、そういう要素が強いんですよ。

人が生きるうえで大事なものは経験知、すなわち非識字の文化です。生活経験のなかで積み上げられたものの上に、書物知、すなわち識字の文化が乗っかかってくる、上部構造と下部構造、本とはそういうものである。だから、逆コースをとって本から得ただけの知識ばかり大上段で振りかざしたのでは、地に足の着かない空中戦になってしまう。

日本人の生活が変わっていくなかで、都市化が進むなかで、薄まっていくものがある。そのなかにあって、生活知に根ざしたもの、民俗学の本はますます苦しくなっていくであろうという危機感を持っています。

たとえば、流れ藻とか寄り藻、寄りモバというのですが、浜に寄る藻を拾って乾して、畑の肥やしにする。かつて瀬戸内の島嶼部では当たり前にみられた光景でした。戦後、埋立てによる渚の消失、藻場の減少、化学肥料の普及、さらには担い手の減少、つまり人手のかかることですからね、そうした変化によって伝統的生活文化は途絶えてしまい、実際に藻を肥やしにした経験を持つ世代は、大島でももういないわけです。今の年寄り世代は化学肥料万能で育った世代です。そういう年代の人らに、藻を肥やしにするってどうかねと聞いてみる。みなさん、伝承としては知っているけど、自身の体験としてのそれはない。

私は自分の畑で海藻肥料の実験をやっているんだけど、ではこれの窒素（葉肥）、リン酸（実肥）、カリウム（根肥）の内訳はどうなっているのか、どの作物に、どの時期に、どの程度の量を施せば効果があるのか無いのか、塩分を抜く必要はあるのかないのか、そういうことを訊いても誰もわからんわけ。仕方がないからトライ・アンド・エラーのなかで経験知を積んでいくしかないんだけれども、この話からもわかるとおり、経験知のないところには書物知はのっかかっていかないんです。

化学肥料万能と言ったけど、たとえば「8－8－8」というのがある。窒素、リン、カリの含有率が八パーセントずつの化成肥料で、通称ハチハチハチ。魔法の白い粒、万能肥料なんですよ。畑に石油まいてるようなものなんだけど。これさえあれば考えなくてもすむわけだ。思考停止。そうしてものを考えなくなること、それが人間を劣化させる。経験知の重さ、ものを考えることの大切さ、私たちの生活文化を取り戻していく試み、本は作って終りではなく、そこから如何にして私たちのものの見方・考え方を変えていくか、そのための社会運動でもあるわけですよ。実践、そして考えるということ。

人の営みの背景、根拠を知る

どんどん本の話から外れていく気がするんですが、いまちょうど大根の播きどきなんですよ。畑の準備はしたけど、忙しくて植えてへんのですわ。ここに持ってきたのはホームセンターで買ってきた大根の種子、イタリア産です。お店に行って見てください。けっこう多いです、外国産の種子。これだけでも、日本における「種の保存」が危うくなっているのがわかります。

あとF1というんですけど、車じゃありませんよ、一代交配種。それに対して、親・子・孫へと、代々形質が受け継がれるもの、古くから栽培されてきたものを固定種といいます。F1種はアイガモと一緒で、子孫を残すことができない。いま市場に流れている野菜の多くがF1種です。

ところで、毎年十一月二十三日。いまは勤労感謝の日なんて訳のわからんこと言ってますけど、神道では、その年の収穫を神前に捧げ、翌年の豊穣を祈る新嘗祭という祭祀を執り行う日にあたります。初めに出た穂、初穂というんですけど、これを神に捧げる。何故かというと、この初穂がいちばん生命力が強いからです。次の世代へと繋ぐこと、生まれかわり、生命の継続、そういったことが祭祀の根拠としてあります。

今年（二〇一三年）は、伊勢神宮の式年遷宮の年にあたります。二十年に一度建て替えて、無駄なことしてるわけじゃないんです。これもまた、生まれ変わり、生命の継続、建築技術の継承、良質な木材を産出する森林の継承が根底にある。稲作も同様です。毎年春になると種子を播き、苗を植え、秋に収穫し、食糧を確保し、その年とれた種子を翌年蒔く。生命の循環ということを、先人たちは絶えることなく繰り返してきました。

ある一つの土地で、世代替わりをしつつ人が住み続けるというのもまた、生命の循環です。それが農山漁村から都市部への人口移動という、朝鮮戦争特需期以降、今日まで続く国策によって断ち切られつつあります。「古いものが新しい」と宮本常一は言いました（森本孝「宮本常一と離島の青年たちの物語」「宮本常一離島論集別巻」所収）。伝統行事をはじめ、「古いもの」を見つめることで、今日の課題がしっかりと像を結ぶわけです。

本と、自身の経験を通じて学ぶことによって、社会の色々の分野の行為の背景がわかってくる。背景、そして根拠がわかることによって書くもの、撮るもの、表現するものは大きく変わる。あるとないとで大違い。それがすぐに自分の力になるわけじゃないけど、そういうものは持っていたほうが、生きるうえで豊かであると思います。それによって見え方が変わる。些細なことでも見逃さなくなる。編集者であろうとなかろうと、どんな仕事でも大事なことだと思います。

私が奈良新聞に就職する前に、奈良県斑鳩町の藤ノ木古墳発掘という、考古学の分野で大きなニュースがありました。石棺の内部からベニバナの花粉が大量に見つかった。当時それを報じた全国紙各紙は、紅花染めと書きました。そのような趣旨の記者発表だったわけです。ところが当時奈良新聞で発掘を担当していた、後に私の上司となる記者はその発表内容に疑問を持った。奈良工業高校定時制に教員として勤める傍ら、春日大社萬葉植物園の整備に関わり、郷土史家として知る人ぞ知る存在だった故・西川廉行先生に訊ねた。西川先生曰く紅花染めではない、染織の工程がわかっていれば、そんな話にはならんと。染色には「水にさらす」という工程があります。その工程を経てできあがった製品に、花粉が大量に残る筈がない。では何故花粉が大量に出てきたのか。色餅として、埋葬者に死に化粧を施した、直接塗ったのではないかというのが西川先生の見立てでした。全国紙が横並びで紅花染めと書いた一方で、それに疑問を呈する記事を書いたのは地元二紙、奈良新聞と奈良日日新聞だけでした。

社会の主流から外れるということ

では、出版とは何かという話。元々が不平士族というか、左翼崩れというか、少しでも社会をよくしたいという、嘴の黄色い人間がやっとる業界なんで、プライドだけは高いんですよね。

神戸を代表する老舗、海文堂書店が今月末（二〇一三年九月末）閉店する。その背景にあるネット書店の台頭と、コンビニでものを買うという問題も含め、我々の行動の先に何があるのかということについて「海文堂書店の閉店とネット書店の台頭について」と題して、九月四日付、ウチのブログに掲載しました。実はウチのブログは閲覧数が少なくて、年間八〇〇〇くらいしかアクセスがないのですが、この半月で五〇〇〇くらい閲覧があったんですよ。みなさんそないにヒマなんかと思ったりしましたが。ネット上の反応なんてのは気にしなくていいんだけど、ひとつ気ぃ悪いのはね、文句言うのも批判するのもかまわんけどよ、最低限、実名名乗らなあかんよね。匿名であーだこーだ言ってはいかん。ワシに直接言うてくりゃなんぼでもタイマン張ったると言うとんのにね、そんな根性坐ったヤツ、ネット社会には一人も居らん。

基本中の基本、文章というものは、書き手が実名でなければ説得力ないし、読み手にも信用されません。ネットはクズやとまでは言いませんが、まあ、しれてますね。やはり、本というものがいちばん偉いのですよ。

ネット書店という黒船が来る。リアルの書店が苦しくなるのはわかっとったやないか。書店も出版社も、合併も含め手を取り合って対処することを考えてこなかったのか、とか何とか、もっともらしく書いてる人もいる。でもね、出版ってそんな業界じゃないんですよ。みなさん、てんでばらばら。七人居れば十の会社ができるんちゃうかというくらいに。でも、それが魅力なんですよ。これほどに多様性が確保された世界はない。

出版社は大小問わず「公器」なんですよ。うちの場合は出版「社」ではなくて出版「者」ではありますが。加えて、ウチのやってることは出版社というより極小運動団体。それくらいの覚悟で仕事しています。

アベノミクスで株価が上がるといって脳天気に喜んでる馬鹿、福祉のために消費税は上げるべきだなんてしたり顔でぬかしとる馬鹿、東京五輪招致が成功してよかったとか何とか言って騒いどる大馬鹿者、そういう人種は、初めからこの業界に入ってはいけない。出版とは基本的に、社会の主流から外れた商売です。「思想信条の自由」の問題ではありません。こんな極端なこと言うのは如何なものかと言う人もいますが、ここまで言わなければ通じないからこそ、あえて言わせて下さい。

知らなければいけない

私が奈良テレビで仕事していたとき、消費税率を三パーセントから五パーセントに上げる法案が国会で通りました。当時、私の同僚の大半が、積極的であるにせよ消極的であるにせよ、税率引上げに賛成していた。福祉のために消費税は必要だと、そういう理屈で。でもね、福祉のために必要だと云うんやったら、それはそれでええから、ほんまに福祉のために使われているのか、そこのところ検証せんかい。それが記者の仕事ぞ。当局の言うことを鵜呑みにして何の疑いもなく垂れ流して、馬鹿ぬかせ。ほんまに、考えなさ過ぎる。

みなさん大学の何年生？　二年、三年生か。いまね、大学出ても就職ないんですよね。こんな世の中になってしまった一因に消費税があるってこと、みなさん知ってますか。

消費税は、小売店、問屋、メーカー、それぞれの事業者が、売上額から原価を差し引いた額の五パーセントを納税している（筆者註――当時の消費税率は五パーセント）。消費者がモノを買うときに五パーセント上乗せする分は預かり金であり、本来の意味は売上税です。まず、言葉にダマされてはいけない。

簡単に説明しますと、たとえばある会社で年間一億円の売上があり、原価が六〇〇〇万円だったとする。その会社は差引四〇〇〇万円の五パーセント、二〇〇万円を消費税、事実上の売上税として納税することになります。同じ売上額で原価が増えれば納付すべき税額は減ります。仕入の細目には当然ながら人件費は含まれません。

ところが正社員として採用せず、悉く非正規にする。派遣とか請負というやつ。正社員と同じ業務内容で同じ時間、下手すりゃそれ以上に拘束されても、社会保険もなければ諸手当もない。雇用の継続も保障されない。非正規の人らの賃金は人件費ではありません。売上げをつくるための原価、仕事するうえで必要な鉛筆や消しゴムと同じ扱いです。すなわち、非正規の人らの賃金は原価として計上でき、その分、納めるべき消費税額が減ることになります。やればやるほど会社は儲かる。これだけではありませんが、だからこそ、経済界の人々はこぞって消費税率を上げたがっているのです。

消費税が五パーセントに上がり、続いて労働法制が改悪され、雇用の流動化が進みました。あまりのひどさに自民党だけではできるはずのなかった社会制度の改悪に、積極的に手を貸したのが当時連立与党を組んでいた社民党。かれらこそ、日本の社会を寄ってたかって悪くしたクズ集団、万死に値する。みなさんが大学出ても就職がない、若い衆がほんとうに困っているのはそのためです。

月刊誌「ＭＯＫＵ」二〇〇七年九月号に「黒子の義憤」（聞き手＝前田洋秋）と題して、私へのインタビュー記事が載りました。社員として雇用せず、非正規で働かせる。そうすることで目先の儲けは増える。でも、職場内での技能や要領といったものの「伝承」は途絶える。企業の存在意義には社会教育というのもあったはずなのに、これでは人はまったく育たない。長い目で見れば企業は良くならないし、社会も良くならない。このままいったらみんな滅んでしまうぞと、そういうことを喋っています。

兎に角、我々は、知らなければいけない。そのためには本は無くてはならないものです。

私の経験から考えるに、新聞やテレビの記者、マスコミの人らのものの見方・考え方のレベルは、世間の平均の「以上」でも「以下」でもない。同じ程度でしかありません。「新聞記者も人の子よ」なんて替え歌の文句がありますが、世間と大して変わらんよといって、ものをつくる人間がそれを免罪符にしてはいけません。表現に携わる者は常に世間よりはるかに上のレベルでなければなりません。

私の出版の仕事廻りで、東京破廉恥五輪にまつわる余談なんですが、運動をやってる著者から「反対と言ってるだけではいけない。私は行動を起こす」というメールをもらいました。テレビのニュース番組のキャスターとか、各メディアに質問状を送り回答を求めるということをしているんですと。それはそれで大事なことやと思うんやけど、私は絶対にそういう行動は起さない。先ほど、極小運動団体といったけど、運動の方法論がまるで違う。出版に携わる人間は、直截的な運動によって社会を変えていくのではない。一点一点、丁寧に、まともな本を世に出していくこと。そうすることによって読者を鍛えていく、ダマされない人間をつくっていくしかない。福祉のために消費税は必要ですなんてホザくような馬鹿を作らない。何べん負けても闘い続ける。手間と時間はかかるし精神的にもキツいけど、自分が生きているうちに成果はあがらないかもしれないけど、それを骨々とやっていくのが出版社の仕事なのだと、私は考えます。

地方で出版をするということ

地方出版という言葉というか、分野があります。中央と地方と分けて論ずる意味があるのか、と言われることがよくあります。

極論、出版は机とパソコンがあればできる仕事です。あと必要なものは電話、ファクス、クロネコ、郵便局、ネット環境。印刷所に入稿するのも、データ送信ですからね。わざわざ出かけて行く必要がない。これらの状況を指して、地方のハンデは無くなったと言う人もいます。確かに便利になったし、以前ほどの不自由はなくなったと思います。

とはいえ、地方で出版社を維持するのはしんどいことです。一つは書店営業ができない。加えて、置いてくれる書店が殆どない。うちの場合はJRCと地方・小出版流通センターという取次に納品し、そこからトーハン、日販、他を通して書店に流れるのですが、扱ってくれる書店は減る一方です。まともな本をまともに扱ってくれる書店ほどツブれるんですね。年々、手足をもがれていくような実感があります。以前は新刊を出せば最低でも二〇〇部、三〇〇部は売ってくれたんですが、今は一〇〇部いかへんことも多々あります。それくらいに売れん。誰も本を買わん。それ以前に、並べてもくれない。でも、あまり並べて貰っても困る。返品が増える、返品手数料が嵩む、本が傷む。いいことがない。

神戸から大島に移転して、僻地ゆえに営業がしにくくなったか、といえばそういうわけでもなく、神戸に居た頃と変わらない。本の市場は東京一極集中ですからね。人口だけでなく、知識も財力も、すべて首都圏に偏在している。たとえば、関西圏と首都圏の人口比は一対三から四ですが、本の市場規模は一対一〇といわれています。関西圏でこの程度ですよ。こう云った社会の歪《いびつ》さがこういうところにも表れるわけです。

ちゃオシマイなのですが、人文書の出版は地方では成り立ち得ない。ウチのような形の地方版元は滅ぶ方向に向かっている。そういう仕事は東京と、大学の集まる京都でしか成り立ち得ないと、悔しいけれども、それは認めざるを得ないと思います。だからこそ、私が現役でやっていけるうちは、この僻地にあって一点でも多くまともな本を残そうと気を入れて仕事しているのですが、時折絶望的な気分に苛まれます。

大島に移って維持経費は半分に減ったのですが、売上げはここ十年来右肩下がりで、特に3・11以降の落ち込みが元に戻らず、半分どころか三割、四割程度に落ち込んでいます。年々やっていけなくなっています。ウチもいつ看板下ろすかわかりません。

地方で仕事するってことは、メディアにもなかなか取り上げてもらえないし、下手に取り上げられた日には、出版不況にもめげずに地方で頑張っているとかいった文脈の、ほめ殺しの対象になってしまう。もしくは、地方の名士みたいな扱いになってしまう。何だかんだ云うて地方出版というのは歪な存在ではありません。

私がこの仕事やってて精がないのは、何をやっても無視される。取り上げてもらえん。本が出ていることを知ってももらえない。書店も売ってくれん。寂しいことじゃあるんだけど、孤独に耐え続けるしかない。

また、比較する対象のない世界でもある。近辺に同業者が居ないから。だから、たまに出歩かなボケるっちゅうのもあります。外の空気を吸う、よその版元がどんな本を出しているか、よその編集者がどんなことを考えているか、どういうことを進めているか、情報交換の場が全く無い。一人で黙って仕事しているようなもんです。そのなかでアンテナを張り続けていくという面倒臭さは伴います。

あと、こう云っちゃ悪いんだけど、地方出版物は現物を見てから買わないと、ハズレを掴まされる危険性が高い。稚拙な編集、地方の著者の生半可な知識、低い印刷製本技術、ひどいものもいっぱい出てます。二〇〇七年十一月まで神保町に書肆アクセスという、地方小出版流通センターの店売、要するに直売所がありました。東京に仕事に出たときは必ずそこに寄って、情報を仕入れていました。本というものはやはり、実際に手にとってみなわからんのですよ。

編集者の職業倫理

冒頭でご紹介いただきましたとおり、周防大島は宮本常一《つねいち》の出身地です。周防大島文化交流センター（以下、文化交流センター）という施設がありまして、来年（二〇一四年）五月、開館十周年を迎えます。宮本の蔵書、写真等関係資料は、ご遺族からの寄贈を受け、交流センターが所蔵しています。

二〇〇六年暮れに、文化交流センターで不祥事が発生しました。文化交流センターの所蔵する宮本関係資料を、当時学芸員として勤めていた木村哲也氏が無断で外部に持ち出した。それを元に、河出書房新社から「宮本常一エッセイコレクション」全六巻として、木村氏の責任編集で出すということで、その年の十二月初旬、予約をとるための告知ビラが全国の書店に流れました。

木村氏が無断で持ち出したのは、宮本の、単行本および著作集未収録の論考でした。いわゆるレアものというやつです。これらは公刊されたものですから図書館・資料館をくまなく探せば見つけることもできますが、地方研究団体の研究誌や雑誌への寄稿など、所蔵する図書館の限られているものも多く、また、どこに何を書いているのかも含め、いちいち探し出すのも大変です。そういったものが整理途上のまま宮本資料の収蔵庫ひと所に収まっていたわけです。

その第二巻「島の人生」に収録するとされた論考の全てが、うちが当時、刊行の準備を進めていた「宮本常一離島論集」(全五巻・別巻一、二〇〇九年十月刊行開始、二〇一三年十一月完結)とかぶっていました。実は私は、この問題が明るみに出る数ヶ月前、その年のお盆明けに、「宮本常一離島論集」のコンテンツ一覧を、木村氏の依頼により、彼に手渡していたのです。「宮本常一離島論集」は、一九五三年の創刊号以来、亡くなるまでの約三十年にわたって、宮本が季刊「しま」(一九五三年十二月、全国離島振興協議会の機関誌として創刊。七三年以降、公益財団法人日本離島センターの広報誌として継続発行)に執筆した論考の集成です。「しま」一〇六号(一九八一年七月)に「宮本常一先生執筆等目録」が載ってますが、座談会や全国離島青年会議での発言、講演記録、無署名記事やペンネームで書かれた記事が漏れているなど不十分な点があり、編者の森本孝氏、日本離島センターの大矢内生気氏、三木剛志氏、私、このメンバーで彼是と資料を漁って検証してきたんです。それをもとに「宮本常一離島論集」各巻コンテンツ一覧を作成していた。それを、木村氏に渡したわけです(文化交流センターが「宮本常一離島論集」の監修者に加わったのは、この事件の解決後のことである。資料の検証作業には、のちに文化交流センター事務官の菊本雅喜氏、岡元博氏、学芸員の髙崎裕太氏、髙木泰伸氏が加わることになる。季刊「しま」執筆等目録は、「宮本常一離島論集別巻」に収録)。

膨大な宮本資料の整理は緒についたばかりで、それを職務とする木村氏の依頼でしたから、あくまで編集作業中の出版企画のための資料ゆえ、取扱注意といってコピーを手渡しました。それを元に、木村氏は河出版の第二巻「島の人生」のコンテンツを組みました。季刊「しま」に掲載した論考のうち単行本・著作集未収録分をまとめるという企画でありながら、発行元の日本離島センターに対して、一切、打診はありませんでした。また、「宮本常一著作集」(未來社)続刊との関係もあり、こういったケースでは本来、未來社と著作集編者の田村善次郎先生(武蔵野美術大学名誉教授)に確認をとらねばならぬのに、木村氏、河出書房とも、それすらしていませんでした。

ウチと関係する問題としては、ウチ、編者の森本氏、監修者の日本離島センター・全国離島振興協議会に対する信義違反が重大であり、まず私たちは、筋道を通して第二巻「島の人生」の企画をツブしにかかりました。当然、文化交流センターも巻き込んでの騒ぎになる。そのなかで、私たちが問題にしている巻とは別の、他の全ての巻において、実は文化交流センター所蔵資料の無断持ち出しと判明するに至った。木村氏には罪の意識がない、職業倫理が欠落しているものだから、周防大島町教委の聴取に対していとも簡単に「私が持ち出しましたよ」と認めよった。それを踏まえて、町教委は河出書房に対し、資料の返却、加えて、問題の解決がつくまでの刊行の凍結、事実上の刊行中止を求めました。

ところが反応が無い。それどころか、刊行計画は止まるどころか前に進みよる。実は、河出の担当編集者が握り潰していました。ど田舎の町役場やと思うてナメとったんでしょうね。まともな上層部に話が通じれば、何らかの動きがあって当然。こりゃあ担当編集者が握り潰しとると確信を持った私は、裏から手を回しました。

兵庫県書店商業組合事務局長の村田耕平氏、ウチの著者、海文堂書店の平野義昌氏の元上司なんですよ。平野氏から打診していただき、村田氏に会ってひととおり話をした。河出の社長は温厚な文芸畑の人で、そんなひどいことを認めるような人ではない。関西担当の部長をよく知っている。彼に話をすれば社長に確実に伝わる。ということで村田氏にお骨折りいただいた。あとから聞いた話、やはり上層部には何の情報も入っていなかった。問題の担当編集者は、社長が入っての会議にかかる直前に私にかけてきた電話でも、予定通り本は出しますと断言していました。

資料無断持ち出しがバレて木村氏の立場がまずくなると、担当編集者は何を血迷ったのか、木村責任編集を外して、河出書房編で出す、と言い出しました。社内での保身なのかもしれませんが、そこまでして本を出そうとした。事態を握り潰そうとした。どんなに常識外れの馬鹿者であったとしても、責任の取れないほどに馬鹿な責任編者であったとしても、これは著者・編者に対する裏切り行為です。編集者の職業倫理として、また、職業倫理以前に、人間として許されない行為です。

この不祥事について、「宮本常一離島論集」に直接関わっての問題は、「「宮本常一叩き売り」批判」と題して、ネット新聞「ジャーナリスト・ネット」（二〇〇七年一月八日付）に発表し、後日、ウチのサイトに転載しました。が、この問題に伴って発覚した資料無断持ち出しについては、この記事では触れていません。事件から時間が経ち、状況が変わってきたのでいまは公にしていますけど、当時は、それを出すと文化交流センターが叩かれる危険があったので伏せました。

こういう仕事にかかわるなかで、資料を大事にすること、資料をきちんと管理し次の世代に残すということ、そのなかで問題が生じたときは全力をもって闘わなければいけない。傍観者であってはいけない。出版というものは社会正義を実現するための運動だといつも私が言うのはその一点です。

それから、心ない人々からの非難攻撃もありましたが、河出書房の問題と同時進行で、私は、木村氏をクビにするため、水面下で工作を仕掛けました。私たちの社会を悪くするものを、断じて許してはいけない。ウチが極小運動団体たる所以です。

形あるものとして残す

ひと口に十万点といわれますが、宮本常一の撮影した写真がメディアで紹介されることが増えました。

当時のことですから、原版はすべてフィルムです。いまはデジカメ万能と思われているご時世ですからね。ここにいる学生さんの世代では、フィルム見たことないですかね。私の写真の仕事、まだフィルムで続けていますが。ネガフィルムを印画紙の上に並べてガラス板で圧着して焼き付けたもの、これを密着、ベタ焼き、コンタクトプリントと呼びます。三五ミリ判フィルムの三十六枚撮一本分が四切印画紙（一〇×一二インチ）一枚に収まります。これを見れば、一本のフィルムの流れ、どのようなものを撮っていったかがひと目でわかります。宮本の場合、昭和三十年から五十五年までの二十六年分だけで、これが約二〇〇〇シートあります。

写真というメディアの脆弱性について。加水分解ってご存じですか。ビネガーシンドロームともいいます。現像済みのフィルムは、昔は紙のネガシートに入れてましたが、いまは、というか大体一九七〇年代以降は塩ビ製のネガシートに入れて戻ってくるようになりました。それをカビ防止剤とともに、鳩サブレの空き缶に入れて保存します。すると保存状況にもよりますが、二十年、三十年のうちに、素材が素材ゆえに入れ替わることのない塩ビ製ネガシートの中の僅かな空気と水分の反応によって酢酸を生じます。ビネガーシンドロームの発生したフィルムは、文字通り酸っぱいにおいがします。それによってフィルムベース（銀画像が定着されている基盤）が脆くなり破壊されてゆく。ブリキ缶に詰めた映画のフィルムやマイクロフィルムがあたかも熱で溶けたかの如く、もろもろにたわんでいる画像を見たことありませんか。それがビネガーシンドロームです。ビネガーシンドロームが最終段階まで進行すれば、銀塩のプリントどころか、デジタルのスキャニングもできなくなってしまいます。いま、古い写真の多くが資料滅失の危機に直面しているのはそのためです。

ならば、速やかにデジタルでスキャニングすればええやないかという意見もあろうかと思います。でも、そんな問題じゃない。いま主にｊｐｅｇというファイル形式が使われていますけど、これが二十年、三十年後も使われているという保障は何処にもありません。対応するパソコンソフトや機材がなくなればアウトです。もう一つ、バックアップを取るにしても、ハードディスクにしまい込んだ画像が二十年、三十年、正しく残っているのかどうか、これを検証した者は誰もいません。すべてが未体験ゾーン、我々はいま、壮大な実験の過程にあります。

アナログはゆっくり駄目になっていくけど、デジタルは一瞬で駄目になります。強い電磁波が来れば一発で御釈迦です。自分で焼いたＤＶＤの寿命も十年そこらです。当たり外れ、バラツキがあるとはいえＣＤのほうが寿命長いんだけど、それでも三十年くらいで駄目になるといわれています。音楽のレコードがＣＤに変わった当時、レコードは針と触れて音を出すから寿命があるけど、ＣＤは永久にもつなんて言うとったんです。とんでもない嘘っぱちなんですけど、多くの人がそれを信じ込まされた。

だから、形のないものは駄目なんですよ。形あるものとして残す。本もそうでしょ。テキストデータ、文字列として、パソコン上で読めたら、ｉＰａｄで読めたらええやないかという人もおるけど、そうではない。形あるものとして残さなければ、それは、無かったことになってしまう。本ですらも、今は中性紙使ってるから昔の酸性紙使ったものに比べたら耐久性高まっているけど、それでも二百年、三百年もつかどうかは怪しい。悲しいかな、江戸時代以前の木版本ほどの耐久性はありませんから。それはそうなんだけど、ただ、今の我々ができることは、今できうる最良の方法を可能な限り複数とること。宮本の写真資料に関していえば、デジタルスキャニングは二年前に完了しました。が、銀塩プリントの作成は殆ど手つかずのまま残っています。

ここ三年ほどの間に、ウチの出版にかかわって、または文化交流センター主催の写真展のために必要の生じたカットを約四〇〇点プリントしましたが、全体からみれば氷山の一角でしかありません。ビネガーシンドロームが進行するなかで緊急を要するといいながら、確たる暗室技術を持つ本職がこの大島では当面私しか居ないということ、デジタル化による需要の減退により印画紙薬品類の値段が年々上がっていること、自治体の文化予算の問題などで、なかなか前に進まない。それが実情です。

世代を繋ぐ

結局のところ、知らなきゃ知らんですむことですが、知ってしまったことはある意味不幸ではあるんだけれども、苦しみながらでもそこから出発するしかない。古いものを記録して大事に残す。単なるレトロ趣味ではなく、貧しいといわれた時代であろうとも豊かな生活文化があったということを残す。困難に直面したとき、生き方に迷ったとき、自らの来し方を遡って検証する行為が不可欠になる。この先この国土にやって来る、今ある我々の先の世代にきちんとしたものを残す。我々が引き継いでいく。そのためには、資料は絶対に必要なものなんです。

みなさん、編集者志望の方が多いと聞いています。大変ですね、後から来る人らの方がやらなあかん仕事、難儀な問題が増える。でも、じゃんけんは間違いなく後出しのほうが強い。旧世代の仕事を批判的に吸収したうえで、みなさんが新しいものを生み出していく、その可能性があるわけです。過去の蓄積は年々積み上げられていく。それを踏まえて、みなさんがこれからどう仕事をしていくかです。

余談ついでに、ウチの畑の豆茶の種子をお見せしましょう。周防大島では昔から、これを焙烙で煎ったものを煮出して飲んできました。いま頃がちょうど収穫期です。種子がこぼれて、畑のへりで勝手に生える。毎年毎年種子をつける、世代を繋いでいる。先ほどお話ししましたが、いま市場で主流になっている、生殖力のない一代交配種の対極にあります。ウチの畑、祖母が亡くなったあと数年間ほど荒らしてしまったのですが、その間、こぼれた種子がずっと畑で眠ってまして、私が畑をつくりなおしたら生え始めた。世代を繋ぐ、仕事を繋ぐというのはこういうことで、目先さえよければいいという問題ではない。そんなこんな考えつつ、先人の智恵を生かせないかなと考えつつ、この仕事を続けていると色々と視えてくることがあります。その意味では田舎暮らしというのは種の保存や食糧問題、社会のありとあらゆる矛盾も視えるし、豊かさとは何かと日々考えさせられる。仕事を続けていくうえでそういうリアリティを持つということ、これが大事だと思います。

これから本にかかわって仕事をしていくという若い人たちに、どうしても伝えておきたいこと。最晩年の宮本常一が病床で発した言葉「ワシは必死の思いで仕事をしている」。それともう一つ、このおっさんええこと言うなと思ったひと言、「人のやり残したものに大事なものがある」。その時どきにあって、時代精神に対するアンチテーゼは常にぶつけ続けなければならない。その意味で、きわめて共時的であること、現代社会に対する問いかけであり行動であること、出版とはそういう仕事です。知ってしまうことはしんどいこと、不幸なことではありますが、それが自身を鍛え、また自身を豊かにする。それゆえに、やり甲斐があり、且つ、誇り高い仕事であると思います。

本日は、ご静聴まことにありがとうございました。

＊二〇一三年九月二十八日に大阪芸術大学で開催された日本編集者学会第四回大会での発表（文芸学科講義も兼ねて）に大幅に加筆修正したうえで、「エディターシップ Vol.3」（日本編集者学会発行・トランスビュー発売、二〇一四年六月）に掲載。

リアル書店と取次の役割――目先の利益や利便性より重いものは

ネット通販大手のアマゾンが一昨年（二〇一八年）六月末に本の「バックオーダー発注」をやめた。と言われて即座に理解できる人は多くないだろう。本の世界でいうと、出版社はメーカー、書店は小売店、問屋に当たるのがトーハン、日販などの取次だ。これが従来の本の流通システムである。注文した本が届くまで日数を要するとはいえ、このシステムと再販制度があればこそ、全国一律の定価、送料の読者負担なしで本を買うことができる。

読者に届くまでの早さを売りにするアマゾンだが、実は取次から本を仕入れてストックしている。従来は取次に在庫がない場合、取次から出版社に注文を回してきた。このたびのバックオーダー発注のとりやめとはつまり、取次に在庫のない本の販売はやめるということを意味する。

取次に在庫がなく出版社から取り寄せる本は多い。これらが全てアマゾンから締め出された。出版社の大小を問わず「リアル書店」が減る中でネット書店への依存は年々強まる。アマゾンだけがネット書店ではないがユーザーが多いだけに影響は大きい。

この春、筆者の元にもアマゾンから電話や電子メールがあった。取次を介さずアマゾンと直の委託取引を、というお誘いだ。御社の本はアマゾンのサイトでこんなに閲覧されているのに売る機会を逃しています――という話を持ち出す。それはバックオーダー発注を再開すれば済む話だと切り返すと、取次に発注しても欠品補充できないケースが多発したからやめた――とくる。

売り逃しを防ぐため必要以上に注文すれば返品も増えるから、取次の現場で部数を減らしてきた。利便性を高めるほどにロスも増える。そのことに触れず、都合のよい部分だけ誇張して話を進める。アマゾンの担当者が示す取次への注文数、アマゾンへの納品数や返品率といった数字も出所不明、尋ねても明快な返答はない。そうこうするうちに直取引の年会費九七二〇円（執筆当時、消費税率八パーセント）のところを無料にしましょう、とまで言い出した。

この手の話に乗ってはいけないが、本が売れない時世にあって首を縦に振る出版社もあるに違いない。裏返せばアマゾンの危機感かもしれない。筆者のような家内工業の零細地方出版社にまで営業を掛けてくるからである。

目先の利益より大切なことがある、創業から二十年以上世話になってきた取次との信義があると申し上げて丁重にお断りした。直取引に依存する状況を作りあげた上で、条件をわが方に有利に運ぼうとする多国籍企業の常套手段か。このような事態は長年付き合いのある取次の担当者が早くから指摘していた。だからこそ出版社の姿勢が問われるということでもある。

「知」という営為の多様性ゆえ、本の世界は多品種少量生産である。何十年もかけて細々と売り続けることで、新たな読者を得ていく。目先の売り上げの多寡だけで語ることのできない、射程の長い仕事が出版である。

長年にわたり図書館や個人から入る一冊からの注文を丁寧にさばいて本を読者に届けてきたのは、リアル書店と既存の流通システムである。書店から出版社へ直接問い合わせ電話が入ったとすれば、伝票は柔軟に対応して本だけでも先に送り出すこともある。

出版社への問い合わせや「本が届きました」という読者への電話代、ファクス代などの経費だけで、その本一冊分の書店の利益が消えることさえある。それでも現場では「うちでは扱っていません」という対応など取ることなく、問い合わせの一つひとつに真摯に対応してきた。むろん利益を上げなければならない商売ではあるが、それ以上に活字文化を育む役割を担うという気概が強くある。

たった一冊の本をたった一人の読者に届けるということ、憲法が明記する「知る権利」を守るということ、そのためにどれほどの人の手が介在するか。そのこと一つ取っても、長きにわたって維持されてきた本の再販制度と流通システムのありようを「時代遅れ」とか「規制は緩和すべきだ」などと言って、軽々しく否定してはなるまい。

（中国新聞、二〇一九年五月十一日。掲載時の副題は「目先の利益より重いものは」）

＊資料編

最低気温平均（℃）		平均風速（m/s）		日照時間（時間）		要素・単位	
1979-2000	1981-2010	1979-2000	1981-2010	1986-2000	1986-2010	統計期間	
22	30	22	30	15	25	資料年数	
2.8	2.2	1.7	1.8	43.7	44.7	上旬	1月
1.7	1.8	1.7	1.8	44.6	45.0	中旬	
0.9	0.8	1.6	1.7	51.6	49.4	下旬	
0.9	1.0	1.7	1.8	52.0	51.3	上旬	2月
2.2	2.0	1.8	1.8	51.2	52.6	中旬	
2.1	2.5	1.9	2.0	41.6	42.7	下旬	
3.2	2.9	1.9	2.0	55.2	53.5	上旬	3月
4.8	4.7	2.0	2.1	53.7	57.5	中旬	
6.4	6.1	2.0	2.0	52.8	58.6	下旬	
7.7	7.4	2.0	2.0	62.1	64.2	上旬	4月
9.0	9.1	1.9	2.0	68.7	65.3	中旬	
10.9	10.5	1.8	1.9	64.6	66.4	下旬	
12.3	12.5	1.8	1.8	66.6	65.2	上旬	5月
13.5	13.4	1.7	1.8	62.6	63.8	中旬	
14.5	14.4	1.6	1.6	76.0	76.4	下旬	
16.3	16.2	1.5	1.6	66.0	68.8	上旬	6月
17.8	17.7	1.5	1.5	61.2	59.4	中旬	
19.4	19.4	1.5	1.5	44.4	42.7	下旬	
20.6	20.8	1.4	1.5	60.0	54.4	上旬	7月
22.0	22.1	1.4	1.5	62.3	60.6	中旬	
22.9	23.0	1.5	1.5	88.5	89.7	下旬	
23.1	23.2	1.5	1.5	80.3	82.6	上旬	8月
23.3	23.4	1.5	1.6	75.0	75.2	中旬	
22.8	22.8	1.6	1.6	80.9	78.9	下旬	
21.8	22.0	1.6	1.6	65.7	67.5	上旬	9月
20.4	20.5	1.8	1.8	55.1	58.9	中旬	
18.9	18.9	1.8	1.9	50.0	54.4	下旬	
16.7	16.9	1.8	1.8	59.0	56.5	上旬	10月
15.4	15.1	1.8	1.8	59.9	62.6	中旬	
12.7	12.8	1.7	1.8	63.0	61.4	下旬	
11.6	11.3	1.7	1.7	57.8	56.3	上旬	11月
9.6	9.3	1.7	1.7	47.0	47.8	中旬	
7.5	7.3	1.7	1.8	44.6	47.8	下旬	
5.3	5.2	1.6	1.7	51.7	50.9	上旬	12月
4.0	3.9	1.6	1.7	45.9	46.1	中旬	
3.2	3.0	1.6	1.8	55.6	53.1	下旬	
11.9	11.9	1.7	1.7	2112.0	2129.5		年間

安下庄　2000年平年値と2010年平年値の比較

	要素・単位	降水量（mm）		平均気温（℃）		最高気温平均（℃）	
	統計期間	1979-2000	1981-2010	1979-2000	1981-2010	1979-2000	1981-2010
	資料年数	22	30	22	30	22	30
1月	上旬	23.2	18.1	6.6	6.3	10.1	10.4
	中旬	21.6	21.6	5.7	5.9	9.3	9.9
	下旬	18.1	20.0	5.0	5.1	8.8	9.3
2月	上旬	18.1	19.0	5.0	5.4	8.8	9.7
	中旬	36.0	32.7	6.2	6.3	9.9	10.6
	下旬	29.7	34.7	6.0	6.6	9.5	10.7
3月	上旬	33.5	34.3	7.5	7.5	11.4	11.9
	中旬	55.9	49.7	8.6	9.0	12.3	13.4
	下旬	60.9	59.1	10.0	10.1	13.5	14.3
4月	上旬	56.8	55.6	11.8	12.0	15.8	16.7
	中旬	57.8	58.7	13.3	13.8	17.6	18.5
	下旬	46.0	48.2	15.1	15.1	19.3	19.9
5月	上旬	57.0	60.5	16.5	16.9	20.8	21.7
	中旬	82.3	80.0	17.4	17.6	21.6	22.2
	下旬	49.6	53.7	18.6	18.7	22.9	23.6
6月	上旬	60.2	47.5	20.0	20.2	24.1	25.0
	中旬	83.6	85.0	21.0	21.3	24.7	25.5
	下旬	160.5	142.7	22.0	22.3	25.1	26.0
7月	上旬	117.7	115.1	23.5	23.9	26.8	27.8
	中旬	82.0	82.9	24.8	25.2	28.2	29.2
	下旬	55.7	56.0	26.0	26.3	29.7	30.6
8月	上旬	32.8	31.7	26.2	26.7	30.1	31.3
	中旬	46.8	40.0	26.3	26.7	30.0	31.1
	下旬	53.3	42.2	26.0	26.2	29.6	30.5
9月	上旬	50.8	43.1	24.8	25.3	28.3	29.5
	中旬	57.6	54.1	23.3	23.7	26.6	27.7
	下旬	81.0	75.8	21.5	21.9	24.6	25.6
10月	上旬	42.3	44.3	19.9	20.3	23.4	24.3
	中旬	44.4	34.8	18.7	18.8	22.3	23.0
	下旬	25.4	27.6	16.2	16.6	19.9	20.7
11月	上旬	28.2	29.5	15.1	15.2	18.8	19.4
	中旬	22.0	25.2	13.2	13.2	17.0	17.3
	下旬	31.8	28.0	11.2	11.3	14.8	15.5
12月	上旬	14.4	19.9	9.4	9.5	13.4	13.9
	中旬	13.6	15.8	8.0	8.0	11.7	12.1
	下旬	12.8	15.8	7.2	7.3	11.1	11.6
年間		1735.8	1693.7	15.5	15.7	19.2	20.0

＊データ提供：気象庁

7月	8月	9月	10月	11月	12月	年	要素＼月
255.4	132.9	189.5	112.0	82.7	40.8	1735.8	合計（mm）
							階級別日数
0.5	0.2	0.2	0.0	0.0	0.0	1.5	100mm 以上
0.9	0.4	0.6	0.3	0.1	0.0	3.5	70mm 以上
1.5	0.7	0.9	0.5	0.2	0.0	7.6	50mm 以上
2.7	1.5	2.0	0.9	0.7	0.0	17.8	30mm 以上
5.5	3.3	4.4	2.9	2.7	1.3	48.6	10mm 以上
10.3	7.5	9.7	7.5	7.1	6.3	106.8	1mm 以上

7月	8月	9月	10月	11月	12月	年	要素＼月
253.9	113.9	173.0	106.7	83.2	51.5	1693.7	合計（mm）
							階級別日数
0.4	0.2	0.2	0.1	0.0	0.0	1.3	100mm 以上
0.9	0.3	0.5	0.2	0.1	0.0	3.4	70mm 以上
1.4	0.6	0.9	0.5	0.2	0.0	7.3	50mm 以上
2.7	1.3	1.8	0.9	0.7	0.3	17.5	30mm 以上
5.6	2.7	4.1	2.9	2.7	1.7	47.1	10mm 以上
10.1	6.7	9.2	7.4	7.2	6.4	104.4	1mm 以上

7月	8月	9月	10月	11月	12月	年	要素＼月
222.1	135.8	221.7	172.8	67.4	105.2	1829.9	合計（mm）
							階級別日数
0.2	0.0	0.2	0.0	0.0	0.0	0.6	100mm 以上
0.6	0.2	0.6	0.4	0.0	0.0	3.6	70mm 以上
1.8	0.4	1.0	0.8	0.0	0.2	7.8	50mm 以上
2.0	2.0	2.0	2.4	0.4	0.4	20.0	30mm 以上
5.2	4.0	6.4	4.4	2.2	4.2	52.0	10mm 以上
9.4	6.8	10.0	8.0	6.6	8.4	101.2	1mm 以上

安下庄の月ごと・年ごとの降水量と階級別日数

2000年平年値

要素＼月	1月	2月	3月	4月	5月	6月
合計（mm）	62.0	81.5	150.9	160.6	185.4	304.3

階級別日数

100mm以上	0.0	0.0	0.0	0.0	0.1	0.4
70mm以上	0.0	0.0	0.0	0.1	0.3	0.9
50mm以上	0.0	0.1	0.3	0.5	1.1	1.9
30mm以上	0.3	0.5	1.4	1.8	2.4	3.4
10mm以上	2.2	3.3	5.3	5.5	5.0	7.7
1mm以上	7.5	7.8	11.3	10.1	9.5	12.5

＊統計期間　1979-2000年（資料年数：22年）

2010年平年値

要素＼月	1月	2月	3月	4月	5月	6月
合計（mm）	59.0	85.0	143.6	162.5	191.8	275.2

階級別日数

100mm以上	0.0	0.0	0.0	0.0	0.2	0.3
70mm以上	0.0	0.0	0.0	0.2	0.4	0.8
50mm以上	0.0	0.1	0.2	0.5	1.2	1.7
30mm以上	0.3	0.6	1.4	1.8	2.4	3.2
10mm以上	2.0	3.3	5.0	5.4	5.2	6.9
1mm以上	7.3	8.1	10.9	10.0	9.7	11.8

＊統計期間　1981-2010年（資料年数：30年）

2015～2019年平均値

要素＼月	1月	2月	3月	4月	5月	6月
合計（mm）	69.1	71.8	131.3	186.0	149.3	297.4

階級別日数

100mm以上	0.0	0.0	0.0	0.0	0.0	0.2
70mm以上	0.0	0.0	0.0	0.6	0.2	1.0
50mm以上	0.0	0.2	0.6	1.0	0.6	1.2
30mm以上	0.4	0.6	2.0	2.0	2.0	3.8
10mm以上	2.6	2.0	4.2	5.2	4.2	7.4
1mm以上	7.6	7.2	8.4	9.8	7.0	12.0

＊データは気象庁提供

＊2015～2019年平均値は著者の計算による

7月	8月	9月	10月	11月	12月	年	要素＼月	
24.8	26.2	23.2	18.2	13.2	8.2	15.5	平均（℃）	気温
28.3	29.9	26.6	21.8	16.8	12.0	19.2	平均（℃）	最高気温
							階級別日数	
0.1	0.0	0.0	0.0	0.0	0.0	0.1	35.0℃以上	
10.0	16.8	3.3	0.0	0.0	0.0	30.1	30.0℃以上	
26.7	30.3	21.4	3.6	0.0	0.0	100.4	25.0℃以上	
0.0	0.0	0.0	0.0	0.0	0.0	0.0	0.0℃未満	
21.9	23.1	20.3	14.9	9.6	4.2	11.9	平均（℃）	最低気温
							階級別日数	
0.5	2.2	0.5	0.0	0.0	0.0	3.3	25.0℃以上	
0.0	0.0	0.0	0.0	0.0	2.9	23.8	0.0℃未満	

7月	8月	9月	10月	11月	12月	年	要素＼月	
25.1	26.5	23.6	18.5	13.3	8.3	15.7	平均（℃）	気温
29.2	30.9	27.6	22.6	17.4	12.5	20.0	平均（℃）	最高気温
							階級別日数	
0.1	0.1	0.0	0.0	0.0	0.0	0.2	35.0℃以上	
14.5	22.3	7.0	0.0	0.0	0.0	44.0	30.0℃以上	
28.2	30.8	24.4	6.0	0.0	0.0	113.9	25.0℃以上	
0.0	0.0	0.0	0.0	0.0	0.0	0.0	0.0℃未満	
22.0	23.1	20.5	14.9	9.3	4.0	11.9	平均（℃）	最低気温
							階級別日数	
0.7	2.9	0.7	0.0	0.0	0.0	4.5	25.0℃以上	
0.0	0.0	0.0	0.0	0.0	3.7	26.2	0.0℃未満	

7月	8月	9月	10月	11月	12月	年	要素＼月	
25.6	26.9	23.6	19.1	13.8	8.7	16.1	平均（℃）	気温
29.7	31.3	27.1	22.7	17.7	12.6	20.3	平均（℃）	最高気温
							階級別日数	
0.0	0.4	0.0	0.0	0.0	0.0	0.4	35.0℃以上	
16.0	23.4	5.2	0.0	0.0	0.0	44.6	30.0℃以上	
28.8	30.8	24.0	6.6	0.0	0.0	118.8	25.0℃以上	
0.0	0.0	0.0	0.0	0.0	0.0	0.0	0.0℃未満	
22.6	23.5	20.7	15.8	9.9	4.7	12.3	平均（℃）	最低気温
							階級別日数	
2.8	5.8	0.4	0.0	0.0	0.0	9.0	25.0℃以上	
0.0	0.0	0.0	0.0	0.0	4.0	21.2	0.0℃未満	

安下庄の月ごと・年ごとの気温と階級別日数

2000年平年値

	要素＼月	1月	2月	3月	4月	5月	6月
気温	平均（℃）	5.7	5.7	8.7	13.4	17.5	21.0
最高気温	平均（℃）	9.4	9.4	12.5	17.5	21.8	24.6
	階級別日数						
	35.0℃以上	0.0	0.0	0.0	0.0	0.0	0.0
	30.0℃以上	0.0	0.0	0.0	0.0	0.0	0.3
	25.0℃以上	0.0	0.0	0.0	0.2	3.6	14.4
	0.0℃未満	0.0	0.0	0.0	0.0	0.0	0.0
最低気温	平均（℃）	1.7	1.7	4.9	9.2	13.5	17.9
	階級別日数						
	25.0℃以上	0.0	0.0	0.0	0.0	0.0	0.0
	0.0℃未満	10.2	9.1	2.0	0.1	0.0	0.0

*統計期間　1979-2000年（資料年数：22年）

2010年平年値

	要素＼月	1月	2月	3月	4月	5月	6月
気温	平均（℃）	5.7	6.0	8.9	13.6	17.8	21.3
最高気温	平均（℃）	9.8	10.2	13.2	18.3	22.5	25.5
	階級別日数						
	35.0℃以上	0.0	0.0	0.0	0.0	0.0	0.0
	30.0℃以上	0.0	0.0	0.0	0.0	0.1	0.9
	25.0℃以上	0.0	0.0	0.0	0.3	6.3	17.9
	0.0℃未満	0.0	0.0	0.0	0.0	0.0	0.0
最低気温	平均（℃）	1.5	1.8	4.7	9.0	13.5	17.8
	階級別日数						
	25.0℃以上	0.0	0.0	0.0	0.0	0.0	0.0
	0.0℃未満	10.7	9.3	2.8	0.2	0.0	0.0

*統計期間　1981-2010年（資料年数：30年）

2015～2019年平均値

	要素＼月	1月	2月	3月	4月	5月	6月
気温	平均（℃）	6.0	6.3	9.5	14.6	18.6	21.2
最高気温	平均（℃）	10.1	10.6	14.3	19.3	23.7	25.2
	階級別日数						
	35.0℃以上	0.0	0.0	0.0	0.0	0.0	0.0
	30.0℃以上	0.0	0.0	0.0	0.0	0.0	0.0
	25.0℃以上	0.0	0.0	0.0	0.4	10.0	18.2
	0.0℃未満	0.0	0.0	0.0	0.0	0.0	0.0
最低気温	平均（℃）	1.7	1.8	5.0	10.0	13.8	18.0
	階級別日数						
	25.0℃以上	0.0	0.0	0.0	0.0	0.0	0.0
	0.0℃未満	7.8	7.6	1.8	0.0	0.0	0.0

*データは気象庁提供

*2015～2019年平均値は著者の計算による

温州みかん防除暦

時期	農協二〇二〇年防除暦	みずのわ農園二〇一九年防除	みずのわ農園二〇二〇年防除
1月上旬~中旬	【十二月に撒布しなかった園】 ミカンハダニ・カイガラムシ類 機械油乳剤95　四〇倍 又は　アタックオイル　六〇倍 樹勢回復・花芽促進 尿素　五〇〇倍 リンクエース　二〇〇〇倍 一~三月にかけて三回撒布		
1月中旬		【越冬害虫防除】 ミカンハダニ・カイガラムシ類 機械油乳剤95　四〇倍 樹勢回復・花芽促進 尿素　五〇〇倍 リンクエース　二〇〇〇倍 かいよう病・アブラムシ防除、光合成促進 米酢　五〇〇倍	【越冬害虫防除】 ミカンハダニ・カイガラムシ類 機械油乳剤95　四〇倍 樹勢回復・花芽促進 尿素　五〇〇倍 リンクエース　二〇〇〇倍 かいよう病・アブラムシ防除、光合成促進 米酢　五〇〇倍
2月下旬			【昨年発生園のみ】 かいよう病

3月上旬

3月中旬

3月下旬

4月上旬

【冬季に撒布しなかった園】
ミカンハダニ
アタックオイル　六〇倍

【昨年発生園】
かいよう病
ＩＣボルドー66Ｄ　二五〜四〇倍

そうか病
パレード15フロアブル　三〇〇〇倍
又は　デランフロアブル　一〇〇〇倍

【デコポンのみ】
ミカンハダニ
アタックオイル　六〇倍
樹勢回復・花芽促進
尿素　五〇〇倍
リンクエース　二〇〇〇倍
かいよう病・アブラムシ防除、光合成促進
米酢　五〇〇倍

【昨年発生園のみ。甘夏除く】
かいよう病
ＩＣボルドー66Ｄ　二五倍
樹勢回復・花芽促進
尿素　五〇〇倍

ＩＣボルドー66Ｄ　二五倍
樹勢回復・花芽促進
尿素　五〇〇倍

	4月下旬	5月中旬	5月下旬
農協二〇二〇年防除暦		【開花二～三分咲き】 訪花害虫 モスピラン顆粒水溶剤　四〇〇〇倍 【満開～落弁期】 灰色かび病・チャノホコリダニ・ミカンサビダニ フロンサイドSC　二〇〇〇倍	かいよう病 ICボルドー66D　八〇倍 展着剤　アビオンE　一〇〇〇倍
みずのわ農園二〇一九年防除	【甘夏のみ】 かいよう病 ICボルドー66D　八〇倍 展着剤　アビオンE　一〇〇〇倍		【黒点病第一回目防除】 黒点病 エムダイファー水和剤　六〇〇倍 灰色かび病・チャノホコリダニ・ミカンサビダニ フロンサイドSC　二〇〇〇倍 緑化及び着果促進 尿素　五〇〇倍 リンクエース　二〇〇〇倍 かいよう病・アブラムシ防除、光合成促進 米酢　五〇〇倍
みずのわ農園二〇二〇年防除			【黒点病第一回目防除】 黒点病 ジマンダイセン水和剤　六〇〇倍 灰色かび病・チャノホコリダニ・ミカンサビダニ フロンサイドSC　二〇〇〇倍 緑化及び着果促進 尿素　五〇〇倍 リンクエース　二〇〇〇倍 かいよう病・アブラムシ防除、光合成促進 米酢　五〇〇倍

6月上旬	6月下旬
【黒点病第一回目防除】 黒点病 ジマンダイセン水和剤　四〇〇～六〇〇倍 展着剤　アビオンE　一〇〇〇倍 ミカンサビダニ・チャノキイロアザミウマ コテツフロアブル　四〇〇〇倍 緑化及び着果促進 尿素　五〇〇倍 リンクエース　二〇〇〇倍	【黒点病第二回目防除】 黒点病 エムダイファー水和剤　六〇〇倍 ミカンハダニ アタックオイル　四〇〇倍（極早生・早生）、一五〇倍（上記以外） カイガラムシ類 スプラサイド乳剤40　一五〇〇倍 又は　オリオン水和剤40　一〇〇〇倍
	【黒点病第二回目防除】 黒点病 ジマンダイセン水和剤　六〇〇倍 ミカンハダニ アタックオイル　四〇〇倍 カイガラムシ類・ゴマダラカミキリ成虫 トランスフォームフロアブル　二〇〇〇倍 かいよう病・アブラムシ防除、光合成促進 米酢　五〇〇倍 カボス・スダイダイはジマンダイセン回避
【昨年発生園のみ】 かいよう病　梅雨前防除 コサイド3000　二〇〇〇倍 クレフノン　二〇〇倍	【黒点病第二回目防除】 黒点病 エムダイファー水和剤　六〇〇倍 ミカンハダニ アタックオイル　四〇〇倍 カイガラムシ類・ゴマダラカミキリ成虫 トランスフォームフロアブル　二〇〇〇倍 かいよう病・アブラムシ防除、光合成促進 米酢　五〇〇倍 緑化及び着果促進（寿太郎のみ） 尿素　五〇〇倍 リンクエース　二〇〇〇倍

	7月上旬	7月中旬	7月下旬
農協二〇二〇年防除暦	ミカンハモグリガ・ゴマダラカミキリ成虫 エクシレルSE　五〇〇〇倍	【黒点病第三回目防除】 黒点病 エムダイファー水和剤　六〇〇倍 ミカンバエ成虫 キラップJ水和剤　三〇〇〇倍 樹勢強化 スイカル（カルシウム剤）五〇〇倍 【熟期促進一回目】 極早生・早生温州（満開後六〇日）／中生・普通・高糖系温州（満開後七〇日） フィガロン乳剤　三〇〇〇倍	ゴマダラカミキリ（産卵防除） モスピラン顆粒水溶剤　二〇〇倍（主幹から株元撒布） 【黒点病第四回目防除】 黒点病 ジマンダイセン水和剤　四〇〇～六〇〇
みずのわ農園二〇一九年防除		【発生園のみ】 かいよう病 コサイド３０００　二〇〇〇倍 クレフノン　二〇〇倍	ゴマダラカミキリ（産卵防除） モスピラン顆粒水溶剤　二〇〇倍（主幹から株元撒布）
みずのわ農園二〇二〇年防除	カボス・スダイダイはエムダイファー回避		ゴマダラカミキリ（産卵防除） モスピラン顆粒水溶剤　二〇〇倍（主幹から株元撒布）

<table>
<tr><th></th><th>8月上旬</th><th>8月中旬～下旬</th><th>8月下旬</th></tr>
<tr><td></td><td>〇倍
アザミウマ類・ミカンサビダニ
ハチハチフロアブル　二〇〇〇倍
【熟期促進二回目】
極早生・早生温州（一回目より二週間～二〇日後）
フィガロン乳剤　三〇〇〇倍
中生・普通・高糖系温州（一回目より二週間～二〇日後）
フィガロン乳剤　二〇〇〇倍</td><td>【黒点病第五回目及びダニ類、ミカンバエ防除】
黒点病
ジマンダイセン水和剤　四〇〇～六〇〇倍
ミカンハダニ・ミカンサビダニ
ダニゲッターフロアブル　二〇〇〇倍
ミカンバエ
モスピランSL液剤　二〇〇〇倍
（重点防除期間　八月十五～三十一日）</td><td></td></tr>
<tr><td></td><td></td><td></td><td>【黒点病第三回目及びダニ類、ミカンバエ防除】
黒点病
ジマンダイセン水和剤　六〇〇倍</td></tr>
<tr><td></td><td></td><td></td><td>【ダニ類、ミカンバエ防除】
ミカンハダニ・ミカンサビダニ
ダニゲッターフロアブル　二〇〇〇倍
ミカンバエ</td></tr>
</table>

農協二〇二〇年防除暦

9月上旬～中旬

【品質向上及び浮皮軽減】
フィガロン乳剤　三〇〇〇倍
マイルドカルシウム　六〇〇倍
リンクエース　二〇〇〇倍
又は　ジベレリン液剤　五〇〇〇倍(高糖系・在来は二五〇〇又は五〇〇〇倍)
ジャスモメート液剤　二〇〇〇倍
(中生は九月中旬、在来・高糖系は九月中下旬)

9月中旬

【秋季が高温多雨の場合】
黒点病
ジマンダイセン水和剤　六〇〇倍
(極早生はストロビードライフロアブル二〇〇〇倍)

みずのわ農園二〇一九年防除

ミカンハダニ・ミカンサビダニ
ダニゲッターフロアブル　二〇〇〇倍
ミカンバエ
モスピランSL液剤　二〇〇〇倍
かいよう病・アブラムシ防除、光合成促進
米酢　五〇〇倍
品質向上
リンクエース　二〇〇〇倍
カボス・スダイダイは防除回避

みずのわ農園二〇二〇年防除

モスピランSL液剤　二〇〇〇倍
かいよう病・アブラムシ防除、光合成促進
米酢　五〇〇倍
甘夏・デコポンはモスピランSL回避
カボス・スダイダイは防除回避

9月下旬	【極早生　腐敗防止剤】 トップジンM水和剤　二〇〇〇倍
10月上旬	【品質向上】（二回目撒布） マイルドカルシウム　六〇〇倍 リンクエース　二〇〇〇倍
10月中旬	【早生　腐敗防止剤】 トップジンM水和剤　二〇〇〇倍
11月中旬	【在来・高糖系　腐敗防止剤】 ベフトップジンフロアブル　一五〇〇倍
12月下旬	【越冬害虫防除】 ミカンハダニ・カイガラムシ類 機械油乳剤95　四〇倍 又は　アタックオイル　六〇倍 樹勢回復・花芽促進 尿素　五〇〇倍 リンクエース　二〇〇〇倍

空から見た安下庄、みかん産地の変化

国土地理院が公開している周防《すおう》大島町西安下庄《にしあげのしょう》地区の航空写真を四点掲載する（六五六〜六五九頁）。一九四八年（昭和二十三）の写真は、占領下、米軍の戦略爆撃調査で撮影されたもの、あと三点は国土地理院の撮影である。あわせて掲げた二万五〇〇〇分一地形図「安下庄」（六六〇頁）は二〇〇三年（平成十五）四月一日発行。海岸線は現在（二〇二〇年）とほぼ同じである。

海岸の埋立てが進んだことがわかる。八幡川《はちまんがわ》の河口から西が庄《しょう》、東が三ツ松《みつまつ》。庄の浜は筆者が学生時分の一九八〇年代終りに東側三分の二、次いで九〇年代に西側三分の一が埋立てられた。遠浅の浜がまるごと消滅した。

「大島郡のミカンのあゆみ」（山口県橘農業改良普及所、一九七八年）によると、周防大島でみかん栽培の始まったのは江戸末期、嘉永年間（一八四八〜一八五四）に遡る。日良居《ひらい》村日前《ひくま》の庄屋藤井彦右衛門が上方を旅行した折に紀州のみかん園に触発され、大阪から苗木を持ち帰って植えたのが嚆矢とされる。みかん産地としてある程度の収量のまとまるのが明治二十七、八年頃（一八九四、九五年頃）、明治三十七年（一九〇四）以降大島郡是としていちだんと奨励が加えられ、栽培面積は大正二年（一九一三）一二一・三ヘクタール、昭和三年（一九二八）三〇二・六ヘクタール、昭和十二年（一九三七）五八三・〇ヘクタール、昭和十五年（一九四〇）頃には八三七ヘクタールまで増えたが、戦時下食糧増産の国策により、強制的に伐採のやむなきに至る。戦争さえなければ、もっと早くに主産地化が進んでいたことであろう。

戦後すぐに撮影された航空写真は、瀬戸内海の彼方此方の島でかつて見られた「耕して天に至る」景観を今に伝える。農作業を人力と役牛《えきぎゅう》に頼っていた時代、山頂まで拓かれた田畑の描く美しい縞模様は、島に暮す人々の辛苦の証でもあった。

一九六二年（昭和三十七）の航空写真には、水田が広がる一方で、みかん景気による転作の過程が写し込まれている。

これが十三年後、一九七五年（昭和五十）の航空写真では、一面のみかん畑に変っている。周防大島の柑橘栽培面積、生産量はこの頃がピークで、島の面積のおよそ二割にあたる二五〇〇ヘクタールのみかん園で、年間八万七〇〇〇トンも生産されていた。現在の水準（五〇〇ヘクタール、四〇〇〇〜五〇〇〇トン）と比べるにつけ、隔世の感がある。この写真が撮影されたのは筆者が幼稚園に入園する二ヶ月前である。筆者が住んでいる庄北《しょうきた》という部落では、当時、一面のみかん畑の中にあって水田が二枚だけ残っていた。今、安下庄で水田が残っているのは、山の上の部落である源明《げんめい》の一枚と、庄北のこの二枚だけである。源明の水田は三十何年来の耕作放棄地を復活させたもの、庄の水田は長年守ってこられた人が高齢で耕作できなくなったのを引き継いだもの、いずれも、大阪から移住して有機農業を実践している石田俊文さんの粘り強い仕事である。

　二〇〇四年（平成十六）の航空写真を見ると、山のみかん畑が耕作放棄で山林に還りつつあるのがわかる。また、宅地化の進んだことも見て取れる。一九九一年（平成三）の台風一九号禍で耕作放棄に拍車がかかったとはいえ、この当時はまだ踏みとどまっており、山のかなり上の方まで耕作している（二〇〇五年（平成十七）の周防大島町の柑橘生産高は一万三六〇〇トン。十五年後の現在は四〇〇〇〜五〇〇〇トン）。

　小冊子「大島かんきつ産地継承夢プラン」（大島郡柑橘振興協議会、二〇一五年六月）によると、二〇一三年（平成二十五）度の柑橘共同販売者（農協出荷者）の平均年齢は七十五歳で、七十一歳以上が全体の七〇パーセントを占める。出荷者数は航空写真撮影二年後の二〇〇六年（平成十八）の一六五〇人が、二〇一三年（平成二十五）には一二六三人に減った。出荷者の減少はその後七年でさらに進み、いまや一〇〇〇人を割りこんだ（二〇一八年、九二六人）。これが十年後の二〇三〇年には三〇〇人程度にまで激減するとみられている。

　現時点で西安下庄地区の航空写真は、二〇〇四年撮影のこのカットが最新のものである。想えば、この写真が撮影された二〇〇四年時点で六四歳だった人が、いま、二〇二〇年時点で八〇歳である。当時七〇〜八〇代で現役だった人たちの多くが高齢で引退、もしくは彼の岸に渡っている。かれらの多くに跡取りはいない。この写真の撮影後の十六年で、耕作放棄にターボがかかった。今後、さらに加速する。もはや止めることはできない。筆者は今年で五十一歳。十六年後には六十七歳、現役晩年である。事故や疾病さえなければ、七十五歳くらいまでは現役張れるであろうけど、それでも残りあと二十四年しかない。耕作放棄地が拡大すればするほど、残された園地の維持は困難になる。みかん主産地としての大島はあと十年持たないかもしれない。仮に、市場に流通しない幻のみかん産地と化したとしても、それでも知る人ぞ知る日本一のみかんとして細々と維持していく手立てはないものか、わが家の場合はそのうえで農家兼業で食っていける道をどう指し示すか、そして子供にどう引き継がせるか。命あるうちに出さねばならぬ答えの一つ。衰亡に向う島の実情をとらえた写真資料を突き付けられて絶望しているヒマなどない。

1948年（昭和23）4月7日

1962年（昭和37）5月16日

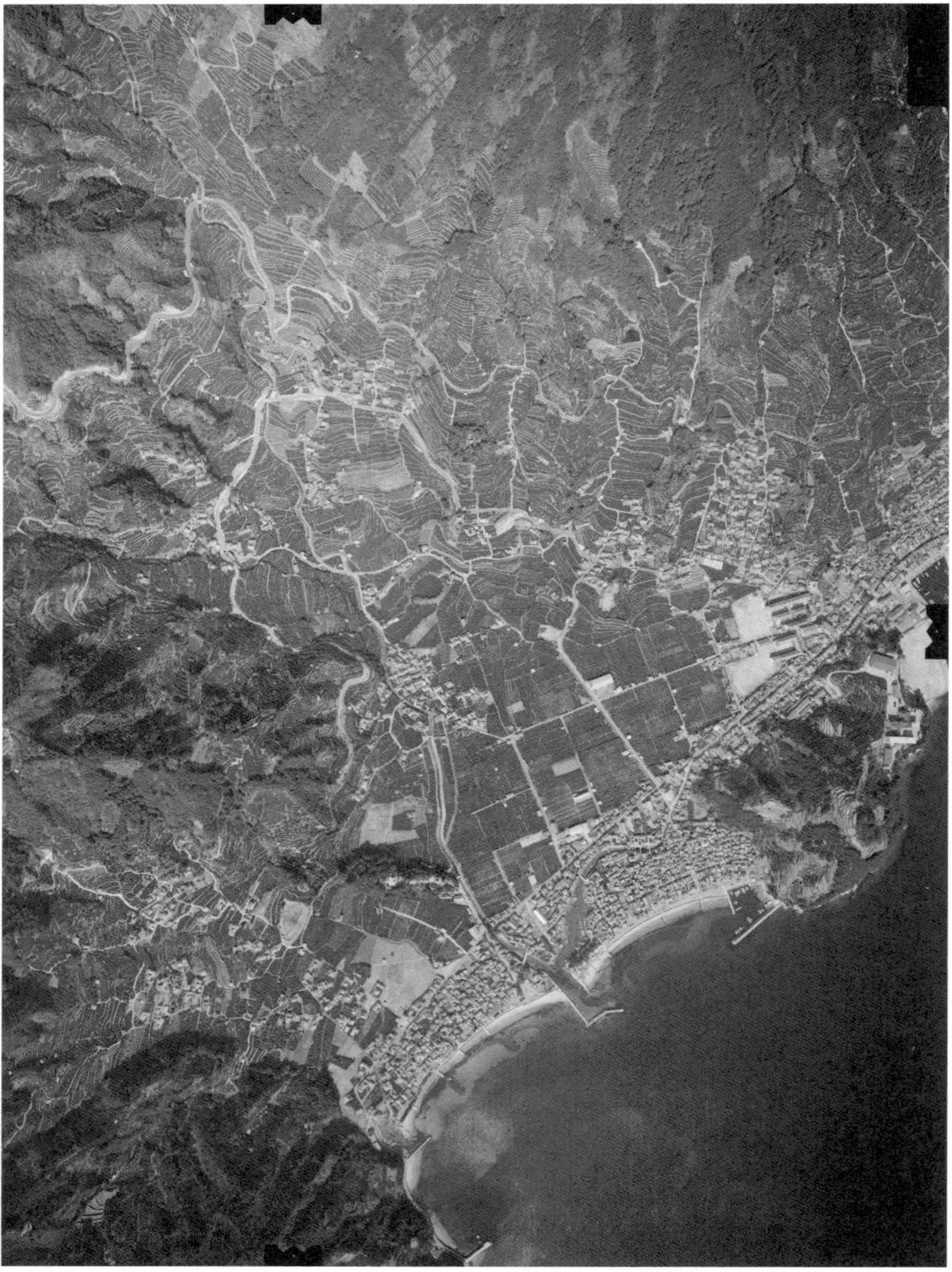

1975年（昭和50）2月13日

2004年（平成16）5月14日

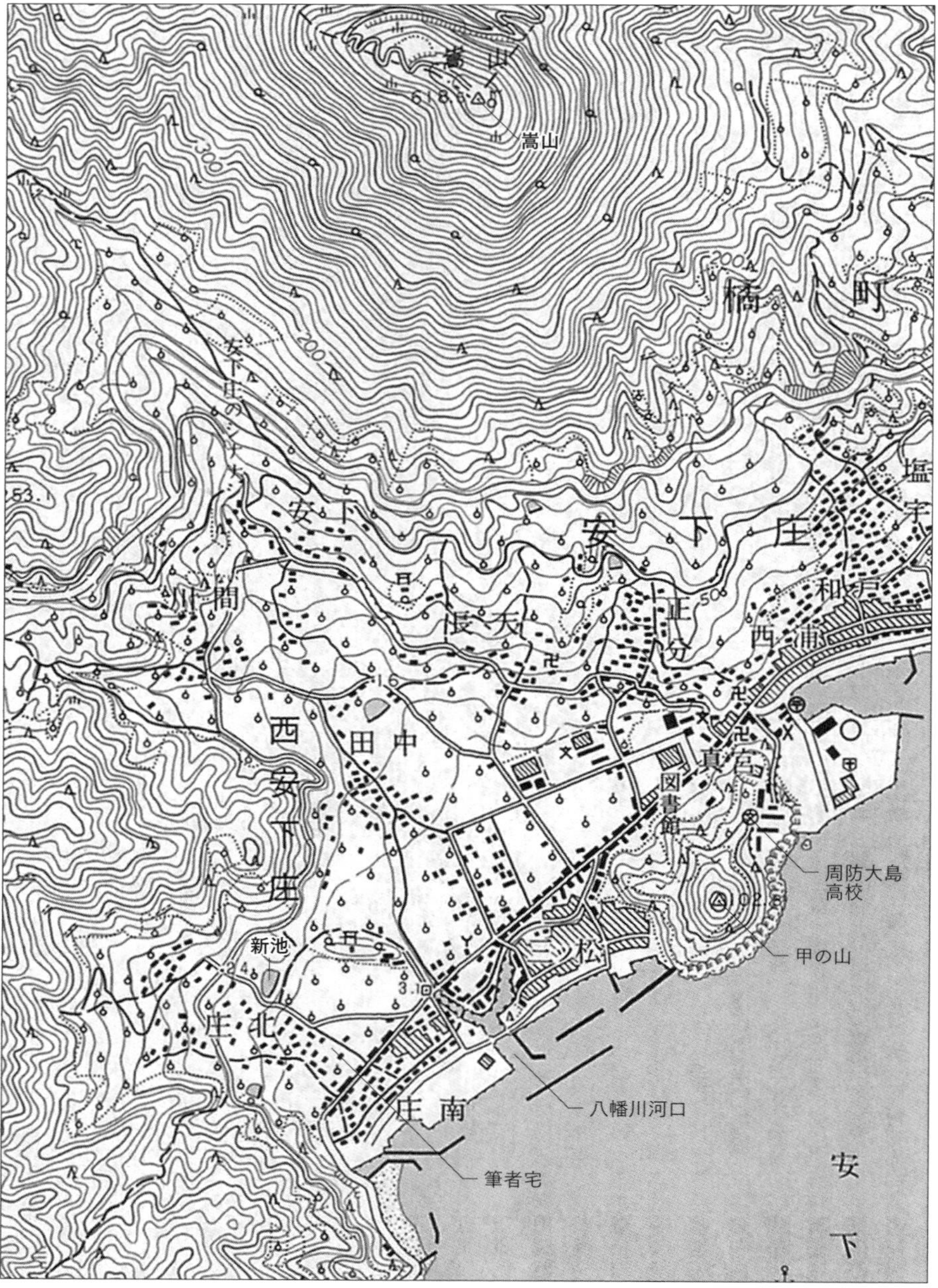

国土地理院発行25000分1地形図「安下庄」（平成15年4月1日発行）より137％拡大、地名等を追記した。地図上の約5.5cmが1kmにあたる。

［か］

［き］

索引（日録本編の日付）

著者
柳原一徳——やなぎはら・いっとく
一九六九年（昭和四十四）神戸市葺合区（現・中央区）生。兵庫県立御影高校を経て旧日本写真専門学校卒業。一九九一年（平成三）奈良新聞に写真記者として中途入社。奈良テレビ放送記者等を経て、一九九七年神戸でみずのわ出版創業。二〇一一年山口県周防大島に移転。みかん農家、写真館兼業。公益社団法人日本写真協会会員。編著書に「従軍慰安婦問題と戦後五〇年」「阪神大震災・被災地の風貌」「震災五年の神戸を歩く」「神戸市戦災焼失区域図復刻版」、写文集に「われ、決起せず——聞書・カウラ捕虜暴動とハンセン病を生き抜いて」（立花誠一郎、佐田尾信作共著）、「親なき家の片づけ日記——信州坂北にて」（島利栄子共著）など。

本とみかんと子育てと
農家兼業編集者の周防大島フィールドノート

二〇二一年一月三十日　初版第一刷発行

著　者　柳原一徳
発行者　柳原一徳
発行所　みずのわ出版
山口県大島郡周防大島町
西安下庄、庄北二八四五
庄区民館二軒上ル　〒七四二―二八〇六
電話　〇八二〇―七七―一七三九（F兼）
E-mail mizunowa@osk2.3web.ne.jp
URL http://www.mizunowa.com

印　刷　株式会社 山田写真製版所
製　本　株式会社 渋谷文泉閣
装　幀　林 哲夫
プリンティングディレクション　黒田典孝
（㈱山田写真製版所）

ISBN978-4-86426-046-6 C0036
JASRAC出 2009828-001